BASTEI
LÜBBE
TASCHENBUCH

Weitere Titel des Autors:

HONOR HARRINGTON:

Bd. 1: Auf verlorenem Posten
Bd. 2: Die Ehre der Königin
Bd. 3: Ein schneller Sieg
Bd. 4: Mit Schimpf und Schande
Bd. 5: Im Exil
Bd. 6: Ehre unter Feinden
Bd. 7: In Feindes Hand
Bd. 8: Die Siedler von Sphinx (D. Weber u. a.)
Bd. 9: Der Stolz der Flotte
Bd. 10: Die Baumkatzen von Sphinx (D. Weber u. a.)
Bd. 11: Wie Phönix aus der Asche
Bd. 12: Die Raumkadettin von Sphinx (D. Weber u. a.)
Bd. 13: Ein neuer Krieg
Bd. 14: Honors Krieg (zweiter und abschließender Teil von »Ein neuer Krieg«)
Bd. 15: Die Spione von Sphinx (D. Weber u. a.)
Bd. 16: Der Sklavenplanet (D. Weber u. a.)
Bd. 17: Um jeden Preis
Bd. 18: Auf Biegen und Brechen
Bd. 19: Der Schatten von Saganami
Bd. 20: An Bord der Hexapuma
Bd. 21: Die Achte Flotte
Bd. 22: Sturm der Schatten
Bd. 23: Jeremy X
Bd. 24: Die Fackel der Freiheit
Bd. 25: Honors Mission
Bd. 26: Der letzte Befehl
Bd. 27: Die Feuertaufe
Bd. 28: Im Donner der Schlacht
Bd. 29: Das Mesa-Komplott
Bd. 30: Superdreadnought
Bd. 31: Schatten der Freiheit
Bd. 32: Rückkehr nach Mesa
Bd. 33: Die Rebellen von Mesa

STEPHANIE HARRINGTON:

Bd. 1: Begegnung auf Sphinx
Bd: 2: Flammenzeit
Bd. 3: Krieg der Baumkatzen

DER AUFSTIEG MANTICORES:

Bd. 1: Im Namen der Ehre

NIMUE ALBAN:

Bd. 1: Operation Arche
Bd. 2: Der Krieg der Ketzer
Bd. 3: Codename: Merlin
Bd. 4: Die Flotte von Charis
Bd. 5: Die Invasion
Bd. 6: Caylebs Plan
Bd. 7: Die Eiserne Festung
Bd. 8: Haus der Lügen
Bd. 9: Die Übermacht
Bd. 10: Der Verrat
Bd. 11: Kampf um die Siddarmark
Bd. 12: Der Kriegermönch
Bd. 13: Die Streitmacht
Bd. 14: Mit Dampf und Donner

David Weber
Jane Lindskold

# KRIEG DER BAUM-KATZEN

Roman

Aus dem amerikanischen Englisch von
Dr. Ulf Ritgen

BASTEI LÜBBE TASCHENBUCH

BASTEI LÜBBE TASCHENBUCH
Band 20808

Dieser Titel ist auch als E-Book erschienen

FSC www.fsc.org
MIX
Papier aus verantwortungsvollen Quellen
FSC® C083411

Vollständige Taschenbuchausgabe

Deutsche Erstausgabe


Titel der amerikanischen Originalausgabe: »Treecat Wars«
Originalverlag: Baen Books, Wake Forest
Published by Arrangement with Baen Books, Wake Forest, NC, USA
Dieses Werk wurde vermittelt durch die Literarische Agentur
Thomas Schlück GmbH, 30827 Garbsen


Textredaktion: Beke Ritgen
Titelillustration: Arndt Drechsler, Regensburg
Umschlaggestaltung: Guter Punkt, München
Satz: Urban SatzKonzept, Düsseldorf
Gesetzt aus der Baskerville
Druck und Verarbeitung: CPI books GmbH, Leck – Germany
Printed in Germany
ISBN 978-3-404-20808-1

5 4 3 2 1

# 1

»Sie wollen uns nach Manticore schicken?!«

Sosehr sich Stephanie Harrington um Gelassenheit bemühte und darum, gefasst und erwachsen zu klingen, war ihre Stimme vor Aufregung und Überraschung höher als sonst. Karl Zivonik, einer ihrer engsten Freunde, saß gleich neben ihr und unterdrückte unverkennbar ein Grinsen. Auch Löwenherz, ihr sphinxianischer Baumkaterfreund, bliekte belustigt von Chief Ranger Sheltons Schreibtischkante herunter, wo er es sich gemütlich gemacht hatte.

Nur der Chief Ranger selbst schien nicht zu bemerken, wie sehr sein Vorschlag Stephanie begeisterte. Ohne Pause setzte er seine Erläuterungen fort.

»Ganz genau«, sagte er. »Unerwarteterweise sind in einem Kompaktkurs für die Forstdienstausbildung auf Manticore zwei Plätze frei geworden. Tja, aber wegen der Nachwehen der diesjährigen Flammenzeit, die ja so besonders heftig ausgefallen ist, kann ich keinen meiner Ranger entbehren. Wenn überhaupt – und dann auch nur gerade so eben! – meine beiden Ranger auf Probe.«

»Stephanie und mich«, sagte Karl. Weil sie beiden die einzigen Ranger auf Probe waren, war die Klarstellung unnötig und ein Zeichen dafür, wie aufgeregt Karl selbst war.

»Stephanie und Sie«, bestätigte Chief Ranger Shelton und deutete dann auf zwei Stühle. »Setzen Sie sich. Bevor Sie zusagen, sollte ich wohl lieber erklären, auf was Sie sich da einlassen.«

Die beiden nahmen Platz, und Stephanie musste sich sehr zusammennehmen, um nicht auf dem Stuhl vor Aufregung hin und her zu rutschen oder sich auf die vorderste Stuhlkante zu hocken. Löwenherz erleichterte ihr die Sache, indem er in einer fließenden, anmutigen Bewegung vom Schreibtisch auf ihren Schoß sprang und sich dort einrollte. Mit einem Meter vierzig war Stephanie für fünfzehneinhalb recht klein und im Ganzen eher zierlich. Löwenherz mit seinen fünfundsechzig Zentimetern Gesamtlänge fand auf ihrem Schoß kaum Platz. Doch jeder, der die beiden ein wenig länger beobachtete, konnte nur zu einem Schluss kommen: In einer nur schwer zu beschreibenden Art und Weise waren die beiden, das Mädchen und die Baumkatze, einander ähnlich. Sie waren es, obwohl im graugetigerten Gesicht des Baumkaters grüne Augen leuchteten, während Stephanies Augen ebenso braun waren wie ihr kurzes Haar.

Karl, Haar und Augen dunkler als die seiner Freundin Stephanie und bereits achtzehn, war zwar auch aufgeregt, hatte sich aber wesentlich besser im Griff als sie ... Nun, er war ja auch in vielerlei Hinsicht erstaunlich reif für sein Alter. Stephanie wusste, dass seine erste Liebe auf tragische Weise ums Leben gekommen war. Das überschattete sein ganzes Wesen, denn er hatte den Verlust nie ganz verwunden. Auch von der Statur her – ein Meter fünfundachtzig groß und breitschultrig gebaut – war er bereits kein Jugendlicher mehr, sondern unbestreitbar ein junger Mann.

Chief Ranger Shelton blickte sie beide nachdenklich an, bevor er weitersprach. »Damit Sie es gleich wissen: Mein Vorschlag, Sie beide nach Manticore zu schicken, hat für viel Wirbel gesorgt. Ranger auf Probe gibt es ja erst, seit Sie beide hier sind, und manche halten die ganze Sache immer noch für eine Schnapsidee. Und, zugegeben, vor allem Stephanie ist wirklich noch sehr jung für diese Schulung.«

Stephanie verbiss sich den Protest, in den sie reflexartig hatte verfallen wollen. Der Chief wusste besser als die meisten anderen, zu was Stephanie fähig war. Ja, er hatte den Rang eines ›Rangers auf Probe‹ überhaupt erst eingeführt, um ihre bisherigen Leistungen angemessen zu würdigen. Sie musste einfach darauf vertrauen, dass er auf ihrer Seite stand.

Ein sanfter mentaler Stups riss Stephanie aus ihren Gedanken. Sie hatte keine Ahnung, wie Löwenherz ihre Gefühle beeinflusste, aber eines wusste sie mit absoluter Sicherheit: Baumkatzen waren Empathen und Telepathen. Natürlich war das ein bislang sorgsam gehütetes Geheimnis – und das würde auch so bleiben, bis Sphinx' Ureinwohner endlich als vernunftbegabte Spezies anerkannt wären und in den Genuss all der Rechte und des Schutzes kämen, die ihnen nach Zuerkennung eines solchen Status zustanden. Vorerst jedoch reichte es Stephanie, zu der Hand voll Menschen zu gehören, die die Wahrheit kannten: Während die meisten in dem sechsbeinigen Geschöpf mit langem, schmalem Körper, langem Schweif und dichtem Fell eine Kreuzung aus Wiesel und Katze sahen und fälschlicherweise deshalb nur zu oft für ein flauschiges Haustier hielten, war sich Stephanie bewusst, dass Löwenherz nicht anders als sie selbst über eine eigenständige, voll entwickelte Persönlichkeit verfügte – und sich nicht scheute, ein gewisses Menschenmädchen gelegentlich zu ermahnen, wenn es wieder einmal nicht aufpasste. Auch wenn sich der Baumkater dabei etwas unkonventionellerer Methoden bediente als ein Mensch.

»Sie, Karl«, sagte Chief Ranger Shelton gerade, »sind mittlerweile volljährig, und angesichts Ihrer Leistung als Ranger auf Probe hätte ich Sie, um die Angelegenheit voranzutreiben, einfach zum Assistant Ranger befördern können. Dann hätte sich die Frage, ob Sie zur Teilnahme an einem solchen Kursus überhaupt berechtigt sind, gar nicht erst gestellt. Und Sie, Stephanie, haben Ihre Tüchtigkeit bereits ausreichend unter

Beweis gestellt und sich aufopferungsvoll für das Wohlergehen unserer Wälder und all derer eingesetzt, die darin leben. Lassen wir es dabei bewenden und machen es kurz: Nach einer recht ausgiebigen Diskussion habe ich es geschafft, auch für Sie die erforderliche Genehmigung durchzuboxen. Sie können die Schulung also ebenfalls mitmachen, wenn Sie wollen.«

Am liebsten hätte Stephanie gleich »Ich-will-ich-will-ich-will!« geschrien, aber sie hielt sich zurück und beschränkte sich auf ein höfliches »Danke, Sir.«

Außerdem meldete sich in ihrem Hinterkopf eine Stimme, die unverständlich noch Unbehagen mit dieser Idee verbreitete – so sehr, dass sie sich fragte, ob sie Sheltons Angebot wirklich annehmen wollte. Aber sie verdrängte die aufkommenden Zweifel und konzentrierte sich ganz auf Sheltons Worte.

»Bei dieser Schulung geht es nicht nur darum, mehr über das Forstwesen zu erfahren. Was die Gegebenheiten auf Sphinx betrifft, können Sie beide auch hier vor Ort reichlich dazulernen – und wahrscheinlich bei so manchem Thema *anderen* etwas beibringen! Aber zum Forstdienst auf Sphinx gehört deutlich mehr, als sich nur um die heimische Pflanzen- und Tierwelt zu kümmern. Sphinx ist weitgehend unerschlossen und dünn besiedelt, daher ist unsere Polizeitruppe deutlich kleiner als Manticores. Das bedeutet, dass Ranger in besonderem Maße die Rolle des Gesetzeshüters ausfüllen müssen – eben nicht nur Feuerwehr, Retter in der Not und Umweltschützer sind. Deswegen gehören zu der Schulung, um die es geht, auch der Umgang mit polizeiüblichem Gerät, Einführung in Techniken der Spurensicherung und Forensik, eine Grundlagenvorlesung zur Gesetzeslage sowie der professionelle Umgang mit Zivilisten.

Dazu kommen Prüfungen, in denen Sie Ihre grundlegenden Fachkenntnisse auf dem Gebiet des Forstwesens unter Beweis stellen müssen. Karl, weil Sie Ihr ganzes Leben nur eine einzige Biosphäre kennengelernt haben – eben die von Sphinx –, können Sie schon jetzt davon ausgehen, dass Sie ein paar zusätzliche Lerneinheiten absolvieren dürfen, um entsprechende Wissenslücken zu schließen. Und von Ihnen, Stephanie, weiß ich ja, dass Sie ungefähr die ersten zehn Lebensjahre auf Meyerdahl verbracht haben, aber es würde mich nicht wundern, wenn man Ihnen ein paar speziell auf Sie zugeschnittene Lerneinheiten zusammenstellen würde, die Sie durchlaufen müssen. Wenn es etwas gibt, das ich während all der Jahre gelernt habe, die ich nun schon im Forstdienst verbringe, dann das hier: *Zu viel* zu wissen ist schlichtweg unmöglich.«

Das klang nach einem ziemlich strammen Pensum, aber Stephanie hatte bisher immer und überall zu den Kursbesten gehört. In manchen Kursen hatten zwar ihre Leistungen und damit ihre Noten ein wenig nachgelassen, seit sie dem SFD beigetreten war, aber wegen ein paar lumpiger Prozentpunkte machten ihre Eltern ihr gewiss nicht die Hölle heiß – vor allem, wo glasklar war, welchen beruflichen Weg Stephanie anstrebte, so klar, dass jeder Dorfdepp es begriffen hätte. Aber wo sie gerade an ihre Eltern dachte ...

»Chief, Sie haben es ja gerade selbst gesagt: Ich bin noch minderjährig. Haben Sie denn schon mit meinen Eltern gesprochen?«

Shelton grinste – bei jedem anderen, der keine solche Respektsperson wie ihr Vorgesetzter war, hätte Stephanie es ausgekocht genannt. »Habe ich nicht, Ms. Harrington. Betrachten Sie die Aufgabe, Ihre Eltern von der Wichtigkeit dieses Kurses zu überzeugen, als ersten Test dafür, ob Sie die nötige Reife zur Teilnahme haben. Selbstverständlich dürfen mich Ihre Eltern jederzeit kontaktieren, um etwaige Fragen zu beantworten.«

Nervös räusperte sich Karl. »Chief? Da wäre noch die Frage der Kursgebühren. Ich habe viele Brüder und Schwestern. Meine Familie besitzt zwar reichlich Land, aber ich glaube nicht, dass meine Eltern das Geld für die Interplanetartickets und die Unterbringungskosten vor Ort aufbringen können – schon gar nicht so kurzfristig. Trotz meiner Arbeit helfe ich zu Hause mit, auch wenn ich glaube, dass für die Kursdauer aufgefangen werden kann, dass ich als Arbeitskraft ausfalle.«

»Um die Kursgebühren brauchen Sie sich keine Sorgen zu machen«, versicherte ihm der Chief Ranger. »Wenn Sie nach Manticore fahren, dann ganz offiziell als Mitarbeiter des SFD. Von Privatanschaffungen für den persönlichen Gebrauch einmal abgesehen, übernehmen wir sämtliche Kosten.«

»Danke, Sir!«

Stephanie fiel eine weitere mögliche Schwierigkeit ein. »Chief, was ist mit Löwenherz? Ich kann ihn nicht allein hierlassen. Nicht, weil ich mich nicht von ihm trennen möchte, sondern es schlicht nicht kann.«

Sie hoffte, Shelton würde ihre Lage verstehen. Eigentlich ging sie davon sogar aus. Nicht jeder wusste, was seinerzeit mit dem Streuner geschehen war – welche Mühen der Baumkater auf sich genommen hatte, um den Mord an seinem Menschengefährten zu rächen. Wenige Baumkatzen hatten sich bisher an einen Menschen gebunden. Aber selbst diese wenigen Beispiele zeigten überdeutlich, dass eine längere Trennung für beide, Mensch wie 'Katz, Trauer und Leid bedeutete. Ein paar Tage waren zu verkraften, aber ... Stephanie hatte es einmal ihren Eltern zu erklären versucht: Früher oder später verursachte ihr die Trennung körperlichen Schmerz, so als fehle ihr ein Bein oder Arm, und machte zudem Angst, ganz so, als verlöre man eine seiner Sinneswahrnehmungen oder könnte sie zumindest nur eingeschränkt nutzen.

Darüber, dass das unbestreitbar ein Nachteil bei einer Partnerschaft mit einer Baumkatze war, hatte sie, es war noch gar nicht so lange her, mit ihrer Freundin Jessica Pheriss gesprochen. Jessica war erst kürzlich von einer 'Katz adoptiert worden. Es war der bislang jüngste Fall einer solchen Verbindung. Ohnefurcht und Jessica waren gerade einmal sechs Monate zusammen; trotzdem empfand Jessica, was das anging, genau wie Stephanie. Und Stephanie wurde allein schon bei der Vorstellung, Löwenherz auf Sphinx zurückzulassen, während sie einen anderen Planeten besuchte, ganz anders: Ihre Handflächen waren mit einem Mal schweißnass. Heimlich wischte Stephanie sie an den Hosenbeinen ab.

»Über das Löwenherz-Problem habe ich mir schon ein paar Gedanken gemacht«, sagte Shelton ruhig. »Dr. Hobbard war mir eine große Hilfe dabei, die entsprechenden Entscheidungsträger davon zu überzeugen, dass es von Vorteil wäre, wenn Sie Löwenherz mitnehmen dürften. Sollten Sie sich also dafür entscheiden, nach Manticore zu reisen, darf Löwenherz Sie begleiten.«

»Danke!« Stephanie atmete hörbar durch. Vor Anspannung hatte sie die Luft angehalten und es nicht einmal bemerkt.

»Aber Sie werden feststellen, dass es auf Manticore reichlich Orte gibt, die Löwenherz nicht mit Ihnen aufsuchen darf«, warnte sie der Chief Ranger. »Hier auf Sphinx, vor allem in der Nähe von Twin Forks, ist es üblich, Baumkatzen überall dorthin gehen zu lassen, wo sich auch Menschen aufhalten. Aber die Leiter der meisten Kurse, die Sie auf Manticore belegen, werden über Löwenherz' Anwesenheit alles andere als erbaut sein. Er zieht ziemlich viel Aufmerksamkeit auf sich, die in einem Kurs woanders sein sollte, nicht wahr?«

Das stimmte. Selbst in Twin Forks war das so. Zum einen war

die Existenz der Baumkatzen noch nicht allzu lange bekannt: Als Stephanie sie ›entdeckt‹ hatte, war sie elf Jahre alt gewesen, so lange war das also nicht her. Zum anderen waren 'Katzen mit ihrem dichten, seidigen Fell, den riesigen, grünen Augen und dem Köpfchen mit den stets gespitzten Ohren unbestreitbar niedlich.

*Das mit dem ›niedlich‹ gibt sich aber ganz schnell, wenn man erst einmal gemerkt hat, was für scharfe Krallen sie haben – und wie gut die damit umgehen können,* dachte Stephanie. *Nur bei echten Hohlköpfen weicht dann das ›niedlich‹ nicht sofort gewaltigem Respekt.*

Selbst mit modernstem Gerät war es fast unmöglich, Baumkatzen in freier Wildbahn aufzuspüren, und obwohl man sich eine Zeit lang bemüht hatte, sie zu fangen und in Zoos unterzubringen, in denen sich Besucher andere auf Sphinx heimische Lebensformen anschauen konnten, etwa Hexapumas oder Gipfelbären, war das letztendlich doch unterblieben.

Shelton aber war mit seinen Ausführungen noch nicht am Ende. »Sie beide meinen jetzt vielleicht, Ihre aufsehenerregenden Leistungen während der letzten Jahre hätten meine Kollegen davon überzeugt, Sie als Vertreter des SFD zum diesjährigen Lehrgang zu schicken. Klar, geschadet hat es nicht, dass Sie beide während der Waldbrandphase so viel Eigeninitiative und Mut bewiesen haben. Und Sie beide sind, was Baumkatzen betrifft, eindeutig Experten – Stephanie noch mehr als Sie, Karl. Aber beides war letztendlich nicht ausschlaggebend. Können Sie sich vorstellen, was es stattdessen war?«

Stephanie schüttelte den Kopf, doch Karl nickte bedächtig. Gedehnt sagte er: »Wenn es nicht das war, was so richtig öffentlichkeitswirksam gewesen ist, dann wahrscheinlich genau das Gegenteil, stimmt's? Dass wir ganz normal Dienst als Ranger auf Probe gemacht haben.«

Nachdrücklich nickte Shelton. »Ganz genau. Sie beide

haben die Bereitschaft gezeigt, auch die wenig glamourösen Routineaufgaben zu übernehmen, die nun einmal zum Rangeralltag gehören. Und das hat dann letztendlich selbst die größten Zweifler überzeugt. Vor allem Stephanie steht ja schließlich im Ruf, ziemlich ... impulsiv zu sein.«

Er machte eine Pause, die Stephanie nicht nutzte, um zu protestieren. Sie verstand, dass manche sie für impulsiv hielten. Sie selbst zog es allerdings vor, darin die Bereitschaft zu sehen, notfalls eigenständig die Initiative zu ergreifen.

Shelton hatte sie aus dem Augenwinkel beobachtet und lächelte jetzt kurz, ehe er fortfuhr: »Unser Computerlog lügt nicht: Darin steht, dass Sie sämtliche Ihnen zugeteilten Schichten tadellos hinter sich gebracht haben – selbst wenn es während der Schicht nichts Spektakuläreres oder Romantischeres zu tun gab, als im Hauptquartier die Stellung zu halten, damit jemand mit mehr Erfahrung oder einer gründlicheren Ausbildung in den Außeneinsatz gehen konnte. Vergessen Sie das nicht, wenn – nein: *falls* – Sie nach Manticore reisen.

Ich schicke Ihnen sämtliche erforderlichen Informationen auf die UniLinks, damit Sie sie Ihren Eltern vorlegen können. Leider werde ich Ihre Entscheidung schon ziemlich rasch brauchen. Es hat jede Menge Zeit gekostet, unsere Dienstpläne zu durchforsten und herauszufinden, wen wir vielleicht entbehren könnten. Und dann hat es noch einmal ziemlich viel Zeit gekostet, den einen oder anderen davon zu überzeugen, dass unsere Ranger auf Probe wirklich dafür geeignet sind. Schaffen Sie das, mir innerhalb einer Woche eine Antwort zu geben? Bis auf zehn Tage kann ich das wohl noch ausdehnen, aber eine Woche wäre besser. Die Kurse fangen schon in zwei Wochen an.«

»Innerhalb einer Woche?«, echote Karl erstaunt, doch dann nickte er und stand auf, als wollte er sich umgehend auf den Rückweg nach Thunder River machen. »Das krieg ich hin.«

»Ich auch«, bestätigte Stephanie, »aber meine Eltern brauchen auf jeden Fall ein paar Tage Bedenkzeit. Sie wollen immer ganz sicher sein, wirklich nichts übersehen oder vergessen zu haben. Impulsivität ist nicht gerade ihre Sache.«

»Ganz anders als deine«, versetzte Karl und grinste sie an.

Weil der Chief vor ihnen saß, verzichtete Stephanie darauf, Karl die Zunge herauszustrecken. Doch als sie Löwenherz hochhob und ebenfalls aufstand, schnurrte der so heftig, dass es in ihrem ganzen Körper widerhallte. Das verriet ihr sofort, dass mehr als nur einer ihrer Freunde über diesen Scherz lachte. Hochgehoben nahm der Baumkater sofort mit der ihm eigenen Geschmeidigkeit in den Bewegungen die Trageposition ein: Die eine Vorderpfote, die ihm noch verblieben war – seine Echthand –, legte er Stephanie auf die Schulter; mit dem hintersten Beinpaar, den Echtpfoten, stützte er sein Gewicht auf das Tragegestell, das Stephanie stets auf dem Rücken trug. Auf diesen Kompromiss hatte sich ihr Vater schließlich, es war noch gar nicht so lange her, eingelassen. Aber an sich zog es Richard Harrington immer noch vor, wenn Stephanie den Baumkater dazu anhielt, so viel wie möglich auf eigenen Beinen zu laufen.

»Viel Glück«, wünschte ihnen der Chief Ranger und winkte ihnen von der Tür seines Büros aus nach. »Würde mich freuen, möglichst bald etwas von Ihnen zu hören.«

Karl verhielt den Schritt. »Wahrscheinlich sind die ganzen Informationen schon in unseren UniLinks, aber eine Frage habe ich ganz vergessen zu stellen: Wie lange dauert der Lehrgang eigentlich?«

»Drei T-Monate«, antwortete der Chief prompt. »Wie ich schon sagte: Da gibt es eine ganze Menge Stoff zu pauken.«

Stephanie war nicht stehen geblieben, vielleicht damit niemand merkte, wie sich ein Panzer aus Eis um ihr Herz legte.

Was ihr vorhin schon die Stimme im Hinterkopf zuflüstern wollte, war jetzt deutlich zu vernehmen: *Drei Monate! Aber Anders ...! Natürlich will ich nach Manticore. Nur wie soll ich es ertragen, ihn ganze drei Monate lang nicht zu sehen?*

Der Gedanke versetzte Stephanie in emotionalen Aufruhr. Doch während des Rückflugs von Yawata Crossing nach Twin Forks gelang es ihr, sich ganz normal mit Karl zu unterhalten. Schließlich hatten sie reichlich Gesprächsstoff. Und falls Karl der Ansicht war, Stephanie verhalte sich irgendwie komisch, schrieb er es vermutlich etwas anderem zu: der Anstrengung nämlich, sich gute Argumente zu überlegen, mit denen sie ihre Eltern überzeugen könnte, sie allein fortreisen zu lassen. Drei Monate lang. Auf einen anderen Planeten.

»Ich ruf dich später an«, versprach er ihr, als er sie vor der Praxis ihres Vaters absetzte, »und berichte, wie es bei meinen Eltern gelaufen ist.«

»Ich dir dann auch«, antwortete sie. »Aber vergiss nicht: Lass bloß nicht zu, dass deine Eltern meine anrufen, bevor ich eine Gelegenheit hatte, mit ihnen zu reden. Ich muss mir erst noch überlegen, wie ich es ihnen am besten beibiege.«

»Versprochen«, sagte Karl. Dann ließ er den Wagen weit genug aufsteigen, um ordentlich Gas geben zu können, sobald die Ortsgrenze hinter ihm läge. Familie Zivonik wohnte in der Nähe von Thunder River, und der Flug dorthin dauerte selbst bei Höchstgeschwindigkeit noch mehrere Stunden. Aber Stephanie war sich sicher, dass Karl den Wagen auf Autopilot stellen und seine Mutter über Com anrufen würde, sobald er freien Luftraum erreicht hätte.

Stephanies Gedanken überschlugen sich, während sie sich zum Sprechzimmer ihres Vaters aufmachte. Natürlich bedeutete die Tatsache, dass Richard Harrington in der Klinik von Twin Forks arbeitete, noch lange nicht, dass er sich dort auch aufhielt. Stephanies Vater war Tierarzt, und auf Sphinx bedeutete dieser Beruf nicht nur, sich um die Nutztiere der Kolonisten kümmern zu müssen, sondern oft auch um heimische Wildtiere. Außerdem galt es, auch die Vielzahl genveränderter Tiere zu versorgen: Die Kolonisten hatten versucht, sie an die neue Umgebung anzupassen, ohne dabei auf die gewohnten Fleisch- und Milchprodukte verzichten zu müssen. Daher war Richard Harrington auf Sphinx geradezu unersetzlich. Auf jeden Fall hatten sein Interesse an exotischen Lebensformen und die Tatsache, dass seine Frau eine angesehene Botanikerin und Genetikerin war, den Harringtons ein herzliches Willkommen beschert, als sie nach Sphinx eingewandert waren. Damals war Stephanie zehn Jahre alt gewesen.

Sechs Jahre später konnte Stephanie kaum Verständnis für das kleine Mädchen aufbringen, das sie damals gewesen war – ein Mädchen, das von der schlagartigen und allumfassenden Veränderung ihrer Lebensumstände so überwältigt gewesen war, dass sie einen Großteil ihrer Zeit mit Schmollen verbracht hatte. Jetzt hingegen liebte Stephanie ihre Heimat Sphinx von ganzem Herzen. Sicherlich hätte sie nichts gegen einen Besuch auf Meyerdahl einzuwenden, aber ihre Heimat? Das war eindeutig Sphinx.

Da die Siedler auf Sphinx über ein Gebiet mit wirklich gewaltigen Ausmaßen verstreut lebten, überraschte es Stephanie nicht, ihren Dad nicht in seinem Sprechzimmer vorzufinden. Auch der Tierrettungswagen fehlte. Aber Saleem Smythe, den ihr Vater erst kürzlich als Assistenten eingestellt hatte, würde schon bald eintreffen, um die Nachtschicht zu übernehmen. Stephanie war nicht sonderlich unglücklich darüber, das Sprechzimmer ihres Vaters bis zu Dr. Smythes Eintreffen für sich allein zu haben. Im Kühlschrank lag Sellerie, und sie drückte Löwenherz einen großen Stängel in die Pfoten, um sich für seine Unterstützung bei der Besprechung zu bedanken. Ungewöhnlicherweise hatte Stephanie selbst überhaupt keinen Appetit. Trotzdem nahm sie sich einen Frucht-Nuss-Riegel und knabberte daran herum, aber eher, weil sie wusste, dass sie etwas essen sollte, nicht weil sie Hunger gehabt hätte. Dann rief sie ihre Eltern auf deren Coms an, um sie wissen zu lassen, wo sie sich gerade befand. Das Treffen mit Chief Ranger Shelton ließ sie unerwähnt. Als sie Karl gesagt hatte, sie müsse sich erst noch überlegen, wie sie ihren Eltern Sheltons Vorschlag am besten schmackhaft machen könne, war das nicht gelogen gewesen. Aber erst galt es noch etwas anderes herauszufinden.

Anders.

Anders Whittaker war im vergangenen Jahr nach Sphinx gekommen, kurz vor Stephanies Party anlässlich ihres fünfzehnten Geburtstags. Er war offizielles Mitglied einer anthropologischen Expedition der Urako University, die unter der Leitung seines Vaters mit dem ausdrücklichen Ziel, die Baumkatzen zu studieren, nach Sphinx gekommen war. Als Stephanie Anders zum ersten Mal begegnet war, war sie völlig überwältigt gewesen. Nicht etwa nur, weil er gut aussah – obwohl er mit seinem weizenblonden Haar und den dunkelblauen Augen unbestreitbar hübsch war. Aber darüber hinaus war Anders auch noch klug: klug genug, um nicht das Bedürfnis zu haben, vor anderen zu verbergen, wofür er sich interessierte ... und eines seiner Lieblingsgebiete waren, wie sich rasch herausgestellt hatte, Baumkatzen.

Mit noch nicht ganz siebzehn Jahren war Anders ein gutes Stück jünger als selbst der nächstjüngste Expeditionsteilnehmer; deswegen hatte er nur zu gern Zeit mit Stephanie verbracht. Sie wiederum hatte Mittel und Wege gefunden, mit ihm allein zu sein, auch wenn Karl, der häufig bei den Harringtons übernachtete – schließlich war Thunder River wirklich weit entfernt, und Stephanie und er hatten ihre Pflichten als Ranger zu erfüllen – gelegentlich ebenfalls dabei war … und drei waren nur allzu schnell einer zu viel. Ja, zum ersten Mal, seit Stephanie Karl kannte – und das war schon eine gute Weile her, damals hatte Stephanie den Umgang mit Schusswaffen gelernt –, freute sie sich nicht über seine Gesellschaft.

Das alles hätte ausarten und unschön werden können, aber dann war der Fluglaster der Whittaker-Expedition während einer Exkursion verschwunden. Die Suche, die Rettungsaktion, der Waldbrand … in all dem Tumult hatte sich jegliches Unbehagen schlagartig gelegt. Und danach …

Stephanie ertappte sich dabei, dass sie, ganz ohne es zu wollen, lächelte, nein, strahlte, als sie daran zurückdachte, wie sie Anders zum ersten Mal geküsst hatte. Eigentlich war es kein beeindruckender Kuss gewesen, nur ein Wangenküsschen, aber trotzdem war es das erste Mal gewesen, dass sie einen Jungen geküsst hatte. Später hatte sich Anders revanchiert: Sein Kuss war wesentlich enthusiastischer gewesen, als die flüchtige Berührung, die sie sich getraut hatte.

Bisher hatten sie nichts offiziell gemacht, und trotzdem war klar, dass sie jetzt fest zusammen waren. Es schadete natürlich nicht, dass zu Karls und Stephanies Aufgaben als Ranger auf Probe auch gehörte, der Whittaker-Expedition mit Rat und Tat zur Seite zu stehen. Und Anders war, auch wenn er dem Rest der Expedition gut zur Hand gehen konnte, nun einmal kein ausgebildeter Anthropologe. Deswegen durfte er Stephanie und Karl auf deren Runden häufig begleiten. Bald darauf lernte er Drachensegeln und gehörte rasch ebenso fest zu Stephanies Freundeskreis wie die anderen aus dem Drachenfliegerclub in Twin Forks.

Eine Zeit lang war alles prima gelaufen, doch dann, kurz nach dem großen Waldbrand, war Dr. Whittaker auf seine Heimatwelt Urako im Kenichi-System zurückgereist. Er hatte sich auf Sphinx ... nicht ganz an den Vorschriften orientiert, was ihn auch seinen Ruf als Wissenschaftler und die Karriere hätte kosten können. Stephanie wusste, dass sich Dr. Hobbard und Chief Ranger Shelton dafür ausgesprochen hatten, der Universitätsabordnung zu gestatten, weiterhin auf Sphinx tätig zu bleiben. Um zu verhindern, dass es weitere Schwierigkeiten gäbe, sollte dies allerdings nur unter Aufsicht geschehen, also in Begleitung eines oder zweier Ranger vom Sphinxianischen Forstdienst. Bedauerlicherweise hatte sich die manticoranische Regierung außerstande gesehen, dem zuzustimmen. Weder Gouverneurin Donaldson noch Innenministerin Vázquez hatten sich mit Dr. Whittakers Versprechen zufriedengegeben, sich von nun an anständig zu benehmen. Sie hatten darauf bestanden, dass auch die für ihn zuständige Universität eine entsprechende Zusage abgebe, und das bedeutete, dass Dr. Bradford A. Whittaker zunächst in die Heimat zurückkehren und Kanzler und Rektor seiner Universität sowie dem Dekan über sein Verhalten Rede und Antwort stehen musste.

Sonderlich glücklich war Dr. Whittaker darüber nicht, aber ihm war wohl klar gewesen, dass er gar keine andere Wahl hatte. Doch seine Heimatwelt zu erreichen, war leichter gesagt als getan, denn das Sternenkönigreich von Manticore war nun einmal sehr klein und abgelegen – weit entfernt von den inneren Welten der Solaren Liga ... zu denen auch das Kenichi-System gehörte. Es gab nur wenig Interstellarverkehr, der das Sternenkönigreich anfuhr oder von dort aus aufbrach. Schließlich waren die großen Einwanderungsförderprogramme eingestellt worden, durch die nach der Seuche das Interesse am Sternenkönigreich hatte gesteigert werden sollen. Frachtgut, das Speditionsunternehmen einen Anreiz geboten hätte, Manticore anzulaufen, gab es kaum, Passagierverkehr sowieso nicht, und selbst Kurierschiffe trafen nur in sehr unregelmäßigen Abständen ein – in ziemlich *großen* unregelmäßigen Abständen. Das Kenichi-System nun lag vierhundert Lichtjahre weit von Manticore entfernt; also war selbst ein wirklich schnelles Kurierboot im wahrsten Sinne des Wortes monatelang unterwegs – einfache Strecke, hieß das. Mit der bestmöglichen Verbindung per Passagierschiff, die Dr. Whittaker hatte ermitteln können, sollte die Reise nach Urako mindestens sechs Monate dauern. Es war also sehr gut möglich, dass bis zu seiner Rückkehr mehr als ein T-Jahr vergehen würde – falls er überhaupt zurückkehrte. Deswegen hatte er die Absicht, Anders mitzunehmen.

Die Vorstellung, dass ihr Anders mindestens ein ganzes T-Jahr lang weggenommen würde, war für Stephanie unerträglich gewesen. Nächtelang hatte sie Löwenherz ihr Leid über dumme, kleingeistige Datenchipbürokraten geklagt. Trotz Löwenherz' tröstlicher Anwesenheit war dabei die eine oder andere Träne geflossen.

Doch dann hatten sich Dr. Whittakers Pläne geändert.

Anders' Mutter saß im Kabinett des Kenichi-Systems, und wie sich herausstellte, bestanden zwischen ihrem Heimatsystem und Beowulf enge Handelsbeziehungen ... und anderweitige Abkommen. Beowulf gehörte zu den wenigen inneren Welten der Solaren Liga, die auf Manticore tatsächlich ein Konsulat unterhielten, und so hatte Dr. Whittaker den Konsul um Beistand gebeten. Dabei stellte sich dann heraus, dass sich gerade derzeit ein beowulfianischer Kurier im Orbit befand, der den Quartalsbericht des Konsuls abholen sollte – und Kenichi lag fast auf der direkten Route von Manticore nach Beowulf. Ein Kurierboot war zwar zweifellos kein Luxusschiff, aber immerhin gab es an Bord doch genug Platz, um einige wenige Passagiere aufzunehmen, und so hatte der Konsul Dr. Whittaker eine Mitfahrgelegenheit angeboten.

Bedauerlicherweise (aus Dr. Whittakers Blickwinkel betrachtet; Stephanie hatte das ein wenig anders gesehen) hatte es an Bord des Kurierschiffs nur Platz für genau *eine* Person gegeben: Dr. Bradford A. Whittaker. Wollte er also die Vorzüge des Kurierbootes nutzen, konnte Anders ihn nicht begleiten – und dem Anthropologen waren nur zwei Tage Bedenkzeit vergönnt, ob er nun das Angebot des Konsuls annehmen wolle oder nicht: Für das Kurierschiff nämlich gab es einen festgelegten Abreisetermin.

Letztendlich hatte Dr. Whittaker entschieden, es sei Eile geboten, und das gleich aus mehrerlei Gründen: Er fürchtete, ein anderes Anthropologenteam könnte die ersten Forschungsergebnisse über Baumkatzen veröffentlichen, wenn seine eigenen Publikationen zu lange auf sich warten ließen. Statt also zusammen mit Anders nach Urako zu reisen, ließ er seinen Sohn im Sternenkönigreich zurück – unter der Aufsicht von Dr. Calida Emberly, der Xenobiologin und Botanikerin seiner Expedition, und deren Mutter Dacey.

Zuerst war Stephanie über Dr. Whittakers Entscheidung fast außer sich vor Freude gewesen, doch diese Freude hatte nicht lange gewährt: Denn bis die Urako University die angeforderten Zusicherungen eingereicht hätte, war den Mitgliedern der Whittaker-Expedition jede Forschungstätigkeit auf Sphinx untersagt. Leider stammte keiner der Expeditionsteilnehmer von einer Welt mit höheren Schwerkraftverhältnissen, und Sphinx war eine Welt mit nicht einmal zwei Millionen Einwohnern. Eine solche Welt hatte jemandem, dem ausdrücklich verboten war, zu tun, wofür dieser Jemand ins Sternenkönigreich gekommen war, nicht sonderlich viel zu bieten. Dieser Ansicht war zumindest Dr. Emberly, und so hatte sie beschlossen, zusammen mit den anderen Expeditionsteilnehmern Sphinx zu verlassen und stattdessen nach Manticore zu gehen. Dort herrschte eine deutlich weniger hohe Schwerkraft, und das war für sie alle allein schon körperlich sehr viel angenehmer. Außerdem entsprach die Hauptwelt des Systems auch wegen ihrer höheren Besiedlungsdichte viel eher der allgemeinen Vorstellung von Zivilisation.

Dr. Emberlys Entscheidung wurde nicht mit einhelliger Zustimmung aufgenommen. Bedauerlicherweise jedoch wurden die beiden, die sich mit dem größten Nachdruck dagegen sperrten – Anders und Stephanie –, nicht als stimmberechtigt angesehen. In den, zugegeben, seltenen Momenten, in denen ihre Gefühle nicht ihre Objektivität trübten, konnte sie Dr. Emberly sehr wohl verstehen. Jemandem, der nicht, so wie die Harringtons, genetisch an das Leben auf einer Hochschwerkraftwelt angepasst war oder auf dieser Welt aufgewachsen war wie etwa die Familie Zivonik, fiel das Leben auf Sphinx schwer ... und Dacey Emberly, Calidas Mutter, war nun wirklich nicht mehr die Jüngste. Davon abgesehen hatte Dr. Whittaker darauf beharrt, Anders müsse seine Ausbildung fortsetzen, und unbestreitbar waren die Möglichkeiten zur Aus- und Weiterbildung auf Manticore besser als auf Sphinx.

Aber nichts von alledem änderte etwas an der Tatsache, dass Manticore und Sphinx beinahe zehn Lichtminuten voneinander entfernt waren – und zwar in der Phase ihrer größten Annäherung. Derzeit betrug der Abstand mehr als fünfundzwanzig Lichtminuten. Das machte Echtzeitgespräche von Planet zu Planet unmöglich, denn es dauerte beinahe eine halbe Stunde, bis die lichtschnelle Nachricht des Absenders auf Sphinx den Empfänger auf Manticore erreichte und umgekehrt. Es war der Tod jedes lebendigen Dialogs oder jeder lebhaften Diskussion, wenn man auf eine Frage oder Äußerung erst nach einer Stunde eine Reaktion bekam.

Fünfundzwanzig Lichtminuten waren natürlich immer noch viel besser als vierhundert Lichtjahre, aber die Signalverzögerung hatte trotzdem dafür gesorgt, dass sich Stephanie und Anders mit Textnachrichten und Videoaufzeichnungen begnügen mussten. Klar, diese konnten dann sehr viel schneller hin- und hergeschickt werden, als das zwischen Kenichi und dem Sternenkönigreich möglich gewesen wäre. Aber es war trotzdem nicht das Gleiche wie ein echtes Gespräch von Angesicht zu Angesicht ... und Stephanie hatte festgestellt, dass jeder noch so von Herzen kommende Brief nur ein schwacher Ersatz für Küsse und Umarmungen war. Manche Dinge *konnte* sie einfach nicht sagen oder erklären, nicht einmal in einer Videobotschaft. Nicht, ohne Anders dabei in die Augen zu schauen, während sie sprach, nicht, ohne seine Stimme zu hören, wenn er ihr antwortete. Natürlich, dass er auf Manticore war, war besser, als wäre er zusammen mit seinem Vater in die Heimat zurückgekehrt ... aber in mancherlei Hinsicht war es sogar noch schlimmer.

Also hatte sich Stephanie schon darauf eingestellt, ein endlos langes halbes T-Jahr nur elektronische Post zu verschicken und zu empfangen ... doch sie hatte diese Rechnung ohne Dacey Emberly gemacht. Mrs. Emberly war Illustratorin und auf wissenschaftliche Themen spezialisiert. Sie gehörte als Expeditionszeichnerin offiziell zu Dr. Whittakers Team. Sie verfolgte eine andere Idee, und fand, sie könne trotz des Verbots, *Baumkatzen* zu studieren, anderweitig auf Sphinx an ihrem Portfolio arbeiten. Während ihres Aufenthalts auf Sphinx hatte sie herausgefunden, dass Stephanies Mutter ebenfalls malte – und dabei eine mindestens ebenso fähige Botanikerin war wie Calida, Mrs. Emberlys Tochter. Marjorie Harrington hatte sich der Malerkollegin sofort hocherfreut als Fremdenführerin angeboten und Calida gefragt, ob sie sich nicht ihren Ausflügen anschließen wolle. Die begeisterte Botanikerin wollte sich diese Gelegenheit natürlich nicht entgehen lassen: Was wäre besser, als sich die sphinxianische Pflanzenwelt von einer Einheimischen erklären zu lassen? Und diese Einheimische war nicht nur ebenfalls Botanikerin, sondern wahrscheinlich die beste Pflanzengenetikerin dieser Welt!

Stephanie war schon der Gedanke gekommen, ihre Mutter könnte diese Einladung nur deswegen ausgesprochen haben, weil sie begriffen hatte, wie unerträglich es für Stephanie und Anders war, sich im gleichen Sonnensystem aufzuhalten, aber auf verschiedenen Planeten. Nun, hin und wieder zweifelte Stephanie selbst an der Richtigkeit dieser Interpretation, aber es zählte, was dabei herauskam: Seit zwei Monaten waren Mutter und Tochter Emberly wieder in Twin Forks ... und das bedeutete, dass auch Anders wieder auf Sphinx war.

An dem Tag, da die drei von Manticore zurückgekehrt waren, hatten Stephanies Eltern für sie eine große Willkommen-zurück-Party gegeben und Stephanies – und Anders' – Freunde dazu eingeladen. Stephanie hätte es zwar vorgezogen, Anders ganz für sich allein zu haben, doch ihre Eltern liebten große Partys auszurichten, und außerdem schien Stephanie auf einmal doch ein wenig Zurückhaltung angemessener. Schließlich hatten sie nie offen *erklärt*, zusammen zu sein – anders als etwa Chet und Christine –, aber aufgezogen wurden sie deswegen trotzdem. Ununterbrochen sogar.

Später hatten sie dann doch noch ein wenig Zeit ganz füreinander gefunden. Das mit der Zurückhaltung legte sich dann rasch, und alles war ganz wunderbar.

»Ganz wunderbar«, sagte Stephanie zu Löwenherz, »nur dass jetzt *ich* nach Manticore gehe! Noch drei ganze Monate, in denen es nur *Post* gibt ... Kriege ich das überhaupt hin? Und selbst wenn die Universität Dr. Whittaker wieder nach Sphinx zurückkehren lässt, wird er ja auch nicht ewig hierbleiben. Ich glaube nicht, dass Anders bereit ist, seine Familie aufzugeben. Ich meine, er ist ja sowieso jetzt nur hier, weil seine Mom einen Job hat, der ihr für nichts anderes Zeit lässt. Und wenn man auf Urako beschließt, Dr. Whittaker *nicht* nach Sphinx zurückkehren zu lassen? Was, wenn Anders erfährt, dass er nach Hause zurückkehren muss, bevor ich von Manticore zurückkomme?«

Ganz offenkundig spürte der Baumkater ihre Not und sprang ihr daher auf den Schoß. Er legte ihr die Echthand, die immer noch ein wenig feucht war und nach Sellerie roch, sanft an die Wange. Aus seinen blattgrünen Augen blickte er sie eindringlich an und gab dann ein tröstliches Blieken von sich, das aber auch eindeutig eine Frage war.

»Die Sache ist ...«, setzte Stephanie an. »Ich weiß nicht genau, was ich will. Als uns der Chief von dem Schulungsprogramm erzählt hat, wollte ich nichts lieber, als sofort mitzumachen. Aber jetzt ... jetzt frage ich mich, ob es nicht sogar gut wäre, wenn mir meine Eltern das ausreden würden, weil sie finden, ich sollte noch ein Jahr warten. Ich bin schließlich erst fünfzehneinhalb – okay, fünfzehn Jahre und acht Monate. Ich könnte also gut noch warten. Ein Jahr macht ja so viel jetzt auch nicht aus. Ich werde sicher auch nicht zum Assistant Ranger befördert, bevor ich nicht siebzehn bin ...«

Das unverkennbare Geräusch eines anfliegenden Fluglasters brachte Stephanie wieder ganz ins Hier und Jetzt zurück. Ihr Vater kam zurück in die Praxis. Impulsiv drückte sie Löwenherz an sich und spürte, wie sich zur Erwiderung sein flauschiger Schweif um sie schlängelte. Dann atmete sie tief durch und straffte den Rücken.

»Wie auch immer ich mich entscheide«, sagte sie leise, »Dad darf nicht merken, wie aufgeregt ich bin. Das würde seine Entscheidung vielleicht beeinflussen, noch bevor ich mich selbst entschieden habe. Sollen wir mal schauen, ob Dad Hilfe mit der Ausrüstung oder einem Patienten braucht?«

»Bliek«, pflichtete ihr Löwenherz bei, doch der Laut war verhaltener als das Schweifwedeln oder das Zucken seiner Ohren andeutete, als er in Richtung Tür voranging. »Bliek! Bliek! Bliek!«

Klettert-flink wusste nicht genau, was geschehen war – was in seinem Zwei-Bein ein derartiges Gefühlswirrwarr ausgelöst hatte. Zu Beginn ihres Zusammentreffens mit Erfahrener-Entscheider (so nannten die Baumkatzen das männliche Zwei-Bein, dem sich so viele ihrer zweibeinigen Freunde fügten) war Todesrachen-Verderb aufgeregt und glücklich gewesen, und ihr Geistesleuchten quoll fast vor Vorfreude und Begeisterung über. Doch dann, während die Zwei-Beine Mund-Laute um Mund-Laute austauschten, wurde die überbordende Freude allmählich immer stärker durch Unbehagen gedämpft.

Klettert-flink hatte sich keine Sorgen gemacht. Seit vielen Spannen, schon lange bevor er Todesrachen-Verderb kennengelernt hatte, diente er seinem Clan als Kundschafter. Er kannte die Aufregung, die mit jedem neuen Auftrag kam, und er wusste auch, wie die damit einhergehende Vorfreude allmählich nachließ, wenn man über die Herausforderungen und möglichen Probleme nachdachte, die sich bei der jeweiligen Aufgabe stellen mochten.

Doch am Schluss des Zusammentreffens war Todesrachen-Verderb von einer derart heftigen Welle tiefsten emotionalen Schmerzes erfasst worden, dass sich Klettert-flink zusammennehmen musste, um nicht selbst laut aufzuwimmern. Der wichtigste Unterschied zwischen Zwei-Beinen und Leuten war, dass Zwei-Beine gelegentlich versuchten, ihre Gefühle voreinander zu verbergen. Das war Klettert-flink zunächst außerordentlich seltsam, ja, verstörend erschienen, doch er erklärte sich das mit der Geistesblindheit der Zwei-Beine. Nicht einmal, wenn sie sich darum bemühten, konnten sie das Geistesleuchten eines anderen schmecken – und es schien ihnen tatsächlich ein Grund, sich zu schämen, wenn sie ihre Gefühle zu deutlich zeigten.

Da Klettert-flink gespürt hatte, wie sehr sich sein Zwei-Bein-Junges in diesem Moment bemühte, sich ihre Gefühle nicht anmerken zu lassen, hatte er sich seine erste Reaktion auf ihren Schmerz verkniffen und sich stattdessen für eine tröstliche Berührung entschieden. Er mochte ja die eigentümliche Einstellung der Zwei-Beine gegenüber offen gezeigten Gefühlen nicht recht verstehen, aber er stellte mit Stolz fest, wie stark Todesrachen-Verderb war und wie gut es ihr gelang, ihre Bestürzung zu verbergen – fast ganz ohne seine Hilfe.

Nachdem sie Erfahrener-Entscheiders Nest verlassen hatten und Licht-im-Schatten sie in seinem Flugding fortbrachte, hatte Todesrachen-Verderb ihren Gefühlen etwas mehr nachgegeben. Sofort hatte Klettert-flink den Grund für ihren Schmerz deutlich wahrnehmen können. Er erkannte die emotionalen Untertöne, die ihm verrieten, dass sein Zwei-Bein an Gebleichtes-Fell dachte, an das junge Zwei-Bein-Männchen, in den sie so viel innere Kraft steckte, seit er während der Anfangstage der Feuerzeit auf der Welt eingetroffen war.

Klettert-flink mochte Gebleichtes-Fell. Das junge Männchen war voller unbezähmbarer Neugier. Sein Geistesleuchten mochte nicht ganz so strahlend hell sein wie das von Todesrachen-Verderb, doch es barg eine äußerst anziehende Begeisterungsfähigkeit. Klettert-flink hatte sich gefreut, ihn wiederzusehen, nachdem das Zwei-Bein wohin auch immer verschwunden gewesen war. Trotzdem gab es immer wieder Augenblicke, in denen Klettert-flink überrascht war, wie viele Gefühle Todesrachen-Verderb diesem jungen Zwei-Bein-Männchen entgegenbrachte.

Dieser Gedanke entlockte Klettert-flink ein leises, belustigtes Blieken. Selbst den Leuten war gelegentlich ein Rätsel, warum sich mancher von dem oder der einen so sehr angezogen fühlte. Und so vermutete er, dass es, so eng Todesrachen-Verderb und er auch miteinander verbunden waren, immer ein paar Geheimnisse zwischen ihnen geben würde.

Mit der für Todesrachen-Verderb so charakteristischen Selbstbeherrschung hatte sie es geschafft, zumindest den Anschein von Gelassenheit zu wahren, als Heiler, ihr Ahne, zurückgekehrt war. Sie hatte Heiler dabei geholfen, seine jüngsten Patienten – zwei mittelgroße Pflanzenfresser, die so rochen, als hätten sie Atembeschwerden – ins Nest zu bringen, und dann hatte sie geduldig gewartet, während ihr Ahne Mund-Laute an das Zwei-Bein-Männchen richtete, das ihm bei der Arbeit zur Hand ging. Doch als Todesrachen-Verderb und ihr Ahne in dem großen Flugding endlich allein waren, hatten auch sie sich mit Mund-Lauten verständigt.

Es ging offensichtlich lebhaft hin und her, worüber sie sich austauschten. Da Todesrachen-Verderb nicht ungebührlich erregt schien, beschränkte sich Klettert-flink darauf, die interessanten Gerüche aufzusaugen, die von dem unter ihnen liegenden Wald zu ihm aufstiegen. Hin und wieder erkannte er die Mund-Laute wieder, die sich auf ihn selbst bezogen, und dann auch den kurzen, fast schon harten Laut, der für Licht-im-Schatten stand, doch meistens bedeuteten für ihn diese

Laute ungleich weniger als die Wellenbewegungen im Geistesleuchten seiner Person.

Er achtete auch weiterhin darauf, doch Todesrachen-Verderb schien gut zurechtzukommen. Also entspannte sich Klettert-flink ein wenig und ruhte sich aus, um noch besser eingreifen zu können, sollte es zu einer Krise kommen.

# 2

»Du siehst also, Mom«, beendete Stephanie ihre Zusammenfassung des Gesprächs mit Chief Ranger Shelton, »das Ganze ist eine Wahnsinnsehre. Was meinst du?«

Marjorie Harrington schob sich eine braune Locke hinter das Ohr, bevor sie antwortete – eine Geste, die deutlich verriet, wie angestrengt sie nachdachte. Der Blick ihrer haselnussbraunen Augen hatte lediglich aufrichtig interessiert und ein wenig neugierig gewirkt, als Stephanie ihr von Chief Ranger Sheltons Angebot berichtet hatte. Ihr scharfer Verstand, der ansonsten mit beeindruckender Mühelosigkeit Genstränge von Pflanzenformen zu modifizieren, zu zerteilen und neu zusammenzusetzen wusste, hatte einiges an Konzentration nötig, um Vor- und Nachteile der jüngsten Gelegenheit zu überdenken, die sich für ihre Tochter ergeben hatte.

Selbstverständlich hatte Stephanie ihrem Vater schon während ihres gemeinsamen Fluges zum Besitz Harrington von dem Angebot des Chiefs berichtet. Es wäre untypisch für sie gewesen, das nicht zu tun, und Stephanie wollte nun wirklich nicht, dass ihre Eltern an ihrem Verhalten erkannten, wie unschlüssig sie selbst sich in dieser Sache doch war. Die Reaktion ihres Vaters hatte Stephanie auch schon eine recht genaue Vorstellung davon verschafft, was ihre Mutter wohl sagen würde ... und sie wurde nicht enttäuscht.

»Schick mir die ganzen Informationen doch auf meinen Computer, ja? Ich will mir das selbst noch einmal in Ruhe ansehen und dann mit deinem Vater darüber sprechen. Und wie denkst du selbst darüber, Steph?«

»Ich bin ganz schön aufgeregt«, antwortete Stephanie. »Ist natürlich eine Riesengelegenheit. Aber ... drei Monate auf

Manticore ist ganz schön lange. Dort ist es ganz anders als hier auf Sphinx.«

Marjorie nickte. »So sonderbar das klingen mag: Vielleicht ist gerade das das beste Argument dafür, dass du fährst. Ich weiß ja selbst, wie heiß und innig du Sphinx liebst, aber es wäre vielleicht gar nicht schlecht, wenn du auch noch ein paar andere Planeten kennenlerntest. Nicht, dass du dich hier am Ende noch so sehr verwurzelst, dass du nachher nicht mehr über den Rand deines eignen Blumentopfs blicken kannst. Zu Anfang hattest du mit Sphinx schließlich auch deine Schwierigkeiten, weißt du noch?«

»Mom, das war mitten im Winter! Jetzt habe ich hier einen Frühling und einen Sommer erlebt, und allmählich bricht der Herbst an.«

»Und dann kommt wieder der Winter.«

»Ja, aber jetzt weiß ich schon so viel mehr über Sphinx, dass ich mich auf den Winter fast schon freue. Ich kann es kaum erwarten zu sehen, wie die Tiere und auch die Pflanzen mit dem ganzen Schnee zurechtkommen. Beim letzten Mal durfte ich ja schließlich ohne deine und Dads Begleitung nirgendwohin.«

»Schatz, da warst du erst zehn«, entgegnete ihre Mutter sanft.

»Ja, genau!«

»Trotzdem, Stephanie: Je länger ich darüber nachdenke, desto besser scheint mir, wenn du auch mal ein wenig Zeit auf einem anderen Planeten verbringst. Das heißt nicht, dass ich deine Teilnahme an der Schulung erlaube, versteh mich jetzt bloß nicht falsch! Aber ich sehe, dass das Ganze auf jeden Fall auch seine guten Seiten hätte. Du neigst nun einmal dazu, dich ganz und gar in etwas zu verbeißen, wenn dich ein Thema interessiert. Keine Ahnung, woher du das hast, denn weder dein

Vater noch ich neigen zu solch obsessivem Verhalten, nein, ganz sicher nicht! Wie dem auch sei: Es wäre bestimmt gut, dir da ein bisschen Ausgleich zu verschaffen.«

Stephanie wusste sehr genau, wie sehr sich ihre Eltern in ihre Arbeit vertieften und dabei alles andere vergaßen: Nicht nur einmal hatte ihre Mutter ganze Nächte durchwacht und darauf gewartet, dass sich die Blüte einer Pflanze öffnete, um Pollen ernten zu können. Ihre Mutter neckte sie also und fand die Idee mit Manticore demnach gar nicht so schlecht. Doch gerade das ließ Stephanies Unbehagen wachsen. Sie hatte sich praktisch darauf verlassen, dass wenigstens ein Elternteil der Idee ablehnender gegenüberstehen würde – was praktisch gewesen wäre, falls sie selbst sich letztendlich doch dagegen entschiede. Aber bislang erwiesen sich beide als erstaunlich zugänglich. Misstrauisch fragte sich Stephanie, ob Chief Ranger Shelton ihren Eltern gegenüber vielleicht doch schon den einen oder anderen Hinweis hatte fallen lassen ... obwohl er genau das ja bei der Besprechung ausdrücklich bestritten hatte.

»Ich schicke dir die Daten von meinem UniLink direkt auf deinen Computer«, sagte Stephanie. »Kann ich dir vielleicht beim Tischdecken helfen, oder so?«

»Na, das wäre ja prima ...«

Den Rest des Abends ging es allein um den ganz normalen Familienalltag, was so selten der Fall war, dass es schon bemerkenswert war. Schließlich bat Stephanie darum, aufstehen zu dürfen.

»Ich soll Dacey ja Jessicas Wasserfall zeigen, weil sie den morgen malen will«, erinnerte sie ihre Eltern. »Anders und sie holen mich morgen ziemlich früh ab, und ein bisschen Schlaf sollte ich mir schon gönnen.«

»Du kommst aber rechtzeitig genug zurück, dass wir darüber

noch einmal reden können, oder?«, fragte Richard nach. »Wir müssen dem SFD schließlich rasch antworten, da scheint mir eine Familienkonferenz angesagt.«

»Aber ja«, versprach Stephanie. »Ich wüsste nicht, warum ich nicht rechtzeitig zurückkommen sollte.«

In ihrem Zimmer angekommen, dachte Stephanie kurz daran, sich bei Jessica zu melden, verwarf die Idee aber. Sie war sich selbst so wenig sicher, was sie eigentlich wollte, dass ihr ein Gespräch mit der besten Freundin nicht viel weiterhelfen würde. Stattdessen saß sie noch lange Zeit an ihrem Schreibtisch und dachte nach, während auf ihrem Desktop eine Slideshow ihre Lieblingsholos ablief – alles Bilder von Zeit, die sie mit Anders verbracht hatte. Als sie schließlich ins Bett fiel, gingen ihr genau die gleichen Bilder durch den Kopf – nur waren es jetzt bewegte Bilder, die rätselhafte Andeutungen von sich gaben. Stephanie dachte noch, dass irgendwo in ihrem Traum wohl die Antwort verborgen lag, nach der sie suchte, aber als sie bei Tagesanbruch erwachte, verschwanden die Traumbilder rasch. Zurück blieb Ungewissheit.

»Hi, Dr. Richard«, begrüßte Anders Stephanies Dad, als dieser die Tür des großzügigen, aus Granitquadern errichteten Hauses öffnete. »Ist Stephanie so weit?«

»Guten Morgen, Anders«, gab Dr. Harrington zurück. »Steph ist gerade noch einmal hochgerannt, um irgendetwas zu holen. Magst du vielleicht einen Kaffee?«

»Ach, Dacey und ich haben zwar schon Kaffee getrunken«, antwortete Anders, »aber einen mehr könnte ich wohl noch vertragen. Haben Sie wieder die ganze Nacht durchgearbeitet?«

Der Tierarzt nickte und ging in Richtung Küche voran.

»Saleem hat aus der Klinik angerufen. Wir hatten zwei Nipperhopper mit einem Atemwegsinfekt; bei einem der beiden ist es dann zur Krisis gekommen. Wahrscheinlich hat er auf das Antibiotikum überreagiert. Hinfliegen musste ich zwar nicht – Saleem ist wirklich ein guter Veterinär! –, aber wir standen die ganze Zeit in Verbindung, bis wir den Patienten durchbekommen hatten.«

»Das hat also geklappt, ja?« Anders nahm die große Tasse mit dampfend heißem Kaffee entgegen und trank einen vorsichtigen Schluck. Stephanie liebte Süßes, aber er zog Bitteres wie den Kaffee vor. »Herzlichen Glückwunsch!«

»Danke. Ich glaube, wir werden beide retten können. Aber, spannend oder nicht, manchmal sehne ich mich doch nach den Zeiten zurück, in denen ich mich um Hunde und Katzen gekümmert habe und auf Heilmittel zurückgreifen konnte, die schon seit Jahrhunderten erprobt sind.«

Anders grinste. Er wusste, dass Dr. Harrington hier ein wenig arg dick auftrug. Schließlich war er ausgebildeter Xenoveterinär und hatte auch schon auf Meyerdahl reichlich Lebensformen behandelt, die keinerlei terrestrische Verwandtschaft besaßen.

Dann hörte er bereits Stephanie die Treppe hinunterpoltern – wie üblich mit halsbrecherischer Geschwindigkeit. Einen Augenblick später kam sie auch schon in die Küche gestürzt, in einer Hand ihre Reisetasche. Mit großen, geschmeidigen Schritten folgte ihr Löwenherz dichtauf.

»'tschuldige, Anders! Mir ist gerade erst eingefallen, dass ich die Extranetze für deinen Dad vergessen habe.«

Wie stets hüpfte Anders das Herz, sobald er Stephanie Harrington sah. Sie selbst fand sich ja nicht schön, das wusste er. Sie hielt sich für zu klein und ihr Haar für zu lockig und langweilig braun. Ohne dass Stephanie je ein Wort darüber verloren hatte, hatte er an ihren Reaktionen auf Mädchen mit weiblicherer Figur bemerkt, dass sie diese beneidete, Jessica oder Trudy beispielsweise. Anders hatte schon versucht, Stephanie zu erklären, dass ein paar Kurven hier und dort wirklich in Ordnung seien ... aber wie sollte er ihr das andere erklären, das Bild, das er vor sich hatte, jedes Mal, wenn er sie sah: ein Adler, der sich vom Wind tragen ließ? Oder ein Reh, das grazil gerade zum Sprung ansetzte? Wie klänge das denn, wenn er es laut ausspräche, das ganze romantische Zeug! Und das bei einem Mädchen, dessen Vater Tierarzt war und ihr beigebracht hatte, Tiere prinzipiell von der pragmatischen Warte aus zu betrachten.

»Über die Netze freut Dad sich bestimmt«, versicherte er ihr, ohne hinzuzufügen ›falls man ihm jemals erlaubt, nach Sphinx zurückzukommen‹. Stephanie und er hatten sich unausgesprochen darauf geeinigt, das Thema nicht anzuschneiden. »Er wird ja nicht müde, Artefakte miteinander zu vergleichen«, fuhr Anders fort. »Selbst wenn die für uns alle praktisch identisch aussehen.«

»Prima!«, sagte Stephanie, wandte sich zu ihrem Vater um und umarmte ihn rasch. »Zum Essen bin ich wieder da. Erinnerst du Mom bitte noch einmal, Jessica noch nichts davon zu erzählen? Das möchte ich selber machen.«

»Okay«, versprach Dr. Harrington, »mach ich.«

Tochter und Vater dieses Gespräch führen zu hören, überraschte Anders. Während der letzten sechs Monate waren Stephanie und Jessica einander so nahegekommen, dass es Anders ein bisschen eifersüchtig machte. Wahrscheinlich standen die beiden sich deshalb so nahe, weil sie beide von Baumkatzen adoptiert worden waren – oder das war bei Mädchen einfach so. Egal. Eigentlich. Denn obwohl die beiden nicht sonderlich viel Zeit damit verbrachten, über Klamotten oder

Frisuren zu tuscheln und zu kichern, gab es Augenblicke, wo er sich eindeutig ausgeschlossen fühlte. Was sollten Stephanies Eltern denn ihrer Freundin nicht erzählen?

*Vielleicht hat Jess demnächst Geburtstag, oder so*, dachte er. *Und Stephanie will ein Geschenk organisieren.* Er nahm sich fest vor, später nachzufragen, schließlich war Jessica Pheriss auch eine seiner Freundinnen. Ihren Geburtstag wollte er ganz sicher nicht verpassen.

»Kann ich dir irgendwie tragen helfen?«, fragte er Stephanie, als sie zu dem gemieteten Flugwagen hinübergingen.

»Passt schon«, versicherte sie ihm. »Ist längst nicht so schlimm, wie es aussieht.«

Anders protestierte nicht. Er hatte sich allmählich daran gewöhnt, dass Stephanie, so klein sie war, sehr viel stärker war als er. Sie bewegte sich im stärkeren Schwerefeld von Sphinx – immerhin 1,35 mal so stark wie das der Erde –, ohne dabei eine Kontragraveinheit zu tragen, die Anders immer bei sich hatte: bei Tag und Nacht, ob er wach war oder schlief. Sie Dinge durch die Gegend wuchten zu lassen, machte ihm weniger aus als gedacht. Schließlich wusste er, dass Steph erklären würde, sie habe doch überhaupt nichts getan, um sich diese größere Körperkraft zu verdienen oder zu erarbeiten. Die Harringtons waren nun einmal Dschinns – genetisch modifizierte Menschen. Auf ihrer Heimatwelt Meyerdahl hatte man gezielt verschiedene Varianten ausgearbeitet, die für eine bessere Anpassung an für genetisch unveränderte Menschen ungeeignete Umgebungen sorgen sollten. Anders hatte zwar keine Ahnung, wie ausgeprägt und weitreichend diese Veränderungen waren, aber er wusste auf jeden Fall, dass Stephanie stark und zäh war. Verletzungen verheilten bei ihr ungewöhnlich schnell. Ob auch Stephanies beachtlicher Intellekt – das Mädchen war geradezu beängstigend klug – auf die Genveränderung zurückzuführen war oder ob sie da einfach Glück gehabt hatte, wusste er nicht. Ihre Eltern jedenfalls waren beide ganz offenkundig alles andere als geistig minderbemittelt.

Selbstverständlich besaßen Stephanies gezielt herbeigeführte Mutationen auch ihre Nachteile. Besonders offenkundig war ihr enormer Appetit. Meistens hieß das zwar nur, dass sie eigentlich immer und überall etwas futterte, ohne auch nur ein Gramm zuzunehmen, aber es konnte auch anders kommen: Einmal waren sie auf eine etwas längere Wanderung gegangen, und die Snackriegel, die sie extra für Stephanie mitgenommen hatten, waren nicht mehr essbar gewesen, nachdem ihnen die Tasche in einen Bach gefallen war. Hätte Löwenherz nicht ein paar – ziemlich sonderbar aussehende – Nüsse herbeigeschafft, wäre es Stephanie ganz schön dreckig gegangen.

Aus eigener Erfahrung wusste Anders, wie glücklich man sich als Mensch schätzen konnte, Essbares unter dem zu finden, was auf Sphinx wuchs. Würden sich Menschen allerdings ausschließlich von heimischen Pflanzen oder deren Früchten ernähren, würden sich rasch Mangelerscheinungen einstellen. Doch allein schon die grundlegende Kompatibilität zeigte, dass der Planet – trotz seiner hohen Schwerkraft und dem allgemein recht kühlen Klima – den Menschen im Großen und Ganzen freundlich gesonnen war. Natürlich konnte immer noch ein Ungeheuer aus einem Sumpf auftauchen und einen fressen wollen ...

Die Erinnerung entlockte Anders ein Grinsen. Abenteuer waren lustiger, wenn erst einmal alles vorbei war.

Am Flugwagen angekommen, stellten sie fest, dass niemand darin saß. Keine sonderliche Überraschung für Anders.

»Dacey?«, rief er.

»Hier oben, einen Moment noch! Ich habe da gerade was gesehen, was ich unbedingt noch skizzieren will.«

Stephanie und Anders blickten eine der zahlreichen Kroneneichen hinauf, die sich rings um das Haus der Harringtons herum in den Himmel reckten. Von einem von deren unteren Zweigen hangelte sich gerade eine hagere ältere Dame herab. Erst kurz bevor sie den Boden erreichte, veränderte sie die Einstellung ihrer Kontragraveinheit und landete mit einer Leichtigkeit, die verriet, wie viel Erfahrung sie mit diesem Gerät bereits gesammelt hatte.

»Guten Morgen, Stephanie«, begrüßte Dacey Emberly sie fröhlich. »Ich hoffe, es stört deine Eltern nicht, aber wie das Licht da gerade durch die Blätter gefallen ist – vor allem jetzt, wo das Laub diesen bemerkenswerten Goldton annimmt ... da konnte ich mich einfach nicht mehr beherrschen.«

Stephanie grinste und verstaute ihren Rucksack im Flugwagen. Mit einem weiten Satz sprang Löwenherz ins Innere, hockte sich auf einen der Fensterplätze und bliekte lautstark. Er wollte, dass man ihm das Fenster öffnete, um Luft schnuppern zu können. Anders glitt auf den Fahrersitz und kam dem Wunsch des Baumkaters nach.

»Bei diesen Herbstfarben geht es Mom ganz genauso«, lachte Stephanie. »Das ist erst unser zweiter Herbst hier auf Sphinx, und beim letzten sind wir gerade erst hier angekommen, kurz vor Wintereinbruch. Im Augenblick macht Mom ständig Skizzen oder Aufnahmen – wirklich in jeder freien Minute. Sie möchte schließlich ihre Reihe mit den Jahreszeitenporträts abschließen.«

»Ja, ich weiß«, sagte Dacey, »und verstehe es, voll und ganz sogar. Wir sind jetzt schon fast ein ganzes T-Jahr hier, und vertraue ich meiner eigenen Erfahrung, herrscht auf Sphinx ewig Spätsommer. Aber die Veränderung der Laubfarben während der letzten paar T-Monate lässt mich dann doch glauben, dass es allmählich Herbst wird.«

»Eines kann ich Ihnen versprechen«, meinte Stephanie, »den Winter, glauben Sie mir, den merken Sie auf jeden Fall – sofern Sie dann noch hier sind.«

Während des Fluges zu dem Wasserfall, von dem sie Dacey erzählt hatte, unterhielten sie sich angeregt. Sie verglichen Sphinx und Meyerdahl mit Urako und verschiedenen anderen Planeten, die Dacey während ihres bereits beachtlich langen Lebens schon besucht hatte. Schließlich ließ Anders den Flugwagen auf der Lichtung aufsetzen, auf die ihn Stephanie hingewiesen hatte, und sie stiegen aus.

»Jetzt müssen wir noch ein paar Kilometer weit in diese Richtung«, sagte Stephanie und wies nach Nordosten. »Tut mir leid, dass ich keinen Landeplatz gefunden habe, der näher am Ziel liegt.«

»Das kriegen wir schon hin«, versicherte ihr Dacey und schaute dann zu, wie Stephanie die gewaltige Pistole überprüfte, die sie rechts an der Hüfte trug.

Anders hatte sich mittlerweile ebenfalls die Angewohnheit der Sphinxianer zu eigen gemacht, nicht unbewaffnet in den Urwald zu gehen. Allerdings zog er eine von den Ausmaßen deutlich bescheidenere Pistole vor, die er nun ebenfalls überprüfte. Dacey hingegen kannte ihre Grenzen nur zu genau. Sie hatte keinerlei Erfahrung im Umgang mit Feuerwaffen und nicht sonderlich viel Lust, daran etwas zu ändern. Sollte sich also irgendetwas mit Klauen und Zähnen auf sie stürzen wollen, würde ihr Beitrag darin bestehen, so rasch wie möglich aus dem Weg zu gehen und Stephanie die Hauptarbeit zu überlassen.

»Gehen wir!«, entschied Stephanie schließlich, schulterte ihren Rucksack und stiefelte zwischen den Pfostenbäumen hindurch. Dabei hielt sie sich an einen Pfad, den Löwenherz und sie während ihres letzten Besuches hier markiert hatten.

Anders und Dacey folgten ihr, und Stephanie bekam mit, dass die beiden sich über Calida Emberlys letztes Treffen mit Patricia Helton unterhielten, Gouverneurin Donaldsons Stabschefin. Heltons ganzes Auftreten hatte verraten, wie verstimmt die Gouverneurin angesichts von Dr. Whittakers Verhalten nach wie vor war, aber allmählich schien sie sich zumindest ein wenig zu beruhigen. *Wahrscheinlich hilft's sehr, dass der gute Dr. Whittaker nun schon seit fünf Monaten nicht mehr auf Sphinx ist,* dachte Stephanie.

Es war sonderbar, wenn sie's recht überlegte, dass Anders' Vater nun schon seit fast zwei Monaten wieder im Kenichi-System sein sollte. Wie er sich wohl dabei geschlagen hatte, sein Handeln auf Sphinx zu rechtfertigen? Bislang hatte sie den Eindruck gehabt, es könnte ihm gelingen, den Groll, den seine Kollegen sicherlich gegen ihn hegten, zu beschwichtigen – aber was, wenn nicht? Und selbst wenn es ihm gelänge, dank seiner guten Beziehungen für seine Rückkehr ins Sternenkönigreich erneut ein schnelles Kurierschnellboot zu organisieren, könnte er frühestens in einem Monat hier eintreffen. Stephanie bliebe also noch ein wenig Zeit mit Anders – ganz egal, was sonst noch geschehen mochte. Aber was, wenn er käme, um Anders abzuholen, weil man ihn an der Urako University mit Schimpf und Schande empfangen hatte? Wenn er auf einem regulären Passagierschiff hierher zurückreiste, wären Anders und ihr noch mindestens fünf, vielleicht sogar sechs Monate vergönnt, bevor er nach Hause müsste. Aber sollte sich Anders' Vater wieder eine Rückfahrt auf einem Kurierboot organisieren können, war Anders vielleicht schon auf der Rückreise nach Urako, bevor Stephanie von Manticore zurückkehrte.

*Sich Sorgen zu machen, ändert nichts an dem, was einem Sorgen macht,* erinnerte sie sich selbst, während sie mit allen Sinnen, die sie einzusetzen wusste, auf mögliche Bedrohung in der Nähe achtete. Das Tempo gab Löwenherz vor: Gut fünfzehn Meter über dem Waldboden huschte er von Baum zu Baum durch den Pfostenwald, und Stephanie vertraute ganz darauf, dass er Gefahren lange vor ihr wahrnehmen würde ... aber das entband sie nicht von der Verantwortung, auch selbst auf sich und ihre Begleiter aufzupassen.

Während sie tiefer in den Wald vorstießen, dachte sie an die Vorfälle um die Whittaker-Expedition zurück. Falls Dr. Whittaker tatsächlich wieder zurückkehren dürfte, würden ihn dieses Mal andere Expeditionsteilnehmer begleiten – was Stephanie für eine gute Idee hielt. Was vor sechs Monaten geschehen war, hatte ihn hoffentlich von der Überzeugung kuriert, er wisse alles immer besser als jeder andere. Beinahe von einer Sphinxianischen Sumpfsirene gefressen zu werden, sollte eigentlich für jeden Warnung und Mahnung genug sein. Und dass er nicht mehr nur noch von Menschen umgeben wäre, deren Karrieren auf Gedeih oder Verderb von ihm abhingen, wäre für Dr. Whittaker vermutlich ebenfalls ganz heilsam.

Virgil Iwamoto hatte den Posten als Dr. Whittakers leitender Assistent abgegeben und eine Rückfahrt für sich selbst und seine schwangere Frau Peony Rose organisiert: Ungefähr einen Monat, nachdem Dr. Whittaker das Kurierboot bestiegen hatte, waren die beiden an Bord eines Sternenschiffs gegangen, das Beowulf ansteuerte. Moderne medizinische und technische Errungenschaften sorgten dafür, dass Schwangerschaften und Geburten auf Hochschwerkraftwelten längst nicht mehr so riskant waren wie früher, aber Anders hatte Stephanie erzählt, dass sich Virgil und Peony Rose trotzdem Sorgen machten. Außerdem hätten sie sicher während dieser aufregenden Zeit ihre Familie gern in der Nähe ... und sie würden ohnehin nur gerade noch rechtzeitig die Heimat erreichen.

Ob nun aus Dankbarkeit, oder weil Whittaker wusste, dass Virgil nur die Wahrheit über die Vorfälle in Sphinx' Urwald berichten müsste, um ihm seinen Ruf zu ruinieren, hatte Dr. Whittaker ihn aus seinem Vertrag entlassen und ihm ein perfektes Dienstzeugnis ausgestellt. Zugleich gestand er Virgil auch das Recht zu, die Daten der Expedition im Rahmen seiner Dissertation zu nutzen. Damit, so hatte Anders erklärt, war sichergestellt, dass dieser Arbeit reichlich Aufmerksamkeit zuteilwürde.

Nach Virgils Abreise war Calida das dienstälteste und damit führende Mitglied der offiziellen Urako-University-Expedition ins Sternenkönigreich – auch wenn es sehr wahrscheinlich schien, dass Kesia Guyen Virgils Platz einnähme, sobald – oder: falls – Dr. Whittaker eine Rückkehr gestattet würde. Da Kesia Linguistin war und sich die Baumkatzen bemerkenswert hartnäckig weigerten, ihr irgendetwas zu bieten, was sie nutzen konnte, hatte sie beschlossen, sich fachlich weiterzubilden. Wie sich herausstellte, vermochte ein Verstand, der mühelos kleinste Details von Wortabfolgen oder grammatische Regeln organisieren konnte, auch sehr gut Details fremdartiger Kulturen zu kategorisieren. Und für alle Beteiligten von Vorteil war, dass John Qin, Kesias Mann, einige äußerst profitable Geschäftsbeziehungen innerhalb des Sternenkönigreichs aufgebaut hatte. Im Gegensatz zu Virgil, dem die Abhängigkeit von seinem Mentor nur allzu bewusst gewesen war, hatte sich Kesia nicht von ihrem Chef einschüchtern lassen: Sie strebte zwar fachliches Fortkommen an, aber die zunehmende wirtschaftliche Bedeutung ihres Mannes war ein gewisser Schutz für sie. Und nach allem, was Stephanie bislang mitbekommen hatte, sahen sich die beiden anderen bereits promovierten Wissenschaftler – Calida und Dr. Nez – anscheinend in der Pflicht, das

Urteil über die mögliche Intelligenz der Baumkatzen nicht ausschließlich anhand der Feuersteinwerkzeuge sowie der Netze, Tonkrüge, Flechtkörbe und Behausungen zu fällen, die offenkundig die materiellen Kulturgüter von Sphinx' Ureinwohnern ausmachten ... was für Dr. Whittakers gelegentliche Anfälle exzessiver Begeisterung zweifellos einen weiteren Dämpfer darstellte.

*Wenn er zurückkommt und Gouverneurin Donaldson und Ministerin Vásquez ihm den Aufenthalt hier gestatten, wird er sich in Zukunft ganz bestimmt besser benehmen,* dachte Stephanie und lächelte in sich hinein.

Anders folgte Dacey und bildete daher die Nachhut ihrer kleinen Truppe. Er versuchte, es an Wachsamkeit Stephanie gleichzutun. Er beneidete sie um ihre Unbeschwertheit: Sie schien sich im Urwald wie zu Hause zu fühlen, bewegte sich mit der entspannten Anmut, die ihr die genetisch verbesserten Muskeln verliehen, und schien dabei jedes Geräusch, jeden Laut, jeden Lichtstrahl zu registrieren. *Für ein Leben auf einer Welt wie dieser ist sie geboren,* sinnierte er und hoffte, das Verhalten seines Vaters sorgte nicht dafür, dass sie alle letztendlich doch noch von Sphinx verbannt würden.

Über diese Möglichkeit dachte er alles andere als gern nach, doch in letzter Zeit umso häufiger. Es war frustrierend gewesen, auf Manticore festzusitzen, bis Dacey gelungen war, Calida von einer Rückkehr nach Sphinx zu überzeugen. Textnachrichten und Videobotschaften waren einfach nicht das Gleiche wie ein Gespräch von Angesicht zu Angesicht. Gut an ihrer Trennung war nur die Rückkehr gewesen: Bei der Begrüßung hatte Stephanie ihn so fest umarmt, dass er immer noch nicht ganz sicher war, ob dabei nicht eine seiner Rippe angeknackst worden war. Immerhin blieben ihnen beiden jetzt noch mindestens drei oder vier gemeinsame Monate – und zwar auf demselben Planeten!

Dieser Gedanke entlockte ihm ein Lächeln, das sogar noch breiter wurde, als er sich vorstellte, dass er sie schon bald ausnahmsweise einmal ganz für sich allein haben würde. Dacey würde sich voll und ganz in ihre Skizzen vertiefen, sobald sie den von Stephanie beschriebenen Wasserfall erreicht hätten. Dann hätte Anders endlich Gelegenheit, mit Stephanie ein Ausmaß an Privatsphäre zu genießen, das ihnen nur selten vergönnt war.

Wenn Stephanie ihn oder die anderen Expeditionsteilnehmer durch den Urwald führte, war eigentlich immer Karl dabei. Anders mochte Karl wirklich gern, aber in seiner Gegenwart fühlte er sich eingeschüchtert. Der ein Jahr ältere Karl bewegte sich in unwegsamstem Gelände mit derselben Ungezwungenheit wie Stephanie, also auch ohne Einsatz einer Kontragraveinheit. Doch bei Karl war dieser Umstand nicht auf genetische Modifikationen zurückzuführen, sondern hauptsächlich auf seine Sturheit. Als gebürtiger Sphinxianer war Karl fest entschlossen, sich auf seinem Heimatplaneten frei bewegen zu können, ohne ständig auf transportable Geräte angewiesen zu sein. Anders war lange genug auf Sphinx, um zu wissen, dass sich nicht jeder Sphinxianer für ein derart anstrengendes Leben entschied – was natürlich den Respekt, den er Karl zollte, nur noch steigerte.

Die Sache war nur die: Anders wusste nicht genau, wie Karl über ihn dachte … und darüber, dass er eine immer wichtigere Rolle in Stephanies Leben spielte. Einige Bemerkungen, die er im Laufe der Zeit, auch von ihr selbst, aufgeschnappt hatte, hatten ihn zu dem Schluss kommen lassen, dass sich Stephanie, frisch auf Sphinx angekommen, geweigert hatte, sich mit Gleichaltrigen anzufreunden. Sie war sich selbst genug gewesen, und später hatte sie Löwenherz gehabt. Darüber hinaus hatte sie nur Online-Kontakte, was Schulkurse oder Clubs anging. Hätten ihre Eltern sie nicht genötigt, bei dem Drachenfliegerclub mitzumachen, hätte Stephanie vermutlich bis heute keine gleichaltrigen Freunde. Dann hatten die Ranger Stephs Eltern davon überzeugt, Stephanie im Schusswaffengebrauch unterweisen zu lassen. Hierbei hatte sie Karl kennengelernt: Er war ihr Tutor gewesen, denn die Ranger hatten natürlich nicht immer Zeit für die Ausbildungsstunden. Im Trainingsverlauf hatte sich dann herausgestellt, dass Karl und Stephanie deutlich mehr gemeinsame Interessen teilten als nur das Scheibenschießen, und so war Karl zu Stephanies erstem richtigen Freund auf Sphinx geworden.

Anders wusste, dass Steph Karl wirklich sehr mochte – aber sie sah in ihm eben eher einen Kumpel, mehr nicht. Was Anders hingegen *nicht* wusste, war, wie Karl über Stephanie dachte. Anfangs hatte Anders gefürchtet, er erhalte von ihm ›Finger-weg!‹-Signale, doch irgendwann schien Karl zu akzeptieren, dass Stephanie in romantischen Dinge einen eigenen Kopf besaß – wie in allen anderen Dingen auch.

Trotzdem: Die wenigen Male, die Karl sie beim Küssen erwischte (immer dann, wenn er zwar in der Nähe gewesen war, sie aber unmöglich darauf hatten Rücksicht nehmen und etwas anderes tun können, als sich küssen), hatte Anders geglaubt, in Karls dunklen Augen Eifersucht aufflackern zu sehen. Aber vielleicht waren ja auch nur seine Beschützerinstinkte Stephanie gegenüber angesprungen.

Über Karl nachzudenken, brachte Anders zu dem nächsten Problem, das sich bei der aufkeimenden Beziehung zwischen Steph und ihm ergab: ihre Verbindung zu Löwenherz. Der Baumkater war eindeutig mehr als nur ein Haustier, und wer ein wenig mehr Zeit mit Baumkatzen verbrachte, wusste es: Sphinx' Ureinwohner waren unbestreitbar intelligent – auch wenn sich diese Intelligenz in anderer Form bemerkbar machte als beim Menschen. Selbst sein Vater, der nun einmal dazu neigte, eine Spezies ausschließlich anhand ihrer materiellen Kulturgüter zu beurteilen, hatte beschlossen, die 'Katzen als intelligent anzusehen. Die einzige Frage, die es nun noch zu klären galt, so zumindest sah es Anders, lautete: Wo auf der Intelligenzskala waren die Baumkatzen letztendlich einzustufen?

Aber Stephanie hatte Anders etwas anvertraut, was bislang nur sehr wenige Menschen wussten: Sie war sich sicher, dass 'Katzen Empathen waren. Nicht ganz so sicher, aber immer noch ziemlich davon überzeugt, war sie, dass sie sogar Telepathie beherrschten. Anders musste ihr zumindest beipflichten, dass bei der Interaktion von Baumkatzen irgendetwas vor sich gehen musste, was sich nicht visuell überprüfen ließ. Er hatte gesehen, wie deutlich sich Löwenherz Stephanies Emotionen bewusst war. Mittlerweile war er sich zudem recht sicher, dass Löwenherz auch andere Menschen zu lesen verstand, nicht nur Stephanie. Sie behauptete ja mit Nachdruck, Löwenherz könne den Charakter eines jeden Menschen sehr gut einschätzen – schließlich mochte er Anders, nicht wahr? Einen anderen Fremdweltler hingegen, diesen Tennessee Bolgeo, hatte Löwenherz von Anfang an nicht ausstehen können.

Ob die 'Katzen nun tatsächlich auch Telepathen waren ... Anders vermutete ja, dass Stephanie auch in dieser Richtung recht hatte. Er hatte schließlich Gelegenheit gehabt, Löwenherz und Ohnefurcht bei der Zusammenarbeit zu beobachten – und diese Zusammenarbeit war derart komplex, dass es unmöglich gewesen wäre, alle dazu erforderlichen Informationen in Form eines einzelnen Emotionsimpulses zu übermitteln. Eines der besten Beispiele war wohl, wie Ohnefurcht, der Gartenarbeit ebenso sehr liebte wie Jessica, die Handpfote nach einem bestimmten Werkzeug ausgestreckt hatte. Löwenherz war zu ihm hinübergesprungen, hatte das Werkzeug, das Jessica aus der Hand gelegt hatte, geholt und es dann Ohnefurcht gereicht. Keinen einzigen Laut hatten die beiden dabei von sich gegeben. Ohnefurcht hatte sich nicht einmal nach dem betreffenden Werkzeug umgedreht. Also ließ sich diese Abfolge von Ereignissen auch nicht mit Körpersprache erklären, in der die Linguistin Kesia einen gleichwertigen Ersatz für komplexere Lautfolgen vermutete.

Das alles sorgte dafür, dass sich Anders unwohl fühlte, wann immer er mit Stephanie allein war und es etwas ... Romantischer wurde. Waren sie beide wirklich allein? Wie viel von dem, wie Stephanie auf ihn, Anders, reagierte, nahm auch der Baumkater wahr, und wie viel von Anders' Reaktionen bekam er ebenfalls mit? Anders war fest entschlossen, bei ihrer wechselseitigen Erkundung auf keinen Fall etwas zu tun, was Stephanie nicht recht wäre – aber das hieß ja nicht, dass er sich nicht ganz bestimmte ... Dinge vorstellte, und zwar sehr konkret.

Fürchten zu müssen, Löwenherz bekäme das mit, war ja schon schlimm genug. Aber was, wenn der Baumkater derlei Gefühle mit Stephanie teilte? Was würde er dann von Anders denken? Würde ihn das faszinieren oder eher abstoßen? Konnte der Baumkater vielleicht die Gefühle, die Steph und er füreinander hatten, beeinflussen oder gar verzerrt darstellen?

Gedanken wie diese reichten jedes Mal aufs Neue, um Anders zögern zu lassen, wenn die Gefahr bestand, sich vielleicht ein bisschen zu weit vorzuwagen – selbst wenn er sich sicher war, dass Stephanie etwas mehr Wagemut zumindest nichts ausgemacht hätte. Nein, allein schon darüber nachzudenken, was Löwenherz wissen oder nicht wissen mochte, brachte Anders jedes Mal völlig aus dem Konzept.

Lächelnd schüttelte er den Kopf und konzentrierte sich dann wieder ganz auf seine Umgebung.

»Das ist atemberaubend, Stephanie!«, rief Dacey Emberly begeistert, als sie den Fuß des Wasserfalls schließlich erreicht hatten.

Neunzig Meter über ihnen stürzten die Wassermassen über einen Felsvorsprung hinunter in die Tiefe; flankiert war der Wasserfall von zwei kleineren Fällen, die über Felsstufen, zu Becken ausgewaschen, in die sie gischtweiß strudelten, nach unten sprangen. Der See am Fuß der Felswand maß sicher fünfzig Meter im Durchmesser; selbst in Ufernähe, wo die Wassermassen die Oberfläche nicht aufschäumten, als koche das Wasser, war der See nicht glatt und still: In einem Sprühregen ging das zerstäubte Wasser darauf nieder und raute die Oberfläche auf. Der Fluss, den der See speiste und gen Tal schickte, war ganze zwanzig Meter breit; in unzähligen Stromschnellen toste er hinab, bahnte sich seinen Weg um massive, bemooste Felsbrocken, die seine Wasser in einer halben Ewigkeit glatt gewaschen hatten. Der dichte Baumbestand und das schier undurchdringlich wirkende Unterholz zeigten zwar hauptsächlich das charakteristische sommerliche Blaugrün der Rotfichte, aber hier und dort hatte bereits der Herbst das Laub geküsst und tauchte die Landschaft in üppigere Farbenpracht.

Über das Tosen des Wasserfalls hinweg war es schwierig, Dacey zu verstehen, doch ihr Gesichtsausdruck verriet all die Emotionen, auf die Stephanie gehofft hatte.

»Jessicas Entdeckung«, erklärte sie der alten Dame mit erhobener Stimme. »Sie und ich waren gerade damit beschäftigt, für Mom die Unterschiedlichkeit im Pflanzenleben unseres Besitzes aus der Luft zu kartographieren. Eigentlich sollte man meinen, so etwas Großes könnte man nun wirklich nicht übersehen, aber diese Kroneneichen ...«, sie deutete über ihre Schulter hinter sich, »verhindern den Blick darauf aus der Luft ziemlich gut. Man muss schon im genau richtigen Winkel darauf zufliegen.«

»Wirklich spektakulär!«, rief Dacey und verdrehte sich fast den Hals bei dem Versuch, das ganze Panorama in sich aufzunehmen. »Und wo du gerade von Kroneneichen sprichst: Eine von denen könnte einen guten Aussichtspunkt abgeben. Natürlich nur, wenn Ihnen das recht ist, Rangeranwärterin Harrington!«

Sie grinste breit, und Stephanie lachte sie an.

»Doch, das sollte ungefährlich sein«, meinte sie dann. »Schauen Sie, Löwenherz probiert es schon aus!« Sie deutete auf ihren pelzigen Freund, und als Dacey in die angewiesene Richtung blickte, sah sie einen cremefarben-grauen Schatten am Stamm der höchsten Kroneneiche hochflitzen. »Wir vergewissern uns nur noch, dass sich dort oben wirklich nichts herumdrückt, was uns fressen möchte, und dann suchen Anders und ich Ihnen einen guten Aussichtspunkt ungefähr auf halber Höhe. Von dort aus können Sie dann so hoch hinaufsteigen, wie Sie mögen, damit Sie alles aus genau dem richtigen Blickwinkel sehen können.«

Klettert-flink stieg an dem hohen Goldblatt hinauf. Mit Augen, Ohren, Nase und seinem gesamten Geist erkundete er die Umgebung. Schon früh war ihm klar gewesen, dass sie Auge-der-Erinnerung hierherbringen mussten: Das ältere Zwei-Bein-

Weibchen musste sich den Wasserfall, den Windgetrieben entdeckt hatte, unbedingt anschauen. Klettert-flink war froh, dass es endlich dazu gekommen war, denn er liebte es, Auge-der-Erinnerung bei der Arbeit zuzuschauen.

Niemals wäre es einem der Leute in den Sinn gekommen, ein immerwährendes Abbild von etwas zu erschaffen, das einer von ihnen gesehen hatte. Denn die Leute vermochten ja, gemachte Erfahrung aneinander weiterzureichen. Deswegen hatte Klettert-flink auch länger gebraucht, als vielleicht nötig gewesen wäre, um einen Zusammenhang zu erkennen: Die bewegten Bilder auf einem der leuchtenden, flachen Erinnerungsdinger, vor denen Todesrachen-Verderb so viel Zeit verbrachte, zeigten, was er selbst mit eigenen Augen wahrgenommen hatte! Dann hatte er sich wieder daran erinnert, dass die armen, geistesblinden Zwei-Beine ja nun einmal keine Erinnerungen an andere weitergeben konnten. Er war beeindruckt von der durchaus sinnreichen Methode, mit der sie diese Unzulänglichkeit auszugleichen versuchten ... aber die Abbilder, die Auge-der-Erinnerung schuf, waren viel ansprechender: Sie waren keine präzisen Abbilder, und sie bewegten sich auch nicht, aber sie zu betrachten ... nun, das war so, wie man die feinen Unterschiede genießen konnte, die sich zwischen den Erinnerungen zweier Leute an die gleiche Begebenheit ergaben. Es war fast so, als könnte Auge-der-Erinnerung ihre eigene Wahrnehmung der Dinge, die sie mit ihren Malwerkzeugen einfing, trotz Geistesblindheit mit anderen Menschen teilen. Miterleben zu dürfen, wie ihre geschickten Finger diesen Abbildern Leben einhauchten, das war beinahe so schön wie der Geschmack ihres glücklichen, hochkonzentrierten Geistesleuchtens bei der Arbeit.

Todesrachen-Verderb und er hatten Auge-der-Erinnerung nun schon zu mehreren Erkundungen begleitet. Deswegen hatte er schon erahnt, wo sie sich vermutlich am liebsten hinkauern würde, um dieses neue Abbild zu erschaffen. Als sich Todesrachen-Verderb umgedreht und zum höchsten der Goldblätter am See aufgeblickt hatte, wusste er, dass er sich nicht getäuscht hatte. Es fühlte sich gut an, rasch an dem gewaltigen Baum emporzuklettern. Wie sollte es auch anders sein? Hatte ihn sein Clan nicht Klettert-flink genannt, gerade weil das Klettern zu den Dingen gehörte, die er am meisten liebte?

Er erreichte eine breite Astgabelung, hielt kurz inne und blickte am Stamm hinab. *Das hier ist ein guter Platz für Auge-der-Erinnerung,* entschied er. Dieser Ast war breit genug, dass sie darauf ebenso gut sitzen wie stehen konnte, beschattet genug, damit das Zwei-Bein-Weibchen nicht durch direktes Sonnenlicht geblendet würde, und man konnte den ganzen Wasserfall gut einsehen. Anzeichen drohender Gefahr bemerkte Klettert-flink nicht, und so eilte er bis zum äußersten Ende des dicken Astes vor, stellte sich auf die Echtpfoten und winkte mit seiner Echthand Todesrachen-Verderb zu.

Er konnte sie nicht dazu bringen, seine Geistesstimme zu hören, aber er wusste genau, dass sie ihn durch das Weitsehding beobachtete, das sie immer am Gürtel trug – und er spürte, dass sie ihn verstanden hatte, als er ihr und den beiden anderen Zwei-Beinen das Zeichen gab. Sie winkte zurück, und so machte es sich Klettert-flink auf diesem windumspielten Sitzplatz bequem und wartete.

»Was meinst du wohl, wie lange sie dieses Mal zeichnen wird?«, fragte Anders und grinste Stephanie an. Gemeinsam saßen sie auf ihrem eigenen Ast, gute zwanzig Meter unter dem von Dacey. Entspannt hatten sie sich gegen den dicken Stamm der gewaltigen Kroneneiche gelehnt und tranken von der Limonade, die Marjorie Harrington ihnen mitgegeben hatte.

»Wahrscheinlich, bis das Licht zu schlecht wird, um weiterzumachen«, erwiderte Stephanie und grinste ebenfalls. Sie hatte Dacey Emberly wirklich ins Herz geschlossen, aber wenn man mit einer Mutter aufgewachsen war, die ebenfalls malte, lernte man so einiges über diesen ganz besonderen Menschenschlag.

»Jou, stimmt«, pflichtete ihr Anders bei.

Er blickte sich um und genoss das warme Sonnenlicht und die kühle Brise, die durch das Laub der Kroneneiche strich. Wahrscheinlich hätte er sich in dieser Höhe längst nicht so wohlgefühlt, hätte er nicht seine eigene Kontragraveinheit bei sich gehabt. Erst im Laufe der Zeit hatte er sich daran gewöhnt, auf Sphinx in Bäumen herumzuklettern. Stephanies und Löwenherz' Leben spielte sich sicher zu einem Drittel in den Baumwipfeln ab.

Kaum dass er an den Baumkater gedacht hatte, blickte er hinauf zu dem Ast, auf dem Löwenherz lag, etwas oberhalb von Dacey: Über ihre Schulter hinweg schaute er ihr aufmerksam bei der Arbeit zu. Anders wusste, dass Löwenherz Dacey gern beim Malen beobachtete. Wie sehr er sich wohl gerade auf Daceys Emotionen konzentrierte und nicht auf Stephanies? Ließe er sich überhaupt von der Gefühlswelt seiner menschlichen Freundin ablenken, oder war, was Stephanie bewegte, unabhängig davon, wie ihre Verbindung eigentlich funktionierte, immer im Vordergrund seines eigenen Bewusstseins? Diese Frage hatte sich Anders schon häufig gestellt ... Und doch war er dankbar für Löwenherz' Anwesenheit. Denn niemand erhob Einwände, wenn Stephanie und er allein, ohne Karl etwa, einen Ausflug unternahmen. Anscheinend war man der Ansicht, Löwenherz reichte als Anstandsdame.

*Stimmt wahrscheinlich auch,* dachte Anders reumütig. *Selbst wenn mich Stephanie geradeheraus auffordern würde, mehr ... na ja ... mehr zu machen, als wir eben so machen, glaube ich nicht, dass ich es versuchen würde. Schließlich kenne ich die Aufzeichnung davon, was Löwenherz und seine Familie mit dem Hexapuma gemacht haben. Ich will nun wirklich nicht, dass er zu dem Schluss kommt, ich würde für seinen Menschen eine Bedrohung darstellen!*

Doch heute schien Stephanie etwas anderes im Sinn zu haben als sonst: Bisher hatten sinnliche Erkundungen auf dem Plan gestanden – wobei sie die Tier- und Pflanzenwelt von Sphinx ebenso erkundet hatten wie einander. Anders wusste nicht genau, warum, aber ihr allgegenwärtiges Lächeln kam ihm heute ein wenig gezwungen vor. Jetzt ruhte ihr Blick ungewohnt lange auf ihm, und ihr Lächeln verflog. Dann griff sie nach seiner Hand. Anders brauchte kein Telepath zu sein – nicht einmal ein Empath! –, um zu wissen, dass sie Trost suchte und ihn nicht etwa wortlos zum Kuscheln aufforderte.

Er runzelte die Stirn, so angestrengt suchte er nach den richtigen Worten, um zu fragen, was denn nur los sei. Sie sollte ja auf keinen Fall das Gefühl bekommen, er finde ihr Verhalten sonderbar. Aber das erwies sich nicht als notwendig.

»Anders«, fragte sie, »wie hast du dich gefühlt, als du die Chance bekommen hast, nach Sphinx zu gehen?«

Anders war verblüfft. Über dieses Thema hatten sie schon einmal gesprochen, als sie einander erzählt hatten, auf welchen Planeten sie schon gewesen waren. Damals war ihr das Thema keiner tiefschürfenderen Betrachtung wert gewesen. Ihm auch nicht. Warum bereitete ihr das jetzt so große Sorgen? Oder ...

Mit einem Schuss ins Blaue könnte er möglicherweise einen ungewünschten Themenwechsel erzwingen, und so antwortete er ganz offen: »Ich hab mich ziemlich darauf gefreut. Für die Baumkatzen hatte ich mich schon vorher interessiert, weißt du? Und jetzt würde ich sie mir selbst anschauen können – nicht nur Aufzeichnungen, und auch nicht ein gefangenes Exemplar, das irgendwo herumgezeigt wird, sondern so richtig da, wo sie halt leben. Doch, ich war schon ziemlich aufgeregt, ja.«

»Hat es dir nichts ausgemacht, von zu Hause weg- und an einen fremden Ort zu gehen?«

»Ach, eigentlich nicht. Ich meine, ich war ja nicht allein und auf mich gestellt, oder so. Klar, Dad kann sich völlig in seiner Arbeit verlieren. Aber wäre ich in Schwierigkeiten geraten, wäre er auf jeden Fall da gewesen. Und obwohl meine Mom fest davon überzeugt war, auf einer Koloniewelt müsse es doch ziemlich rückständig zugehen, war mir klar, dass Sphinx in mancherlei Hinsicht ganz vorne mitmischt.«

»Das gilt für Manticore noch mehr«, gab Stephanie zurück. »Ich bin da zwar nicht mehr gewesen, seit wir auf der Überfahrt nach Sphinx dort einen kurzen Zwischenstopp eingelegt haben. Damals war ich zehn und frisch von Meyerdahl gekommen. Deswegen fand ich das alles nicht gerade berauschend. Aber jetzt weiß ich, dass auf Manticore eine ganze Menge Leute glauben, auf Sphinx würden nur Bauerntrampel leben.«

»Ja, ein paar Leute vielleicht schon«, gab Anders zurück. »Ich kann mich zwar nicht erinnern, dass jemand was in der Art zu mir gesagt hätte, aber die meisten, mit denen ich gesprochen habe, wussten ja auch, dass ich nur zu Besuch bin. Wahrscheinlich reden die in Gegenwart von Fremden nicht schlecht über ihre Nachbarn.« Er lächelte. »Aber ich glaube, die meisten finden Sphinx völlig okay.«

»Echt, jetzt?« Kurz wandte Stephanie den Blick ab. »Also, bei meiner Ankunft hier fand ich Sphinx ziemlich rückständig und habe es nicht gemocht, hier zu leben. Zumindest bis ich

Löwenherz kennengelernt habe. Also fände ich es gar nicht so überraschend, wenn man auf Manticore auch so über Sphinx dächte. Oder dass die da ... na, sagen wir, vielleicht jemanden von Sphinx komisch anschauen, wenn der plötzlich in Landing herumspaziert, oder so.«

Endlich begriff Anders, worauf das Ganze wohl hinauslief.

»Du hast eine Chance, nach Manticore zu gehen? Das ist ja cool, Steph! Ich fand den Aufenthalt da echt klasse – außer dass du nicht da warst, meine ich. Manticore wird dir, glaub ich, richtig gut gefallen! Weshalb geht's denn dorthin? Wegen einer Schulungsexkursion? Oder geht's um einen Wettbewerb?«

»Könnte man so sagen«, antwortete Stephanie. Sie atmete noch einmal tief durch, und dann sprudelte es regelrecht aus ihr heraus: Sie erzählte Anders von der Besprechung mit Chief Ranger Shelton.

Anders hörte ihr zu, anfänglich begeistert, dann – als er begriff, wie lange Stephanie fortbleiben würde – mit zunehmender Bestürzung. Gegen diese Reaktion kämpfte er an. Er war sich sicher, dass Stephanie nicht wusste, wie er sich fühlte, aber er vermutete, dass sich Löwenherz nicht täuschen ließe, sollte er jetzt doch gerade auf ihn und nicht auf Dacey achten.

Stephanies Bericht war immer atemloser geworden und endete in einem seltsam erstickten Laut, den Anders erst nicht zu deuten wusste: ein Schluchzen vielleicht? Nein, das konnte nicht sein, nicht bei der Königin der Selbstbeherrschung! Aber den letzten Teil der ganzen Geschichte hatte sie eher dem Baumstamm neben ihrem rechten Fuß erzählt, denn dorthin war ihr Blick gegangen, und nicht zu ihm. Die Hand in ihrem Nacken, brachte er sie dazu, ihn wieder anzusehen. Zu seiner Überraschung standen ihr tatsächlich Tränen in den schönen braunen Augen. Er zog sie in seine Arme.

Einen Moment lang fürchtete er, sie könnte sich aus dieser Umarmung befreien, doch stattdessen schlang sie die Arme um ihn und drückte ihn an sich. Dass sie mehr Körperkraft besaß als Menschen, die keine Dschinns waren wie er, hatte sie wohl vergessen. Anders versuchte sich nicht anmerken zu lassen, dass sie ihm förmlich die Luft abdrückte, und erwiderte die Umarmung, so fest er nur konnte.

»Ach, Anders, Anders, was soll ich denn jetzt machen? Ich dachte, Mom oder Dad sind dagegen. Aber sie scheinen tatsächlich bereit, es mir zu erlauben, wenn ich es denn will! Aber *du* bist doch gerade erst wieder zurückgekommen! Und ... und wir wissen doch auch nicht, wie lange du überhaupt noch im Sternenkönigreich bleibst! Wie soll ich denen denn erklären, dass ich nicht fortgehen will, weil ich nicht von dir weg möchte?«

Sie löste sich ein Stück weit aus der Umarmung, um ihm in die Augen blicken zu können. Er nutzte die Gelegenheit, um sie zu küssen. Nach dem Kuss hielt er sie im Arm und bemühte sich, sie seine eigene Unentschlossenheit nicht spüren zu lassen.

»Ich möchte auch nicht, dass du gehst, Steph. Aber ich habe das Gefühl, dass du selbst nicht genau weißt, was du eigentlich willst.«

Stephanie stieß einen Laut aus, halb Schluchzen, halb Lachen. »Doch, das weiß ich, ganz genau sogar! Ich will nach Manticore zu dieser Schulung, *und* ich will hier zusammen mit dir auf Sphinx bleiben. Aber beides geht nun einmal nicht. Also muss ich mich wohl entscheiden.«

Anders umarmte sie enger. Während der letzten sechs T-Monate war er ein wenig gewachsen – im Gegensatz zu Stephanie. Neben ihm wirkte sie trügerisch zart und zerbrechlich, wie ein frisch geschlüpftes Küken.

*Stephanie* ist *zart und zerbrechlich,* dachte er. *Vielleicht nicht ihr Körper, aber ihre Seele – da, wo es wirklich zählt. Ich muss ihr dabei helfen, die richtige Entscheidung zu treffen, muss sie beschützen, damit ihre zarte Seele keinen Schaden nimmt – und auch das, was zwischen uns ist ... was immer das ist.*

»Wir haben nie so richtig darüber geredet, was es für uns bedeutet, dass wir von verschiedenen Planeten stammen«, setzte er an.

Stephanie schniefte. Als sie sich gerade weit genug aus seiner Umarmung löste, um ihn anblicken zu können, sah Anders, dass ihre Tränen verebbt waren.

»Nein«, stimmte sie ihm zu. »Das wollten wir, aber dann hat dein Dad entschieden, du könntest hierbleiben, während er nach Urako zurückfährt. Wahrscheinlich wollte ich diese gute Nachricht nicht beschreien. Vielleicht hatte ich gehofft, das könne immer so weitergehen.«

Ein Grinsen huschte über Anders' Gesicht, doch er wurde rasch wieder ernst. »Jou, so ging's mir auch. Und ich bin zuversichtlich, dass Dad die Uni-Leute gut genug im Griff hat. Er wird die Zusicherungen bekommen, die Gouverneurin Donaldson und Ministerin Vásquez verlangen. Wenn er das schafft, wird sein Vertrag vielleicht gleich verlängert, und wir können sogar länger hierbleiben als geplant. Aber so oder so, ob du nun nach Manticore gehst oder ich zurück nach Urako fahre: Irgendwann werden wir voneinander getrennt. Selbst wenn Dads Verlängerung liefe, bis ich volljährig wäre, kann ich unmöglich meine Mom im Stich lassen, verstehst du. Und immerhin sind wir ja auch schon voneinander getrennt gewesen: Ich war auf Manticore und du hier auf Sphinx, stimmt's?«

Stephanie nickte. »Stimmt, aber sollten wir das mit der Trennung dann auch noch beschleunigen? Was ist, wenn ich von Manticore zurückkomme und du schon einen Monat später nach Urako aufbrechen musst? Was ist, wenn dein Dad dir eine Nachricht schickt, dass du schon nächsten Monat nach Hause kommen sollst, während ich noch auf Manticore bin? Dann hätten wir die ganze Zeit vergeudet, die wir sonst zusammen verbracht hätten!«

Liebevoll wickelte Anders sich eine ihrer Locken um den Zeigefinger. »Ich glaube, nicht einmal Mom würde einen Privatkurier anheuern, bloß damit ich erfahre, dass ich nach Hause kommen soll. Also reden wir hier von mindestens vier Monaten, bevor ich aufbrechen müsste – und wahrscheinlich würde ein weiterer Monat vergehen, bis wir ein Passagierschiff gefunden haben, das überhaupt in die richtige Richtung fährt. Also bleiben uns schlimmstenfalls immer noch ein paar Monate, wenn du wieder zurück bist. Und wenn es Dad gelingt, alle anderen davon zu überzeugen, dass er nach Sphinx zurückkommen und eine Weile hier arbeiten muss, bleiben wir mindestens so lange hier, bis der Schnee jegliche Ausgrabungsarbeiten unmöglich macht. Dann hätten wir acht oder neun, vielleicht sogar zehn Monate. Aber dann, ja, dann muss ich wirklich fort.«

»Und wenn du dich irrst? Wenn du doch früher wegmusst?«

»Reden wir gleich noch einmal über meine Abreise, okay?«, sagte Anders. »Ich möchte dir vorher noch etwas sagen. Ich will ganz ehrlich sein: Ich möchte nicht, dass du nach Manticore gehst, wirklich nicht! Aber ich möchte auch nicht, dass du nur meinetwegen bleibst. Letztendlich würden wir damit alles ruinieren, was wir haben. Karl käme mit seinem Zertifikat zurück, und du wirst denken: ›Das hätte ich auch haben können!‹ Schlimmer noch: Du wirst denken: ›Das hätte ich auch haben können, und ich habe mir die Gelegenheit entgehen lassen, eine der Jüngsten zu werden, die jemals die SFD-Dienstmarke erhalten haben. Davon abgehalten hat mich *Anders,* und nun wird Anders sowieso bald in die Heimat zurückkehren.‹«

Stephanie seufzte. »Du kennst mich echt zu gut! All das ist mir auch schon durch den Kopf gegangen. Ja, du hast recht, das könnte passieren. Tut es aber nicht, jetzt, wo ich ja schon darüber nachgedacht habe: Denn jetzt treffe ich meine Entscheidung und weiß schon im Vorfeld, um was es dabei wirklich geht. So blöd, eine Entscheidung zu bedauern, obwohl ich sie ... nun, ganz bewusst getroffen habe, bin ich sicher nicht.«

»Stimmt schon, Steph. Impulsiv, das bist du, aber blöd auf keinen Fall. Trotzdem entginge dir eine einzigartige Chance, wenn du meinetwegen hierbleibst.« Anders verabscheute es, so erwachsen daherzureden. Aber er sagte ja nur, was stimmte. »Vorhin hast du so geredet, als ob das mit der Schulung kein einmaliges Angebot ist – aber bist du dir da sicher?«

Stephanie runzelte die Stirn. »Ich möchte gern zum SFD. Diese Schulung ist Teil der offiziellen Ausbildung. Natürlich bekomme ich noch einmal die Chance, daran teilzunehmen!«

»Jetzt *willst* du mich missverstehen«, gab Anders zurück. »Dabei weißt du ganz genau, was ich meine. Du bist jetzt fünfzehn. Fünfzehn Jahre und ... was, acht Monate? Der Chief Ranger hat sehr deutlich zum Ausdruck gebracht, dass er gegen ziemliche Widerstände zu kämpfen hatte, um deine Zulassung für diese Schulung zu erwirken. Wenn sich jetzt herumspricht, dass du das Angebot abgelehnt hast, weil du von irgendeinem Jungen wie besessen bist – wie ernst werden dich die Leute dann noch nehmen? Nicht sonderlich, nehme ich an. Sie kämen zu dem Schluss, dass du nur wieder eines dieser Wunderkinder bist, die dann ganz jung völlig ausbrennen. Oder noch schlimmer: Sie sehen in dir eines jener Mädchen, die irgendwo Leistung zeigen ... bis sie Jungs für sich entdecken.«

Gequält verzog Stephanie das Gesicht. Die letzte Bemerkung hatte voll ins Schwarze getroffen. Erst kürzlich hatte Trudy Franchitti, ihre Erzrivalin im Drachenfliegerclub, das Hobby an den Nagel gehängt. Laut hatte sie verkündet, sie habe wirklich Besseres zu tun, als mit ein paar Kindern Schmetterling zu spielen. Dass Stan Chang, mit dem sie mal fester, mal weniger fest zusammen war, nur wenige Wochen zuvor ebenfalls mit der Drachensegelei aufgehört hatte, verriet ziemlich unmissverständlich, was sie zu tun vorhatte.

»Also glaubst du, ich bekomme dieses Angebot nächstes Jahr nicht noch einmal – vielleicht gar nicht mehr, bis ich ganz offiziell in den SFD eintrete?«

»Genau«, bestätigte Anders. »Schlimmer noch: Vielleicht musst du warten, bis du Anfang zwanzig bist, bevor du wieder eine Gelegenheit zu dieser Schulung bekommst. Noch bist du Ranger auf Probe. Der SFD hat erst kürzlich eine Personalaufstockung beschlossen und beginnt gerade mit der aktiven Rekrutierung. Damit wird es wohl nächstes Jahr um diese Zeit neue Assistant Ranger geben, die dann vor dir an der Reihe wären. Dass bei dieser Schulung überhaupt ein Platz frei ist, liegt doch nur daran, dass die Flammenzeit in diesem Jahr so schlimm war und der Chief Ranger keine seiner regulären Mitarbeiter entbehren kann. Ich glaube, das ist wirklich ein einmaliges Angebot – zumindest bis du Assistant Ranger bist oder ganz offiziell zum Ranger befördert wurdest. Meinst du nicht auch?«

Stephanie kaute auf ihrer Unterlippe herum. »Ich verstehe, was du meinst, aber ... Anders, du bist doch auch ein einmaliges Angebot! Ich habe doch mitbekommen, wie dein Dad über dich spricht. Er ist wirklich stolz auf dich! Wie du hier ganz unabhängig weiterlernst ... Aber er möchte, dass du die offizielle Ausbildung zu Hause in Urako abschließt, damit du dich dann an der Uni bewerben kannst. Und danach kommen Bewerbungsgespräche, Praktika und all solche Sachen.«

Anders spürte, wie sich sein Verstand auf einen Schlag völlig klärte, so wie er das sonst gelegentlich erlebte, wenn er Dr. Emberly oder Dr. Nez dabei half, Proben zu kategorisieren. Die Vorstellung, Stephanie den Planeten verlassen zu sehen, ließ sein Herz rasen – und dass sie beide eine Trennung wie diese schon hinter sich hatten, machte das Ganze schlimmer, nicht besser. Einen Sekundenbruchteil beschäftigte ihn der Gedanke, jetzt mächtig aufpassen zu müssen, wollte er sich nicht lächerlich machen und in Tränen ausbrechen ... aber dankenswerterweise behielt er die Fassung.

»Also akzeptierst du, dass ich eine anständige Ausbildung brauche? Dass ich mich für das College bewerben muss? All so was?«

»Natürlich! Du hast doch richtig was auf dem Kasten! Du musst mir versprechen, dass du das durchziehst!«

Wieder beugte sich Anders ein wenig vor und küsste Stephanie, dieses Mal aber sehr sanft auf die Lippen. »Wie könnte ich mir dann für dich weniger wünschen als das? Hör mir zu, Stephanie, meine Süße: Du musst nach Manticore gehen! Etwas anderes kommt gar nicht infrage.«

# 3

Seine ganze Welt war in Flammen aufgegangen; alles war in der Hitze zu Asche verbrannt oder geborsten, und der Geruch nach Asche und Feuer hing überall. Scharfauge, der Kundschafter derer, die einst der Clan vom Wogenden Farn gewesen waren, betrachtete die schwelenden Überreste seines Zuhauses. Einige der hohen Grauborken standen noch, doch ihre Rinde war verkohlt und gerissen. Bislang hatten die dicken, breiten Äste den Leuten Schutz geboten, wann immer sie an den kleineren, federnden Zweigen nach den Samen mit dem charakteristischen Geschmack gesucht hatten. Doch diese Äste gab es nicht mehr; zurückgeblieben waren nur noch nackte Baumskelette – ein Zerrbild dessen, was einst schön und lebenspendend gewesen war.

Von den breitblättrigen Bodenwucherern, von denen der Clan seinen Namen ableitete, waren nicht einmal Skelette geblieben – noch nicht einmal Asche. Einzig die Erinnerung an sie war geblieben.

Die Leute hatten schon öfter Zerstörung wie diese miterlebt und waren dann weitergezogen. Die Sagenlieder vieler Clans berichteten von derlei Wanderungen, nachdem Feuer oder Flut das angestammte Revier unbewohnbar gemacht hatten. Derlei Lieder schenkten Kraft; sie waren inspirierend, berichteten von Herausforderungen, denen man sich gestellt und die man überwunden hatte, bis der Clan schließlich eine neue Heimat fand.

*Aber dieses Mal ist es anders,* dachte Scharfauge. *Die Feuer waren gewaltig. Obwohl sogar die Zwei-Beine eingegriffen und manches Lodern erstickt haben, reicht die Zerstörung doch weiter, als es je zuvor in der Erinnerung unseres Clans gewesen ist. Sogar weiter, als es die*

*Erinnerung der Nachbarclans zu berichten wissen – das hat zumindest Breitohr geschildert, bevor sie starb. Viele haben die Zwei-Beine dafür gepriesen, die Feuer gelöscht zu haben, aber ich glaube einfach nicht, dass sie das aus Selbstlosigkeit getan haben. Zweifellos wollten sie nur das Revier beschützen, das sie für sich selbst in Anspruch nehmen – und das wird mit jeder Spanne größer! Ich habe den sonnenuntergangs liegenden Teil unseres Reviers erkundet, und dort haben die Zwei-Beine überall Nester angelegt. Gewiss, das sind keine großen Siedlungen, aber die Anwesenheit der Zwei-Beine verdirbt, was einst freies, offenes Land war, und nachdem nun so viel verbrannt und zerstört ist ...*

Kürzlich war er von einer Erkundung in den Bergen zurückgekehrt. Auch dort hatte das Feuer gewütet und so die Talregionen gänzlich unbewohnbar gemacht. Die höheren Lagen waren alles andere als einladend – vor allem nun, wo allmählich der Blattwandel begann. Wäre gerade erst die Zeit des neuen Wachstums hereingebrochen, hätte sein Clan bei der Suche nach einem neuen Revier vielleicht auch durch die höheren Lagen ziehen können, aber nicht jetzt – nicht dann, wenn die kälteste Spanne näher und näher kam.

Moosloswärts konnte der Clan vom Wogenden Farn nicht ziehen: Dort befand sich das Revier des Clans vom Hellen Wasser. Allgemein stand dieser Clan zwar in dem Ruf, sehr großzügig zu sein, aber sie hatten schon genug Schwierigkeiten, ihre eigenen Leute zu ernähren. Schließlich boten die höheren Lagen deutlich weniger Möglichkeiten der Nahrungsbeschaffung. Das Revier des Clans vom Hellen Wasser war groß, also gab es weidlich Jagdgründe, aber ihre Jäger arbeiteten hart und könnten wirklich nicht viel entbehren.

Außerdem sahen viele der älteren Angehörigen des Clans vom Wogenden Farn im Nachbarclan moosloswärts unliebsame Nachbarn: Der Clan vom Hellen Wasser verkehrte entschieden zu freizügig mit den Zwei-Beinen. Einer ihrer Kundschafter hatte sich sogar an ein Junges dieser sonderbaren, nackthäutigen Geistesblinden gebunden! Es wurde gemunkelt, Klettert-flink sei nunmehr nur noch ein fauler Nichtstuer, der mit Hilfe seiner Schwester, der Sagen-Künderin seines Clans, Berichte über seine eigene Wichtigkeit verbreiten ließe.

Gerade Letzteres glaubte Scharfauge nicht. Er war Klettert-flink zwar nie persönlich begegnet, aber er hatte sich das Lied angehört, in dem sein Mut und seine Tapferkeit besungen wurden – und zwar nicht nur damals, als er das Zwei-Bein-Junge gerettet hatte, an das er sich gebunden hatte, sondern auch während der letzten Flammenzeit: Er hatte dabei geholfen, Angehörige des Clans vom Wassergrund zu retten, die sonst möglicherweise auf ihrer Heimatinsel von den Flammen eingeschlossen worden wären und den Tod gefunden hätten.

Nein, Klettert-flink war ganz gewiss kein fauler Nichtstuer. Trotzdem kam es gar nicht infrage, in die Richtung zu ziehen, in der sich das Revier des Clans vom Hellen Wasser befand.

Damit schied also der Zug in die Berge sonnenuntergangs aus. Gleiches galt für die Berge mooswärts, denn dort waren die Feuer noch viel schlimmer gewesen. Also blieb dem Clan vom Wogenden Farn nur noch eine Richtung übrig: ins Tiefland. Dort stellte sich ein anderes Problem: Viele Teile dieses Gebiets gehörten bereits zu den Revieren der anderen Clans. Sie mochten den Überlebenden des Clans vom Wogenden Farn gestatten, ihr Land zu durchqueren, aber sie würden gewiss nicht erlauben, dass sie sich dort niederließen.

Auch die Zwei-Beine waren im Tiefland deutlich zahlreicher. Selbst dort, wo sie kein Land für sich selbst in Anspruch nahmen, schienen sie auf die Jagd zu gehen und anderweitig Nahrung zu beschaffen. Nach allem, was man von den Leuten erfuhr, die näher an den Nestern der Zwei-Beine lebten, hatten diese eigentümlichen Wesen eine unbestreitbare Vorliebe für wärmere Gebiete. Sie besaßen viele sonderbare Dinge, die sie offenkundig selbst hergestellt hatten und die ihnen ermöglichten, Bemerkenswertes zu leisten. Ohne diese Dinger waren sie schutzlos, hieß es. Viele von ihnen schienen auch ein Ding zu brauchen, um überhaupt laufen zu können!

Deswegen überraschte es Scharfauge nicht, dass die Zwei-Beine das mildere Tiefland vorzogen. Doch ihre Anwesenheit dort machte die ohnehin schon schwierige Lage, für seinen Clan ein neues Revier zu finden, noch schwieriger.

Er atmete tief durch, und der bittere Geruch von Asche und verkohltem Holz füllte seine Lungen. Obwohl die Feuer schon seit den wärmeren Tagen des Blattwandels gelöscht waren, musste Scharfauge immer wieder husten. Der Rauch hatte seine Lunge geschädigt – diese Schäden würden vielleicht niemals wieder verheilen, wie viele Spannen auch noch vergehen mochten.

Auch anderen Angehörigen seines Clans hatte der Rauch zugesetzt. Wieder andere waren ausgezehrt und geschwächt vom Versuch, auf den kümmerlichen Überresten ihres alten Reviers zu überleben. Nur weil die Nüsse in dieser Spanne reif wurden und es in den Flüssen reichlich Fische gab, hatten sie überhaupt so lange überlebt. Doch nun wären die Nüsse bald aufgebraucht, und die Fische würden unter einer dicken Eisschicht verschwinden.

Der Clan vom Wogenden Farn musste ein neues Revier finden, und das rasch ... aber wo? Wohin sollten sie ziehen?

Niemals zuvor war Scharfauge das ausgedehnte Grünland derart eng erschienen.

Vier Tage waren vergangen, seit Stephanie Anders erzählt hatte, sie werde vielleicht nach Manticore reisen. Am gleichen

Abend hatte sie mit ihren Eltern darüber gesprochen. Sie hatten ihre Entscheidung getroffen: Wenn Stephanie wollte, dürfe sie an dem Forstdienst-Schulungsprogramm teilnehmen. Offenkundig hatten sie ihre Abwesenheit dazu genutzt, die Angelegenheit mit Chief Ranger Shelton zu besprechen und waren einverstanden damit, wie das Ganze organisiert werden sollte. Sie hatten Stephanie sogar bis zu ihrer Rückkehr von Manticore vom Unterricht auf Sphinx freigestellt – mit sofortiger Wirkung.

»Selbst du hast hin und wieder Ferien verdient«, hatte ihre Mom gesagt. »Außerdem musst du ja frisch und ausgeruht sein, um auch wirklich all das aufnehmen zu können, was man dir in diesem Kompaktkurs abverlangen wird. Der Lehrplan ist wirklich sehr umfang-, aber auch sehr abwechslungsreich.«

Zusammen mit Jessica Pheriss, ihrer besten Freundin, saß Stephanie nun in ihrem Zimmer. Rein äußerlich ähnelten die beiden Mädchen sich nicht: Während Stephanies Figur immer noch sehr knabenhaft war, besaß Jessica schon unbestreitbare weibliche Rundungen. Jessica hatte lebhafte haselnussbraune Augen mit grünen Einsprengseln und einen ungebändigten, kastanienbraunen Lockenschopf. Sie war größer als Stephanie – gut, das war praktisch jeder! –, und sie wusste deutlich mehr über Mädchenkram, als Stephanie jemals würde wissen wollen. Aber in einer sehr wichtigen Hinsicht waren die beiden einander eben doch ähnlich: Beide sprachen über das, was ihnen wichtig war und sie beschäftigte – durchaus auch ungeachtet der Folgen. Daher waren sie schon bestens miteinander ausgekommen, bevor Jessica von dem Baumkater adoptiert worden war, den sie Ohnefurcht genannt hatte. Danach aber war ihre Freundschaft erst recht eine ausgemachte Sache.

Obwohl die Herbstabende allmählich kühler wurden, stand das Flügelfenster in Stephanies Zimmer offen. Löwenherz und

Ohnefurcht saßen davor in den Zweigen der nächsten Kroneneiche; sie genossen die letzten Sonnenstrahlen des Tages. Die beiden Baumkater, die einander mit ihrem cremeweiß und grau gestreiften Fell bemerkenswert ähnelten, schienen zu dösen, genauso gut allerdings konnten sie auch in ein Gespräch vertieft sein, so wie zwei Geschäftsleute, die sich in gemütlichen Sesseln ihres Lieblingsclubs vom Kaminfeuer wärmen ließen.

*Ja, sie ähneln einander,* dachte Stephanie. *Noch extremer wäre die Ähnlichkeit natürlich, wenn Löwenherz nicht so entsetzliche Verletzungen davongetragen hätte. Die tiefen Narben lassen sich nicht übersehen – und dass ihm die rechte Echthand fehlt, erst recht nicht.*

Jessica war oft für ein paar Tage bei Stephanie zu Besuch, unter anderem, damit die beiden Baumkater die Gesellschaft eines Artgenossen genießen konnten. Baumkatzen waren von Natur aus soziale Wesen. Stephanies Sorge war, dass Löwenherz' Entscheidung, bei ihr zu bleiben, ihn zu einem Leben in Einsamkeit verdammt hätte. Sie war erleichtert, dass Ohnefurcht jetzt für ihn da sein konnte, aber die Schuldgefühle blieben dennoch.

»Jess ... Wie kann ich Löwenherz denn erklären, dass ich nicht bloß mit ihm auf einen weiteren Ausflug gehe, sondern wir zu einem anderen Planeten reisen?«

Jessica schlug nicht vor, es ihm zu verschweigen. Er führe ja in jedem Fall mit, denn egal, wohin Stephanie ginge, er ginge mit – warum sich also Gedanken machen? Sie behauptete auch nicht, er verstünde es doch nicht, wozu sich also beunruhigen? Und dass sie das beides nicht tat, sprach sehr für sie.

Wenn Stephanie eines wusste, dann das: Wenn jemand die Beziehung zwischen Löwenherz und ihr verstand, dann nicht Stephanies Eltern, nicht Karl und auch nicht Anders, sondern Jessica. Dabei war die Beziehung zwischen ihr und Ohnefurcht ein wenig anders geartet: Sie war in Rauch und Feuer entstanden, nicht in Kampfgetümmel und Blutvergießen – was sie aber keinen Deut weniger intensiv machte. Den Unterschied machten die unterschiedlichen Persönlichkeiten der Beteiligten aus.

Stephanie und Löwenherz waren beide impulsiv. Schon ihre erste Begegnung war Folge eines Impulses: Löwenherz war in eines von Marjorie Harringtons Gewächshäusern eingebrochen. Ohnefurcht hingegen war ein ganz ruhiger, vernünftiger Zeitgenosse. In seiner Art war er ebenso wissbegierig wie Löwenherz, doch dieses Interesse galt vor allem einem, dem Land- und Gartenbau. Soviel zumindest meinten sich die Menschen über ihn mittlerweile zusammenreimen zu können. War Löwenherz der Abenteurer, war Ohnefurcht eher der Erneuerer: Er wollte die Menschen beobachten, war begierig zu lernen, und er zeigte alle nur erdenklichen Anzeichen, dass er das frisch Erlernte nicht nur nachahmte, sondern tatsächlich an seine spezifischen Bedürfnisse anpasste.

*Und genauso ruhig und vernünftig ist auch Jessica. Vielleicht, weil ihre Familie so oft umgezogen ist – oder weil sie sich schon so früh um ihre jüngeren Geschwister kümmern musste? Auf jeden Fall liebt sie Stabilität und Behaglichkeit – ganz anders als ich. Das macht sie nicht etwa langweilig, oder so, und ich mag sie auch kein Stück weniger deswegen, nein, sie ist einfach nur* anders *als ich.*

Es war typisch für Jessica, dass sie mit ihrer Antwort auf Stephanies Frage nicht sofort heraussprudelte.

»Weil du es Löwenherz ja nicht sagen kannst, musst du es ihm wohl zeigen«, meinte sie schließlich. »Versteht er das, was er auf einem Computerbildschirm sieht? Ich weiß nie, wie viel Ohnefurcht davon mitbekommt oder ob es ihn einfach nur langweilt und er deswegen überhaupt nicht richtig hinschaut.«

»Ich glaube, er versteht es zumindest ein bisschen«, antwortete Stephanie. »Ich habe ihm nämlich Bilder gezeigt, und er hat so reagiert, als begreife er, was er sieht. Wie viel er begreift, lässt sich natürlich nicht sagen. Keine Ahnung, ob etwas Unbelebtes, nur Abgebildetes, egal ob Foto oder Audio-Video-Kombination, für ihn von Bedeutung ist, wo sie sich viel mehr als wir auf den Geruchssinn verlassen ... und, ja, natürlich, auch auf den Tastsinn, wobei nicht nur Finger und Schnurrhaare, sondern ihr ganzer Körper Wahrnehmungsorgan dafür ist.«

»Richtig.« Jessica nickte. »Und dann kommt da noch das mit der Empathie und der Telepathie hinzu. Jou, ich verstehe schon, was du meinst. Vielleicht ist es weniger so, dass Löwenherz und Ohnefurcht Bilder nicht ›verstehen‹. Kann sein, dass für sie ein richtig gut aufgelöstes Holo mit unkomprimiertem Sound ungefähr so aussagekräftig ist wie für uns das Bildmaterial auf einem ausgeblichenen Flachbildschirm, bei dem der Lautsprecher ausgefallen ist.«

»Du meinst also, ich sollte Löwenherz Aufnahmen von startenden Shuttles zeigen und ihm so ... Warte mal!« Stephanie hob die Hand und hielt Jessica so davon ab, zu einer Erwiderung anzusetzen. »Ich hab's! Wir können selbst ein Video zusammenschneiden. Toll wird das zwar nicht ausfallen, aber mit dem Animationsprogramm von meinem Computer sollten wir schon etwas Brauchbares hinbekommen. Da nehmen wir Bildmaterial von Löwenherz und von mir, und dann ...«

Jessica sprang sofort auf Stephanies Idee an. Gemeinsam hockten sie sich hinter Stephs Schreibtisch und riefen eine Datei nach der anderen auf. Stephanie war eindeutig besser im Umgang mit der Schnittsoftware, dafür besaß Jessica eine ausgeprägtere künstlerische Ader. Ihre Vorschläge verwandelten das zusammengestellte Material, das ansonsten wohl eher eine recht trockene, langweilige Präsentation geworden wäre, in etwas regelrecht Lebendiges. Für das Abendessen unterbrachen sie kurz die Arbeit, doch danach galoppierten sie sofort wieder die Treppe hinauf. Bevor es schließlich Zeit wurde, zu Bett zu gehen, hatten sie einen kurzen, aber detailreichen Film zusammengestellt, der zeigte, wie Stephanie und Löwenherz – beide eindeutig zu erkennen – an Bord eines Shuttles stiegen und was danach geschehen würde.

»Hm«, machte Stephanie durchaus zufrieden, nachdem sie ihr fertiges Werk begutachtet hatten, und fuhr fort: »Löwenherz wird vermutlich eine Art Tragekorb oder so was in der Art benutzen müssen. Wir haben ihn in unserem Filmchen auf eigenen Pfoten alles mitmachen lassen. Doch schon zu seiner eigenen Sicherheit möchte ich einen Transportkorb für ihn haben, auch wenn es nicht verlangt wird. Ich will einfach nicht, dass die anderen Passagiere ihn ständig kraulen und anstupsen. Wahrscheinlich wird er nicht luftkrank, aber vielleicht wird ihm das ganze Drum und Dran, Start, Flug und Landung und so weiter, doch ein bisschen viel. Da wäre es wirklich besser, wenn er einen geschützten Bereich ganz für sich allein hätte.«

»Stimmt schon«, erwiderte Jessica, »aber hier im Video ist es wohl doch besser, ihn in aktiver Bewegung zu zeigen. Wenn wir jetzt auch noch eine Sequenz einbauen, in der er in einen Transportkorb etwa wie für eine Katze, nur größer, kommt und dann durch die Gegend getragen wird, könnte ihn das von dem ablenken, worum es hier eigentlich geht: Er soll ja schließlich begreifen, dass er an Bord eines Shuttles kommt, der dann fortfliegt. Sollen wir ihm das Vid jetzt gleich zeigen?«

»Warten wir noch ein bisschen«, entschied Stephanie. »Ich bin völlig platt, du doch wahrscheinlich auch, oder? Und wenn wir ihm das zeigen, möchte ich gleich noch etwas dabei versuchen. Vielleicht können Ohnefurcht und du mir dabei helfen?«

»Klar, was hast du denn vor?«

»Weißt du noch, wie ich dir erzählt habe, was passiert ist, als Bolgeo diese eine 'Katz eingefangen hatte? Morgana, meine ich, Löwenherz' Schwester? Sie hat mich angestarrt, als wolle sie mir unbedingt einen Gedanken einimpfen.«

»Klar. Aber du hast nicht verstanden, was sie wollte, oder?«

»Nicht so richtig. Aber ich habe auf jeden Fall begriffen, dass das, was sie da versucht hat, wirklich wichtig war. Seitdem habe ich mich immer wieder gefragt, ob das auch in umgekehrter Richtung funktionieren könnte. Ich bin natürlich keine Telepathin, aber Löwenherz bekommt von mir eindeutig mehr mit als umgekehrt. Ich will ihn irgendwie spüren lassen, dass das, was wir ihm da zeigen, nicht einfach ein paar Bilder sind, die wir aus Spaß zusammengestellt haben, sondern dass das *echt* ist – eine Darstellung von dem, was bald wirklich passieren wird.«

Jessica nickte. »Wir wissen, dass sie Scott MacDallan zumindest ein konkretes Bild übermitteln konnten. So wie er es beschrieben hat, mussten dafür eine ganze Menge Baumkatzen zusammenarbeiten – und dabei hat Scott schon das zweite Gesicht. Klar, wir sind keine Telepathen, aber wenn wir beide uns richtig fest auf unsere jeweilige 'Katz konzentrieren, können wir das Signal ja vielleicht so weit verstärken, dass beide begreifen, wie ernst uns das Ganze ist – dass es hier nicht nur um ein paar hübsche, bewegte Bilder geht.«

»Genau. Wenn die beiden wirklich miteinander reden ...«

»Wovon wir ja nun überzeugt sind ...«

»Dann können sie sich darüber austauschen, was sie gesehen und, wichtig, empfunden haben. Vielleicht verstehen sie dann tatsächlich, was wir ihnen mitteilen wollen.«

»Gefällt mir«, entschied Jessica. »Außerdem: Schaden kann's ja nicht, oder?«

»Rate mal, wer nach Manticore kommt!« Auf Oswald Morrows Gesicht lag ein unverkennbar selbstzufriedenes Grinsen. Morrow war ein Mann von kräftiger Statur, dessen weiß aufblitzende Zähne einen bemerkenswerten Kontrast zu seiner dunklen Haut bildeten.

»Wer denn?«, erkundigte sich Gwendolyn Adair, ohne auch nur von ihrer Maniküre aufzublicken.

»Stephanie Harrington. Aus einer gut unterrichteten Quelle weiß ich, dass sie nicht nur ohne elterliche Aufsicht hierherkommt – sie bringt auch noch ihre Baumkatze mit.«

Dieser Zusatz brachte ihm Gwendolyns ganze Aufmerksamkeit ein. Sie setzte sich auf und streckte ihren durchtrainierten, jugendlich wirkenden Körper. »Machst du Witze? Das wäre ja perfekt!«

Oswald Morrow schenkte ihr sein strahlendstes Geschäftemacherlächeln, das in gewissen, exklusiven Kreisen von Manticore nur allzu bekannt war. »Nein, ich mache keine Witze. Das ist mein voller Ernst. Stephanie Harrington kommt hierher, zusammen mit dem berühmten Löwenherz. Ich neige ja nun wahrlich nicht zur Prahlerei …«

»Pah!« Gwendolyns kurzer Einwurf war kaum mehr als ein lautes Ausatmen.

»… aber ich darf behaupten, einen gewissen Anteil an dieser Entwicklung für mich beanspruchen zu können.«

»Ach, wie das denn?«

»Du weißt doch, dass ich mich stets über alles informieren lasse, was mit dem SFD zu tun hat.«

»Durch Harvey, deinen Schwager. Ja, weiß ich.«

»Na ja, als Joan und ich letztlich mit Harvey und seiner Familie essen waren, da habe ich dezent ein paar Suggestivfragen einfließen lassen. Harvey hat sich darüber aufgeregt, dass Shelton vom SFD gewagt hat, vorzuschlagen, Jugendliche sollten an der Forstdienstschulung teilnehmen. Harvey war richtiggehend empört. Er hat schließlich an der Ausarbeitung der Schulungskurse mitgewirkt und ist geradezu widerlich stolz darauf, dass dabei jetzt zähe, gut ausgebildete Männer und Frauen herauskommen, die mit Überschwemmungen und Waldbränden ebenso umzugehen wissen wie mit in Panik geratenen Touristen. Und nun meint er, Shelton würde das Programm völlig entwerten, indem er unbedingt zwei Kinder daran teilnehmen lassen will.«

»Und du hast dich erkundigt, wer die Kinder sind, und ...«

»Genau. Als er dann bestätigt hat, das es sich tatsächlich um Stephanie Harrington und ihren Dauerfreund, diesen Karl Zivonik, handelt, habe ich vorsichtig angedeutet, dass es vielleicht gar keine so schlechte Idee wäre, die beiden zu den Kursen zuzulassen. Damit würde er deutlich zeigen, dass er selbst diesen Hinterwäldlern eine faire Chance gibt. Und falls – vielleicht habe ich sogar gesagt: ›sobald‹ – die Kinder dann mit seinem anspruchsvollen Ausbildungsprogramm nicht zurechtkommen und völlig versagen, stünde am Ende Shelton schlecht da, nicht etwa Harvey.«

»Brillant!«

Morrows bescheiden scheinendes Achselzucken war das absolute Gegenteil. »Ich möchte keineswegs behaupten, der Einzige gewesen zu sein, der sich für die Kinder ausgesprochen hat. Ja, gerade dass so viele ausdrücklich wollen, dass die kleine Harrington mitmacht, gehört ja mit zu dem, was Harvey auf die Palme bringt. Meine Bemerkungen werden da womöglich nur den letzten Ausschlag gegeben haben.«

»Aber Stephanie und Löwenherz kommen wirklich hierher!« Gwendolyn war die Zufriedenheit in Person. Sie war durchaus attraktiv, aber das Besondere an Gwendolyn Adair war nicht ihre Schönheit und nicht ihre einflussreiche Verwandtschaft, obwohl sich diese hin und wieder schon als äußerst nützlich herausgestellt hatte. Nein, Gwendolyns wahre Gabe lag in der Schauspielkunst. Sie war ein Chamäleon in Menschengestalt. Mühelos trat sie in das Leben anderer Menschen und verwandelte sich dafür in die Person, die erforderlich war, um die nötigen Verbindung zu knüpfen. Sie hatte schon zuvor mit Morrow zusammengearbeitet – was sich für sie beide als äußerst profitabel erwiesen hatte –, und dabei hatte sie mit einer Geschwindigkeit ihr Äußeres ebenso verändert wie vermeintlich ihren ganzen Charakter, dass es Morrow beinahe schon Angst und Bange geworden war. »Es hat sich als äußerst schwierig erwiesen, den Umgang mit der Baumkatzenfrage von einem anderen Planeten aus zu beeinflussen. Der Bolgeo-Plan war eine einzige Katastrophe – der Kerl hatte einfach viel zu viele Eisen gleichzeitig im Feuer! Hätte der einfach nur das gemacht, wofür wir ihn bezahlt haben, statt auch noch zu wildern ...«

»Vorbei ist vorbei«, kürzte Morrow ihren Gedankengang ab. »Bolgeo hat uns gewiss eher geschadet als genutzt, aber jetzt hat uns Sheltons Ehrgeiz genau das geliefert, was wir brauchen. Wenn die kleine Ms. Harrington und ihre 'Katz hier sind, können wir Situationen schaffen, in denen sie plötzlich nicht mehr so gut dasteht. Und solange sie sich nicht auf Sphinx aufhält, können wir neue Agenten dorthin entsenden, ohne dass sie uns in die Quere kommt.«

»Du hast doch wohl keine Angst vor einer Fünfzehnjährigen?« In Gwendolyns Lachen schwang beißender Spott mit.

»Ich habe vor nichts und niemandem Angst«, versetzte Morrow. »Aber es wäre ein Fehler zu ignorieren, dass Stephanie

Harrington anscheinend alles, was irgendwie mit den Baumkatzen zu tun hat, als ihre Privatangelegenheit betrachtet und obendrein der SFD aus Imagegründen ständig vor ihr katzbuckelt. Aber sie gilt nun einmal als Entdeckerin der Baumkatzen. Also kann sich niemand anderer so widerlich effizient einmischen wie sie. Wir können also ihre Anwesenheit hier auf Manticore ebenso gut nutzen wie ihre Abwesenheit drüben auf Sphinx.«

Gwendolyn betrachtete ihre Fingernägel erneut – mit einer Konzentration, als überdenke sie deren Styling von Grund auf neu. »Ja, das wohl. Ich habe da schon ein paar schöne Ideen, wie wir die junge Dame auf unsere Seite ziehen können.«

»Das glaube ich Ihnen sofort, Mylady«, lachte Morrow leise, »das glaube ich Ihnen sofort.«

Klettert-flink betrachtete die bewegten Bilder. Gut, dass er schon so lange mit Todesrachen-Verderb zusammenlebte; gut, dass er beobachtet hatte, wie seine Person Stunde um Stunde vor diesem Bilderding verbrachte; gut, dass er Auge-der-Erinnerung dabei beobachtet hatte, wie sie Bilder erschuf – denn sonst hätte er wahrscheinlich nicht begriffen, was sein Zwei-Bein ihm gerade zu zeigen versuchte. Ja, hätte sie nicht so deutlich gezeigt, wie wichtig es ihr war, dass er sich das alles anschaute, wirklich aufmerksam, hätte er vermutlich die Bedeutung der bewegten Bilder nicht begriffen. So aber war er sich recht sicher, verstanden zu haben, was sie zu bedeuten hatten.

Weitestgehend, zumindest.

Doch es erschien ihm ratsam, nach einer Bestätigung zu suchen – nur für den Fall, dass er hier gerade von Ast zu Ast sprang, ohne sich eines festen Haltes zu vergewissern. Genau das warfen ihm seine Ältesten ja stets als einen seiner größten Fehler vor.

*Grundwühler,* sagte er, *ich muss dich einfach fragen: Was hältst du von diesen Bildern?*

Sein Schicksalsgenosse war etwas älter als er: Grundwühlers Schweif wies zwei Ringe mehr auf als der von Klettert-flink. Nun rieb er sich mit einer Echthand die Nase – genauso, wie er vorhin, als er mit dem Graben aufgehört und seine Schnurrhaare gereinigt hatte.

*So frei von jedem zu spürenden Gedanken diese Bilder auch sein mögen, ich sehe trotzdem ein Lied darin – ein Lied, das von einer zukünftigen Reise kündet. Ich glaube, wir wissen jetzt, warum Todesrachen-Verderb so aufgewühlt war, seit sie mit Erfahrener-Entscheider zusammengetroffen ist. Sie hat beschlossen, in das große Flugding zu steigen und höher aufzusteigen als selbst die höchsten Berge, um dann auf jenem anderen Ding zu landen. Vielleicht ist dieses andere ja ein sogar noch größeres Flugding! Aber was diese bunten Kugeln sein sollen, vermag ich nicht zu erraten. Inseln vielleicht?*

Klettert-flink schüttelte den Kopf – eine Geste, die er sich von den Zwei-Beinen abgeschaut hatte. *Das glaube ich nicht, auch wenn ich zugeben muss, dass genau das auch meine erste Vermutung war. Wir wissen, dass die Zwei-Beine von einem anderen Ort stammen. Wir beide haben die alten Sagenlieder gehört, die von dem eiförmigen Ding berichten, das mit Tosen und Dröhnen vom Himmel herabgekommen ist, um dann später wieder zum Himmel aufzusteigen. Ich weiß, dass manche der Leute glauben, die Zwei-Beine kämen von einem Ort irgendwo in den Gebieten, die wir sehr wohl kennen. Ich habe auch schon künden hören, bislang hätten die Zwei-Beine auf einer abgelegenen Insel gelebt, auf der kein Netzholz gedeiht, und so konnten die Leute sie bisher nie aufsuchen. Aber ich glaube das nicht.*

*Das schmecke ich auch so,* erwiderte Grundwühler. *Die Zwei-Beine haben die Flugdinger, die sie jetzt benutzen, nicht von einer*

*Spanne auf die andere erschaffen. Da muss es viele verschiedene Stufen gegeben haben, Zeit, um sie zu entwickeln – vielleicht hat eine davon ein wenig den faltbaren Flugdingern geähnelt, die Todesrachen-Verderb und Windgetrieben im Spiel nutzen. Wenn sie aber solche Flugdinger hatten und irgendwo in der Nähe von Clans gelebt hätten, dann wüssten wir gewiss davon: Ein oder zwei wagemutige Zwei-Beine wären dann schon lange vor Todesrachen-Verderb in den Netzholzwald gekommen – und dann hätten die Sagen-Künderinnen von einem entsprechenden Zusammentreffen berichtet. Also* müssen *sie wohl von einem anderen Ort stammen, jenseits des Himmels.*

Es beruhigte Klettert-flink, dass sein Freund ihm beipflichtete. Einen Streit hatte er mit ihm keinesfalls anzetteln wollen, und Grundwühler konnte ebenso störrisch und hartnäckig sein wie das tief wurzelnde Unkraut, das er unablässig aus seinen Gärten zog.

*Ich glaube,* fuhr Klettert-flink fort, *dass Todesrachen-Verderb dorthin zurückreisen wird, wo sich die Zwei-Beine aufhielten, bevor sie die Welt der Leute erreicht haben. Die erste Kugel in dieser Bilderfolge steht für das Hier. Die zweite zeigt das Wohin. Todesrachen-Verderb will sicherstellen, dass ich das verstanden habe, weil sie die Reise nicht ohne mich machen möchte.*

*Also rechnet sie mit einer langen Reise,* bemerkte Grundwühler.

Klettert-flink gab ihm recht. Natürlich konnten sich Personen, die sich aneinander gebunden hatten, auch räumlich voneinander entfernen. Wie sonst sollte ein Männchen seine Gefährtin und die Jungen ernähren? Doch eine längere Trennung war für beide anstrengend. Deswegen bemühten sich Männchen, die sich an eine Gefährtin gebunden hatten, ihrem Nest nicht allzu lange fernzubleiben. Einige, vor allem ältere Jäger, gaben die Jagd sogar gänzlich auf und trugen dann anderweitig zum allgemeinen Wohlergehen des Clans bei. Werkzeuge aus Stein zu schaffen dauerte seine Zeit und verlangte viel Geduld; Gleiches galt für das Schnitzen geeigneter Griffe oder das Knüpfen von Netzen. Manche Paare gingen auch gemeinsam auf Nahrungssuche, denn auch wenn sich die Leute vornehmlich von Fleisch und Fisch ernährten, aßen sie doch auch Nüsse und Wurzeln.

Seit die Zwei-Beine gekommen waren, hatten sich die Leute ein Beispiel daran genommen, wie die Fremden gezielt bestimmte Pflanzenarten wachsen ließen. Zunächst hatten sie sich darauf beschränkt, sich bewusst um die Pflanzen zu kümmern, die bereits wuchsen – ihnen Wasser zu bringen, wenn der Boden zu sehr austrocknete, und all die anderen Pflanzen auszureißen, die sie sonst erstickten. Allein das hatte die Ernte deutlich gesteigert. Doch mittlerweile gab es unter den Leuten auch solche wie Grundwühler, der es darauf anlegte, Pflanzen zielgerichtet dort zu setzen, wo sie besonders gut gedeihen würden – oder sogar selbst Samen einzupflanzen und die jungen Schösslinge dann vor hungrigen Borkenkauern zu schützen. Pflanzen selbst anzubauen erforderte viel Aufmerksamkeit und erwies sich als ausgezeichnete Möglichkeit für Paare, dem Clan Nahrung zu beschaffen, ohne dabei die Risiken einzugehen, denen ein Männchen auf der Jagd nun einmal stets ausgesetzt war.

Derlei Risiken zu vermeiden war wichtig. Nur selten überlebte einer der Leute, der sich an einen anderen gebunden hatte, dessen Tod. Waren das ganze Denken und Fühlen eines solchen Paares so fest miteinander verknüpft, dass die beiden jeweils das Geistesleuchten des anderen verstärkten, war der Verlust eines solchen Gefährten kaum zu verwinden. Manches Weibchen mit Jungen mochte die Pein überstehen, weil der Nachwuchs sie nun einmal brauchte, aber auch in solchen Fällen musste sich der Clan oft der bald doppelt verwaisten Jungen annehmen.

Klettert-flink schüttelte sich, als könnte er auf diese Weise derlei unschöne Gedanken verscheuchen wie einen lästigen Käfer, der über sein Fell krabbelte.

*Ich bin froh, dass mich Todesrachen-Verderb mitnehmen möchte. Ich bezweifle, dass sie weiß, welche Gefahren davon ausgehen, zwei, die sich aneinander gebunden haben, voneinander zu trennen. Wahrscheinlich ist ihr bewusst, dass sie unglücklich wäre, aber ich weiß nicht, ob sie schon begriffen hat, dass eine Trennung leicht meinen Tod bedeuten kann – vor allem, wenn unser Geistesleuchten über wahrhaft weite Strecken voneinander getrennt wäre. Selbst wenn ich über die Gipfel der Berge hinaus aufsteigen muss, bis zu jener anderen Kugel – jener anderen … Welt: Ich werde mit ihr gehen. Das ist unser Pakt. Das ist unser Bund.*

Anders wollte die Emberleys nicht wissen lassen, dass er Stephanies Aufbruch nach Manticore mit sehr gemischten Gefühlen sah. Momentan war er sehr dankbar dafür, dass sich sein Vater derzeit nicht auf Sphinx aufhielt. Taktvoll anderen gegenüber war Bradford Whittaker nun einmal nicht, und Anders bezweifelte, dass sein Vater wirklich verstanden hätte, wie zerrissen sich sein Sohn fühlte – wenn er es denn überhaupt bemerkt hätte. Das hatte natürlich sein Gutes: Wäre Anders' *Mutter* hier, wäre er um ein paar lange, tiefgründige Gespräche überhaupt nicht herumgekommen, ganz egal, ob er das gewollt hätte oder nicht. Es hatte schon seine Gründe, dass sie Politikerin geworden war – und eine richtig gute noch dazu: eine von jenem alten Schlag, der sich politisch engagierte, nicht weil das der leichte Weg zu Ruhm und Reichtum gewesen wäre, sondern weil es darum ging, Menschen zu helfen.

Natürlich musste Anders seiner Mom eine Nachricht zukommen lassen, aber das Schöne an der interstellaren Kommunikation – zumindest in diesem Falle; er bezweifelte, dass sein Vater das derzeit ebenso sah – war nun einmal, dass sich dabei eine beachtliche Signalverzögerung ergab. Bis er Moms natürlich wohlmeinende und auch wohldurchdachte Fragen beantworten müsste, sollte ihm genug Zeit bleiben, seine Gedanken zu ordnen.

Doch vorerst …

Wann immer er Stephanie sah, spürte er einen Stich im Herzen. Er vermutete zwar, dass sie das nicht bemerkte, aber Löwenherz bemerkte es, da war sich Anders sicher. Bemerkenswerterweise teilte der Baumkater dieses Wissen um Anders' Gefühlslage nicht mit Stephanie. Erst jetzt begriff Anders, dass der Baumkater wirklich sein Freund war, und das in einer Art und Weise, die er zuvor niemals für möglich gehalten hatte. Wenigstens hatte es auf diese Weise ein Gutes, dass ihm, Anders Whittaker, bald das Herz brechen würde.

*Mann, wie unsensibel von mir! Die ganze Zeit, die Stephanie und ich, wie Dacey das nennt, rumgeknutscht haben, habe ich mir keinen Kopf gemacht, wie sich Steph fühlt, wenn ich wieder nach Hause muss. Dabei wusste ich ganz genau, wie mies* ich *mich gefühlt habe, als man mich nach Manticore verfrachtet hat und sie hier auf Sphinx zurückbleiben musste. Auch wenn wir einander täglich Nachrichten schreiben konnten und noch am gleichen Tag eine Antwort bekommen haben, war das nicht schön … aber erst jetzt, wo sie fährt und ich bleibe, wird mir klar, dass es sich für sie noch viel mieser angefühlt haben muss als für mich. Wow, war ich in Selbstmitleid versunken! Nichts habe ich mitbekommen! Derjenige, der fortgeht, hat wenigstens etwas zu tun; wer zurückbleibt, darf sein ganzes Leben um die Lücke herum organisieren, die der andere gelassen hat. Und was ist, wenn ich nach Hause muss, und wir beide wissen, dass ich* nicht *wieder zurückkomme? Dann* gibt's *keine Nachrichten mehr, die noch am gleichen Tag beantwortet werden.*

Stephanie war wirklich lieb zu ihm, das musste Anders zugeben. Eigentlich war sie vollauf mit den Reisevorbereitungen beschäftigt – wenigstens eine Einkaufstour nach Yawata Crossing war nötig gewesen, um zu besorgen, was sich alles in Twin Forks nicht auftreiben ließ. Trotzdem hatte sie nicht ein einziges Mal darüber geredet, wie aufgeregt sie doch war. Gut war, dass dank der Ferien, die ihre Eltern ihr durch die Freistellung von den Unterrichtseinheiten verschafft hatten, ihnen trotz aller Reisevorbereitungen immer noch genug Zeit füreinander blieb. Momentan sahen sie sich täglich.

Heute waren sie in Twin Forks verabredet. Sie wollten sich mit dem Drachenfliegerclub treffen und anschließend noch ausgehen – nur sie beide. Anders hatte jetzt einen eigenen Segler – ein funkelnagelneues Modell. Er hatte es von seinem Vater als ›Tut-mir-leid-dass-ich-Mist-gebaut-habe‹-Abschiedsgeschenk bekommen. Der Drachen sah gut aus: leuchtend grün lackiert und dazu ein Türkiston, von dem sämtliche Mädchen des Clubs Anders gegenüber behaupteten, er passe perfekt. Die wenigen Monate, die er übte, hatten zwar nicht ausgereicht, um ihn beim Drachenfliegen mit dem Rest von Stephanie Freunden mithalten zu lassen, aber wenigstens machte er sich jetzt nicht mehr völlig zum Affen.

Vielleicht war der näherrückende Abschied von Stephanie der Auslöser, aber immer öfter musste Anders an die Zeit zurückdenken, in der ihm alles hier frisch und neu erschienen war. Was sich alles in dieser Zeit verändert hatte, darüber dachte er auf dem Weg hinüber zu den anderen Clubmitgliedern nach.

Am auffälligsten waren die Veränderungen bei Toby Mendick. Er war ein paar Monate jünger als Stephanie, und als Anders ihm zum ersten Mal begegnet war, war Toby ungefähr so groß wie sie gewesen, vielleicht sogar noch ein bisschen kleiner. Nun, vermutlich hätte Tobys Auftreten und Gehabe – scheu und sanftmütig – ihn selbst dann noch klein wirken lassen, wenn er drei Meter groß gewesen wäre. Hier hatte die Natur inzwischen den Ausgleich geschaffen: Er hatte an Muskelmasse zugelegt, war in den Schultern breiter geworden, obwohl sein Körperbau im Ganzen immer noch zarter als bei anderen Jungen wirkte. Er war und blieb eine Gazelle. Sein Verhalten aber hatte sich grundlegend geändert.

Tobys Familie war äußerst konservativ. Der Drachenfliegerclub war das Einzige, was man ihm als Freizeitgestaltung erlaubte – und das auch nur, weil Bürgermeister Sapristos persönlich den Club leitete. Aber das Drachenfliegen war anscheinend genau das gewesen, was Toby gebraucht hatte. Mittlerweile war er auf dem besten Wege, das Versprechen zu erfüllen, das er auf der Feier zu Stephanies fünfzehntem Geburtstag sich und allen anderen Clubmitgliedern gegeben hatte: der beste Flieger im ganzen Club zu werden. Er versteckte sein Gesicht nicht mehr hinter einem Vorhang aus seidigem, schwarzem Haar; sein Blick war selbstbewusst und direkt. Das dunkle Haar trug er in einer Art und Weise zurückgebunden, die er sich, da war sich Anders ohne falsche Bescheidenheit sicher, von einem gewissen Anders Whittaker abgeschaut hatte.

C & C, Chet Pointier und Christine Schroeder, hatten sich auf andere Art und Weise verändert. Bei Chet hatte endlich der Wachstumsschub ein Ende gefunden, der – das räumte er freimütig und sogar fröhlich ein – beständig das elterliche Bekleidungsbudget gesprengt hatte. Nun war er siebzehn Jahre alt und einen Meter achtundachtzig groß. In den letzten Wochen schien sein Körper beschlossen zu haben, das Längenwachstum nun durch Breitenwachstum auszugleichen. Von Natur aus war Chets Haar einen Ton heller noch als Anders' Weizenblond; seit einiger Zeit jedoch experimentierten seine Freundin und er mit Partnerlook-Färbungen. Derzeit hatten sich beide für ein leuchtendes Indigoblau mit violetten Highlights entschieden. Gingen sie aus, ergänzten sie den Gesamteindruck noch mit silbernen Katzenaugen-Kontaktlinsen.

Chet wäre das ganze Partnerlook-Ding wahrscheinlich etwas weniger forsch angegangen – das vermutete Anders zumindest –, aber Christine war eben ein Paradiesvogel. Das hatte Anders schon bei ihrem ersten Zusammentreffen mitbekommen. Nach wie vor trug sie das Haar zu einem Kakadu-Kamm frisiert – der in Indigo mindestens ebenso gut aussah wie seinerzeit in Weißblond. Falls sich Christines gertenschlanke Figur überhaupt verändert hatte, dann mehr ins Weibliche hinein. Die silbernen Kontaktlinsen stellten zweifellos keine Verbesserung gegenüber dem natürlichen Eisblau ihrer Augen dar, vor allem nicht angesichts des warmen Sandelholztons ihrer Haut. Aber warum etwas gegen Experimentierfreude haben, wenn Chris das glücklich machte?

Gerade als Anders seinen Drachen entfaltete, trafen Jessica und Stephanie in Jessicas alter Mühle ein. Er drehte sich zu ihnen um, um sie zu begrüßen, und wieder ging ihm das Herz auf – wie jedes Mal, wenn Stephanie ihn anlächelte.

*Wie soll ich sie bloß an Bord dieses Shuttles gehen lassen – ohne mich? Aber ich* muss *es tun. Ich weiß, es muss passieren, aber ich darf sie auf keinen Fall wissen lassen, wie weh es tut, sie gehen zu lassen.*

# 4

Als Scharfauge die Ausläufer der Berge erreicht hatte, musste er gegen das Gefühl ankämpfen, sich in Wahrheit nicht im Raum, sondern vielmehr in der Zeit bewegt zu haben. In den Bergen fiel des Nachts schon Schnee. Das eisige Weiß war bislang weder besonders tief noch verdichtet, und es schmolz kurz nach Sonnenaufgang. Doch dass schon Schnee fiel, bedeutete, dass viele der kleinen Bodenwühler und Borkenkauer, die für den Clan vom Wogenden Farn eine dringend benötigte Nahrungsergänzung waren, immer schwieriger zu finden wären.

Einige dieser Tiere schliefen den ganzen Winter hindurch. Andere verbrachten einfach nur mehr Zeit in ihrem Bau unter der Oberfläche. Wenn erst richtig Schneefall einsetzte, legten viele dieser Tiere neue Tunnel und Gänge in dem dichtgepackten Schnee selbst an und gingen dort auf Nahrungssuche, unbemerkt außer von den wachsamsten Jägern. Da diese Tiere aber alle wussten, dass jene Spanne der relativen Sicherheit bevorstand, warteten sie geduldig auf den Schnee, dessen Kommen Scharfauge so sehr fürchtete.

Sogar hier im Tiefland zeigten die Bäume Anzeichen von Brandschäden – von Flammen, die in den höheren Lagen ungleich schlimmer gewütet hatten –, doch es gab deutlich mehr Beute zu jagen und anderes Futter zu finden. Das Laub verfärbte sich allmählich gelb und rot, doch noch gab es Grün dazwischen. In besonders geschützten Lagen brachen die Schösslinge neuer Bäume durch den schweren Boden. Zahlreiche rascher wachsende Sträucher und Pflanzen wussten das feuchtere Wetter und die nährstoffreiche Asche auszunutzen; einige Gräser und Sträucher trugen auffallend schwere Samen.

Obwohl sich die Leute nicht ausschließlich von Blättern, Samen und Schoten ernähren konnten, würde dieser Reichtum dabei helfen, die Bäuche des Clans zu füllen – und außerdem zog Pflanzenwachstum meist auch Beutetiere an.

Das Problem war also nicht das Tiefland selbst. Vielmehr waren die Clans das Problem, die dieses Gebiet bereits für sich beanspruchten. Dem ersten Vertreter jener Schar begegnete Scharfauge eines Nachmittags, gerade, als er sich auf einen Netzholzast gekauert hatte und einen kleinen, aber recht schwergewichtigen Borkenkauer genoss, den er frisch erlegt hatte.

*Dachten wir uns doch, dass wir hier etwas Faules gerochen haben,* erklang die Geistesstimme ohne jegliche Vorwarnung. *Wie nennst du dich, Wilddieb?*

Prüfend sog Scharfauge die Luft ein, doch wer auch immer sich ihm näherte, musste gegen den Wind zu ihm stehen, denn Scharfauge roch nicht das Geringste. Gewiss, eine Geistesstimme mochte eine ungleich größere Distanz überwinden, als die Leute das Geistesleuchten anderer wahrnehmen konnten – aber diese Leute hier hatten offenkundig sein Geistesleuchten geschmeckt und dabei erkannt, dass er nicht einer der ihren war.

Bevor sich Scharfauge zu seinem Mahl niedergelassen hatte, hatte er natürlich die nötigsten Vorsichtsmaßnahmen getroffen, aber er hatte nicht gezielt nach Anzeichen für die Anwesenheit anderer Leute gesucht. Das holte er nun nach, so gut es ging. In der Ferne entdeckte er mindestens zwei Individuen. Dass er sie nicht deutlich erkennen konnte, ließ vermuten, dass sie ihr Geistesleuchten gezielt zu dämpfen versuchten, doch einer der beiden war so offenkundig verärgert, dass sein Zorn unmissverständlich zu Scharfauge durchdrang. Noch während Scharfauge versuchte, die Gedanken seines Gegenübers besser zu ertasten, setzte sich der Betreffende in Bewegung, um sein Geistesleuchten aus der Reichweite des Fremden zu entfernen.

Scharfauge formte seine Entgegnung mit Bedacht. *Ich bin weniger ein Wilddieb als vielmehr ein Reisender. Mir war nicht bewusst, dass ich das Revier eines anderen Clans erreicht hatte. Darf ich mich erkundigen, mit wem ich mich hier unterhalte?*

*Ich bin Geschickte-Finger vom Clan der Baumhüter.* Diese Antwort hatte offenkundig derjenige der beiden mit dem weniger zornigen Geistesleuchten geformt. *Mein Ahnenbruder, Schwimmers-Schrecken, geht mit mir auf die Jagd. Wie wirst du genannt?*

*Ich bin Scharfauge aus dem Clan vom Wogenden Farn.* Er öffnete seinem Gegenüber zwar nicht seinen gesamten Geist, doch er ließ zu, dass Trauer und Verlustschmerz seine Antwort färbten. *Aber man könnte vorbringen, wir, die wir die großen Feuer der letzten Spanne überlebt haben, seien nun der Clan Ohne Revier, denn unsere verbrannten, geschundenen Wälder werden uns nicht den kommenden Winter über ernähren.*

Sofort formte die Geistesstimme von Geschickte-Finger eine Antwort. *Also ist dein Clan heimatlos? Sucht ihr nach neuen Landen?*

*Sollte dem so sein, Scharfauge vom Clan Ohne Revier, dann sucht an einem anderen Ort!*, gesellte sich die Geistesstimme von Schwimmers-Schrecken hinzu. *Unser eigenes Revier wurde von den Flammen verbrannt. Es gibt nur noch wenig zu jagen. Was unser Revier hervorbringt, brauchen wir selbst, um den kommenden Schnee zu überstehen.*

Scharfauge teilte mit dem Fremden ein Abbild des Gebiets, von dem das Revier seines Clans umschlossen war. Er ließ ihn teilhaben an dem kahlen Land, an den geschwärzten Überresten dessen, was einst stolze Bäume gewesen waren – vertrocknete Äste an verkohlten Skeletten, die nicht einmal mehr einen kleinen Borkenkauer tragen würden, geschweige denn einen der Leute.

*Niemals wären wir in euer Revier eingedrungen, hätte sich das vermeiden lassen,* erklärte Scharfauge dann. *Würdet ihr uns gestatten, euer Revier zu passieren? Vielleicht wissen eure Kundschafter von einem Gebiet, das derzeit nicht genutzt wird oder in dem ein kleinerer Clan bereit wäre, es mit uns zu teilen?*

Die Antwort von Schwimmers-Schrecken kam so rasch, dass Scharfauge das Gefühl hatte, der Fremde wollte seinen Geschwistersohn bewusst davon abhalten, die Frage zu beantworten. Gleichzeitig verschwand der matte Schein von Geschickte-Fingers Geistesleuchten, als wäre er außer Reichweite, entweder, weil er selbst es so wollte, oder, das vermutete Scharfauge, weil man ihn hinausgedrängt hatte.

*Wir kennen keinen Ort, an den ihr gehen könntet. Vielleicht könnten eure Sagen-Künderinnen nach den anderen tasten und erfahren, wo es noch freies Land gibt.*

Scharfauge hätte seine Trauer nicht einmal dann verbergen können, wenn er es darauf angelegt hätte. *Breitohr und unsere anderen Sagen-Künderinnen sind den Flammen zum Opfer gefallen. Eine Feuerzunge hat sie umschlossen. Wir haben versucht, sie zu retten, aber sie haben nicht zugelassen, dass wir bei einem so aussichtslosen Unterfangen ein Risiko eingehen. Sie hatten eine Schülerin, aber Kleiner-Chor ist noch sehr jung. Sie ist vielversprechend, doch ihre Stimme ist kaum kräftiger als die eines gewöhnlichen Erwachsenen. Sie braucht noch Zeit.*

*Und Zeit,* meldete sich da Geschickte-Finger zurück, *ist das, was ihr sucht. Zeit und Land.*

*Ja. Ganz genau,* erwiderte Scharfauge. Er war froh, verstanden worden zu sein, doch Schwimmers-Schrecken war unfähig – oder nicht willens –, sich der Meinung seines Geschwistersohns anzuschließen.

*Haltet euch von unserem Revier fern!*, heischte er Scharfauge barsch an. *Es mag ja sein, dass es deinem Clan an Sagen-Künderinnen fehlt, aber gewiss wird der eine oder andere eurer Ältesten wissen, was geschieht, wenn Revierrechte angefochten werden. Dein Clan hat bereits Verluste erlitten. Sorgt nicht durch eine unbedachte Entscheidung dafür, dass noch weitere hinzukommen.*

Dann erlosch für Scharfauge das Geistesleuchten der beiden clanfremden Leute ganz. Lange Zeit hockte er im Netzholzbaum und tastete suchend umher. Doch allenthalben herrschte Stille.

Die zwei Wochen, die Stephanie und Karl vor ihrer Abreise noch verblieben waren, schrumpften rasch auf wenige Tage zusammen. Wieder und wieder dachte Stephanie darüber nach, ob sie das Ganze nicht doch absagen sollte. Ihr würde gewiss eine gute Ausrede einfallen. Einmal war sie sogar so verzweifelt, dass sie auf die Idee verfiel, sich selbst eine Verletzung beizubringen, um nicht abreisen zu *können*. Da gab es allerdings ein Problem, das sich erst mit den jüngsten Errungenschaften der Medizin stellte: Selbst wenn sie ›versehentlich‹ ihre Kontragraveinheit deaktivierte und sich dann von einem Baum fallen ließe, würde das kaum etwas bringen. Sogar schwerste Knochenbrüche ließen sich mittlerweile bemerkenswert schnell wieder heilen.

Also begann die Zeit des Abschiednehmens. Stephanie war zuversichtlich, dass es Jessica und ihr gelungen war, Löwenherz den anstehenden Aufbruch nach Manticore zu vermitteln. Auf jeden Fall machte der Baumkater in mehr als lobenswertem Maße bei den Übungen mit, mit denen sie ihn an den frisch für ihn gekauften Haustiertransportkorb gewöhnen wollte, der bei Interstellarreisen Standard war. Sie hatte ihm sogar das

Notfalllebenserhaltungsmodul im Betrieb gezeigt, damit ihn in dem unwahrscheinlichen Falle, dass es tatsächlich zum Einsatz gebracht werden müsste, nicht die ungewohnten, recht lauten Geräusche verängstigten.

Die erste Abschiedsfeier fand statt, als Löwenherz und sie seine Großfamilie besuchten: Die Baumkatzen machten sich gerade auf den Weg in ihr Winterquartier in den Bergen nordöstlich des Besitzes Harrington. Die Anreise zu Löwenherz' Clan erfolgte auf dem Wege, den Stephanie und er meistens wählten: mit dem Flugdrachen, nicht dem Flugwagen. Als Gastgeschenk hatte Stephanie mehrere Stängel Sellerie eingepackt. Löwenherz war förmlich verrückt nach Sellerie, und für seine ganze Familie galt das ebenso.

Eines aber war Stephanie klar: Es lag nicht nur an dem mitgebrachten Sellerie, dass sich dieser Besuch irgendwie besonders anfühlte. Zum einen hatte sich tatsächlich fast der ganze Clan versammelt. Selbst die Jäger, die sonst häufig unterwegs waren oder sich in ihren Nestern ausruhten, waren dieses Mal da. Außerdem nahm Morgana den Ehrenplatz ein und hielt eine Rede.

Stephanie hätte sicher niemandem erklären können, woher sie das so genau wusste, denn sie hörte natürlich nicht das Geringste. Für jemanden, der nicht dazu neigte, Baumkatzen für hochintelligent und kommunikativ zu halten, mochte die Versammlung aussehen wie eine Schar Katzen, die in der Sonne dösten. Trotzdem war sich Stephanie ganz sicher, dass sie recht hatte. Vielleicht lag es daran, dass die Clanjungen, die sich normalerweise ebenso überschwänglich und aktiv gebärdeten wie Terra-Katzenkinder, reglos und mit gespitzten Ohren dasaßen, den Blick aus grünen Augen fest auf Morgana geheftet. Wenn schon die Jungen still saßen, musste etwas wirklich Wichtiges vor sich gehen, keine Frage.

Doch Abschiedsfeier hin oder her: Lange vor Einbruch der Dunkelheit machte sich Löwenherz zu der Senke auf, in der Stephanie ihren Drachen verstaut hatte, und erinnerte sie damit daran, dass sie noch einen langen Rückflug vor sich hatten. Sie verstand ihn sofort. Jetzt war nun wirklich nicht der richtige Zeitpunkt, unnötig Risiken einzugehen.

Die nächste Feier fand gleich am darauffolgenden Tag statt – auf dem Besitz Harrington.

»Glaub bloß nicht, dass wir das ganze Brimborium nur für Karl und dich veranstalten«, neckte Marjorie Harrington ihre Tochter. »Hauptsächlich feiern wir nämlich Franks und Ainsleys Beförderung zum Senior Ranger. Du kannst dir gar nicht vorstellen, wie schwer es ist, dafür zu sorgen, dass die beiden mal am gleichen Tag dienstfrei haben! Dass das gerade ein paar Tage vor eurem Aufbruch geklappt hat, ist purer Zufall.«

Stephanie ließ sich zwar nicht hinters Licht führen, aber sie war doch dankbar, dass die allgemeine Aufmerksamkeit nicht allein Karls und ihrer anstehenden Überfahrt nach Manticore galt. Frank Lethbridge und Ainsley Jedrusinski gehörten zu den ersten Rangern, die Stephanie wirklich gut kennengelernt hatte. Frank war ihr Ausbilder beim Umgang mit Handfeuerwaffen und Gewehren gewesen, und er hatte ihr auch Karl vorgestellt. Ainsley wiederum ging häufig als Franks Partnerin in den Einsatz oder auch den normalen Dienst. Die Beförderung der beiden in den (frisch eingeführten) Rang eines Senior Rangers erschien Stephanie ein ausgezeichneter Anlass für eine Party.

Da sowohl Frank als auch Ainsley schon lange mit Karls Familie befreundet waren, war es naheliegend, auch sämtliche Zivoniks einzuladen, ohne dass allzu sehr die bevorstehende Abreise zweier gewisser Ranger auf Probe thematisiert werden musste. Begleitet wurden die Zivoniks von Scott MacDallan und Irina Kisaevna, seiner Frau, die ebenfalls schon lange mit den Ehrengästen befreundet waren. Scott war der einzige weitere Mensch – neben Jessica und Stephanie, hieß das –, der von einer Baumkatze adoptiert worden war.

Da sich Stephanies Freunde bei den Waldbränden allesamt freiwillig gemeldet hatten, war es nur recht und billig, sie ebenfalls alle einzuladen. Und Anders begleitete ganz offiziell Dacey Emberly. Entsprechend war so ziemlich jeder, der einen guten Grund gehabt hätte, zu einer Abschiedsfeier zu erscheinen, auch bei der Beförderungsparty anwesend.

Wie es sich bei so viel Gästen kaum vermeiden ließ, bildeten sich früher oder später kleinere Grüppchen. Irina, Marjorie und Dacey standen in einem Halbkreis vor dem gewaltigen Kamin des großen Wohnzimmers und sprachen ungezwungen über Kunst, während sich weit über ihnen unter der hohen Decke des Raumes langsam und gemächlich ein uralter Ventilator drehte. Richard stand bei den dreien; den Arm auf den Kaminsims gestützt, hörte er zu und warf gelegentlich eine Bemerkung ein. Karl und Toby standen auf der großen Veranda, zu der hinaus die bodentiefen Fenster der herrlichen Herbstbrise wegen offen standen: Die beiden organisierten ein Wettrennen für die jüngsten Mitglieder der Familie Zivonik. Jessica und Doc Scott waren in ein offenkundig angeregtes Gespräch vertieft – vermutlich ging es dabei darum, wie es war, sein Leben mit einer Baumkatze zu teilen. Währenddessen räumten sie in der Küche auf, in der sich nach dem Buffet Dutzende von Schalen und Tellern, Schüsseln und Terrinen stapelten. Die Ehrengäste hatten sich um den Billardtisch im Familienzimmer versammelt, das sich an das große Wohnzimmer anschloss. Queues in den Händen, plauderten sie ungezwungen mit Christine und Chet über ein neues Fremdenführerprogramm, das der SFD gerade einführte, um den steigenden Touristenzahlen Herr zu werden.

Zufall oder nicht: Plötzlich standen Anders und Stephanie allein vor den breiten Panoramafenstern im Wohnzimmer und betrachteten die mächtigen Stämme der Kroneneichen. Selbst Löwenherz hatte sich zurückgezogen; er verbrachte Zeit mit Ohnefurcht und Fisher.

»Lust auf einen Spaziergang?«, fragte Stephanie.

»Klar.«

Als sie nicht mehr in Sichtweite des Hauses waren, umschloss Anders Stephanies Hand fest mit der seinen.

»Komisch, dass wir in ein paar Tagen nicht mehr hier sein sollen. Dann können wir das hier nicht mehr machen«, brach er schließlich das Schweigen, beugte sich zu ihr hinüber und küsste sie. »Oder das. Oder auch nur in Echtzeit miteinander reden.« Er verzog das Gesicht. »Textnachrichten und Videobotschaften sind einfach nicht dasselbe, ganz egal, was andere sagen.«

»Ich weiß.« In Stephanies Erwiderung schwang mehr Nachdruck mit, als sie eigentlich beabsichtigt hatte, doch sie musste an all die Monate zurückdenken, die Anders auf Manticore gewesen war. »Trotzdem«, fuhr sie nach kurzem Schweigen fort, »ist es wahrscheinlich sogar ganz gut, dass die Signalverzögerung so groß ist. Ich meine, niemand würde versuchen, ein Echtzeitgespräch zu führen, wenn zwischen jeder Frage und jeder Antwort eine Pause von zweiundfünfzig Minuten liegt, das ist uns beiden ja klar. Aber wenn es nur ... ach, sagen wir, zehn Minuten wären, dann würden wir es vielleicht eben doch versuchen – und jetzt stell dir vor, wie schrecklich das wäre.«

»Klar, da sind aufgezeichnete Videobotschaften schon besser«, pflichtete ihr Anders bei.

»Ja, nicht? Und jede Übertragungspause würde die Trennung nur umso stärker betonen.«

»Also schickst du mir Vids, ja?«

»Versprochen. Nicht einmal Hausaufgaben oder sonst irgendwas werden mich davon abhalten!«

»Mich auch nicht.«

Wieder schwiegen sie, aber nur, weil sie sich anders als verbal verständigten.

Schließlich seufzte Anders, zog Stephanie in eine Umarmung und sorgte dafür, dass sie den Kopf an seine Schulter bettete.

»Wer hat das noch geschrieben, von wegen ›so süß ist Trennungswehe‹?«

»Shakespeare.«

»Völlig neben der Spur, der Mann! Geahnt habe ich das schon bei unserer ersten Trennung voneinander, aber jetzt bin ich mir völlig sicher. Trennungsschmerz ist niemals süß. Getrennt zu sein ist traurig.«

Stephanie wagte sich an eine Erklärung. »Er findet halt, dass der Schmerz süß ist, weil es jemanden gibt, der einem fehlt. Wenn es da niemanden gäbe, na ja ... gäbe es keinen Grund für Schmerz, was zwar gut, aber an sich doch auch sehr traurig ist, beispielsweise wenn man sich für getrennte Wege entscheidet. Deshalb ist der Schmerz süß.«

»Wirklich, ja, süß?«, fragte Anders nach, doch als Stephanie zu ihm aufschaute, ließ der Blick aus seinen blauen Augen keinerlei Zweifel zu.

»Ja«, bestätigte sie. »Sehr süß und sehr, sehr traurig.«

Zwei Tage später stand Stephanie dann am Raumhafen. Ihr Gepäck hatte man schon im Vorfeld dorthin geschafft, und nun umarmte sie nacheinander alle, die mit ihr gekommen waren, um sie zu verabschieden: ihre Eltern, Jessica, Anders, Karls Familie ... einige davon umarmte sie sogar mehr als nur einmal. Karl erging es ähnlich. Sogar Anders schloss er kurz in die Arme; dieser lachte laut und erwiderte die Geste.

»Pass auf unser Mädchen auf, Karl«, sagte er. »Lass nicht zu, dass sie die Manticoraner das Fürchten lehrt!«

»Ich werd mich bemühen.«

Eine aufgezeichnete Stimme verkündete, es sei nun Zeit, an Bord zu gehen, und Anders drückte Stephanie noch einmal mit aller Kraft an sich.

»Ich glaub, wir müssen dann jetzt«, sagte sie. »Ich melde mich. Bei euch allen!«

»Komm jetzt, Steph!« Karls Ton war ein wenig barsch. »Wir sind zurück, bevor die sich überhaupt daran gewöhnt haben, dass wir weg sind.«

»Genau.« Sie griff nach Löwenherz' Tragekorb und eilte dann doch noch einmal in die entgegengesetzte Richtung, um ihre Eltern zu drücken. »Wir sehen uns, wenn ihr Urlaub auf Manticore macht!«

Dann machte sie kehrt und hastete zum Shuttle hinüber; beinahe rannte sie.

Anders war froh, mit dem eigenen Flugwagen zum Raumhafen gekommen zu sein. Im Augenblick stand ihm nicht der Sinn nach Gesellschaft. Er sah, wie Jessica und Ohnefurcht zusammen mit den Harringtons den Raumhafen verließen. Jessica sah aus, als habe sie geweint. Der Baumkater auf ihrer Schulter streckte gerade eine Echthand aus und tätschelte ihr die Wange.

*Das wird sich für die alle ziemlich komisch anfühlen, wenn Stepha-*

*nie jetzt weg ist. Und für mich wird es komisch sein, mit all ihren Freunden Umgang zu haben, während sie auf einem anderen Planeten ist. Das ist genau andersherum als beim letzten Mal, und dabei gleichzeitig auch noch auf den Kopf gestellt. Tja, und Steph und ich … wir waren so sehr mit uns beschäftigt, dass wir überhaupt nicht darüber nachgedacht haben, was Stephs Abreise für* andere *bedeutet.*

Vor seinem geistigen Auge sah er immer noch, wie sich hinter Stephanie die Luke des Shuttles schloss, sah kurz etwas Helles aufblitzen – vielleicht ihre Hand, mit der sie ihm gewinkt hatte? Mit diesem Gedanken erreichte er das Apartmenthaus, in dem Calida sie alle einquartiert hatte.

Kesia Guyen versuchte, ihn mit einem Winken auf sich aufmerksam zu machen, doch Anders tat so, als habe er sie nicht gesehen. Normalerweise wäre Kesia gewiss die Erste gewesen, mit der er über verletzte Gefühle gesprochen hätte, aber hier und jetzt wollte er einfach nur allein sein.

Zu seiner großen Überraschung – normalerweise hatte Kesia ein sehr gutes Gespür auch für nichtverbale Hinweise – kam sie ihm im Laufschritt hinterher und holte ihn ein, kurz bevor er die Aufzugsbatterie des Hauses erreicht hatte.

»Warte doch mal!«, rief sie, und so war Anders gezwungen, stehen zu bleiben und sich zu ihr umzuwenden. Kurz betrachtete sie sein Mienenspiel, dann lächelte sie ihn freundlich an und tätschelte ihm die Schulter. In dem Lächeln lag so viel Mitgefühl, dass Anders spürte, wie ihm die doch so steinerne Miene kurz entglitt. Sonderbar! Er hatte gedacht, er könnte seine Gefühle besser verbergen.

»Dir geht im Augenblick wahrscheinlich viel im Kopf herum«, setzte Kesia an. »Trotzdem möchtest du das hier wahrscheinlich wissen. Über Com ist eine Nachricht von Manticore eingetroffen, vor ungefähr vier Minuten – da hast du wahrscheinlich gerade den Flugwagen eingeparkt.«

»Was für eine Nachricht denn?«, fragte Anders nach und versuchte dabei, den Tonfall zu ergründen, den die Linguistin anschlug. Sie klang aufgeregt – beinahe schon triumphierend – und verärgert gleichermaßen.

»Dein Dad ist zurück«, fuhr sie fort. »Die Universität hat ihn an Bord eines schnellen Charterschiffs hierhergeschickt.«

»*Dad* ist zurück?!« Entgeistert starrte er sie an, und sie nickte.

»Das Schiff ist vor etwas mehr als zwei Stunden in eine Umlaufbahn um Manticore eingeschwenkt.«

Anders schüttelte den Kopf, als könnte er auf diese Weise seine Gedanken in die richtige Reihenfolge bringen. Dann versuchte er, die unerwartete Neuigkeit zu verarbeiten. Schließlich begriff er: Wenn die Urako University Dr. Whittaker in das Sternenkönigreich geschickt hatte, damit dieser die anderen Teilnehmer seiner Expedition abholte ... wenn die Universität ein Kurierboot gechartert hatte, damit alle so rasch wie möglich in Schimpf und Schande in die Heimat zurückkehrten, dann ... dann hatte er Stephanie vielleicht heute zum allerletzten Mal gesehen! Sein Magen verwandelte sich in einen Klumpen Eis.

»Hey!« Kesia packte ihn an beiden Schultern und schüttelte ihn ein wenig durch. »Entspann dich, Anders, entspann dich, ja? Das ist gut so ... weitestgehend, zumindest.«

»Weitestgehend? Was soll das denn heißen?«, fragte Anders heiser und räusperte sich.

»Na ja ... also, die gute Nachricht lautet, dass die Universität von dem, was wir bislang vorzuweisen haben, trotz gewisser ... Unregelmäßigkeiten ordentlich beeindruckt ist. Deswegen hat sie deinem Dad gestattet, im Sternenkönigreich eine Vertragsverlängerung zu beantragen. Seitens der Urako University kann dieser neue Vertrag dann auch unbefristet sein, ist das nicht wunderbar?« Anders sah ein Funkeln in ihren Augen, als sich auf seinem Gesicht plötzlich wieder Hoffnung abzeichnete. »Und Kanzler und Fachbereichsleiter – und im Namen der Regierung auch deine Mom – haben all das zugesagt, was Gouverneurin Donaldson und Ministerin Vásquez zur Bedingung dafür gemacht haben. Also stehen die Chancen für eine Vertragsverlängerung wahrscheinlich gar nicht so schlecht. Vielleicht läuft der Forschungsauftrag dann ohne Unterbrechung an, oder vielleicht legen wir den Winter über auch eine Pause ein. Um unsere bisherigen Daten nach Urako zu bringen, beispielsweise.«

Anders nickte. Das alles klang vielversprechend ... ausgenommen die Idee, den Winter über in die Heimat zurückzukehren. Schließlich dauerte der Winter auf Sphinx mehr als sechzehn T-Monate. Aber Kesia hatte doch gesagt ...

»Und was ist die schlechte Nachricht?«, wollte er wissen. *Und wo wir gerade dabei sind ...*, setzte er in Gedanken hinzu. *Wenn Dad schon seit mehr als zwei Stunden zurück ist, wieso hat er sich dann nicht schon viel früher über Com gemeldet? Die Signalverzögerung von Manticore nach Sphinx beträgt doch derzeit nur fünfundzwanzig Minuten!*

»Vielleicht *ist* es ja noch nicht einmal eine schlechte Nachricht.« Kesia zuckte mit den Schultern. »Also dein Dad hat erzählt, dass er sich in das planetare Datennetz eingeloggt hatte, um Dr. Hobbard von seiner Rückkehr zu unterrichten. Sie teilte ihm mit, es habe eine Planänderung gegeben. Irgendein hohes Tier auf Manticore – Morgo oder Morrow oder irgendwie so, da war sich dein Dad nicht mehr sicher – sponsere Veranstaltungen oder sonst irgendetwas für Leute, die er als ›Touristen mit Interesse an Xenoanthropologie‹ bezeichnet.«

»Oje!«

»Genau.« Kesia kicherte. »Aber nachdem dein Dad sich erst einmal ein bisschen beruhigt hatte, musste er dann einräumen, dass die Lage ganz so schlimm dann doch wieder nicht ist. Einige der Leute haben sogar fachlich durchaus etwas vorzuweisen. Aber er ist halt trotzdem stinksauer. Er hält das für einen Verstoß gegen unseren Exklusivvertrag.«

»Na ja, das ist es ja auch«, meinte Anders. »Andererseits können wir uns wahrscheinlich glücklich schätzen, dass der Vertrag überhaupt noch *besteht*, so wie wir uns danebenbenommen haben! Oh, *besteht* der Vertrag denn überhaupt noch?«

»So ungefähr das hat sich dein Dad wohl auch gefragt«, meinte Kesia grinsend. »Anscheinend hat dieser Morrow, oder wie auch immer der nun heißt, irgendetwas mit einer Organisation zu tun, die sich Adair Foundation nennt – eine Art gemeinnützige Stiftung, die sich für die Erhaltung der Artenvielfalt einsetzt ... und die sich für Baumkatzen interessiert. Anscheinend plant man dort im Augenblick die Einrichtung eines offiziellen Lehrstuhls für Xenoanthropologie an der Landing University. Deswegen hat der Dekan von Dr. Hobbards College sie gebeten – oder sie vielmehr angewiesen –, dafür zu sorgen, dass sich die Abordnung dieser Adair Foundation hier auch willkommen fühlt.«

»Na klar.« Anders seufzte und schüttelte den Kopf. Er verspürte echtes Mitleid – mit seinem Vater wie mit Dr. Hobbard.

Sanura Hobbard war die derzeitige Leiterin des Instituts für Anthropologie der Universität von Landing. Zugleich war sie Leiterin der Kronkommission, die sich der Baumkatzen annahm, und war damit gewissermaßen hier im Sternenkönigreich die Chefin seines Vaters. Doch dass man der Whittaker-Expedition Forschungstätigkeiten auf Sphinx gestattet hatte, hing unmittelbar mit dem Bolgeo-Desaster zusammen. Die

Krone wollte sichergestellt wissen, dass diejenigen, die in ihrem Namen die Baumkatzen untersuchten, auch wirklich echte – angesehene – Wissenschaftler waren. Angesichts der nun wirklich beachtlichen wissenschaftlichen Leistungen des Teams um Dr. Bradford A. Whittaker hatte man ihnen viel Spielraum zugestanden. Der zugehörige Vertrag räumte den Forschern aus dem Kenichi-System ausdrücklich Erstveröffentlichungsrechte jedweder Forschungsergebnisse ein.

Aber diese Abmachung war getroffen worden, *bevor* Dr. Whittaker mit seinem gesamten Team in den Urwald aufgebrochen war, ohne, wie es die Vorschriften vorsahen, jemanden über seine Pläne in Kenntnis zu setzen. Und dort im Urwald waren sie dann gestrandet. Angesichts dieser Beinahekatastrophe war es schlichtweg unvermeidbar, dass in Zukunft deutlich strenger auf die Einhaltung von Vorschriften geachtet würde – das wusste Anders' Vater vermutlich besser als Anders selbst. Und wenn es etwas gab, wovon sein Vater wirklich Ahnung hatte – abgesehen von Xenoanthropologie, natürlich –, dann war das die Gemengelage von Hochschulpolitik und Fördergeldern. Das wiederum hieß, dass er ebenso wenig die Wahl hatte, diese Neuankömmlinge in seinem Team aufzunehmen, wie Dr. Hobbard frei über die vorgebliche Bitte ihres Dekans hatte entscheiden können.

»Ist sich Dad denn sicher, dass diese Leute Ahnung haben?«

»Er sagt, bislang sehe alles danach aus.« Wieder zuckte Kesia mit den Schultern. »Anscheinend braut sich das schon eine ganze Weile zusammen. Dr. Hobbard sagt, die Leumundsprüfung sämtlicher beteiligten Personen seien schon seit ein paar T-Monaten im Gange.«

»Wann treffen die denn hier ein?«

»Frühestens in einem T-Monat. Laut deinem Vater sind sie wahrscheinlich schon auf dem Weg hierher, aber sie kommen von verschiedenen, nicht zum System gehörenden Universitäten.«

»Die Adair Foundation darf sich also die Baumkatzen aus nächster Nähe anschauen, und im Gegenzug erhält die Landing University Geld für einen neuen Lehrstuhl.« Anders stieß ein höhnisches Schnauben aus. »Klingt für mich ganz so, als hätte jeder etwas davon – außer Dad und seinem Team natürlich!«

»Genau das hat dein Vater auch gesagt.«

»He«, Anders' Miene hellte sich auf – die unerwartete neue Entwicklung verdrängte zumindest vorerst die Niedergeschlagenheit über Stephanies Abreise, »wenn Dad das richtig angeht, könnte für seinen Fachbereich ein bisschen Vorabwerbung herausspringen. Denn wenn die anderen Wissenschaftler wieder nach Hause fahren, wird, was sie berichten, die Leute ganz heiß auf die vollständigen und maßgeblichen Berichte machen, die er mit seinen Mitarbeitern zusammen herausgeben wird.«

»Du bist eindeutig das Kind deiner Eltern«, lachte Kesia. »Ich prophezeie dir eine glänzende Zukunft in der Politik, falls du es irgendwie schaffst, dich vom Sumpf des Wissenschaftsbetriebs fernzuhalten! Verkauf das so deinem Dad, sobald er aus dem Shuttle steigt. Oder besser: Schick ihm gleich eine Nachricht!«

»Ach, ich kann schon warten, bis er wieder vor mir steht«, gab Anders zurück. Die Formulierung ›Nachricht schicken‹ erinnerte ihn wieder mit Macht daran, dass Stephanie erst in ganzen drei Monaten wieder vor ihm stehen würde. Das verdüsterte seine Stimmung erneut, aber sie war nicht mehr ganz so schwarz wie noch vorhin am Raumhafen.

*Nein, in den nächsten drei Monaten sehe ich sie nicht, klar. Aber wenn Kesia recht hat, bleiben uns, wenn Steph zurück ist, noch mindes-*

*tens sechs gemeinsame Monate. Und wenn Dad seinen Vertrag wirklich entfristen kann und damit so lange weiterforschen, wie er will . . .*

Es war schon bemerkenswert, wie viel heller auf einmal die Sonne schien.

Das Taxi drosselte das Tempo und schwenkte nach links, zog über die Jasonbai hinweg und steuerte den Landeplatz an. Einen Ellenbogen auf Löwenherz' Tragekorb gestützt, schaute Stephanie aus dem Seitenfenster.

Das Bedauern darüber, Anders auf Sphinx zurücklassen zu müssen, war immer gegenwärtig, aber Stephanie musste doch zugeben, dass die Überfahrt durchaus ihre unterhaltsamen Momente gehabt hatte. Sie hatte völlig vergessen, dass Karl niemals zuvor die Oberfläche von Sphinx verlassen hatte. Er war noch nicht einmal an Bord eines so kleinen Seelenverkäufers wie der *HMS* Zephyr gegangen, die Stephanie zum Planeten Manticore gebracht hatte, von einem Besuch in Landing, einer Großstadt, wie Sphinx keine kannte, einmal ganz zu schweigen! Der große, starke, zähe Karl, der sonst mit allem zurechtkam – an Bord des Schiffes zeigte er sich vollkommen verunsichert. Mit einem Mal hatte sich Stephanie in der Rolle der erfahrenen Mentorin wiedergefunden.

Karl hatte damit auch nicht hinter dem Berg gehalten, welche Ehrfurcht ihm die gewaltigen Ausmaße von Landing einflößten – allein schon die schimmernden Betokeramik-Türme in ihren Pastellfarben! Nachdem Stephanie nun schon so lange auf Sphinx lebte, war sie selbst ein wenig erschrocken gewesen . . . aber das hatte sich rasch wieder gelegt. Trotz der gewaltigen Grundfläche der Stadt hatte Landing noch viel Platz, sich weiter auszubreiten – und bislang war auch keiner der Türme deutlich höher als einhundert Meter. Um genau zu sein: Die

Gesamtbevölkerung der Hauptstadt des Sternenkönigreichs von Manticore entsprach noch nicht einmal einem Viertel der Bevölkerung der Stadt Hollister auf Meyerdahl, in der Stephanie aufgewachsen war.

*Aber es war schon interessant zu sehen, wohin Mount Royal Palace gebaut werden soll,* dachte sie. Der Taxipilot hatte extra einen kleinen Umweg gemacht, damit die Fremdweltler-Teenager einen Blick auf die Baustelle werfen konnten. *Auf jeden Fall wird man von dort einen netten Blick auf die Bai haben. Und ganz schön groß wird der Bau – aber die wollen eben auch ein Gebäude ganz für sich allein! Wenn man etwas auf die Pläne der Architekten geben kann, die auf allen SmartScreens der Stadt zu sehen sind, bekommt das Gebäude nirgends mehr als vier oder fünf Stockwerke.*

Nun, als das Taxi das letzte Dutzend an Metern in die Tiefe sank, blickte sich Stephanie auf dem Campus der Landing University um und kam zu dem Schluss, dass ihr wirklich gefiel, was sie sah. Man hätte mühelos die gesamte Universität in einem einzigen Tower unterbringen können; schließlich belief sich die Studentenschaft auf weniger als dreißigtausend Studierende. Stattdessen hatte man sich dafür entschieden, die einzelnen Institute und Seminarräume über das gesamte Campusgelände zu verteilen, das mit vierhundert Hektar recht weitläufig war.

Man hatte darauf geachtet, die Gebäude ansprechend an ihre Umgebung anzupassen. So wurde dem lokalen Ökosystem so wenig wie möglich geschadet und es so wenig wie möglich negativ beeinflusst. Stephanies Augen leuchteten, als sie zum ersten Mal mit eigenen Augen manticoranische Bäume sah. Obwohl sie es doch eigentlich besser hätte wissen müssen (vor allem, nachdem sie sich ausgiebig auf diese Reise vorbereitet hatte!), war sie irgendwie immer noch davon ausgegangen, die Flora von Manticore müsse der von Sphinx ähnlich sein …

aber sie war völlig andersartig. Das Laub der meisten Bäume, die Stephanie bislang sehen konnte, hatte einen eigentümlichen Blauschimmer, und wohin sie auch blickte, sah sie leuchtende Blüten, die sich von der Sonne des späten Morgens bescheinen ließen. Landing lag fast am Äquator von Manticore, und die Hauptwelt des Sternenkönigreichs war der Sonne des Systems beinahe zehn Lichtminuten näher als Sphinx. Auf Manticore herrschten also ohnehin schon deutlich höhere Durchschnittstemperaturen.

»Das wird heißer hier werden, als wir das gewohnt sind«, sagte sie und blickte erst zu Karl und dann auf den Tragekorb hinab, in dem sich immer noch Löwenherz befand. »*Deutlich* heißer.«

»Ich habe die Infobroschüre auch gelesen, Steph.« Karls Tonfall klang in Stephanies Ohren schnippisch. Vielleicht machte ihn der Besuch in der Großstadt doch nervöser, als er zugeben wollte. »Und ich habe auch reichlich Sonnenschutz aufgetragen«, setzte er noch hinzu.

»Das war auch gut so«, gab sie gelassen zurück. Dann beugte sie sich über den Tragekorb und blickte durch die offene Seitenwand Löwenherz geradewegs in die grünen Augen. »Schade, dass wir *dir* keinen Sonnenschutz auftragen können!«

Klettert-flinks Ohren stellten sich auf, und seine Nase zuckte, als Todesrachen-Verderb wieder Mund-Laute an ihn richtete. Die Gerüche in dem Flugding hatten ihm nicht gerade zugesagt – es waren einfach zu viele gewesen, als ob dort Hände über Hände an Zwei-Beinen ein- und ausgegangen wären. Doch nun nahm er schon wieder andere Gerüche wahr: neue, fremdartige Aromen. Bislang roch er noch nicht viel, weil diese Flugdinger sehr knausrig damit waren, alte Gerüche entweichen und neue hereinzulassen. Aber selbst das Wenige, was er schon roch, war höchst interessant. Denn sie stammten zweifellos von Pflanzen – aber Klettert-flink hatte solche Aromen noch nie zuvor erschnuppert. Sofort packte ihn unbändiges Verlangen, umherzustromern und die neue Duftwelt zu erkunden.

*Aber du wirst noch warten müssen!*, mahnte er sich selbst. *Du bist an einem neuen, fremden Ort, Klettert-flink! Da weißt du doch selbst, dass du nicht einfach wie ein Junges davonspringen kannst, das glaubt, schon genug von der Welt zu wissen, um sogar Nase an Nase mit einem Todesrachen bestehen zu können!*

Er lachte lautlos in sich hinein bei diesem Gedanken. Nun, dennoch lag mehr als nur ein Samenkorn Wahrheit darin. Noch während er lachte, fragte er sich, wie sehr seine Ungeduld, die neue Umgebung zu erkunden, wohl daher rührte, dass er Ablenkung von den Sorgen suchte, die er sich machte. Er hatte keine Ahnung, wie weit sein Zwei-Bein und er sich von ihrer Heimat entfernt hatten, aber allmählich kam ihm der Gedanke, sie könnten noch deutlich weiter gereist sein, als er zu Fahrtbeginn überhaupt für möglich gehalten hatte. Als sie mit dem großen Flugding vom Nest der Zwei-Beine fortgeflogen waren, war ihm der Flug gar nicht so lang erschienen, doch als seine Person das Trageding angehoben hatte, damit er aus dem Fenster schauen konnte, hatte Klettert-flink rasch begriffen, dass sie noch viel schneller reisten als jemals zuvor. Sie flogen auch viel *höher* als bisher ... und sie waren weiter und weiter aufgestiegen, bis der Himmel nicht mehr blau gewesen war, sondern schwarz! Doch selbst das war erst der Anfang ihrer Reise gewesen, denn dann waren sie durch eine riesige Röhre in das größte Flugding umgestiegen, das Klettert-flink jemals gesehen hatte. Zu dem Zeitpunkt war es ihm nur vernünftig erschienen, anzunehmen, dass dieses Flugding dann noch schneller fahren werde als das, mit dem sie es erreicht hatten. Schließlich musste es eine noch weitere Strecke zurücklegen, und ganz offenkundig konnten die Zwei-Beine, wenn sie es darauf anlegten, jede beliebige Geschwindigkeit erreichen. Die Röhre, durch die sie gegangen waren – gut: durch die ihn seine Person *getragen* hatte –, besaß Fenster, durch die Klettert-flink auf die Welt hinabblicken konnte. In dem Augenblick hatte er auch gewusst, warum Todesrachen-Verderb und Windgetrieben Start und Ziel dieser Reise ausgerechnet durch blaue Kugeln dargestellt hatten. Es ging hier nicht bloß um verschiedene Inseln – ganz egal, was manche der Leute glauben mochten!

Doch Klettert-flink war eher bestürzt als zufrieden, dass er recht gehabt hatte: Die blauen Kugeln standen in Wahrheit für unterschiedliche *Welten* ... und das bedeutete, dass Klettert-flink jetzt wirklich weit, weit vom Nest des Clans vom Hellen Wasser entfernt war. Selbst für den wagemutigsten Kundschafter war das ein äußerst ernüchternder Gedanke. Denn es bedeutete, dass es auf dieser neuen Welt keine weiteren Leute gab. Klettert-flink war erstaunt, wie klein er sich auf einmal fühlte.

Doch *einsam* fühlte er sich nicht, auch wenn es hier nirgends Leute gab, mit denen er hätte sprechen können, denn er war bei Todesrachen-Verderb. Er blickte zu ihr auf, umschloss fest das Lodern ihres Geistesleuchtens und genoss die Herzlichkeit, die ihn empfing.

»Bliek!«

Es war ein besonders warmherziges, liebevolles Blieken, das Löwenherz ausstieß. Rasch blinzelte Stephanie mehrmals. Aus irgendeinem Grund wusste sie genau, dass er versuchte, sie wissen zu lassen, es gehe ihm gut ... und zugleich auch dieselbe Vergewisserung von ihr brauchte.

»Das wird schon«, sagte sie mit ein wenig rauer Stimme zu ihm. Dann streckte sie die Finger durch die halb offene Seitenwand des Tragekorbs und kraulte dem Baumkater mit der Spitze ihres Zeigefingers die Ohren, während Karl die Luke öffnete. »Das wird schon.«

# 5

»Junge, bist du groß geworden«, sagte Bradford Whittaker, kaum dass sich die Apartmenttür geöffnet hatte.

Anders' Vater war ein Mann von kräftiger Statur – breit gebaut, aber auch in die Breite gegangen. Zumindest einen Teil des Gewichts, das er auf Sphinx verloren hatte, hatte er wieder auf den Rippen. Bislang hätte Anders ihn immer als bemerkenswert groß beschrieben, und das stimmte auch, aber trotzdem wirkte sein Dad nicht mehr so riesig wie früher. Es traf Anders beinahe wie ein Schock: Während der sechseinhalb T-Monate, die sein Vater fort gewesen war, war Anders tatsächlich gewachsen. Nicht übermäßig viel, aber doch genug. *Um die reine Körpergröße geht es hier aber gar nicht,* ging es ihm durch den Kopf. Er war auch reifer als zuvor ... älter, als ihn die vergangenen sechseinhalb Monate an Lebenszeit rein rechnerisch machten.

Von Anfang an hatte Anders gewusst, dass diese Exkursion in den Urwald von Sphinx, die beinahe in einer Katastrophe geendet hätte, die Beziehung zu seinem Vater verändern würde. Aber er hatte nie ernsthaft darüber nachgedacht, welche Veränderungen das sein würden. Dr. Whittaker hatte nicht gerade eine gute Figur dabei gemacht, mit der neuen, mehr als nur brenzligen Situation umzugehen: dass der Fluglaster zerstört war, dass Dr. Nez beinahe gestorben wäre, dass die Sumpfsirene sie alle gefressen hätte, wenn nicht unvermittelt die Baumkatzen aufgetaucht wären. Stattdessen hatte sich Anders' Vater in eine Art zwangsneurotisches Verhalten hineingesteigert, in dem er Entscheidungen traf, die ... fragwürdig gewesen waren. Seine Mitarbeiter – und sein Sohn – hatten es letztendlich geschafft, das Team lange genug am Leben zu erhalten, bis die Retter eintrafen.

Viel Zeit, über die Geschehnisse jener Tage zu sprechen, war nicht geblieben, bis Dr. Whittaker sich an Bord des Kurierboots gezwängt hatte, um nach Urako zurückzukehren. Um ehrlich zu sein: Anders bezweifelte nach wie vor, dass sein Vater das Bedürfnis haben würde, über die Geschehnisse jener Tage zu sprechen. Vermutlich hatte er in der beengten Isolation an Bord des winzigen Sternenschiffs eine Möglichkeit gesehen, der Schande zu entkommen, die er selbst über sich gebracht hatte. Doch nun wusste Anders, dass er eines niemals vergessen würde: *Er selbst* hatte recht gehabt, und sein Vater hatte sich geirrt. Anders wusste, dass er sich der widrigen Lage gestellt und seinen Teil zum Überleben der Expeditionsteilnehmer beigetragen hatte, während sich sein Vater auch noch in der höchsten Gefahr darin erging, Baumkatzenexkremente zu untersuchen und Tonscherben zu katalogisieren.

Doch als Anders ihn nun musterte, das zunehmend schüttere Haar, früher voll und braun, bemerkte und feststellte, dass der Teint seines Vaters in der Zeit seiner Abwesenheit von Sphinx wieder zur gewohnten Bibliotheksblässe zurückgefunden hatte, begriff er noch etwas anderes.

Er war nicht mehr wütend auf ihn. Denn erst war er das gewesen – und dann, das konnte er sich nun wenigstens selbst eingestehen, hatte er sich für seinen Vater furchtbar geschämt, ja, genau, er war ihm peinlich gewesen. Sein Vater hatte ihn, seinen Sohn, im Stich gelassen, und er hatte seine Pflichten als Wissenschafter missachtet ... und seine Pflicht den Angehörigen seiner Expedition gegenüber. Schon während das ganze Unglück seinen Lauf genommen hatte, hatte Kesia Anders erklärt, sein Vater mache gerade eine Affektverlagerung durch. Er sei von den entsetzlichen Konsequenzen seiner eigenen Entscheidungen derart überwältigt, dass er sich in geradezu obsessiver Weise auf etwas konzentriere, das er wirklich *ver-*

*stand.* Nur so könne er sich selbst davon überzeugen, er wäre in der Lage, etwas zu leisten. Doch Anders war sein Sohn, und im Stich gelassen fühlte sich Anders eben nicht nur vom Expeditionsleiter, sondern auch von seinem Vater. Das, genau das, hatte ihn wütend gemacht – das Gefühl, *verraten* worden zu sein.

Doch irgendwie hatte Anders dieses Problem während der Abwesenheit seines Vaters von allein überwunden. Natürlich nicht zur Gänze. Ihre Beziehung würde niemals wieder so werden, wie sie früher gewesen war, aber möglicherweise war sie trotzdem nicht ganz ruiniert.

»Vielleicht bin ich wirklich gewachsen ... ein bisschen«, räumte er nach kurzem Schweigen ein.

»Scheint mir so. Aber, weißt du ... ich glaube, die meisten Eltern sehen in ihren Kindern immer noch das *kleine* Kind – ganz egal, wie alt sie in Wirklichkeit längst geworden sind«, erklärte Dr. Whittaker. »Ist albern, ich weiß, aber da stehst du nun, fast siebzehn Standardjahre alt, und wenn ich an dich denke, sehe ich immer einen etwa Zwölfjährigen vor mir.« Er lächelte ein sonderbar missglückt wirkendes Lächeln.

Dann schüttelte er den Kopf. »Ich habe dir einen ganzen Stapel Nachrichten von deiner Mom mitgebracht«, fuhr er dann deutlich unbeschwerter fort. »Ich kann zwar nicht gerade behaupten, sie sei begeistert darüber, dass du noch mindestens acht bis zehn Monate hier im Sternenkönigreich bleibst, aber ich habe ihr gesagt, dass dir das guttäte. Und ich habe ihr noch etwas gesagt – und sie hat gemeint, es wäre an der Zeit, dass ich es auch *dir* einmal sage.«

Nun klang er wieder ernst, und Anders neigte fragend den Kopf zur Seite. »Was denn, Dad?«

»Wie stolz ich auf dich bin«, sagte Dr. Whittaker leise.

Anders blinzelte erstaunt. Er konnte es nicht unterdrücken ...

und starrte seinen Vater fassungslos an. Beides geschah ohne sein bewusstes Zutun, und zu seiner großen Überraschung erwiderte sein Vater den Blick ruhig. Noch nie hatte Anders seinen Vatern ernster gesehen.

»Ich habe Mist gebaut, Junge«, fuhr er fort. »Ich habe große Fehler gemacht. Ich habe dafür gesorgt, dass Leute beinahe umgekommen wären – du eingeschlossen! Und das alles war ganz allein meine Schuld. Und nachdem ich diese ganzen Fehler gemacht habe, wusste ich nicht, wie ich sie hätte wieder ausbügeln können. Also habe ich es nicht einmal versucht. Ich habe die ganzen Probleme dir, Kesia, Calida, Virgil und Dacey überlassen, weil ... weil ich nicht wusste, was ich machen sollte.«

Nichts hätte Anders' Überraschung noch steigern können – nicht einmal, wenn nun ein Hexapuma in den Raum spaziert wäre und ›Nehmt Abschied, Brüder, ungewiss ist alle Wiederkehr‹ angestimmt hätte. Er konnte sich nicht erinnern, wann er das letzte Mal seinen Vater so ruhig, ernst und sachlich hatte sprechen hören. Ganz offenkundig behagte es seinem Dad überhaupt nicht, derlei Dinge aussprechen zu müssen, Unangenehmes zugeben zu müssen ... doch er fuhr fort, ohne großes Federlesens.

»Auf dem Kurierboot hatte ich reichlich Zeit zum Nachdenken – bevor ich mit Kanzler, Rektor, Dekan und Fakultätsrat gesprochen habe. Und bevor ich deiner Mutter unter die Augen getreten bin.« Beim letzten Satz hob er ein wenig die Stimme und verdrehte die Augen. »Sosehr ich auch versucht gewesen bin, allen anderen Lügengeschichten aufzutischen, wusste ich doch von vornherein, dass ich deine Mom niemals würde täuschen können. Also habe ich es gar nicht erst versucht ... und sie war wirklich genauso sauer auf mich, wie ich das befürchtet hatte. Vor allem, als sie sich Calidas Videos angeschaut hat. Die hätte mir beinahe den Kopf dafür abgerissen, dass ich dich in so eine Lage gebracht habe. Aber gleichzeitig war sie – und das hat mich wirklich überrascht – wütend darüber, dass ich *mich selbst* in so eine Lage gebracht habe.

Und da habe ich ihr dann erzählt, wie du das Szepter übernommen hast. Um dem Kanzler einen Bericht vorzulegen, musste ich ja meine eigenen Notizen durchgehen, auch die von Calida und Virgil. Da ist wirklich nicht mehr viel Spielraum geblieben, mir selbst irgendetwas vorzumachen, Anders! In den Notizen wie den Ton- und Videoaufzeichnungen ist alles deutlich zu sehen, auch wenn ich damals überhaupt nicht darauf geachtet habe. Also, was ich eigentlich sagen will ... es tut mir leid. Es tut mir leid, dass ich so dumme Fehler gemacht habe. Es tut mir leid, dass ich dir so viel Verantwortung aufgebürdet habe, und es tut mir leid, dass ich nicht derjenige war ... nicht *der Vater* war, den du in dieser Situation gebraucht hättest. Aber es gibt eine Sache, die mir *nicht* leidtut.« Bradford Whittaker blickte seinem Sohn fest in die Augen. »Was auch immer für Fehler ich in all der Zeit davor gemacht haben mag, und auch wenn der Löwenanteil dessen, was ich jetzt sagen will, deiner Mutter zusteht: Es tut mir nicht leid, dass wir dich zu genau dem Jungen erzogen haben, der du bist und der jetzt zu einem wunderbaren jungen Mann herangewachsen ist ... zu einem prima Kerl! Einem prima Kerl, auf den ich stolzer bin, als ich wahrscheinlich je in Worte fassen kann.«

Anders musste heftig schlucken; er spürte, wie sehr seine Augen brannten. Aus irgendeinem unerfindlichen Grund sorgten die Worte seines Vaters – die Worte, die er schon so lange aus seinem Mund hatte hören wollen – auf einmal dafür, dass er sich am liebsten einfach nur zusammengerollt und geheult hätte wie ein Schlosshund.

Er wollte seinem Vater sagen, dass alles wieder gut sei, weil letztendlich ja doch niemandem etwas passiert war. Aber das stimmte nicht, es war *eben nicht* alles wieder gut. Auch die Entschuldigung seines Vaters vermochte die Vergangenheit nicht zu ändern. Was geschehen war, war geschehen. Ungeschehen machen ließ sich nichts, ebenso wenig wie ein Huhn wieder ins Ei zurückkehren konnte. Und selbst jetzt noch war sein Vater immer noch sein Vater. Er würde wieder ganz er selbst werden – fokussiert, konzentriert, getrieben, ehrgeizig –, wenn er wieder an die Arbeit ginge. Aber auch wenn sich die Vergangenheit nicht ändern ließ, vielleicht ließe sich die Zukunft ändern. Vielleicht hatte sein Dad ja wirklich etwas gelernt; vielleicht hatten ihn die Ereignisse ein wenig Demut gelehrt. Danach jedenfalls klang es ... und es musste ihm auch gelungen sein, die Urako University – und vor allem: Anders' Mom! – davon zu überzeugen, dass er sich wirklich geändert hatte, sonst hätte man ihm niemals erlaubt, nach Sphinx zurückzukehren. Aber das Ausmaß, in dem sich ein Mensch ändern konnte, hatte seine Grenzen, oder?

*Würde ich überhaupt* wollen, *dass er sich in einen völlig anderen Menschen verwandelt? Er ist ja schließlich immer noch mein Dad, und ich hab ihn irgendwie lieb, trotz allem. Klar, es wird Rückschläge geben. Aber es wird nie wieder so schlimm werden wie damals – dafür weiß er entschieden zu genau, was alles auf dem Spiel steht, wenn er noch einmal Mist baut. Er weiß auch, dass das gesamte Sternenkönigreich ihn die ganze Zeit über im Auge behalten wird. Und sollte er tatsächlich Anstalten machen, wieder die Kontrolle zu verlieren, werde ich ihm dieses Mal gleich den Marsch blasen!*

Eine Moment lang blickte er seinen Vater schweigend an, dann lächelte er. Es fiel nur ein ganz kleines bisschen schief aus.

»He, jeder kann mal Mist bauen«, sagte er. »Passiert sogar mir. Okay, vielleicht nicht ganz so spektakulär, aber früher oder später finde ich bestimmt was vergleichbar Dämliches, was ich anstellen kann. Ich bin ja schließlich dein Sohn, oder?«

Bradford Whittakers ernstes Gesicht erhellte ein Lächeln, und er schüttelte den Kopf. »Ja, aber du bist eben auch der Sohn deiner Mutter. Ihr Beitrag zu deinem Erbgut wird sich bestimmt manifestieren, wenn du zu etwas so richtig Dämlichem ansetzt. Das hoffe ich zumindest sehr.«

»Ich auch«, gab Anders zurück, und dann schloss er seinen Vater in die Arme. »Ich auch. Aber ich bin wirklich froh, dich wiederzusehen, Dad. Wirklich.«

Was sein Vater den anderen Expeditionsteilnehmern gesagt hatte, erfuhr Anders nie. Aber Dr. Whittaker sprach mit jedem Einzelnen von ihnen – und was auch immer er gesagt haben mochte: Es schien funktioniert zu haben. Seitdem herrschte eindeutig eine andere Atmosphäre als früher – eine Atmosphäre, die Anders deutlich angenehmer fand. Dr. Whittaker war immer noch der Leiter der Expedition, er hatte immer noch das Sagen, aber keiner der anderen – vor allem nicht Calida Emberly und Kesia Guyen – würden je wieder seine Anweisungen widerspruchslos hinnehmen, wenn sie anderer Ansicht waren als er. Jetzt nicht mehr. Und das, so vermutete Anders, war genau das, was seinem Vater in all den Jahren gefehlt hatte: Dr. Bradford A. Whittaker hatte sich entschieden zu sehr daran gewöhnt, angesichts seiner hohen akademischen Position und seines wissenschaftlichen Rufs immer und überall als unangefochtene Autorität anerkannt zu werden. Aber nun hatte er sich der Wahrheit stellen müssen: Er hatte begriffen, dass auch er Fehler machen konnte … und die gleiche Erkenntnis hatte auch sein Team gewonnen.

Das Überraschende daran: Ihre neu definierte Beziehung

schien für alle Beteiligten angenehmer zu sein als früher, Anders' Vater eingeschlossen.

»... hat Kanzler Warwick die Haltung der Universität sehr deutlich zum Ausdruck gebracht«, erläuterte Dr. Whittaker gerade und blickte sich an dem großen Esstisch in dem Apartment um, das Anders und er bewohnten. Es fand gerade die erste Arbeitsbesprechung mit dem gesamten Team statt. »Calida«, wandte er sich an Dr. Emberly, »Sie sind jetzt offiziell stellvertretende Teamleiterin. Der Kanzler ist zwar nicht ganz so weit gegangen, Ihnen ein offizielles Vetorecht einzuräumen, aber er hat sich sehr unmissverständlich ausgedrückt, wie ich mit etwaigen Empfehlungen Ihrerseits umzugehen habe.«

Während er das sagte, lächelte er. Anders fragte sich, ob der Rest des Teams ebenso überrascht vom Verhalten seines Vaters war wie er selbst.

»Der Kanzler hat zudem noch auf etwas anderes sehr nachdrücklich hingewiesen: Sollte jemand von Ihnen vorziehen, in das Kenichi-System zurückzukehren, statt weiter an dieser Expedition teilzunehmen, steht Ihnen das frei. Es wird keinerlei nachteilige Konsequenzen nach sich ziehen, weder personeller noch akademischer Art. Ich habe ihm gesagt, ich sei zuversichtlich, Sie alle würden es vorziehen, zu bleiben und unsere Untersuchung der Baumkatzen fortzusetzen, aber sollten Sie sich dagegen entscheiden, hätte ich dafür vollstes Verständnis.«

Er hielt inne, als warte er ab, ob jemand aufstünde und den Raum verließe, doch niemand rührte sich.

»Weiterhin hat der Kanzler erklärt, dass Fakultätsangehörige, fest angestellt oder nicht, recht drastische Strafen zu zahlen haben, sollte es zu einem weiteren Zwischenfall dieser Art kommen«, fuhr er dann fort und verzog das Gesicht. »Den größten Anteil dieser Strafzahlungen dürfte dann wohl ich leisten müssen, aber es klang schon so, als bliebe da auch für alle anderen, die etwaige Verantwortung für diesen hypothetischen Zwischenfall tragen, noch genug übrig.«

Dieses Mal lächelten die Expeditionsmitglieder – Kesia lachte sogar leise –, und Dr. Whittaker schüttelte den Kopf.

»Bevor ich von Manticore aus nach Sphinx aufgebrochen bin, habe ich Dr. Hobbard die entsprechenden Anweisungen von Kanzler Warwick ausgerichtet und persönlich mit Ministerin Vásquez gesprochen. Heute Abend ist ein Treffen mit Gouverneurin Donaldson geplant. Und dann muss ich mich natürlich noch mit Chief Ranger Shelton zusammensetzen und die ganze Lage besprechen. Auf das Gespräch freue ich mich nun wirklich nicht.« Er wandte sich an seinen Sohn: »Meinst du, du könntest Ms. Harrington und Löwenherz bitten, mich zu dem Gespräch zu begleiten und mir Schutz zu gewähren?«

»Leider nicht«, antwortete Anders. Sein Vater blickte ihn erstaunt an, und Anders zuckte mit den Schultern. »Stephanie ist für die nächsten drei Monate auf Manticore. Sie hat dort eine Schulung für den SFD.«

Er hatte geglaubt, völlig neutral und entspannt geklungen zu haben. Doch das Flackern in den Augen seines Vaters ließ ihn wissen, dass er sich getäuscht hatte.

»Das tut mir leid«, sagte sein Vater schließlich und blickte ihn fest an.

»Das kam für uns alle ziemlich überraschend«, erklärte Calida. »Um ganz ehrlich zu sein: Ich weiß nicht, ob das eine so gute Idee war, Löwenherz in eine derart fremde Umgebung zu bringen. Aber nach meiner Meinung hat sich keiner der entsprechenden Entscheidungsträger erkundigt. Und selbst wenn, weiß ich nicht, ob Stephanie überhaupt eine andere Wahl gehabt hätte, als ihn mitzunehmen.«

»Ich glaube nicht«, meldete sich nun Calidas Mutter zu Wort. »Zumindest schienen weder sie noch Löwenherz das zu glauben. Und es ist ja nun auch nicht so, als stünden wir jetzt gänzlich ohne einen Baumkatzen-Botschafter da. Wir haben ja schließlich immer noch Jessica.«

»Jessica?«, wiederholte Dr. Whittaker verständnislos.

»Jessica Pheriss, Dad«, erklärte Anders. »Stephanies beste Freundin. Sie wurde beim Kampf gegen das Feuer verletzt und hatte dann plötzlich auch eine Baumkatze an ihrer Seite. Erinnerst du dich noch?«

»Ziemlich großes Mädchen ... rote Haare?«, fragte Bradford Whittaker nach einer kurzen Denkpause.

»Na ja, eher kastanienbraun als rot, aber ja, genau die meine ich.«

Aus irgendeinem Grund ärgerte es Anders, dass sich sein Vater nur so wenig an Jessica erinnerte.

*Na, ist doch auch kein Wunder!*, dachte er, als er den Grund für den unvermittelt aufsteigenden Ärger begriff. *Jessica hatte gewaltig Anteil an unserer Rettung, und Dad war so weggetreten, dass er sie wahrscheinlich nicht einmal* bemerkt *hat!*

»Doch, ich erinnere mich«, sagte sein Vater. »Sie hat Ms. Harrington und dem Zivonik-Jungen und all den anderen dabei geholfen, den Waldbrand einzudämmen, oder?«

»Genau die«, bestätigte Anders und freute sich, dass sein Vater seine Retter sehr wohl bemerkt hatte.

»Na ja, wenn sie auch nur halb so viel über Baumkatzen weiß wie Ms. Harrington – und wenn sie bereit ist, mit uns zusammenarbeiten –, dann könnte sie für uns von unschätzbarem Wert sein«, fuhr sein Vater fort. »Außerdem hat Ministerin Vásquez unmissverständlich klargemacht, dass sie mindestens einen Ranger des SFD als Vollzeitmitglied unserer Expedition an unserer Seite wissen möchte. Ich würde natürlich gern etwas dagegen einwenden, aber ich bin leider wohl kaum in der richtigen Position dafür. Und das Ganze hat tatsächlich auch etwas Gutes.« Fröhlich rieb er sich die Hände. »Wenn wir einen Ranger in unseren Reihen haben, sollten uns dessen Kollegen doch anständig Priorität einräumen, wenn wir in den Urwald müssen!«

*Das,* dachte Anders, *klingt schon eher nach dem Dr. Whittaker, den ich kenne.* Er war selbst überrascht, wie sehr ihn dieser Gedanke belustigte.

»Was ist mit diesen anderen Xenoanthropologen, Bradford?«, erkundigte sich Langston Nez. »Wie passen die ins Bild?«

»Das ist derzeit noch schwer zu sagen«, erwiderte Whittaker missgestimmt. »Was mir Dr. Hobbard über diese Leute vorgelegt hat, das sah ... eigentlich ganz brauchbar aus.« Er vollführte eine wegwerfende Handbewegung. »Keiner von denen scheint mir erstklassig zu sein, aber genügend Ahnung scheinen sie alle zu haben. Und anders als dieser Schwachkopf Bolgeo kommen die alle von angesehenen Instituten. Nun, sie kommen da *wirklich* her, meine ich. Die Adair Foundation hat sie auf Herz und Nieren geprüft, bevor sie für das Forschungsvorhaben überhaupt nur vorgeschlagen wurden, und dieses Mal haben Dr. Hobbard und Ministerin Vásquez alle Unterlagen dreimal durchgesehen. Leider weiß ich immer noch nicht recht, was diese ... Kollegen hier eigentlich zu erreichen hoffen.«

»Als Ihre Nachricht eingetroffen ist, Doktor Whittaker, habe ich ein bisschen im Datennetz recherchiert«, meldete sich erneut Calida zu Wort. »Die Adair Foundation genießt einen ausgezeichneten Ruf. Begründet wurde sie noch nicht einmal zehn Jahre nach Eintreffen der ersten Siedler auf diesem Planeten, und seitdem widmet sie sich ganz der Aufgabe, die

Biosphäre aller drei bewohnbaren Planeten dieses Systems zu erkunden. Laut der Homepage hat man sich bislang hauptsächlich auf Manticore konzentriert, weniger auf Sphinx oder Gryphon – aber das ist ja auch verständlich. Manticore ist viel dichter besiedelt, und so hinterlassen die Siedler auch deutlich mehr Spuren. Aber ich glaube, wir können davon ausgehen, dass die Foundation ihre Prioritäten erkennbar verschiebt, wenn allgemein bekannt wird, dass auf Sphinx eine möglicherweise intelligente Spezies heimisch ist.«

»Na ja, ob die Baumkatzen wirklich vernunftbegabt sind – nachweislich, meine ich –, das wird sich erst noch zeigen«, gab Bradford Whittaker zu bedenken. »Ich hoffe auf jeden Fall, dass die Kolleginnen und Kollegen bereit sind, sich dem Ganzen unvoreingenommen anzunähern, statt die Interpretation ihrer Befunde ganz den Wünschen ihrer Geldgeber anzupassen. Aber Ihre Informationen, Calida, lassen zumindest erwarten, dass sie nicht einfach angestürmt kommen und Kontakte mit den Baumkatzen achtlos verfälschen oder kontaminieren. Und sie werden diese Spezies auch wohl kaum auf der Basis irgendwelcher vorgefasster Meinungen vermenschlichen – anders als gewisse andere Personen.«

Anders wollte schon protestieren angesichts dieser unverkennbaren Spitze gegen den SFD und seine Grundregeln für die Mensch-Baumkatze-Beziehung – die Kritik schloss wohl auch Stephanie mit ein. Doch er widerstand der Versuchung. Was auch immer sich verändert haben mochte: Dr. Whittaker war immer noch Xenoanthropologe. Es wäre ihm deutlich lieber gewesen, wenn die herrschenden Kreise des Sternenkönigreichs den ganzen Planeten zum Naturschutzgebiet erklärt und dann verfügt hätten, niemand dürfe Kontakt mit den Baumkatzen aufnehmen – absolut *niemand* … außer natürlich Dr. Bradford A. Whittaker und dessen Team – und das so lange, bis die entsprechenden Forschungsarbeiten abgeschlossen wären. Die würden ganz bestimmt nicht länger dauern als … na, so ungefähr zwanzig oder dreißig T-Jahre.

Wenn sie sich beeilten, hieß das.

»Na, wir werden wohl einfach abwarten müssen, wie das so läuft«, fuhr Dr. Whittaker fort. »Dr. Hobbard hat mir gesagt, wir hätten wahrscheinlich noch ungefähr einen T-Monat, bis die ersten Kolleginnen und Kollegen einträfen. Ich hätte wirklich gern dafür gesorgt, dass unsere Zusammenarbeit mit dem SFD dieses Mal anständig läuft, bevor wir die Neuzugänge in den Zeitplan unseres Teams integrieren müssen. So, vor diesem Hintergrund, Calida, würde ich heute gern zunächst einmal …«

# 6

Anders stellte fest, dass er im Gegensatz zu früher mehrmals täglich nachschaute, ob neue Nachrichten eingegangen waren – das erste Mal immer schon gleich während des Frühstücks. Natürlich thematisierte er diese Verhaltensänderung nicht den anderen Mitgliedern der Whittaker-Expedition gegenüber, aber er ging davon aus, dass sie alle es trotzdem bemerkt hatten.

Zu Stephanies ersten Nachrichten gehörten Videoaufzeichnungen in wirklich beachtlicher Menge – über die Überfahrt selbst und über den Campus, auf dem sie jetzt untergebracht war. Die Kommentare zum Bildmaterial verrieten deutlich, wie begeistert sie war ... ebenso deutlich wurde aber auch, dass sie sich nach Kräften bemühte, so zu tun, als würde sie Anders gar nicht so sehr vermissen. Er fand das süß und rührend ... und wahrscheinlich musste er sich eingestehen, dass er in seinen Antworten ebenso versuchte, sich die Einsamkeit nicht anmerken zu lassen.

Je mehr sich Stephanie auf dem Campus und der neuen Welt einlebte, desto kürzer wurden die Videos. Sie hatte sich jetzt erst einmal um Alltagsdinge zu kümmern: Sie musste sich einschreiben, ein Zimmer im Wohnheim beziehen, sich auf dem Campus überhaupt erst einmal zurechtfinden lernen und all die anderen Vorbereitungen für die anstehende Schulung treffen. Trotzdem war Anders überrascht, als er weniger als eine Woche nach ihrer Abreise nur noch eine sehr kurze Nachricht erhielt ... die dann auch noch ausschließlich aus Text bestand.

»Ich wette, du hast gedacht, ich würde deinen Geburtstag vergessen«, lautete diese Nachricht. »Hab ich aber nicht! Alles

Gute zum Siebzehnten, Anders! Die angehängte Datei verrät dir, wo ich dein Geschenk versteckt habe. Grüße und Küsse, Stephanie.«

Sieh an, Stephanie hatte zwar seinen Geburtstag nicht vergessen, er selbst hingegen schon! Wahrscheinlich hatte ihn durcheinandergebracht, dass er sich derzeit auf einem anderen Planeten mit einem anderen als dem ihm vertrauten Kalender aufhielt. Zu Hause, auf Urako, lag sein Geburtstag mitten im Sommer; hier auf Sphinx war schon lange Herbst. Anders überprüfte noch einmal die Kalender, um sich zu vergewissern, dass sich kein Rechenfehler beim Umsetzen der Kalender eingeschlichen hatte. Hatte sich wohl nicht: Denn sein Postfach quoll vor Nachrichten über, die ihm Freunde und Familie geschickt hatten ... und die sich allesamt nicht auf Sphinx befanden. Wahrscheinlich hatten sie im Vorfeld dafür gesorgt, dass diese Nachrichten auch wirklich genau zum richtigen Zeitpunkt einträfen – möglicherweise hatten sie die Daten Dr. Whittaker kurz vor seinem neuerlichen Aufbruch nach Sphinx zukommen lassen.

Anders las die Geburtstagsgrüße durch; den Anhang an Stephanies Nachricht hob er sich für den Schluss auf. Er fand einen Vierzeiler, kürzer noch als die eigentliche Textnachricht:

*Es leitet deinen Namen ein,*
*kirschfarben leuchtet's hell,*
*verleiht dir Energie fürs Sein,*
*auch Schlaf kommt nicht so schnell.*

Verwirrt betrachtete Anders die vier Zeilen.

Sein Name begann mit dem Buchstaben A, aber der Rest ergab doch überhaupt keinen Sinn! Wie sollte ihm das denn verraten, wo Stephanie das Geschenk für ihn versteckt hatte?!

»Anders?«, drang Dads Stimme durch die Tür. »Kommst du heute mit zur Ausgrabung?«

»Aber hallo!«

Das ganze Team fieberte förmlich dem Moment entgegen, wo es ihnen wieder gestattet wäre, sich an die Arbeit zu machen. Anders erging es ebenso, und er war auch schon abmarschbereit – es fehlten nur noch Stiefel und Jacke, was rasch geändert war. Sein Dad hatte noch nie sonderlich viel Geduld gehabt, wenn er warten musste ... doch zu Anders' Überraschung hatte Bradford noch keine Jacke angezogen – er hatte noch nicht einmal den Rucksack bereitstehen! Stattdessen blickte er Anders mit einem leicht verlegenen Lächeln an und drückte ihm ein großes Paket in die Hand.

»Von deiner Mutter und mir. Das haben wir noch vor unserem Aufbruch nach Sphinx für dich ausgesucht. Ich verstecke das jetzt schon seit Monaten vor dir.«

Anders riss das Geschenkpapier auf. Das Päckchen enthielt ein neues UniLink – ein funkelnagelneues Modell mit genau dem Hochleistungsprozessor, den sich Anders gewünscht hatte. Fein säuberlich darum herumgruppiert waren sechs Päckchen Socken in den verschiedensten Farben – dass man niemals zu viele Socken haben konnte, war ein echter Running Gag zwischen Anders und seiner Mom.

»Dad, das ist echt superhexy! Vielen Dank, genau das Modell hatte ich mir gewünscht!«

Sein Vater blickte sehr zufrieden drein. »Und du kannst dir sicher sein, dass dieses UniLink auch auf das Kommunikationsnetz von Sphinx kalibriert ist.«

Anders grinste. Falsch eingestellte Links hatten einen beachtlichen Teil zu den Schwierigkeiten beigetragen, in die das

Team seines Vaters vor nicht allzu langer Zeit geraten war. Anders legte das neue Gerät an, während sein Vater die Jacke überstreifte. Tagsüber waren die Temperaturen in diesen Breitengraden durchaus noch annehmbar, vor allem bei Sonnenschein, aber vom Abend bis zum Morgen konnte man auf eine Jacke wirklich nicht mehr verzichten.

Gemeinsam hasteten Vater und Sohn die Treppen hinunter. Rasch wurde klar, dass auch der Rest des Teams über Anders' Geburtstag Bescheid wusste. Sobald sie alle im Fluglaster saßen und auf die Grabungsstelle zusteuerten, wurden die Geschenke hervorgeholt. Langston Nez überreichte Anders ein Buch über die Veränderung der unterschiedlichen Kriterien, nach denen seit Anbeginn der Menschheitsgeschichte das Vorhandensein von Intelligenz beurteilt worden war.

»Wusstest du, dass es Zeiten gegeben hat, in denen Geschlecht oder Hautfarbe als Ausschlusskriterium für das Vorhandensein menschlicher Intelligenz angesehen wurden?«, fragte er. »Mit diesem Buch wirst du besser verstehen, warum es manchen Menschen so schwerfällt, andere – auch andere Menschen – in den exklusiven ›Das-sind-Personen-keine-Tiere‹-Club aufzunehmen.«

Ein weiteres Mal heute war Anders gerührt. Das schien ein richtiges Sachbuch zu sein, ein wissenschaftlich anspruchsvolles Werk, keine leichte Lektüre! Aber einer der Gründe, weswegen Anders Dr. Nez schon immer gemocht hatte, war, dass er Anders nie wie ein Kind behandelte.

»Danke!«

Die anderen Geschenke waren längst nicht so schwergewichtig. Kesia Guyen und ihr Mann hatten für Anders die aktuellen Hits auf Urako zusammengestellt: »Damit du nicht ganz so abgehängt bist, wenn du wieder nach Hause kommst!« Dr. Emberly war sich und der Botanik treu geblieben und hatte ihm eine bunte Mischung getrockneter Früchte von allen Planeten des Manticore-Systems überreicht. Das war sicher auch eine kleine, liebevolle Anspielung auf die Zeit, da sie gemeinsam für die gestrandete Gruppe auf Nahrungssuche gegangen waren. Dacey Emberly schließlich hatte für Anders Porträts von Baumkatzen angefertigt: Genüsslich räkelten sie sich auf Polstern aus Laub und Zweigen, und ihre cremefarben-graue Fellzeichnung verschmolz in geradezu beeindruckender Weise mit den Sonnenstrahlen, die lanzengleich durch das Blätterdach über ihnen fielen.

»Ich habe ein paar unserer Freunde und Bekannten daruntergemischt«, erklärte sie und deutete auf die entsprechenden Bildabschnitte. »Das hier ist Löwenherz. Da an der Seite siehst du Ohnefurcht. Es sieht aus, als würde er bloß schlafen, aber wenn du genau hinschaust, sieht du, dass er in den Handpfoten eine Wurzel hält und mitten in deren Untersuchung eingedöst ist. Rechtsgestreift und Linksgestreift sind die beiden, die sich da balgen, und der, der sich da gerade die Echthände leckt, ist Fisher. Neben ihm siehst du die Gräten und Schuppen seines jüngsten Fangs.«

Anders lachte. »Vielen Dank, das ist echt großartig!«

»Das ist ein Original«, setzte Dacey noch hinzu, »nicht bloß ein Druck. Gehört zu einer ganzen Serie, mit der ich die Berichte der Expedition illustrieren will.«

»Damit ist das ein echter Schatz, Anders«, warf sein Vater ein. »Das werden wir besonders gut einwickeln, wenn wir für den Winter unsere Sachen packen.«

*Wenn* wir *unsere Sachen packen*, wiederholte Anders in Gedanken. *Diesen Winter werde ich dann wohl abreisen – und dieses Mal nicht nur zu einem anderen Planeten im gleichen System. Wenigstens klingt Dad ganz so, als hätte er die Idee aufgegeben, mich vorzeitig nach Hause zu schicken.*

Die Geschenke der anderen ließen Anders erneut an Stephanies kurzes Gedicht denken. Erst versuchte er es aus dem Gedächtnis zu zitieren. Dann aber aktivierte er doch lieber sein neues UniLink, um nachzuschauen, ob er sich möglicherweise etwas Falsches eingeprägt hatte. ›Kirsche‹ gehörte zu den Worten, die eine beachtliche Bedeutungsverschiebung erfahren hatten, seit die Menschen vor ewigen Zeiten diese spezielle Sorte der Gattung *Prunus* erstmalig gezielt angebaut hatten. Als die Menschen zu den Sternen aufbrachen, hatten sie sich angewöhnt, neue Tier- oder Pflanzenarten nach Vertrautem aus der Heimat zu benennen ... ob das Neue nun tatsächlich Ähnlichkeit mit dem ›Original‹ besaß oder nicht. So hatte die sphinxianische Kroneneiche mit ihren pfeilförmigen Blättern und ihrer gewaltigen Größe nur sehr entfernt Ähnlichkeit mit den Eichen von Alterde. Gleiches galt, sogar mehr noch, für die auf Sphinx heimische Rotfichte, die eigentlich überhaupt nicht wie eine terranische Fichte aussah: Schließlich hatte sie keine Nadeln, sondern stattdessen blaugrünes Laub. Aber irgendein Kolonist meinte Ähnlichkeit in der Holzbeschaffenheit erkannt zu haben – und wie so häufig, hatte sich der Name dann einfach gehalten.

Was also war ›kirschrot‹, wenn sich alles andere so grundlegend verändert hatte? Neugierig und belustigt rief Anders eine ganze Reihe verschiedener Früchte und Obstgehölze auf, die den Wortbestandteil ›kirsch‹ enthielten. Der Morgen verging, indem er sich fast ausschließlich mit diesem Teil von Stephanies kleinem Rätsel befasste. Auf Alterde hatte es Kirschen in Hellrot oder sogar Gelb gegeben, nicht nur in verschiedenen dunklen Rottönen – sogar eine Art, deren Rot so dunkel gewesen war, dass die Früchte beinahe schon schwarz gewirkt hatten. Aber ›kirschfarben leuchtet's hell‹, so beschloss er, konnte doch eigentlich nur ›hellrot‹ bedeuten.

*Okay*, entschied er, *der Buchstabe A und irgendetwas in hellrot.*

Kurz geisterte ihm eine mögliche Lösung durch den Kopf, doch bevor er sich ganz darauf konzentrieren konnte, war sie schon wieder verschwunden. Doch statt ihr gedanklich hinterherzujagen, beschloss er, sein Unterbewusstsein darauf anzusetzen, während er sich die nächste Zeile vornahm. Ihr konnte er leider noch weniger Sinn abgewinnen.

Am frühen Nachmittag legte das Team eine Pause ein. Anders hatte Dr. Nez dabei geholfen, den Kies am Flussufer zu sieben. Es ging um die Frage, ob die Baumkatzen möglicherweise schon hier vor Ort genug Feuersteine fanden oder ob sie auf der Suche danach weit durchs Land streiften. Oder trieben sie vielleicht gar Handel damit? Anders war froh darüber, Nacken und Rücken ein wenig ausruhen zu können, indem er für die anderen Expeditionsteilnehmer den Kellner spielte.

Kesia Guyen, die es trotz der oft harten körperlichen Arbeit schaffte, ihre mollige Figur zu behalten – sie selbst zog die Bezeichnung ›vollschlank‹ vor –, suchte sich einen der Pfostenbäume, wie sie sich bisher in jeder Baumkatzensiedlung gefunden hatten, um sich zu dessen Füßen niederzulassen und sich mit dem Rücken gegen den Stamm zu lehnen.

»Anders, Schätzchen, ich weiß ja, dass du heute Geburtstag hast, aber ich bin viel zu fertig, um jetzt noch einmal aufzustehen. Würdest du mir aus dem Kühler was zu trinken holen?«

»Klar doch! Was darf's denn sein? Wir haben alles Mögliche dabei.«

»Mir völlig egal, Hauptsache es enthält Koffein.« Sie lachte ihr tiefes, kehliges Lachen. »Für Dr. Whittaker arbeiten ohne Kaffee? Gänzlich unvorstellbar! Wo soll ich die Energie hernehmen?«

Anders griff nach einer Quetschflasche mit dem Milchkaffee-Getränk, das Kesia über alles liebte, und warf sie ihr zu.

Gerade wollte er nach einer Flasche mit Stacheldornhonig gesüßtem Stacheldorntee greifen, als ihm eine Idee kam.

*Wo soll ich die Energie hernehmen … ›Verleiht dir Energie fürs Sein‹ – Koffein! Kaffee! Und es geht nicht um den Buchstaben A an sich – es geht einfach nur um* einen *Buchstaben! Einen* roten *Buchstaben … das Red Letter Café in Twin Forks, das muss Stephanie gemeint haben!*

Das Red Letter Café kannte er gut. Dessen Besitzer, Eric Flint, war einer der ersten Geschäftsinhaber gewesen, der Baumkatzen ausdrücklich in seinem Betrieb willkommen geheißen hatte – und das trotz Löwenherz' nun wirklich entsetzlicher Tischmanieren. Zum Dank kehrten die Harringtons eigentlich bei jeder sich bietenden Gelegenheit dort ein. Aber Dankbarkeit allein hätte ihm diese Treue nicht eingebracht: Es half sehr, dass im Red Letter Café beachtlich große Portionen serviert wurden und es dort ganz großartige Milchshakes gab.

Nachdem Jessica von Ohnefurcht adoptiert worden war, hatte es sich der Drachenfliegerclub zur Angewohnheit gemacht, nach dem Training noch auf einen Milchshake ins Red Letter zu gehen. Als Dr. Whittaker Anders also auf dem Heimweg fragte: »Und, Junge? Wo sollen wir heute anlässlich deines Geburtstags essen gehen?«, gab es nur eine Antwort.

»Ins Red Letter Café. Nach all dieser Steinschubserei kann ich einen anständigen Milchshake wirklich gut gebrauchen.«

Kaum dass Stephanies Wecker piepste, schwang sie auch schon die Beine aus dem Bett … doch aus irgendeinem Grund fiel es ihr an diesem Morgen schwerer als sonst. Sie war zwar gestern länger aufgeblieben als gewöhnlich, um ein paar der anderen Schulungsteilnehmer kennenzulernen, aber auch das erklärte nicht, warum sie sich wie erschlagen fühlte.

Als sie aus der Dusche heraus war und ihr UniLink umschnallte, warf sie einen Blick auf die Datumsanzeige ... und begriff.

»Anders' Geburtstag!«, rief sie.

Löwenherz, der sich gerade das Fell kratzte, das ihm im Augenblick büschelweise ausfiel, hielt mitten in der Bewegung inne. »Bliek?«

»Heute hat Anders Geburtstag«, wiederholte sie. »Ob er meine Nachricht schon erhalten hat?« Rasch rechnete sie die unterschiedlichen Zeitzonen durch. »Doch, hat er bestimmt schon ... aber hat er das Rätsel auch schon gelöst?«

»Bliek!«

»Ja, glaub ich auch, schließlich ist er blitzgescheit.«

Ihr UniLink piepste, und einen winzigen Moment lang gab sie sich der gänzlich irrationalen Hoffnung hin, eine Nachricht von Anders könnte eingetroffen sein. Stattdessen stammte der Text von Karl: ›Gehen jetzt essen. Wir sehen uns da. Vergiss nicht: Vor Forensik steht noch Scheibenschießen an.‹

Stephanie seufzte und schlüpfte in ihre Schuhe. Kurz überlegte sie, ob sie auf dem Zimmer essen sollte, wo sie sich einen kleinen Vorrat an Essbarem angelegt hatte. Sie könnte dann die Zeit nutzen und noch rasch eine Nachricht für Anders aufnehmen. Aber dann schüttelte sie den Kopf, packte ihre Sachen zusammen und schüttete dabei der 'Katz ihr Herz aus.

»Nein, ich kann's mir nicht leisten, reserviert zu wirken – vor allem nicht gleich am Anfang. Gestern Abend, das hat echt Spaß gemacht. Besonders Carmen Telford hat mir gefallen. Aber viele andere haben mich angestarrt, als wäre ich ein voll ausgebildeter Neomönch oder so was. Wenn sich jetzt noch herumspricht, dass ich wegen Liebeskummer schlecht drauf bin ...«

Sie drückte Löwenherz an sich, was eine Wolke frisch ausgefallener Baumkatzenhaare aufsteigen ließ, die sie einhüllten, nieste lautstark und hastete zur Tür.

Anders hatte Stephanies Rätsel gelöst – doch er hatte nicht damit gerechnet, dass dies nur der erste Teil gewesen war. Nachdem sie gemeinsam gegessen hatten, war Anders zu Eric Flint hinübergegangen und hatte gesagt: »Ich glaube, Stephanie hat hier etwas für mich hinterlegt.«

Mr. Flint hatte nur gegrinst und wortlos einen dünnen Umschlag aus einem der Fächer an der Rezeption gezogen. Als Anders den Umschlag dann, zu Hause angekommen, öffnete, lautete der Inhalt: ›Hoch oben, am Himmel droben, wo Purpurmotten die Winde loben.‹

Das verstand Anders sofort. Als Stephanie und er sich vor nicht allzu langer Zeit mit den Drachenseglern vom Wind über den Besitz Harrington hatten tragen lassen, hatte sie plötzlich ein ganzer Schwarm zierlicher sechsflügliger Lebewesen eingehüllt, die sie Purpurmotten getauft hatten. Mit den Kontragravs ihrer Drachen waren Steph und er in Position geblieben und hatten Bildaufzeichnungen angefertigt ... und weil ein paar der kleinen Sechsflügler mit zu viel Schwung gegen die Drachenflügel geprallt waren, hatten sie auch Proben mitbringen können.

Insgeheim hatten sie gehofft, eine bislang unbekannte Spezies entdeckt zu haben. Es hatte sich aber herausgestellt, dass ihre ›Purpurmotten‹ schon unter dem Namen ›violette Hexafliege‹ bekannt war. Trotzdem freute sich der SFD über Aufnahmen und Proben, denn man vermutete, dass die verschiedenen Unterarten der Hexafliegen im Spätherbst bei der Bestäubung einiger der schneller wachsenden Pflanzenspezies von Sphinx eine entscheidende Rolle spielten.

Es war ein herrlicher, wie verzauberter Tag gewesen – und Anders war sich sicher, diesen Ort wiederzufinden. Aber er war nun einmal einer der weniger talentierten Drachenflieger aus Stephanies Freundeskreis, und um diese Jahreszeit konnten die Luftströmungen wirklich unberechenbar sein. Also wäre es mehr als nur ratsam, nicht allein auf die Suche zu gehen, sondern noch jemanden mitzunehmen. Außerdem sollte er das Ehepaar Harrington um Erlaubnis fragen. Der Besitz war riesig – mehr als sechshundert Quadratkilometer –, also würden sie wahrscheinlich nicht einmal merken, wenn sich jemand dort auf die Suche nach Geburtstagsgeschenken machte. Anders' Mutter jedoch hatte immer wieder betont, wie wichtig es doch sei, auch dann noch die Gebote der Höflichkeit einzuhalten, wenn ein Verstoß gegen diese Gebote unbemerkt bliebe. Anders folgte diesem Rat.

Richard Harrington erkundigte sich, wohin Anders denn wolle, und nachdem er die entsprechenden Koordinaten überprüft hatte, erklärte er sich einverstanden. »Aber du willst doch wohl nicht allein rausfliegen, oder?«

»Ich kenne doch die Sicherheitsvorschriften, Trainer«, erwiderte Anders sofort. »Ich wollte die ganze Truppe fragen: Toby, Chet, Christine und Jessica. Spiele und Wettrennen machen ja wirklich Spaß, aber Fliegen einfach nur um des Fliegens willen hat doch auch etwas.«

»Das sehe ich genauso. Dann viel Spaß!«

Kurz haderte Anders mit sich, welchen der Freunde er zuerst anrufen sollte. Erst jetzt wurde ihm klar: So viel Zeit er auch schon mit ihnen verbracht hatte, es wäre das erste Mal, dass *er* etwas für alle organisierte. Normalerweise übernahm Stephanie das; in gewisser Weise waren es ja auch eigentlich ihre Freunde, nicht seine. Anders entschied sich, eine Einladung an alle gleichzeitig abzusetzen.

Er freute sich, weil alle vier Zeit hatten – und dann, auf den zweiten Blick sozusagen, kam ihm das verdächtig vor. Hatte Stephanie die anderen bereits eingeweiht? Vielleicht hatte sie Mr. Flint gebeten, ihnen Bescheid zu sagen, sobald Anders bei ihm den Brief abholte und damit klar war, dass er das erste Rätsel gelöst hatte. Oder war Dr. Richard eingeweiht? Hatte er die anderen informiert, nachdem Anders seine Erlaubnis eingeholt hatte? Auch das hätte Anders nicht überrascht. Hätte Stephanie nicht Ranger werden wollen, gäbe sie zweifellos eine ausgezeichnete Flottenkommandeurin ab.

»Das also sind Ms. Stephanie Harrington und der berühmte Löwenherz«, meinte Gwendolyn Adair und betrachtete das Bildmaterial auf ihrem Display. Bei ihrer Ankunft hatten die kleine Harrington und der SFD keinerlei Aufsehen erregt, und anscheinend hatte auch von der Presse niemand gewusst, dass sie kommen würde. Gwen hingegen hatte ihr Kamerateam rechtzeitig in Stellung gebracht.

»Jou«, bestätigte Oswald Morrow, der ihr über die Schulter blickte. »So beeindruckend sieht die Kleine gar nicht aus, was? Die ist ja noch ein Kind!«

»Die sich einen Kampf mit einem Hexapuma geliefert hat – mit nichts anderem als einer Vibroklinge in der Hand und einer Baumkatze an ihrer Seite«, rief ihm Gwen ein wenig frostig ins Gedächtnis zurück. »Und du solltest auch nicht vergessen, was unserem lieben Freund Bolgeo widerfahren ist, nachdem er meinte, mit ihr die Klingen kreuzen zu müssen.« Sie schüttelte den Kopf, ohne den Blick vom Bildschirm zu nehmen. »Du solltest dieses ›Kind‹ ja nicht unterschätzen.«

»Hmpf.« Morrow zuckte mit den Schultern, doch er widersprach ihr nicht. Zumindest nicht so, dass sie es hörte. Stattdessen tippte er mit dem Zeigefinger auf das Display. »Und das ist Zivonik?«

»Ach, Ozzie, nein, das ist selbstverständlich Kronprinz Edward!« Über die Schulter hinweg bedachte sie ihn mit einem finsteren Blick. »Klar ist das Zivonik! Wer soll's denn sonst sein?«

Morrow erwiderte den Blick nicht weniger finster, doch nur aus dem Augenwinkel.

Gwendolyn Adair stieß ein Schnauben aus. »Tut mir leid.« Vielleicht schwang in ihrem Ton sogar ein Hauch Aufrichtigkeit mit. »Ja, das ist Zivonik. Der ist größer, als ich erwartet hatte ... aber vielleicht wirkt das nur im Vergleich zu ihr so.«

»Wie haben die sich denn im Terminal geschlagen?«

»Besser, als ich mir gewünscht hatte.« Gwen schüttelte den Kopf. »Irgendwie hatte ich gehofft, all die Leute, die da ständig herumrennen, würden die 'Katz unruhig machen, aber er scheint Menschenansammlungen ziemlich gleichmütig hinzunehmen.«

»Schade«, brummte Morrow. »Dann wird er sich vermutlich auch auf dem Campus anständig benehmen.«

»Dass es nicht leicht werden würde, haben wir doch schon gewusst!« Gwen zuckte mit den Schultern, betrachtete noch einige Sekunden lang das Bildmaterial, dann schaltete sie das Gerät ab und lehnte sich in ihren Sessel zurück. »Wie ich schon sagte: Unsere kleine Freundin Stephanie sollten wir auf keinen Fall unterschätzen – und ich vermute langsam, dass für ihren sechsbeinigen Freund genau das Gleiche gilt.«

»Überlegst du gerade, ob der Plan geändert werden sollte?« Morrow klang überrascht und vielleicht auch ein wenig besorgt ... aber schließlich war er, trotz seines stets selbstbewussten Auftretens und seines Rufs, auch richtig dicke Geschäfte geschickt einzufädeln, deutlich mehr Gewohnheitstier als sie.

Er neigte dazu, sich einen Plan zurechtzulegen und sich an diesen dann auch zu halten. Dass sie dazu tendierte, im Zweifelsfall zu improvisieren, machte ihn eher nervös.

»Nein«, versicherte sie ihm. »Ich überlege nur, wie man das Ganze am besten in die Tat umsetzen kann. Und je länger ich mir diese Aufzeichnungen anschaue, desto weniger zuversichtlich bin ich, dass wir die Leute davon überzeugen können, in Wirklichkeit wären Baumkatzen gar nicht intelligent.«

»Und warum schicken wir dann die ganzen Anthropologen nach Sphinx?«, verlangte Morrow zu wissen und verzog das Gesicht. »Allein schon sie hierherzuschaffen, hat eine ordentliche Stange Geld gekostet, Gwen! Trotz deines großen Batzens Stiftungsgelder habe ich beim Innenministerium mehr Gefallen einfordern müssen, als mir lieb sein kann, bloß damit Vásquez Hobbard anweist, sie mit Whittaker den Wald erkunden zu lassen. Hätte der sich während der Waldbrände nicht dermaßen dämlich angestellt, hätten wir Hobbard dieses Zugeständnis vermutlich niemals abringen können, ganz egal, wie wir das angegangen wären!«

»Ach, jetzt hör doch mal auf, immer nur an Geld zu denken, Ozzie!« Wieder schüttelte Gwen den Kopf. »Unsere Leute werden ständig neue Argumente dagegen vorbringen, den Baumkatzen echte Intelligenz zuzugestehen. Selbst wenn Hobbard denen nichts davon abnimmt, wird das zumindest bei allen Nichtanthropologen für Verwirrung sorgen. Letztendlich ist es doch auch völlig egal, zu welchem Schluss die *Wissenschaft* kommt, oder? Entscheidend ist doch das Votum des Parlaments. Also müssen wir vor allem ein paar Stimmberechtigte, die keine Ahnung haben, was Wissenschaftler als Intelligenz definieren, davon überzeugen, dass 'Katzen bloß niedliche Waldbewohner sind.«

»Aber du hast doch gesagt ...«

»Ich habe gesagt, dass es schwieriger wird als erwartet, nicht, dass es *unmöglich* ist. Und es ist doch sowieso nur eine von vielen Fronten, an denen wir unser Gefecht zu schlagen vorhaben. Sorg du einfach nur dafür, dass deine Anthropologen immer wieder betonen, diese Viecher könnten nicht die Tragweite und Leistungsfähigkeit moderner Technik abschätzen und verstünden nicht einmal ansatzweise, was die Besiedlung ihrer Territorien durch Menschen für Auswirkungen haben wird. Wir jedenfalls bestreiten, dass sie intelligent sind, und zwar so lange, wie das noch glaubhaft möglich ist. Und wenn wir ihnen zum Schluss dann doch ein gewisses Maß an eigenständiger Denkfähigkeit zubilligen, behaupten wir einfach, so grundverschieden wie 'Katzen und Menschen nun einmal sind, hätte zu diesem Schluss zu kommen eben ein bisschen gedauert. Weil die Foundation aber das Forschungsprojekt unterstützt, ist jedem sofort begreiflich zu machen, wie sehr uns am Wohlergehen dieser Spezies liegt. Was sonst also könnte unser Ziel sein, als sie vor dem schädlichen Einfluss des Kontaktes mit Menschen zu bewahren, gerade wo uns doch klar ist, welchen Schaden andere einheimische Lebensformen dadurch schon genommen haben.«

Die Augen schmal, blickte er sie an und nickte bedächtig.

Stephanie hatte sich gerade Anders' jüngste Nachricht angeschaut und das letzte Bild auf ihrem Bildschirm eingefroren. So konnte sie noch ein wenig sein warmes Lächeln zum Schluss der Botschaft genießen, während sie über die jüngsten Entwicklungen nachdachte. Noch mehr Xenoanthropologen! Stephanie freute sich für Anders, dass sein Vater wieder zurückgekehrt war, und sie war geradezu *begeistert*, dass die Zeitspanne, die der Whittaker-Expedition auf Sphinx zugestanden wurde, sogar noch ausgeweitet worden war, nicht etwa verkürzt. Aber die Mitglieder von Dr. Whittakers Team hatte sie alle persönlich kennengelernt, während sie von den Neuankömmlingen, die Anders erwähnt hatte, keinen einzigen kannte. Sie wünschte, sie könnte sie sich vor Ort persönlich anschauen – und sie dann durch Löwenherz prüfen lassen.

»Aber das können wir nicht. Allerdings ...« Sie grinste breit und stellte den Rechner auf ›Aufnahme‹.

»Anders ... es freut mich, dass dir die Schnitzeljagd Spaß macht. Und danke, dass du mir von der neuen Xenoanthropologen-Gruppe erzählt hast. Ich bin – komisch, dass ich das sage, das hätte ich nie gedacht – derselben Meinung wie dein Dad. Schade, dass Löwenherz und ich nicht vor Ort sein und sie uns genauer ansehen können. Klar, das geht nicht, aber ich habe da eine andere Idee: Was ist mit Jessica und Ohnefurcht?

Jessica kann prima mit Menschen umgehen – um ehrlich zu sein: viel besser als ich. Sie ist ja auch schon an so vielen ganz unterschiedlichen Orten gewesen. Mir scheint, Ohnefurcht ist Fremden gegenüber ein wenig scheuer als Löwenherz, aber er hat wirklich was im Köpfchen. Ich wette, der hätte ein Schwarzloch wie Bolgeo sofort entlarvt. Mit seiner Hilfe wüsstet ihr, wen man dringend im Auge behalten sollte!

Ich werde Jess jetzt gleich eine Nachricht schicken. Mal sehen, wie sie darüber denkt. Wenn sie mitmacht, lässt sich bestimmt was organisieren.«

Ihre Stimme wurde sehr viel sanfter. »Ich wünschte wirklich, ich könnte jetzt bei euch sein – und das nicht nur, um die neuen Xenoanthropologen zu begutachten. Ich kann gar nicht glauben, dass ich erst drei Tage hier bin ... drei *Monate* fühlen sich da glatt an wie eine halbe Ewigkeit.« Sie warf ihm eine Kusshand zu. »Ich vermisse dich.«

Das Wetter war längst nicht so kooperativ wie die Clubmitglieder. Also vergingen nach Anders' Geburtstag noch einige Tage, bis sich die ganze Truppe auf einer Felskuppe versammelte, die sich als geeigneter Parkplatz sowohl für Jessicas Wagen wie für Chets Laster erwiesen hatte. Im Gegensatz zu den historischen Drachenseglern waren die modernen Gleiter mit einer Kontragraveinheit ausgestattet, sodass sich der Sprung in die Tiefe, der mit dem traditionellen Sport untrennbar verbunden war, schlichtweg erübrigte. Einige der geschickteren Drachensegler – darunter Karl und Toby – hatten allerdings schon mit dem ›Sprung ins Leere‹ experimentiert, nachdem sie erst einmal ein paar geeignete Felsen entdeckt hatten. Anders hingegen war dankbar dafür, dass er sich von seinem Kontragrav hinauf bis zu einer geeigneten Aufwindströmung tragen lassen konnte, die geeignet war, ihn am Himmel zu halten.

Während er in das Tragegestell seines Gleiters schlüpfte, bemerkte er, dass Ohnefurcht die Echthände ausstreckte und sich von Jessica eine kleine Schultertasche reichen ließ. Deren Inhalt klirrte leise, als der Baumkater die Tasche umschnallte – erst schob er sie über eine Schulter, dann rückte er sie vor seiner Brust zurecht, sodass sie bequem zwischen seinem oberen und seinem mittleren Armpaar zu liegen kam. Anschließend stapfte die 'Katz zu einer kleinen Gruppe großer, strauchartiger Bäume hinüber, die trotz unverkennbarer Anzeichen dafür, dass der Wind sie hier ohne Unterlass beutelte, ganz prächtig gediehen.

»Dr. Richard hat mir dabei geholfen, meinen Drachen so umzubauen, dass Ohnefurcht mit mir kommen kann, so wie Löwenherz mit Steph«, erklärte Jessica. »Aber so versessen wie Löwenherz ist er auf die Fliegerei nicht. Manchmal habe ich das Gefühl, Löwenherz ist ein kleiner Draufgänger.«

»Genau wie Stephanie.« Christine lachte leise und schob

sich den Helm über ihren indigofarbenen Haarkamm. »Wo ist Ohnefurcht denn hin?«

»Er sammelt Pflanzen«, erklärte Jessica. »Dr. Marjorie hat ihm ein paar kleine Taschen gegeben, in denen seine Proben gut geschützt sind. Sie hat sich gedacht, das sei ein guter Kompromiss: Auf diese Weise kann ich ihn ermutigen, ohne ihn dabei aktiv anzuleiten. Ohnefurcht hat mehrere Gärten: einen bei uns, eine paar Beete in den Gewächshäusern der Harringtons und auch noch zu Hause bei seinem Clan.«

Ganz der Sohn eines Anthropologen, fragte Anders: »Betreibt Ohnefurcht denn systematische Gartenpflege, oder pflanzt er die einzelnen Sachen nur aufs Geratewohl ein?«

»Ganz systematisch«, antwortete Jessica, »auch wenn ich zugeben muss: Ich habe keinen blassen Schimmer, *welches* System dahintersteckt. Miteinander reden können wir ja nicht. Ich kann ihn bloß beobachten, aber für mich sieht es ganz so aus, als probiere er die Pflanzen an verschiedenen Standorten und damit unter verschiedenen Bedingungen aus. Im Vergleich zu unserem Garten ist das Territorium seines Clans sehr feucht.«

»Ich erinnere mich.« Anders grinste. »Wie könnte ich das auch je vergessen! Ist schon interessant, dass Ohnefurchts Clan wieder auf dieses Gelände zurückgekehrt ist, nachdem die Waldbrände sie aus ihrer neuen Heimat vertrieben haben. Mein Dad glaubt, sie hätten ihr ursprüngliches Territorium nahe dem Sumpf verlassen, weil es leergefischt gewesen sei oder es dort nichts mehr zu jagen gegeben hätte, oder so was in der Art.«

»Kann schon sein«, meinte Jessica. »Aber jetzt sind sie wieder zurück – obwohl sie sich da mit einer Sumpfsirene als Nachbarin herumschlagen müssen.«

»Vielleicht ...«, dachte Anders laut nach, während er vor dem Start zur Sicherheit noch einmal die gesamte Ausrüstung prüfte, »hatten sie keine andere Wahl. Möglicherweise ist es ja ausgeprägtes Revierverhalten.«

»Kann schon sein«, wiederholte Jessica. Vielleicht hätte sie noch etwas hinzugefügt, doch in dem Moment meldete sich Chet zu Wort.

»He, wollen wir jetzt loslegen und Anders' Präsent suchen, oder wollen wir uns zusammensetzen und eine Runde diskutieren?«

»Loslegen«, antwortete Anders. »Gehen wir auf Präsentjagd!«

Mit Kontragravunterstützung stiegen die Drachensegler wie ein Schwarm Vögel in die Höhe; Sonnenstrahlen fingen sich gleißend in ihren Metallgestängen. Erst in luftiger Höhe prüfte Anders noch einmal auf seinem UniLink die Koordinaten, die Stephanie und er nach der Entdeckung der Purpurmotten sorgfältig verzeichnet hatten.

»Ah, ja, da drüben«, murmelte er vor sich hin. »Bei den Felsen da, dann nach rechts, und ... oh-oh.« Er sprach in sein UniLink: »Leute, wir haben ein Problem.«

»Problem«, fragte Chet, »was denn für ein Problem? Findest du den Punkt nicht wieder?«

»Doch, doch, den Punkt habe ich schon«, erwiderte Anders. »Aber seit Stephanie und ich hier draußen waren, hat sich etwas verändert.« Er gab die Koordinaten durch, dann zeigte er mit ausgestrecktem Arm auf die Felsen. »Seht ihr das da? Sieht ganz so aus, als hätte eine Vogelart beschlossen, die Klippen wären für den Herbst ein guter Horst!«

»Ich seh's«, meldete sich Toby zu Wort. »Sind, glaube ich, Felsenkrähen. Karl hat mir von der Kolonie erzählt, als wir vor ein paar Wochen mal ganz traditionell drachenfliegen wollten und nach einem erhöhten Startpunkt mit reichlich Aufwinden gesucht haben.«

Während Toby noch sprach, rief Anders schon auf seinem UniLink das Handbuch für SFD-Ranger auf. Über Felsenkrähen fanden sich dort allerdings nur erschreckend wenig: Wie die meisten auf Sphinx heimischen Lebensformen hatten auch die Felsenkrähen sechs Gliedmaßen – zwei Flügelpaare und dazu ein mit mächtigen Krallen bewehrtes, muskulöses Beinpaar. Ihre Flügelspanne betrug etwa einen Meter, das Gefieder wies verschiedene Blau- und Brauntöne auf. Bislang hatte noch niemand untersucht, ob die verschiedenen Federfärbungen Kennzeichen unterschiedlicher Arten waren oder ob andere Faktoren, etwa die Umgebung, in der sie aufwuchsen, eine Rolle spielten. Mehr stand dort nicht.

»Die Felsenkrähen waren bei eurem gemeinsamen Mottenabenteuer also noch nicht hier?«, fragte Christine nach.

»Nö, hier gab's eben nur die erwähnten Purpurmotten.«

»Die waren auch noch nicht da, als Steph und ich hier waren, um ...«, warf Jessica ein und stockte dann abrupt. »Tja, jetzt ist's mir rausgerutscht, also kann ich's gleich ganz zugeben: Ich weiß, wo das Geschenk versteckt ist«, fuhr sie dann fort. »Anders hat den Punkt genau genannt, also kann man nicht behaupten, es wäre unfair, wenn ich ihm jetzt helfe.«

»Ich sehe die Felswand aus einem anderen Winkel als Toby«, erklärte Chet. »Jess, ist das, was wir suchen, purpurrot eingepackt?«

Auf seinem UniLink schaltete Anders auf einen anderen Bildschirm um: Der Stern, der Chets Position auf dem Display anzeigte, lag deutlich höher als alle anderen.

»Jou«, bestätigte Jess.

»Dann sehe ich es gerade ... und du hast recht: Anders hat das Zielgebiet ganz genau getroffen. Das Geschenk steckt in einer Felsspalte da unten – genau da, wo die Felsenkrähen am dichtesten aufeinanderhocken.«

»Blöder Zufall!«, entfuhr es Toby mitleidsvoll.

Anders räusperte sich. »Tja, vielleicht ist das gar kein Zufall. Vielleicht ist es eine Frage der Nahrungskette: Die violetten Hexafliegen oder die, die sich von ihnen ernähren, haben die Felsenkrähen vielleicht erst hierhergelockt.«

»Der ewige Kreislauf des Labens«, warf Chet ein. »›Kreislauf des Lebens‹ find ich dämlich – wo's doch immer um Fressen und Gefressenwerden geht, nicht wahr? Und nun, Leute? Wie verscheuchen wir denn nun die Krähen?«

Anders stellte die Optiken seiner Fliegerbrille auf Weitsicht um. Den Umgang damit hatte er während seiner Drachenflüge gut geübt und es zu einer gewissen Perfektion gebracht. Was nämlich Luftakrobatik betraf, war ihm Stephanie meilenweit überlegen. Doch statt – vergeblich – zu versuchen, mit ihr mitzuhalten und sie so am Ende nur auszubremsen, hatte er gelegentlich den Kontragravmodus seines Drachens aktiviert und sich vom Wind treiben lassen ... und dann hatte er von dort oben die Landschaft tief unter ihnen studiert. Jetzt suchte er, so eingeübt, den Teil der Klippen ab, in dem die meisten Felsenkrähen hockten.

Schon auf den ersten Blick verstand er, warum die frühen Kolonisten seinerzeit beschlossen hatten, diese Vögel (»Vögel-Analoga, heißt das! Das *sind* keine echten Vögel!«, hörte er im Kopf sofort die pedantische Stimme seines Vaters) Felsenkrähen zu nennen. Sie gehörten der Untergruppe von Vogel-Analoga oder Vogelähnlichen an, die einen echten Schnabel und echte Federn hatten – zu dieser Gruppe gehörten auch die Bergadler und die Bergfinken –, und unterschieden sich damit deutlich von den eher fledermausartigen Spezies wie etwa den Kondoreulen. Im Gegensatz zu Kondoreulen, deren Haut ein Daunenflaum schützte, hatten die Felsenkrähen also das sphinxianische Gegenstück zu echten Hohlkiel-Konturfedern, die den Wind in genau der Art und Weise nutzten, wie das bei den Vögeln auf Terra der Fall war. Der Körperbau der Felsenkrähen war stromlinienförmig; ihre keilförmigen Schwanzfedern machten sie zu geschickten Fliegern, auch im Sturzflug oder bei unvermittelten Richtungswechseln. Hin und wieder flogen sie so dicht an die Felsen heran, dass ein Aufprall schlichtweg unvermeidbar schien, nur um dann im letzten Moment doch wieder aufzusteigen.

»Sonderlich gefährlich sehen die nicht aus«, meinte Anders. »Okay, sie haben keine Hakenschnäbel, also sind sie wohl eher Allesfresser als Jäger – vielleicht auch Aasfresser. Ihre Füße kann ich nicht deutlich genug erkennen, deswegen kann ich dazu im Augenblick nichts sagen.«

»Karl hat da irgendwas erwähnt ...« Toby stockte. »Aber ich weiß nicht mehr, was es war.«

»Hat er gesagt, sie sind gefährlich?«, setzte Christine nach. »Ich meine, sind die giftig, oder haben die Stacheln oder sonst was als Ausgleich dafür, dass sie nicht supergroß und superstark sind?«

»Nö, darum ging's nicht«, versicherte ihr Toby. »Ach, Mist, es hatte was damit zu tun, dass sie Zugvögel sind und bei Wintereinbruch fortziehen. Irgend so was. Dass die gefährlich wären, davon hat er nichts gesagt, da bin ich mir ziemlich sicher.«

Anders fragte sich, ob er sich nur einbildete, dass Tobys Stimme bebte, sozusagen, weil unausgesprochen blieb, was ihm im Hinterkopf herumspukte ... Doch da keiner der anderen nachfragte, war es wohl wirklich nur Einbildung gewesen. Schließlich kannten sie alle Toby viel besser als er.

»Ich denk mir die Sache so«, begann er, den anderen seinen Plan vorzuschlagen, »Stephanie würde überhaupt nicht gefallen, wenn wir den Felsenkrähen irgendwie schaden, und wäre es nur, weil wir sie aufschrecken. Schließlich geht es ja bloß um ein Geschenk, das wir holen wollen. Was haltet ihr also davon, wenn ich allein rübersegle? Ich schnappe mir mein Geschenk und komme gleich wieder zurück hierher.«

»Also, ohne zu viel zu spoilern«, ergriff nun wieder Jessica das Wort, »ist wohl okay, wenn ich verrate, dass Stephanies Geschenk gut von einer einzelnen Person transportiert werden kann. Aber soll dich nicht vielleicht doch einer von uns begleiten?«

»Oder für dich einspringen?«, schlug Toby vor. »Du hast es ja schon selbst gesagt: Stephanie würde sicher nicht gefallen, wenn den Felsenkrähen was passieren würde, und ... na ja, du bist jetzt nicht gerade der beste Segler hier.«

»Stimmt, ich bin sogar der Schlechteste von uns allen«, gab Anders sofort zu. »Weiß ich. Aber Stephanie hat das auch gewusst, als sie das Versteck ausgewählt hat. Sie hätte ganz bestimmt nichts geplant, mit dem ich nicht allein fertigwerde. Also mache ich das selbst. Gar kein Problem.«

Vor den anderen wollte es Anders nicht zugeben, aber die Vorstellung, jetzt mit dem Drachensegler eine von Krähen besiedelte Steilwand anzufliegen, machte ihn nervös. Ihm das ausreden sollte aber auch keiner. Stephanie hatte das hier für *ihn* vorbereitet, nicht für die ganze Truppe.

Er stellte die Fliegerbrille wieder auf normale Darstellung und bereitete sich auf das Manöver vor. Christine oder Jessica würden sich jetzt für einen verdammt cool aussehenden Sturzflug entscheiden. Für ihn allerdings war ratsamer, die Sache vorsichtig anzugehen. In einem weiten Boden würde er langsam auf die Höhe des Verstecks gehen und dann einen geraden Horizontalkurs anlegen, bis er sein Ziel fast erreicht hätte. Dann bräuchte er nur noch den Arm danach auszustrecken, und das wär's. Der Fliegerclub und er würden den Rückflug antreten, und die Felsenkrähen konnten sich wieder ihrer Lieblingsbeschäftigung widmen – also dem, was Felsenkrähen den ganzen Tag über halt so taten.

Wun-der-prächtig!

Pläne aber haben die dumme Angewohnheit, nicht so zu laufen, wie man es sich vorgestellt hatte.

Die Felsenkrähen reagierten überhaupt nicht auf Anders ... bis er genau auf ihrer Höhe war und geradewegs auf sie zukam. Doch statt auseinanderzustieben, wie er das erwartet hatte, rückten sie noch dichter zusammen. Anders, der sie nicht verletzen wollte, bremste scharf ab. Bei jedem traditionellen Drachensegler wäre das eine ausgesprochen dumme Idee gewesen, denn mit sinkender Geschwindigkeit nahm der Auftrieb ab ... aber Anders hatte ja immer noch die Kontragraveinheit.

So gelang es ihm, reglos in der Luft zu stehen – unmittelbar vor dem Schwarm. Zu seinem gewaltigen Entsetzen schienen die Felsenkrähen das für einen Angriff zu halten und stürzten sich auf ihn. Dabei stießen sie Laute aus, die deutlich eher an das schrille Kreischen terranischer Pfauen erinnerten, als an das heisere Krächzen von Alterde-Krähen. Sie kreischten so hoch und schrill, dass es Anders' ganzen Körper zu durchdringen schien, vor allem bis tief ins Innenohr hinein, was seinen Gleichgewichtssinn durcheinanderbrachte. Schwindel erfasste ihn. Er hatte das Gefühl, zu trudeln und in die Tiefe zu stürzen ... obwohl ihm die Vernunft sagte, dass ihn der Kontragrav nach wie vor in der Luft hielt.

Plötzlich waren die Felsenkrähen überall, bedrängten ihn, schlugen mit den Flügeln nach ihm, hackten mit den Schnäbeln wahllos nach den Segeln des Drachens, nach Anders, seiner Kleidung, nach seinem ungeschützten Gesicht, und immer wieder hörte er das harte Klappern von Schnäbeln auf den Gläsern seiner Fliegerbrille. Anders spürte Blut, das ihm die Wangen hinunterlief. Schmerzhaft schrappten Federkanten über seine Haut – eine seltsam unbeteiligte Stimme in seinem Hinterkopf stellte daraufhin fest, die Seitenfedern der Felsenkrähen seien ja wohl ungleich kräftiger und rauer als die ihrer terranischen Analoga.

Einen schier endlos wirkenden Moment von Panik weigerte sich Anders' Verstand zu funktionieren. Seine Sinne waren völlig überreizt, kein klarer Gedanke ließ sich fassen. Er hörte zwar die Stimmen seiner Freunde auf dem offenen Kanal seines schönen, neuen UniLinks, doch das Kreischen der Felsenkrähen sorgte dafür, dass er nichts verstand. Er musste aus diesem Schwarm heraus, die Felsenkrähen abschütteln, bevor sie noch seinen zweifellos schon arg ramponierten Drachen gegen die Felswand drängten – das könnte auch die Kontragraveinheit nicht verhindern.

Die Felswand vor ihm schien zu tanzen, hin und her, auf und ab. Das Kreischen in Anders' Ohren wurde lauter und lauter. Von allen Seiten von zornigen Vogelähnlichen bedrängt, suchte er verzweifelt nach Mitteln und Wegen, einen Absturz in die Tiefe zu verhindern – einen Absturz, den er unmöglich würde überleben können, trotz Kontragrav ...

# 7

Die Kontragraveinheit!

Hastig tastete Anders nach der Steuerung, dann schob er den Regler nach vorn. Augenblicklich verminderte sich sein gefühltes Gewicht drastisch. Einen kurzen Moment lang glaubte er schon, der Schwarm Felsenkrähen hielte ihn, weil zu kompakt in seiner Masse, davon ab, aufzusteigen, doch zu seiner Erleichterung war dem nicht so. Der Drachen stieg, bahnte sich seinen Weg durch den Schwarm – und kaum, dass die Krähen sich vom Drachen lösten und mit ihrem Gewicht nicht mehr auf ihm lasteten, stieg Anders noch schneller und schneller dem Himmel entgegen. Rasch brachte er sich in noch luftigerer Höhe wieder zum Stillstand, pendelte sich aus und ließ sich dann wieder absinken.

Die Schreie der Felsenkrähen besaßen nun einen bemerkenswert triumphierenden Unterton. Anders verrenkte sich fast den Hals bei dem Versuch, den Schaden abzuschätzen, den sein Segler genommen hatte. Dankenswerterweise hatte sich sein Vater, bemerkenswert knausrig bei allem, was nichts mit Anthropologie zu tun hatte, beim Aussuchen des Drachenseglers für seinen Sohn nicht lumpen lassen. So wies das Hightechgewebe zwar einige Dellen auf, eingerissen aber war es trotz der rüden Behandlung durch die Felsenkrähen kaum.

»Wow!« Tobys Stimme war das Erste, was Anders wahrnahm, nachdem ihm die Ohren nicht mehr klangen. »Das war ja irre!«

»Gut, dass du so rasch weggekommen bist!«, setzte Chet hinzu. »Bist echt verflixt schnell – auch beim Improvisieren, echt, das kannst du!«

Dass Chet lachte, verwirrte Anders, der sich einer endlosen

Tortur nur mit Mühe und Not entkommen sah ... bis er begriff, dass das, was ihm endlos erschienen war, höchstens wenige Sekunden gedauert haben konnte. Die schrillen Schreie der Felsenkrähen hatten eindeutig mehr durcheinandergebracht als nur seinen Gleichgewichtssinn.

»Alles in Ordnung bei dir, Anders?« Jessicas Stimme verriet echte Besorgnis. »Deine Augen haben die jetzt nicht erwischt, oder?«

»Meiner Fliegerbrille sei Dank«, meinte Anders. »Verdammt gut, dass ich sie aufhatte! Die hatten es echt auf meine Auge abgesehen: Ganz schön clever, die Biester!«

»Wir kehren zur Basis zurück und landen«, entschied Christine mit fester Stimme. »Wir sollten uns vergewissern, dass weder dir noch dem Drachen etwas passiert ist.«

Anders wollte ihr schon widersprechen. Der aktivierte Kontragrav hielte ihn in der Luft, komme, was da wolle, also selbst wenn sein Drachen beschädigt wäre ... Aber diesen Tonfall kannte er bei Christine: Wenn Anders ihr jetzt widerspräche, würde sie dafür sorgen, dass Chet ihn gemeinsam mit ihr in Schlepptau nähme. Und Chet würde das Ganze dann vermutlich sogar noch witzig finden.

Als sie schließlich gelandet waren, machten die Mädchen entsetzlich viel Aufhebens wegen der Schnabelhiebwunden in Anders' Gesicht. Als Christine ihm ihren Taschenspiegel in die Hand drückte, damit er sie selbst begutachten konnte, musste er es eingestehen: Die Krähen hatten ihn ziemlich übel zugerichtet, neben blutigen Wunden waren es vor allem Kotspuren, die diesen Eindruck vermittelten. Darüber hinaus verliehen ihm Daunen und Flügelfedern, die überall an ihm klebten, ein nachgerade wildes Aussehen. Alles zusammengenommen war ein unbestreitbar Beleg dafür, mit welcher Vehemenz die Felsenkrähen ihr Territorium verteidigt hatten.

Anders pflückte eine der längeren Federn aus seiner Kleidung, drehte sie, den Kiel zwischen den Fingern, hin und her und beobachtete, wie die Farben, je nach Lichteinfall, zwischen Blau- und Brauntönen wechselten.

»Na ja, dann hat das Ganze letztendlich doch noch ein Gutes«, meinte er. »Wir können den SFD-Biologen ein paar Proben mitbringen. Hat jemand eine kleine Tasche dabei?«

»Ich hole eine aus Ohnefurchts Vorrat«, meldete sich Jessica sofort.

Auf Sphinx wusste man von Kindesbeinen an, wie man sich auf etwaige Notfälle vorzubereiten hatte. In Chets Fluglaster und Jessicas Flugwagen gab es also Erste-Hilfe-Taschen. Sauberes Wasser zu finden, war ebenfalls kein Problem. Innerhalb recht kurzer Zeit war Anders gereinigt, versorgt und allgemein für wiedereinsatzfähig befunden.

»Na ja«, meinte Toby lässig, »wenigstens wissen wir jetzt, dass sich Felsenkrähen wehren. Vielleicht hatte Karl das ja gemeint, als er gesagt hat, wir sollten uns von denen fernhalten.«

»Ach, *jetzt* erinnerst du dich wieder?«, versetzte Anders sarkastisch.

»He«, gab Toby mit einem vielsagenden Achselzucken zurück, »ich dachte echt, er macht sich bloß Sorgen um die Krähen. Du weißt doch selbst, wie Stephanie und er sind: Die Natur geht immer vor!«

»Stimmt«, musste Anders einräumen. »So, und wie kriege ich jetzt mein Geschenk? Ganz offenkundig kann ich es mir nicht einfach so schnappen. Aus irgendeinem Grund haben diese idiotischen Vögel beschlossen, das Ding zu behalten.«

»Ich frage mich, ob das vielleicht an der Farbe liegt«, dachte Jessica laut nach. »Stephanie hat sie gezielt wegen der Hexafliegen ausgesucht, die ihr zwei hier entdeckt habt. Vielleicht glauben die Felsenkrähen jetzt, es gibt Hexafliegenriesenschwärme und sie hätten einen davon erobert ... und den wollen sie jetzt ganz für sich allein!«

»Könnte stimmen!«, lachte Anders. »Wenn sie auf Sicht jagen, wäre die Farbe für sie wichtiger als die Tatsache, dass Stephanies Päckchen die falsche Größe hat, falsch riecht und überhaupt.«

»Heda, mach die armen Krähen nicht so nieder!«, nahm Christine die Vögel – *Vogel-Analoga!* – in Schutz. »Immerhin habe sie ja erst vor Kurzem reichlich Hexafliegen hier zu jagen gehabt. Dass sie sich darauf versteifen, alles in Hexafliegenpurpur ist eine Hexafliege, finde ich da nur verständlich.«

Chet nickte. »Vielleicht lässt sich mit der Farbe wirklich alles erklären. Könnten wir dann nicht einfach warten, bis es dunkel ist? Wenn die Felsenkrähen wirklich auf Sicht jagen, hocken die sich nachts zusammen oder was solche Pseudovögel halt sonst machen, sich hinlegen meinetwegen.«

»Gute Idee!«, entschied Anders. »Meint ihr, wir sollten das den Harringtons erklären? Denen wird die Vorstellung, dass wir uns im Dunkeln in der Nähe einer Steilwand herumtreiben, vielleicht nicht sonderlich gefallen.«

»Ach, warum die Harringtons denn stören?«, meinte Jessica. »Stephanie sagt immer, es ist stets besser, nichts zu sagen, wenn man weiß, dass dem Gegenüber die Wahrheit ohnehin nicht gefallen würde. Außerdem sind wir hier ziemlich weit von deren Haus weg. Wenn wir nicht zu viel Licht machen, sollte alles glattgehen. Wir warten, bis sich die Felsenkrähen beruhigt haben, und dann fliegt jeman...«

»Ich!«, warf Anders rasch ein, als er sah, dass es Toby kaum abwarten konnte, sich freiwillig zu melden. »Das ist immer noch *meine* Schnitzeljagd! Ich mach's wie vorhin und lass mich mit dem Kontragrav auf Höhe der Nistplätze ab. Gar kein Problem!«

»Das hast du beim letzten Mal auch gesagt«, brummte Toby, doch mehr sagte er nicht.

Dieses Mal ging Anders' Plan auf. Die Felsenkrähen waren sogar erfreulich kooperativ: Kaum dass das letzte Sonnenlicht verblasste, zogen sie sich in kleine Löcher und Spalten in den Felsen zurück. Als Anders lautlos an ihnen vorbeitrieb, stießen sie zwar ein paar leise Laute aus, doch sie schienen nicht das Bedürfnis zu verspüren, sich erneut auf ihn zu stürzen.

*Vielleicht halten die mich für eine Kondoreule oder so,* dachte Anders. *Die wissen schon genau, mit wem sie es aufnehmen können – und mit wem nicht. Da habe ich doch heute wirklich etwas richtig Wichtiges für's Leben gelernt!*

»Wow, das mit den Felsenkrähen ist ja wirklich 'n Ding«, sprach Stephanie in den Sensor, als sie die nächste Nachricht für Anders aufnahm. »Ich hatte keine Ahnung, dass sie so angriffslustig reagieren würden. Jess hat mir auch schon geschrieben, was passiert ist. Bei ihr klingt das ganz so, als hättest du das alles ganz wunderbar im Griff gehabt. Du scheinst ja gestern Abend anderer Ansicht gewesen zu sein: Ich habe geglaubt, du wärest in der Situation den Felsenkrähen völlig hilflos ausgeliefert gewesen.

Ich bin froh, dass Jessica und dir meine Idee gefällt, sie als Kontaktperson zu den Anthropologenteams einzusetzen. Jess sagt, sie habe den Eindruck, Chief Ranger Shelton wäre erleichtert, dass sie sich freiwillig gemeldet habe, sich interviewen zu lassen ... und auch, dass die Xenoanthropologen Ohnefurcht kennenlernen dürfen. Du weißt ja, wie sehr Irina darauf achtet, dass Scott genug Erholung nach der Arbeit hat.

Aber Chief Ranger Shelton neigt wenigstens nicht dazu, Jessica, nur weil sie fünfzehn ist, für immer und überall verfügbar zu halten. Und ihre Familie kann das Geld, das Jess damit verdient, wirklich gut gebrauchen. Ich glaube, dass dein Dad sie vorgeschlagen hat, war eine echt gute Idee.«

Stephanie seufzte und dachte darüber nach, wie ungern sie diesen Job abtrat. Natürlich war sie froh, dass Jessica auf diese Weise auch ein wenig zum Familieneinkommen beitragen konnte, aber trotzdem ...

»Wir waren zwar gewarnt, aber die Schulung hier ist wirklich enorm anstrengend. Wir waren noch keine zwei Stunden auf dem Planeten, da wurde uns schon das erste Lehrmaterial zum Durcharbeiten auf die UniLinks geschickt.«

Stephanie fasste kurz zusammen, worum es dabei ging. Die Bandbreite war beachtlich: Sie reichte von Regeln im sozialen Umgang mit Zivilisten bis hin zu den Grundlagen der Forensik, und zwischendrin gab es reichlich Botanik und Zoologie.

»... und jetzt gibt's das volle Paket.« Stephanie kicherte. »Der arme Karl hat feststellen müssen, dass es in Landing sogar noch heißer ist, als er gedacht hat. Ich hatte schon befürchtet, er würde vor meinen Augen schmelzen – aber hier sind sogar die Klimaanlagen auf höhere Werte eingestellt als zu Hause. Für Löwenherz ist die Hitze auch ganz schön anstrengend, aber ich glaube, Dad hat recht: 'Katzen haben Fellwechsel, wenn's wärmer wird. Seit wir hier angekommen sind, haart Löwenherz wie verrückt, bei den Temperaturen hier kein Wunder. Er hat so viel Fell verloren, dass es in meinem Zimmer im Wohnheim ständig aussieht, als hätte es geschneit – überall Haare, die jeder Luftzug aufwirbelt. Aber die Labors hier sind prima, und der HD-Empfang ist besser als gedacht. Auch mein Zimmer gefällt mir. Klar, geräumiger hätte ich es schon gern, und bei diesem Riesencampus sollte man doch meinen, für mich wäre mehr drin als nur ein Zimmer! Aber Löwenherz und ich haben uns schon arrangiert mit der Enge.«

Als habe ihn der Klang seines Namens gerufen, sprang Löwenherz auf die Lehne ihres Sessels und hielt mit gewichtiger Miene die Schnurrhaare geradewegs in den Aufzeichner. Stephanie lachte und kraulte ihn unter dem Kinn, dann wandte sie sich wieder dem Sensor zu.

»Ich wünschte wirklich, wir könnten ihn hier freier herumlaufen lassen, aber Dekanin Charterman, die für sämtliche Studierende zuständig ist, hat mir das Versprechen abgenommen, ihn nie unbeaufsichtigt rauszulassen. Sie sagt zwar, das sei nur zu seinem eigenen Schutz, aber ich glaube, sie macht sich Sorgen, in was für Schwierigkeiten er geraten könnte ... oder was für Schwierigkeiten er selber *machen* könnte.« Sie verzog das Gesicht, dann zuckte sie mit den Schultern. »Andererseits denkt sie vielleicht auch an biologische Kontaminierung. Ich weiß ja, dass sich manche Leute immer noch Gedanken machen, weil wir Menschen hier im Sternenkönigreich so fröhlich zwischen den verschiedenen Planeten hin und her reisen lassen. Manche befürchten vielleicht, dass Löwenherz Krankheiten oder Parasiten überträgt oder sonst was.«

Ihre Miene verriet deutlich, wie sie selbst derlei Bedenken gegenüberstand; nach erneutem Achselzucken aber fuhr sie fort: »Eigentlich klar nach der Seuche, nicht wahr?Aber man sollte doch meinen, mit all den Voruntersuchungen, Tests und Was-weiß-ich-noch, die immer noch routinemäßig vorgenommen werden, könnten sich die Leute allmählich mal wieder beruhigen. *Sollten* sie zumindest.«

Sie kraulte weiterhin Löwenherz das Kinn, während sie mit finsterer Miene über rückständige Lebenseinstellungen wie diese nachdachte.

»Wir haben dann jetzt auch unsere Dozenten kennengelernt«, fuhr sie schließlich fort. »Dr. Gleason ist offiziell nur Fachbereichsleiter, aber ich habe das Gefühl, eigentlich leitet er die gesamte Forstwirtschaftliche Fakultät. Ich glaube nicht, dass er sich über unsere Anwesenheit hier sonderlich freut.« Sie schnaubte. »Außerdem scheint er felsenfest entschlossen, sich von Löwenherz so weit wie irgend möglich fernzuhalten – was natürlich einfach nur dämlich ist. Der soll uns etwas über den Umgang mit Waldgebieten und Waldbewohnern erklären, und dann weigert er sich, eine Baumkatze kennenzulernen?!« Ein erneutes Schnauben, dieses Mal lauter. »Andererseits gibt es ja auch noch Dr. Flouret. Der leitet das Kriminologische Seminar, und bei dem bin ich mir ziemlich sicher, dass er das Herz am rechten Fleck hat. Ist wohl ein alter Freund von Dr. Hobbard, und auch über Chief Shelton hat er ein paar sehr nette Worte verloren.«

Sie verfiel einen Moment in Schweigen, weil sie nicht recht wusste, was sie als Nächstes sagen sollte ... und plötzlich brannten ihr die Augen. Anders war neugierig auf alles, was sie zu berichten wusste, ja sicher. Aber viel lieber, als ihm davon zu erzählen, hätte sie ihm alles *zeigen* wollen. Wie schön wäre es doch, er wäre hier, bei ihr auf Manticore, und sie hätten all das Neue direkt miteinander teilen können!

Einen Moment lang kaute sie unschlüssig auf der Unterlippe herum, dann atmete sie tief durch und zwang sich dazu, mit unbeschwerter Stimme fortzufahren.

»Karl und ich haben inzwischen auch die Mensa erkundet. Du weißt ja selbst, wie gern ich esse, und glücklicherweise gibt es hier noch ein paar Sphinxianer, deren Stoffwechsel ebenso läuft wie meiner. Das bedeutet, man wird mich hier zwischen den offiziellen Essenzeiten nicht verhungern lassen. Außerdem ...«

Sie stockte erneut. Sich zu wünschen, Anders wäre hier,

brachte ja nichts. Gemeinsamer Alltag war nicht drin. Also weiter im Text.

»Nun, ich fand's spannend von deinen Abenteuern mit den Felsenkrähen zu hören ... okay, ich habe mich auch ganz schön erschrocken! Beim Rest deiner Geschenkejagd sollte jetzt aber nichts mehr so schiefgehen können ... hoffentlich zumindest! Erzähl mir einfach alles haarklein, ja?«

Sie wollte noch mehr sagen, wollte ihn wissen lassen, wie viel mehr Spaß sie hätte, wenn er hier und jetzt bei ihr wäre, aber sie wusste nicht, ob sie dann nicht doch noch in Tränen ausbräche. Also hauchte sie nur eine Kusshand in Richtung Aufzeichner. »Ich vermisse dich! Ganz schrecklich!«

Scharfauge war zutiefst beunruhigt. Während der letzten Spanne an Tagen hatte er einen Ort gesucht, den sein Clan – den er jetzt schon selbst im Geiste, an einem versteckten Ort zumindest, Clan Ohne Revier nannte – aufsuchen könnte. Angesichts der Feindseligkeit, die Schwimmers-Schrecken an den Tag gelegt hatte, befürchtete Scharfauge schon, der Weg ins Tiefland könnte gefährlich werden. Wenn es nach ihm gegangen wäre, hätte er die Überreste seines Clans in das Revier des Clans vom Hellen Wasser geführt und auf die allgemein bekannte Großzügigkeit dieses Clans vertraut. Doch die Älteren seines Clans, die bedauerlicherweise die Mehrheit der Überlebenden stellten, wiesen diese Möglichkeit kategorisch von sich.

*Lieber sterben wir allesamt,* hatte der alte Saurer-Magen gesagt, zugleich der älteste Jäger und der beste Feuersteinbehauer des Clans, *als uns von den Zwei-Beinen ebenso verderben zu lassen, wie das dem Clan vom Hellen Wasser widerfahren ist.*

Dass Saurer-Magens beste Zeit als Jäger längst hinter ihm lag, war für ihn bedeutungslos – ebenso wie die Begründung für seinen jetzigen Namen: Er war mittlerweile so alt geworden, dass seine Verdauung ihm Schwierigkeiten machte. Sein Gebrechen nahm er als Beleg seines hohen Alters, und sein hohes Alter war ihm Grund genug, anzunehmen, seine Meinung sei mehr wert als die eines jeden anderen.

Scharfauge konnte dem nicht zustimmen, doch ihm blieb keine andere Wahl, als sich zu fügen – es sei denn, er wäre bereit gewesen, den Clan noch weiter zu verkleinern und ihm zugleich denjenigen zu nehmen, der ihnen die Steinwerkzeuge fertigte. Hätte Breitohr oder eine der anderen Sagen-Künderinnen überlebt, hätte sie vielleicht die Entscheidung der Ältesten zurückweisen können, aber Kleiner-Chor war noch keinen ganzen Spannenlauf alt und damit viel zu jung, um als erwachsen angesehen zu werden. Daran, dass sie die Verantwortung als Sagen-Künderin des Clans übernähme, war nicht einmal zu denken.

Zudem konnte Scharfauge seine eigene Sicht der Dinge noch aus einem anderen Grund nicht durchsetzen: Vor den gewaltigen Feuern hatte er zu den Jüngsten unter den Kundschaftern gehört. Dass viele der älteren und erfahreneren unter ihnen gestorben waren – darunter auch sein geliebter Lehrmeister –, als sie nach einem Weg gesucht hatten, wenigstens die Älteren und die Neugeborenen in Sicherheit zu bringen, sprach nun nicht gerade für ihn. Ja, Scharfauge war jetzt der älteste und erfahrenste Kundschafter ... aber zumindest nach Ansicht von Leuten wie Saurer-Magen lag das nicht daran, dass er es sich verdient hatte, sondern daran, dass er selbst zu sehr auf sein eigenes Leben bedacht gewesen war, um wie die anderen selbstlos zu handeln.

Und so war die Entscheidung gefallen, in die tiefsten Niederungen des eigenen Reviers hinabzusteigen und dort auf das

Beste zu hoffen. Dabei war das eigentlich weniger eine gut gewählte Entscheidung als pure Notwendigkeit, denn die Kälte kam näher und näher. Scharfauge vermutete, der Clan der Baumhüter meine, sie hätten jetzt schon die Grenzen des fremden Reviers überschritten, doch bislang hatte der andere Clan dies toleriert. Wie lange das aber noch so bleiben würde, wie weit sie wohl auf diesem fremden Revier noch kämen, das vermochte Scharfauge nicht einmal zu erraten.

Er konnte nur hoffen, dass die ihnen gewährte Gnadenfrist ausreichte, um für seinen Clan eine neue Heimat zu finden.

Obwohl alle Anders ihre Hilfe beim Rest der Schnitzeljagd anboten, hielt keine der restlichen Etappen Überraschungen der bedrohlichen Art für ihn bereit. Das vielleicht Gefährlichste war der Flug hinüber zur Insel, auf der Stephanie und die anderen während des Feuers alles in ihrer Macht Stehende getan hatten, um Ohnefurchts Clan zu retten. Doch die Gefahr dort ging eher von Menschen aus als von der Umgebung: Die Insel lag zwar auf öffentlichem Land, grenzte aber an eine Parzelle, die der Familie Franchitti gehörte – und die Franchittis waren fest davon überzeugt, Tiere seien dazu da, geschossen, gejagt oder eingepfercht zu werden, aber doch nicht etwa *geschützt!* Schon mehrmals hatte man ihnen angesichts schwerer Vergehen gegen Fauna und Flora dieser Welt einen offiziellen Verweis erteilt – mit dem Erfolg, dass die Familie jetzt sehr genau darauf achtete, wer ihren Luftraum verletzte.

Anders blieb also stets im öffentlichen Luftraum und mied sogar die Grenzbereiche. Sollte tatsächlich ein Franchitti irgendwo lauern, um vermeintlichen Eindringlingen Bescheid zu stoßen, gab Anders ihm keinerlei Grund dazu.

Das Geschenk, das Anders schließlich fand, war jede einzelne Minute Anstrengung wert – wobei die Schnitzeljagd selbst bereits ein wunderbares Geschenk gewesen war. Genau das schrieb er auch in der nächsten Nachricht an Stephanie.

»Auf diese Weise hatte ich das Gefühl, du wärest bei mir«, diktierte er und setzte jedes Wort mit Bedacht. »Es war, weil du kurz vor mir dort gewesen bist, immer so, als könnte ich deine Anwesenheit noch spüren. Manchmal schien mir, wenn ich mich nur noch ein bisschen mehr beeilen würde, könnte ich dich noch erwischen, bevor du aufbrichst, oder vielleicht sogar die Hand nach dir ausstrecken und dich berühren.«

Gern hätte er noch mehr gesagt, doch es war viel schwieriger, übers Küssen zu reden, als es zu tun. Schon komisch.

Stephanie hatte es geschafft, ein Geschenk auszusuchen, das zugleich praktisch und romantisch war – genau wie das Mädchen, das Anders dieses Geschenk gemacht hatte. Es war ein selbst gemachtes Armband für sein neues UniLink. Sie hatte es in der Werkstatt ihres Vaters angefertigt und auf der Innenseite etwas eingraviert, sodass die Worte wie eine Liebkosung auf seiner Haut lagen: ›Für Anders, von seiner Steph. Selbst die Leere zwischen den Welten vermag Herzen nicht zu trennen.‹

Dad grinste, als Anders ihm das neue Armband zeigte.

»Ich muss zugeben, dass ich nicht sonderlich überrascht bin«, sagte er und bewunderte die bemerkenswerte Handarbeit. »Sie hat mich gefragt, was du von uns bekommst. Das ist eine wirklich außergewöhnliche junge Dame. Ich wünschte, sie wäre noch hier auf Sphinx.«

Trotz all der anderen Veränderungen, die Anders an seinem Vater aufgefallen waren, bezweifelte er, dass er diesen Wunsch aus Mitleid mit seinem armen, einsamen Sohn hegte. Deswegen fragte er: »Machst du dir immer noch Sorgen wegen dieser

Anthropologie-Touristen? Hast du denn noch etwas über sie herausgefunden, was im direkten Umgang mit ihnen vielleicht weiterhilft?«

»Nicht allzu viel«, antwortete sein Dad düster. »Nach immerhin zwölf Tage wissen wir all der Signalverzögerungen wegen, mit denen man sich selbst innerhalb dieses Sonnensystems herumschlagen muss, bislang nur, was wir selbst an Material mitgebracht haben – und das, was in den Datenbanken der Manticoraner verzeichnet ist. Langston und ich sind natürlich auch noch den Literaturverweisen nachgegangen, die uns Sanura Hobbard geschickt hat.«

»Und?«

»Also, wenn das wirklich die Autorinnen und Autoren besagter Artikel sind, die sie zu sein behaupten, dann haben wir keinerlei Veranlassung, ihnen nicht zumindest die beruflich gebotene Höflichkeit entgegenzubringen.«

Anders verstand durchaus, warum sein Vater die Einschränkung ›die sie zu sein behaupten‹ hinzugefügt hatte: Die gesamte akademische Laufbahn, die ein gewisser Tennessee Bolgeo vorgewiesen hatte, war von Anfang bis Ende erlogen gewesen. Doch es wäre wohl ein wenig zu viel, darauf zu hoffen, dass genau das Gleiche ein zweites Mal geschähe ... auch wenn das der Whittaker-Expedition die Einmischung von Eindringlingen erspart hätte.

»Nein«, seufzte Dad, »es wäre sogar ziemlich kurzsichtig von uns, ihnen nicht in vernünftigem Maße Zugriff auf unsere bisherigen Erkenntnisse zuzubilligen. Mit ihren Artikeln über nichtmenschliche Intelligenz hat sich beispielsweise Dr. Radzinsky einen ziemlich guten Ruf erarbeitet. Sie ist zwar meines Erachtens arg konservativ, aber die jüngsten Entwicklungen hier dürften von großem Interesse für sie sein.«

»Aber das ist nicht die Einzige, die hierherkommt, oder?«

Dad schüttelte den Kopf. »Wenn die Umstände ein bisschen anders geartet wären, würde ich mich sogar darauf freuen, Gary Hidalgo persönlich kennenzulernen. Er interessiert sich ebenso wie ich für Archäoanthropologie. Nicht, dass ich seinen Schlussfolgerungen immer und überall beipflichten würde, das nun wirklich nicht, aber er weiß auf jeden Fall, was er tut. Er legt immens viel Wert darauf, dass die Kulturen von Ureinwohnern unkontaminiert bleiben. Deswegen wird er wahrscheinlich einen Tobsuchtsanfall bekommen, wenn er erfährt, dass der SFD einigen Baumkatzen Messer und Äxte zur Verfügung gestellt hat. Auf jeden Fall wird er sich lautstark dafür aussprechen, sie vor jeglicher *weiterer* Beeinflussung zu bewahren.«

Das klang für Anders jetzt gar nicht so schlecht. »Und sonst noch?«

»Ein Linguist ist auch noch dabei.« Mürrisch verzog Dad das Gesicht. »Ich hatte Kesia Guyen gebeten, ein paar Erkundigungen über den Mann einzuziehen. Seitdem ist Kesia beunruhigt. Anscheinend ist dieser Russell Darrolyn einer der führenden Köpfe auf dem Gebiet der nonverbalen Kommunikation.«

Eine gewisse Beunruhigung beschlich Anders. Er wusste, dass Stephanie und Doc Scott von Anfang an unsicher gewesen waren, ob es wirklich gut war, wenn man den Baumkatzen tatsächlich die Intelligenz zuspräche, die sie besaßen, oder ob es nicht vielleicht doch besser wäre, sie zumindest anfänglich – sozusagen ›offiziell‹ – zu unterschätzen. Vielleicht wäre es die bessere Vorgehensweise, wenn sich die Menschen erst einmal an diese fremde Spezies gewöhnen und sie nach und nach ins Herz schließen könnten, bevor sie sich mit der Tatsache befassen mussten, dass die Anwesenheit einer weiteren intelligenten Spezies auf dieser Welt zumindest für gewisse menschliche Interessenlagen eine unbestreitbare Bedrohung darstellte.

»Aber dass das ein Linguist ist, das ist doch gut, oder?«, fragte er schließlich nach. »Ich meine, Kesia hat doch bislang noch keinen Hinweis darauf gefunden, dass die Baumkatzen komplexe verbale Kommunikation betreiben, oder nicht? Vielleicht kann Dr. Darrolyn da ja neue Erkenntnisse beisteuern.«

Sein Vater schnalzte abschätzig mit der Zunge. »Ich bin mir nicht so sicher, dass er einen derartigen Beweis überhaupt vorlegen *will*. Laut Kesia reagiert Darrolyn allergisch auf jegliche potenzielle Form der Kommunikation, in der nicht deutlich erkennbare Worte in sinnstiftender Reihenfolge zu einem fein säuberlichen Satz aneinandergereiht werden.«

»Hä? Hast du nicht gerade gesagt, er sei Experte für *nonverbale* Kommunikation?«

»Ist er ja auch. Aber anscheinend legt Darrolyn äußerst strenge Kriterien an, wenn es darum geht, etwas als echte Kommunikation anzuerkennen. Kesia meint, dieser Kerl bezweifle ernsthaft, selbst zu kommunizieren ... nur dass er unbestreitbar auch Antworten erhält.«

Verblüfft blickte Anders seinen Vater an. Das war ja zum Kopfschmerzen bekommen! Gut, immer wieder gab es Spezialisten, die in ihrem Urteil besonders vorsichtig waren, aber das hier erschien Anders doch ein bisschen arg extrem. Andererseits hatte das vielleicht ein Gutes: Zumindest würde Dr. Darrolyn keine voreiligen Schlüsse ziehen ... wie etwa automatisch davon auszugehen, dass die Baumkatzen, weil sie nun einmal Empathen waren, auch Telepathen sein müssten. Ja, es klang sogar eher so, als müsste sich Darrolyn zunächst selbst davon überzeugen, dass die 'Katzen überhaupt *Empathen* waren, obschon mittlerweile reichlich Belege dafür vorlagen.

»Sonst noch wer?«

»Niemand, der so bedeutend wäre«, antwortete sein Vater

und klang dabei erkennbar beruhigt. »Natürlich hat jeder von denen immer noch einen oder zwei Mann Gefolge dabei, aber von denen hat keiner den gleichen wissenschaftlichen Leumund.«

»Weißt du, Dad, ich bin mir sicher, dass du das hinbekommst.«

»Trotzdem bin ich froh, dass sich Ms. Pheriss angeboten hat, Stephanies Posten zu übernehmen«, setzte Dad hinzu. »Wenn sie mit diesen Leuten redet, verschwendet sie wenigstens nur *ihre* Zeit, und ich kann mich um meine Arbeit kümmern!«

»Also, Ms. Harrington«, sagte Dr. Gleason, neigte den Kopf zur Seite und fixierte Stephanie mit seinem Blick, »was können Sie mir über Pfostenbäume sagen?«

Gleason, braunhaarig und braunäugig, war ein so schlanker Mann, dass er schon zierlich wirkte. Er war stets ein wenig aufgeregt und schien leicht fahrig. Er hielt es, da war sich Stephanie sicher, ohne dass er es je laut ausgesprochen hätte, für keine gute Idee, zwei ›Kindern‹ zu erlauben, sich vorzudrängeln und so echten Studierenden zwei Plätze an der forstwirtschaftlichen Fakultät wegzunehmen. Dabei waren seine Lehrveranstaltungen, wie Stephanie wusste, nicht gerade übermäßig gut besucht. In diesem Seminarraum saßen zum Beispiel nur achtzehn Personen – Karl und sie mitgezählt. Und die Art und Weise, wie er das ›Ms.‹ jedes Mal betonte, wenn er sie gezielt ansprach, gefiel ihr überhaupt nicht. Diesen herablassenden Tonfall hatte sie schon von entschieden zu vielen Erwachsenen über sich ergehen lassen müssen.

»Pfostenbaum ist der Oberbegriff für mindestens sechs verschiedene Spezies der Gattung *Neo-ulmus Sphinx*«, antwortete sie. »Allerdings ist der von den Landvermessern gewählte

Name *ulmus* zumindest irreführend: Sonderlich viel Ähnlichkeit mit der Ulme von Alterde besitzt der Pfostenbaum nicht. Wenn überhaupt lässt er sich eher als eine Kreuzung aus einer terranischen Weide und der beowulfianischen Esche beschreiben. Am häufigsten sind der graue Pfostenbaum, der Gelblaubpfostenbaum und der Bergpfostenbaum sowie der Magnolienpfostenbaum und der Schmalblattpfostenbaum. Sosehr sich diese Spezies in ihrem äußeren Erscheinungsbild auch unterscheiden, vor allem im Herbst, gehören sie doch taxonomisch gesehen eindeutig alle zur gleichen immergrünen Gattung. Das Bemerkenswerteste an Pfostenbäume ist wohl, dass sie sich nicht geschlechtlich, sondern rein vegetativ fortpflanzen. Dabei nutzen sie eine Art Proto-Stolon, der weit oberhalb des Mutterbodens aktiv ist. Diese Sprossausläufer lassen sich von den gewöhnlichen Ästen der Pfostenbäume leicht unterscheiden, weil sie immer in Vierergruppen auftreten, immer im rechten Winkel zueinander. Dabei wachsen sie exakt horizontal zehn bis fünfzehn Meter weit. Dort bilden sie dann Brutknospen, die sich zu Stängelknoten auswachsen und jeweils eine Wurzelfaser hervorbringen, die senkrecht dem Waldboden entgegenwächst. Jede dieser Wurzelfasern begründet dann als Ausläufer der Ursprungspflanze einen neuen Hauptstamm, der seinerseits wieder Stolonen ausbildet. Treffen die Stolonen zweier Pfostenbäume zufälligerweise aufeinander, vereinigen sie sich. An der Vereinigungsstelle wächst dann wieder eine Wurzelfaser in den Waldboden. Wegen dieser eigentümlichen Fortpflanzungsmethode ist es schwer zu entscheiden, wo der eine Pfostenbaum endet und der nächste beginnt – oder ob das überhaupt eine zutreffende Beschreibung ist. Studien lassen vermuten, dass die sich vereinigenden Stolonen bei der Ausbildung der neuen Wurzelfaser ihr Erbgut vereinigen, sodass der neue Stamm, der sich aus dieser Wurzelfaser entwickelt, kein Klon der einen beziehungsweise der anderen Mutterpflanze ist: Er ist ein neues Individuum, obwohl er mit beiden Bäumen, aus denen er hervorgegangen ist, nach wie vor körperlich verbunden ist. Es wird spekuliert, dass ...«

»Ähm, ja, das ... das reicht dann erst einmal, Ms. Harrington«, fiel ihr Gleason ins Wort. Seine Augen waren größer und größer geworden, während Stephanie die Erklärung heruntergerattert hatte. Aus dem Augenwinkel sah sie, dass Karl heldenhaft gegen ein Grinsen ankämpfte. Sie hoffte, dass Gleason nicht gerade zu ihm hinüberschaute, und lächelte den Dozenten gewinnend an.

Mehrere Sekunden lang betrachtete Gleason sie nachdenklich und schweigend, und Stephanie ertappte sich (wieder einmal) bei dem Gedanken, wie gern sie Löwenherz in den Seminarraum mitgenommen hätte. Bedauerlicherweise gehörte Gleason offenkundig zu der Fraktion innerhalb der Fakultät, die der Ansicht war, eine Baumkatze störe den Lehrbetrieb. Stephanie war sich zwar nicht sicher, aber sie vermutete, Dr. Gleason wäre Vertreter der These, die Körpermasse der Baumkatzen sei zu gering, um ein hinreichend differenziertes Gehirn zu entwickeln, das echte Intelligenz ermöglichen würde.

*Andererseits hat er ja offenkundig auch geglaubt,* bei mir *liege keine echte Intelligenz vor,* dachte sie. Ihre Mutter hätte diese Bemerkung als schnippisch klassifiziert, aber das war Stephanie in diesem Augenblick herzlich egal.

Auf jeden Fall konnte ihr Dozent unmöglich berücksichtigt haben, aus welchem Elternhaus sie stammte, wenn er glaubte, sie mit einer solchen Frage aus dem Konzept bringen zu können.

»Ja ... also.« Gleason gab sich sichtlich einen Ruck, dann blickte er sich im Seminarraum um. Glücklicherweise hatte Karl seine Mimik inzwischen wieder unter Kontrolle.

»Wie Ms. Harrington gerade so ... sachkundig zusammengefasst hat, ist die Fortpflanzungsweise der Pfostenbäume höchst ungewöhnlich. Offenkundig bietet sie einige Überlebensvorteile, zugleich aber ist sie auch der Grund dafür, dass sich Krankheiten oder parasitärer Befall bei einem Pfostenbaumsystem nahezu ungehindert ausbreiten können. Es gibt noch weitere Nachteile, etwa die Brandgefahr – wie die entsprechenden Geschehnisse auf Sphinx kürzlich wieder gezeigt haben. Aber die Geschwindigkeit, mit der Pfostenbäume wachsen und sich vermehren, ist durchaus bemerkenswert. Da Pfostenbäume auf Sphinx derart weit verbreitet und zentral für das gesamte Ökosystem sind und mehr als die Hälfte von Ihnen, meine Damen und Herren, nach Abschluss der entsprechenden Kurse wieder nach Sphinx zurückkehren wird, erscheint es mir sinnvoll, gemeinsam Vorteile und Risikofaktoren etwas genauer zu betrachten.

Also, Ms. Telford? Wie würden Sie, ausgehend von dem, was Ms. Harrington gerade angesprochen hat, die Art und Weise beschreiben, in der ...«

»Ich dachte schon, dem alten Gleason kracht die Kinnlade bis zum Boden herunter, Steph!«, gluckste Carmen Telford, während sie, Stephanie und Karl zur nächsten Veranstaltung hinüberschlenderten.

»Was hat Gleason denn eigentlich für ein Problem?«, fragte Karl, und Carmen zuckte mit den Schultern.

Sie war Mitte zwanzig, mindestens fünf oder sechs T-Jahre älter als Karl – und ebenso wie er auf Sphinx geboren. Ihr Vater war Eduardo Telford, Baron von Crown Oak. Ihm und Carmens zahlreichen Onkeln und Tanten gehörten mehrere tausend Quadratkilometer unberührten Waldes. Sie beabsichtigten zwar, dort Nutzholz zu gewinnen, aber zugleich legten sie auch Wert darauf, das Ökosystem zu erhalten. Carmen war hier auf Manticore, um die besten Waldbautechniken zur Wiederaufforstung und zur nachhaltigen Holzwirtschaft zu erlernen. Trotz des Altersunterschieds und der Tatsache, dass Stephanie nur die Tochter eines einfachen Freisassen war, vertrugen sich die beiden prächtig.

»Keine Ahnung«, antwortete Carmen. »Aber wenn ich raten müsste: Meines Erachtens glaubt er, ihr beide wäret doch nur wegen Ihr-wisst-schon-wem hier. Hier auf Manticore hat wohl niemand so recht die Nachrichten über die Waldbrände auf Sphinx im letzten Sommer verfolgt – und eure Rolle dabei. Also, Gleason auf jeden Fall nicht.« Sie schnitt eine Grimasse. »Er weiß, dass dein Dad ein Baron ist, Karl. Wahrscheinlich geht er davon aus, dass dein Vater ein bisschen seine Beziehungen hat spielen lassen, damit du und deine kleine Freundin hier«, mit dem Kinn deutete sie auf Stephanie, grinste dabei aber so breit, dass die ›kleine Freundin‹ wirklich nicht die geringste Kränkung darstellte, »jetzt Plätze im Seminar belegen dürft, die seiner Ansicht nach jemand anderem zugestanden hätten. Das mit dem ›Ranger auf Probe‹ nimmt er wohl kein bisschen ernst. Aber Steph hat ihm doch einen prima Dämpfer verpasst, stimmt's?«

»Mist, das hätte ich nicht machen sollen.« Stephanie schüttelte den Kopf und seufzte. »Mom sagt immer: ›Mit Honig fängt man mehr Fliegen als mit Essig.‹«

»He, so wie ich deine Mom kenne«, widersprach Karl und gab ihr einen Klaps auf die Schulter, »hätte sie dich sogar noch angefeuert, nachdem der Typ dich derart von oben herab behandelt hat!«

*Stimmt,* entschied Stephanie. Und selbst wenn nicht, war es trotzdem sehr nett von Karl, Partei für sie zu ergreifen ... wie echte Freunde es füreinander taten. Was nicht zuletzt Karl ihr beigebracht hatte.

Sie lächelte ihn dankbar an. »Na ja, auf jeden Fall hätte mir Mom dafür keine geklebt«, räumte sie ein. Dann warf sie einen Blick auf das Display ihres UniLinks und riss die Augen auf. »Ach du meine Güte, wenn wir jetzt nicht in die Hufe kommen, dann schaffen wir es nicht mehr pünktlich zur Vorlesung! Kommt schon!«

# 8

Die Tage nach Stephanies Abreise wurden zu Wochen. Anders vermisste sie sehr. Immerhin gab es Ablenkung, und das mehr als genug: Er half beim Projekt seines Vaters mit und unternahm viel mit seinen neuen sphinxianischen Freunden. Fast jeden Tag schickte er Stephanie eine Nachricht, um sie auf dem Laufenden zu halten, wie es ihren Freunden ging und was sich auf der Welt insgesamt ereignete. Stephanie schien auf Manticore unglaublich eingespannt zu sein, und trotzdem versuchte auch sie, fast jeden Tag wenigstens eine kurze Nachricht abzusetzen.

Anders sorgte dafür, dass er zur Verfügung stand, als die Gruppe Xenoanthropologen, die alle nur die ›Touristen‹ nannten, auf Sphinx eintrafen. Auch Chet und Christine waren mit von der Partie: Sie waren offiziell bestellte Fremdenführer im neuen Touristenprogramm, das der SFD und die Sphinxianische Fremdenverkehrsbehörde gemeinsam aufgelegt hatten. Bis vor Kurzem war der SFD noch ganz allein mit der recht überschaubaren Zahl an Sphinxtouristen zurechtgekommen. Aber zu den Nachwehen der schrecklichen Flammenzeit gehörte, dass vor allem Personalressourcen im Forstdienst weiterhin knapp waren, aber die Baumkatzen der Ereignisse in Sphinx' Wäldern wegen nun deutlich mehr ins Bewusstsein der Öffentlichkeit gerückt waren.

Dass der Zugang zu Gebieten, die man von Baumkatzen besiedelt wusste, strikt untersagt war, schien dabei bedeutungslos. Uninformierte Besucher glaubten, sie könnten mühelos eine Gruppe Baumkatzen finden und sich adoptieren lassen – und hätten dann ein niedliches Schoßtier, das sie mit nach Hause nehmen könnten. Immer wieder fanden sich auch Touristen, die unbedingt einen Hexapuma, einen Gipfelbären oder irgendeinen anderen Vertreter der Groß-Fauna von Sphinx ›einsacken‹ wollten. Erfreulicherweise suchte die überwiegende Mehrheit der Besucher jedoch deutlich weniger dramatisch nach Abenteuer: Ihnen reichte es, spektakuläre Aufnahmen von Kondoreulen anzufertigen oder von Kroneneichen in deren schönstem Herbstkleid – oder sie genossen einfach den schlichtweg atemberaubenden Anblick des Megana Canyon oder der Mikal Falls.

Trotzdem gab es im Urwald von Sphinx immer noch reichlich Möglichkeiten, zu Schaden zu kommen, und die hoffnungslos überarbeiteten Ranger des ebenso hoffnungslos unterbesetzten SFD konnten nun einmal nicht überall gleichzeitig sein. Genau da kam das neue Touristenprogramm ins Spiel. Die dafür ausgewählten Fremdenführer erhielten ein – bescheidenes – Entgelt dafür, den Touristen die Sehenswürdigkeiten zu zeigen, Fragen zu beantworten und bei Bedarf Sonderwünsche an die Ranger weiterzuleiten. Sie konnten den Touristen auch dabei behilflich sein, einen Angel- oder Jagdschein zu beantragen und gegebenenfalls eine erste Einschätzung abzugeben, wann immer ein Tourist fest davon überzeugt war, eine völlig neue Spezies entdeckt zu haben. Und angesichts des Bolgeo-Zwischenfalls – und auch des *Whittaker*-Zwischenfalls! – gehörte es ebenfalls zu ihren Aufgaben, nach Wilddieben Ausschau zu halten ... und nach jener Sorte Touristen, die dämlich genug waren ›den Hexapuma streicheln zu wollen‹, wie es Frank Lethbridge ausdrückte.

Und es gab *immer* jemanden, der tatsächlich dämlich genug war, den Hexapuma streicheln zu wollen.

*Oder die Sumpfsirene zu füttern*, ging es Anders durch den Kopf; beinahe hätte er laut aufgelacht. Obwohl er zugeben musste, dass es damals – *Na, so lange ist das noch gar nicht her!* – überhaupt nicht lustig gewesen war.

Er war wirklich froh, dass man das Fremdenführerprogramm ins Leben gerufen hatte. Es verhinderte, dass Besucher von Sphinx zu Schaden kamen – und das Gehalt verschaffte Chet und Christine ein wenig zusätzliches Taschengeld. Jessica nahm an diesem Programm nicht teil; sein Vater jedoch hatte dafür gesorgt, dass ihr die Urako University eine Aufwandsentschädigung zahlte: Schließlich unterstützte sie seine Expedition und stand ihm bei Bedarf mit ihrer – und Ohnefurchts – Sachkenntnis zur Verfügung. Ursprünglich hatte Jessica das Geld überhaupt nicht annehmen wollen, doch Anders' Dad hatte sie überzeugen können, es sich doch noch einmal zu überlegen: Er hatte ihr dargelegt, dass sie die Zeit, die sie für ihn als Verbindungsperson zu den Baumkatzen tätig war, unmöglich anderweitig nutzen könne. Damit hatte er natürlich voll und ganz recht, und Anders war froh, dass seinem Vater dieses wirklich schlagende Argument eingefallen war – obwohl er sich gelegentlich fragte, ob dessen Großzügigkeit nicht doch vornehmlich aus dem Wunsch gespeist war, Jessica möge eher dem Whittaker-Team als den Neuankömmlingen zur Verfügung stehen. Wie dem auch sei: Auf diese Weise wurde das Familieneinkommen der Pheriss' angenehm aufgestockt. Jessica sprach zwar nicht gern darüber, aber Anders wusste, dass jedes Zubrot eine Erleichterung für die Familie war, und so freute er sich für Jessica.

Derzeit standen sie vier, Anders, Jessica, Chet und Christine, im hinteren Teil der Gruppe, die sich eingefunden hatte, um die Neuankömmlinge zu begrüßen. Sein Vater und Dr. Nez waren die offiziellen Vertreter der Whittaker-Expedition. Eigentlich hätte wohl auch Dr. Emberly hier sein müssen, doch Dad hatte darauf bestanden, dass sie ihre Arbeit an der Grabungsstätte fortsetzte.

Offizieller Repräsentant des SFD war Chief Ranger Shelton,

begleitet von Ainsley Jedrusinski, der die Aufgabe zugefallen war, als Verbindungsperson für Neuzugänge und SFD zu fungieren. Außerdem waren noch reichlich andere Leute anwesend, die Anders nicht kannte – darunter eine Frau von der Tourismusbehörde und eine kleine Gruppe Vertreter jener manticoranischen Stiftung, die für die Einreise der neuen Experten gesorgt hatte und nun sicherstellen wollte, dass sie wie echte VIPs behandelt wurden.

Als Erstes entstieg Dr. Sanura Hobbard von der Landing University dem Shuttle. Sie war eine alte Freundin und Mitglied des inoffiziellen ›Vereins der Freunde der Baumkatzen‹. Ihr folgte eine burschikose Frau mit sonnengebräunter Haut und ganz offenkundig künstlich rotem Haar. Sie hatte eine seltsam runde Stupsnase, was ihr eine gewisse Ähnlichkeit mit einem Clown verlieh. Dem Blick aus ihren dunklen Augen schien nichts zu entgehen.

»Dr. Cleonora Radzinsky«, erklärte Christine im Flüsterton, ohne den Blick auf ihr UniLink zu werfen. »Spezialistin für nichtmenschliche Intelligenz, aber in ihren Analysekriterien offenkundig äußerst humanozentrisch.«

Als Nächstes kam ein großer, dünner Mann. Das graue Haar trug er sehr kurz – was Anders wenig vorteilhaft erschien. Der Bürstenhaarschnitt betonte nämlich unvorteilhaft seine abstehenden Ohren. Er hatte auffallend große Hände mit ebenso auffallend dicken Fingerknöcheln, die eine Tragetasche hielten. Sein Auftreten hatte etwas unverkennbar Herausforderndes: als warte er nur darauf, dass jemand die Tasche ohne seine ausdrückliche Erlaubnis anzufassen versuchte.

»Das muss Dr. Hidalgo sein«, vermutete Chet. »Ich wette, dein Dad und er werden sich schon bald ein paar heftige Wortgefechte liefern!«

Anders nickte, doch sein Blick war jetzt ganz auf den Mann

fixiert, der hinter Dr. Hidalgo dem Shuttle entstieg. Dr. Russell Darrolyn war klein und untersetzt, beinahe die Verkörperung des direkten Gegenteil des Mannes vor ihm. Sein Haar war von einem langweiligen Braun, was nur mit einer wirklich schlechten Tönung zu erklären war; seine Körpersprache war lebhaft, was ihn aufgekratzt wirken ließ. Er war das einzige der drei leitenden Expeditionsmitglieder, das beim Aussteigen lächelte.

Die drei waren fein säuberlich nacheinander ausgestiegen, in exakt dem gleichen Abstand zueinander, beinahe wie Schauspieler, die ihre Plätze auf einer Bühne einzunehmen hatten. Erst mit einigem Abstand zu Dr. Darrolyn stiegen auch die anderen Expeditionsmitglieder aus – was dann deutlich ungezwungener ablief. Der eine oder andere von ihnen schloss sich der Gruppe an, die sich um Dr. Hobbard und Dr. Whittaker versammelt hatte. Erst danach stiegen auch die andern Reisenden aus: die üblichen Geschäftsreisenden, Familien auf Besuch bei Freunden und dergleichen mehr.

*Eines Tages werde ich hier stehen und darauf warten, dass Stephanie aussteigt,* dachte Anders. *Aber das dauert noch mehr als zwei Monate ...*

Schließlich wurden die jungen Leute mit einer Handbewegung aufgefordert, sich ebenfalls der Gruppe anzuschließen – und natürlich zogen Jessica und Ohnefurcht augenblicklich einen Großteil der allgemeinen Aufmerksamkeit auf sich.

Die zahllosen Fragen, die Jessica entgegenbrandeten, beantwortete sie angemessen höflich und sachlich; ein wenig schärfer wurde ihr Ton nur, als eine der Assistentinnen voller Begeisterung ausrief: »Ach, der sieht so schön flauschig aus! Darf ich den mal kraulen?«

»Nur wenn er Sie auch kraulen darf!«, fauchte Jessica. »Ernsthaft, jetzt: Würden Sie einen Chow-Wolf kraulen, wenn Sie ihm zum ersten Mal begegnen?«

Chow-Wölfe waren auf Trebuchet heimisch, und Anders wusste, dass Jessica dort mehrere Jahre gelebt hatte. Diese Tiere waren ähnlich groß wie Baumkatzen und ebenso schön flauschig.

Die Assistentin starrte sie erstaunt an. »Nein, natürlich nicht! Man weiß doch, dass sie bösartig sind.«

»Tja«, fuhr Jessica fort, »bösartig sind Baumkatzen nicht. Aber es ist immer besser dafür zu sorgen, dass sich ein Tier erst einmal an einen gewöhnen kann, bevor man davon ausgeht, man könnte es gefahrlos kraulen – das gilt auch für reine Pflanzenfresser. Und hier auf Sphinx gibt es eine ganze Reihe Tierarten, die ihnen voller Freude einen Arm abbeißen, wenn Sie ihnen auch nur die geringste Gelegenheit dazu bieten.«

Die Assistentin – sie hieß Gretta Grendelson – verzog pikiert das Gesicht. »Ich hab ja wenigstens gefragt!«

Sanft tätschelte Ohnefurcht Jessicas Wange, dann reckte er sich von seinem Platz auf ihrer Schulter der fremden Frau entgegen und schnupperte an Ms. Grendelsons Fingern. Kurz bliekte er auf, dann zupfte er sanft an ihrem Haar.

Ms. Grendelson quietschte zwar auf, schien aber nicht ungebührlich entsetzt – vielmehr wirkte sie sogar hocherfreut.

Dr. Radzinsky lachte leise in sich hinein. »So, Gretta, soeben wurden Sie von einer Baumkatze gekrault. Das muss man auch erst einmal schaffen!«

Sie wandte sich der Frau von der Tourismusbehörde zu. »Es ist sehr freundlich von Ihnen, dass Sie uns so zahlreich willkommen heißen, aber wir würden jetzt wirklich gern erst einmal in unser Hotel. Die ersten Tage werden wir in Yawata Crossing bleiben, aber dann gehen wir vermutlich nach Twin Forks, um Dr. Whittakers Team auch räumlich näher zu sein.«

»Das erscheint mir durchaus sinnvoll, Dr. Radzinsky. Bitte, hier entlang.« Die Frau von der Tourismusbehörde winkte

Chet und Christine zu sich. »Würdet ihr wohl bitte mitkommen?«

Die Gruppen und Grüppchen teilten sich auf. Anders warf Jessica einen Blick zu, dann deutete er mit dem Kinn in Richtung der Neuankömmlinge, die sich nun entfernten.

»Begleitest du sie?«

Jessica runzelte die Stirn. »Nein, ich glaube nicht. Das könnte ich zwar machen, aber im Augenblick werde ich hier einfach nicht gebraucht. Später, wenn sie sich ein bisschen mehr mit der Landschaft auseinandersetzen, schließe ich mich vielleicht an. Das hatte ich zumindest ursprünglich vor. Aber jetzt weiß ich gar nicht mehr, ob das so eine gute Idee ist.«

»Wieso denn nicht?«, fragte Anders sofort nach, und Jessica blinzelte, als hätte sie seine Anwesenheit erst jetzt bemerkt.

»'tschuldige, Anders. Soll ich dich mitnehmen?«

Anders zuckte mit den Schultern. »Ich kann mit Dad und Dr. Nez mitfahren, aber die werden vermutlich erst einmal ausgiebig über die Neuankömmlinge reden. Hätte nichts dagegen, mir das zu schenken.«

»Ich könnte dich bis nach Twin Forks mitnehmen.«

»Wenn ich nicht störe ...«

Jessica schüttelte den Kopf. »Nein, gar nicht. Ich bin froh, dich dabeizuhaben.«

Über UniLink sagte Anders seinem Vater Bescheid, dann gingen sie gemeinsam zu Jessicas treuer alter Mühle hinüber. Nachdem sie abgehoben hatten, bemerkte Anders, dass Jessica immer noch die Stirn runzelte.

»Was ist los, Jess? Ich dachte, du wärest froh, bei alldem hier mitmachen zu können.« *Außerdem,* setzte er lautlos hinzu, *kannst du das Geld doch wirklich gebrauchen.*

»Bin ich ja auch«, bestätigte Jessica. »Aber Ohnefurcht ... Ich bin einfach nicht so gut wie Steph dabei, *meine* Reaktion auf *seine* Reaktion zu beobachten … oder überhaupt herauszukriegen, worauf er eigentlich reagiert. Schon gar nicht in so großen Menschenmengen.«

Anders zuckte mit den Schultern. »Du hattest ja auch nicht gerade viel Zeit, das zu üben, oder? Was ist denn mit Ohnefurcht?«

»Jemanden von der Gruppe hat er überhaupt nicht gemocht – vielleicht sogar mehrere Personen. Ich habe das Gefühl, dass er zumindest einigen davon lieber weiträumig aus dem Weg gehen würde.«

»Was hat ihm denn nicht gefallen? Getätschelt zu werden?«

»Nein. Obwohl ich da so hart reagiert habe, scheint er diese blöde Gretta sogar zu mögen. Die ganze Tätschelei und Kraulerei macht ihm wohl gar nicht so viel aus. Fast jeden Abend lässt er sich von meinen kleinen Schwestern das Fell bürsten. Gestern hat ihm Tiddles sogar eine Schleife um den Hals gebunden, und er hat das mit lobenswerter Geduld ertragen – obwohl er sie abgestreift hat, kaum dass die Kleine eingeschlafen war. Nein, hinter seiner Abneigung steckt mehr als das.«

Eine Weile steuerte sie den Flugwagen schweigend, doch dann seufzte sie. »Ich sollte wohl mehr Zeit mit den neuen Anthropologie-Touris verbringen, damit Ohnefurcht klarer herausfindet, wen davon er nicht mag. Aber 'Katzen sind nun einmal wirklich ganz anders als wir. Gerade weil sie empathisch sind, ist es für die richtig unangenehm, sich in der Nähe von jemandem aufzuhalten, den die nicht mögen – das ist fast schon schmerzhaft.«

»Ich weiß noch, dass Steph mir erzählt hat, Löwenherz hätte jedes Mal gefaucht und geknurrt, wenn er Bolgeo gespürt hat.«

»Genau. Natürlich haben wir keinen Grund anzunehmen, wir hätten es hier mit noch so einem Bolgeo zu tun. Ich könnte mir vorstellen, dass es eine ganze Menge Typen von Menschen gibt, die Ohnefurcht nicht mag – vielleicht die Überehrgeizigen, oder die, die ständig alle anderen zu manipulieren versuchen, weißt du?«

»Ja, ich glaube, ich verstehe, was du meinst. Aber dir ist schon klar, dass genau diese Charakterzüge gerade in dieser Gruppe ziemlich heftig vertreten sein werden, oder? Du kennst ja meinen Dad, also weißt du, was für ein Menschenschlag das ist. Wissenschaftler, die auf ihrem Fachgebiet zur Spitze gehören, sind fast alle unglaublich wettbewerbsfixiert. Lass es doch einfach auf dich zukommen, ja?«

Jessica nickte. »Genau das mache ich. He, danke übrigens, dass du mir zugehört hast.«

»Jederzeit gern.« Anders grinste. »Wirklich jederzeit!«

»Vergessen Sie also nie, was das Wichtigste ist, wann immer Sie einen mutmaßlichen Tatort zum ersten Mal begehen«, erklärte Dr. Flouret; er stand mitten in der holographischen Projektion. »Nichts anfassen, nichts einschalten! Sobald Sie mit Beweismitteln interagieren, werden diese dadurch verändert.«

Der breitschultrige, blonde Dozent blickte seine Studierenden der Reihe nach streng an. Er erinnerte Stephanie an eine Figur, die sie einmal in einem alten HD gesehen hatte – es zeigte, wie sich dessen Produzenten zumindest Alterde vor der Diaspora vorgestellt hatten. Die Figur, um die es gegangen war, war ebenfalls Dozent gewesen, und um eine natürliche Fehlsichtigkeit auszugleichen, hatte er eine Brille mit geschliffenen Gläsern getragen – wirklich aus Glas, ganz ohne Elektronik oder dergleichen. Er schob sie immer fast bis an die Nasenspitze und blickte dann über den Rand hinweg zu seinen Zuhörern hinüber. Stephanie war sich sicher: Wäre auch Dr. Flouret auf eine solche Brille angewiesen, er hätte es ganz genau so gehandhabt. Und obwohl er immer ein wenig geistesabwesend wirkte, gehörte Flouret zweifellos zu den intelligentesten Menschen, die Stephanie je kennengelernt hatte.

Ein alter Freund von Dr. Hobbard war er auch noch, auch wenn Stephanie und Karl sorgfältig alles vermieden, was auch nur den Eindruck erwecken könnte, sie versuchten, aus dieser gemeinsamen Bekanntschaft einen Vorteil zu ziehen. Dr. Hobbard hatte ihnen zwar gesagt, sie könnten sich, sollte es Probleme geben, jederzeit an Dr. Flouret wenden und sich gern auch auf sie berufen, doch sie beide wollten keinesfalls den ›Notlukenschalter‹ betätigen – so hatte Karl es genannt –, solange es nicht wirklich unbedingt notwendig wäre.

Während der letzten Wochen hatten sie sich mit der forensischen Spurensuche und -auswertung sowie den dafür erforderlichen Gerätschaften und Werkzeugen befasst – von DNA-Schnüfflern bis hin zu altmodischen Meterstäben ... die aus unerfindlichen Gründen immer noch ›Zollstöcke‹ genannt wurden, dabei war das metrische System doch schon vor der Diaspora praktisch allgegenwärtig gewesen. Für eindeutige Befunde waren mehr Geräte und Werkzeuge erforderlich, als Stephanie jemals für möglich gehalten hätte, doch Dr. Flouret betonte wieder und wieder, die wichtigsten Werkzeuge in der Forensik seien nach wie vor das menschliche Auge und das zugehörige Gehirn. Entdeckungen und Vermessungen seien gänzlich nutzlos, so gab er zu bedenken, wenn niemand in der Lage sei, individuelle Befunde zu einer *akkuraten* Rekonstruktion der tatsächlichen Geschehnisse zusammenzufügen. Doch heute war es das erste Mal, dass sie einen echten ›Tatort‹ begingen (oder zumindest dessen holographische Reproduktion), und so musste Stephanie immens gegen ihre sonst so typische Neigung ankämpfen, loszustürmen und die Führung zu übernehmen. Sie hatte kräftig daran gearbeitet, das zu entwickeln, was ihre Mutter ›interpersonelle Fertigkeiten eines Erwachsenen‹ nannte. Denn Stephanie hatte feststellen müssen, dass mehrere der Studierenden, die älter waren als sie, es ihr verübelten, wenn sie auf alles ihr interessant Wirkende losstürmte.

»Bliek!«, sagte ihr jemand leise ins Ohr, und Schnurrhaare kitzelten ihr an der Wange. Was Stephanie für Dr. Flouret besonders einnahm, war, dass er anders als alle anderen Dozenten hier sie sogar ausdrücklich aufgefordert hatte, Löwenherz zu den Lehrveranstaltungen mitzunehmen. Stephanie wusste nicht, ob er damit seiner Freundin Dr. Hobbard einen Gefallen tun wollte oder ob er sich selbst für Baumkatzen interessierte. Aber sie wusste es auf jeden Fall zu schätzen. Das war ein weiterer Grund, warum sie sich hier auf gar keinen Fall in den Vordergrund drängen und anderen dabei auf die Füße treten wollte. Schließlich räumte man ihr ja schon ein besonderes Privileg ein: Sie durfte ihr ›Haustier‹ mitbringen.

»Beweismittel müssen gesammelt werden, damit man sie angemessen bewerten und analysieren kann«, fuhr der Dozent fort. »Das Sammeln muss so geschehen, dass die Beweismittel dabei nicht kontaminiert oder anderweitig verändert werden, und jedes einzelne Beweismittel ist zu dokumentieren. Gleiches gilt für die Untersuchungsergebnisse. Diese sind so zu sichern, dass sie jederzeit reproduziert werden können – nicht nur im Labor, sondern auch vor Gericht, wenn der oder die Ermittelnde die gezogenen Schlussfolgerungen vorstellt. Will man die Beweislage überzeugend präsentieren, muss man sich nicht nur seiner Schlussfolgerungen absolut sicher sein, sondern muss die zugehörige Beweiskette lückenlos und akkurat reproduzieren können, damit auch für Laien die Grundlage der vorgestellten Befunde nachvollziehbar ist. Jeder Schritt dieser Argumentationskette gehört zu den Aufgabenbereichen des Forensikers ebenso wie die dazu nötige Gewissenhaftigkeit, Unvoreingenommenheit und Ehrlichkeit. Sie, meine Damen und Herren, sollen *Schlussfolgerungen* ziehen, nicht etwa ein Urteil fällen! Es ist nicht nur Ihre rechtliche, sondern auch Ihre moralische Pflicht, dabei so unvoreingenommen wie möglich zu bleiben. Bevor Sie also den Schnüffler über das erste Beweisstück halten, bevor Sie auch nur den ersten Schritt an den Tatort setzen, zeichnen Sie alles auf: so viel Sie können, aus so vielen verschiedenen Blickwinkeln und mit so viel Detailtiefe wie irgend möglich. Bei jedem einzelnen Beweisstück müssen Sie genau wissen, woher es stammt. Sie müssen es in einem detaillierten Computermodell des Tatorts platzieren können, und Sie müssen sich ganz sicher sein, auch später noch bei jedem einzelnen Beweismittel den genauen Abstand und anderweitige räumliche Beziehung zu allen anderen Beweisstücken beschreiben und belegen zu können.«

Tonfall und Mimik gleichermaßen verrieten, wie wichtig Dr. Flouret dieses Thema war, und so nickten die Studierenden auf den Sitzbänken rings um die Holo-Bühne. Lange ließ der Dozent den Blick über die Reihen seiner Zuhörer wandern – über den Rand der Brille hinweg, die er nicht trug –, dann nickte er.

»Also gut«, sagte er und blickte dann auf die ›Leiche‹ zu seinen Füßen. »Dies ist eine detailgetreue Nachstellung eines echten Tatorts. Natürlich verrate ich Ihnen nicht, was sich hier wirklich abgespielt hat oder wann ... oder auch nur wo. Schließlich ...«, er hob den Blick, schaute noch einmal zu seinen Zuhörerinnen und Zuhörern, und Stephanie hatte das sonderbare Gefühl, dass er genau *sie* anblickte, »... wollen wir Sie ja nicht in Versuchung führen, den betreffenden Fall nachzuschlagen und sich darüber zu informieren, zu welchem Ergebnis die Gerichte seinerzeit gekommen sind.«

Gelächter war die Antwort, und Dr. Flouret lächelte.

»Also, Ms. Harrington«, forderte er sie auf, »kommen Sie doch einmal zu mir und lassen Sie die anderen an sämtlichen Ihrer Beobachtungen teilhaben.«

»Ich komme mir *so* dämlich vor!«, knurrte Stephanie, während sie den viereckigen Platz vor ihrem Wohnheim überquerten. »Ich hätte doch merken müssen, dass das kein Blut ist!«

»Ach, ich weiß nicht«, widersprach Karl vorsichtig und verzog die Lippen zu etwas, das verdächtig nach einem Grinsen aussah. »Für mich hat's wie Blut ausgesehen.«

»Tja, war's aber nicht«, versetzte Stephanie in vernichtendem Tonfall. Es gefiel ihr wirklich ganz und gar nicht, in der Öffentlichkeit einen Fehler gemacht zu haben.

»Jetzt mal ernsthaft, Steph«, setzte Karl erneut an, und das Grinsen auf seinem Gesicht verschwand restlos. »Er hat uns allen damit doch nur etwas zeigen wollen: Jeder von uns neigt dazu, voreilige Schlüsse zu ziehen – vor allem, wenn die Beweislage so eindeutig scheint. Ich glaube nicht, dass irgendjemand im Kurs das nicht für Blut gehalten hat. Und genau darum ging es ihm doch.«

»Na ja, ich wünschte bloß, er hätte sich für diese Demonstration jemand anderen ausgesucht als ausgerechnet mich«, sagte sie und seufzte.

»Ja, versteh ich. Aber ich glaube, Steph, er wollte auf diese Weise zwei Fliegen mit einer Klappe schlagen.«

»Ach ja?« Sie wusste selbst, dass sie sehr verstimmt klang.

»Ja. Mir ist schon aufgefallen, dass du dich ziemlich zurückhältst, um den anderen Studis nicht auf die Füße zu treten, aber Löwenherz und du ... ihr könnt euch einfach nicht *verstecken*, ganz egal, was ihr macht. Ich glaube, Flouret wollte uns allen zeigen, dass jeder von uns mal Fehler machen kann … und dieses Mal hat er gezielt dafür gesorgt, dass *du* einen Fehler machst. Ein paar der Studis werden darin jetzt den Beweis sehen, dass du doch nicht so superschlau bist, wie du – so meinen sie! – selbst glaubst. Aber die meisten werden einfach nur Mitleid mit dir haben. Langfristig gesehen mag das für dich durchaus von Vorteil sein.«

Stephanie warf ihm einen skeptischen Blick zu. Doch nachdem sie kurz nachgedacht hatte, musste sie zugeben, dass er durchaus recht hatte. Nicht, dass es sich jetzt besser anfühlte, blödsinnigerweise voreilige Schlüsse gezogen zu haben, aber dass sie dennoch besser dastand, als sie erst hatte glauben wollen. Viel Stoff zum Nachdenken war es allemal.

Einige Tage nach Ankunft der Radzinsky-Gruppe fand ein zwangloser und trotzdem hochoffizieller Empfang statt, bei dem die Besucher Gelegenheit erhielten, ausgewählte einflussreiche Bewohner des Planeten kennenzulernen. Als Teilnehmer der Expedition seines Vaters war Anders ganz offiziell eingeladen. Jessica und Ohnefurcht waren ebenfalls anwesend, ebenso Chet und Christine. Angesichts ihres neuen Jobs hatten C&C ihre extravagante Haartracht deutlich gezähmt; in ihren neuen Fremdenführeruniformen wirkten die beiden bemerkenswert erwachsen.

An der Veranstaltung selbst hatte Anders ungefähr so viel Spaß, wie man bei solchen Ereignissen haben konnte – mit anderen Worten: gar keinen. Spaß konnte hier nur jemand haben, der Feuer und Flamme für das eigentliche Thema des Empfangs war. Anders interessierte sich für Baumkatzen, gewiss, aber nicht für die Feinheiten der Anthropologie, die hier diskutiert wurden. Angesichts der beiden durchaus öffentlichkeitswirksamen Berufe, denen seine Eltern nachgingen, hatte er eben schon reichlich Erfahrung mit entsprechenden Veranstaltungen sammeln dürfen.

Jessica hingegen war ganz offenkundig völlig überwältigt. Ohnefurcht starrte die Menschen an, die sich rings um ihn drängten. Seine Handpfoten lagen auf ihrer Schulter, die Echtpfoten ruhten auf dem Tragegestell, das in den Rücken ihres Kleides eingelassen war, und die grünen Augen hatte Ohnefurcht so weit aufgerissen, als ob er einer Panik nahe wäre.

Anders sah es und machte, dass er zu Jessica hinüberkam. Er zwängte sich dabei durch eine kleine Menschentraube, die sich dicht an sie drängte, um noch besser studieren zu können, was es hier zu sehen gab: eine echte, lebendige Baumkatze! Dr. Darrolyn, der Linguist, stellte Jessica gerade einige Fragen. So herzlich und freundlich sein Lächeln auch wirkte: Die Art und Weise, wie er die Fragen herunterratterte, eine nach der anderen, hatte eindeutig etwas Bedrängendes.

»Kommuniziert Ohnefurcht im Augenblick mit dir?«

»Ich spüre etwas von dem, was er fühlt«, gestand Jessica ein.

»Und das ist?«

»Na ja, hier sind sehr viele Menschen. Ich glaube, er ist ein wenig überwältigt.«

»Aber du lebst doch in einer großen Familie, richtig? Zwei Erwachsene, sechs Kinder? Dann ist Ohnefurcht doch gewiss größere Menschengruppen gewohnt.«

»Meine Familie kennt er ...«, setzte Jessica zu einer Antwort an.

»Aber die Baumkatze muss doch mittlerweile eine ganze Reihe der hier anwesenden Personen kennen«, fiel ihr Dr. Darrolyn ins Wort.

»Getroffen hat er schon sämtliche Mitarbeiter von Dr. Whittaker, ja. Aber von ›gut kennen‹ kann da keine Rede sein. Und die meisten anderen hier sind ihm völlig fremd.«

»Und du bist dir sicher, dass du nicht deine eigenen Sinneseindrücke auf das Tier projizierst?«

Geradezu entsetzt starrte Jessica den Sprachwissenschaftler an. »Wollen Sie damit sagen, ich würde Lügengeschichten erzählen?«

Dr. Darrolyn lächelte sie herablassend an, und sein Tonfall hatte nun unbestreitbar etwas Dozierendes. »Ich will damit sagen, dass wir es in unserem Fachgebiet immer wieder erleben, wie Menschen ihre eigene emotionale Befindlichkeit auf ihre Haustiere übertragen. Ein Mann sieht, dass sein Hund heftig mit dem Schwanz wedelt und denkt: ›Mein Hund freut sich, mich zu sehen‹. Das mag ja auch zutreffen, aber in Wahrheit liegt es nur daran, dass der Hund den Mann mit Futter oder Spaziergängen assoziiert. Was also der Mann für Zuneigung hält, lässt sich in Wahrheit als Hoffnung auf den einen oder anderen Dienst entschlüsseln, den der Mann dem Hund nun einmal leistet.«

Jessica kniff die Augen zusammen. »Ich projiziere meine Reaktionen nicht auf Ohnefurcht. Ich spüre wirklich, was er fühlt. Und Sie kann er ...«

Sie verstummte, doch Anders wusste, was ihr beinahe über die Lippen gekommen wäre. ›Und Sie kann er nicht ausstehen.‹ Das Aufblitzen in den Augen des Linguisten ließ vermuten, dass er sich das ebenfalls bereits zusammengereimt hatte.

Sofort drängte sich Anders in das Gespräch. »Jessica, ich störe nur ungern, aber Dr. Emberly hat mich gebeten, dich zu fragen, ob du wohl einen Augenblick Zeit für sie hättest.«

Zuvor hatte er sich vergewissert, dass diese Geschichte auch glaubwürdig sein würde: Er hatte Calida Emberly am anderen

Ende des Saals gesehen. Sie unterhielt sich leise mit ihrer Mutter, die anscheinend gerade wieder etwas skizzierte.

»Klar«, gab Jessica zurück. Höflich nickte sie Dr. Darrolyn zu. »Wenn Sie mich entschuldigen würden?«

»Ich freue mich darauf, das Gespräch beizeiten fortzusetzen«, erwiderte Dr. Darrolyn.

Ohnefurchts »Bliek« mochte alles Mögliche bedeuten.

»Danke, dass du mich vor diesen Xenos gerettet hast«, raunte Jessica Anders im Schutze des allgemeinen Stimmengewirrs im Saal zu, während sie sich zurückzogen.

»Xenos?«

»Xenoanthropologen.« Jessica lachte. »Wenn man das jedes Mal ganz ausspricht, macht man sich ja einen Knoten in die Zunge!«

»Gefällt mir«, entschied Anders. »Klingt ein bisschen wie ein Schimpfwort ... und ungefähr so denke ich im Augenblick auch über diesen Menschenschlag.«

»Ich auch. Und Ohnefurcht erst recht. Mehr erzähl ich dir später.«

Als sie Dr. Emberly erreicht hatten, sagte Anders: »Ich habe Jessica und Ohnefurcht geholt – ganz wie gewünscht.«

Hübsch war Calida Emberly nicht – dafür wirkte sie in ihrem ganzen Auftreten zu hart. Doch sie konnte sich für ihren Beruf im Speziellen und sogar das Leben an sich so sehr begeistern, dass sie dann, wenn sie strahlte, beinahe schön war. Nun streckte sie erst Jessica, dann Ohnefurcht die Hand entgegen.

»Hatte ich das? Na, das war aber wirklich klug von mir. Wurde Dr. Darrolyn gerade anstrengend?«

»Das ist noch untertrieben«, bestätigte Jessica. »Und Sie wirken gar nicht überrascht, was das angeht.«

»Bin ich auch nicht. Die sind noch keine drei Tage hier, und Darrolyn hat Kesia schon so weit getrieben, dass sie beinahe in

Tränen ausgebrochen wäre! Radzinsky und dein Vater wechseln kaum noch ein Wort miteinander, und Hidalgo hat den ganzem SFD vorgeworfen, eine potenziell intelligente Spezies völlig zu verderben.«

»In Tränen ausgebrochen? Kesia, echt?« Anders war entsetzt. Er erinnerte sich, wie unerschütterlich Kesia Guyen ihrem Vater die Stirn geboten hatte, als sie im Revier der Sumpfsirene gestrandet waren. »Das hätte ich überhaupt nicht für möglich gehalten!«

»Er hat ihr gedroht, die Prüfungskommission unserer Universität ausdrücklich dazu aufzufordern, Kesias Dissertation abzulehnen, weil sie in abergläubisches Denken verfallen sei, statt sich wie eine anständige Wissenschaftlerin zu verhalten.«

»Was für ein Schwarzloch!«, entfuhr es Jessica. »Ich sehe schon: Solange *die* hier sind, werden wir hier reichlich Spaß haben!«

»Mach dir keine Sorgen«, widersprach Anders. »Du hast dich schließlich freiwillig gemeldet, denen zu helfen, also kannst du dein Angebot auch jederzeit wieder zurückziehen.« Plötzlich huschte ein Lächeln über sein Gesicht. »Nach dem, was wir gerade von Ihnen, Dr. Emberly, gehört haben, würde es Dad bestimmt nicht das Herz brechen, eine andere Aufgabe für dich zu finden. So richtig leid tun mir im Augenblick vor allem Chet und Christine. Die können sich da nicht so einfach wieder rausziehen.«

»Und ich war noch enttäuscht, dass ich nicht die Zeit für genug Schulungen hatte, um ebenfalls Fremdenführerin zu werden«, bemerkte Jessica. »Aber heute werde ich einfach mein Bestes geben. Jetzt wird's wohl Zeit, mich wieder ins Gefecht zu stürzen. Danke noch mal, Anders, dass du mir eine Atempause verschafft hast.«

»Lass mich mitkommen«, schlug er vor.

War Jessica gerade errötet? Anders war sich nicht sicher.

»Nein. Ich muss mindestens so robust werden wie Stephanie«, entschied sie. »Die hat sich mit so etwas schon herumgeschlagen, da war sie gerade einmal zwölf!«

Dacey Emberly hielt Jessica ihren Zeichenblock entgegen und präsentierte ihr so die Skizze von Ohnefurcht, die sie soeben angefertigt hatte. »Da. Damit kannst du auch begründen, warum du unbedingt zu uns kommen musstest. Und, Jessica? Vielleicht solltest du über Anders' Angebot noch einmal nachdenken, wenn man dich interviewen möchte oder irgendwas in der Art. Anders ist zwar kein Anthropologe, aber er kennt sich mit der zugehörigen Fachsprache ganz ordentlich aus. Und außerdem können sie ihn deutlich schlechter fortschicken als vielleicht Chet oder Christine. Das nämlich wäre ein Affront gegen seinen Vater.«

»Ich überleg's mir«, versprach Jessica, winkte den dreien noch einmal kurz zu und verschwand dann wieder in der Menschenmenge.

Anders blickte ihr hinterher.

»Ehrlich ...«, meinte er, ohne gezielt eine der Anwesenden anzusprechen, »in gewisser Weise ist Jessica genauso tapfer wie Stephanie. Warum begreift sie das bloß nicht?«

Grundwühler vergewisserte sich, dass Windgetrieben tief und fest schlief, bevor er aus dem Haus schlüpfte, um ein wenig Zeit mit seinen Pflanzen zu verbringen. Sie würde spüren, dass er ganz in der Nähe war, sollte sie doch erwachen – aber damit rechnete Grundwühler nicht. Was der Tag an Geschehnissen bereitgehalten hatte, reichte, um sogar ein so zähes Junges wie sie völlig auszulaugen.

Im Freien genoss Grundwühler die Kühle der Nacht. Die Zwei-Beine verwendeten jetzt ein Heizding, damit es im Inneren ihrer Steinlager fast genau so warm war wie im Sommer. Aus Sicht der Zwei-Beine sicher eine gute Idee, da sie kein nennenswertes Fell hatten, aber den Leuten, bei denen sich schon die ersten Ansätze des dichten Winterfells zeigten, konnte die Hitze rasch zu viel werden.

Während Grundwühler nach seinen Pflanzen schaute – hier etwas mehr Erdreich anhäufelte, um einen Stängel besser zu schützen, dort einen Trieb abzupfte, damit die Pflanze nicht Kraft auf ein Blatt verschwendete, das den Frost ohnehin nicht überstehen würde –, sortierte er in Gedanken seine Eindrücke von der großen Versammlung, zu der ihn Windgetrieben an diesem Nachmittag mitgenommen hatte.

Die Aufregung und Anspannung, die ihr ganzes Geistesleuchten in einen neuen Farbton getaucht hatte, hatte ihm verraten, dass es eine sehr wichtige Veranstaltung sein musste. Deswegen hatte er seinem Zwei-Bein alles an Kraft geschenkt, was er aufbieten konnte. Er selbst nämlich hätte sich bei so vielen Zwei-Beinen auf so engem Raum am liebsten gleich zurückgezogen. Zudem war ihm reichlich Aufmerksamkeit zuteilgeworden. Kein Wunder bei dieser Zusammensetzung der Versammlung!

Erfahrener-Entscheider war dort gewesen, begleitet von mehreren Mitgliedern seines Clans. Auch Sammelt-Abfall war dort – so nannten die Leute mittlerweile den Ahnen von Gebleichtes-Fell. Der Grund für die Namenswahl lag auf der Echthand: Er hatte zusammengetragen, was die Leute zurückgelassen hatte, und hatte es bewacht – sogar vor einem hungrigen Pfeifenden-Schlucker. Auch Sammelt-Abfall hatte seinen Clan mitgebracht; besonders gefreut hatte sich Grundwühler über die Anwesenheit von Pflanzenbeschauerin und Auge-der-

Erinnerung, deren Geistesleuchten mit seinem eigenen herrlich harmonierte.

Dann waren da die Zwei-Beine, die mit einem ganz ähnlichen Flugding gekommen waren wie dem, das Klettert-flink, Todesrachen-Verderb und Licht-im-Schatten fortgebracht hatte. Viele jener Zwei-Beine kamen und sprachen mit Windgetrieben. Grundwühler bemerkte, dass sie sich stets um Höflichkeit bemühte – doch diese Höflichkeit war nicht aus Respekt geboren, sondern aus Vorsicht.

Grundwühler konnte das Geistesleuchten jener Zwei-Beine längst nicht so gut lesen wie das von Windgetrieben. Er hätte aber sehr dumm sein müssen, um nicht zu begreifen, dass alle diese Zwei-Beine eines gemein hatten: Sie waren sehr an den Leuten interessiert. Mittlerweile hatte sich Grundwühler daran gewöhnt, von Zwei-Beinen angestarrt zu werden, wann immer er Windgetrieben begleitete. Er hatte gelernt, diese unerwartete Aufmerksamkeit höflich hinzunehmen, und außerdem waren die meisten Zwei-Beine recht gut darin, einen gewissen Abstand zu wahren. Doch an diesem Abend war es anders gewesen. Er hatte es im Geistesleuchten dieser Zwei-Beine ertastet: Fast jeder, der in seine Nähe kam, hätte nur zu gern – wenn man ihm Gelegenheit dazu gegeben hätte – Grundwühlers Finger und Zehen gezählt, sein Fell untersucht, seine Ohren betastet.

Damit fühlte sich Grundwühler äußerst unwohl. Doch das war noch gar nichts im Vergleich zu der kühlen, harten Abschätzung, die er von einigen der fremden Zwei-Beine auffing. Grundwühler tastete nach seinen Erinnerungen und verglich seine Gefühle während der Versammlung mit dem, was ihm Klettert-flink über seine Begegnung mit Spricht-unaufrichtig berichtet hatte. Gewisse Ähnlichkeiten gab es, doch das Geistesleuchten war nicht gleich. Spricht-unaufrichtigs Geistesleuchten war von der Bereitschaft gefärbt gewesen, Schaden anzurichten. Diese Bereitschaft hatte Grundwühler bei keinem der Anwesenden gefühlt. Die Ähnlichkeit mit Sprichtunaufrichtig bestand darin, dass sie gewisse Absichten für sich behielten. So heuchelten sie Neugier, wo Gleichgültigkeit herrschte, und Gleichgültigkeit, wo sie neugierig waren. Sie täuschten und waren dabei kalt und berechnend.

Unaufrichtigkeit war den Leuten fremd. Sie mochten Informationen für sich behalten, sie nicht weitergeben, gewiss, aber sie sagten niemals etwas, das nicht der Wahrheit entsprach. So konnte keiner von den Leuten andere im Hinblick auf seine wahren Absichten täuschen. Grundwühler wusste zwar, dass Zwei-Beine einander sehr wohl zu täuschen vermochten, sich in dieses verquere Denken hineinzufühlen aber bereitete ihm große Schwierigkeiten.

Ihm war durchaus bewusst, dass er nicht mit allen anwesenden Zwei-Beinen an dem Abend Zeit verbracht hatte. Windgetrieben hatte vor allem mit denjenigen gesprochen, die sich gezielt an sie gewandt hatten. Grundwühler hatte zwar im Denken und Fühlen derjenigen, die Abstand gehalten hatten, Spuren von Arglist oder Boshaftigkeit ertastet, aber das war nicht ungewöhnlich. Er wusste längst, dass nicht alle Zwei-Beine die Leute mochten. Manchmal schmeckte er im Geistesleuchten etwas, das ihm wie ein aufziehender Revierkampf vorkam oder wie ein Streit um einen besonders wohlschmeckenden Leckerbissen. Ja, Grundwühler war sich fast sicher: Manche Zwei-Beine sahen in den Leuten Revierrivalen.

Zögerlich beschloss er, mehr über die Neuankömmlinge in Erfahrung zu bringen. Windgetriebens Geistesleuchten verriet ihm, dass sie sich darauf vorbereitete, ihnen erneut zu begegnen. Zum Wohle der Leute musste Grundwühler bei diesen Begegnungen so viel wie möglich herausfinden.

# 9

Am Morgen nach dem hochoffiziell anberaumten Empfang hatte die Anspannung noch nicht nachgelassen. Anders spürte das. Er war natürlich keine Baumkatze, aber immerhin Sohn einer Politikerin: Er machte sich Gedanken darüber, welche unterschiedlichen – und unausgesprochenen – Hintergedanken er gespürt hatte ... oder nur zu haben glaubte.

Mit einem gewissen Maß an Anspannung hatte er gerechnet. Wie geläutert sein Dad auch sein mochte: Seine Exklusivrechte hütete er immer noch mit der gleichen Vehemenz, mit der eine Mutter ihr Neugeborenes beschützte. Aber Anders hatte nicht damit gerechnet, wie ... na ja: wie *politisch* ausgerichtet Dr. Radzinskys Sichtweise war. Er hatte zufällig ein Gespräch zwischen Chief Ranger Shelton und ihr mitbekommen. Ihre Fragen zeigten deutlich, dass sie eine sehr klare Vorstellung davon hatte, welche Auswirkungen es auf Sphinx' Landbesitzverhältnisse hätte, sollten sich die Baumkatzen tatsächlich als intelligent erweisen – deutlich klarere Vorstellungen, als Anders bei einer Fremdweltlerin erwartet hatte.

Er wollte Stephanie nicht beunruhigen. Sie hatte genug mit den anstrengenden Schulungen zu tun, und dass diese Schulungen anstrengend waren, bewies jede ihrer Nachrichten. Klar, sie schlug sich sicher prächtig – was auch sonst? Schließlich war Stephanie wirklich so gescheit, wie alle immer sagten! Aber für Bestnoten musste sie härter arbeiten als je zuvor. Und wenn ihr doch einmal ein Fehler unterlief, ging sie entsetzlich streng mit sich ins Gericht. Noch Wochen später machte sie sich heftige Vorwürfe wegen eines kleinen Patzers im Forensikkurs.

Aber er musste sie natürlich trotzdem wissen lassen, dass

etwas faul ›im Staate Sphinx‹ war, wie es seine Mutter wohl ausgedrückt hätte, also fasste er das Wichtigste kurz zusammen. Dann fuhr er fort:

»Ich hab's schon Christine und Chet gesagt: Ich bin mir ziemlich sicher, dass zumindest Radzinsky mit ihren Absichten hinterm Berg hält. Deswegen wollen die beiden sie ganz besonders gut im Auge behalten. Sie wollen Notizen machen, wann immer es ihr besonders wichtig scheint, eben gerade *nicht* von einem Fremdenführer begleitet zu werden. Und Jess versucht herauszufinden, wann wir die Xenos möglichst in kleinen Gruppen erwischen können. Sie geht davon aus, dass Ohnefurcht sie dann deutlich besser lesen kann. Und mich interessiert besonders, wer gezielt *keine* Zeit mit einer Baumkatze verbringen möchte.

Hör mal, Steph ... ich möchte Jess und Ohnefurcht wirklich gern im Auge behalten. Aber ich befürchte, sie könnte glauben, ich dränge mich ihr auf oder sie sich mir. Könntest du sie anrufen und ihr erklären, dass es echt eine gute Idee wäre, mich mitzunehmen? Meinem Dad ist sein Berufsethos heilig – auch wenn es dir vielleicht schwerfällt, das zu glauben: Aber er würde niemals seine Daten verfälschen oder Befunde oder Entdeckungen verheimlichen. Was die Neuankömmlinge angeht, bin ich mir da längst nicht so sicher.

Also: Ich kümmere mich hier um alles und springe sozusagen für dich ein. Du siehst zu, dass du anständig lernst, ja? Nur deswegen haben wir doch diese Trennung überhaupt auf uns genommen, stimmt's? Grüß Karl von mir und sag Löwenherz, dass ich einen Teil von meinem Taschengeld spare, um ihm bei seiner Rückkehr ein ganzes Sellerie-Bouquet in die Pfoten drücken zu können.«

Er deutete eine Umarmung an. »Ich vermisse dich!«

Hechelnd streckte sich Klettert-flink auf dem glatten, felsigen Sims vor dem Lager, das man Todesrachen-Verderb zugewiesen hatte. Die Sonne hier war widernatürlich heiß, und sie brannte von einem Himmel herab, der nicht ganz das richtige Blau besaß. Klettert-flink ertappte sich bei dem Wunsch, jemand hätte ihn vor der Hitze an diesem neuen Ort – dieser neuen *Welt!* – gewarnt. Wenigstens wies das Fenster von Todesrachen-Verderbs Lager sonnenaufgängig, also spendete das große Steinnest seinem Platz wohligen Schatten. Außerdem war die Hitze erträglicher, seit er mehr und mehr Fell abwarf – und notfalls konnte er sich jederzeit in Todesrachen-Verderbs noch etwas kühleres Schlaflager zurückziehen. Aber hier war es selbst im Schatten noch viel heißer, als jemand von den Leuten je erwartet hätte.

Es missfiel ihm, so lange Zeit von seiner Person getrennt zu sein. Ihr passte das auch nicht, das schmeckte er in ihrem Geistesleuchten, selbst wenn sie weit von ihm entfernt war. Aber sie hatte ihm deutlich genug zu verstehen gegeben, dass sie gar keine andere Wahl hatte, als ihn zurückzulassen, und Klettert-flink hatte im Laufe der Zeit genug über die Interaktion der verschiedenen Zwei-Bein-Clans gelernt, um zu begreifen, dass weder Todesrachen-Verderb noch deren Ahnen alles immer so arrangieren konnten, wie sie das vielleicht bevorzugt hätten. Die Ältesten der Zwei-Beine besaßen unbestreitbar viel Einfluss darauf, wie alle Zwei-Beine ihr jeweiliges Leben gestalteten. Eines wusste Klettert-flink bereits mit völliger Sicherheit: Singt-wahrhaftigs Mahnung, die Leute müssten unbedingt mehr über die Denkweise jener fremden Wesen, die sie Zwei-Beine nannten, in Erfahrung bringen, war sogar noch wichtiger und richtiger, als er seinerzeit angenommen hatte.

*Trotzdem könnte ich sie noch besser verstehen, wenn ich Todesrachen-Verderb häufiger begleiten könnte – auch an unterschiedliche Orte,* dachte er und genoss den kühlen Stein unter sich. *Da ist es schon sehr hilfreich, dass sie so begierig neue Dinge lernt. Das ist fast, als schaue man einem unserer Jungen dabei zu, geradewegs in seinen ersten Bodenhuscherbau zu trippeln! Aber ich weiß, wie sehr sie Gebleichtes-Fell vermisst, und sie macht sich Vorwürfe, weil sie mich so oft allein lässt.*

Dieser Gedanke belustigte ihn. Denn die wenigsten der älteren Zwei-Beine hatte eine Vorstellung davon, welche Möglichkeiten sich einem von den Leuten in einem solch großen Nest boten. Todesrachen-Verderb hingegen wusste das sehr genau, obwohl sie ihn nach Kräften davor gewarnt hatte, unvorsichtig zu werden. Ja, das hatte sie, obwohl es nach wie vor enttäuschend war, dass sie sich einander nicht mitzuteilen vermochten wie die Leute. Dennoch verstanden sie einander. Todesrachen-Verderb hatte ihn augenblicklich an den alten Gebrochene-Pfote erinnert, den halbverkrüppelten Kundschafter, dem man seinerzeit mit der Aufgabe betraut hatte, Klettert-flink und die anderen Jungen über die Gefahren der Welt aufzuklären (was mehr Hände von Spannen her war, als Klettert-flink sich vorstellen mochte). Des Alten Botschaft war seinerzeit unmissverständlich gewesen – ebenso unmissverständlich wie Todesrachen-Verderbs: Sie wollte nicht, dass er unbedacht umherstreifte.

Von seinem Platz auf dem Sims zum nächsten der sonderbaren Bäume, die auf dieser Welt, zumindest hier, an diesem Ort, wuchsen, war es recht weit – aber nicht so weit, dass ein gesunder Kundschafter den Sprung nicht schaffen würde ... vor allem, wo Klettert-flink hier deutlich weniger als gewohnt zu wiegen schien. Und obwohl er wusste, dass Todesrachen-Verderb sich um ihn sorgte, wann immer er auf sich allein gestellt war, begriff sie doch, dass er nun einmal Kundschafter der Leute war. Sie mochte das nicht gutheißen, und er hatte durchaus ihre Besorgnis gespürt, in welche Schwierigkeiten er auf dieser Welt wohl geraten könnte, die so anders war als seine Heimat. Aber sie hatte nicht versucht, ihn in ihrem Lager einzusperren. Stattdessen hatte sie ihm vertraut, er *würde* nicht in Schwierigkeiten geraten, und das war auch nicht geschehen. So viele Vorträge ihm seine Schwester und Gebrochener-Zahn auch ob seiner Unbesonnenheit halten mochten: Klettert-flink war nicht so achtlos und unbesonnen, törichte Risiken einzugehen. Also hatte er seine neue Umgebung vorsichtig erkundet, meist im Schutze der Nacht – und wenn er ehrlich war, dann vor allem zu seinem eigenen Vergnügen und in dem Versuch, die Langeweile zu bekämpfen.

Nun rollte er sich auf den Rücken; seine Ohren zuckten, als er fühlte, dass sich Todesrachen-Verderbs Geistesleuchten wieder ihrem Lager näherte. Ihr Verstand tastete bereits nach ihm – obwohl sie nicht wusste, was sie da tat oder wie das geschah. Die Zärtlichkeit dieser körperlosen Berührung durchströmte Klettert-flink wie ein willkommener Lufthauch, der sanft durch das Laub des Hauptnestes strich, der Heimat des Clans vom Hellen Wasser.

Anders hatte keine Ahnung, wie genau es Stephanie gelungen war, Jessica zu überzeugen. Doch ungefähr eine Woche nach dem Begrüßungsumtrunk für die Besucher, und nachdem sie sich zusammen mit Ohnefurcht die jüngsten Funde von Baumkatzenartefakten der Whittaker-Expedition angeschaut hatte, fragte ihn Jessica, ob er sie am nächsten Tag begleiten würde – zu einem Gespräch mit Dr. Hidalgo.

»Ich bin dir wirklich dankbar, dass du mitkommst«, sagte Jessica, als er sie zu ihrem Flugwagen begleitete. »Dieser Hidalgo hat sich auf so ziemlich genau das gleiche Thema spezialisiert wie dein Dad, oder? Meinst du, das macht ihm etwas aus? Sollte ich ihn vielleicht erst um Erlaubnis fragen – allein schon wegen der Aufwandsentschädigung, und so?«

»Du meist, Dad könnte sonst glauben, ich würde mit dem Feind gemeinsame Sache machen, oder so was in der Art?« Anders lachte. »Keine Sorge. Wahrscheinlich wird er dir sogar dankbar sein – auf diese Weise erfährt er wenigstens, was die Gegenseite denkt. Und die Aufwandsentschädigung ist nur für die Zeit gedacht, die du *ihm* behilflich bist. Das bedeutet nicht, dass du nicht auch anderen helfen darfst, klar?«

Allerdings wurde Anders den Verdacht nicht los, dass sein Dad bestimmt nichts dagegen hätte, wenn Jessica genau das glaubte.

»Großartig, danke! Ein bisschen nervös bin ich ja schon. Das wird mein erstes Interview mit einem von den ganz Großen.«

»Machst du Witze? Ich dachte, du hättest dich schon ein paar Mal mit denen getroffen.«

»Stimmt«, räumte Jessica ein, »aber das waren bisher nur Treffen mit Assistenten. Mit dieser Gretta Grendelson zum Beispiel – das war die, die Ohnefurcht am Raumhafen unbedingt kraulen wollte, weißt du noch? Mit der habe ich mich schon mehrmals zusammengesetzt, aber die ist eher Biologin als Anthropologin. Der Baumkatzenschweif interessiert sie besonders – dass das Greifwerkzeuge sind, und wieso die das eigentlich können, und so was.«

»Hat es Ohnefurcht denn nicht gestört, dass sie ihn untersucht und dabei abgetastet hat?«

»Ach, der hat das eigentlich ziemlich gleichmütig hingenommen. Ich glaube, was Gretta angeht, verhält er sich ganz neutral.«

Anders runzelte die Stirn. »Das klingt, als wärest du auch schon jemandem begegnet, bei dem das anders ist.«

»Und du klingst gerade wie einer von den Anthropologen!«, kicherte Jessica. »Aber du hast recht ... Einmal hat Gretta einen anderen von Dr. Radzinskys Assistenten mitgebracht – einen Mann namens Duff DeWitt.«

Anders versuchte sich zu erinnern. »Ich glaube, mit dem habe ich ein paar Worte gewechselt. Ziemlich gut aussehender Kerl, blond, macht den Eindruck, als würde er viele Gewichte stemmen?«

War Jessica gerade errötet?

»Genau der. Der hat mir reichlich Fragen über das Verhalten von Baumkatzen gestellt.«

»Hattest du nicht gesagt, Ohnefurcht würde den nicht mögen?«

Doch, sie war tatsächlich errötet.

»Na ja, also ... Mr. DeWitt ist ... ich meine, der mag ... der flirtet gern ein bisschen. Gretta fährt darauf ab, aber ich habe mich dabei einfach unwohl gefühlt.«

Anders schnaubte. »Du bist wirklich hübsch, Jessica. Da finde ich es nicht ungewöhnlich, dass er mit dir flirtet.«

Jessica verdrehte die Augen. »Das war mehr als nur Flirten. Der gehört zu den Typen, die ... wie soll ich sagen? ... Nun, die reflexartig flirten, verstehst du, was ich meine? Er weiß, dass er gut aussieht, also probiert er immer wieder aus, wie weit er damit kommt.«

»Und du glaubst, das hat Ohnefurcht nicht gefallen?«

»Ich halte es für eine gute Erklärung, warum sich Ohnefurcht in DeWitts Gegenwart offenkundig unwohl fühlt. Das habe ich auch Stephanie geschrieben, und sie sagt, Baumkatzen könnten jede Form der Unaufrichtigkeit nicht leiden.«

»Genau wie Stephanie selbst!«, lachte Anders auf. »Aber im Ernst jetzt: Ich begleite dich wirklich gern zu diesem Gespräch mit Dr. Hidalgo. Wann soll das denn stattfinden?«

»Wäre dir morgen vielleicht ein bisschen zu kurzfristig?«

Anders schüttelte den Kopf. »Um wie viel Uhr?«

»Irgendwann am Vormittag«, antwortete Jessica, als sie ihren Flugwagen erreicht hatten. »Wir treffen uns in einem der Konferenzräume im Hotel der Xenos. Soll ich dich abholen?«

»Da sage ich nicht nein«, gab Anders zurück. »Der Expeditionswagen ist deutlich häufiger in Gebrauch, seit die Xenos hier eingetroffen sind und nicht alle von uns jeden Tag zur Ausgrabungsstelle rausfliegen.«

»Prima, bis dann also!«

Anders hatte recht: Sein Vater hieß es gut, dass sein Sohn bei dem Treffen mit Dr. Hidalgo anwesend sein wollte.

»Der Mann kann wirklich was«, räumte er widerwillig ein. »Und die Bedeutung meiner Artefaktsammlung wusste er korrekt zu würdigen. Mir scheint, er ist von den drei leitenden Expeditionsmitgliedern am ehesten bereit, die Baumkatzen irgendwo auf der Intelligenzskala einzuordnen.«

»Irgendwo? In der Größenordnung von Menschen?«

»Ach, das wahrscheinlich nicht.« Dr. Whittaker winkte ab. »Ich würde gern erfahren, zu welchen Schlussfolgerungen *du* bezüglich seiner Person kommst.«

»Aber jetzt willst du die Messung nicht weiter beeinflussen«, lachte Anders. »Okay, Dad. Ich lass dich wissen, welchen Eindruck ich von ihm habe.«

Als ihn Jessica am nächsten Morgen abholte, fragte er: »Weiß dieser Dr. Hidalgo, dass ich mitkomme?«

»Klar. Ich habe ihm gesagt, ich bräuchte einen Übersetzer für Anthropologensprech.«

»Und damit hatte er kein Problem?«

»Mir ist nichts aufgefallen. Er hat sich sogar mehrfach positiv über die Artefaktsammlung deines Vaters geäußert.«

Der dürre, hoch aufgeschossene Dr. Hidalgo hatte sich in den Sessel am Ende des Konferenztisches eher hineingefaltet als gesetzt, doch kaum dass die beiden hereinkamen, sprang er auf und entfaltete sich dabei wieder zu voller Größe. »Guten Morgen! Danke, dass ihr beide gekommen seid, das ist ...« Er hielt inne, schüttelte den Kopf und korrigierte sich umgehend. »Ich danke euch *allen*, dass ihr gekommen seid.«

Anders fragte sich, wen er wohl bei der ersten Begrüßung vergessen hatte – Ohnefurcht vielleicht? Aber er hatte das Gefühl, jetzt nachzufragen, wäre unhöflich gewesen.

Als Dr. Hidalgo fortfuhr, wandte er sich gezielt an Jessica. »Wenn ich das richtig verstanden habe, interessiert sich Ohnefurcht für das Gärtnern, oder? Würde er sich wohler fühlen, wenn dieses Gespräch im Freien stattfände? Zu diesem Gebäudekomplex gehört eine sehr hübsche Gartenanlage, und um diese Tageszeit hält sich meist niemand dort auf.«

Jessica strahlte ihn an. »Das würde ihm gefallen! Außerdem fühlt er sich um diese Jahreszeit in geheizten Räumen ohnehin nicht sonderlich wohl. Seit die Nächte kühler werden, ist sein Fell immer dichter geworden.«

»Und wie geht er damit um?«, setzte Dr. Hidalgo nach, während er auf eine Tür wies, die zu den erwähnten Gärten führte.

»Na ja, er kann ja jederzeit hinausgehen, und mein eigenes Zimmer halte ich ziemlich kühl. Mir macht's nichts aus, einen dicken Pullover überzuziehen. Meine Familie ist erst in diesem Sommer nach Sphinx gekommen. Deswegen habe ich bislang noch keinen Winter erlebt, aber meine Freunde haben mir schon viel davon erzählt. Ich glaube, wenn es erst einmal schneit, wird Ohnefurcht alles an Winterfell brauchen, was er bekommen kann!«

»Sehr aufmerksam von dir.« Beifällig nickte Dr. Hidalgo.

Doch Anders wurde das Gefühl nicht los, der Xeno wäre gerade zu einer etwas anderen Schlussfolgerung gekommen, als seine Wortwahl vermuten lassen mochte. Er blickte zu Ohnefurcht hinüber und versuchte unverkennbar herauszufinden, was die Baumkatze gerade dachte ... doch Ohnefurcht war damit beschäftigt, sich voller Neugier von seinem Platz auf Jessicas Schulter zu einer Kletterpflanze hinüberzurecken, die neben ihnen an einem Rankgitter emporwuchs.

Dr. Hidalgos Fragen folgten einem sehr vorhersagbaren Muster. Er erkundigte sich nach Ohnefurchts Tragenetz und ob er es auch wirklich selbst angefertigt habe. Er fragte auch nach den anderen Werkzeugen, die Ohnefurcht verwendete, und wie rasch er sich an die menschliche Technologie gewöhnt habe – sowohl die Dinge, die er selbst verwenden konnte wie etwa Probenbeutel, als auch die, die er nur indirekt nutzte, etwa wenn er in einem Flugwagen mitfuhr.

Schließlich führte sie der Spaziergang durch den Garten zu einem hübschen, kleinen Pavillon mit Tischen und Sitzbänken. Als sie es sich dort gemütlich gemacht hatten, fragte Dr. Hidalgo Jessica, ob es Ohnefurcht wohl etwas ausmachen würde, einige seiner Grundfertigkeiten vorzuführen, also etwa einen Knoten zu binden oder den Umgang mit dem einen oder anderen Werkzeug zu präsentieren. Die Geschwindigkeit, mit der Ohnefurcht einwilligte, verriet Anders, dass die Baumkatze zumindest diesen speziellen Xeno nicht als bedrohlich empfand – da hätte es Jessicas zusätzlichen ›Daumen-hoch‹-Signals gar nicht bedurft.

Auch Jessica mochte Dr. Hidalgo offenkundig. Anders musste zugeben, dass es durchaus seinen Charme hatte, wie er nachdenklich eines seiner Riesenohren rieb und »Erstaunlich!« raunte oder zugab: »Es ist doch noch einmal etwas ganz anderes, das selbst mitzuerleben, statt nur Aufzeichnungen davon zu sehen.« Stets bat er ausdrücklich um Erlaubnis, bevor er Aufzeichnungen anfertigte; nie setzte er voraus, dass sich eine einmal erlaubte Genehmigung auch gleich auf die nächste Präsentation bezog.

Nachdem sie schon eine ganze Weile in dem Pavillon gesessen hatten, verkündete Dr. Hidalgo: »Ich glaube, wir alle haben uns eine Pause verdient. Soll ich uns vielleicht ein paar Erfrischungen bringen lassen? Etwas zu essen?«

Sie stimmten zu, und so saßen sie kurze Zeit später vor einem großen Stapel Sandwiches. Mit vollem Mund erkundigte sich Jessica: »Jetzt einmal ganz inoffiziell: Wie denken Sie über Baumkatzen?«

Dr. Hidalgo, der gerade ein paar missliebige Zutaten aus seinem Sandwich herausklaubte, hielt inne und blickte Jessica nachdenklich an. »Inoffiziell?«

Jessica hob ihr UniLink, als wolle sie ihm zeigen, dass hier und jetzt nichts mitgeschnitten würde.

»Also gut.« Langsam rollte Dr. Hidalgo eine Scheibe gerösteter Capri-Kuh von dem Sandwich und dachte noch ein wenig länger nach. »Meines Erachtens besteht kein Zweifel daran, dass die Baumkatzen in der Intelligenzskala einzuordnen sind: Sie verwenden selbst angefertigte Werkzeuge. Zugleich scheinen sie bestrebt, stets auch neue Werkzeuge zu ersinnen, um ihre Grundbedürfnisse zu erfüllen. Einige der Tonscherben, die Dr. Whittaker zusammengetragen hat, wahrscheinlich stammen sie von Schüsseln und Krügen, weisen eindeutig Anzeichen von Verzierungen auf. Nicht übermäßig aufwendig, gewiss, aber diese Verzierungen scheinen keinen anderen Zweck zu erfüllen, als das betreffende Werkstück zu verschönern oder es zumindest unverwechselbar zu machen.«

»Und das bringt den Baumkatzen einen Platz auf der Intelligenzskala ein?«, fragte Jessica nach.

»Gerade auf dieser primitiven Ebene«, bestätigte Dr. Hidalgo. »Es war sehr interessant, Ohnefurcht zu beobachten. Ich hatte mich gerade für diesen Teil der Gartenanlage entschieden, weil es hier sowohl reine Ziergewächse gibt als auch essbare Pflanzen beziehungsweise Pflanzen, die essbare Früchte und dergleichen hervorbringen. Während Ohnefurcht ganz offenkundig eine Vorliebe für die essbaren Pflanzenteile besitzt, scheint ihm Schönheit ganz und gar nicht gleichgültig zu sein.

Natürlich ...«, setzte Hidalgo dann hinzu, und irgendetwas schien ihm sehr peinlich zu sein, »würden nun manche meiner Kollegen mir vorwerfen, subjektiv zu sein.«

»Wie denken denn die anderen aus Ihrer Gruppe über die Baumkatzen?«

»Es erweist sich als recht schwierig, sie von der Intelligenz dieser Spezies zu überzeugen«, antwortete Dr. Hidalgo betrübt. »Ich habe über die Artefakte gesprochen, und Dr. Radzinsky kontert mit Beispielen anderer nicht vernunftbegabter Spezies, die ebenfalls Werkzeuge fertigen oder komplexe Bauten anlegen. Ich spreche die Verzierungen auf Steingut an, und Dr. Darrolyn fragt mich, ob ich Anzeichen für eine Schriftsprache sehe – oder auch nur ein Anzeichen einer *gesprochenen* Sprache.«

Er seufzte, riss ein kleinen Stück Brot von seinem Sandwich ab, rollte es zu einer Kugel zusammen und schob es sich in den Mund. »Und dann ist da das Problem, dass wir es mit kontaminierten Proben zu tun haben.«

»Kontaminiert?«, fragte Jessica sofort.

Zur Antwort wies Dr. Hidalgo auf Ohnefurcht, der gerade einige Samen in einen der Probenbeutel schob.

»Wo es einst eine möglicherweise unberührte, ursprüngliche,

unverfälschte Kultur gegeben hat«, erläuterte er dann, »sehen wir nun, dass diese unwiderruflich durch den Kontakt zum Menschen verändert wurde. Bitte nehmen Sie das nicht als Vorwurf gegen sich, Miss! Der SFD hat den Baumkatzen schon Werkzeuge zur Verfügung gestellt, lange bevor Sie den ersten Schritt auf diesen Planeten gemacht haben. Aber ist der Schaden erst einmal angerichtet, ist es viel schwieriger zu beurteilen, wie intelligent eine Spezies in Wahrheit ist. Nehmen wir als Beispiel Ohnefurchts Interesse an der Gartenarbeit: Einige Indizien sprechen dafür, dass die Baumkatzen die Menschen bei der Agrikultur beobachtet und dann beschlossen haben, es ihnen gleichzutun, ihr Verhalten also nachzuahmen. Das ist etwas gänzlich anderes, als diese Fertigkeit eigenständig zu entwickeln.«

Jessica war anzusehen, dass sie missbilligte, was Dr. Hidalgo sagte, als er fortfuhr: »Ich für meinen Teil strebe hier zweierlei an. Zum einen ist mir daran gelegen, dass die Baumkatzen als intelligente Spezies anerkannt werden. Und dann würde ich gern dafür sorgen, dass man sich bemüht, sie in ihrem unverfälschten, ursprünglichen Zustand zu erhalten. Populationen, die noch keinen Kontakt mit Menschen hatten, sollten vor Kontakten mit Menschen gezielt geschützt werden. All die Populationen, die bereits Menschenkontakt hatten – etwa die Gruppen, aus denen Ohnefurcht und Löwenherz stammen – sollte man in neue Reviere verbringen, sodass sie ihre angestammte Lebensweise fortsetzen können, ohne in irgendeiner Weise durch die Menschen beeinflusst zu werden. Nur so können sie sich in der Art und Weise entwickeln, die für sie vorgesehen ist. Ansonsten werden sie früher oder später nur ein schlechter Abklatsch des Menschen.«

»Das ist doch wohl ein Scherz!«, fuhr Jessica auf. »Baumkatzen sind Baumkatzen! Sie können unmöglich jemals zu Menschen werden!«

»Ganz genau das meine ich ja«, bestätigte Dr. Hidalgo. Wieder rieb er sich das Ohr und lächelte Jessica dann traurig an. »Vorhin hattest du erwähnt, wie du dafür gesorgt hast, dass Ohnefurcht sein Winterfell entwickelt. Aber wenn jetzt irgendetwas geschähe, was das verhindert, würdest du ihn dann frieren lassen?«

»Natürlich nicht!«

»Also würdest du ihn im Haus behalten – was für Baumkatzen ein gänzlich widernatürlicher Zustand ist. Oder du würdest ihm Kleidung verschaffen. In keiner von Dr. Whittakers Grabungsstätten wurden bislang Indizien dafür gefunden, dass Baumkatzen Kleidung oder anderweitigen Schutz benötigen, von ihrem natürlichen Fell einmal abgesehen. Dein Bedürfnis, ihn zu beschützen, würde also einen neuen, fremden Faktor in sein Leben einfließen lassen. Sollte es tatsächlich eine Kommunikationsform zwischen Baumkatzen geben – wovon ich persönlich fest ausgehe, auch wenn Dr. Darrolyn da anderer Ansicht ist –, würde diese neue Idee rasch Verbreitung finden.«

Jessica schien wie vor den Kopf geschlagen und starrte ihn an. Für Anders sah es aus, als verwelke sie wie eine Blume. Er wusste, wie sehr Jessica und Stephanie darauf achteten, dass ihre Baumkatzenpartner nicht nur einander immer wieder besuchten, sondern sie auch den Kontakt zu ihrem Clan nicht verloren. Was würde geschehen, wenn die Baumkatzen zu ihrem eigenen Wohl in Reservaten isoliert würden? Wären dann die Baumkatzen, die bereits einen Menschen adoptiert hatten, für alle Zeiten vertrieben – ins Exil geschickt?

Ohnefurcht legte seinen Probenbeutel zur Seite und bliekte leise. Dann kam er in großen Sprüngen auf Jessica zu und kuschelte den flauschigen Kopf sanft gegen ihre wilde Mähne. Doch er fauchte Dr. Hidalgo nicht an, knurrte auch nicht, deswegen vermutete Anders, ihm war bewusst, dass der Fremde ihm kein Leid wollte.

*Kein Leid. Nur Gefangenschaft. Nur die ewige Trennung von seiner Familie und all den anderen seiner Spezies, die fein säuberlich in Reservaten eingepfercht werden sollen, damit sie dort in Ruhe und Frieden ihrer traditionellen Lebensweise nachgehen können.* Anders schluckte heftig. *Und das Land, das man den Baumkatzen dann ›schenkt‹, wird ganz bestimmt nicht gerade das Beste sein, darauf wette ich! Die Freundlichkeit und Herzensgüte von Menschen wie Dr. Hidalgo wird die Baumkatzen* zerstören!

Anders erinnerte sich an ein Kapitel aus dem Buch, das ihm Dr. Nez zum Geburtstag geschenkt hatte. Es befasste sich damit, wie technisch weniger fortgeschrittene Kulturen durch die erzwungene Anpassung an eine fortschrittlichere Lebensweise zerstört worden waren. Doch im gleichen Kapitel fanden sich auch Beispiele dafür, wie der oft wirklich gut gemeinte Versuch, jene weniger fortgeschrittenen Kulturen zu beschützen und zu bewahren, diese eingeschränkt, allmählich erstickt und letztendlich ebenso zerstört hatte, wie das beim Versuch der Assimilation möglicherweise geschehen wäre.

»Verzeihung, Anders«, sagte Dr. Hidalgo da, »haben Sie gerade etwas gesagt?«

»Nein, Sir.« Anders bemühte sich redlich, völlig normal zu klingen. »Ich habe gerade nur über die langfristige Tragweite entsprechender Entscheidungen nachgedacht.«

»Ah, ein geborener Anthropologe, der in die Fußstapfen seines Vaters tritt!«

Anders rang sich ein Grinsen ab. Viel lieber hätte er gequält das Gesicht verzogen. Er dachte an Stephanies Bericht darüber, wie sehr Löwenherz gerade haarte. Wenn Stephanie und Löwenherz wieder nach Hause kämen, würde sie der 'Katz dann einen Pullover überstreifen? Er versuchte sich die entsprechenden Reaktionen der Xenos vorzustellen: Hidalgo würde die Kontaminierung der urtümlichen Baumkatzenkultur beklagen, einige der anderen zweifellos höhnisch grinsen.

Zum ersten Mal seit Stephanies Abreise ertappte sich Anders bei dem Wunsch, ihre Rückkehr möge sich verzögern.

Zusätzlich zu seinen üblichen Aufgaben als Kundschafter strich Scharfauge nun auch noch sonnenuntergangs am Rand des Clanreviers entlang, an dem er Schwimmers-Schrecken und Geschickte-Finger vom Clan der Baumhüter gespürt hatte. Ihm war bewusst, dass dieses Gebiet gefährlich war, und so hatte er die anderen Mitglieder des Clans Ohne Revier gebeten, sich davon fernzuhalten. Beschwerden hatte es keine gegeben, denn er hatte Schwimmers-Schreckens Warnung mit dem ganzen Rest des Clans geteilt. Zudem bedeutete der Verlust ihres Reviers, dass sie jeden Tag aufs Neue ohnehin alle Echthände und alle Handpfoten voll zu tun hatten.

Scharfauge ging auf die Jagd, wann immer es ihm möglich war, stellte Fallen und legten Schlingen für Kleintiere aus. Gerade löste er einen Baumhopper aus einer seiner Schlingen, als er eine Geistesstimme vernahm.

*Mit diesen Schlingen könntest du dir mehr als nur Baumhopper und Borkenkauer einfangen, Scharfauge vom Clan Ohne Revier! Vielleicht möchtest du lieber ein gutes Stück weiter sonnenaufgangs gehen.*

Scharfauge erkannte Geschickte-Finger vom Clan der Baumhüter, doch als er nach dem Geistesleuchten des anderen suchte, fand er es nicht. Er fragte sich, ob Geschickte-Finger vielleicht einen Gefährten hatte, denn zu den Vorzügen, die eine solche Gefährtenschaft bot, gehörte auch, dass sowohl die Geisstimme verstärkt wurde als auch die Fähigkeit, das Geistesleuchten anderer zu ertasten. Das würde wohl erklären, warum

Geschickte-Finger ihn hier entdeckt hatte, während Scharfauge keine Spur von ihm fand. So vermutete er, dass sich Geschickte-Finger weit von ihm entfernt befinden musste, und doch dämpfte er aus Vorsicht das eigene Geistesleuchten. Er fühlte sich ganz und gar nicht wohl dabei, dass jemand, der weder seinem eigenen Clan angehörte noch ein Freund war, ihm gegenüber derart im Vorteil war.

Höflich antwortete er: *Darf ich meine Beute behalten, oder erhebst du Anspruch darauf?*

*Behalte sie, aber wenn du die Schlinge erneut auslegst, tu dies weiter sonnenaufgangs. Manche aus meinem Clan befürchten, ihr könntet in unser Revier strömen, wie Wasser die Ufer eines Flusses zu überspülen vermag.*

*Und ihr würdet einem solchen Fluss einen Damm entgegensetzen?*

*So lautet die Weisung der Ältesten meines Clans.*

Scharfauge glaubte, dass Geschickte-Finger mit der Weisung nicht gänzlich einverstanden war. Doch wie es die ältesten Lieder der Sagen-Künderinnen lehrten, war es nun einmal Sitte bei den Leuten, dass die jüngeren Mitglieder eines Clans auf die Ältesten hörten. Nur so war ein ganzer Clan fähig, die Wiederholung von Fehlern der Vergangenheit zu vermeiden.

Gemeinhin hatte Scharfauge mit dieser Vorgehensweise auch keine Schwierigkeiten. Die traditionelle Ausbildung eines jungen Jägers bestand darin, ihn ein- oder zweimal ganz allein auf Beutezug gehen zu lassen, ohne ihm zuvor Ratschläge zu erteilen. Erst wenn das Junge hungrig zurückgekehrt war, weil es ein bisschen zu früh zum Sprung angesetzt hatte oder nicht wusste, zu welchen Tricks die erspähte Beute fähig war, begann die eigentliche Ausbildung, denn dann begriff das Junge, dass die Erfahrungen anderer sehr wohl einen Wert besaßen.

Doch in letzter Zeit fragte Scharfauge sich immer häufiger, wieso die Ältesten auch dann letztendlich die Entscheidung treffen sollten, wenn die Vergangenheit keine wegweisenden Erfahrungen bereithielt. Natürlich hatte es auch früher schon Flammenzeiten gegeben, aber die jüngste gehörte zu den ersten, die sich seit das Kommen der Zwei-Beine ereignet hatte, was den Leuten den Zug in neue Reviere erschwerte.

Er seufzte schwer, doch Protest erheben konnte er nicht, denn er wollte die Rechte des Clans der Baumhüter nicht anfechten. Dieser Clan sollte nur ja nicht auf den Gedanken kommen, die Zeit, die Fremden in ihrem Revier zu tolerieren, sei nun vorbei.

*Ich danke dir, Geschickte-Finger, dass du mir meine Beute lässt. Magst du sie vielleicht mit mir teilen?*

*Das ist freundlich von dir, Scharfauge, aber ich sollte auf meinem Posten bleiben. Unser Clan hat nicht so sehr gelitten wie deinem Bericht zufolge der deine, aber die Geistesheilerinnen haben uns gebeten, nach Möglichkeit nichts zu unternehmen, was die Harmonie des Clans zu stören droht – und dazu gehört auch, nicht die Ältesten zu erzürnen.*

Das weckte Scharfauges Aufmerksamkeit. Dass die Leute ihre Gedanken miteinander teilen konnten, bedeutete schließlich nicht, dass es keine Meinungsverschiedenheiten gab. Ließ sich kein Ausgleich der Meinungen herbeiführen, weil sie zu heftig aufeinanderprallten, schritten die Geistesheilerinnen ein. Zu jedem Heilungsprozess gehörte die Behandlung von Geist und Körper des Verletzten; das Lindern von Schmerzen war ebenso wichtig wie das Spenden von Trost und Geborgenheit. Geistesheilerinnen waren erprobt darin, den Geist eines anderen zu berühren und zu ergründen, wo sich der Geist dieses anderen von der Wahrheit entfernt hatte, und ihm dabei behilflich zu sein, wieder den Punkt zu erreichen, an dem er selbst begriff, dass die Bedürfnisse anderer ebenso wichtig waren wie die eigenen.

*Ihr habt nur noch wenige Ältere?*

Geschickte-Fingers Antwort quoll vor Erschöpfung beinahe über. *Wir haben vieles dessen, was wir für den Winter eingelagert hatten, bei einem Feuer an unserer Grenze mooswärts, eingebüßt. Und dabei haben wir auch viele Clangenossen verloren.*

*Und zweifellos Verletzungen davongetragen.* Scharfauge war froh darüber, dass sie nur über Geistesstimme miteinander kommunizierten. Wäre Geschickte-Finger nahe genug gewesen, um selbst in Scharfauges Geistesleuchten einzutauchen, hätte Scharfauge niemals seine Verbitterung verbergen können.

*Viele Verletzungen. Nicht sosehr von den Flammen selbst, sondern vom Rauch. Wie eine Decke hat er auch weit jenseits der lodernden Flammen über dem Land gelegen.* Dass Geschickte-Finger ihm so ruhig antwortete, war für Scharfauge der endgültige Beleg, dass der Kundschafter vom Clan der Baumhüter nicht sein Geistesleuchten ertasten konnte. *Einige unserer weisesten Ältesten sind gestorben oder wurden verkrüppelt. Der Clan bemüht sich immer noch herauszufinden, wer die Lage am ausgeglichensten einzuschätzen vermag. Der- oder diejenige sollte dann entscheiden, wie wir mit der neuen Lage umgehen müssen.*

*Also gibt es verschiedene Ansichten?*

*Viele sogar! Manche meinen, wir sollten unser Hauptnest verlegen, andere meinen, wir müssten …*

Geschickte-Fingers Geistesstimme verlor sich. Im Allgemeinen waren die Leute nicht sonderlich gut darin, Dinge für sich zu behalten. Sie waren es gewohnt, ihr Geistesleuchten mit anderen zu teilen. Von allen unter den Leuten waren Kundschafter und Sagen-Künderinnen noch diejenigen, die in dieser Hinsicht am meisten geschult waren, denn sie kamen am ehesten mit Leuten in Kontakt, die anderem Vorrang einzuräumen bereit sein könnten als sie selbst.

Scharfauge fragte sich, was Geschickte-Finger ihn wohl gerade hatte wissen lassen wollen. ›Wir müssten etwas gegen die

Eindringlinge tun‹? Oder vielleicht: ›Wir müssten etwas für die armen Flüchtlinge tun‹? Er wollte schon nachfragen, doch dann entschied er sich dagegen. Geschickte-Finger hatte sich ihm gegenüber sehr freundlich verhalten – und damit auch dem Clan Ohne Revier im Ganzen gegenüber. Es ließe sich nichts dadurch gewinnen, ihn jetzt herauszufordern oder anderweitig anzugehen.

Stattdessen erklärte Scharfauge: *Unser Clan hat sich viel auf unsere Geistesheilerinnen verlassen müssen. Insofern haben wir noch Glück gehabt: Wir haben zwar alle unsere Sagen-Künderinnen verloren, aber nicht unsere Geistesheilerinnen.*

*Schätzt euch glücklich! Wir haben unsere erfahrenste Geistesheilerin verloren, einen wahren Quell der Weisheit. Sie hat uns vom gewundenen Pfad berichtet, auf den der Schmerz einiger starker Geister den ganzen Clan zu führen vermag, sollte dieser gewohnt sein, jenen Geistern zu folgen.*

Das verriet Scharfauge eine ganze Menge. Wenn es im Clan der Baumhüter einen Konflikt gab, erklärte das durchaus, warum die Leute dieses Clans die Leute vom Clan Ohne Revier so sonderbar im Ungewissen ließen: Weder hießen sie die Not leidenden Fremden willkommen und halfen ihnen, noch vertrieben sie die unerwünschten Hilfebedürftigen.

*Es tut mir leid. Ich hoffe, die Heilung stellt sich schon bald ein.*

*Das hoffe ich auch. Das ist für uns alle eine schlimme Zeit.*

Uns alle. Das schloss auch den Clan Ohne Revier ein, und Scharfauge verspürte wohlige Wärme. Doch Geschickte-Fingers nächster Gedanke rief ihm wieder ins Gedächtnis zurück, dass die Gefahr noch lange nicht vorüber war – ja, dass sie sogar mit jeder verstreichenden Sonne größer wurde: Denn mit jeder verstreichenden Sonne drängte es mehr, eine endgültige Entscheidung zu finden.

*Schwimmers-Schrecken kommt. Es würde ihm nicht gefallen zu erfahren, dass ich mich während der Wache auf meinem Posten unterhalten habe. Vergiss nicht: Bring deine Schlingen weiter sonnenaufgangs. Vergiss es nicht …*

Scharfauge sandte ihm rasch das Versprechen entgegen, er werde sich daran halten, doch während er sich das Tragenetz mit der Beute über die Schulter warf, um heimwärts zu laufen, fragte er sich, wie lange sie derlei Warnungen noch beherzigen könnten. Schon bald *musste* sein Clan sonnenuntergangs ziehen … oder sterben.

# 10

»Stephanie! Karl!

Beide blieben stehen und drehten sich in die Richtung um, aus der man sie gerufen hatte. Ein junger Mann, vielleicht fünf Jahre älter als Karl, winkte ihnen zu und kam dabei näher. Begleitet wurde er von einer etwas älteren, blonden Frau mit grünen Augen. Stephanie erkannte Allen Harper wieder, einen der Assistenten von Dekanin Charterman. Er arbeitete derzeit an seiner Dissertation – in Geologie, meinte sich Stephanie zu erinnern –, und auch er stammte von Sphinx. Deswegen hatte Charterman ihm ja auch die Aufgabe zugewiesen, Karl und Stephanie im Rahmen einer ersten Orientierung den Campus zu zeigen. Seine Begleiterin wusste sie nicht einzuordnen.

»Seid ihr gerade auf dem Weg zur nächsten Veranstaltung?«, erkundigte sich Harper, als er sie schließlich erreicht hatte.

Karl schüttelte den Kopf. »Geht erst nach der Mittagspause weiter«, sagte er. »Wir sind gerade auf dem Weg zurück zum Wohnheim, damit Löwenherz wieder in den Genuss der Klimaanlage kommt.«

»Nur Löwenherz, ja?«, lachte Harper.

»Na ja, schaden kann's mir auch nicht.« Karl wischte sich den Schweiß von der Stirn. »Kann man's mir verübeln?«

»Ich komme auch von Sphinx, schon vergesssen?« Harper schüttelte den Kopf. »Aber ich bin froh, euch beide erwischt zu haben. Dekanin Charterman hat mich gebeten, euch Ms. Adair vorzustellen.« Er deutete auf die Frau neben ihm. »Stephanie, Karl, das ist Gwendolyn Adair. Ms. Adair, Stephanie Harrington, Karl Zivonik.«

»Ich bin so froh, Sie beide endlich einmal kennenzulernen!« Ms. Adair lächelte und streckte erst Karl, dann Stephanie die Hand entgegen. »Ich habe schon viel von Ihnen gehört – und von Löwenherz natürlich auch!« Sie lächelte die Baumkatze auf Stephanies Schulter an. »Wenn man ihn so persönlich sieht, ist er noch beeindruckender als auf HD!«

Stephanie erwiderte das Lächeln, aber es fiel ihr schwer. Als Ms. Adair noch gute fünfzig Meter von ihr entfernt gewesen war, hatte sie unvermittelt Misstrauen beschlichen – und sie wusste auch sofort, woher es kam. Nun kraulte sie Löwenherz am Ohr.

»Ich weiß nicht, ob er beeindruckend *aussieht*«, sagte sie dabei, »aber für mich war er schon immer sehr beeindruckend.«

»Das kann ich mir vorstellen – gerade angesichts der Bedingungen, unter denen Sie, Stephanie, ihn kennengelernt haben.« Adair schüttelte den Kopf. »Ich war schon zu Besuch auf Sphinx, aber ich habe noch nie einen Hexapuma in freier Wildbahn erlebt ... und das *will* ich auch nicht.«

»Wir fördern derlei Dinge auch nicht«, räumte Karl ein. »Aufgefressene Besucher sind schließlich schlecht für den Tourismus.«

Adair lachte. Harper aber meinte mit einem Kopfschütteln erklären zu müssen: »Karl glaubt von sich, Sinn für Humor zu besitzen, Ms. Adair. Aber davon abgesehen ist er ein wirklich netter Kerl. Man muss ihn nur ein bisschen besser kennenlernen.«

Karl grinste breit, ohne Anzeichen von Reue.

»Aber egal ...«, fuhr Harper dann fort, »die Dekanin hat mich gebeten, euch mit Ms. Adair zusammenzubringen. Ms. Adairs Cousin ist der Earl von Adair Hollow, einem der großzügigsten Förderer dieser Universität, und auch Ms. Adair selbst unterstützt uns sehr. Sie gehört dem Direktorat der Adair Foundation an.«

Er schien eine Reaktion von ihnen zu erwarten, und Stephanie tauschte rasch einen Blick mit Karl, um herauszufinden, ob ihm der Name, der gefallen war, etwas sagte. Nachdem sich Stephanie Anders' und Jessicas Berichte über deren Treffen mit den Xenos angeschaut hatte, hatte sie gleich versucht, mehr über die Stiftung herauszufinden. Nach allem, was Stephanie bislang gelesen hatte, war die Adair Foundation eine respektable und angesehene gemeinnützige Gesellschaft. Die Auflistung der regelmäßigen Gönner las sich wie ein *Who is Who* des manticoranischen Adels – einschließlich seiner Majestät des Königs selbst –, und die Stiftung stand in dem Ruf, in herausragendem Maße zum Schutz der Biodiversität auf allen bewohnbaren Planeten des Sternenkönigreichs beizutragen.

Die Stiftungsstatuten zu lesen und zu erfahren, welche Erfolge sie bereits vorzuweisen hatte, war für Stephanie mehr als beruhigend gewesen. Trotzdem fühlte sie sich immer noch ... unwohl. Zugegeben, sie neigte vielleicht ein wenig arg dazu, Baumkatzen beschützen zu wollen, aber Anders und Jessica gehörten nicht zu den Menschen, die sich schnell zu etwas verstiegen ... vor allem nicht, wenn Ohnefurcht bei ihnen war, der seinen Teil dazu beitrug, dass die beiden sich nicht in eine fixe Idee verrannten. Wenn beide Mitgliedern der Xenos misstrauten, dann hatten sie dafür sicher gute Gründe. Außerdem fanden sich nirgends auf der Homepage der Stiftung – oder sonst irgendwo in den öffentlich zugänglichen Unterlagen – Hinweise auf die Kriterien, die darüber entschieden, welche Xenoanthropologen man bei ihren Forschungen auf Sphinx unterstützen wollte und welche nicht.

Kaum merklich zuckte Karls rechtes Augenlid – die Andeutung eines Zwinkerns. Stephanie unterdrückte ein Lächeln. Ja, Karl hatte den Namen wiedererkannt. Stephanie wäre sogar bereit gewesen zu wetten, dass er schon erahnt hatte, in wessen

Auftrag Ms. Adair handelte, kaum dass Harper sie ihnen vorgestellt hatte – deswegen wohl auch die Bemerkung über Hexapumas und Touristen.

»Ich habe von der Foundation schon gehört, Ms. Adair«, sagte Stephanie daher. »Ich tausche mich mit einigen Freunden auf Sphinx ziemlich regelmäßig über die Expedition aus, die Sie unterstützen.«

»Ach, ich wünschte, das könnte ich mir als mein Verdienst anrechnen«, wehrte Adair ab. Sie hatte eine melodische Altstimme, und das Blitzen ihrer grünen Augen lud dazu ein, in ihr Lachen einzustimmen. »Aber leider gebietet die Aufrichtigkeit zuzugeben, dass wir lediglich den Aufbruch beschleunigt haben. Ich wünschte wirklich, uns wäre diese Idee gekommen – und das deutlich früher, als das Forschungsvorhaben letztendlich zustande gekommen ist –, aber ... na ja ...« Mit einem säuerlichen Lächeln zuckte sie mit den Schultern.

»Früher?«, wiederholte Karl, und Adair nickte.

»Wir haben uns der Aufgabe verschrieben, die Biodiversität zu untersuchen und zu schützen. Das ist Sinn und Zweck der Stiftung. Andere machen sich in dieser Hinsicht derzeit nicht sonderlich viel Gedanken, schließlich reden wir hier von drei ganzen Planeten, auf denen noch praktisch keine Menschen leben. Aber die Foundation geht fest davon aus, dass es nur noch eine Frage der Zeit ist, bis die Menschheit hier im Manticore-System einen unverkennbaren Fußabdruck hinterlässt, wenn ihr versteht, was ich meine. Auf Manticore selbst ist das schon längst der Fall, und es dauert höchstens noch wenige Jahre, bis es auch auf Sphinx zutrifft. Man sollte eigentlich annehmen, dass eine genau darauf zugeschnittene Organisation genug auf Zack ist, um sofort zu begreifen, welche Bedeutung für unsere ureigensten Ziele Stephanies Entdeckung der Baumkatzen hat – oder zumindest: welche Bedeutung diese

Entdeckung haben *könnte.* Aber ich muss zugeben, dass wir das völlig verschlafen haben. Wir hätten einen wirklich *angesehenen* Xenoanthropologen entsenden müssen, statt zuzulassen, dass uns dieser entsetzliche Bolgeo zuvorkommt! Und wo wir gerade dabei sind: Wir hätten seinen Lebenslauf und seine berufliche Laufbahn deutlich gründlicher überprüfen müssen. Dann wäre es vielleicht gar nicht zu diesem ganzen Schlamassel gekommen.

Aber wir hatten uns wohl zu sehr auf Manticore als Betätigungsfeld konzentriert. Und als wir – endlich! – begriffen hatten, was für eine schlechte Wahl dieser selbst ernannte Doktor Bolgeo gewesen war, hatten das Innenministerium und Gouverneurin Donaldson bereits einen Vertrag mit einem angesehenen, nachweislich qualifizierten Forschungsteam von Urako abgeschlossen. Wir nahmen an, damit liege das Ganze in den richtigen Händen ... aber dann dieser Zwischenfall während der Waldbrände letztes Jahr! Um ehrlich zu sein: Wir hatten uns Sorgen über die ... die Zukunft der Whittaker-Expedition gemacht, und bis der Status von Dr. Whittakers Vertrag endgültig geklärt war, hing die ganze Baumkatzenthematik sozusagen in der Luft.

Ich muss also einräumen, dass uns andere zuvorgekommen sind. Wir haben zu spät begonnen, uns Gedanken über die Baumkatzen zu machen. Die Handelskammer des Sternenkönigreichs, die Manticoranische Forschungsgesellschaft, das Königliche Institut und mindestens drei oder vier weitere Organisationen – private und öffentliche gleichermaßen – waren da bereits zu dem Schluss gekommen, wir müssten die Baumkatzen deutlich ausgiebiger erforschen. Man hatte sogar schon Mittel für die Entsendung weiterer Xenoanthropologen bereitzustellen signalisiert, bevor wir involviert wurden. Nun sind wir natürlich auch Anteilseigner auf Sphinx, aber der finanzielle Aspekt ist vergleichsweise unbedeutend. Unser Hauptbeitrag zu dieser Expedition ist, die erforderlichen Vorbereitungen getroffen zu haben. Zudem waren wir der Universität und dem Ministerium dabei behilflich, die Qualifikationen sämtlicher Mitglieder von Dr. Radzinskys Team und auch den persönlichen Hintergrund aller Beteiligten zu überprüfen. Wir waren in die Reisevorbereitungen involviert und haben, das darf ich in aller Bescheidenheit hinzufügen, den Xenoanthropologen hier im Sternenkönigreich ein paar Türen geöffnet und dafür gesorgt, dass sich zwischen ihnen und Dr. Whittaker sowie dessen Team kein Konkurrenzdenken entwickelt, damit es zu einer konstruktiven Zusammenarbeit kommen kann.«

»Scheint's, Sie kennen Dr. Whittaker nicht persönlich«, bemerkte Karl trocken. Fragend hob Adair eine Augenbraue, und er zuckte mit den Schultern. »In vielerlei Hinsicht ist er wirklich ein netter Kerl«, erklärte er. »Aber wenn es um wissenschaftliche Entdeckungen geht, entwickelt er ungefähr so wenig Konkurrenzdenken wie zwei ausgehungerte Hexapumas, die gleichzeitig ein einzelnes Weidekarnickel entdecken.«

»Ach, ganz so schlimm ist er jetzt auch wieder nicht, Karl!«, protestierte Stephanie und gluckste.

Auch Adair lachte. »Selbst wenn doch, wäre er nun wahrlich nicht der erste Wissenschaftler, der sich so verhält, das können Sie mir glauben! Das ist nicht gegen Sie gerichtet, Allen«, ergänzte sie mit einem kurzen Blick auf Dekanin Chartermans Assistenten.

»Ihnen ist schon klar, dass ich praktisch rund um die Uhr hier auf dem Campus bin, oder?«, gab Harper zurück. »Ich habe schon bei einigen Fakultätssitzungen am eigenen Leibe erfahren dürfen, wie sich so ein Weidekarnickel zwischen zwei Wissenschaftshexapumas wie Dr. Whittaker fühlt.«

»Genau das meine ich.« Dann wandte sich Adair wieder Stephanie zu. »Um der Wahrheit die Ehre zu geben: Einer der Gründe, warum die Foundation überhaupt hinzugezogen wurde – selbst so spät noch –, war, dass man uns zutraut, Wissenschaftleregos zu besänftigen. Natürlich sind wir der Ansicht, dass man unmöglich *zu viel* über Baumkatzen wissen kann – das versteht sich wohl von selbst. Und je mehr Wissenschaftler die Spezies erforschen, aus je mehr Blickwinkeln wir sie betrachten, desto mehr erfahren wir. Aber zugleich gilt es, sich zurückzuhalten, was das unerwünschte Vordringen in die Reviere der Baumkatzen betrifft. Was auch immer sonst über diese Spezies ausgesagt werden kann: Sphinx ist die Welt der Baumkatzen. Damit sind wir ihnen bei jedem unserer Besuche zumindest eine gewisse Höflichkeit schuldig. Und was noch wichtiger ist: Wir wollen nicht ihre Kultur kontaminieren oder ihre Gemeinschaftsgefüge belasten. Konkurrierende Forscherteams, die bei den Baumkatzen einfallen, nein, dabei würde ihnen trotz bester Absichten schwer geschadet, und zwar aus reiner Unwissenheit – einfach nur, weil wir noch nicht genug Zeit hatten, vielleicht Entscheidendes über diese Spezies in Erfahrung zu bringen.«

Sie blickte sehr ernst drein, und Stephanie ertappte sich dabei, zustimmend zu nicken.

Adair fuhr fort: »Viele Perspektiven auf die Baumkatzen zu gewinnen und damit verbunden viele Einblicke zu erhalten, ist natürlich wichtig, aber ebenso wichtig ist auch, dass wir alle … tja, man könnte wohl sagen: unter einem Dach vereinigt sind. Und dass wir genug Unterstützung vom Forstdienst bekommen, damit wir niemals wieder ein solches Bolgeo-Debakel erleben müssen.«

»Ich verstehe, was Sie meinen«, sagte Stephanie. »Und ganz bestimmt können Löwenherz oder seine Familie es nicht gebrauchen, wenn auf einmal ganze Scharen von Fremden durch ihr Territorium trampeln! Es wäre mir zwar, ehrlich gesagt, lieber gewesen, wenn nicht noch mehr Wissenschaftler gekommen wären, aber ich verstehe, warum das für notwendig gehalten wird. Und ich weiß wirklich zu schätzen, wie Sie versuchen, die 'Katzen zu schützen.«

»Das ist das Mindeste, was wir tun können«, gab Adair zurück. »Das bringt mich zu dem, weswegen ich Dekanin Charterman gebeten hatte, Sie beide kennenlernen zu dürfen. Allen hier interessiert sich für Gesteine mehr als für Bäume und Vögel – oder eben für Baumkatzen. Aber Sie beide gehören dem SFD an, und Sie, Stephanie, können wegen Ihrer Beziehung zu Löwenherz noch ganz andere Einblicke bieten. Daher ist die Foundation höchst interessiert, Ihre Meinung darüber zu erfahren, inwieweit die Anwesenheit der Menschen auf Sphinx das einheimische Ökosystem beeinflusst. Und natürlich auch«, sie blickte Löwenherz direkt an, »wie die Menschen von Sphinx auf die Entdeckung der Baumkatzen reagieren. Uns allen ist bewusst, dass das in nicht allzu ferner Zukunft ein wichtiges Thema sein wird. Deswegen wären wir für jeden aufschlussreichen Hinweis in dieser Richtung immens dankbar – je früher, desto besser. Wir wissen, dass Sie beide nur wegen der Schulung hier auf Manticore sind, aber wir würden uns äußerst ungern die Gelegenheit entgehen lassen, von Ihren Erfahrungen auf diesem Gebiet zu profitieren.«

Stephanies innere Anspannung wuchs – wie stets, wenn es um die Zukunft der Baumkatzen ging. Aber vieles von dem, was Adair gesagt hatte, klang in Stephanies Ohren sinnvoll. Doch das änderte nichts an dem Misstrauen, das sie, ausgehend von Löwenherz' Empathie, Adair gegenüber verspürte.

»Ich hoffe, das Thema wird nicht *übermäßig* wichtig«, hörte sie sich selbst sagen.

»Das hoffen wir auch«, versicherte Adair ihr, »aber wir können ja nun auch nicht so tun, als hätte die Menschheit, was den Umgang mit Ureinwohnern betrifft, eine weiße Weste vorzuweisen. Deswegen würden wir Sie beide gern zum monatlichen Dinner der Foundation einladen – diesen Dienstag. Das Direktorat dürfte annähernd vollständig anwesend sein, und wenn es Ihnen recht ist, würden wir auch noch einige unserer großzügigsten Förderer hinzubitten – und einige Vertreter der manticoranischen Geschäftswelt, bei denen es wirklich nicht schaden könnte, sie auf der Seite der Baumkatzen zu wissen. Vielleicht könnten Sie, Stephanie, ja einen kurzen Vortrag über die Baumkatzen halten und anschließend noch ein paar Publikumsfragen beantworten?«

»Einladen, und nur *uns beide?*«, fragte Stephanie.

Adair verzog das Gesicht. »Ich weiß, ich weiß! Da wollen wir über Baumkatzen reden, und dann bitten wir Sie nicht einmal, Löwenherz mitzunehmen, blöd, nicht wahr? Leider haben wir erst letzte Woche erfahren, dass Sie überhaupt hier auf Manticore sind, und nun gibt es ein kleines Problem mit dem Restaurant, in dem unsere Treffen immer stattfinden. Bislang ist die Leitung noch nicht bereit, Baumkatzen hereinzulassen ... noch nicht!« Ihre Augen blitzten auf. »Wir arbeiten schon daran, und ich glaube nicht, dass man, wenn wir mit denen fertig sind, noch etwas dagegen haben wird. Aber dieses Problem werden wir nicht vor dem jetzt anstehenden Treffen in den Griff bekommen. Es steht zu hoffen, dass das schon im nächsten Monat ganz anders aussieht, sodass wir dann nicht nur Sie beide, sondern ganz gezielt auch Löwenherz einladen können, bevor Sie wieder nach Sphinx zurückkehren.«

»Ich verstehe.« Stephanie blickte zu Karl hinüber; dieser zuckte mit den Schultern. Wieder kraulte sie Löwenherz' Ohren. »Ich denke schon, dass sich das einrichten ließe«, entschied sie nach kurzem Nachdenken. »Wenn sich das mit der Schulung vereinbaren lässt, heißt das.«

»Ach, ich denke, eine solche Terminkollision wird Frau Dekanin gewiss schon zu verhindern wissen«, versicherte ihr Harper. »Sollte das überhaupt erforderlich werden.«

»Dann nehmen wir die Einladung gern an, Ms. Adair.«

»Gut!« Adair strahlte sie an. »Der ganze Vorstand wird hocherfreut sein, das zu hören, Stephanie, und ich freue mich ganz besonders auf einen interessanten und informativen Abend.«

Als Anders Jessicas ID auf seinem UniLink erkannte, hätte er das Gespräch beinahe nicht angenommen. Mittlerweile hatte er wirklich genug von den Xenos. Ihm graute vor der Vorstellung, Jess zu einem weiteren Interview begleiten zu müssen. Aber wenn *ihm* schon davor graute, wie mochte sich dann Ohnefurcht fühlen?

»Hi, Jess, was gibt's?«

»Hi, Anders, Toby und ich habe ein paar Freikarten für ein Open-Air-Konzert in einem der Parks vor Twin Forks ergattert. Hättest du Lust mitzukommen? Wir könnten vorbeikommen und dich aufsammeln.«

»Wir reden hier nicht von Baumkatzen oder ihrem kulturtechnischen Stand, echt jetzt?«, gab er sofort zurück. »Es soll nicht darüber debattiert werden, ob sie nun zu komplexer Kommunikation fähig sind oder nicht, wirklich? Ich bin dabei!«

»Willst du nicht einmal wissen, was für ein Musikstil da gespielt wird?«

»Völlig egal. Selbst monotoner Ding-jow wäre eine willkommene Abwechslung von Xeno-Gezicke! Wann könnt ihr mich denn aus deren Klauen befreien?«

Jessica kicherte. »Das Konzert fängt gleich nach dem Mittagessen an.«

»Dann lade ich dich vorher noch zum Essen ein – und Toby auch. Könnt ihr denn so früh überhaupt schon?«

»Klar, Mom und ich haben die Schicht getauscht.«

Die Musik erwies sich als wirklich gut – zumindest für die menschlichen Anwesenden. Ohnefurcht hingegen presste schon kurz nach den ersten Tönen die Echtpfoten gegen die Ohren.

»Die müssen irgendwelche Frequenzen verwenden, die ihn stören«, vermutete Toby, als Jessica reumütig das Gesicht verzog und die Baumkatze forttrug.

Wenige Minuten später kehrte sie zurück. »Ich habe Ohnefurcht bis an den Rand des Feldes gebracht. Von hier bis nach Hause ist es nicht mehr weit, das schafft er allein. Wahrscheinlich wird er sich Zeit lassen und auf dem Weg noch ein paar Pflanzensamen mitnehmen. Er hat das Tragenetz und ein paar Probenbeutel dabei.«

Die erste Band auf der Bühne, die, deren Klänge für Ohnefurcht so unerträglich gewesen waren, gehörten eindeutig in die Kategorie ›anspruchsvolle Zuhörmusik‹, der Rest war tanzbar. So tanzte Anders plötzlich mit Leuten, die er überhaupt nicht kannte, und lachte, als er sich an unvertrauten Tanzschritten versuchte. Mehr als einmal tanzte er mit Jessica. Das war wirklich schön. Stephanie tanzte nicht gern.

Als Jess gesagt hatte, Toby und sie hätten Karten ergattert, hatten sich Anders schon gefragt, ob zwischen den beiden vielleicht etwas liefe. *Aber wenn Toby überhaupt an jemandem interessiert ist, dann doch wohl an der niedlichen kleinen Rothaarigen,* dachte er. *Die habe ich, glaube ich, schon bei mehr als einer der öffentlichen Vorführungen des Drachenfliegerclubs gesehen. Vielleicht hat er ja eine Verehrerin?*

Die kühle Abendluft des sphinxianischen Herbstes setzte dem Konzert schließlich ein Ende. Jessica brachte erst Toby nach Hause, dann warf sie einen Blick auf ihr Head-up-Display.

»Hast du Lust auf ein Abendessen bei uns zu Hause? Ich habe Mom heute Morgen dabei geholfen, das Ganze vorzubereiten, deswegen weiß ich, dass mehr als genug da ist. Dr. Marjorie hat Mom gesagt, sie solle sich in den Gewächshäusern einfach bedienen, sonst würde das Zeug bloß verwelken. Und unsere Gefriertruhe platzt schon aus allen Nähten.«

»Ist das denn wirklich in Ordnung?«

»Ich habe das Mom gegenüber heute Morgen schon angedeutet, aber ich kann ja noch einmal ausdrücklich nachfragen. Dann kannst du ihr Ja selbst lesen. Also? Kommst du mit?«

»Klar doch! Aber mach doch noch den Umweg über das Red Letter Café, ja? Dann hole ich da eine Schachtel Eclairs mit Zuckerguss, um meinen unangekündigten Besuch ein wenig zu versüßen.«

»Ach ... das ist doch nicht nötig. Du bist doch selbst süß genug.« Jessica errötete bis in die Haarspitzen. »Ich meine, du bist auch ohne Bestechungsgeschenke herzlich willkommen.«

Auch Anders spürte, dass ihm das Blut ins Gesicht schoss. »Echt, jetzt, glaub einfach dem Sohn eines Xenos: Gäste, die den Nachtisch bringen, sind immer noch ein bisschen willkommener.«

Er rief seinen Dad an und hinterließ ihm die Nachricht, er komme erst etwas später zurück, als ursprünglich gedacht. Als er dann, nachdem er ein großes Paket der versprochenen Eclairs erstanden hatte, wieder zu Jessicas Wagen kam, beendete diese gerade ihrerseits eine Nachricht. Sie streckte ihm ihr UniLink entgegen, sodass er die letzte Textnachricht lesen konnte.

›Du bist herzlich zum Essen eingeladen‹, lautete sie. ›Mom und Dad sind noch nicht wieder zu Hause, aber sie kommen bald. Im Augenblick haben die Zwillinge, Melanie-Anne und Archie, das Sagen. Tiddles und Nathan hat Mom mitgenommen.‹

Anders war Einzelkind wie Stephanie. Ihr Erstaunen, dass Jessicas riesige Familie in all ihrem Durcheinander trotzdem irgendwie funktionierte, einte sie. Allerdings waren auf Sphinx derart große Familien deutlich häufiger als Einkindfamilien. Stephanie hatte zwar erzählt, ihre Eltern hofften noch auf Geschwister für Stephanie, aber bislang schien der richtige Zeitpunkt dafür einfach noch nicht gekommen. Steph schien das ziemlich gelassen hinzunehmen.

»Ich bin doch sowieso schon fast aus dem Haus«, hatte sie gesagt, als Anders nachfragte. »In ein paar Jahren steht das College an. Und danach ... na ja, da würde ich gern in Gebieten auf Sphinx eingesetzt werden, die ich noch nicht so gut kenne. Es gibt auf dieser Welt noch eine ganze Menge, was ich mir anschauen möchte.«

Anders fragte sich gerade erneut, ob er selbst auch so ruhig bleiben könnte, wenn seine Eltern ihm plötzlich einen jüngeren Bruder oder eine kleine Schwester präsentierten, doch dann hörte er, wie Jessica scharf die Luft einsog.

»Warte mal«, sagte sie und bremste den Flugwagen ab. »Da unten steht ein Wagen, den ich nicht kenne. Eigentlich sollen die Zwillinge keine Fremden hereinlassen, aber gerade Melanie-Anne ist einfach viel zu vertrauensselig. Trotzdem will ich jetzt noch nicht Krach schlagen. Ich lande auf dem Hinterhof, dann können wir reingehen, ohne dass uns jemand sieht.«

Sie steuerte den Wagen so geschickt und so unmerklich zu seinem neuen Landeplatz, dass sich Anders unweigerlich fragte, ob es Jessica nicht vielleicht schon das eine oder andere

Mal opportun erschienen war, unbemerkt zu kommen oder zu gehen.

*Oder bin ich vielleicht einfach zu misstrauisch? Bei einem Haus mit so vielen Kindern, da ist es doch ganz natürlich, dass man Mittel und Wege ersinnt, nicht das Baby zu wecken!*

»Ohnefurcht ist noch nicht zurück«, sagte Jessica leise, während sie die Wagentür öffnete. »Aber er ist auf dem Weg.«

Die Abendkühle hatte alle dazu gebracht, ins Haus zu gehen. Jessica führte Anders an der Seite des verschachtelten Hauses entlang. Zusammen mit Stephanie war Anders schon viele Male hier gewesen und wusste daher, dass Jess einen Seiteneingang ansteuerte. Durch diesen gelangte man in einen Flur, der den vorderen mit dem hinteren Teil des Hauses verband. Eine gute Wahl! Dort könnten sie unbemerkt ins Haus kommen und würden fast alles verstehen, was irgendwo im Hause gesprochen wurde.

Beinahe lautlos öffnete Jessica die Tür und bedeutete Anders wortlos, rasch hineinzugehen. Fast augenblicklich bemerkte er, wie ruhig es im Haus war. Völlig still war es im Hause Pheriss niemals – dafür lebten darin einfach zu viele Personen –, aber an diesem Abend war selbst von diesem normalen Alltagslärm keine Spur. Irgendwo lief leise Musik, aber nirgends trampelte jemand die Treppen hinauf oder hinunter, und auch aus der Küche war nicht das Klirren von Tellern und Besteck zu hören.

Stattdessen war aus dem vorderen Teil des Hauses, aus dem Raum, der am ehesten die Bezeichnung ›Wohnzimmer‹ verdiente, eine Männerstimme zu hören. Kurz darauf antwortete ihr eine helle Kinderstimme – Archie, der Zwillingsjunge, wie Anders glaubte. Zu verstehen waren die Worte zwar nicht, aber sie klangen völlig ruhig. Anders lockerte die angespannten Schultern. Bis zu diesem Augenblick hatte er nicht bemerkt, wie sehr er sich unwillkürlich verkrampft hatte.

Jessica legte einen schlanken Finger an die Lippen und bedeutete Anders, ihr zu folgen. Vorsichtig stiegen sie über herumliegendes Spielzeug hinweg, während sie den Korridor hinunter zum vorderen Teil des Hauses gingen. Kurz vor der Tür zum Wohnzimmer blieben sie stehen.

»Also habt ihr euch nie bedroht gefühlt?«, fragte die Männerstimme. »Obwohl ihr gehört habt, dass Baumkatzen Fleischfresser sind?«

»Nein«, antwortete Melanie-Anne nachdenklich. »Unsere Hunde, Otis und Mookie, sind doch auch Fleischfresser, aber wir haben keine Angst vor denen.«

»Otis und Mookie«, wurde sie von einer jüngeren Stimme – Billiam? – pedantisch korrigiert, »fressen Kibbler. Ohnefurcht findet Kibbler eklig. Der isst gerne Chipmunks. Das habe ich gesehen. Er hat's ganz aufgegessen!«

»War das schlimm für dich?«, fragte der Mann nach. »Manche Leute halten sich Chipmunks als Haustiere, weil die so niedlich sind.«

Diese Stimme kannte Anders! Dann wusste er sie auch schon einzuordnen: Duff DeWitt, Dr. Radzinskys Assistent. Gerade gestern noch hatte Dad irgendetwas über diesen Mann gesagt … was war es noch gewesen? Genau! *Der Kerl muss Beziehungen haben, ganz weit nach oben, meine ich. Denn als Anthropologe ist er keine große Nummer, im Gegenteil! Was Radzinsky sich nur davon verspricht, ihn mitgenommen zu haben?*

Mit seinem blonden Haar, den dunklen Augen, dem durchtrainierten Körper und den scharfen Gesichtszügen war DeWitt eindeutig ein gut aussehender Mann. Dads anzüglicher Tonfall hatte unmissverständlich verraten, welche Gründe Cleonora Radzinsky *seines Erachtens* hatte, DeWitt ausgewählt zu haben. Gestern hatte Anders die spöttischen Bemerkungen seines Vaters beruflicher Gehässigkeit zugeschrieben, doch jetzt fragte er sich, ob Dad nicht vielleicht recht hatte. So führte man doch kein Gespräch, wenn man dabei wissenschaftliche Erkenntnisse anstrebte! Jessicas Geschwister waren samt und sonders jünger als sie – ein Interview mit Kindern durfte überhaupt nicht geführt werden, wenn nicht wenigstens ein Elternteil anwesend war! Und wenn das keine Suggestivfragen waren ...

Doch Billiam plapperte jetzt fröhlich darüber, dass ihm Ohnefurchts Essgewohnheiten nicht das Geringste ausmachten. Wie es für sein Alter durchaus nicht ungewöhnlich war, empfand er sogar kindliche Freude darüber, dass Ohnefurcht ›sogar die ganzen Eingeweide runtergeschluckt‹ hatte!

Anders hatte damit gerechnet, Jessica würde jetzt einschreiten, um Ohnefurchts Charakter zu verteidigen – und sie hatte schließlich schon mehr als einmal unter Beweis gestellt, dass sie auf ihre Art mindestens ebenso furchtlos war wie Stephanie –, doch sie hielt sich zurück. Dann warf sie ihm einen Blick zu ... und als Anders die tiefen Sorgenfalten auf ihrem Gesicht sah, begriff er auch, warum sie nicht einschritt.

*Wenn sie Ohnefurcht jetzt verteidigt, würde das den Eindruck erwecken, es gebe etwas, wogegen man ihn verteidigen* müsse. *Jessica – und ich auch – wären so ziemlich die schlechteste Wahl dafür, hier und jetzt einzuschreiten, weil allgemein bekannt ist, dass wir Baumkatzen* mögen. *Und diesen Umstand würde sich dieser DeWitt bestimmt zunutze machen.*

Er griff nach Jessicas Hand und tippte gegen das UniLink an ihrem Handgelenk. »Ruf hier an!«, formten seine Lippen lautlos, aber überdeutlich. »Unterbrich ihn damit.«

Jessica nickte. Sie hätte eine Textnachricht abschicken können, aber es erschien ihr unwahrscheinlich, dass die Kinder, die dem fremden Mann so gebannt lauschten, das überhaupt mitbekämen. Aber da die Eltern nun einmal nicht da waren, würden die Pheriss-Kinder einen eingehenden Anruf wohl kaum ignorieren.

Jessica bewegte sich gerade schon so leise wie möglich zum hinteren Teil des Hauses, als ein unerwarteter Retter in der Not erschien. Sie hörte, wie die Haustür geöffnet wurde – sie führte in einen kleinen Flur gleich neben dem Wohnzimmer. Dann waren die Schritte von Buddy Pheriss in seinen schweren Stiefeln zu hören.

»Wer sind Sie denn, junger Mann? Was machen Sie in meinem Haus?«

Jessica deutete auf eines der vielen Fenster des Flurs: Wenn Anders und sie ihren derzeitigen Standort nur geringfügig veränderten, könnten sie auf dieser Scheibe das gespiegelte Abbild der Geschehnisse im Wohnzimmer mitverfolgen. In einer fließenden, gelassenen Bewegung erhob sich DeWitt und hielt Mr. Pheriss die Hand entgegen. Die Situation schien ihm nicht im Geringsten unangenehm. Buddy Pheriss war ein kräftiger, drahtiger Mann, der sich den Lebensunterhalt mit den verschiedensten Jobs verdiente, darunter waren viele, bei der körperliche Arbeit gefordert war. Den langen Bart trug er derzeit zu einer buschigen Spitze frisiert, sein dichtes, rotbraunes Haar, ebenso lockig wie das seiner Tochter, war länger, als es der aktuellen Mode entsprach. Alles in allem wirkte der Herr dieses Hauses ziemlich wild, doch DeWitt schien nicht im Mindesten eingeschüchtert.

»Mein Name ist Duff DeWitt, ich bin Dr. Radzinskys Assistent. Ich hatte angerufen, und da wurde mir gesagt, ich dürfe vorbeikommen, um mit Ihrer Familie darüber zu reden, wie es ist, eine Baumkatze im Haus zu haben.«

»Und wer hat das erlaubt?« Die geknurrte Frage war an die im Wohnzimmer versammelten Kinder gerichtet. Zögerlich hob Melanie-Anne die Hand.

»Das war ich, Dad. Ich meine, er hat gefragt, ob hier jemand was über Baumkatzen weiß und mit ihm reden würde. Ich hab echt nicht gewusst, dass er vorbeikommen wollte, aber als er dann hier war ...« Sie ließ den Satz verklingen.

»Hmm.« Ein einziger, einsilbiger Laut, der trotzdem Konsequenzen versprach. Doch ablenken ließ sich Mr. Pheriss nicht. »Mr. DeWitt, Sie mögen das vielleicht nicht bemerkt haben, aber eine der Scheiben des Frontfensters hat einen Riss. Seit geraumer Zeit vergisst unser Vermieter regelmäßig, sich darum zu kümmern, und genau deswegen vergesse ich es *nicht.*«

Anders grinste. Die Vermieter der Pheriss' waren genau die Franchittis, die auch Stephanie so von Grund auf verabscheute.

»Deswegen habe ich gehört, welche Fragen Sie meinen Kindern gestellt haben. Jede Menge Fragen, wie ich sagen muss. Denn ich stehe schon ein wenig länger hier. Besonders interessant fand ich, dass Sie meiner Rasselbande hier ein Diagramm eines Baumkatzengebisses gezeigt haben. Und wie Sie erklärt haben, wie hart doch die Krallen von Baumkatzen sind und wie viele sie haben. Besonders wissenschaftlich war das nicht gerade, oder?«

DeWitt blinzelte ihn verdutzt an. Sollte er im Vorfeld überhaupt Erkundigungen über die Familie Pheriss eingezogen haben, dann hatte er offenkundig den Fehler gemacht, aus dem Fehlen einer höheren Bildung das Fehlen von Verstand abzuleiten. Sein Mienenspiel verriet deutlich, dass er begriffen hatte, einen großen Fehler gemacht zu haben.

Die nächsten Minuten waren für jeden außenstehenden Beobachter höchst interessant: Sie konnten sich darauf verlassen, dass Duff DeWitt aus dem Haus der Pheriss' keineswegs vielsagende Interviewfetzen über die Gefährlichkeit von Baumkatzen mitbringen würde. Mr. Pheriss brachte nicht nur in Erfahrung, dass DeWitt das gesamte Gespräch aufgezeichnet hatte – dabei erwies sich Billiam als recht hilfreich –, sondern er stellte auch noch sicher, dass die betreffenden Aufzeichnungen vollständig gelöscht wurden ... und dazu auch das Backup, das DeWitts UniLink angefertigt hatte.

»Über wissenschaftliches Vorgehen und den angemessenen Umgang mit Minderjährigen als Testpersonen werde ich noch ein paar Wörtchen mit ihrer Chefin sprechen«, schloss Mr. Pheriss, während er den unwillkommenen Gast hinauskomplementierte. »Das können Sie mir glauben. Wir können doch nicht zulassen, dass die Messreihe verfälscht wird, nicht wahr? Vielleicht lass ich auch fallen, was ich von widerlichem Abschaum halte, der es gezielt darauf anlegt, kleine Kinder zu verschrecken. Aber wenn Sie jetzt einfach gehen und keinen Ärger machen, dann behalte ich das *vielleicht* für mich!«

Als DeWitt endlich fort war, rief Mr. Pheriss: »Und du kannst dann jetzt auch aus deinem Versteck kommen, Jessica. Der junge Mann da ebenfalls. Bevor deine Mama nach Hause kommt, müssen wir noch kurz auf die Jagd gehen: Wir müssen uns doch vergewissern, dass unser feiner Besuch nicht irgendwelche Gerätschaften hier versteckt hat. Immer schön auf Nummer sicher gehen, so sehe ich das zumindest ...«

Wie der Blitz kam Jessica aus ihrem Versteck und umarmte ihren Vater. Deutlich langsamer folgte ihr Anders; dabei dachte er angestrengt nach.

*Jetzt kapiere ich allmählich, wieso diese Familie trotz der vielen Umzüge so gut funktioniert: Wenn's hart auf hart kommt, können die sich blind aufeinander verlassen. Die ganze Zeit hatte ich Mitleid mit Jessica, aber jetzt ... jetzt beneide ich sie sogar.*

Das Charleston Arms war das feinste Restaurant, das Stephanie je zu Gesicht bekommen hatte. Ja, es war sogar so fein, dass es sie nervös machte. Ihre Mom hatte darauf bestanden, mindestens einen Satz ›feine Klamotten‹ mitzunehmen, obwohl sich Stephanie am wohlsten in der Sorte Kleidung fühlte, mit der man sich durch den Urwald schlagen konnte. Hier und jetzt jedoch war sie sehr dankbar dafür, dass ihre Mutter in dieser Hinsicht unerbittlich gewesen war – zugleich aber war sie sich sicher, dass ihre Vorstellung von ›feinen Klamotten‹ nicht ganz dem entsprach, was im Charleston Arms Standard war. Da fehlte noch ungefähr ein Lichtjahr. Mindestens. ›Underdressed‹ war gar kein Ausdruck!

Aus eigener Erfahrung wusste Stephanie natürlich, dass man auf neu besiedelten Welten dazu neigte, flachere Gebäude zu errichten, statt Türme mit hunderten von Stockwerken hochzuziehen – weil man Platz hatte. Aber selbst vor diesem Hintergrund war das Charleston Arms lächerliche Platzverschwendung: Es lag in der Mitte seines eigenen, peinlichst gepflegten Vier-Hektar-Parks und war in einem neoklassizistischen Stil erbaut, wie die Homepage des Restaurants verkündete. Stephanie konnte weder mit Neoklassizismus als Stilbeschreibung etwas anfangen, noch sich etwas unter dem wohl zuvor nötigen Klassizismus vorstellen. Nirgends besaß das Gebäude mehr als zwei Stockwerke, das Dach war mit roten Schindeln gedeckt, die Mauern bestanden aus unbehauenem manticoranischem Granit. Arkadengänge mit Säulen, deren Basen so breit waren wie Stephanie groß, trugen das Dach. Das ganze Gebäude schrie Macht und Reichtum heraus … und trotz der unbestreitbar beeindruckenden, klaren Formen war da etwas, was Stephanie zutiefst nervös machte.

*Wahrscheinlich bloß die Tatsache, dass die Leute, die diesen Laden hier schmeißen, dir nicht erlaubt haben, Löwenherz mitzubringen*, rief sie sich selbst ins Gedächtnis zurück. *Also immer schön höflich bleiben.*

Der unfassbar hochnäsige Mann, der darauf bestand, Stephanie und Karl die Taxitür zu öffnen, als wären sie außerstande, eine derart anspruchsvolle Aufgabe selbst zu erfüllen, brachte tatsächlich das Kunststück fertig, nicht ihrer schlichten Kleidung wegen die Nase zu rümpfen – aber es fiel ihm sichtlich schwer. Stephanie vergalt es ihm, indem sie ihn zuckersüß anlächelte, während er sie die breiten, flachen Steinstufen hinaufführte, über die man das eigentliche Restaurant erreichte. Stephanie hätte nicht sagen können, was dem Mann mehr Sorgen bereitete: dass sie beide sich im Inneren des Gebäudes verlaufen oder versuchen könnten, die antiken Türknäufe zu klauen, wenn er sie nicht die ganze Zeit über genau im Auge behielte.

Die Wände drinnen waren holzvertäfelt, die Böden aus spiegelglattem Marmor, und leise, diskrete Hintergrundmusik sorgte für genau jene Sorte Atmosphäre, die Stephanie hier schon befürchtet hatte. Sie fragte sich, wie sie etwas mit einer Organisation verbinden sollte, die hier, ausgerechnet hier, zusammentraf. Gerade überlegte sie, wie sie wohl zum strategischen Rückzug Richtung Taxi blasen könnte, als jemand ihren Namen rief.

»Stephanie! Ich freue mich sehr, dass Karl und Sie heute kommen konnten!«, begrüßte Gwendolyn Adair sie. Sie schwebte über den Marmor hinweg auf sie zu, hochgewachsen und wunderschön in einem edlen Abendkleid von derart beiläufiger Eleganz, dass es sicher mehr gekostet haben dürfte als der Flugwagen der Harringtons, und strahlte sie an. »Es tut mir so leid, dass Sie mit dem Taxi kommen mussten. Hätten Sie mich angerufen, hätte die Stiftung selbstverständlich dafür gesorgt, dass man Sie beide abholt.«

»Das ging ganz prima so, vielen Dank.« Wieder lächelte

Stephanie, doch sie war versucht anzumerken, dass Karl und sie bestens in der Lage wären, sich allein im Urwald von Sphinx zurechtzufinden, was war dann schon eine Taxifahrt auf Manticore? Doch ja, dem Schrecken, ein Lufttaxi aufzutreiben, würden sie sich im absoluten Notfall sicher stellen können.

»Aber wo Sie beide jetzt hier sind, zeige ich Ihnen, in welchem Saal wir speisen.« In einem charmanten Lächeln zog Gwendolyn die Nase kraus. »Ich finde ja, beim Bau des Restaurants hat man ein bisschen zu viel Wert darauf gelegt, gewisse Kunden mit der Grandeur dieses Etablissements auch angemessen zu beeindrucken. Um sich hier zurechtzufinden, braucht man ein GPS!«

Die Belustigung in ihrem Ton klang so echt, dass sich Stephanie dabei ertappte, ihre Gastgeberin erneut anzulächeln – dieses Mal sehr viel ungezwungener. Als sie zu Karl hinüberschaute, bemerkte sie, dass er ebenfalls lächelte – vielleicht auch nur, weil Gwendolyn irgendwie das Kunststück vollbrachte, ihren Begleiter/Wächter verschwinden zu lassen, ohne ein einziges Wort zu sagen. Dann wandte sie sich um und führte ihre beiden Gäste über die stille See aus Marmor durch einen Gang mit Tonnengewölbe und zwei flache Treppenstufen hinab, bog um die Ecke, geleitete sie einen weiteren Korridor hinab, dann einige Treppenstufen *hinauf*, durch ein Atrium mit einem kleinen Hain exotischer Zierbäume und blühender Sträucher hindurch, an einem Teich mit echten Koi-Karpfen vorbei und – endlich! – durch eine hohe, breite doppelflügelige Tür in einen Speisesaal, der, gemessen an den Tonnengewölben zuvor, kleiner als erwartet war. Wahrscheinlich für gemütliche Essen mit höchstens drei- bis vierhundert Gästen gedacht. Wenn's hochkam.

Die Reise zu diesem Saal, so kurz sie als solche gewesen war, machte Stephanie nachdrücklich darauf aufmerksam, dass

Karl und sie sich auf Territorium befand, auf dem sie sich noch weniger heimisch nicht hätte fühlen können.

Bodentiefe Fenster boten einen herrlichen Blick auf einen kleinen, wunderschönen Teich (der natürlich ebenfalls Teil des restauranteigenen Parks war). Unmittelbar darüber stand die untergehende Sonne und tauchte alles in warmes, goldenes Licht. An einem Ende des Speisesaals war ein Rednerpult aufgestellt: eine kleine, verloren wirkende Insel inmitten von Eisschollen – den mit weißem Damast eingedeckten Tischen, auf denen silbernes Besteck und Kristallgläser funkelten. Einige Dutzend Gäste warteten bereits auf sie. Die (gar nicht so wenigen) Anwesenden schienen sich in diesem gewaltigen Raum beinahe zu verlieren, und zu ihrem Verdruss musste Stephanie einräumen, dass so ziemlich jeder von ihnen mindestens ebenso elegant gekleidet war wie Gwendolyn Adair.

»He, keine Panik«, raunte ihr eine sehr leise Stimme ins Ohr. Aus dem Augenwinkel blickte Stephanie zu Karl auf. »Die sind alle heute hier, um *dich* zu sehen und dir zuzuhören, Steph«, setzte er dann hinzu und tätschelte ihr die Schulter.

Sie lächelte ihn an, dann folgte sie so gelassen wie möglich Ms. Adair geradewegs in die Pracht des Bankettsaals hinein.

»Und jetzt, Ladys und Gentlemen«, verkündete Adair beinahe zwei Stunden später, »ist es mir eine besondere Freude, Ihnen Stephanie Harrington vorzustellen.«

Von ihrem Platz an dem Rednerpult lächelte sie Stephanie an und winkte sie auffordernd zu sich. Die geladenen Gäste applaudierten enthusiastisch, als sich Stephanie erhob. Die einführenden Worte wären eigentlich nicht nötig gewesen, schließlich hatte man Karl und sie einer geradezu endlosen Schar von Gästen bereits persönlich vorgestellt: Adligen und

Superreichen und superreichen Adligen. Trotzdem fiel der Applaus kräftiger aus, als Stephanie erwartet hatte, und sie musste sich selbst eingestehen, dass es sich bemerkenswert gut anfühlte, sich vom Applaus gleichsam auf die Bühne tragen zu lassen. Trotzdem war da auch ein Anflug von Verärgerung, weil man nur *sie* aufgefordert hatte, zu diesem erlesenen Personenkreis zu sprechen. Karl gehörte ebenso zum SFD wie sie, und er bemühte sich ebenso wie sie darum, die 'Katzen zu schützen. Aber die Adair Foundation schien (ebenso wie alle anderen im Sternenkönigreich auch) völlig auf die Geschichte ihrer ersten Begegnung mit Löwenherz fixiert zu sein.

*Na ja, zumindest auf die Geschichte, die sie alle kennen,* verbesserte sie sich in Gedanken und musste an ein heftiges Gewitter und einen kleinen, pelzigen Selleriedieb im strömenden Regen denken.

Der Applaus hielt an, bis Stephanie zu Gwendolyn Adair an das kleine Rednerpult herangetreten war. Dann verebbte er, und Adair fuhr fort: »Ich weiß, dass Sie alle mit den Meldungen über Stephanie und Löwenherz vertraut sind, und Sie alle sind gewiss ebenso verärgert wie ich darüber, dass er uns heute Abend nicht ebenfalls beehren konnte. Da wir auch bei Ihnen hier im Saal diese Kenntnis voraussetzen können, können wir uns blumige Begrüßungsfloskeln schenken und uns gleich dem wahren Grund für unsere heutige Zusammenkunft zuwenden.« Sie blickte Stephanie an. »Es wäre schön, wenn Sie, Stephanie, uns zunächst einmal ein wenig von den Eindrücken erzählen, die Sie von Baumkatzen gewonnen haben. Und wenn es Ihnen dann recht ist, könnten Sie ja vielleicht die eine oder andere Frage Ihrer Zuhörer beantworten.«

»Klar.« Stephanie erwiderte das Lächeln ihrer Gastgeberin – ein *ganz* klein wenig zuversichtlicher, als ihr eigentlich zumute war. Während Adair zu ihrem Stuhl zurückkehrte, trat

Stephanie hinter das Podium und zog das Mikro zu sich hinunter.

»Zunächst einmal«, begann sie, »möchte ich Ihnen allen dafür danken, Karl und mich eingeladen zu haben.« Sie hatte Karls Namen ein wenig betont, und so nahm sie mit Genugtuung wahr, dass tatsächlich einige der Anwesenden zu ihm hinüberblickten. »Und ich bedauere ebenso wie Ms. Adair, dass Löwenherz heute nicht hier sein darf. Er ist eigentlich ein sehr viel besserer Botschafter für die Baumkatzen als ich ... auch wenn er nicht sprechen kann.«

Belustigtes Raunen im Saal war die Reaktion auf ihre letzte Bemerkung, und Stephanie atmete unauffällig noch einmal tief durch. *Kommen wir jetzt zum schwierigen Teil*, dachte sie. Es galt, diese Leute dazu zu bewegen, sich für die Bedürfnisse der Baumkatzen einzusetzen – aber das musste so geschehen, dass die Anwesenden Löwenherz und all die anderen schützen wollten, ohne dass Stephanie selbst im Vorfeld die Intelligenz der Baumkatzen übermäßig betonte.

»Als ich Löwenherz zum ersten Mal begegnet bin, habe ich etwas wirklich richtig Dummes angestellt«, setzte sie an. »Wäre er nicht aufgetaucht, wäre ich heute nicht hier. Insofern bin ich vermutlich ihm gegenüber ein wenig voreingenommen, und genau deswegen bin ich sehr froh über die Gelegenheit, einer Organisation wie der Adair Foundation von ihm und den anderen Baumkatzen berichten zu dürfen. Natürlich stehen wir noch ganz am Anfang, mehr über sie zu erfahren, und es wird noch viele Jahre dauern, bis man auch nur ansatzweise eine abschließende Beurteilung dieser Spezies wird vorlegen können. Aber eines steht schon jetzt zweifelsfrei fest: Sie waren schon lange vor uns auf Sphinx. Deswegen hat der SFD diese Spezies auch unter den Schutz der Krone gestellt. Dieser Status ist allerdings nur ein Provisorium. Er kann den Baumkatzen jederzeit wieder entzogen oder in seinem Inhalt verändert werden – was Karl und ich für äußerst unklug halten. Wir hoffen sehr, dass Sie alle uns am Ende dieses Abends beipflichten werden. Denn wir können jede nur erdenkliche Hilfe dabei gebrauchen, die Baumkatzen in der gleiche Weise unter Schutz stellen zu lassen, wie ich unter ihrem Schutz stand, als ich mich einem Hexapuma gegenübersah.«

Sie war aufrichtig und ehrlich und daher klang sie auch so. Als sie nun den Blick über die Reihen ihrer Zuhörer wandern ließ, glaubte sie, genau diese Ehrlichkeit auch in deren aufmerksamen Gesichtern widergespiegelt zu sehen. Gebannt hörte man ihr zu. Das hoffte sie zumindest.

»An jenem Abend«, fuhr sie dann fort, »als mein Flugdrachen in die Kroneneiche krachte, hatte ich noch keine Ahnung, was geschehen würde. Ich dachte eigentlich ...«

# 11

»Mann, bin ich froh, dass das vorbei ist!«, gestand Stephanie mehrere Stunden später. Gwendolyn Adair und Oswald Morrow, der Finanzdirektor des Earls, ihres Cousins, begleiteten gerade Karl und sie zum Taxi, das vor dem Nobelrestaurant auf sie wartete. »Vor so vielen Leuten sprechen zu müssen, hat mich doch nervöser gemacht als erwartet.«

»Tatsächlich?« Adair neigte den Kopf und suchte Stephanies Blick. »Angemerkt hat man Ihnen das nicht. Ehrlich gesagt, haben Sie sich außerordentlich gut geschlagen. Meinen Sie nicht auch, Mr. Morrow?«

»Ich habe keinerlei Anzeichen für Nervosität bemerkt«, pflichtete ihr der Gefragte bei. »Und ich finde, Sie sind auch mit den anschließend Fragen gut umgegangen.«

»Und sehr ... geschickt«, setzte Ms. Adair hinzu. Stephanies Blick huschte zu ihr hinüber, und Adair lächelte freundlich. »Ich hoffe, Sie verstehen das jetzt nicht falsch, Stephanie, aber es war offensichtlich, dass Sie hin und wieder Ihre Worte ... mit sehr viel Bedacht gewählt haben. Sie sorgen sich sehr um die Baumkatzen, oder?«

»Sicher.« Stephanie musste sich sehr zusammenreißen, nicht aufzufahren. »Aber ich finde, dazu habe ich auch allen Grund.«

Sie spürte Karls Hand auf der Schulter. So unterstützt gelang es Stephanie tatsächlich, sich wieder zu entspannen.

»Natürlich«, pflichtete ihr Adair ruhig bei. »Das sollte nur eine Beobachtung sein, keine Kritik. Ich teile Ihre Sorge um sie sogar – genau das ist ja auch Sinn und Zweck der Adair Foundation: der Schutz einer Spezies wie der Baumkatzen, nicht wahr? Das sollte ein Kompliment sein! Natürlich ist noch nicht entschieden, wie das Urteil über die Intelligenz der Baumkatzen lauten wird, aber aus meiner Sicht ist ein solches Urteil vorsichtig und mit Bedacht zu fällen. Niemand von uns will schließlich erleben, dass Sphinx zu einem zweiten Barstool wird.«

Der Gedanke daran, was den Amphors auf dem Planeten Barstool widerfahren war, war wie ein Stich mitten ins Herz: Die menschlichen Siedler rotteten die einheimische Spezies aus, um zu verhindern, dass diese, und nicht etwa die menschlichen Siedler, Anspruch auf Barstool erhoben. Wieder spürte Stephanie Karls Hand auf der Schulter, diesmal ebenso Trost wie Warnung. Stephanie zwang sich, den Blick aus Gwendolyn Adairs grünen Augen ruhig zu erwidern.

»Nein, wirklich nicht«, hörte sie sich selbst in ruhigem Tonfall zustimmen. »Und Sie haben natürlich recht: Geschehnisse wie auf Barstool erinnern mich daran, nur ja nicht zu enthusiastisch zu werden, wenn ich über die 'Katzen spreche. Klar, es ist noch ein bisschen arg früh, sich in dieser Hinsicht wegen Sphinx Sorgen zu machen. Dort passt der Forstdienst auf die 'Katzen auf ... und noch sind wir ja nicht so weit, die Intelligenz der 'Katzen zu bestimmen. Sorgen mache ich mir trotzdem. Ich stehe einfach viel zu tief in Löwenherz' Schuld, um tatenlos zuzusehen, falls ihm oder den anderen Baumkatzen etwas Schlimmes passiert.«

»Aber natürlich«, bestätigte Ms. Adair, während sie durch das Portal des Charleston Arms in die windig-warme Nacht von Landing hinaustraten. »Anders könnte es doch auch gar nicht sein, und ich bin froh – und das sage ich im Namen der ganzen Foundation –, dass sie in Ihnen eine so gute Freundin haben. Und dass Mr. Zivonik und der ganze SFD auf ihrer Seite stehen, natürlich.«

Sie waren beim Taxi angelangt, das auf dem Parkstreifen gewartet hatte. Stephanie lächelte ihre Gastgeberin freundlich an und streckte ihr die Hand entgegen. »Danke! Ich bin auch froh, dass die Foundation auf der Seite der Baumkatzen ist«, erklärte sie und schüttelte fest Ms. Adairs Hand. »Ich wünschte, wir könnten noch länger bleiben und weitere Fragen beantworten, aber Karl und ich haben morgen früh um neun Uhr eine Prüfung, und in unserem Wohnheim erwartet eine gewisse 'Katz schon sehnsüchtig eine Extrastange Sellerie.«

»Wir sind so was von erledigt«, meinte Oswald Morrow leise, während Gwendolyn Adair und er dem Flugtaxi hinterherblickten.

»Die Kleine ist tatsächlich umgänglicher und vor allem beeindruckender, als ich bei jemandem in ihrem Alter erwartet hatte«, pflichtete ihm Gwendolyn bei. »Dass sie Zähigkeit besitzt und Entschlusskraft, überrascht nicht. Denn ohne das hätte sie wohl kaum einen Hexapumaangriff überlebt. Dass sie gewitzt ist für ihr Alter, war auch klar. Aber sie ist viel gelassener und selbstbeherrschter als erwartet. Sie hat in dieser Umgebung und vor einem solchen Publikum gesprochen, ohne sich im Mindesten einschüchtern zu lassen.«

»Zumindest nicht so, dass es zu bemerken gewesen wäre.« Morrow schnitt eine Grimasse. »Die Medienfritzen werden ganz begeistert von ihr sein, wenn sie erst einmal Interviews gibt. Schlau, süß, zäh, ungewöhnlich reif – sie ist für uns die Verkörperung des PR-Albtraums, Gwen! Wenn sie sich in Interviews genauso schlägt wie heute Abend und dann noch die Baumkatze auf der Schulter hat, die ganz genauso süß und tapfer ist, mit ihren Narben und der fehlenden Pfote ... zusammen bringen die beiden alle Herzen im ganzen Sternenkönigreich zum Schmelzen! Ich sag dir, jeder Idiot wird sich auf die Seite dieser kleinen Ungeheuer schlagen. Und wenn das passiert, dann kannst du das mit den schönen Landerwerbsoptionen auf Sphinx gleich vergessen. Das Parlament wird den Anspruch dieser blöden Viecher auf den Planeten offiziell anerkennen, und der Marktwert sämtlicher Grundstücke wird in den Keller gehen.«

»Bemerkenswert, mit welchem Scharfsinn du das Offensichtliche erkennst, Ozzie«, meinte Gwendolyn bissig. »*Natürlich* werden Vorkaufsrechte hoffnungslos an Wert verlieren, wenn das passiert. Aber wenn ich mich nicht irre, wollen wir ja genau das verhindern, oder etwa nicht?«

»Ja, genau«, versetzte Morrow scharf, »und im Augenblick stehen unsere Chancen dafür alles andere als gut, oder etwa nicht?«

»Schon möglich. Aber diese Möglichkeit hat ja von Anfang an bestanden, oder? Hat denn Dr. Radzinsky etwas Neues zu berichten?«

»Nichts Gutes«, antwortete Morrow düster. »Sie hält die Beweislage für ziemlich eindeutig, dass das Viehzeug nicht bloß Werkzeuge verwendet, sondern auch selbst anfertigt – und das sogar auf noch fortschrittlicherem Niveau, als wir befürchtet hatten.« Er schüttelte den Kopf. »Sie wird die Wissenschaftsgemeinde nicht davon überzeugen können, dass den Baumkatzen jegliche Intelligenz abzusprechen ist. Zumindest nicht sehr lange. Und sie hält es für sehr unwahrscheinlich, dass es ihr gelingen wird, deren Intelligenz in der allgemeinen Wahrnehmung auf ein Minimum herunterzuspielen.«

»Nicht überraschend, nicht für mich zumindest.« Nachdenklich blickte Adair den Hecklichtern des Taxis hinterher und schürzte die Lippen. »Wenn uns also nicht irgendein Pestizid einfällt, das nur Baumkatzen tötet, ohne das restliche Ökosystem in Mitleidenschaft zu ziehen, haben wir sie wohl am Hals.«

Betreten betrachtete Morrow aus dem Augenwinkel ihr Profil. Vermutlich hatte sie nur einen Scherz gemacht. Nicht einmal Gwendolyn würde eine ganze Spezies ausrotten wollen ... oder vielleicht doch? Sicher konnte man sich bei ihr nie sein. Schon vor Jahren hatte er eines begriffen: Hatte sie sich erst einmal einem Ziel verschrieben, verfolgte sie es skrupelloser noch als er ... und sie hatte deutlich mehr eigenes Vermögen in sphinxianische Landerwerbsoptionen investiert, als er anfänglich geglaubt hatte.

»Na ja«, seufzte sie nach kurzem Schweigen, »wenn das so ist, dann ist das eben so. Unsere Partner werden darauf bestehen, dass wir die ›Das-sind-doch-bloß-Tiere!‹-Schiene fahren. Aber du hast recht: Damit kommen wir nicht durch. Das heißt aber noch nicht, dass wir nicht doch einen Großteil dessen erreichen können, was wir uns vorgenommen haben. Ich finde, wir beide sollten uns jetzt auf Plan B konzentrieren. Damit können wir wenigstens ein bisschen Schadensbegrenzung bewirken.«

Morrow grunzte unzufrieden. Mit beidem nämlich hatte sie recht: Noch war nicht alles verloren, das war das eine. Aber bei ihren Partnern in dieser Sache, und das war das andere, ging es um richtig große Summen, ums ganz große Geld. Ihnen würde nicht gefallen, wenn sie Gebiete verlören, für die sie bereits Optionen erworben hatten, weil sie an die Baumkatzen zurückgegeben werden müssten. Aber ihre Unzufriedenheit würde sich gegen die richten, die das zugelassen hätten – zum Beispiel gegen einen gewissen Oswald Morrow.

»Frampton und die anderen werden Zeter und Mordio schreien«, warnte er sie.

»Sollen sie doch.« Adair zuckte mit den Schultern. »Wenn wir die Öffentlichkeit davon überzeugen, dass die armen, kaum vernunftbegabten, primitiven Einheimischen unbedingt in Schutzreservaten untergebracht werden müssen, um sie dem verderblichen Einfluss des Menschen zu entziehen, haben wir es doch schon fast geschafft. Wir haben mehr als genug Freunde im Parlament, um Einfluss darauf zu nehmen, wie die Grenzen gezogen werden. Profitträchtige Gebiete auf Sphinx werden bestimmt nicht zum Schutzgebiet erklärt, Ozzie, glaub mir! Und wenn das alles wider Erwarten doch nicht klappt ...‹, beredt zuckte sie erneut mit den Schultern, »... können uns Frampton und Co. bestimmt noch ein paar zusätzliche Freunde kaufen, oder? Natürlich würde es auch nicht schaden, wenn wir die Allgemeinheit, so sentimental sie nun einmal reagieren kann, davon überzeugen, dass diese kleinen Ungeheuer entschieden zu gefährlich sind, um frei herumzulaufen. Wir dürfen doch nicht zulassen, dass Kinder oder andere Unschuldige in Gefahr geraten, oder?«

»Nein, wirklich nicht«, pflichtete ihr Morrow bei, und wieder regte sich bei ihm akutes Unbehagen. »Wieso? Hast du dir da schon etwas überlegt?«

»Ach, das könnte man wohl so sagen«, antwortete Gwendolyn Adair und lächelte. »Es wird ein bisschen dauern, das alles vorzubereiten, aber überlegt habe ich mir sehr wohl schon etwas.«

Anders hatte damit gerechnet, dass es Stephanie nervös machen würde, beim Bankett der Adair Foundation einen Vortrag halten zu müssen. Daher hatte er abgewartet, bis sie sich wieder bei ihm gemeldet hatte, ehe er ihr von Duff DeWitts unprofessionellem Verhalten gegenüber den Kindern der Familie Pheriss berichtete.

Ihre Antwort darauf verriet, dass Stephanie den Zwischenfall ebenso ernst nahm wie Jessica, er selbst und, nicht zu vergessen, Mr. Pheriss. Während der vergangenen Wochen hatten

Stephanie und Anders einander viele Nachrichten geschickt – deutlich mehr als während der Zeit, die er auf Manticore verbracht hatte. Sie hatten die anfängliche Scheu, Gefühlslagen und vielleicht unausgegorene Gedankensplitter in Worte fassen zu müssen, längst abgelegt. Der Nachrichten- und Meinungsaustausch war zur Alltäglichkeit geworden. Stephanie, in Shorts und ärmellosem Top, lag bäuchlings auf dem Bett, den Kopf auf den verschränkten Händen, die angewinkelten Beine in der Luft, wackelte sie während der Aufzeichnung immer wieder mit den nackten Füßen – die Fußsohlen vom Barfußlaufen dreckig. Löwenherz lag neben ihr. Dass sich der Baumkater nicht an sie schmiegte, ja, offenkundig jeden Körperkontakt vermied, war beredtes Beispiel dafür, dass nur auf Sphinx der Herbst Einzug hielt: Auf Manticore waren die Temperaturen deutlich höher.

»Soll ich mich mal erkundigen, ob jemand von der Adair Foundation etwas über DeWitt weiß?«, schlug Stephanie gerade vor. »Sie haben die Teammitglieder zwar nicht ausgesucht, aber bei jedem Einzelnen den wissenschaftlichen Werdegang geprüft. Vielleicht weiß man bei Adair was, was dein Dad und Dr. Nez nicht wissen ... und Gwen Adair ist wirklich nett. Wenn da was abläuft, wovon sie nichts weiß, wird sie uns ganz bestimmt dabei behilflich sein, der Sache auf den Grund zu gehen – sogar mit Feuereifer! Sag mir Bescheid, ja?«

Im Rest von Stephanies jüngster Nachricht ging es vor allem um die verschiedenen Kurse, die Karl und sie besuchten. Sie hatte so viel zu tun, dass sie, außer für das Dinner bei der Foundation, noch nicht ein einziges Mal den Campus verlassen hatte.

»... Mom und Dad kommen in ungefähr zwei Wochen hierher. Sie machen aber erst noch ein bisschen Urlaub auf Manticore, bevor sie dann zur Absolventenfeier kommen. Derzeit reden sie davon, ihren Besuch dann noch um zwei weitere Wochen auszudehnen, damit ich mich hier auch noch ein bisschen umsehen kann, aber ... ach, ich weiß auch nicht. Ich möchte wirklich nach Hause, ich möchte dich sehen, und ich möchte bei der Xeno-Sache mit von der Partie sein. Wir werden sehen. Vielleicht habe ich gar kein Mitspracherecht.«

Anders dachte darüber nach, die Stiftung zu bemühen, Informationen über die Xenos zu bekommen, während er sich darauf vorbereitete, seine Antwort aufzuzeichnen. Da er wusste, wie dringend Stephanie wissen wollte, was er von ihrem Plan hielte, begann er genau damit.

»Ich finde, wir sollten die Adair Foundation noch in der Hinterhand behalten, und zwar, bis wir sehen, wie sich dieser DeWitt ab jetzt verhält. Der Vorfall ist jetzt schon fast eine Woche her, und seitdem benimmt DeWitt sich bestens. Chris und Chet behalten ihn auf unsere Bitte hin im Auge, egal, ob er bei den anderen Xenos bleibt oder sein eigenes Ding macht. Die beiden sagen, er würde immer schön brav bei der Herde bleiben. Vielleicht hat ihm Dr. Radzinsky ja einen Einlauf verpasst, nachdem Mr. Pheriss ein paar Takte mit ihr geredet hat. Ich hoff's auf jeden Fall! Was für ein Schwarzloch, kleine Kinder so für den eigenen Vorteil auszunutzen!

Es fällt mir schwer, mir vorzustellen, dass du noch mindestens einen Monat lang wegbleibst – vielleicht sogar noch länger, wenn deine Eltern noch ein bisschen Touristen spielen wollen. Aber lass dir meinetwegen bloß nichts entgehen! Als ich auf Manticore und von dir getrennt war, bin ich in Selbstmitleid versunken. Da habe ich nicht genießen können, auf einer neuen Welt zu sein, was richtig schade ist. Denn es gibt auf dem Planeten wirklich so einiges echt Beeindruckendes. Wenn du Gelegenheit bekommst, eine Tour durch die Jasonbai zu machen – und ich meine nicht mit einem Flugwagen, sondern mit einem echten Schiff –, dann mach das bloß, du wirst es nicht bereuen! Genug Zeit hättest du ja noch. Gerade gestern hat Dad gesagt, dass wir definitiv noch den ganzen Herbst über hierbleiben. Ausnahmsweise bin ich mal froh, dass die Jahreszeiten auf Sphinx immer fünfzehn T-Monate dauern.«

Einen Moment lang kaute er nachdenklich auf der Unterlippe herum. Es fiel ihm schwer, Stephanie darin zu bestärken, eine fremde Welt zu erkunden, wenn er sie doch eigentlich lieber heute als morgen wieder auf Sphinx sähe. Aber den aufsteigenden Impuls, ihr genau das zu sagen, unterdrückte er. Schließlich ging es darum, sich nicht eines anderen wegen etwas entgehen zu lassen.

»In diesen Shorts siehst du echt süß aus ... Dass ich dich darin sehe, gehört zu den positiven Folgen deiner Reise: Auf Sphinx ist ja nicht einmal der Sommer warm genug für Shorts. Pass auf dich auf! Und lern nicht zu viel! Drück dem Fellknäuel ein Extrastück Sellerie in die Pfoten und grüß ihn von mir. Grüß auch Karl ... Ich vermisse dich! Bye!«

Scharfauge fürchtete schon, als Rote-Klippe verschwand, die Zeit der Nachsicht wäre vorüber.

Rote-Klippe war nicht in den Clan vom Wogenden Farn hineingeboren, sondern entstammte einem Clan aus weiter Ferne, in dessen Revier die Felsen die Farben des Sonnenuntergangs hatten. Doch vor vielen Spannen war er zum Clan vom Wogenden Farn gekommen, angezogen vom schönsten Geistesleuchten, das er je gespürt hatte. So zumindest hatte er es stets erklärt, und niemand, der mit ihm Gedanken geteilt hatte, hätte einen Grund vorbringen können, an dieser Aussage zu zweifeln.

Besagtes Geistesleuchten gehörte einem jungen Weibchen des Clans vom Wogenden Farn. Damals hatte sie sich noch keinen eigenen Namen verdient, sondern war Fleckchen gerufen worden, wegen der hübschen kleinen weißen Flecken auf ihrem sonst braunen Fell. Mittlerweile jedoch hieß Fleckchen Schöner-Geist, zum einen weil sie tatsächlich, wie Rote-Klippe es gespürt hatte, ein schönes Geistesleuchten besaß, zum anderen wegen ihrer unbestreitbar herzlichen, angenehmen Art im Umgang mit anderen. Mehrere Würfe hatten Rote-Klippe und Schöner-Geist gemeinsam aufgezogen. Erst im letzten Frühjahr waren wieder Junge zur Welt gekommen: prächtige Burschen, die ihren Ahnen Freude bereiteten und den Clan bereicherten.

Doch genau jene prächtigen Burschen waren der Grund, dass Schöner-Geist vermutlich sterben würde und Rote-Klippe allmählich den Verstand verlor. Als die Feuer gekommen waren, hatte der Clan vom Wogenden Farn alles Erdenkliche getan, um die Schwächsten aus ihren Reihen in Sicherheit zu bringen. Die Jungen hatten lobenswert Ruhe bewahrt. Sie vertrauten ganz auf das Versprechen, wenn sie es durch die kleineren Feuer schafften, würden sie auch der tosenden Feuersbrunst entkommen, die gerade ihr Zuhause zerstörte.

Auf der Flucht vor den Flammen hatte ein herabstürzender Ast eines der Jungen halb unter sich begraben und brach ihm Hüftgelenk, Handpfote und Echtpfote. Sein Fell schützten noch nicht jene schweren Öle, die bei den Älteren Flammen Widerstand boten. Also hatte es Feuer gefangen. So schwer verletzt wie es war, hatte das Junge sich nicht befreien und den Brand seines Fells ersticken können, indem es sich auf dem Boden gewälzt hätte.

Schöner-Geist hatte den Ast heben und fortschleudern können. Sie hatte die Flammen ausgeschlagen und dann versucht, ihr verletztes Junges in Sicherheit zu bringen. Die ganze Zeit über hatte sie den heißen Rauch eingeatmet, der ihr die Lunge versengte ... und das Kleine war in ihren Armen gestorben. Als Rote-Klippe zurückgerannt war, um sie zu retten, war sie ihrem Kleinen auf dessen Weg längst viel zu weit gefolgt. Dennoch hatte Schöner-Geist nicht aufgegeben. Einen keuchenden Atemzug nach dem anderen hatte sie sich abgerungen. Ihr Geist war für niemanden mehr erreichbar, selten ein lichter Moment – und in denen träumte sie von vergangenen, besseren Zeiten. Scharfauge fragte sich, ob sie sich wohl so sehr an das Leben klammerte, weil sie wusste, dass Rote-Klippe ohne sie verdorren würde wie Grün ohne Wasser. Viele der Leute, die sich an einen Gefährten banden, überlebten dessen Tod nicht. Gelegentlich war ein Weiterleben möglich, wenn es etwa Junge zu versorgen galt, doch für Rote-Klippe war das Band zu Schöner-Geist wichtiger als alles andere gewesen. Er liebte ihre gemeinsamen Jungen aus tiefstem Herzen, aber eben, weil sie ein Teil von ihr waren.

Als Scharfauge zum vorübergehenden Lagerplatz des Clans Ohne Revier zurückkehrte, nahe eines Flusses, der ihnen gutes Wasser spendete, fand er dort Saurer-Magen vor, der vor Zorn schäumte, weil Rote-Klippe verschwunden war.

*Fort! Und nicht mehr in Reichweite meiner Geistesstimme!*

Das war nicht gut. Die Geistesstimmen der Leute reichten wirklich weit, vor allem dann, wenn sie nach jemandem suchten, den sie gut kannten. Rote-Klippe hatte sich eindeutig weiter von ihrem derzeitigen Nest entfernt, als das ratsam gewesen wäre ... oder er weigerte sich ganz bewusst, auf den Ruf zu antworten. Beides war nicht gerade verheißungsvoll.

*Wohin ist er gelaufen?*, fragte Scharfauge.

*Woher soll ich das wissen?* Saurer-Magens Gedanken waren ebenso unerfreulich wie sein Atem. *Du bist doch der Kundschaf-*

*ter. Ich bin nur ein Jäger, der sich zu alt zum Jagen jetzt um die Jungen kümmert.*

Hinter ihnen, dort wo Schöner-Geist lag, war Husten zu vernehmen. Sie war kaum mehr als ein Knäuel aus braunem und weißem Fell, doch nun hob sie eine Echthand und deutete in die Ferne, bis Scharfauge sagte: *Ich habe verstanden, Schwester. Ich werde ihm folgen, und ich bringe ihn wieder zurück. Versprochen.*

Doch sein Herz schlug wie wild, denn Schöner-Geist hatte geradewegs in das Herz des Reviers vom Clan der Baumhüter gedeutet.

Anders hatte gerade die jüngste Nachricht für Stephanie aufgezeichnet, als sein UniLink klingelte. Er warf einen Blick auf die ID und nahm mit echter Erleichterung das Gespräch entgegen. In Stephanies letzter Nachricht war es vor allem um die anstehenden Abschlussprüfungen und den Besuch ihrer Eltern gegangen. In ihrer ganzen Aufregung deswegen war sie ihm ferner denn je erschienen.

»Hey, Jess!«

»Hey, Anders. Hör mal: Mom hat mich um einen Gefallen gebeten. Tiddles geht's nicht gut ...«

Tiddles war Jessicas jüngste Schwester, eine robuste, willensstarke Dreijährige. Eigentlich hieß sie Tabitha, und Anders hatte nie herausgefunden, woher ihr Spitzname stammte.

»... und Mom muss sie zum Arzt bringen. Das Problem ist, dass Mom heute in einigen Waldbrandgebieten das Wachstum notieren und dann Boden- und Pflanzenproben nehmen soll. Dabei ist total wichtig, den richtigen Zeitpunkt nicht zu verpassen. Und da hat sie mich gefragt, ob ich das auch hinkriegen würde. Und ich hab ja gesagt.«

Jessica klang ungewöhnlich nervös – und Anders glaubte

auch den Grund dafür zu kennen. Naomi Pheriss arbeitete mit Dr. Marjorie an einer allgemeinen Untersuchung über die Wachstumsabfolge nach Waldbränden. Dieses Projekt war gleich aus einer ganzen Reihe von Gründen wichtig – der wissenschaftliche Wert einer solchen Untersuchung war nur einer davon. Dr. Marjorie nämlich hatte Mrs. Pheriss versprochen, sie als Mitautorin zu nennen, und das mochte für weitere Forschungsprojekte von großer Bedeutung sein. Der Pheriss-Trupp hatte Mutter Pheriss schon mehrmals beim Kartieren begleitet, aber dabei waren sie stets nur Assistenten gewesen, nicht eigenständig und federführend unterwegs.

»Brauchst du vielleicht Gesellschaft?«

»Aber so was von!«, sagte Jessica. »Ich rufe natürlich auch die anderen an, aber ich wollte, dass du ... Na ja, ich wollte dich erwischen, bevor du deinem Dad versprichst, für ihn die Xenos abzulenken oder an der Grabungsstätte Eimer zu schleppen, oder so.«

Anders lachte. »Du kommst wie gerufen: Ehrlich gesagt, bin ich mir ganz sicher, dass Dad mich ziemlich bald zum Eimerschleppen abstellt, und dank dir habe ich jetzt eine gute Ausrede. Falls es Schwierigkeiten mit Dad gibt, weil ihm seine Eimer so wichtig sind, melde ich mich gleich bei dir, aber sonst bin ich dabei! Wo treffen wir uns?«

»Ich hol dich ab«, antwortete Jessica sofort. »Würde es dir was ausmachen, wenn wir relativ früh losfliegen? Wir müssen ziemlich weit raus, hoch in die nordöstlichen Copperwalls – da wo die ganz großen Feuer gewütet haben.«

»Kein Problem. Bis dann!«

Als Jessica am nächsten Morgen Anders abholte, war er erstaunt, dass sie, von Ohnefurcht abgesehen, allein waren. Er war davon ausgegangen, zumindest Toby würde mit von der Partie sein, schließlich wohnte er nicht allzu weit von Twin Forks entfernt.

Jessica bemerkte Anders' stirnrunzelnden Blick in den Fond des Flugwagens, ehe er auf den Beifahrersitz glitt. Als hätte sie seine Gedanken gelesen, erklärte sie ihm: »Toby kann nicht. Heute ist für seine Familie irgendein religiöser Feiertag. Und Christine und Chet sind zum Dienst eingeteilt. Ich hoffe, das ist okay für dich.«

Plötzlich empfand er eine gewisse Scheu, was seltsam war. Denn schließlich war er nicht zum ersten Mal mit Jessica allein. Außerdem war da nicht nur Jessica, sondern auch deren empathischer Baumkater … Also warum sollte es ihm etwas ausmachen, dass die anderen nicht mitkämen?

Dann ging ihm auf, dass Jessica auf eine Antwort gewartet hatte und nun erste Anzeichen von Bestürzung zeigte. Rasch schüttelte er den Kopf und antwortete: »Stören? Warum das denn? 'tschuldige, als ich Chet und Toby nicht hinten sitzen sah, habe ich kurz darüber nachgedacht, ob ich eigentlich meine Waffe dabeihabe. So ganz ohne Schutz sollten wir beide wirklich nicht dort rausfahren.«

»Muss du sie noch holen, die Waffe?«

Anders tat so, als durchsuche er seine Tasche, obwohl er sich absolut sicher war, die Waffe eingesteckt zu haben: Er hatte sie noch einmal überprüft, kurz bevor Jessica eingetroffen war. Und dabei hatte er auch sicherheitshalber noch eine weitere Packung Munition eingesteckt.

»Alles da!«, versicherte er ihr.

»Prima.« Jessica ließ den Flugwagen aufsteigen. »Richtig schießen habe ich nie gelernt. Ich habe zwar eine Lähmpistole und auch Reizgasspray dabei, aber mein Dad ist gegen Gewalt. Nicht, dass er etwas dagegen hätte, wenn ich lerne, mich zu verteidigen, versteh mich da bloß nicht falsch! Auf dem letzten Planeten, auf dem wir waren, hat er mich sogar zum Aikido-Training angemeldet. Aber er sagt immer, wir müssten lernen, uns zu verteidigen, ohne uns dabei in den Feind zu verwandeln.«

»Na, erklär das mal einem Hexapuma!«, versetzte Anders. »Irgendwie habe ich meine Zweifel, dass der das auch so sieht – oder sich von Reizgas aufhalten lässt. Von einer Lähmpistole vielleicht, wenn sie auf Maximalwirkung eingestellt ist ... und man genau die richtige Stelle trifft.«

»Jou«, bestätigte Jessica, »das sagt Stephanie auch immer. Da ich normalerweise immer mit ihr und Karl rausfahre – und die beiden immer bewaffnet sind –, habe ich mich immer genug beschützt gefühlt. Außerdem würden wir wahrscheinlich ohnehin einfach das Kontragrav einschalten, um uns in Sicherheit zu bringen.«

»Stimmt«, meinte Anders, »trotzdem bin ich froh, Schießen gelernt zu haben. Ich bin längst nicht so gut wie Karl oder Steph, aber was so Großes wie einen Hexapuma dürfte ich schon treffen und damit aufhalten.«

Sie sausten über das Blätterdach des Urwaldes von Sphinx hinweg. Twin Forks und dessen dünn besiedelte Umgebung lagen längst hinter ihnen, doch die Copperwall Mountains im Nordosten schienen noch keinen Deut näher gekommen zu sein. Jessica aktivierte den Autopiloten und lehnte sich im Sessel zurück.

»Komisch«, sagte sie, »damals, als ich erzählt bekam, Stephanie könne so gut mit einer Waffe umgehen, war ich mir sicher, Trudy hätte recht.«

»Womit denn?« Wie jeder frisch Verliebte wollte Anders alles über seine Auserwählte wissen, vor allem das, was vor seiner Zeit lag, interessierte ihn.

»Na ja, dass Steph total leicht ausrastet und dann novamäßig gewalttätig wird, und so.« Jessica klang ein wenig zerknirscht.

»Stephanie gewalttätig? Das ist doch wohl ein Scherz!«

»Nein, da ist wohl tatsächlich was dran«, widersprach Jessica. »Das erste Mal habe ich das von Trudy gehört. Als Stephanie hier in Twin Forks auf die ersten Gleichaltrigen traf, waren die Kids hier total scharf darauf, sich Haustiere in den Wäldern einzufangen. Chipmunks waren besonders beliebt. Sie leben in Erdlöchern und sind ungefähr so groß wie kleine Hunde, weißt du? Obwohl sie klettern können, sind die darin längst nicht so gut wie ... ach, sagen wir: Waldratten. Deswegen sind sie ziemlich leicht zu fangen. Von Trudys Clique hatte eigentlich so ziemlich jeder mindestens ein Chipmunk, und Trudy hatte noch einen Fastotter und ein paar Weidekarnickel.

Na ja, und dann ist Stephanie mit ihren Eltern zum ersten Mal nach Twin Forks gekommen, und die haben gleich versucht – wohl nicht zum ersten Mal –, Stephanie dazu zu bewegen, sich mit Gleichaltrigen abzugeben. Als Steph dann herausgekriegt hat, dass deren Lieblingsspiel darin bestand, Chipmunks mit Stofftüchern und Mützen in Anziehpuppen zu verwandeln, ist sie völlig ausgerastet. Ein paar von den Kindern hat sie eins auf die Glocke gegeben, und Trudy hat sie eine blutige Nase verpasst. Kurz gesagt: Sie hat sich innerhalb kürzester Zeit *so richtig* unbeliebt gemacht.«

Anders schüttelte sich vor Lachen. Er hatte natürlich schon Aufnahmen der kleinen Stephanie Harrington gesehen – aus der Zeit, lange bevor er sie kennengelernt hatte. Marjorie und Richard Harrington waren sehr stolz auf ihr einziges Kind, und so fanden sich überall im Haus Holos von ihr. Anders hatte keine Schwierigkeiten damit, sich vorzustellen, wie sich die Kleine auch mit deutlich größeren Kindern anlegte, weil die ihre ›Haustiere‹ zu Puppen umfunktionierten.

»Junge, Junge! Die Kunst, beliebt und einflussreich zu werden, ist wohl nicht gerade ihr Ding!«

»Nein, sich Freunde machen auch nicht.« Jessica stimmte in sein Lachen ein. »Als ich Stephanie dann kennengelernt habe, habe ich sie gefragt, ob die Geschichten über sie stimmen. Klar, hat sie gesagt und sofort eingestanden, dass so etwas schon öfter vorgekommen ist, also, dass sie ihre Beherrschung verliert ... Schließlich haben es ihre Eltern aufgegeben, sie dazu zu bringen, sich mit anderen Kindern anzufreunden. Die Ausnahme war der Drachenfliegerclub, also eine organisierte Gruppe.«

»Trudy wird nicht gern zugegeben haben, dass ihre Clique und sie häufiger etwas auf die Mütze bekommen haben«, vermutete Anders. »Ein vereinzelter solcher Vorfall lässt Stephanie wirken, als wäre sie gemein und unbeherrscht, aber wenn es häufiger passiert, sieht's mehr nach Provokation aus ... Na gut, für Stephanie ist das zwar immer noch nicht sonderlich schmeichelhaft, aber Trudy und ihre Freunde sind dann nicht mehr die armen Opfer.«

»Stimmt«, pflichtete ihm Jessica bei. »Das und dass Löwenherz Stephanies beste Seiten aus ihr herausholt. Sie hat mir erzählt, dass es ihr in letzter Zeit, seit die Beziehung zu Löwenherz noch enger geworden ist, viel leichter fällt, nicht die Beherrschung zu verlieren.«

»Hilft Ohnefurcht dir denn auch?«, fragte Anders interessiert nach, und Jessica musste nachdenken.

»Nicht, was Beherrschung angeht«, antwortete sie schließlich. »Ich bin nicht unbeherrscht. Wenn ich wütend werde, explodiere ich nicht und werde auch nicht handgreiflich. Meine Wut hat mehr von Eis als Feuer, wenn du verstehst, was ich meine. Aber in anderer Hinsicht hilft mir Ohnefurcht schon. Meine Familie ist schon so oft umgezogen, dass ich geübt darin bin, neue Freunde zu finden, aber eigentlich bin ich ziemlich schüchtern. Ohnefurcht findet mich interessant, also das vermittelt er mir zumindest, und deshalb kann ich inzwischen mit anderen auch über wichtige Dinge reden, nicht bloß über unbedeutende Kleinigkeiten.«

»Das heißt, früher hättest du nicht über Stephanie gesprochen?«

»Vielleicht schon«, wiegelte Jessica ab. »Ich meine, ich weiß ja, wie sehr du sie magst, und ich mag sie schließlich auch sehr, und herziehen will ich ja auch gar nicht über sie. Und, na ja, du hast das sicher alles schon von ihr selbst gehört.«

»Dass sie manchmal ein bisschen unbeherrscht sein kann, ja«, räumte Anders ein. »Aber das mit Trudy und der blutigen Nase hat sie mir verschwiegen.«

»Hoppla!« Jessica kicherte. »Aber ich glaube nicht, dass es ihr etwas ausmacht, wenn du das jetzt weißt. Ist ja kein Staatsgeheimnis, vor allem nicht, weil Trudy es jedem auf die Nase bindet. Und dass sie ein manipulatives Biest ist, das hast du ja auch schon mitbekommen. Trudy glaubt, auf dem ganzen Planeten – oder vielleicht sogar im ganzen System! – gibt es keinen Kerl, der ihr widerstehen könnte.«

»Und dann ist sie mit einem Junkie wie Stan Chang zusammen?« Anders schüttelte den Kopf. »Das kapier ich echt nicht.«

»Bei Beziehung durchzusteigen«, erklärte Jessica, »ist hoffnungslos, glaub ich. Ich bezweifle, dass sich je eine allgemeingültige Formel finden lässt, wann sich wer mit wem und warum einlässt.«

Dass Ohnefurcht eine Hand nach ihr ausstreckte, ließ Anders vermuten, dass sie gerade an jemand Bestimmtes gedacht haben musste. Doch bevor er nachfragen konnte, wechselte Jessica das Thema: Sie erzählte ihm, wie ihre Eltern einander kennengelernt hatten – und die beiden gaben dem

Begriff ›ungewöhnliches Paar‹ wirklich eine ganz neue Dimension.

Danach auch noch Jessicas ganze Familiengeschichte durchzuhecheln erschien beiden ganz natürlich. Jessica erzählte ausgiebig von ihren jüngeren Geschwistern und wie begeistert die ganze Familie von Sphinx sei. Anders fragte sich, ob Jessica glaubte, er fühle sich unwohl dabei, wenn sie von Stephanie sprach. Vielleicht glaubte sie, es täte ihm weh, wenn jemand Stephs Namen erwähnte und ihn damit daran erinnerte, dass sie momentan getrennt voneinander waren. Trotzdem fiel Stephanies Name immer wieder. Es war völlig unmöglich, nicht über sie zu sprechen, denn seit sie beide, Jessica und Anders, nach Sphinx gekommen waren, spielte Stephanie in ihrer beider Leben eine sehr wichtige Rolle.

Schließlich warf Jessica einen Blick auf die Navigationsdaten im HUD ihres Wagens.

»Wir sind bald da. Ich bremse jetzt ab, damit wir nicht aus Versehen das Zielgebiet verfehlen. Mom sammelt über die allgemeine Studie hinaus zusätzlich auch Daten über immer genau dieselben Pflanzen.«

»Gut«, sagte Anders, »bringen Sie uns runter, Captain! Es wird Zeit, auf die Jagd nach den Jungformen der sphinxianischen Superriesenpflanzen zu gehen!«

Jessicas Kichern war natürlich nicht mit Stephanies zu vergleichen, aber es klang nett. Es erinnerte Anders daran, dass er, so weit fort sein Mädchen auch sein mochte, immer noch Freunde hatte.

Scharfauge rannte durch die Netzhölzer. Er wusste genau, wie sehr vermählte Paare einander bewusst waren, und so lief er geradewegs in die Richtung, die ihm Schöner-Geist gewiesen hatte. Dabei achtete er auf Anzeichen dafür, dass der Gesuchte wirklich hier entlanggekommen war. Viel fand sich selbst für ein aufmerksames Auge, so scharf wie seines, nicht: ein paar frische Klauenspuren in der Borke eines Stammes – hier war Rote-Klippe offenkundig ein Stück zu weit gesprungen und hatte sich festhalten müssen –, einige eingerissene Blätter, ein paar Federn. Letztere ließen ihn vermuten, der Jäger habe einer Beute nachgestellt, sie aber verfehlt.

All das beunruhigte Scharfauge zutiefst. Es verriet Eile und Achtlosigkeit, und beides verhieß für seinen Clangenossen nichts Gutes. Dazu kam: Sosehr er auch nach seinem Freund rief, er erhielt keine Antwort, nicht einmal das leiseste Flackern eines Geistesleuchtens. Gewiss, Rote-Klippe mochte außer Reichweite sein. Seit den Feuern gab es deutlich weniger Leute als früher, die Nachrichten weitergaben. Trotzdem war Scharfauge voller Beklommenheit.

Als er in das eigentliche Herz des Reviers vom Clan der Baumhüter vordrang, spürte Scharfauge das überdeutlich. Natürlich war ihm bewusst gewesen, dass er sich von Anfang an im Revier dieses fremden Clans bewegt hatte – so zumindest hätte es ein Starrschweif wie Schwimmers-Schrecken ausgedrückt. Doch jetzt könnte Scharfauge keineswegs mehr behaupten, von nichts gewusst zu haben. Auf seinem Weg entlang der Netzhölzer war er immer wieder Fallen ausgewichen, die der Clan offenkundig für Borkenkauer ausgelegt hatte. An geschickt gewählten Plätzen hatte er Polster aus Blättern und Zweigen entdeckt, auf denen Jäger lautlos und ohne jede Regung auf Beute warten konnten. Er hatte eine kleine Quelle gesehen, die in einem zu einer perfekten Badestelle ausgebauten Teich mündete. Dies und Dutzende weitere gezielt herbeigeführte Veränderungen der Landschaft verrieten unmissverständlich, dass hier Leute lebten.

Scharfauge sandte seine Rufe so gezielt und gebündelt aus wie möglich, weil er hoffte, so der Aufmerksamkeit des Clans der Baumhüter zu entgehen. Sie blieben unbeantwortet. Nur das dringende Bedürfnis, Rote-Klippe zu finden und mit ihm zu seiner Gefährtin und deren Jungen zurückzukehren, ließ Scharfauge die Suche fortsetzen. Er wollte gerade schon aufgeben, als er Blut witterte – nicht das Blut eines Beutetiers, sondern Blut von seinesgleichen. Vermischt mit diesem entsetzlichen Gestank war der Geruch von Furcht.

Ohne über die Folgen nachzudenken, sprang Scharfauge auf die Quelle des Geruchs zu. Selbst wenn es nicht Rote-Klippe sein sollte: Wenn jemand von den Leuten so schwer blutete, war er in Gefahr. Ganz egal, von welchem Clan er stammte: Ein jeder von den Leuten würde zu Hilfe eilen! Doch als Scharfauge die kleine Lichtung inmitten einer eng stehenden Gruppe von Netzhölzern erreichte, sah er niemanden seinesgleichen, sondern nur blutdurchtränkten Waldboden, wo einzelne Fellbüschel verstreut lagen. Aus der Nähe war sich Scharfauge ganz sicher, wessen Blut und wessen Fell das war: Es kam von Rote-Klippe.

Er musste schwer verletzt sein, wahrscheinlich war er sogar tot. Scharfauge wollte die Hoffnung nicht aufgeben, suchte nach einer Spur von Rote-Klippes Geistesleuchten ... nichts. Beunruhigt ermahnte er sich, dass das nicht unbedingt bedeuten müsste, der Clangenosse wäre tot. Die Leute vermochten das Geistesleuchten anderer nur über sehr viel geringere Entfernungen hinweg wahrzunehmen, als sie mit ihren Geistesstimmen überwinden konnten. Doch was er hier entdeckt hatte, konnte nur zweierlei bedeuten: Zum einen mochte Rote-Klippe tot sein oder dem Tode so nahe, dass sein Geistesleuchten schon fast erloschen war. Zum anderen war es aber auch möglich, dass Rote-Klippe die Flucht gelungen war.

Prüfend sog Scharfauge die Luft ein; mit dem geschulten Blick und dem Gespür für kleinste Details, die ihm seinen Erwachsenennamen eingebracht hatten, erkundete er sorgsam die ganze Umgebung. Vermischt mit Rote-Klippes charakteristischem Eigengeruch entdeckte er Spuren eines weiteren von den Leuten. Dessen Geruch war Scharfauge nicht vertraut ... aber auch nicht völlig fremd. Er war diesem Fremden noch nicht persönlich begegnet, aber Spuren von dessen Geruch hatte er bereits zuvor wahrgenommen. Dieser Geruch gehörte jemandem, der regelmäßig in dieser Revierumgebung auf die Jagd ging, also handelte es sich vermutlich um einen Angehörigen des Clans der Baumhüter.

Scharfauge hielt nach weiteren Informationen Ausschau ... doch sonderbarerweise fand sich nichts mehr. Ein geschickter Jäger wusste seine Geruchsspur zu tarnen. Scharfauge fragte sich, wer wohl zusammen mit Rote-Klippe hier gewesen sein mochte. Hatte jener andere sich dem Fremden als Freund erwiesen und den verletzten Rote-Klippe in Sicherheit gebracht, oder war er der Feind, der ihn überhaupt erst verwundet hatte?

*Suchst du deinen Freund?*

Die spöttische Geistesstimme war ihm vertraut: Schwimmers-Schrecken! Sie wartete nicht auf Scharfauges Antwort, sondern spottete sofort weiter.

*Ich habe ihn dorthin zurückgebracht, wohin er gehört. Wenn du ihn finden willst, suche ihn nicht auf unserem Land. Suche ihn auf eurem eigenen!*

*Hat er noch gelebt? Hast du ihm geholfen? Wie schwer war er verletzt?*

Er erhielt keine Antwort. Wie entschlossen und wachsam Scharfauge hinaustastete, er fand nicht einmal die Spur eines Geistesleuchtens. Schwimmers-Schrecken musste sich zurückgezogen haben, sobald die Herausforderung ausgesprochen war.

Kurz zog Scharfauge in Erwägung, ihm zu folgen, doch seine Sorge um Rote-Klippe obsiegte. Mit aller Kraft seiner drei Beinpaare eilte er über die verschlungenen Zweige der Netzhölzer dahin, und sein Schweif flatterte hinter ihm her wie ein Banner.

Als Erstes suchte Scharfauge dort, wo sich der Clan Ohne Revier derzeit versammelte. Dass Rote-Klippe nicht zurückgekehrt war, ließ sich leicht herausfinden, sogar ohne jegliche Aufmerksamkeit auf sich selbst zu lenken. Wäre sein Clangenosse hier, hätte er das im Geistesleuchten der anderen sofort erkannt.

Scharfauge wollte seine Sorgen ganz für sich behalten, und so näherte er sich nur vorsichtig der Grenze des Lagers und zog sich rasch wieder zurück. Schwimmers-Schreckens spöttische Geistesstimme hallte in ihm wider. *Ich habe ihn dorthin zurückgebracht, wohin er gehört. Wenn du ihn finden willst, suche ihn nicht auf unserem Land. Suche ihn auf eurem eigenen!*

Scharfauge glaubte zu wissen, was damit gemeint war – sogar ziemlich genau: Wenn Schwimmers-Schrecken Rote-Klippe nach Hause gebracht hatte, dann musste er jetzt dort sein, wo das verbrannte Land an das Revierumfeld des Clans der Baumhüter grenzte. Zugleich bedeutete das wohl auch, dass Rote-Klippe tot war. Doch Scharfauge würde nicht eher ruhen, als bis er Gewissheit hatte.

Einiges an Zeit war vergangen, und angesichts der sinkenden Temperaturen zeigten sich beim Laub erste Farbveränderungen. Doch dort, wo die Flammen das Land verzehrt hatten, roch es immer noch nach Verbranntem und Asche. Aber dieses

Mal nahm Scharfauge die Gerüche kaum wahr. Er suchte einen weitaus schlimmeren Geruch. Es dauerte nicht lange, bis er fündig wurde.

Dort lag Rote-Klippe: ein zusammengesunkenes Bündel aus blutverschmiertem, zerfetztem Fleisch und Fell. Schon lange war sein Geistesleuchten erloschen, schon lange schlug sein Herz nicht mehr. Nun, wo ihm die unbändige Stärke fehlte, die ihn ausgezeichnet hatte, seit seine Gefährtin verletzt worden war, wirkte er ungewohnt klein, schwach, mitleiderregend.

Zögerlich streckte Scharfauge eine Echthand nach seinem Clangenossen aus, betastete ihn vorsichtig, wünschte sich vergessen zu können, diese gebrochene Gestalt gesehen zu haben. Er wollte sich an seinen Freund nur so erinnern, wie er im Leben gewesen war. Zugleich fragte er sich, ob Schöner-Geist wusste, dass ihr Gefährte tot war. Vermutlich schon. Würde Scharfauge, wenn er wieder zum Lager seines Clans zurückkehrte, wohl erfahren, dass sie nun auch den letzten Rest ihres Lebens losgelassen hatte? Scharfauge hatte nichts dergleichen gespürt, als er gerade eben vorbeigeschaut hatte. Doch oft dauerte das letzte Loslassen länger, sodass der zurückgebliebene Gefährte in Kummer und Leid nach und nach verging.

Dann hätte der Clan Ohne Revier – so klein, wie er ohnehin schon war – nicht nur *einen* Angehörigen verloren, sondern gleich zwei. Zorn verdrängte die Trauer in Scharfauges Herzen. Schwimmers-Schrecken – denn selbst angesichts des Gestanks von Tod und Asche konnte er noch Spuren ebenjenes Geruchs wahrnehmen, den er schon auf der blutdurchtränkten Lichtung gewittert hatte – musste geahnt haben, dass Rote-Klippe eine Gefährtin gehabt hatte. Vielleicht hatte er sogar ihr Bild in Rote-Klippes Gedanken gesehen. Hatte Rote-Klippe ihn angefleht? Um Gnade gebettelt? Darum, das Revier des fremden Clans durchqueren zu dürfen? Hatte er um Futter für seine notleidenden Jungen gebeten?

Doch Schwimmers-Schrecken hatte keine Gnade gewährt. Schlimmer noch: Er hatte Rote-Klippe nicht nur getötet, sondern sich auch noch einen grausamen Scherz erlaubt, indem er Rote-Klippes Leiche an diesen Ort hier gebracht hatte. Schwimmers-Schrecken hatte keinerlei Zweifel daran gelassen, dass die Angehörigen des Clans Ohne Revier im Revierumfeld *seines* Clans nicht willkommen waren – lebendig oder tot.

Also gut. Keine Gnade. Kein Durchqueren ihres Reviers. Nicht einmal eine Hand voll Wurzeln oder ein paar zähe alte Borkenkauer, um dem Clan Ohne Revier durch den anstehenden Winter zu helfen. Schwimmers-Schrecken hatte seinen Standpunkt deutlich zum Ausdruck gebracht. Aus der Suche des Clans Ohne Revier nach einem neuen Zuhause war etwas ungleich Schlimmeres geworden: Das hier war eine Kriegserklärung.

# 12

»Also gut«, sagte Jessica und stand auf. Bis eben hatte sie vor einem kräftigen Sämling gekniet, um ihn zu begutachten. »Hier sind wir dann fertig. Was wir entdeckt haben, wird Mom völlig nova gehen lassen! Die Wissenschaft interessiert sich schon seit einiger Zeit dafür, wie Kroneneichen im Frühling und im Sommer breites Laub schießen lassen und dann für die Wintermonate Fadenblätter ansetzen. Schau, das hier sagt mir, dass sie auch außerordentlich anpassungsfähig sind, wenn es darum geht, sich von Brandschäden zu erholen. Kein Wunder, dass sie in dieser Region häufiger auftreten als alle anderen Baumarten!«

»Eindeutig«, meinte Anders. »Was kommt jetzt? Noch ein Kroneneichenhain?«

Jessica schüttelte den Kopf – was dafür sorgte, dass die wilden Locken ihrer Mähne ihr um den Kopf tanzten – sehr hübsch sah das aus. Offenkundig entging ihr die Wirkung dieser Geste. Verärgert zog sie die Nase hoch, fischte ein Gummiband aus ihrer Tasche und verwandelte die dichte Mähne in einen ebenso dichten Pferdeschwanz.

»Nö. Mom und Dr. Marjorie sind besonders neugierig darauf, wie Pfostenbäume mit Feuer umgehen. Dr. Marjorie befasst sich ja schon seit einiger Zeit mit dieser Spezies, weil sie auf sehr interessante Weise mit Krankheiten umgeht. Das müssen Pfostenbäume wohl auch, schließlich ist das, was uns wie ein ganzer Hain erscheint, in Wirklichkeit immer nur ein einziger Baum mit vielen Stämmen.«

»Echt sonderbar«, kommentierte Anders. »Aber nach allem, was ich bislang weiß, auch ganz schön nützlich für die Baumkatzen.«

»Genau!«, bestätigte Jessica und deutete spöttisch Applaus an, bevor sie ihre Werkzeuge zusammenklaubte und wieder zum Flugwagen zurückkehrte. »Die Baumkatzen sind von den Pfostenbäumen abhängig. Luftaufnahmen zeigen, dass die Haine sogar Bergkämme überspannen, über den ganzen Kontinent hinweg.«

»Das bedeutet«, griff Anders den Gedanken aufgeregt auf, während er Eimer und Probenbeutel auf die Ladefläche von Jessicas Wagen wuchtete, »dass Baumkatzen praktisch überallhin wandern können.«

Geschmeidig sprang Ohnefurcht auf den Beifahrersitz, dann kletterte er auf die Rückenlehne des Fahrersitzes, wo er unmittelbar hinter Jessicas Kopf sitzen konnte. Er stieß ein Blieken aus und zupfte an ihrem Pferdeschwanz, um sie wissen zu lassen, dass die Haarpracht ihn einengte.

Jessica seufzte, löste das Band wieder und brachte die Locken mit den Fingerspitzen in einen mehr oder minder geordneten Zustand von Mähne. »Ich wünschte wirklich, Ohnefurcht hätte ebenso viel Spaß wie Löwenherz daran, während des Fluges den Kopf aus dem Fenster zu stecken. Aber nein, er will sich lieber ankuscheln! Manchmal überlege ich, ob ich mir das Haar nicht ganz kurz schneiden soll – so richtig kurz, wie Christine.«

»Ach, bloß nicht!«, protestierte Anders und spürte dann, wie ihm das Blut ins Gesicht schoss.

»Was?« Überrascht weil er so vehement geworden war, blickte Jessica ihn an, dann lachte sie. »Das lange Haar ist so unpraktisch! Das war's schon immer, aber jetzt, wo sich Ohnefurcht so gern draufsetzt ...«

Anders verbarg seine Verlegenheit und versuchte, ganz ungezwungen zu klingen. »Ach, ich dachte bloß ... Ich meine, das ist wirklich hübsch so. Ich mag deine Locken. Ganz kurz geschnitten ... da sähest du ja ganz anders aus.«

Jessica lachte. »Ich weiß. Als ich noch klein war, da war es immer ganz kurz. Mom findet immer, mit den langen Locken sähe ich aus wie ein Engel, aber mich erinnern sie an eine Kräusel-Leone.«

»Eine was?«

»Eine Pflanze, die auf Sankar wächst. Hat Samenkapseln, die so groß sind wie mein Kopf, mit kleinen Schirmchen dran. Die gibt's in Rosa und in Hellblau. Man sollte annehmen, dass jeder sie mag. Aber die Samen gelangen wirklich überall hin, also wächst das Zeug auch überall. Deswegen wird's als Unkraut angesehen.«

Erleichtert, weil sich ihm ein Themenwechsel bot – warum war er eigentlich plötzlich so nervös? –, fragte Anders rasch: »Wann ist denn nun eine Pflanze ein Unkraut, und wann nicht?«

Jessicas Erklärung – dass der Unterschied wohl eher auf menschengemachte Einteilungen zurückzuführen sei, weniger auf Charakteristika der betreffenden Pflanzenart – sorgte tatsächlich für den erhofften Themenwechsel. Denn nun erzählte Jessica ihm von der Zeit, in der es ihrer Familie so schlecht gegangen war, dass sie ihren Lebensunterhalt damit verdienten, im Garten eines richtig reichen Kerls Unkraut zu jäten.

»Dads Kunde wollte keinen Maschinenlärm in seinem Garten, seiner Oase der Ruhe, wie er ihn nannte«, berichtete sie. »Er hat nicht einmal geahnt, dass wir ungefähr die Hälfte von dem, was wir gejätet haben, mit nach Hause genommen und gekocht haben. Der Kerl war ziemlich geizig. Der hätte bestimmt versucht, Dads Lohn ...«

Sie stockte und spähte in die Tiefe; dann warf sie einen Blick auf das HUD.

»Was ist los, Jess?«

»Ich hatte gerade das Gefühl, ich hätte da unten eine Bewegung gesehen, aber ... sicher bin ich mir nicht. Die Zoomfunktion der alten Klapperkiste hat längst den Geist aufgegeben. Ist dir was aufgefallen?«

»Nein. Ich muss zugeben: Diese Baumskelette sind mir unheimlich. Deswegen habe ich gar nicht so genau hingeschaut. War das, was du gesehen hast, groß?«

»Wie ein Hexapuma, oder so? Nein. Na ja, wahrscheinlich ein Fastotter. Steph hätte das bestimmt sofort sagen können.«

»Jou.« Wieder durchzuckte Anders der vertraute Herzschmerz. »Bestimmt sogar. Und wenn nicht, würde sie darauf bestehen, das Tier zu verfolgen und Aufnahmen zu machen.«

»Na ja, wir lassen es in Ruhe«, entschied Jessica. »Das hier ist unsere letzte Station für heute. Danach will ich auch nach Hause. Mom hat mir eine Nachricht geschickt, dass sie die Medikamente für Tiddles schon hat. Aber so wie ich sie kenne, ist sie sicher schon wieder ganz abgearbeitet. Sie wird dringend Hilfe brauchen.«

*Und was das angeht, ist dein Dad ziemlich nutzlos,* dachte Anders. *Ein wirklich netter Kerl, aber eigentlich zu nichts zu gebrauchen ... sonst müsste deine Familie ja wohl kaum Unkraut sammeln, um etwas zwischen die Zähne zu bekommen.*

Er wunderte sich, wie wütend ihn das machte. Jessica war ja offenkundig der Ansicht, es wäre todkomisch gewesen, dem Geizkragen von Garteneigentümer das Unkraut zu klauen. Er war immer noch damit beschäftigt, warum er so scharf reagierte, als Jessica den Flugwagen aufsetzen ließ. Ohnefurcht, der bis eben gedöst hatte, erwachte schlagartig, erstarrte, bliekte fordernd und tippte mit einer Echthand gegen die Scheibe.

Verwirrt öffnete ihm Jessica die Tür. Wie ein Blitz schoss Ohnefurcht hinaus und sprang in weiten Sätzen auf ein Bündel zu, das ein Stück weit entfernt auf dem verbrannten Waldboden lag.

Jessica war ihm sofort gefolgt, jetzt drehte sie sich um und rief: »Anders! Da liegt eine Baumkatze! Ich glaube, sie ist tot!«

Grundwühler erwachte mit einem sonderbaren Gefühl der Unruhe. Er hatte von seinen Gärten geträumt, hatte die drei verschiedenen Anbauflächen unmittelbar nebeneinander betrachtet – was ihm im wahren Leben niemals möglich gewesen wäre. Die Pflanzen im geschützten Umfeld von Pflanzenhüterins durchsichtigem Pflanzennest waren größer und kräftiger als die, die neben Windgetriebens Nest ausgeschlagen waren und auch als die nahe dem Hauptnest des Clans vom Wassergrund. Ob wach oder im Schlaf: Grundwühler dachte darüber nach, wie man jenen Pflanzen helfen könnte, auch außerhalb des Schutzes eines solchen durchsichtigen Pflanzennests groß und stark zu werden.

Im Traum war er die verschiedenen Schwierigkeiten durchgegangen, die sich stellten: Die Anpflanzungen nahe dem Sumpf wurden von Insekten heimgesucht. Grundwühler hatte gerade darüber nachgedacht, wie man die Schösslinge vor derlei Fraßfeinden schützen könnte, als die stärkeren Pflanzen aus dem durchsichtigen Pflanzennest zu seiner großen Überraschung dessen Dach anhoben, sich über die Anpflanzung im Sumpfgebiet neigten und die dortigen Pflanzen nacheinander aus dem Boden rissen. Diese ließen sich das aber nicht gefallen, sondern wehrten sich, und die Schösslinge aus der dritten Anpflanzung standen ihnen bei. Angesichts von zwei Gegnern entgingen auch die kräftigeren Pflanzen nicht jeglichem Schaden. Die angerichtete Zerstörung war entsetzlich.

Als Windgetrieben das Flugding landen ließ, erwachte Grundwühler. Er war sehr froh, als er begriff, dass seinen Pflanzen nichts geschehen war: All die Zerstörung war nur ein schrecklicher Traum gewesen!

Ihm blieb nur ein kurzer Moment, die Erleichterung zu genießen, denn er hatte reflexartig das ganze Gelände abgetastet, so wie er das stets tat, wenn er einen neuen Ort erreichte ... und dort hatte er den Geist von seinesgleichen entdeckt. Das Geistesleuchten jenes anderen war dunkel und voller Gewalt. Hätte zu einem Geistesleuchten eine Farbe gehört, dies hier wäre das tiefe Violett und Schwarz einer Gewitterwolke gewesen.

*Wer ist da? Was ist passiert? Wie kann ich dir helfen?* Grundwühler tastete nach dem fremden Geistesleuchten und spürte, wie sehr ihn der Zorn des anderen abstieß.

Mit einer Hand tippte er gegen die durchsichtige Seitenwand des Flugdings, und Windgetrieben entließ ihn aus dem beengten Raum. Als er auf dem nackten Waldboden landete, fühlte er unter Händen und Pfoten nur Asche. Ohne innezuhalten, lief er dem Geistesleuchten entgegen, das er ertastet hatte. Bevor er es erreichte, entdeckte er die Leiche eines weiteren von den Leuten.

Entsetzt blieb Grundwühler stehen, wiederholte seine Frage. Dieses Mal beschränkte er sich nicht auf Worte, sondern sandte dem anderen das tief empfundene Bedürfnis, ihm all das zu geben, was dieser für Grundwühler Fremde brauchte.

*Mir ist nicht mehr zu helfen.* Schmerz und Verzweiflung ließen im schwarzen Zorn grünblaue Blitze aufzucken. *Mein Clangenosse ist tot. Unser Clan ist dem Untergang geweiht. Uns erwartet nur noch der Tod. Halte dich fern von mir, damit ich dich nicht auch noch zu meinen Feinden zähle, Fremder aus dem Clan vom Hellen Wasser.*

*Ich gehöre nicht zum Clan vom Hellen Wasser,* widersprach Grundwühler, doch der Fremde war fort, und er hatte seinen Geist gegen die Worte und Gefühle anderer verschlossen. Grundwühler hätte auch nicht sagen können, wohin er geflohen war. Die Leute vermochten untereinander Informationen rasch und mit Leichtigkeit zu teilen – ganze Lebensgeschichten ließen sich innerhalb weniger Momente weitergeben. Doch das setzte die Bereitschaft dazu auf beiden Seiten voraus. Jener zornige Fremde sehnte sich so sehr nach Abgeschiedenheit, dass es jeder Vorstellung davon, Gedanken oder Gefühle zu teilen, schlichtweg spottete.

Grundwühler hörte, wie Windgetrieben über den Ascheboden rannte. Gebleichtes-Fell folgte ihr dichtauf. Gleich würden sie den Toten sehen. Würden sie erkennen, woran er gestorben war? Würden sie begreifen, dass hier, entgegen aller Gebräuche, entgegen aller Traditionen, entgegen jeglicher Vernunft, einer der Leute seinesgleichen getötet hatte?

Wenn nicht, könnte er es dann irgendwie vor ihnen verbergen? Könnte er verhindern, dass die Zwei-Beine von diesem entsetzlichen Verbrechen erführen?

Anders rannte zu Jessica hinüber. Sie hockte neben einer kleinen, cremefarben-grauen Gestalt, die reglos und starr auf dem Boden lag.

»Wie lange er wohl schon tot ist?«, fragte er. »Allzu lange wohl noch nicht. Ich meine, das sind keine ... da krabbeln noch keine Käfer auf ihm herum.«

Jessica streckte schon die Hand nach dem toten Baumkater aus, doch dann zog sie sie wieder zurück. »Nein. Wir sollten ihn am besten gar nicht anfassen. Wir wissen nicht, woran er gestorben ist, aber wenn eine Krankheit dahintersteckt, möchte ich auf keinen Fall Ohnefurcht anstecken.«

Tatsächlich hielt ihr Baumkater auch gehörigen Abstand zu seinem toten Artgenossen und schien auch nicht gewillt, etwas daran zu ändern.

»Gut mitgedacht.« Doch Anders war nun einmal der Sohn seines Vaters, deswegen konnte er nicht anders: Er musste versuchen, noch etwas mehr herauszufinden. Er griff nach einem herumliegenden Ast und hob vorsichtig den Kopf des Kadavers – nein: der *Leiche* – ein Stück weit an. »Ich glaube nicht, dass der kleine Kerl hier einer Krankheit erlegen ist, Jess. Schau mal, da und da, meine ich. Das sieht für mich nach Biss- oder Klauenspuren aus. Ich sage das ja nur ungern, aber mir scheint's ganz, als wäre dem armen Kerl die Kehle zerfetzt worden.«

»Dafür ist hier nicht genug Blut«, widersprach Jessica. »Klar, ein bisschen klebt am Fell, aber sonst ist hier kaum was. Vielleicht hat er sich eine Krankheit eingefangen, die furchtbar juckt, einen Ausschlag möglicherweise, und er hat sich selbst so schlimm den Hals aufgekratzt. Als meine kleine Schwester Melanie-Anne auf Tasmania die Sandpocken hatte, musste sie die ganze Zeit Handschuhe tragen, sonst hätte sie sich so aufgekratzt, dass Narben zurückgeblieben wären. Oder vielleicht waren es Giftstacheln eines Tiers, die sehr jucken oder die er sich herausgerissen hat, um das Gift loszuwerden. Das ist ja das Problem mit Sphinx: Wir wissen viel zu wenig über Fauna und Flora. Bisher wissen wir doch nur von den Pflanzen und Tieren was, mit denen wir Menschen in Berührung kommen. Hier gibt es doch Batzillionen von Kleintieren, Pflanzen, Vögeln und Insekten, von denen wir noch überhaupt nichts wissen.«

»Stimmt«, pflichtete ihr Anders bei, ließ den Kopf der Baumkatzenleiche sinken und betastete mit seinem Stock nun ebenso vorsichtig deren Rumpf. »Bei so viel Fell ist das ziemlich schwer zu sagen, aber mir scheint der arme Kerl ziemlich abgemagert. Du könntest wirklich recht haben. Vielleicht war er ja schon eine ganze Weile krank und konnte nichts essen. Oder er hat seinen Clan verlassen oder wurde fortgeschickt, um eine Ansteckung zu verhindern. Die Frage ist jetzt wohl: Was machen wir mit ihm?«

»Wir könnten ihn begraben«, schlug Jessica vor. »Wenn er wirklich krank war, würden wir damit verhindern, dass sich noch jemand ansteckt.«

»Wir könnten ihn zu Dr. Richard bringen«, setzte Anders dagegen. »Der könnte eine Autopsie durchführen und so wahrscheinlich herauskriegen, woran der arme Kerl gestorben ist.«

»Da bin ich mir nicht so sicher«, widersprach Jessica. »Mom hat gesagt, dass er im Augenblick schrecklich viel zu tun hat. Die Harringtons bereiten sich gerade auf die Abreise nach Manticore vor, damit sie vor Stephanies Absolventenfeier noch ein bisschen Urlaub machen können. Außerdem gefällt mir die Vorstellung nicht, dass an dieser armen 'Katz herumgeschnippelt oder darin herumgestochert werden soll. Ich meine, das ist ja okay, wenn Menschen das mit anderen Menschen machen, aber wir wissen doch gar nicht, wie Baumkatzen über ihre Toten denken – oder über den Tod ganz allgemein. Ich möchte nichts machen, womit sich Ohnefurcht unwohl fühlen würde. Ich weiß zwar nicht, was er gerade denkt, aber ich spüre deutlich, dass er sich im Augenblick ziemlich mies fühlt.«

»Ob Ohnefurcht diesen kleinen Kerl da gekannt hat?«, dachte Anders laut nach. »Er scheint wirklich aufgebracht zu sein. Über welche Strecken können Baumkatzen eigentlich miteinander kommunizieren?«

»Keine Ahnung. Und das hier ist jetzt wirklich nicht der richtige Zeitpunkt, das herausfinden zu wollen. Ob Ohnefurcht diese fremde Baumkatze gekannt hat oder nicht, ist doch egal. Ohnefurcht weiß genau, wie er mich wissen lassen kann, etwas *nicht* zu tun, genauso, wie er mich dazu ermutigen kann, etwas zu tun, was ihm recht ist.«

Anders seufzte. »Trotzdem gefällt mir nicht, dass die Todesursache der Baumkatze unentdeckt bleiben soll. Was, wenn es eine Seuche gibt? Wäre es dann nicht gut, das zu wissen?«

Wieder schüttelte Jessica den Kopf, dieses Mal so heftig, dass ihr die Locken kurz die Sicht nahmen. »Nicht unbedingt. Anders, so gern Leute wie dein Vater und die anderen Xenoanthropologen das auch vergessen: Die Baumkatzen sind mit Dingen wie dem Tod und dem Sterben schon umgegangen, lange bevor die Menschen diesen Planeten zum ersten Mal aufgesucht haben. Nur weil das die erste tote Baumkatze ist, die wir beide sehen, heißt das doch nicht, dass es nicht schon reichlich andere gegeben hat.«

»Ja, ich verstehe.« Anders runzelte die Stirn. »Okay, wie wär's damit: Wir schauen, wie Ohnefurcht reagiert, wenn wir versuchen, den kleinen Kerl hier zu begraben. Wenn das Ohnefurcht nicht zu stören scheint, dann machen wir so weiter. Aber bevor der Kleine da begraben wird, mache ich noch ein paar Aufnahmen. Ich will die nicht meinem Vater geben, oder so etwas in der Art, keine Sorge. Ich will sie einfach nur in der Hinterhand haben – für das Archiv, sozusagen. Und die Koordinaten speichern wir auch ab. Falls dann doch noch was passiert – zum Beispiel, dass tatsächlich eine Seuche ausbricht –, können wir wenigstens ein paar Informationen beisteuern.«

Darüber dachte Jessica lange nach und blickte währenddessen konzentriert Ohnefurcht an. Anders fragte sich, ob sie wohl gerade versuchte, das Verhalten ihres 'Katzenfreundes zu interpretieren. Schließlich nickte sie.

»Okay. Aber die Bilder kriegt nicht dein Dad, versprochen?«

»Nicht ohne deine ausdrückliche Zustimmung. Es kriegt die weder mein Dad noch jemand aus seinem Team, und auch sonst keiner. Nicht, solange du das nicht erlaubst.«

Jessica lächelte ihn an. »Danke. Was meinst du, sollten wir vielleicht Stephanie fragen?«

»Nein, Steph hat im Moment ziemlich viel um die Ohren, schließlich bereitet sie sich auf die Abschlussprüfungen vor. Außerdem: Selbst Stephanie könnte wohl anhand von ein paar Aufnahmen hier kaum etwas sagen, oder?«

Jessica drehte sich in Richtung Flugwagen um. »Na ja, ein Gutes hat es ja, wenn man zum Pflanzensammeln aufbricht: Wir haben Schaufeln dabei. Ich geh sie holen.«

»Und ich mach die Aufnahmen.«

»Hör sofort auf, wenn Ohnefurcht den Eindruck macht, ihm würde das nicht passen.«

»Klar.«

Doch es schien Ohnefurcht nicht das Geringste auszumachen, als Anders Bildmaterial aufzeichnete.

Als Jessica mit der Schaufel zurückkehrte und sich daranmachte, ein Loch an einer Stelle auszuheben, die weder besonders auffällig war noch im Testgebiet ihrer Mutter lag, kam Ohnefurcht zu ihr hinübergesprungen und grub mit.

»Ich glaube, er ist einverstanden«, bemerkte Anders. »Es sei denn, natürlich, er glaubt, du würdest ein neues Beet anlegen, und er will dir deswegen helfen.«

»Nein, das ist es nicht«, erwiderte Jessica. »Ich glaube, er weiß ganz genau, warum ich das hier mache. Ich kann's nicht erklären ... es ist eben nur so ein Gefühl. Aber ich glaube, ich habe recht damit. Er hilft mir, und er möchte, dass wir uns um seinen Artgenossen auf diese Weise kümmern. Vielleicht war er so besorgt, weil er gefürchtet hatte, wir würden die Leiche einfach liegen lassen.«

Anders hatte die letzten Aufnahmen abgeschlossen und half nun ebenfalls dabei, das kleine Grab auszuheben. Natürlich war die Grube, die sie brauchten, viel kleiner, als für einen Menschen erforderlich gewesen wäre, aber der Boden war so festgebacken, dass das Ausheben selbst noch mit der modifizierten Vibroklinge an der Schneidekante der Schaufel harte Arbeit war.

Während beide Menschen nach Kräften arbeiteten, tappte Ohnefurcht davon und kehrte erst zurück, als sie fertig waren. Eines seiner größeren Tragenetze hatte er mit rötlichem Herbstlaub der Pfostenbäume gefüllt. Als die Menschen einen Schritt zurücktraten, schüttete er das Netz bis auf einen Rest in die Grube aus, sodass diese mit buntem Laub ausgekleidet war.

»Na, dann ist er wohl wirklich einverstanden«, entschied Jessica. »Wir können die Leiche mit unseren Schaufeln anheben; die können wir ja später noch desinfizieren. Ist auf jeden Fall besser, als den Kleinen anzufassen. Wir haben zwar keine Käfer gesehen, aber es könnten ja trotzdem welche da sein. Oder Bakterien.«

»Ich mach das schon«, sagte Anders. »Achte du nur weiterhin auf Ohnefurcht, um sicherzustellen, dass ich nicht irgendwas falsch mache.«

Doch der Baumkater protestierte nicht. Stattdessen ließ er die restlichen Pfostenbaumblätter auf den Leichnam im Grab herabregnen und machte sich dann daran, die Grube wieder zu schließen. Die beiden Menschen halfen ihm dabei. Schon bald verriet nur noch ein kleiner Erdhügel, wo die Lebensreise dieses Artgenossen von Ohnefurcht ihr Ende gefunden hatte.

»Ob Baumkatzen wohl beten?«, fragte sich Jessica. »Meine Familie hat schon auf so vielen verschiedenen Planeten gelebt, dass ich eigentlich überhaupt keine feste Religion habe. Aber es kann bestimmt nicht schaden, einen Augenblick lang einfach still zu sein.«

»Stimmt«, sagte Anders.

Sie senkten die Köpfe, doch sie behielten ihre Gedanken dabei für sich. Anders fragte sich, was Ohnefurcht wohl davon halten mochte, doch er vermutete, der Baumkater könnte Jessicas Emotionen gut genug lesen, um zu spüren, dass dies eine Geste des Respekts sein sollte.

Als Jessica schließlich wieder den Kopf hob, standen Tränen in ihren grün gesprenkelten, hellbraunen Augen, doch sie schüttelte die Locken in den Nacken und hob das Kinn, als wolle sie von vornherein verhindern, dass Anders eine Bemerkung machte.

»Komm jetzt«, sagte sie. »Wir müssen noch Aufnahmen für Mom machen und Proben nehmen. Ich will rechtzeitig zurück sein, um ihr beim Abendessen zu helfen.«

»Und, Gleason, was halten Sie denn nun von Ms. Harrington und Mr. Zivonik?«, erkundigte sich Mordecai Flouret.

Rauch trieb vom Barbecue-Grill herüber, der zwischen ihm und Harvey Gleason stand. Das übermütige Geschrei der Kinder, die in der Brandung der Jasonbai herumtollten, vermischte sich mit dem neugierigen Trillern der Wellentänzer, die hoch über ihnen kreisten. Die Wellentänzer waren Manticores Gegenstück zu den Möwen von Alterde; das Gefieder silbergrau und braun, zeigten sie auch dieselbe Entschlusskraft, wenn es galt, Leckereien zu stibitzen. Vermutlich waren es die appetitlich eingelegten Hühnerbrustfilets auf Flourets

Grill, die sie anzogen, nicht die spielenden Kinder. Bei der ersten Gelegenheit würden sie sich am Grillgut vergreifen. Flouret ließ den Grill daher nicht aus den Augen.

Im Augenblick allerdings interessierte ihn Gleasons Antwort mindestens ebenso sehr. Sie waren Kollegen derselben Fakultät der Landing University of Manticore, ihre Frauen und Kinder mochten einander (was der Grund für diesen Nachmittagsausflug war) – alles unbenommen. Doch es gab immer wieder Momente, in denen Flouret einen gewissen Dr. Harvey Gleason nicht sonderlich schätzte.

Fachlich war an Gleason nichts auszusetzen, im Gegenteil: Die LUM konnte sich glücklich schätzen, ihn zu haben – vor allem in diesem frühen Stadium, wo es unter anderem galt, das Curriculum zu entwickeln. Gleason aber war ein Mann, der auf seine Bedeutung und Bedeutsamkeit pochte. Hin und wieder schien er, auch wenn er es herunterspielte, verärgert darüber, dass Flouret bereits ein eigenständiges, vollständig etabliertes Institut leitete. Definitiv verärgert war er gewesen, als er in seiner Lehrveranstaltung zur Wald- und Forstwirtschaft Platz für ›rotznäsige Gören‹ hatte schaffen müssen (so zumindest hatte er sich dazu damals geäußert). Aber Harvey Gleason fühlte sich nicht nur schnell auf die Zehen getreten, er war zudem auch noch nachtragend und hegte einmal gefassten Groll über lange Zeit. Doch dieses Mal überraschte er Flouret.

»Ach, wissen Sie«, setzte er an, »ich bin wirklich sehr positiv überrascht. Von beiden, ehrlich gesagt, auch wenn es wohl unvermeidbar ist, dass Ms. Harrington ihres jugendlichen Alters wegen deutlich mehr Hochachtung entgegengebracht wird.«

Völlig ruhig erwiderte er während dieses Geständnisses Flourets Blick, und der Kriminologe sah sich mit einem Mal gezwungen, beizeiten seine Einschätzung des Kollegen noch einmal zu überdenken. Vielleicht war Gleason doch nicht ganz so engstirnig, wie er bislang immer gedacht hatte.

»Überrascht, ach, tatsächlich?«, fragte er nach.

»Die kleine Harrington hat den gesamten Stoff des Kurses durchgearbeitet und verstanden, ohne sich auch nur im Mindesten anzustrengen«, führte Gleason aus. »Sie weiß jetzt schon mehr über die sphinxianische Flora als neunzig Prozent meiner Studierenden – *nach* dem Abschluss, wohlgemerkt! Was Manticore betrifft, gab es erwartungsgemäß ein paar Wissenslücken, aber sie hat sich redlich bemüht, diese Lücken zu schließen. Obwohl sie, ganz unverkennbar, meint, diese Informationen werde sie niemals benötigen und ein gewisser Dozent lasse sie den ganzen Kram nur lernen, um sie zu triezen«, setzte er trocken hinzu. »Und Zivonik ist auf seine Art ebenso klug wie sie. Er denkt nicht so schnell wie sie, richtig, aber dafür im Ergebnis ... wie soll ich sagen? Ausgeglichener. Die beiden sind, das verrät der erste Blick, ein eingeschworenes Team, und die Arbeitsteilung zwischen ihnen scheint mir eindeutig: Er sorgt für das Gleichgewicht, und ihre Aufgabe ist es, stets die nächste Herausforderung zu suchen. Und wenn man bedenkt, wie jung die beiden noch sind, machen sie sich wirklich großartig.«

»Den Eindruck hatte ich auch«, pflichtete ihm Flouret bei. »Allerdings muss ich zugeben, dass ich überrascht bin, das aus Ihrem Munde zu hören, Gleason.«

»Ich weiß.« In Gleasons Augen flackerte Belustigung auf – ein ungewohnter Anblick. »Ein solches Geständnis hatten Sie von mir nicht erwartet, was?«

»Na ja ... ehrlich gesagt, nein«, räumte Flouret ein, griff nach der Grillzange und wendete der Reihe nach die Hühnerbrüstchen auf dem Rost.

»Dacht ich's mir.« Gleason nahm einen Schluck aus seiner

Bierflasche, dann schüttelte er den Kopf. »Wahrscheinlich habe ich das verdient. Aber tun Sie mir einen Gefallen, ja? Reiben Sie nicht zu viel Salz in die Wunde, okay?«

»Ich versuch's«, versprach Flouret grinsend. »Es wird mir enorm schwerfallen, aber ich versuch's.«

# 13

Scharfauge versuchte gar nicht erst, mit Clangenossen zu sprechen, bevor er das derzeitige Nest erreicht hätte. Stattdessen saß er in der Dunkelheit, die sich allmählich herabsenkte, und rang um Fassung. Er wollte sich nicht sofort selbst verraten, sobald er wieder unter den Clanleuten war. Es war immer noch möglich, dass Schöner-Geist den Tod ihres Gefährten nicht gespürt hatte. Wenn dem so war, dann wollte nicht Scharfauge derjenige sein, der sie wissen ließ, dass Rote-Klippe weiter fortgegangen war, als Geistesstimmen reichten. Und falls sie es eben doch schon wusste und es dennoch schaffte, sich noch ans Leben zu klammern, dann wollte er sie nicht erfahren lassen, wie entsetzlich Rote-Klippes Tod gewesen war – dass ihm einer von den Leuten mit seinen Klauen das Leben entrissen hatte, dass sein Leichnam achtlos fortgeworfen worden war.

Scharfauge gelang diese fast unmögliche Aufgabe, bis er den Hain nahe dem Fluss erreichte, an dem der Clan Ohne Land derzeit ruhte. Erleichtert erfuhr er, dass Schöner-Geist noch lebte. Die Weibchen, die sich um sie kümmerten, berichtete ihm, sie sei eine Zeit lang kaum zu beruhigen gewesen. Deswegen vermutete Scharfauge, sie hatte bereits erfahren, welcher Verlust ihr widerfahren war.

Saurer-Magen und einige andere der Ältesten hatten an jenem Tag Glück beim Fischfang gehabt. Als Scharfauge eintraf, tat sich fast der gesamte Clan am zarten Fleisch ihrer Beute gütlich. Es verriet viel über ihre derzeitige Lage, dass Fischköpfe, Schwänze und sogar Gräten aufbewahrt wurden, um daraus später eine weitere Mahlzeit zuzubereiten. In derart schweren Zeiten wurde nichts fortgeworfen, was sich noch irgendwie in Essbares verwandeln ließ, indem man es auskochte und selbst als dünne Suppe noch genoss.

Obwohl Scharfauge zurückgekehrt war, ohne seinerseits etwas zum Mahl beizutragen, rief Wundersame-Berührung nach ihm. Sie war Saurer-Magens Gefährtin und im gleichen Maße freundlich, nett und liebevoll, wie ihr Lebensgefährte mürrisch und starrsinnig war.

*Schön, dass du wieder da bist, Scharfauge! Wir haben dir genug aufgehoben, dass du wieder ein bisschen Speck auf die Rippen bekommst. Kleiner-Chor und ihre Wurfgeschwister haben die Burg eines Dammbauers aus der letzten Spanne entdeckt, deswegen gibt es sogar noch ein paar Früchte dazu.*

Scharfauge dankte ihr überschwänglich, dann forderte er Kleiner-Chor und ihre Geschwister auf, ihm ganz genau zu erzählen, wie sie die Höhle mit den getrockneten Früchten gefunden hatten. Sie hatten wirklich gut mitgedacht, als sie sich überlegt hatten, der See, an dessen Ufer der Clan derzeit lagerte, könnte vielleicht das Werk eines Dammbauers sein.

*Wahrscheinlich hat ihn dann ein Todesrachen erwischt,* erklärte Kleiner-Chor mit aufgeregter Geistesstimme. *Dammbauer lagern meistens Futter ein, also haben wir danach gesucht – und haben es gefunden!*

Doch noch während er die Jungen lobte, musste Scharfauge darüber nachdenken, wie tief der Clan doch gesunken war. Er freute sich über verschrumpelte, bittere Früchte! Vor der Zerstörung ihrer Heimat hätten sie diese Früchte als ungenießbar fortgeworfen. Doch Scharfauge musste zugeben: Er war wirklich dankbar. Die Nächte waren bereits zu kalt, als dass noch Streifenblatt wüchse. Die Grünnadelnüsse waren zusammen mit den Bäumen, an denen sie gereift waren, zu Asche verbrannt. Jegliche Ergänzung zur seltenen Jagdbeute war willkommen.

Als Scharfauge gegessen hatte, überlegte er, wem er von Rote-Klippes Tod berichten könnte. So gern er es verheimlicht hätte: Das Risiko für den ganzen Clan war viel zu groß. Schon jetzt, so vermutete er, befanden sie sich in einem Gebiet, das der Clan der Baumhüter als Eigentum ansah. Jeder Jäger, der auf Beutezug ging, mochte das gleiche Schicksal erleiden wie Rote-Klippe.

Am liebsten hätte sich Scharfauge zunächst mit den Sagen-Künderinnen des Clans besprochen, um zu erfahren, welche Erfahrungen es mit derlei Entwicklungen denn schon gab ... doch Breitohr und ihre Schülerinnen waren nicht mehr. Kurz überlegte er, ob er sich an Kleiner-Chor wenden sollte. Doch das wäre feiges Ausweichen wäre – der Versuch, anderen die Verantwortung zuzuschieben. Selbst wenn Breitohr die Ausbildung dieses noch viel zu unreifen Weibchens schon begonnen hatte, hätte sie ihrer so jungen Schülerin ganz gewiss nicht als Erstes über Kriege zwischen Clans berichtet. Sagenlieder waren klar und tiefgründig: Sie riefen alle Gedanken und Emotionen hervor, die mit den Ereignissen einhergegangen waren, von denen die Lieder jeweils kündeten. Und *alle* meinte alle: die guten wie die schlechten, die hässlichen und widerlichen ebenso wie die mutigen und selbstlosen. Lieder, die von Zorn und Hass kündeten, vom herzzerreißenden Verlust von Gefährten und Jungen, vom Verlöschen des Geistesleuchtens eines Clangenossen ... das war schon für einen Erwachsenen nur schwer zu ertragen. Die empfindliche Lebenswelt eines Jungen würde dadurch gewiss für alle Zeiten Schaden nehmen, denn in jenem Alter glaubte man noch, für jede nur erdenkliche Schwierigkeit lasse sich auch eine Lösung finden. Sagenlieder aber ließen keinerlei Spielraum für Missverständnisse, deswegen wurden sie nur jenen anvertraut, die durch Alter und persönliche Erfahrungen stark genug geworden waren, sie auch zu ertragen.

Letztendlich entschied sich Scharfauge seinem ersten Impuls zu folgen: Er berichtete allen Erwachsenen aus dem Clan von den jüngsten Ereignissen. Das Entsetzen war groß, so groß, wie er befürchtet hatte.

Nur aus Respekt vor den Jungen und den Verletzten wurden die Geistesstimmen nicht unerträglich grell. Rote-Klippes Tod allein wäre ja schon schlimm genug gewesen, doch welche Verachtung seinem ganzen Clan entgegengebracht wurde, zeigte sich darin, dass man seine Leiche achtlos weggeworfen hatte. Das reichte aus, um selbst den Gemäßigtsten unter ihnen mit Zorn zu erfüllen.

*Mir ist in deinem Bericht etwas sehr Interessantes aufgefallen*, merkte Schalenformerin an, ein älteres Weibchen, das für ihre Arbeiten mit Ton von allen sehr geschätzt wurde. *Zweimal hast du mit Schwimmers-Schrecken gesprochen. Einmal war auch sein Geschwistersohn Geschickte-Finger anwesend. Aber sie haben sorgsam darauf geachtet, sich weit genug von dir entfernt zu halten, sodass du nicht ihr Geistesleuchten schmecken konntest.*

*Damit hast du recht*, bestätigte Scharfauge. *Ich vermute, dass es wirklich Absicht war. Ich vermag das Geistesleuchten anderer nicht über so weite Entfernungen hinweg zu schmecken, wie mir das möglich wäre, hätte ich mich an eine Gefährtin gebunden. Deswegen vermute ich, dass einer der beiden stärker ist als ich – vielleicht trifft das auch auf beide zu. So haben sie mich entdeckt, bevor ich sie entdecken konnte, und dann war es für den Stärkeren ein Leichtes, zu mir zu sprechen. Er wusste: Wenn ich erst einmal seine Stimme gehört hatte, könnte ich ihm antworten, auch wenn ich ihn nicht selbst erspürt hätte. Und damit wäre er nach wie vor in der vorteilhafteren Lage.*

*Das lässt auf ein schlaues Individuum schließen*, gab Schalenformerin zurück.

*Oder ein gerissenes Individuum*, warf Saurer-Magen rau ein.

*Oder beides*, ergänzte Knotenbinderin, ein noch recht junges

Weibchen, versöhnlich. *Der Clan der Baumhüter hat seine Wächter sorgfältig gewählt. Das sollten wir respektieren und berücksichtigen, wenn wir überlegen, was wir als Nächstes tun.*

*Und wir* werden *etwas tun!*, versicherte Saurer-Magen. *Rote-Klippe mag ja von einem anderen Ort stammen, aber im Laufe der Spannen ist er zu einem geschätzten Mitglied dieses Clans geworden. Seine Kinder sollen niemals glauben müssen, es hätte uns nicht geschert, dass ihr Vater ermordet wurde!*

*Ich habe mich schon gefragt, ob der Clan der Baumhüter vielleicht noch nicht begriffen hat, wie ernst unsere Lage ist*, gab Scharfauge zu bedenken und versuchte, mit den anderen eine nur halb ausgeformte Idee zu teilen, die ihm auf dem Rückweg hierher gekommen war. *Vielleicht macht sich dieser Schwimmers-Schrecken, der mit mir gesprochen hat, angesichts des aufziehenden Winters so viele Sorgen um das Schicksal seines eigenen Clans, dass er kein Mitgefühl für Fremde hat entwickeln können. Dass er sich von meinem Geistesleuchten so ferngehalten hat wie möglich, hat es ihm einfach gemacht, ganz an die Bedürfnisse seines eigenen Clans zu denken und in mir einen Eindringling zu sehen, eine Bedrohung.*

*Na und?*, spottete Saurer-Magen. *Was sollen wir denn jetzt machen? Ihnen unser Geistesleuchten vielleicht aufdrängen?*

*Nicht ganz*, erwiderte Scharfauge und bemühte sich, eher Geduld zu verströmen, als seine Verärgerung zu zeigen. *Was, wenn wir einen von uns dicht genug an ihn heranbrächten, sodass er nicht mehr ignorieren könnte, was ihm das Geistesleuchten des Fremden zeigt? Soll er doch die Furcht der Jungen schmecken, die ihre Ahnen verloren haben, den Hunger, der uns alle quält. Wenn auch nur ein einziger von jenen Leuten dort drüben weiß, wie schlimm es um uns steht, wird man uns doch gewiss gestatten, deren Revier zu durchqueren, damit wir an einem anderen Ort Zuflucht suchen können. Vielleicht haben sie sogar Mitleid und nehmen uns auf.*

Befriedigt stellte Scharfauge fest, dass eine ganze Reihe

Clanmitglieder von dieser Idee angetan waren. Andere verströmten immer noch Zweifel. Er wandte sich an Knotenbinderin.

*Was an meiner Idee beunruhigt dich? Wenn du das erklären könntest, ließe sich durch deine Einwände vielleicht ein besserer Plan finden.*

*Mir macht Sorge, was geschehen könnte, wenn wir jemanden hierherbrächten. Du hast gesagt, du glaubst, der Clan der Baumhüter dulde uns an diesem kümmerlichen Rand ihres Reviers. Was wird geschehen, wenn wir den ganzen Clan dazu bringen, uns wahrzunehmen? Was, wenn sie beschließen, uns zu vertreiben?*

Scharfauge setzte gerade zu einer Erwiderung an, als ihn Schalenformerin überraschte, denn sie sprach mit großer Vehemenz.

*Ich teile deine Furcht, Schwester, aber entweder treibt uns der Clan der Baumhüter fort, oder der kommende Winter wird es tun. Dieser Ort hier bietet uns jetzt noch ein gutes Lager, aber was geschieht, wenn die Flüsse zufrieren und selbst unsere besten Fischer keinen Fang mehr machen? Schon jetzt sind wir gezwungen, die Hinterlassenschaften von Dammbauern zu essen. Schon jetzt haben wir Felsenfell abgeschabt, bis nur noch nackter Stein zurückgeblieben ist. Ich bin keine Sagen-Künderin, aber ich erinnere mich an die Geschichten, die uns Breitohr von den Zeiten erzählt hat, in denen der Winter ungewöhnlich lange andauerte. Vor Hunger verrückt geworden, haben Clans um eine Hand voll Grünnadelnüsse bis zum Tod gegeneinander gekämpft. Unser Clan Ohne Revier kann den Konflikt nicht vermeiden. Wir können nur wählen, ob wir handeln, solange wir noch ein wenig Kraft haben, oder ob wir warten, bis uns nackte Verzweiflung treibt.*

*Ich verstehe, Schalenformerin.* Knotenbinderin erschauerte, so kalt waren die Winde, die Schalenformerins Gedanken in ihren Erinnerungen hatten aufleben lassen. *Ich ziehe meinen Einwand zurück.*

*Und wie,* fragte nun Saurer-Magen, *wollen wir denen da drüben eine Einladung zukommen lassen, uns zu besuchen? Irgendwie vermute ich: Wenn der Clan der Baumhüter wirklich daran interessiert wäre, uns kennenzulernen, wären die Leute von dort drüben doch längst vorbeigekommen.*

Mit einer Echthand strich sich Scharfauge über die Schnurrhaare. Diesen Teil hatte er gründlich durchdacht, aber die Details seines Plans hatte er bewusst verborgen gehalten, bis er wusste, dass der Clan grundsätzlich bereit wäre, darüber nachzudenken.

*Ich hätte da eine Idee,* sagte er. *Ich zeige sie euch.*

»Und was hat deine Mom gesagt?«

»Hm?«

Stephanie blickte auf und blinzelte. Im Schneidersitz saß sie auf der Bank unter den schattenspendenden Ästen eines manticoranischen Blauspitzenbaums, ihr Lesegerät auf dem Schoß, ganz vertieft in das, was sie sich gerade aufgerufen hatte. Löwenherz lag neben ihr, den Kopf auf ihrem Oberschenkel.

»Ich habe gefragt, was deine Mom gesagt hat«, wiederholte Karl lächelnd. Wenn Stephanie im Lernmodus war, könnte rings um sie die Welt untergehen, ohne dass sie etwas davon mitbekäme.

»Oh.« Erneut blinzelte Stephanie, dann grinste sie schief, denn sie hatte die Belustigung in seiner Stimme richtig gedeutet. »'tschuldigung, war ganz im Text. Mom meldet, Dad und sie hätten viel Spaß und würden sich gerade alle Sehenswürdigkeiten anschauen. Und so sollte das auch sein. Das ist ihr erster Urlaub, seit wir nach Sphinx gekommen sind.«

»Ich weiß.« Karl nickte. »Seit ihr angekommen seid, haben

sich die beiden dumm und dusselig geschuftet. Freut mich, wenn sie sich endlich mal so richtig entspannen können. Wärest du jetzt gern bei ihnen, um ihnen diese Welt zu zeigen?«

»Zeigen?« Stephanie stieß einen Laut aus, halb Schnauben, halb Lachen. »Wenn man die Treffen der Adair Foundation nicht mitzählt, haben wir bisher das Campusgelände genau zweimal verlassen! Da bekommen Mom und Dad schon mit dem Standard-Touristenpaket und ihren UniLinks mehr mit, als ich ihnen erzählen könnte!«

»Stimmt«, pflichtete Karl ihr bei und richtete den Blick wieder auf das eigene Lesegerät. Obwohl Stephanie gelacht hatte, war in ihrer Antwort doch eine gewisse Schärfe gewesen, und aus dem Augenwinkel hatte Karl beobachtet, wie Löwenherz' Ohren zuckten. Mittlerweile konnte er die Körpersprache des Baumkaters fast ebenso gut lesen wie die eines Menschen – und Löwenherz zu beobachten, ließ ihn eine ganze Menge über *Stephanies* Stimmung erfahren: In diesem Moment wünschte sie sich ganz offensichtlich, sie könnte zusammen mit ihren Eltern Manticore entdecken. Leider hatte die Prüfungsphase begonnen, und selbst Stephanie musste feststellen, dass sie an der LUM ganz schön unter Druck stand. Bisher hatten sie beide gute Notenspiegel. Sie würden die Schulung also selbst dann noch erfolgreich abschließen, wenn sie die Abschlussprüfungen hoffnungslos vergeigten. Sie beide aber waren nicht erpicht darauf, es nur um Haaresbreite zu schaffen. Natürlich gaben sie ohnehin immer und überall ihr Bestes, das war Ehrensache. Aber nachdem Chief Ranger Shelton beschlossen hatte, zwei der heißbegehrten Plätze dieser Schulung für unreife Teenager freizuhalten, waren sie ganz besonders in der Pflicht, sich seiner Entscheidung für würdig zu erweisen.

*Wobei bei Stephanie nie die Gefahr bestand, das könnte anders sein,* ging es Karl durch den Kopf, und seine Mundwinkel zuckten.

»Sollen wir noch einmal Dr. Flourets Vertiefungsfragen durchgehen?«, fragte Stephanie, als hätte sie seine Gedanken gelesen.

Karl lachte leise. »Kann nicht schaden«, sagte er. »Aber mal ehrlich: Mir macht Dr. Tibbetts mehr Sorgen.« Er schüttelte den Kopf. »Ich weiß, dass wir während der Prüfung jederzeit auf die Bibliothek zugreifen dürfen, aber ich bin längst nicht so gut darin, Präzedenzfälle zu finden, wie du, Steph!«

»Du bist viel besser, als du glaubst«, widersprach sie, und Löwenherz bliekte bekräftigend. Dann machte er einen beeindruckenden Buckel und streckte sich genüsslich.

*Was die rein wissenschaftlichen Aspekte der Kurse angeht, macht sich Karl ständig selbst schlecht,* dachte Stephanie. Klar, der Praxisteil während Exkursionen lag ihm deutlich mehr, aber auch bei den Lehrveranstaltungen mit reiner Kopfarbeit gehörte er zum oberen Viertel der Kurskommilitonen.

»Besser zu sein, als ich glaube, ist ja auch keine Kunst«, gab er zu bedenken und lachte dabei leise. »Jetzt reiß mir nicht gleich den Kopf ab, Steph! Ich behaupte ja nicht, ich würde die Prüfung voll vergeigen, weißt du? Aber Rechtswissenschaften ist viel mehr dein Ding als meins. Ich weiß nicht mal, warum ein Ranger überhaupt so etwa wie ›Einführung in die Rechtswissenschaften‹ belegen muss. Wir werden doch keine Richter, oder so.«

»Stimmt«, entgegnete sie, »trotzdem ist es sinnvoll, dass wir wenigstens ein gewisses Grundverständnis dafür entwickeln. Im Augenblick ist die Grundlage aller Rangereinsätze noch eine Mischung aus gesundem Menschenverstand und Improvisation, aber so wird das ja nicht ewig bleiben. Deswegen will Chief Ranger Shelton ja auch den Bestand an ausgebildeten, professionellen Rangern aufstocken. Dabei kann es dann auch nicht schaden, wenn man zumindest eine grobe Vorstellung davon hat, was Gerichte mit denen machen, mit denen wir ... sagen wir: beruflich zu tun hatten.«

»Ja, wahrscheinlich nicht«, brummte Karl. »Aber ich würde wirklich lieber zweimal die Prüfung bei Dr. Gleason machen als einmal die bei Dr. Tibbetts! Die gibt mir immer das Gefühl, wenn ich was falsch mache, steckt sie mich persönlich in den nächsten Knast!«

»Jetzt hör aber auf!« Stephanie klang völlig ernst, doch ihre Mundwinkel zuckten. Dr. Emily Tibbetts – gern auch Justizia genannt – war Richterin der King's Bench und hielt zusätzlich an der LUM die Einführungsvorlesungen in den Rechtswissenschaften. Sie wirkte ernst, ihr Ton getragen, doch Stephanie hatte es in ihren Augen verdächtig oft schelmisch aufblitzen sehen. Außerdem hatte sie nicht nur beschlossen, Löwenherz dürfe Stephanie in den Hörsaal begleiten, sie schien den Baumkater auch wirklich zu mögen. Und was vielleicht noch wichtiger war: Löwenherz mochte sie. »Dr. Tibbetts ist doch nett«, fuhr sie fort. »Aber selbst wenn du recht hättest, würde ich sofort einen Vorführungsbefehl zur Haftprüfung einreichen, kaum dass man dich in den Knast gezerrt hätte, versprochen!«

»Na, prächtig, und herzlichsten Dank.«

»Jederzeit! Aber wir könnten«, fuhr Stephanie dann ernsthaft und nachdenklich fort, »natürlich Jeff fragen. Der hat den Kurs im letzten Semester belegt. Jemand, der jetzt in ›Einführung in die Rechtswissenschaften II‹ sitzt, wird wohl wissen, in welcher Art Dr. Tibbetts Fragen stellt.«

Karl hob erstaunt eine Augenbraue. Jeff Harrison, Manticoraner und einige Jahre älter als Karl, saß zusammen mit ihnen in Dr. Flourets Kriminologiekurs. Jeff strebte ganz offensichtlich eine Laufbahn bei der Polizei an und war, so zumindest sah es Karl, hoffnungslos verstädtert. Andererseits war er fasziniert von Löwenherz, und so hatten die vier sich rasch angefreundet. Jeff war einer der wenigen neuen Freunde, die tatsächlich von Manticore selbst stammten.

*Und, zugegeben,* dachte Karl, *mag er ja im Urwald hoffnungslos verloren sein – ganz wie ich mitten in einer Großstadt!*

»Klingt gut«, entschied er schließlich. »Natürlich wird Tibbetts dieses Mal wohl kaum genau die gleichen Fragen stellen. Aber es täte mir bestimmt gut, mit jemandem zu sprechen, der ihren Kurs tatsächlich überlebt hat!«

Knotenbinderin gab die Anweisungen, als der Clan Ohne Revier sich daranmachte, ein Netz zu knüpfen, mit dem man einen der Leute fangen und festhalten könnte. Leicht war die Aufgabe nicht, denn die Krallen der Leute waren sehr scharf und vermochten fast alles zu durchtrennen – wenn dafür genug Zeit blieb. Schnell zu erledigen war die Aufgabe auch nicht. Doch weil die Leute nun einmal relativ klein waren im Vergleich zu Feinden wie den Todesrachen oder den Schneejägern, waren sie auch sehr geduldig, und Knotenbinderin und ihre Helfer wussten, dass sorgsame Vorbereitung hier den Unterschied zwischen Leben und Tod ausmachte.

Knotenbinderin gab ihnen außergewöhnlich widerstandsfähige Schnur, für das Fasern verschiedener Pflanzen mit im Zuge des Fellwechsels ausgefallenen Haaren von Leuten vereinigt worden waren. Diese Art Schnur zu machen, war so viel Arbeit, dass Knotenbinderin selbst noch im Angesicht der näher und näher kommenden Feuersbrunst darauf bestanden hatte, dass nicht nur sie selbst, sondern zumindest auch eine Rolle dieser kostbaren Schnur in Sicherheit gebracht wurde.

Nun zeigte sie den anderen, wie man daraus ein Netz knüpfen konnte, das sich mit einer Schlinge wie eine übergroße Tasche verschließen ließ.

Dann, um die erdachte Falle noch wirksamer zu machen, brachte ihnen Wundersame-Berührung, eine der Heilerinnen des Clans, die sich bestens mit Pflanzen und deren jeweiligen Wirkungen auskannte, eine bitter riechende Paste, mit der sie die einzelnen Stränge des Netzes bestreichen sollten.

*Die brennt ein bisschen,* warnte sie, *also nehmt zum Auftragen Pinsel. Aber diese Paste sollte unseren Gefangenen davon abhalten, das Netz durchzubeißen oder es allzu rasch zu zerreißen.*

Scharfauge dankte ihr. *Wir haben nicht die Absicht, ihn lange festzuhalten, aber alles, was uns ein wenig mehr Zeit verschafft, können wir gut gebrauchen.*

Der nächste Schritt in Scharfauges Plan war schwieriger. Nachdem er sich mit den Kundschaftern und Jägern des Clans Ohne Revier besprochen hatte, sah er seine eigenen Eindrücke voll und ganz bestätigt: Von allen Kundschaftern war er am tiefsten in das Revier des Clans der Baumhüter vorgedrungen, und er war auch der Einzige, der bislang einem Mitglied dieses Clans begegnet war.

*Vom armem Rote-Klippe einmal abgesehen, und der kann uns jetzt nicht helfen.*

Vermutlich mied also der Clan der Baumhüter diese Region hier weitgehend. Angesichts der mageren Ausbeute beim Jagen und Fischen und bei der Suche nach Früchten und Wurzeln gab es auch kaum Grund, den sonnenaufgangs liegenden Teil ihrer Revierumgebung aufzusuchen. Und nun, wo der Winter aufzog, wurde wohl jeder Erwachsene, der nicht dringend für andere Aufgaben gebraucht wurde, dazu herangezogen, alles an Nahrung haltbar zu machen, was die Jäger und Sammler zum Hauptnest schafften.

*Ich bin bislang nur Schwimmers-Schrecken und Geschickte-Finger begegnet,* erläuterte Scharfauge. *Ich vermute, dass der Clan der Baumhüter Schwimmers-Schrecken die Aufgabe übertragen hat, jene Grenze ihres Reviers zu bewachen, die in unserer Richtung liegt. Dafür hat er wohl ein paar Verwandte als Helfer mitgenommen. Wir alle wissen ja, dass es einfacher ist, mit Leuten zu sprechen, mit denen man vertraut ist. Da die beiden mich zumindest schon ein wenig kennen, werden sie mich früher spüren als jeden anderen. Ich werde also in die Richtung gehen, in der ich Rote-Klippes Leiche gefunden habe, und dort bereite ich das Netz vor. Dann werde ich nach Kräften mein Geistesleuchten mit Wut färben. Ich hoffe einfach darauf, dass sich mir dann einer der beiden entgegenstellt – vielleicht sogar beide gleichzeitig.*

*Warum sollten sie das tun?*, fragte Saurer-Magen nach, der nicht erbaut davon war, dass der junge Scharfauge auf einmal so viel Aufmerksamkeit genoss. *Warum sollten die dich nicht absichtlich unbeachtet lassen?*

*Ich vertraue hier ganz auf grundlegende Neugier,* antwortete Scharfauge. *Aber wenn das nicht reicht, habe ich auch noch andere Mittel im Sinn.*

Saurer-Magen schniefte, als glaube er dem jungen Kundschafter kein Wort, doch nach Einzelheiten erkundigte er sich nicht. Von sich aus wollte Scharfauge sie auch nicht vortragen. Er hatte sich für diese Vorgehensweise entschieden. Er glaubte, wirklich noch ein paar gute Ideen im Sinn zu haben. Trotzdem wollte er nicht, dass sein Selbstvertrauen durch Saurer-Magens gehässige Bemerkungen erschüttert würde.

*Welche Hilfe benötigst du vom Clan?*, fragte nun Schalenformerin. Da der Clan derzeit keine ausgebildete Sagen-Künderin hatte, schien sie gewillt, zumindest gelegentlich die Rolle der Anführerin zu übernehmen, die eigentlich Breitohr zugekommen wäre.

*Es wäre gut, wenn mich ein paar kräftige Jäger begleiteten, die mir helfen könnten, meinen Gefangenen zu tragen, wenn er mir nicht freiwillig folgt,* antwortete Scharfauge sofort. *Ich habe überlegt, ob es wohl hinzunehmen wäre, wenn sich Harte-Klaue und Beißt-fest-zu dieses Mal nicht an der Jagd beteiligten.*

*Hier gibt es nichts zu jagen,* gab Harte-Klaue augenblicklich zurück. *Rote-Klippe war der Lebensgefährte meiner Wurfschwester. Es würde mich mit Freude erfüllen, denjenigen zu fangen, der ihn getötet hat.*

Zorn durchflutete Harte-Klaues Geistesleuchten; es verriet deutlich, wie gefährlich er würde, wenn er seiner ›Freude‹ frei Ausdruck verleihen könnte. Scharfauge hatte gerade Harte-Klaue und Beißt-fest-zu ausgewählt, weil sie, ebenso wie er selbst, noch keine Lebensgefährten gefunden hatten. Nun fragte er sich, ob das vielleicht ein Fehler war.

*Wir sind nicht auf Rache aus,* mahnte ihn Schalenformerin. *Wir suchen nur einen Ort, an dem wir den Winter überstehen können. Alles ist verloren, wenn du ihm in unangemessener Weise deine vielbesungenen Klauen zeigst. Ist dir das bewusst?*

*Ja, das ist mir bewusst,* antwortete Harte-Klaue. Sein Geistesleuchten hellte sich auf, auch wenn immer noch darin Zorn zu schmecken war. *Vielleicht wird es eine bessere Rache sein, den Mörder wissen zu lassen, was er getan hat, als ihn nur in die Ruhe des Todes zu schicken. Ihr könnt euch auf mich verlassen. Ich werde Scharfauges Anweisungen befolgen und mein Bestes geben, damit sein Plan Erfolg hat.*

*Ich danke dir,* sagte Scharfauge und überflutete das Geistesleuchten des Jägers mit all der Dankbarkeit, die er aufrichtig empfand. Erleichtert stellte er fest, dass ehrliche Freude ein Gegengewicht zu Harte-Klaues Zorn bildete. *Ich muss dich und Beißt-fest-zu bitten, sonnenaufgangs von mir zu bleiben – außerhalb der Reichweite, damit euer Geistesleuchten nicht so leicht entdeckt wird. Und ich muss euch zudem bitten, es so weit wie nur möglich zu dämpfen.*

*Unser Plan funktioniert am besten, wenn derjenige, den wir einfangen wollen, mich allein wähnt. Ich bin der Köder in der Falle. Und wenn ich euch zurufe, dass wir unseren Gefangenen haben, kommt ihr, so schnell ihr könnt, zu mir und helft mir dabei, ihn so rasch wie möglich fortzuschaffen.*

*Ach, und ihr glaubt, der Gefangene würde nicht nach Hilfe rufen?*, höhnte Saurer-Magen jetzt.

*Ich glaube, ich weiß, wie ich ihn davon abhalten kann*, gab Scharfauge nur zurück. Dieses Mal war er nicht einmal versucht, dem Ältesten eine Erklärung anzubieten.

Nervös plusterte Knotenbinderin den Schweif auf. *Scharfauge, du sagst ›er‹, als wüsstest du genau, dich nur einem einzelnen Gegner stellen zu müssen. Wie kannst du dir da so sicher sein?*

*Ich* bin *mir nicht sicher*, räumte Scharfauge ein, *aber ich will alles tun, was ich kann, um dafür zu sorgen, dass mein Plan meinen Wünschen entsprechend gelingt. Zunächst werde ich mit meiner Geistesstimme nur nach einem jener Leute dort drüben rufen. Ich hatte an Geschickte-Finger gedacht. Der scheint mir mehr Mitgefühl zu besitzen als sein Ahnenbruder. Außerdem vermute ich, dass er deutlich jünger ist als ich. Ich werde dorthinübergehen, wenn sich sein Ahnenbruder, der weit mehr Spannen zählt, ein wenig ausruht. Ich hatte an die Stunden gedacht, in denen die Nacht dem Morgengrauen weicht und weder die Tages- noch die Nachtbeute aktiv ist. Zu dieser Zeit wird ein erfahrener Jäger sich hinlegen.*

*Und wenn dir deine Schläue nicht weiterhilft?* Dieser Einwand kam natürlich von Saurer-Magen.

*Dann muss ich mich auf Mut verlassen*, gab Scharfauge gelassen zurück. *Wie Schalenformerin schon gesagt hat: Bei Wintereinbruch verlieren wir die Möglichkeit zu wählen. Also müssen wir handeln, solange wir noch eine Wahl haben.*

»Die Zeit läuft uns davon, Gwen«, sagte Oswald Morrow über den Tisch hinweg an. Er tat es in verhaltenem Ton. Gwendolyn Adair und er aßen gerade in einem teuren Restaurant, dessen Gäste bereit waren, überhöhte Preise zu zahlen, weil sie während des Essens absolute Privatsphäre genießen konnten. Garantiert. »Wir haben nur noch eine Woche, bevor die wieder nach Sphinx zurückkehren.«

»Ach, ja?« Gwendolyns Entgegnung troff vor Ironie. »Weißt du, Ozzie, ich erinnere mich dunkel, das schon irgendwo gelesen zu haben.«

»*Ich* bin ja hier nicht der, der Druck macht«, gab Morrow zu bedenken. »Dahinter steckt Frampton. Allmählich wird sie ungeduldig.«

Gwendolyn wollte ihr Gegenüber unwirsch anfahren, zögerte dann aber. Angelique Gräfin Frampton war die Enkelin eines Ersten Anteilseigners und Tochter eines Mannes, der sein Leben der Aufgabe gewidmet hatte, die ursprünglich recht bescheidene Position seines Vaters durch eine Vielzahl aggressiver (manche würden sagen: skrupelloser) Finanztransaktionen auszubauen. Im Laufe der Jahre hatten er und später dann Angelique dieses Ziel verfolgt und erreicht: Mittlerweile gehörten die Framptons zu den wohlhabendsten Familien des Sternenkönigreichs. Im Zuge dieses Aufstiegs hatten sie ein gewaltiges Portfolio an Landerwerbsoptionen auf Sphinx angelegt und dieses über den Leverage-Effekt nach Kräften für sich arbeiten lassen. Derzeit betrug der Gesamtwert ihrer Landerwerbsoptionen nur vier- oder fünfhundert Millionen Dollar, doch im Laufe der nächsten dreißig bis vierzig T-Jahre würde sich dieser Wert zumindest verdreifachen – und die bankfähigen Vermögenswerte, die diese Optionen nun einmal waren, dienten derzeit als Sicherheit für Kredite im Gesamtwert von mehr als eine Milliarde Dollar. Diese Kredite waren für die Liquidität der Grafschaft unerlässlich, und die Verträge verlangten, dass sie innerhalb der nächsten zehn T-Jahre entweder zur Gänze getilgt oder umgeschuldet würden. Die vollständige Tilgung wäre schwierig oder sogar unmöglich; die Umschuldung sollte keinerlei Problem sein ... solange die Landerwerbsoptionen nicht an Wert verlören.

Das allein wäre schon mehr als genug Grund für Angelique gewesen, deren Wert auch proaktiv zu sichern, doch es gab noch andere gute Gründe. Gleiches galt für Gwen Adair, deren Portfolio ebenfalls bestens mit entsprechenden Optionen gefüllt war. Gewiss, sowohl die Gräfin als auch sie selbst hatten, rein finanziell betrachtet, einiges zu verlieren, wenn besagte Optionen für ungültig erklärt würden oder auch nur deutlich an Marktwert verlören. Aber Frampton hatte nicht nur deutlich mehr zu verlieren, sie war auch rachsüchtig und dabei einem gereizten Hexapumaweibchen nicht unähnlich. Das waren *ihre* Landerwerbsoptionen, verdammt! Kleine, stinkende Ratten-Aliens würde ihr nichts wegnehmen, gar nichts! Finanziell könnte sie den Verlust der Optionen vielleicht sogar überstehen, obwohl das ein gewaltiges Loch in ihr Vermögen risse. Aber die Gräfin gehörte zu jenem Schlag von Menschen, die dann den gesamten verbliebenen Rest ihres Vermögens dafür aufwenden würden, sich an all jenen zu rächen, die diesen Verlust zugelassen oder gar herbeigeführt hatten.

An einer gewissen Gwendolyn Adair, zum Beispiel.

»Ich könnte mir vorstellen, dass sie im Augenblick nicht die Einzige ist, die ein wenig ungeduldig wird«, merkte Gwendolyn nach kurzem Schweigen an, statt Morrow den Kopf abzureißen.

Er stieß ein Schnauben aus. »Die sind *alle* ganz kribbelig, wenn du das meinst.« Er schüttelte den Kopf. »Dafür, dass die kleine Harrington bislang nur zweimal den Campus verlassen hat – außer für die Treffen der Adair Foundation, heißt das –, haben sie und dieses Pelzvieh bemerkenswert viel positive Presse bekommen. Wenn ich diese Lobeshymne im *Landing Observer* lese, könnte ich kotzen! Selbst *Harvey* ist jetzt ganz auf ihrer Seite! Er sagt, sie sei eine der besten Studierenden, die er je hatte, und als ich das letzte Mal mit ihm gesprochen habe, da hat er gar nicht mehr aufgehört davon zu schwärmen, wie intelligent diese blöde Baumkatze ist!«

»Ich weiß. Die 'Katz ist wirklich viel sympathischer, als ich gehofft hatte, und Georges idiotische Freunde von der Foundation fressen ihr mittlerweile geradezu aus der Hand!«

Stephanie und Karl hatten die Adair Foundation mittlerweile fünfmal besucht – davon dreimal, um sich mit den Direktoren der Stiftung zu treffen, die zugleich auch deren großzügigsten Förderer waren. Leider gab es nicht allzu viel Zweifel daran, welch guten Eindruck die kleine Harrington auf die Direktoren gemacht hatte. Es kam nicht überraschend, nicht für Gwen.

»Sie einzuladen, war deine Idee«, gab Morrow zu bedenken.

»Stimmt. Aber wenn ich sie nicht eingeladen hätte, wäre jemand anders auf diese Idee gekommen – wahrscheinlich sogar George selbst.«

Gwendolyns Tonfall war scharf wie Säure. George Lebedyenko, ihr Cousin, nahm seine Rolle als Earl von Adair Hollow und Hauptgeschäftsführer der Adair Foundation sehr ernst. Gemeinhin fand Gwendolyn ein solches Pflichtbewusstsein eher nützlich. Doch es gab Zeiten, wo sich die persönlichen Interessen ihres Cousins als hinderlich erwiesen statt als hilfreich. Und es sah ganz so aus, als stünde eine solche Zeit unmittelbar bevor.

»Die Baumkatzen sind ganz genau das, was zu beschützen

sich die Foundation aufs Panier geschrieben hat – genau für solche Fälle wurde die Foundation ins Leben gerufen«, fuhr sie fort. »Das ist einer der Gründe, weswegen dich Angelique zu *mir* geschickt hat, Ozzie. Dadurch, dass ich diese offizielle Einladung ausgesprochen habe, konnte ich wenigstens Einfluss darauf nehmen, wie eng der Kontakt zwischen den Mitgliedern der Stiftung und der kleinen Harrington wird.«

»Richtig.« Morrow zuckte mit den Schultern. »Aber Frampton wäre wohl deutlich zufriedener mit der Gesamtlage, wenn wir der ›Baumkatzen-sind-doch-niedlich‹-Fraktion wenigstens ein blaues Auge verpassen könnten, solange wir die beiden hier auf Manticore haben.«

»Das ist immer noch Teil meines Plans«, versicherte ihm Gwendolyn. »Ich habe sogar gute Neuigkeiten für Stephanie und Karl. Die Leitung des Charleston Arms hat sich endlich bereiterklärt, Löwenherz nicht nur auf das Gelände des Restaurants zu lassen, sondern sogar in die privaten Speisesäle.«

*»Was?!«* Über den Tisch hinweg starrte Morrow sie fassungslos an. »Ich dachte, wir hätten uns darauf geeinigt, wir müssten mit aller Macht verhindern ...«

»... dass die Mitglieder der Foundation das kleine Untier persönlich kennenlernen und seinem Charme erliegen«, beendete Gwendolyn den Satz für ihn und winkte dann ungeduldig ab. »Natürlich, natürlich! Aber was das betrifft, war ich von Anfang an unschlüssig. Und da George großen Wert darauf legt, dass Löwenherz zum nächsten Treffen der Foundation zugelassen wird, habe ich mir gedacht, es wäre nicht gut, wenn er herausfindet, dass *ich* diejenige war, die das von Anfang an zu verhindern versucht hat. Vor allem, wenn er bei der nächsten Sitzung tatsächlich persönlich erscheint, statt diese Aufgabe seinem getreuen Strohmann zu überlassen – oder besser: seiner Stroh*frau*: mir, seiner lieben Cousine, nämlich.«

»Tja, das war's dann wohl!«, unkte Morrow düster. Anders als Gwendolyn war er Löwenherz noch nicht persönlich begegnet, doch er hatte sich eine ganze Reihe Aufzeichnungen der Baumkatze angeschaut (heimlich und über große Entfernungen hinweg angefertigt). Stephanie hingegen kannte er mittlerweile auch persönlich. »Wenn sie die beiden zusammen erleben, sind und bleiben sie Feuer und Flamme für die Baumkatzen!«

»Ach, werd endlich erwachsen, Ozzie!« Gwendolyn warf ihm einen verärgerten Blick zu. »Das war doch sowieso zu erwarten, ganz egal, was wir unternommen hätten! Was denn, hast du vielleicht geglaubt, die Foundation würde sich einstimmig dafür aussprechen, die Baumkatzen auszurotten? Und George haben wir dabei noch nicht einmal berücksichtigt! Es war doch von vornherein klar, dass diese Gutmenschen sich alle bemüßigt fühlen würden, den kleinen Biestern beizustehen!«

»Also hast du entschieden, dich hinter sie zu stellen und sie weiterhin in genau dieses Richtung zu treiben, ja? Ist das der große Plan?«

»Genau.« Morrows Gesichtsausdruck entlockte Gwendolyn ein Lächeln. »Das Beste, was wir von ihnen zu erwarten haben, ist die Einrichtung festgeschriebener Reservate, Ozzie. George wird sowieso in die Richtung tendieren, man müsse die 'Katzen vor dem Kontakt zum Menschen schützen – das ist bei ihm praktisch schon ein Reflex. Und der Vorstand der Foundation folgt seinen Vorschlägen eigentlich immer, das weißt du doch genauso gut wie ich. Also müssen wir George vorsichtig in genau die Richtung lotsen, in die er ohnehin tendiert ... und das so, dass der ganze Vorstand ihn darin kräftig unterstützt.«

»Und dabei also hilft eine Gelegenheit, Löwenherz persönlich kennenzulernen?« Morrow blickte sie skeptisch an. »Du hast doch Dr. Radzinskys Bericht gelesen, und wir haben uns die Aufnahmen angeschaut, wie Löwenherz zusammen mit der kleinen Harrington über den Campus spaziert. Diese Tiere sind intelligent, Gwen, das weißt du doch selbst! Wahrscheinlich sind sie sogar noch intelligenter als befürchtet! Und was werden die Vorstandsmitglieder wohl sehen, nachdem sie ein bisschen Zeit mit Löwenherz und der kleinen Harrington verbracht haben, he? Nun, vor allem Turner und Fitzpatrick werden in den beiden eine Art sehr gesunder symbiontischer Beziehung zwischen zwei hochintelligenten Spezies sehen, und zwar die erste solche Beziehung der Menschheitsgeschichte! Wenn der Vorstand zu dem Schluss kommen, das finde gerade auf Sphinx statt, wird man sich, darauf kannst du wetten, für einen Gesetzesentwurf starkmachen, der den Baumkatzen den vollen Status einer vernunftbegabten Lebensform zuspricht!«

»Erstens legen es Turner und Fitzpatrick sowieso genau darauf an. Zweitens begreift jeder, der über ein auch nur halbwegs funktionsfähiges Gehirn verfügt und sich die Geschichte anhört, wie Harrington und Löwenherz einander kennengelernt haben, sofort, dass Baumkatzen sehr wohl gefährlich sein können. Drittens muss man *gefährliche* Ureinwohner unbedingt isolieren, und das gleich aus zwei Gründen. Zum einen muss man sie vor verderblichen Einflüssen schützen – ganz zu schweigen davon, dass eine ungehinderte Interaktion mit einer technisch ungleich höher entwickelten Gesellschaft mit all ihren alltäglichen Bedrohungen und Herausforderungen nun einmal unerwünschte Reaktionen hervorrufen kann. Zum anderen muss man natürlich auch Unschuldige vor den möglichen Gefahren schützen, wenn der Kampf-oder-Flucht-Reflex besagter gefährlicher Ureinwohner ausgelöst wird. Und viertens, Ozzie: Wer sagt denn, dass Harrington und ihr kleiner pelziger Freund überhaupt beim nächsten Treffen *ankommen* müssen?«

Morrow hatte schon den Mund geöffnet und zu einer Entgegnung angesetzt. Nun jedoch klappte er ihn wieder zu. Mit nachdenklich zusammengekniffenen Augen blickte er Gwendolyn Adair über den Tisch hinweg an. Ihr Lächeln war eiskalt.

## 14

Harte-Klaue und Beißt-fest-zu halfen Scharfauge dabei, die Netzfalle so in Position zu bringen, dass jeder, der Scharfauge zu erreichen versuchte, sie unweigerlich auslösen musste. Dann zogen sie sich so weit zurück, wie zuvor vereinbart. Scharfauge richtete seine ganze Aufmerksamkeit auf Geschickte-Finger, richtete den Geist ganz auf dessen Eigenheiten, die er während ihrer beider kurzen geistigen Begegnungen erkannt hatte. Dann färbte er seine Geistesstimme mit Untertönen von Zorn und Schmerz. Bewusst erinnerte er sich an Rote-Klippe, so wie er gewesen war, als sie einander zum letzten Mal gesehen hatten: vor Sorge um seine geliebte Schöner-Geist fast verrückt und dabei körperlich geschwächt, weil er unbeirrbar darauf beharrte, seinen Anteil des Essens entweder seiner Gefährtin oder ihren Jungen zu geben.

Dann ließ Scharfauge Hohn in die Nachricht einfließen. *Wer auch immer Rote-Klippe getötet hat, hält sich wohl für einen Helden, der das heimatliche Revier verteidigt hat. Aber was für ein Held bringt den Tod, wenn Trost gefordert ist?*

All die Erinnerungen zu einem klaren Geistesstimmenbild zu formen, war schmerzhaft. Diesen Schmerz nutzte Scharfauge nun dazu, die Nachricht zu verstärken. Er zeigte seinem Zuhörer, wo er war – eindeutig im Revierumfeld des Clans der Baumhüter.

Zunächst glaubte Scharfauge schon, sein Plan, Geschickte-Finger zu sich zu locken, sei gescheitert. So ließ er auch noch Verzweiflung in seine Nachricht einfließen. Und vielleicht sorgte genau das letztendlich dafür, dass Geschickte-Finger ihn doch hörte.

Von Geist zu Geist sprach Geschickte-Finger dann zu Scharfauge. *Was soll diese Beleidigung?*, verlangte er empört zu wissen. *Mit dem Tod deines Clanbruders haben wir nichts zu tun. Wenn Rote-Klippe wirklich so schwach war, wie du sagst, ist er vielleicht einem jungen Todesrachen zum Opfer gefallen oder einem Schwarm Todesschwingen!*

Zur Antwort sandte ihm Scharfauge ein sehr genaues Bild von Rote-Klippes Leichnam, so wie er ihn vorgefunden hatte: von Klauen zerfetzt und blutüberströmt, aber ohne Anzeichen von Fraßspuren, die eindeutig zu erwarten gewesen wären, wäre tatsächlich eines jener gefürchteten Raubtiere für seinen Tod verantwortlich. Dann übermittelte Scharfauge, wie sehr die Wunden danach aussahen, als stammten sie von den Krallen ihresgleichen.

Geschickte-Fingers Antwort bestand weniger in einer ganzen Aussage, als vielmehr in einem Gefühl der Unsicherheit – eine Andeutung, Scharfauge habe ihm noch nicht alles berichtet.

Während Scharfauge seine Entgegnung formte, spürte er zugleich den ersten Hauch eines Geistesleuchtens. Darin schmeckte er kein Anzeichen dafür, dass Geschickte-Finger bereits andere aus seinem Clan zu Hilfe gerufen hatte. Ob das daran lag, dass Geschickte-Finger noch jung und impulsiv war, oder ob ihn das, was Scharfauge dem ganzen Clan der Baumhüter vorwarf, sehr verunsicherte, hätte Scharfauge nicht zu sagen vermocht.

Weiterhin sandte ihm Scharfauge Zorn und Trauer, dazu die Überzeugung, dass einer der Leute aus einem anderen Clan seinen Clangenossen erschlagen hatte ... einer aus Geschickte-Fingers Clan. Er bündelte seine Geistesstimme so scharf wie möglich, damit das, was er übermittelte, nur Geschickte-Finger erreichte. Zugleich versuchte er ihn zu verwirren. So hoffte er, der jüngere 'Kater würde sich hinreißen lassen und geradewegs losspringen, ohne darüber nachzudenken, was ihn am Ende seiner Suche wohl erwarten mochte.

Scharfauge war sich bewusst, dass sein eigenes Geistesleuchten viel über seine derzeitige Stimmungslage verriet. Für den immer näher kommenden Geschickte-Finger war Scharfauge ein gewaltiger emotionaler Gewittersturm, in dem Zorn und Trauer alle weniger starken Gefühle nahezu vollständig überdeckten. Scharfauges Aufregung, der Plan könnte tatsächlich funktionieren, trug noch dazu bei. War man aufgewühlt, weil Zorn und Trauer in einem wüteten, waren Aufregung und Anspannung nur natürlich. Ja, er musste sich sogar zusammenreißen, um Geschickte-Finger, als er aus dem Schutz der Bäume hervortrat, nicht gleich anzugreifen. Stattdessen veränderte er nur kaum merklich seine Position – Geschickte-Fingers nächster Sprung musste ihn geradewegs in die Falle tragen.

Und Geschickte-Finger sprang. Sofort schloss sich das Netz, und er war gefangen.

Bevor er seinen Clan zu Hilfe rufen konnte, brachte ihn Scharfauge mit einem gebieterischen Schrei zum Schweigen. *Warte und lausche!*

Gedankenschnell flutete Scharfauge ihn mit jenem Teil der Entdeckung von Rote-Klippes Leiche, die er bislang für sich behalten hatte – dass ihn, als er den Leichnam seines Clangenossen gefunden hatte, aus der Ferne Schwimmers-Schrecken verspottet hatte. Zuerst hatte Scharfauge überlegt, davon gleich zu berichten, doch er hatte sich dagegen entschieden. Er hatte befürchtet, Geschickte-Finger könnte dann, statt weiter auf die Falle zuzulaufen und entrüstet seinen Ahnenbruder zu verteidigen, einfach kehrtmachen und diesen zur Rede stellen.

Die Erinnerung, in jedem Detail absolut perfekt, traf Geschickte-Finger wie ein gut gesetzter Hieb. Er kämpfte nicht mehr gegen das engmaschige Netz an, das ihn gefangen hielt, sondern ergab sich.

*Das hat Schwimmers-Schrecken zu dir gesagt?* Es war mehr eine Aussage als eine Frage, denn dafür fehlten die Zweifel an der Richtigkeit von Scharfauges Bericht. Die Worte bargen Entsetzen und Schmerz darüber, dass ein Clanbruder – sein Ahnenbruder, den er so gut zu kennen geglaubt hatte – zu einer derartigen Grausamkeit fähig sein sollte. *Ich wusste wohl, dass Schwimmers-Schreckens Bestreben, das Revier unseres Clans zu schützen, keine Grenzen kennt. Er hat gesagt, der Ansturm des Feuers sei schon genug gewesen. Einen weiteren Übergriff auf unser Revier wolle er nicht zulassen. Doch … dass er euren Rote-Klippe töten und dann vor dir noch damit prahlen … und dann zum Clan zurückkehren würde, ohne davon zu berichten …*

*Er hat den Angehörigen des Clans der Baumhüter nichts davon erzählt?*

*Nichts. Natürlich haben wir alle gespürt, dass er erschöpft und erregt gleichermaßen war, aber das ging uns ja allen so. In letzter Zeit wird im Clan viel gestritten. Was die Frage betrifft, wohin wir für den Winter unser Hauptnest verlegen sollen, gibt es zwei Gruppen: Manche glauben, wir sollten eurem Clan unbedingt gestatten, unser Land zu durchqueren. Andere sind ebenso fest entschlossen, euch aus eurem derzeitigen Nest zu vertreiben. Zudem gibt es noch zahlreiche weitere Streitigkeiten – so viele, dass das viele Vermitteln unsere Sagen-Künderinnen und Geistesheilerinnen erschöpft hat.*

Geschickte-Finger hätte mühelos auch alle Details dieser Streitigkeiten mit Scharfauge teilen können. Doch offenkundig war er der Ansicht, es gäbe Grund, dem anderen zu misstrauen. Doch obwohl es Geschickte-Finger möglich war, Einzelheiten für sich zu behalten, konnte er doch nicht die Verwirrung und den Schmerz verbergen, die nun sein ganzes Geistesleuchten beherrschten.

Vorsichtig schmeckte Scharfauge das Geistesleuchten des anderen, doch er fand keine Anzeichen dafür, dass Geschickte-Finger Hilfe herbeirufen wollte. Aber schon bald würde sich Geschickte-Finger von seinem anfänglichen Schrecken erholen und Verbindung zu seinem Clan suchen – vielleicht zur ältesten Sagen-Künderin. Deswegen durfte Scharfauge jetzt nicht zögern, sosehr er sein jüngeres Gegenüber ob dessen Verwirrung bemitleidete.

*Wenn Schwimmers-Schrecken deinem Clan nichts von seiner Tat erzählt hat,* setzte Scharfauge nach, dämpfte seinen Zorn und ließ an dessen Stelle Nachdenklichkeit treten (was ihm leichter fiel, weil es viel eher seiner eigenen Natur entsprach), *dann sollte* ich *ihnen vielleicht davon berichten. Vielleicht zweifelt Schwimmers-Schrecken daran, dass der restliche Clan der Baumhüter zu dem Schluss kommen würde, er habe das Richtige getan, als er Rote-Klippe umbrachte. Vielleicht schämt er sich dafür, den Schmerz ob des Todes meines Clangenossen durch seinen grausamen Spott noch vergrößert zu haben. Vielleicht sollte der Clan der Baumhüter davon erfahren.*

*Nein! Nicht ... das würde ... Ich habe dir doch erzählt, dass wir schon jetzt ...*

Die Gedanken des Jüngeren überschlugen sich so panisch, dass sie unverständlich wurden. Sofort unterbreitete ihm Scharfauge einen Vorschlag zur Güte.

*Vielleicht warte ich noch damit ... Aber wenn ich mich dazu bereiterkläre, muss du mir versprechen, keine Hilfe herbeizurufen. Ich möchte, dass du mit mir kommst, um dir meinen Clan anzusehen. Ich möchte, dass du selbst bezeugen kannst, wie groß unsere Not ist. Bislang habt ihr vom Clan der Baumhüter Abstand zu uns gehalten. So konntet ihr unser Leid von euch fernhalten, als gehe es für euch nur um eine Frage der Bequemlichkeit. Dieser Leugnung der Tatsachen möchte ich ein Ende setzen.*

Scharfauge öffnete sich dem jüngeren Angehörigen des

fremden Clans, ließ diesen ungehindert und uneingeschränkt fühlen, dass ihm Scharfauge nichts Böses wollte, dass er noch in diesem Moment befreit würde … aber auch, dass Scharfauge seine Drohung voll und ganz ernst meinte.

Geschickte-Finger vergalt diese Offenheit nicht in gleicher Weise; lange Zeit schwieg er nachdenklich. Als er schließlich zu einer Entgegnung ansetzte, loderte in ihr vor allem Aufrichtigkeit.

*Ich werde dich begleiten, Scharfauge vom Clan Ohne Revier. Ich verspreche dir, dass ich meinem Clan alles das berichten werde, was ich über den deinen erfahre. Wirst du als Gegenleistung meinen Ahnenbruder verschonen?*

*Vorerst. Ich wüsste nicht, wie die Wahrheit für alle Zeit verborgen bleiben könnte, aber ich wüsste auch nicht, wie es für meinen Clan hilfreich sein mag, die Konflikte in dem deinen noch zu vertiefen.*

*Also gut. Du kannst mich aus diesem Netz befreien. Ich werde dir aus freien Stücken folgen.*

Dieses Versprechen akzeptierte Scharfauge. Mit der Geistesstimme ließen sich gewisse Aspekte eines Ereignisses verbergen. Auf diese Weise mochte Schwimmers-Schrecken seine eigene Befindlichkeit als reine Reaktion auf die zahlreichen Belastungen der letzten Zeit erklären. Doch es war den Leuten schlichtweg unmöglich, unehrlich zueinander zu sein, wenn sie das Geistesleuchten des jeweils anderen aus der Nähe schmeckten. Scharfauge fand keine Anzeichen dafür, dass Geschickte-Finger noch von etwas anderem getrieben wurde als von dem dringenden Bedürfnis, den Frieden in den Reihen seines Clans zu bewahren – und wenn er auf diese Weise auch noch dem Clan Ohne Revier helfen konnte, dann war das gut.

Scharfauge wandte sich an Harte-Klaue und Beißt-fest-zu und teilte mit ihnen, was soeben geschehen war. Dann entschied er: *Ich bringe Geschickte-Finger nun zum derzeitigen Nest unseres Clans. Ihr zwei haltet Wache an der Grenze und warnt uns, falls jemand Geschickte-Finger vermisst und ihn hier suchen will. Führt keine Auseinandersetzung herbei, das könnte alles zerstören, was wir bislang erreicht haben!*

Die beiden Jäger stimmten zu. Erleichtert über die Rückendeckung führte Scharfauge Geschickte-Finger zu einem Zusammentreffen, von dem sie beide erhofften, es werde das Schicksal ihrer Clans verändern.

Schon von Weitem rief Scharfauge seinen Clangefährten zu, dass er Geschickte-Finger mitbrächte.

*Er ist noch sehr jung und immer noch entsetzt von dem, was Schwimmers-Schrecken getan hat. Wenn ihr könnt, geht sanft mit ihm um. Auch wenn euch allmählich die Geduld ausgeht: Vergesst nicht, dass das Schicksal unseres ganzen Clans davon abhängen mag, welchen Eindruck dieser eine hier von uns hat.*

Er fragte sich selbst, welchen Eindruck Geschickte-Finger wohl vom schrecklich zusammengeschrumpften Clan Ohne Revier haben mochte. Selbst zu seinen besten Zeiten war der Clan vom Wogenden Farn nur mittelgroß gewesen, denn für richtig große Clans waren die Berge zu rau und ungastlich. Doch dem Clan vom Wogenden Farn war es bestens gegangen: Nie hatte es ihnen an Nahrung gemangelt, und die Berge schenkten ihnen gute Steine für das Werkzeug. Dort gab es auch kräftige Bestände an Grünnadeln und Grauborken, deren Samenschoten sich leicht ernten ließen. Weibchen mit Neugeborenen hatten sich um Goldohr und andere Pflanzen gekümmert, die auf dem Boden, auf der Borke mancher Bäume oder auf Felsen wuchsen. Sowohl jene Samen als auch die Boden-und-Borken-Pflanzen wurden für jene härtesten

Wintertage eingelagert, an denen Jagd und Fischfang fast unmöglich waren.

Nun war der ganze Clan in einem unvorstellbaren Maße verarmt. Selbst das dickere Winterfell vermochte nicht mehr zu verbergen, dass viele abgemagert waren. Außerdem hatte das Feuer dem Clan viele Opfer abverlangt: Manche waren in den Flammen selbst gestorben, andere kurz darauf, denn es bedurfte großer Willensanstrengung und viel Zuspruchs durch den Clan, damit Leute, die sich an einen Lebensgefährten gebunden hatten, über dessen Tod hinaus noch das eigene Leben fortsetzten. Noch schlimmer wurde alles dadurch, dass viele der Überlebenden des Clans entweder sehr alt waren, sehr jung oder schwach und gebrechlich: Das waren die ersten aus dem Clan vom Wogenden Farn, die man in Sicherheit gebracht hatte. Jüngere, kräftigere Angehörige des Clans waren zurückgeblieben, um an Lebensmitteln und Werkzeugen zu retten, was zu retten war – das war so entschieden worden, denn gleich zu Anfang hatten die Ältesten des Clans gewusst, dass das Feuer einen Großteil ihres Reviers zerstören würde und sie daher jede nur erdenkliche Hilfe und Unterstützung bräuchten würden, um den Winter zu überstehen.

Diese Entscheidung hatte ihnen schwere Verluste eingebracht, als der Wind unvermittelt wechselte und die Flammen einem Sturm gleich *vor* ihnen auflodern ließ.

Scharfauge konnte kaum erwarten zu erfahren, welchen Eindruck Geschickte-Finger von ihnen allen hatte. Würde er ihre Not begreifen, oder sähe er nur eine Schar Flüchtlinge – zu viele sehr junge, zu viele Verletzte, zu viele Alte, die für den Clan der Baumhüter nichts als eine Last wären? Scharfauge war sich sicher, dass Schwimmers-Schrecken so und nicht anders über sie dachte. War es vielleicht zu viel erhofft, sein Geschwistersohn könnte anders empfinden?

Schweigend ging Geschickte-Finger an den Angehörigen des Clans Ohne Revier vorbei. Nur wenige sprachen ihn an, doch ihr Geistesleuchten sprach beredt von ihren Hoffnungen und ihrer Not. Lediglich bei den Neugeborenen – die den Winter bislang nur aus Erzählungen kannten – war die Verzweiflung nicht allgegenwärtig, doch auch bei ihnen waren Trauer und Verlust unverkennbar.

Scharfauge folgte Geschickte-Finger dichtauf; er war jederzeit bereit, ihn zu verteidigen, sollte jemand aus dem Clan Ohne Revier in ihm keinen Gast, sondern einen Feind sehen. Vorsichtig schmeckte er Geschickte-Fingers Geistesleuchten, suchte nach einem Hinweis darauf, wie dessen Urteil wohl ausfallen werde. Dort war eindeutig ein Hauch Mitgefühl, geteiltes Leid. Ja, Geschickte-Finger sah sie so, wie sie sich selbst sahen – verwundet, aber noch nicht ohne jede Hoffnung auf Heilung ... nicht ohne Hoffnung darauf, wieder zu erstarken.

Weitere Hoffnung keimte in Scharfauges Herzen auf ... als ein lauter Schrei seinen Geist erreichte. Er kam von Weittragende-Stimme, einem Kundschafter, der so Posten bezogen hatte, dass er Nachrichten von Harte-Klaue und Beißt-fest-zu weitergeben konnte.

*Sie kommen! Sie kommen! Der Clan der Baumhüter hat Geschickte-Finger gefunden. Jetzt kommen sie, ihn zu retten, und uns wollen sie vernichten!*

Wer alt genug war, um vom Clan als erwachsen angesehen zu werden, hatte die Sagenlieder gehört, die von jenen seltenen Schreckenszeiten kündeten, in denen Leute gegen Leute kämpften. Ja, so etwas war wirklich selten, und die Sagenlieder, die die Erinnerungen daran bewahrten, waren alt und fast schon verklungen – und nichtsdestotrotz entsetzlich in ihrer

Heftigkeit. Aber schon bald musste Scharfauge erkennen, dass selbst jene Heftigkeit, jene ungestüme Wildheit, es nicht mit der Wirklichkeit aufnehmen konnte.

Reißzähne und Klauen waren noch die harmlosesten Waffen, die zum Einsatz kamen. Kämpfte Clan gegen Clan, musste die natürliche Empathie, die selbst Leute von unterschiedlichen Clans miteinander verband, von einer Woge aus Hass fortgespült werden, die so unaufhaltsam war, dass niemand den anderen mehr als seinesgleichen wahrnahm: Niemand kämpfte mehr gegen Leute, sondern nur noch gegen Feinde.

Genau das galt nun für die Angehörigen des Clans der Baumhüter, die sich mit aller Macht auf das Behelfslager des Clans Ohne Revier stürzten. Ihr Geistesleuchten war ein Strudel aus nackter Wut, aus Zorn darüber, dass man ihre Freundlichkeit mit Grausamkeit vergolten hatte, aus Angst um Geschickte-Finger, aus Visionen entsetzlicher Qualen, die man ihn leiden ließe. Die Leute, die angriffen, kannten keine Vernunft mehr. Um zu erfahren, dass er lebte, dass niemand ihm ein Leid getan hatte, hätten sie einfach nur nach Geschickte-Fingers Geistesleuchten tasten müssen – er hätte ihnen berichten können, was in Wahrheit geschehen war.

Vernunft aber gab es keine mehr. Was blieb, waren Reißzähne und Klauen.

Verlust, Entbehrung und Furcht vor dem herannahenden Winter bestimmte schon viel zu lange, was der Clan Ohne Revier fühlte. Rasch verfiel er ebenfalls in blinde Raserei, die der des Clans der Baumhüter in nichts nachstand. Die Ältesten brachten verängstigte Junge in Verstecke, vermählte Paare stürzten sich Seite an Seite in den Kampf, und ihr fest miteinander verschmolzenes Geistesleuchten verwandelte ihre gemeinsamen Ängste in ungezügelte, unbändige Wut.

Scharfauge, zwischen jenen beiden Strudeln aus Emotionen

gefangen, versuchte nach Kräften, doch noch die Vernunft siegen zu lassen. Er spürte, dass Geschickte-Finger den gleichen Kampf ausfocht, dass das alles ein Fehler war ... dass es keinen Grund gab für diesen Kampf.

Doch der Clan der Baumhüter war taub für Vernunft. Die Furcht, die seit der Flammenzeit allgegenwärtig geworden war, war gewachsen und gewachsen und so groß geworden, dass sie bei weitem den Anlass für diesen Angriff überstieg. Sie hatte sich verselbständigt. Der Clan der Baumhüter sah nur einen Weg, wie all das enden könnte: Der Clan Ohne Revier war die Bedrohung, die ausgelöscht, vollständig vernichtet werden musste. Gedankenfetzen, die Scharfauge im gemeinsamen Geistesleuchten der Angreifer erhaschte, zeigten den Clan Ohne Revier nicht als das, was er in Wahrheit war, sondern als eine Verkörperung der Kälte, der weißen Urgewalt des Winters und der Enge eines Reviers, das den Baumhütern mit einem Mal zu klein für sie alle erschien.

Inmitten dieses Bildes glaubte Scharfauge einen Geist zu schmecken, der diesem Wahn mehr verfallen war und diesen Wahnsinn mehr speiste als der ganze Rest – den Geist von Schwimmers-Schrecken, den der Mord an einem der Leute in die geistige Umnachtung geführt hatte.

Scharfauge rang darum, sich nicht mitreißen zu lassen, sondern er selbst zu bleiben, und tastete dann mit seiner Geistesstimme nach der von Geschickte-Finger. *Versteck dich! Wenn du stirbst, ist jede Hoffnung verloren! Versteck dich!*

Dann spannte er, zum Sprung bereit, die Muskeln an und suchte mit aller Macht in dem Strudel aus grellfarbigen Emotionen nach der Stimme von Schwimmers-Schrecken.

Und Scharfauge fand, was er suchte. In Schwimmers-Schreckens Geist leuchtete Schadenfreude, als er sich auf Kleiner-Chors Mutter stürzte, sie mit Reißzähnen und Klauen anfiel. Er frohlockte. Sein Geistesleuchten verriet seine Überzeugung, weder sie noch ihre Jungen hätten das Leben verdient, seien dem Land, das sie nicht zu ernähren vermochte, nur fleischgewordener Fluch.

*Sterben hättet ihr sollen! Sterben! Fleisch und Blut, zu Asche verwandelt. Dünger für den leidenden Wald. Sterbt endlich! Auf dass euer Blut das verletzte Land heile!*

Die Bilder waren für Scharfauge kaum zu ertragen. Er sprang, alle sechs Gliedmaßen vor sich gestreckt, alle Klauen ausgefahren, um zu zerfetzen, zu töten. Er fand sein Ziel, spürte Blut fließen und hatte das Gefühl, in Wahnsinn zu ertrinken.

Doch Scharfauge rang um einen letzten Splitter Vernunft. Er schlug diese Schlacht für seinen Clan, gewiss, aber auch für den Clan der Baumhüter. Er schlug die Schlacht für die Hoffnung auf Versöhnung, die ihm noch wenige Augenblicke zuvor so greifbar erschienen war.

Den Mund voller Blut von seinesgleichen, Fell zwischen den Zähnen, spürte Scharfauge, wie Schwimmers-Schreckens Stimme dem dunklen Pfad zur Bewusstlosigkeit folgte. Doch der Nachhall seines Wahnsinns ließ sich nicht so leicht zum Verstummen bringen. Rings um sie tobte unvermindert die Schlacht.

Scharfer Schmerz traf Scharfauge. Er wusste nicht, wer ihn getroffen hatte und wo er getroffen war, wusste nicht, ob es nur ein Angreifer war oder viele. Sein Schmerz war wie das Aufheulen des Windes inmitten eines tosenden Sturms aus Furcht und Leid.

Dankbar hätte Scharfauge der Schwärze, die ihn umfing, entgegengesehen, wäre da nicht das Bedauern gewesen, versagt zu haben.

»Ich glaube, Mom verlässt sich inzwischen darauf, dass wir ihr diese Tour abnehmen«, lachte Jessica, als sie Anders abholte. »Ich hoffe, das macht dir nichts aus.«

»Nein, macht es nicht«, antwortete Anders, ließ sich auf den Beifahrersitz des Flugwagens gleiten und drückte Ohnefurcht zur Begrüßung ein Stückchen Sellerie in die Echthände. »Seit diese Xenos angekommen sind, arbeitet Dads ganzes Team ununterbrochen und hochkonzentriert. Nicht, dass ich etwas gegen Anthropologie hätte, aber irgendwann brauche ich auch mal 'ne Pause.«

Ohnefurcht bliekte Anders dankbar an und sprang dann auf die Rückbank, auf der er den Sellerie kauen konnte, ohne auf Jessicas Schulter zu sabbern. Jessica startete den Flugwagen und lehnte sich im Fahrersitz zurück.

»Mom möchte das Gebiet ausweiten, in dem Proben genommen werden. Sie hätte gern auch Proben von den umliegenden Regionen, um sie mit den Wiederaustriebsgebieten zu vergleichen.«

»Klingt sinnvoll«, meinte Anders. »Willst du gleich heute damit anfangen? Das Wetter wäre prima dafür.«

»Wenn es dir wirklich nichts ausmacht, gern. Aber ich will auf gar keinen Fall, dass du dich langweilst!«

»He, Jess, entspann dich! Mit dir habe ich mich noch nie gelangweilt.«

»Ich ...« Hastig beugte sich Jessica über die Instrumente und nahm eine vollkommen unnötige Feinkorrektur vor. »Tja, ich hab mich nur gefragt ... also ich hatte Sorge, weil du doch ... ich meine, du bist Stephanie gewohnt. Die ist doch viel interessanter. Schau dir doch nur die Schulung an, auf der sie ist, und all die interessanten Leute, denen sie begegnet ... da kann ich nicht mithalten.«

Aus einem Impuls heraus legte Anders ihr die Hand auf die

Schulter. »Jess ... Stephanie ist toll, wirklich toll, gar keine Frage. Ich habe richtig viel Spaß mit ihr, aber sie ist auch ganz schön anstrengend. Du bist interessant, aber anstrengend bist du nie.«

»Schon kapiert«, gab Jessica zurück, und die Bitterkeit in ihrer Stimme war unverkennbar. »Stephanie ist eine prickelnde Jazzbeeren-Limo, und ich eher das Glas heiße Milch.«

Anders war sich nur zu bewusst, dass seine Hand immer noch auf Jessicas Schulter lag. Aber er fürchtete, wenn er sie jetzt zurückzöge, würde Jessica das als Zurückweisung ansehen. Also ließ er die Hand, wo sie war, und versuchte nicht daran zu denken, wie schön es jetzt wäre, den Arm um Jess zu legen. Sie war ein Stück größer als Stephanie und wirkte immer sehr ausgeglichen und bemerkenswert reif. Doch hier und jetzt erschien sie Anders zart und zerbrechlich – so, als brauche sie dringend Zuspruch.

Anders atmete tief durch. »Jessica, du bist kein bisschen wie heiße Milch. Heiße Milch kann ich nicht ausstehen, und dich mag ich. Also red keinen Unsinn.«

Jessicas Lachen klang ein wenig unsicher. »'tschuldige, dass ich ausgerechnet bei dir auf die Jagd nach Komplimenten gehe! Aber was Nettes hören tut momentan richtig gut. Grad ist mal wieder alles ein bisschen schwierig. Tiddles ist krank, und hab ich dir eigentlich erzählt, dass Dad beinahe schon wieder gefeuert worden wäre? Er ist zu Hause geblieben, um sich um Tiddles zu kümmern, und hat glatt vergessen, bei der Firma Bescheid zu sagen. Manchmal weiß ich wirklich nicht, wie Mom es mit ihm aushält.«

Sie seufzte. Ohnefurcht, der immer noch auf der Rückbank hockte, blickte sie an, dann sprang er auf die Lehne des Fahrersitzes, um seinem Menschen tröstlich die Wange zu tätscheln, ehe er sich geschmeidig auf ihren Schoß gleiten ließ. Damit hatte die Baumkatze Anders eine gute Entschuldigung dafür geliefert, die Hand zurückzuziehen. Er tat es … und war selbst erstaunt, wie schwer ihm das fiel.

*Das kann doch nicht daran liegen, dass Steph fort ist! Ich bin doch nicht irgendwie verzweifelt, oder so. Aber Jessica ist … Sie ist so ein lieber Mensch. Immer hilft sie anderen. Ich … ich würde gern einmal etwas* für sie *tun – sie spüren lassen, dass es jemanden gibt, der sie wirklich zu würdigen weiß. Ihr Dad tut das auf jeden Fall nicht, und ihre Mom verlässt sich viel zu sehr auf sie, um ihr dieses Gefühl zu geben …*

Seine Gedanken, wirr und diffus, wie sie sowieso schon waren, verwirrten sich vollends. Ihm war, als ob Ohnefurcht ihn belustigt beobachtete, was wenig half, um Klarheit über Gefühle und Gedanken zurückzugewinnen. Wieder einmal machte er also den alten Fehler, in dem 'Katzgesicht menschliche Regungen zu suchen. Trotzdem war da irgendetwas … der Winkel, in dem Ohnefurcht die Schnurrhaare aufstellte, und wie er die Ohren anwinkelte …

Erst jetzt begriff Anders, dass sich das Schweigen unangenehm in die Länge gezogen hatte, und so sprach er das Erste aus, was ihm einfiel.

»Wahrscheinlich halten deine Eltern es miteinander aus, weil sie sich lieben. Liebe bringt manche Menschen dazu, Unglaubliches zu tun. Ehrlich, ich frage mich auch manchmal, wie meine Mom es mit *meinem* Dad aushält. Er ist von seiner Arbeit besessen, und mit einem Collegedozenten verheiratet zu sein, ist für sie karrieretechnisch nun nicht gerade ein Sprungbrett. Aber gerät er in Schwierigkeiten, ist sie sofort an seiner Seite und kämpft wie ein Neotiger. Wenn Mom nicht so gute Beziehungen hätte, hätte Dad vermutlich noch viel mehr Ärger bekommen.«

»Liebe …«, sagte Jessica nachdenklich. »Ergibt genauso viel

Sinn wie alles andere auch. Ich verstehe nicht, warum manche Menschen einander lieben. Manchmal scheint mir das eine ziemlich dämliche Methode, den Fortbestand einer Spezies zu sichern. Verliebte machen echt die dämlichsten Sachen, findest du nicht? Mom hätte einen netten Kerl heiraten sollen, der ihrem Leben Stabilität verliehen hätte. Menschen, die gern pflanzen, müssen schließlich selbst Wurzeln schlagen können.«

»Aber vielleicht ...«, gab Anders zurück, und ihm ging durch den Kopf, wie sich Buddy Pheriss kürzlich Duff DeWitt entgegengestellt hatte, »... vielleicht wollte deine Mom ja jemanden haben, der dafür sorgt, dass sie wie bei einer Topfpflanze alle Erde durch Wurzeln ersetzt und eingeht, weil sie nicht genug Nahrung bekommt. Und wie heißt es so schön: Gegensätze ziehen sich an.«

Dieses Mal lag in Jessicas Lachen keinerlei Anspannung mehr. »Tja, das klingt, wie extra für meine Eltern erfunden! Aber ich glaube nicht, dass ich so bin wie meine Mom. Ich will niemanden haben, um den ich mir ständig Sorgen machen muss. Ich will jemanden, auf den auch in Krisenzeiten Verlass ist – jemanden, der ... na ja, der nicht so ein charmanter, aber unsteter Versager ist wie Dad.«

Sie sprach die Worte so entschlossen aus, dass Anders beinahe gefragt hätte, ob sie schon jemand Bestimmtes im Sinn habe. Doch er verbiss sich die Frage, bevor sie ihm über die Lippen kam. Denn ihm war schlagartig bewusst geworden, dass er sich nicht sicher war, ob er die Antwort würde wissen wollen.

*Warum eigentlich nicht? Ich sollte ihr hier vielleicht helfen, den Vermittler spielen. Oder gibt es einen ganz anderen Grund dafür, dass mir die Antwort auf diese Frage Angst macht?*

Nun war sich Anders absolut sicher, dass Ohnefurcht ihn fragend anblickte, und das Blut schoss ihm ins Gesicht. Schlimm genug, dass er kaum einen klaren Gedanken fassen konnte, aber was er in dieser Lage sicher nicht gebrauchen konnte, war ein kleiner, pelziger Nichtmensch, der private Kommentare dazu absonderte!

»Na ja«, sagte er ein wenig kraftlos, »wenigstens findest du deinen Vater charmant. Das ist immer noch besser, als wenn du ihn dafür hasst, was er deiner ganzen Familie zumutet.«

»Guter Punkt«, erwiderte Jessica. »Erzähl mir doch mal von deiner Mom. Du bist mir gegenüber nämlich im Vorteil: Du kennst meine beiden Eltern, ich aber bloß deinen Dad.«

Dass sie dem Thema einen Stoß in diese Richtung gab, war Anders nur recht. Er vermutete zwar, dass Jessica gespürt hatte, wie unbehaglich ihm plötzlich geworden war, und diese Gelegenheit, sichereren Boden unter die Füßen zu bekommen, absichtlich für ihn schuf, aber da er diesmal einen Vorteil davon hatte ... Also legte Anders los und gab sich redlich Mühe, wenigstens unterhaltsam zu sein.

Er erzählte vom politischen Aufstieg seiner Mutter und wie sie sich bemühte, ihm trotzdem eine gute, aufmerksame Mutter zu sein. Sie verbrachten den ganzen Flug mit Geschichten von seiner Mom. Er brachte die letzte gerade zu einem netten Abschluss, als der Autopilot zur Landung ansetzte.

»Da ist Mom also gerade auf dieser offiziellen Veranstaltung zu Ehren irgendeines Botschafters, muss aber die ganze Zeit über daran denken, dass ich Geburtstag habe. Und als das Orchester zur Nationalhymne ansetzt, stimmt Mom stattdessen ›Happy Birthday‹ an! Glücklicherweise stellt sich heraus, dass die Frau des Botschafters just an dem Tag ebenfalls Geburtstag hatte, und so dachten alle, Mom hätte sich bei ihren Recherchen so richtig ins Zeug gelegt. Später hat sie uns dann die Wahrheit erzählt ...«

Jessica ließ den Wagen an dem mittlerweile üblichen Platz am Rand der großen Brandfläche aufsetzen. »Klingt, als wäre deine Mom toll. Du musst sie furchtbar vermissen.«

»Na ja, irgendwie schon, aber ...« Anders stieg aus dem Wagen und half Jessica dabei, die Geräte auszuladen. »Bei uns zu Hause ist das nicht so wie bei Stephanie und dir zu Hause. Zusammen gegessen haben wir vielleicht einmal pro Woche, und das auch nur, wenn es lange vorher im Terminkalender eingetragen war. Unregelmäßigen Kontakt bin ich gewohnt.«

Verständnisvoll nickte Jessica. »Willst du Aufnahmen machen? Die Koordinaten habe ich schon eingegeben – falls du dir nicht mehr ganz sicher bist, welche Pflanzen wir eigentlich brauchen. Ich kümmere mich dann um die Bodenproben und die Feuchtigkeitsmessungen.«

»Okay.«

Sie nahmen die ersten Messungen vor, dann steuerten sie den nächsten Geländeabschnitt an, näher an dem vom Feuer verschonten Terrain.

»Wenn wir fertig sind, schauen wir uns das Waldstück da vorn an«, zeigte ihm Jessica. »Ich habe vorhin eine kleine Lichtung gesehen, prima zum Landen. Dort müssten wir genau die Proben nehmen können, nach denen Mom gefragt hat.«

»Mir soll's recht sein.«

Sie hatten an ihrem nächsten Ziel noch nicht einmal aufgesetzt, als Ohnefurcht alle Anzeichen extremer Unruhe und Aufregung zeigte.

»Hat er vielleicht ein Raubtier gewittert, was meinst du?«, fragte Anders und überprüfte nervös, ob seine Handfeuerwaffe auch wirklich dort war, wo sie hingehörte. »Wir sind hier hoch genug in den Bergen: Das könnten schon die untersten Ausläufer eines Gipfelbär-Territoriums sein. Und Hexapumas gibt's hier überall.«

Jessica schüttelte den Kopf. »So fühlt sich das nicht an. Ohnefurcht ist aufgewühlt, das ist eher Sorge, als Aufgeregtheit. So reagiert er nicht, wenn er Gefahr wittert.«

Sie ließ den Flugwagen aufsetzen, und sobald sie die Tür geöffnet hatte, sprang Ohnefurcht auch schon hinaus. Drängend blickte er Jessica über die Schulter zu.

Sie rannte los, so schnell sie konnte, folgte ihm hinüber in den Wald; sie nahm sich nicht einmal die Zeit, die Wagentür zu schließen. Das übernahm Anders für sie, denn er dachte unwillkürlich an all die unschönen Vertreter der sphinxianischen Fauna, die sonst vielleicht dieses ungewohnte neue Territorium unbedingt würden erkunden wollen. Dann rannte er Jessica hinterher.

Hier wuchsen reichlich Pfostenbäume, also hielt sich das Unterholz in Grenzen. Anders sah es zwischen den Stämmen immer wieder gelbblau aufblitzen – Jessicas Hemd, mehr konnte er nicht erkennen.

Nachdem sie ungefähr einhundert Meter tief in den Wald hineingerannt war, rief sie plötzlich: »Anders, hol sofort mein Medikit aus dem Wagen! Hier liegt noch eine Baumkatze – schwer verletzt, aber sie lebt noch!«

# 15

Als Anders mit dem Medikit zurückkam, hockten Jessica und Ohnefurcht neben einer Baumkatze, deren Fell blutdurchtränkt war. Ohnefurchts lautstarkes Schnurren, da war sich Anders sicher, war Zeichen der Besorgnis, nicht etwa Zeichen der Zufriedenheit.

»Die 'Katz ist verletzt – richtig schwer verletzt«, sagte Jessica beklommen und nahm das Medikit entgegen, ohne den Blick von ihrem Patienten zu nehmen. »Aber tot ist er nicht.«

»Was kann ich tun?«, erkundigte sich Anders.

»Im Augenblick nicht viel«, gab Jessica zurück und holte mit flinken Fingern bereits ein Schmerzmittelspray aus dem Sanitätskoffer. »Gib du uns Deckung! Wer dafür verantwortlich ist, könnte noch irgendwo in der Nähe sein.«

Anders gehorchte. Er wünschte, Stephanie oder Karl wären jetzt hier. Sie hätten wahrscheinlich schon eine Vorstellung, was für ein Tier der Baumkatze derartige Verletzungen beigebracht hatte, und vielleicht hätte auch Löwenherz etwas beitragen können. Ohnefurcht war auf jeden Fall keine große Hilfe. Nach wie vor hockte er dicht bei seinem verletzten Artgenossen und schnurrte so laut, als könnte er damit dem anderen das Leben retten.

*Vielleicht stimmt das ja,* räumte Anders ein. *Was weiß denn ich, wie Baumkatzen ticken!*

Da bemerkte er eine Bewegung zu seiner Linken. Einen winzigen Moment lang glaubte er, eine weitere 'Katz gesehen zu haben, aber die Bewegung stammte von einer ganzen Schar Käfer, die sich auf einem Bündel Fell am Boden bewegten. Ein Bündel Fell? Anders hob das Fernglas. Was er sah, ließ ihn aufkeuchen.

»Jessica! Ungefähr zehn Meter weiter östlich liegt noch eine 'Katz. Sie scheint eindeutig tot zu sein.«

Hektisch versorgte Jessica den Verletzen weiter. »Gehst du mal nachsehen? Oder willst du warten, bis ich mitkommen kann?«

»Ich geh schon«, sagte Anders. Er hängte sich das Fernglas um den Hals, zog die Waffe und ging, ohne zu zaudern, auf die kleine, reglose Gestalt zu. Als er sie fast erreicht hatte, flüchteten die Käfer, doch Anders konnte noch erkennen, wo sie vorher am aktivsten gewesen waren: an einem klaffenden Loch im dichten Halsfell der Baumkatze.

»Eindeutig tot«, rief er zu Jessica hinüber. »Und dieses Mal ebenso eindeutig *nicht* an einer Krankheit gestorben. Dem Kleinen wurde die Kehle zerfetzt.«

Jessicas Antwort kam ruhig, aber resignierend. »Der hier wurde auch angegriffen. Meinst du, sie waren vielleicht hinter einem Hexapuma her – wie damals, als Löwenherz' Clan Stephanie retten wollte –, aber diesmal mit weniger Glück?«

»Kann schon sein«, antwortete Anders. »Ich schaue mich hier ein bisschen um. Vielleicht finde ich ja noch mehr – den Kadaver des Angreifers, zum Beispiel.«

Er fand tatsächlich mehr. Aber es war kein Hexapuma, sondern eine weitere Baumkatze, dieses Mal ein braunweißes Weibchen. Sie war sehr dünn und bot einen mitleiderregenden Anblick. Einige Schritte neben ihr lag noch eine Baumkatzenleiche: ein Männchen.

Im Fährtenlesen konnte Anders weder Stephanie noch Karl das Wasser reichen, aber die Exkursionen mit dem Anthropologenteam seines Vaters hatten ihn gelehrt, auf Details zu achten.

»Jess? Kann gut sein, dass du recht hattest. Vielleicht waren diese Baumkatzen wirklich hinter einem Hexapuma her. Hier muss ein Kampf stattgefunden haben: Der Boden ist aufgewühlt, und auch an den Bäumen sind frische Schäden zu erkennen. Je weiter ich in diese Richtung gehe, umso schlimmer wird es.«

»Hast du schon einen Hinweis darauf, gegen was die 'Katzen gekämpft haben?«

»Nein, vielleicht ist ihr Gegner entkommen. Möglich, dass diese Baumkatzen im Kampf nicht so bewandert waren wie Löwenherz' Clan. Wie geht es deinem Patienten?«

»Ich glaube, ich habe ihn stabilisieren können, aber er braucht eindeutig mehr Hilfe, als ich ihm geben kann. Normalerweise würde ich ihn jetzt zu Dr. Richard schaffen, aber ...«

Sie zuckte mit den Schultern, und Anders biss sich auf die Unterlippe. Ausgerechnet jetzt waren Stephanies Eltern nicht auf Sphinx!

»Ich weiß nicht, ob wir ihn zur Klinik bringen sollen«, sagte er. »Dr. Saleem kann was, sicher, aber ich weiß nicht, wie gut er sich mit Baumkatzen auskennt. Um die hat sich Dr. Richard immer persönlich gekümmert. Was ist mit Scott MacDallan? Stephanie hat mir erzählt, Dr. Richard hätte alles, was er über Baumkatzen in Erfahrung gebracht hat, immer gleich Doc Scott erzählt. Fisher verdankt ihm auch sein Leben. Schafft es dein Wagen überhaupt bis nach Thunder River?«

Jessica nickte. »Dauert halt ein bisschen länger als mit Karls Wagen. Meine alte Mühle ist einfach nicht so schnell. Und vorher muss ich Mom anrufen. Was soll ich ihr denn bloß sagen?«

Anders bemerkte, dass sie beide, ohne darüber gesprochen zu haben, offenkundig bereits beschlossen hatten, nicht öffentlich zu machen, dass es eine verletzte Baumkatze gäbe – und drei tote Artgenossen. Die Xenos würden vermutlich darauf bestehen, die verletzte Baumkatze zu sehen und an ihr herumzutasten, egal wie schmerzhaft das für das Tier ... nein: für den armen kleinen Kerl war. Verdammt, Anders konnte sich nicht einmal sicher sein, dass sein eigener Dad sich zurückhalten würde!

»Stephanie hält ja viel davon, nicht zu lügen«, antwortete er, »heikle Dinge notfalls trotzdem für sich zu behalten. So sollten wir das jetzt auch machen. Erzähl deiner Mom, dass wir eine verletzte Baumkatze gefunden haben und der Ansicht sind, am besten solle sich Scott den armen Kerl anschauen. Und dann bittest du sie noch, das für sich zu behalten.«

»Das wird sie sicher tun«, meinte Jessica. »Vor allem, nachdem klar ist, wie scharf die Xenos darauf sind, Ohnefurcht in ein schlechtes Licht zu rücken. Da wird sie bestimmt verstehen, dass auch dieser arme Bursche hier beschützt werden muss.«

Und Naomi Pheriss verstand es tatsächlich. »Lass dir Zeit, Jessica. Aber ruf kurz an, wenn ihr beschließen solltet, die Nacht über in Thunder River zu bleiben, ja?«

Anders rief seinen Vater an, doch Dr. Whittaker war – wie üblich – viel zu sehr in seine Arbeit vertieft, um sich Sorgen zu machen, sein Sohn könnte möglicherweise spät oder sogar erst am nächsten Tag nach Hause kommen. »Viel Spaß!«, wünschte er ihm noch.

»Dann«, sagte Anders, nachdem er das Gespräch mit seinem Vater beendet hatte, »sollten wir wohl Doc Scott anrufen und ihn vorwarnen, dass wir kommen. Eigentlich hätten wir ihn sogar als Ersten anrufen sollen!«

»Jou, womit wir ihm die Chance gelassen hätten, uns zu sagen, wir sollen den armen kleinen Kerl doch lieber nach Twin Forks in die Klinik bringen«, versetzte Jessica.

MacDallan aber kam überhaupt nicht auf diese Idee. Vielmehr erkundigte er sich sofort nach mehr Details. Sie sandten ihm Aufnahmen seines zukünftigen Patienten, die er sich aufmerksam anschaute.

»Ich bereite schon mal ein Behandlungszimmer vor«, versprach er. »Ruft an, wenn ihr noch ungefähr eine Viertelstunde von hier entfernt seid, ja?«

»Machen wir«, versprach Anders. »Danke, dass wir Sie so überfallen dürfen.«

Nachdem Anders die Verbindung gekappt hatte, half er Jessica dabei, die Rückbank des Wagens freizuräumen, damit die verletzte Baumkatze dort auch genug Platz hätte. Dann sagte er: »Wir sollten die Leichen auch mitnehmen. Ich habe vorhin gesehen, dass du ein paar Planen dabeihast.«

»Mom und ich nehmen immer welche mit. Kann ja jeden Tag passieren, dass man einen Wurzelballen einwickeln muss, oder was in der Art«, entgegnete Jessica. »Klappkisten habe ich auch ein paar dabei. Meinst du, es könnte den anderen Baumkatzen etwas ausmachen, wenn wir sie mitnehmen?«

»Ich sehe hier niemanden Beerdingungsvorbereitungen treffen«, erwiderte Anders unverblümt. »Machen wir's doch genauso wie beim letzten Mal: Ohnefurcht schaut zu, was wir machen. Wenn er protestiert oder die andere Baumkatze aufwacht und offensichtlich etwas dagegen hat, hören wir auf und beschränken uns darauf, ein paar Aufnahmen zu machen. Und wenn niemand etwas dagegen hat, nehmen wir die Leichen mit. Wir sind genauso vorsichtig wie beim letzten Mal, versuchen die Leichen so wenig wie möglich zu berühren und desinfizieren hinterher alles.«

Jessica nickte, und als Ohnefurcht keinerlei Anzeichen von Unwillen oder dergleichen zeigte, erledigten sie die eindeutig unschöne Aufgabe so zügig wie möglich.

»Wir hätten sie auch begraben können«, sagte Anders schließlich, »aber damit fühle ich mich irgendwie unwohl.«

»Du dich auch?«, fragte Jessica. »Ich dachte schon, Ohnefurchts Sorge um die andere 'Katz hätte auf mich abgefärbt.«

»Nein, daran allein liegt's nicht«, versicherte ihr Anders. »Kann doch kein Zufall sein, dass wir hier vier tote und eine verletzte Baumkatze finden, alle in der gleichen Gegend. Macht da vielleicht jemand Jagd auf sie – ein Raubtier, das durch die Waldbrände sein eigentliches Revier verloren hat? Bin ja gespannt, was Doc Scott meint, wenn er sich den Kleinen angeschaut hat. Vielleicht kann ja dann der SFD etwas unternehmen.«

»Gute Idee«, pflichtete ihm Jessica bei und sicherte die Ladung im Kofferraum mit einer Plane. »Von unterwegs rufen wir den Doc an und sagen ihm, auf was er sich einstellen sollte. Und jetzt los!«

Dass der Schmerz verschwunden war, bemerkte Scharfauge als Erstes. Er war immer noch sehr schwach, aber die Schwäche fühlte sich sonderbar wohlig an: Er fühlte sich geborgen und beschützt, und er war in einer Art und Weise entspannt, wie er es schon lange nicht mehr erlebt hatte – auf jeden Fall nicht mehr, seit die Feuer das Revier seines Clans zerstört hatten, vielleicht nicht mehr, seit er noch ein Junges gewesen war.

Seine Lider waren so schwer, dass er die Augen nicht öffnen konnte. Seine Nase hingegen zuckte schon wieder: Die Gerüche, die ihn umgaben, waren sehr sonderbar. Scharfauge war sich sicher, dergleichen noch nie gerochen zu haben, und doch waren sie ihm nicht *völlig* fremd ... Er ließ seine Gedanken treiben. Das fiel ihm leicht. Und in den Tiefen der Erinnerung fand Scharfauge den Zusammenhang, den er gesucht hatte. Er selbst hatte derlei wirklich noch nie gerochen, nicht mit der eigenen Nase ... aber er kannte diese Gerüche schon aus einem der Sagenlieder, die Breitohr den Kundschaftern vorgetragen hatte.

Jenes Sagenlied war schon von vielen Sagen-Künderinnen weitergegeben worden, doch Breitohr war eine starke Sängerin gewesen. Vor allem jedoch hatte sie den Kundschaftern jenes Lied vorgetragen, um ihnen die Erfüllung der ihnen übertragenen Aufgabe zu erleichtern. Deswegen hatte sie sogar noch penibler als sonst darauf geachtet, dass auch wirklich alle sensorischen Details so klar wie möglich waren.

Ursprünglich stammte das Sagenlied aus den Erinnerungen zweier junger Leute aus dem Clan vom Wassergrund. Während der letzten Flammenzeit waren sie von einem der ersten Waldbrände eingeschlossen worden – im Tiefland, nahe dem großen Hauptnest der Zwei-Beine. Die beiden jungen Leute – Linksgestreift und Rechtsgestreift – wären zweifellos in den Flammen ums Leben gekommen, wären ihre Hilferufe nicht von Klettert-flink aus dem Clan vom Hellen Wasser gehört worden, dem Gefährten des jungen Zwei-Beins namens Todesrachen-Verderb.

Ohne Hilfe hätte auch Klettert-flink sie nicht retten können, doch es war ihm gelungen, seiner Zwei-Bein-Gefährtin zu erklären, dass sie gebraucht würden. Nach ihrer Rettung waren Linksgestreift und Rechtsgestreift zu Todesrachen-Verderbs Nest gebracht worden. Dort hatte Heiler, ihr Ahne, die Verbrennungen versorgt.

Einige der Gerüche aus jenen Erinnerungen nahm Scharfauge hier und jetzt wahr. Heilmittel. Der charakteristische Geruch im Inneren jener sonderbaren Flugdinger, die von den Zwei-Beinen genutzt wurden. Und dazu – ganz und gar unverkennbar – der Geruch mehrerer Zwei-Beine. Scharfauge war sehr, sehr müde, aber er war ein erfahrener Kundschafter, und so war er gut darin, verschiedene Gerüche aufzuschlüsseln.

Viele der Zwei-Bein-Gerüche hier waren älter. Diejenigen, die diese Gerüche hinterlassen hatten, waren jetzt nicht hier. Zwei Gerüche jedoch waren viel deutlicher als alle anderen – stark genug, so dass die zugehörigen Zwei-Beine ganz in der Nähe sein mussten. Und noch einen anderen Geruch nahm Scharfauge wahr: Er gehörte zu einem von den Leuten. Dieser musste schon viele Spannen erlebt haben. Nun, da Scharfauge seine Gedanken darauf konzentrierte, begriff er, dass er auch dessen Geistesleuchten gespürt hatte, schon seit seinem Erwachen. Die ruhige, tröstliche Anwesenheit des anderen trug maßgeblich dazu bei, dass sich Scharfauge so geborgen und beschützt fühlte.

Vorsichtig ergriff er das Wort. *Ich danke dir … Ich bin Scharfauge vom Clan Ohne Revier. Und du?*

*Ich bin Grundwühler aus dem Clan vom Wassergrund, obwohl ich jetzt bei dem Zwei-Bein Windgetrieben und dessen Clan lebe,* antwortete das tröstliche Geistesleuchten. *Die beiden Zwei-Beine, die du riechst, sind Windgetrieben und Gebleichtes-Fell. Wir befinden uns in deren Flugding, hoch oben am Himmel.*

Seine Geistesstimme wurde von Bildern begleitet. Aus den Erinnerungen von Rechtsgestreift und Linksgestreift erkannte Scharfauge sowohl Windgetrieben als auch Gebleichtes-Fell wieder. Doch er hatte nicht gewusst, dass sich ein weiterer von den Leuten dafür entschieden hatte, sich an ein Zwei-Bein zu binden. Er war verwirrt, doch erneut stand Grundwühler ihm bei.

*Du hast es nicht wissen können. Mein Clan lebt im Tiefland. Vielleicht waren eure Sagen-Künderinnen zu beschäftigt, um Lieder mit einem anderen Clan auszutauschen.*

*Wir haben keine Sagen-Künderinnen mehr.* Scharfauge versuchte gar nicht erst, den Schmerz und die Verbitterung zu verbergen. Sein Verstand war langsam und träge – vielleicht durch das, was den Schmerz fernhielt –, trotzdem gelang ihm, zumindest teilweise zu berichten, wie es dem Clan Ohne Revier seit jener verheerenden Flammenzeit ergangen war. Die Probleme mit dem Clan der Baumhüter behielt er bewusst für sich, denn er wusste nicht, ob Grundwühlers Clan vielleicht mit dem der Baumhüter freundschaftliche Beziehungen pflegte. Möglicherweise waren sie ja sogar verwandt.

*Ihr habt Schlimmes durchgemacht*, erwiderte Grundwühler. *Ich würde gern noch mehr erfahren, aber du bist sehr schwach. Windgetrieben hat dir etwas gegeben, um dir Schmerzen zu ersparen. Sie bringt dich zu Feind-des-Dunkels. Er wird dir helfen, aber die Reise ist lang. Du solltest versuchen, dich auszuruhen.*

Scharfauge wollte widersprechen, aber er war wirklich sehr müde. Grundwühler schnurrte wieder, und sein Geistesleuchten füllte sich mit ruhigen, friedlichen, freundlichen Bildern – erblühende Pflanzen, Sonnenlicht auf dem Fell, schwere Augenlider nach einem ausgiebigen Mahl.

Scharfauge widerstand nicht, sondern ergab sich dem Schlaf.

Wie ein Leuchtfeuer loderte Scott MacDallans rotes Haar, als Jessica den Flugwagen hinter dem Haus aufsetzen ließ, das Scott zusammen mit seiner Frau Irina Kisaevna bewohnte.

Wie üblich, hatte Fisher auf seiner Schulter gesessen, doch kaum war der Flugwagen gelandet, flitzte der Baumkater auch schon auf das Fahrzeug zu und wartete mit offenkundiger Ungeduld darauf, dass Anders die Tür öffnete. Dann vollführte er mit dem Schweif eine Geste, die Anders als Dank zu interpretieren gelernt hatte, und gesellte sich zu Ohnefurcht.

Dieser hatte sich für den ganzen restlichen Flug dicht an seinen verwundeten Artgenossen geschmiegt und machte nun ein wenig Platz, damit Fisher zu ihnen stoßen konnte.

*Es braucht nun wirklich keine Fantasie, um zu begreifen, dass hier mehr stattfindet als nur nettes Gruppenkuscheln,* dachte Anders.

Im Hintergrund hörte er, wie Jessica zu Doc Scott sagte: »Anders und ich haben die verletzte 'Katz einfach nur vorsichtig in den Wagen gehoben. Sollten wir ihn jetzt lieber auf eine Trage legen?«

»Ich schaue ihn mir erst an«, gab Scott zurück und schob Kopf und Schultern über die Rückbank des Flugwagens. »Danach sehen wir weiter. Macht mal Platz, Jungs! Ich weiß ja, dass ihr ihm helft, aber ich muss ihn mir anschauen, und das kann ich nicht, wenn ihr im Weg seid.«

Absolut gleichzeitig sprangen Ohnefurcht und Fisher auf die Rückenlehnen der Vordersitze und nahmen den Arzt so in die Mitte.

»Ach, du meine Sterne!«, entfuhr es Scott kurz darauf. »Den hat's aber wirklich übel erwischt! Ein paar der Klauenhiebe sind richtig tief gegangen. Gut möglich, dass innere Organe verletzt sind. Für Knochenbrüche spricht hier zunächst einmal nichts, aber ...«

Er aktivierte sein UniLink und sprach sofort los. »Irina? Ich brauche eine kleine Trage.«

»Kommt sofort!«

Anders ertrug die Tatenlosigkeit nicht mehr: Er lief auf das Haus zu und erreichte die Eingangstür in dem Augenblick, da Irina heraustreten wollte. Er nahm ihr die kleine Trage ab und sprintete wieder zum Flugwagen zurück.

Scott bugsierte sich gerade wieder aus dem beengten Innenraum heraus. Seine besorgte Miene hellte sich kurz auf, als er sah, dass Anders und Jessica die Trage schon bereithielten.

»Okay. Schiebt sie hier hinüber. Dann hebe ich ihn ein bisschen an ... Gut so ...«

Innerhalb weniger Minuten hatten sie die verletzte Baumkatze in den schon vorbereiteten Behandlungsraum befördert. Scott legte die Stirn in Falten.

»Ich mache das jetzt wirklich nur ungern«, sagte er, »aber ich muss darauf bestehen, dass ihr beide draußen wartet ... es sei denn, ihr habt schon Erfahrungen in Chirurgie. Irina, desinfizier dir schon mal die Hände!«

»Was ist mit den 'Katzen?«, fragte Irina nach, denn Ohnefurcht und Fisher hatten sich wieder dicht an den Patienten geschmiegt.

»Die dürfen bleiben«, entschied Scott. »Jessica? Meist du, Ohnefurcht würde sich einen Gesichtsschutz anlegen und Steril-Spray über sich ergehen lassen?«

»Klar«, antwortete sie sofort. »Wenn er sieht, dass das bei Fisher passiert. Eine Schutzmaske hat er schon mal getragen, und er hat auch schon miterlebt, wie Dr. Richard mit Sprays Wunden desinfiziert – ach, das hat er sogar schon bei *mir* mitbekommen. Er versteht zwar vielleicht nicht, *warum* wir so etwas machen, aber er weiß, dass es dazugehört, wenn wir dafür sorgen wollen, dass es einem Patienten besser geht.«

»Gut.« Kurz hielt der Arzt inne. »Wir haben schon eine Kühlkammer freigemacht. Packt dahin doch bitte die Leichen. Die schaue ich mir an, sobald ich für diesen Burschen hier getan habe, was ich kann.«

»Okay.«

Als Jessica und Anders den Operationssaal verließen, rief ihnen Irina hinterher: »Fühlt euch hier ganz wie zu Hause! Normalerweise kommen die Patienten nicht hierher. Falls aber doch jemand auftauchen sollte, sagt ihm, dass der Doktor wegen eines Notfalls im Moment keine Zeit hat.«

»Okay!«

Erst als sich die Tür zum OP hinter Irina geschlossen hatte, bemerkte Anders, wie erleichtert er war. Er hatte befürchtet, die fremde Baumkatze würde während des langen Fluges nach Thunder River sterben. Dann aber hätten sich Jessica und er niemals verziehen, sich nicht für den deutlich kürzeren Flug zu Dr. Saleem entschieden zu haben. Aber Scott hatte nun einmal mehr Erfahrungen mit verletzten Baumkatzen.

»Ich glaube«, sagte Jessica und ließ sich auf die nächstmögliche Sitzgelegenheit fallen, eine Polsterbank im Flur, »ich fange gleich an, sinnlos vor mich hinzubrabbeln oder zu schreien.«

»Ich glaube, so etwas nennt man auf Schlau einen protrahierten Schock«, erklärte Anders ihr. »Was für ein Schwarzloch-Tag! Aber du hast dich echt gut gehalten. Glaub bloß nicht, ich würde schlecht von dir denken, wenn du jetzt ein paar Tränen verdrückst.« Er grinste sie schief an. »Vielleicht mach ich sogar mit.«

Jessica stieß einen sonderbar erstickten Laut aus und beugte sich so weit vor, dass ihr Haar das Gesicht völlig verdeckte. Erst glaubte Anders, sie lache leise. Doch dann begriff er, dass Jessicas Schultern bebten, weil sie sich bemühte, möglichst lautlos zu schluchzen. Es erschien ihm völlig natürlich, sie in den Arm zu nehmen, ihren Kopf an seine Schulter zu betten und ihr tröstend über den Rücken zu streicheln.

»Na, na«, sagte er und bemerkte selbst, wie dümmlich das doch klang. »Du hast dich super gehalten. Alles wird wieder gut.«

Nach einer ganzen Weile löste sie sich aus seinen Armen. »'tschuldige, ich bin nur ... ich hab ... ich halte mich immer gut und bleibe ganz sachlich, wenn was schiefläuft, aber später dann ... Mom sagt immer, ich zahle dann einen doppelt so hohen Preis, als wenn ich in dem Moment einfach zugeben würde, wie ich mich gerade fühle. Aber ich kann einfach nicht anders.«

Anders nickte. »Was ist denn so schlimm daran zu weinen? Als wir die verletzte 'Katz entdeckt haben, wäre sogar ein Nervenzusammenbruch okay gewesen. Mann, war das gruselig!«

Jessica grinste ihn reumütig an. »Ich wette, Steph bricht nie so zusammen. Ich hab sie wirklich lieb, so lieb wie eine Schwester, aber sie ist immer so ... so ... so im Kopf, oder wie man das nennen soll. Ständig durchdenkt sie alles, schätzt Chancen ab, rechnet hin und her.«

»Weißt du«, gab Anders zurück, fühlte sich dabei aber unbehaglich, »in Wahrheit bricht sie sehr wohl zusammen – aber auf eine andere Weise. Statt zu weinen, verliert sie die Beherrschung. Außerdem hat sie mir erzählt, dass sie geheult hat wie ein Schlosshund, als Löwenherz sie gerettet hatte und dabei selbst so schwer verletzt wurde. Sie würde verstehen, dass du jetzt weinst. Ich versteh's auf jeden Fall.«

»Stimmt.« Mit dem Handrücken wischte sich Jessica über die Augen. »Stephanie gehört zu den besten Freunden, die ich jemals hatte. Keine Ahnung, warum, aber ich vergleiche mich wirklich immer und überall mit ihr ... und immer habe ich das Gefühl, ich würde weit hinter ihr zurückbleiben.«

»Na, beim Wachstum hast du sie doch schon einmal überholt«, witzelte Anders, doch dann sah er, dass Jessica verletzt dreinblickte. »Jetzt aber im Ernst: Ich weiß genau, was du meinst. Stephanie ist außergewöhnlich, aber das liegt daran, dass sie nicht nur einen beachtlichen Verstand und jede Menge Talent hat, sondern auch jede Menge Herz.«

»Jou ...« Jessicas Blick hatte etwas beinahe Sehnsüchtiges. »Aber danke, dass ich dein T-Shirt vollheulen durfte. Ich würde ja sagen, du darfst gern auch mal, aber vielleicht sollten wir stattdessen lieber den Kühlschrank plündern. Ich hab mal irgendwo gelesen, dass Essen ein prima Gegenmittel gegen einen Schock ist, und ich glaube, wir haben's noch nicht überstanden. Noch lange nicht.«

Während sich Feind-des-Dunkels um den bewusstlosen Scharfauge kümmerte, gaben Fängt-gewandt und Grundwühler ihr Bestes, dafür zu sorgen, dass sich ihr Artgenosse so wohl wie möglich fühlte.

*Was, meinst du, ist ihm widerfahren?*, fragte Fängt-gewandt.

*Ich befürchte, dass ihn einer von den Leuten verletzt hat,* antwortete Ohnefurcht. Ein wenig zögerlich teilte er mit Fängt-gewandt, was sie an diesem Tag außerdem noch gefunden hatten.

*Noch drei Leute tot? Darunter ein Weibchen? Das ist nicht gut ...*

*Und der Boden roch nach dem Blut vieler weiterer,* setzte Grundwühler hinzu. *Und nach Fell. Gebleichtes-Fell ist kein so erfahrener Fährtenleser wie Todesrachen-Verderb oder Licht-im-Schatten, aber möglicherweise ahnt er schon, dass dort ursprünglich mehr als nur die vier Leute gewesen sind – und dass noch deutlich mehr verletzt wurden oder sogar den Tod gefunden haben. Aber Windgetrieben und Gebleichtes-Fell hätten ohnehin geahnt, woher Scharfauges Verletzungen stammen, selbst wenn es keine weiteren Leichen gegeben hätte.*

*Weswegen sollten sie dergleichen vermuten?*

*Das waren nicht die ersten toten Leute, die sie in der Nähe diese Ortes gefunden haben.* Grundwühler zeigte Fängt-gewandt seine Erinnerungen an jenen anderen Tag. *Ich bin mir sicher, dass der Geist, den ich damals berührt habe, der von Scharfauge war, obwohl er rasch geflohen ist – noch ehe ich mehr als nur einen schwachen Hauch seines Geistesleuchtens schmecken konnte. Aber ich habe genug geschmeckt, um genau zu wissen, dass er aufgebracht war ... und um zu fühlen, dass er nicht für diesen Tod verantwortlich war. Zumindest nicht persönlich.*

*Aber er muss …*, Fängt-gewandts Trauer war unverkennbar, *persönlich am Kampf beteiligt gewesen sein. Seine Verwirrung und sein Schmerz sind grell in seinem Geistesleuchten und erschweren seinem Körper die Heilung. Ein Teil von ihm glaubt, er hätte sterben sollen, weil er Schaden angerichtet hat.*

*Ja. Du hast recht. Ich habe versucht, ihn nach Kräften zu trösten und zu beruhigen, aber es ist schwer. Er entgleitet mir, sobald er zu der Erinnerung zurückkehrt, wie ihm diese Wunden zugefügt wurden.* Grundwühler veränderte seine Sitzposition, als könnte er so die unschönen Erinnerungen abschütteln. *Meinst du, Feind-des-Dunkels wird es herausfinden? Die beiden Zwei-Bein-Jungen haben die Leichen der Toten hierhergebracht. Ich habe sie nicht davon abgehalten, weil mir die Vorstellung missfällt, andere Zwei-Beine könnten sie entdecken. Seit den Feuern waren schon zu viele von ihnen in jener Gegend.*

*Ja, ich gehe davon aus, dass Feind-des-Dunkels es herausfinden wird*, antwortete Fängt-gewandt voller Überzeugung. *Er hat sehr rasch herausgefunden, was Meister-Pirschers Zwei-Bein und dessen Clan widerfahren ist. Ich glaube nicht, dass er dieses Mal länger brauchen wird, um die Wahrheit zu erfahren.*

*Und was wird er dann tun?*

*Das weiß ich nicht. Ich wünschte, ich könnte dir diese Frage beantworten, aber ich weiß es wirklich nicht.*

*Und was sollen wir tun?*

*Auch das weiß ich nicht*, räumte Fängt-gewandt ein. *Es ist niemals gut, wenn Leute andere Leute töten. Doch hier und jetzt, an jenem Ort … ist es noch schlimmer. Wie du selbst sagst, sind dort ständig Zwei-Beine unterwegs, und die Bäume bieten kaum Schutz. Wenn das Töten weitergeht, werden die Zwei-Beine sehr wahrscheinlich davon erfahren. Bei diesem Gedanken fühle ich mich zutiefst unwohl. Nicht alle Zwei-Beine sind unsere Freunde, wie wir beide nur zu genau wissen. Manche Zwei-Beine – zum Beispiel die Neuen, die gemeinsam mit Sammelt-Abfalls Zwei-Bein-Clan mehr über uns erfahren wollen – sind keineswegs auf unser Wohlergehen bedacht, sosehr sie die anderen Zwei-Beine auch davon überzeugen wollen. Sollten diejenigen, die nicht unsere Freunde sind, herausfinden, dass Leute andere Leute töten: Wie werden sie dieses Wissen nutzen, wenn sie mit den Ältesten der Zwei-Beine über uns reden?*

*Ich gebe dir recht. Das könnte für die Leute sehr schlecht sein,* bestätigte Grundwühler ernst. *Wenn Scharfauge überlebt, müssen wir ihn fragen, was zu diesem Kampf geführt hat.*

*Ja,* pflichtete ihm Fängt-gewandt bei. *Das ist zumindest schon einmal ein* Anfang. *Wo der Pfad, den wir damit beschreiten, jedoch* endet, *ist noch deutlich ungewisser.*

Es war sehr spät, als Irina und Scott aus dem Operationssaal kamen.

»Ich glaube, wir haben ihn gerettet«, beantwortete der Arzt sofort die unausgesprochene Frage. Anders war sich sicher, dass sie auf seinem Gesicht ebenso eindeutig zu lesen gestanden hatte wie auf Jessicas. »Ganz sicher sein kann man sich natürlich nie, aber seine Vitalzeichen sehen gut aus. Ich bin wirklich dankbar, dass Richard Harrington meine Dateien über die Biologie der Baumkatzen jedes Mal, wenn er etwas bislang Unbekanntes herausfindet, auf den neuesten Stand bringt. Das war fast so gut, wie ihn als Ratgeber unmittelbar an meiner Seite zu haben.«

»Ohnefurcht ist jetzt bei dem armen Kerlchen, oder?«, erkundigte sich Jessica.

»Ja, und Fisher auch.« Erschöpft ließ sich Scott in einen tiefen, weichen Sessel sinken. »Ich bin mir absolut sicher, dass die beiden während des Eingriffs alles in ihrer Macht Stehende getan haben, um den Patienten zu beruhigen und zu entspannen. Richard sagt immer, der gefährlichste Feind eines jeden

Veterinärs ist die Angst, weil ein Tier, das in Panik gerät, sich leicht selbst verletzt. Wenigstens können wir sicher sein, dass das hier ausscheidet. Das heißt, ich muss auch kein Risiko mit weiteren Beruhigungsmitteln eingehen.«

»Was war …«, setzte Anders an, doch dann begriff er, wie abgekämpft Irina und Scott waren. Natürlich erlebten beide immer wieder medizinische Notfälle, aber Scott war nun einmal *menschliche* Patienten gewohnt, und Irina war noch nicht einmal ausgebildete Ärztin.

Er setzte erneut an: »Wollen Sie beide sich nicht ein bisschen ausruhen? Ich kann hier prima Butler spielen Wir hatten reichlich Zeit, uns in Ihrer Küche umzutun, also werde ich wohl so ziemlich alles finden, was Sie vielleicht gern hätten.«

Irina, die sich bislang noch nicht hingesetzt hatte, stieß einen tiefen Seufzer der Erleichterung aus. »Das, Anders, wäre wunderbar! In der blaugrünen Dose im mittleren Kühlfach ist Eiskartoffel-Sahne-Suppe, sehr lecker. In der Aufschnittschublade gibt's Zinkenbockbraten, und einen Laib Schwarzbrot haben wir auch noch. Wir könnten Suppe und Sandwiches essen.«

»Und Salat!«, setzte Jessica hinzu und grinste. »Nie das Gemüse vergessen!«

»Und Salat«, bestätigte Irina. »Wenn ihr zwei das allein hinkriegt, kriechen Scott und ich jetzt auf allen vieren ins Wohnzimmer vor den Kamin und brechen da ein bisschen zusammen, ja? Die Sessel sind da so schön bequem.«

»Darf ich Ohnefurcht und Fisher ein bisschen Sellerie geben?«, fragte Jessica. »Den Patienten werde ich nicht stören, versprochen.«

Unter sichtlicher Anstrengung wuchtete sich Scott wieder aus dem Sessel. »Was das angeht, nehme ich dich in die Pflicht. Und sag den Jungs, sie sollen den Patienten nicht vollsabbern!«

»Ich werd mich bemühen«, versprach Jessica.

In der Küche stellte Anders die Suppe auf ›aufwärmen‹, dann machte er sich daran, den Zinkenbockbraten aufzuschneiden. Er war mit Eltern aufgewachsen, die beide häufig unterwegs waren, und so hatte er früh gelernt, sich selbst zu versorgen. Im Laufe der Zeit war er ein recht guter Koch geworden. Die vergangenen Monate auf Sphinx hatten ihm reichlich Gelegenheit geboten, dazuzulernen, schließlich neigte Dr. Whittaker dazu, das Essen gänzlich zu vergessen, wenn sein Sohn ihn nicht ausdrücklich daran erinnerte.

Anders schnitt das Brot, stapelte nacheinander Fleisch, Käse, Salatblätter und dünne Zwiebelringe darauf und würzte das Ganze mit einer ordentlich scharfen Sauce. Auf der zweiten Arbeitsfläche bereitete Jessica währenddessen einen Salat zu – in einer der riesigen, handgetöpferten Schüsseln, von denen ihr Irina versichert hatte, genau zu diesem Zweck seien sie überhaupt da.

»Ich töpfere so etwas doch nicht, bloß um es mir ins Regal zu stellen«, hatte sie erklärt. »Du findest Suppenschüsseln und Teller, die zu der Salatschüssel passen. Alles, was in der Küche steht, ist auch zum Benutzen da.«

Anders bemerkte, wie viel Spaß es ihm machte, in dieser Art und Weise mit Jessica zusammenzuarbeiten. Vielleicht lag es ja an Stephanies erhöhtem Stoffwechsel, aber wenn sie eine Mahlzeit zubereitete, dann probierte sie bei jedem Schritt. Ausgiebig. Anders zog sie oft damit auf: Bis sie eine Mahlzeit fertig zubereitet hatte, hatte sie sie eigentlich auch schon verputzt. Jessica hingegen probierte zwar auch, aber immer nur eine Winzigkeit – gerade genug, um herauszufinden, ob die neuen Zutaten auch wirklich zu dem passten, was sie bereits in die Salatschüssel gefüllt hatte.

*Ich mag Jessica,* dachte Anders und fragte sich, warum ihm

diese Erkenntnis so bedeutsam erschien. Hatte er Jessica nicht von Anfang an gemocht? Wenn er sie nicht mögen würde, wieso hätte er dann so viel Zeit mit ihr verbringen wollen, seit Stephanie nach Manticore abgereist war?

*Ich mag Jessica ... sehr sogar. Zu sehr. Ich ...*

»Hast du etwas gesagt, Anders?«

Anders blickte auf und stellte fest, dass Jessica ihn erwartungsvoll ansah. Hatte er wirklich etwas gesagt? Er schluckte schwer. Hoffentlich nicht.

»Nö, glaub nicht. Wenn überhaupt, dann hab ich mich über die Sandwiches beschwert. Da habe ich wohl ein bisschen zu hoch gestapelt, und meine Monstersandwichtürme fallen auseinander. Wie soll man die denn so essen?«

Jessica lachte. »Also ich finde, sie sehen ziemlich gut aus!«

Anders war erleichtert. Er hatte sich nicht verraten. »Ich bringe sie schon mal rüber und hole dann die Suppe.«

»Prima.«

Gemeinsam saßen sie vor dem großen Kamin, jeder mit einem Tablett auf dem Schoß. Als der erste Hunger gestillt war – Jessica und Anders hatten sich trotz Erlaubnis vorher nicht viel zu essen aus der Küche genommen gehabt –, rang sich Anders durch, die Frage zu stellen, die ihm schon im Kopf herumspukte, seit sie die verletzte Baumkatze gefunden hatten.

»Doc, haben Sie eine Ahnung, wer das dem armen Kerl angetan hat?«

»Sogar eine ziemlich konkrete«, gab Scott zurück. »Aber die würde ich gern noch für mich behalten, bis ich dazu gekommen bin, mir auch die Leichen anzusehen, die ihr mitgebracht habt.«

»Morgen«, setzte Irina so entschieden hinzu, dass ein Widerspruch schlichtweg unmöglich gewesen wäre. »Es ist schon nach Mitternacht. Seit heute Morgen arbeitest du schon ohne große Unterbrechung, und jetzt ist wirklich nicht die richtige Zeit, eine Autopsie vorzunehmen.«

Scott setzte zum Protest an, doch das Erste, was er zustande brachte, war ein Gähnen. Er musste also einräumen, dass seine Frau recht hatte.

»Also gut, dann morgen früh. Gleich als Erstes. Ich meine, ich hätte so früh keinen Termin in der Sprechstunde.«

Irina warf einen Blick auf ihr UniLink. »Erst ab Mittag. Da kommt Mr. Alvarez, damit du dir seinen Bruch noch einmal anschauen kannst – na, der war ja auch wirklich kompliziert.«

Nun meldete sich Jessica zu Wort: »Ich würde gern hierbleiben, weil ich wissen möchte, was Sie herausfinden. Meine Mom hat's mir schon erlaubt, und Anders' Vater weiß auch Bescheid. Wäre das für Sie in Ordnung?«

»Mehr als das. Um die Uhrzeit hätte ich euch den Rückflug gar nicht mehr erlaubt!« Irina schob ihr Tablett zur Seite und stand auf. »Ein bis zwei Gästezimmer habe ich eigentlich immer vorbereitet. Man weiß ja nie.«

Jessica erhob sich ebenfalls und machte sich daran, ihr Tablett in die Küche zu bringen. »Ich sage nur noch rasch Ohnefurcht gute Nacht. Er wird bestimmt beim Patienten bleiben wollen.«

»Fischer auch«, ergänzte Scott. »Ich muss zugeben: Ich schlafe deutlich besser, wenn ich weiß, dass Fisher mich wecken wird, sobald er fühlt, dass was schiefläuft. Ihr beide könnte euch morgen ausschlafen, so lange ihr wollt. Ich erzähle euch alles, was ich herausgefunden habe, bevor ich mit der Sprechstunde beginne. Versprochen!«

Nachdem Tabletts, Teller und Besteck fortgeräumt waren, brachte Irina Anders und Jessica zu den Gästezimmern. »Jedes hat ein eigenes Bad. Handtücher und Schlafanzüge sind schon in den Zimmern, und natürlich auch das, was man im Bad eben so braucht. Wenn ihr euch bettfertig gemacht habt, bringt mir doch gerade noch eure dreckigen Klamotten runter. Die werfe ich in die Maschine, dann sind die morgen früh schon wieder sauber und frisch.«

Erst jetzt begriff Anders, dass er an derlei Dinge noch überhaupt nicht gedacht hatte. »Danke, Irina! Das ist wirklich nett!«

»Macht das denn auch wirklich nicht zu viel Mühe?«, setzte Jessica hinzu. »Sie stehen doch bestimmt morgen zusammen mit Scott auf, ganz früh. Das Waschen könnte doch ich übernehmen, dann bekommen Sie wenigstens noch ein bisschen Schlaf.«

»Ist doch alles automatisiert«, versicherte ihr Irina. »Mit meinem Getöpfere und all dem Zeug aus Scotts Praxis, da kommt schon eine ganze Menge Wäsche zusammen.«

Über Jessicas Gesicht huschte kurz ein Ausdruck, als wäre sie ein bisschen neidisch. Wieder einmal wurde Anders bewusst, dass Jessicas Familie vermutlich auf eine ganze Menge der Geräte verzichten musste, die Hausarbeit angenehmer machten ... und für ihn ganz selbstverständlich waren. Bei so vielen Kindern nahm im Hause Pheriss vermutlich allein schon das Wäschewaschen nie ein Ende.

»Na dann, okay, wenn's Ihnen wirklich recht ist ...«

»Es ist mir recht.« Irina nahm Jessica kurz in den Arm. »Mach dir nicht so viele Sorgen. Wenn du uns morgen früh nicht finden solltest, geh einfach in die Küche. Ich lasse etwas zum Frühstücken dastehen.«

Nachdem Anders sich bettfertig gemacht hatte, saß er noch lange auf der Bettkante und versuchte, die verworrenen Gedanken und Gefühle zu ordnen, die die Ereignisse des Tages mit sich gebracht hatten. Er begann, eine neue Nachricht an Stephanie aufzuzeichnen, doch als er begriff, dass er nicht über die ersten Sätze hinauskam, löschte er das Ganze wieder.

*Was ist denn los mit mir? Bin ich einfach nur müde? Muss ich ihr denn gleich einen vollständigen Bericht abliefern? Im Augenblick sind das doch alles nur Vermutungen! Morgen, wenn sich Doc Scott die Leichen angeschaut hat, wissen wir vielleicht schon mehr darüber, wer oder was diese 'Katzen umgebracht hat. Klar. Das wird's sein. Was sollte es auch anderes sein ...*

Doch nachdem er unter die Decke geschlüpft war und das Licht ausgeschaltet hatte, sah er vor seinem geistigen Auge wieder und wieder Jessica: Jessica, die sich um die verletzte Baumkatze kümmerte. Jessica während des langen Fluges nach Thunder River – mal erzählte sie etwas, mal schwieg sie. Jessica, die in der Küche den Salat machte. Jessica, die sich im Wald hinkniete, um hochkonzentriert Bodenproben zu nehmen. Jessica ...

Seine Lippen formten ihren Namen, hauchte eine Bitte ... um was er bat, wusste er nicht.

»Jessica?«

# 16

Anders glaubte, recht früh wach geworden zu sein, musste aber feststellen, dass er hier im Haus zu den Langschläfern gehörte. Als er aus dem Bad gekommen war und die Treppe hatte hinuntergehen wollen, hatte er seine frisch gereinigte Kleidung vor der Zimmertür gefunden. Also musste Irina wohl schon länger wach sein, und in der Küche fand er Jessica vor, die mit ihrem Frühstück schon halb fertig war.

»Hey«, begrüßte er sie und versuchte dabei, ganz ungezwungen und normal zu klingen. »Ich dachte, du würdest ausnutzen, dass heute keine kleinen Kinder auf dir herumspringen, und deswegen so richtig lange im Bett bleiben!«

Jessica grinste ihn an. »Ich *bin* richtig lange im Bett geblieben – für meine Verhältnisse. Ohnefurcht hat mich wissen lassen, dass es der verletzten 'Katz gut geht. Trotzdem wollte ich mich selbst davon überzeugen.«

»Und? Geht's dem 'Kater gut?«

»Na ja, für jemanden, den es so schwer erwischt hat, schlägt sich der kleine Kerl wacker. Scott und Irina haben ihn in ein Zimmer im hinteren Teil des Hauses gebracht. Da kann er wenigstens aus dem Fenster blicken.«

»Hat er Angst?« Anders ging zu der Arbeitsfläche, auf der Irina eine ganze Auswahl Frühstücksflocken aufgestellt hatte, und füllte sich eine Schüssel.

»Eigentlich nicht. Ich glaube, Ohnefurcht und Fisher haben ihm glaubwürdig erklärt, dass er hier unter Freunden ist.«

»Ihm ...«, sagte Anders gedehnt und trug die Frühstücksschüssel an den Tisch. »Hat ihm schon jemand einen Namen gegeben? Ich find's irgendwie komisch, immer nur von ›ihm‹ zu sprechen, oder ›der verletzte Baumkater‹ zu sagen.«

Jessica zuckte mit den Schultern. »Scott nennt ihn Kämpfer – weil der kleine Kerl eine echte Kämpfernatur ist und nicht aufgegeben hat, obwohl er so viel durchgemacht hat. Es sieht jetzt tatsächlich ganz danach aus, als käme er wirklich durch. Passt also, der Name, find ich.«

»Ich auch. Darf ich mir Kämpfer mal ansehen, oder sollte ich mich lieber von ihm fernhalten?«

»Scott hat nicht ausdrücklich gesagt, dass du nicht zu ihm darfst. Wenn du ihn also sehen willst, können wir ja nach dem Frühstück bei ihm vorbeischauen. Ohnefurcht wird uns schon wissen lassen, wenn wir auf Abstand gehen sollen.«

Das Zimmer für Kämpfer war gut gewählt, wie Anders sah, kaum dass er es betreten hatte: Ein großes Erkerfenster mit gewölbter Scheibe bot nicht nur einen prächtigen Ausblick auf dichtes Herbstlaub, sondern vermittelte die Illusion, man sitze mitten zwischen den Zweigen. Kämpfer hockte auf dem Polstersitz unmittelbar unter dem Fenster, flankiert von Fisher und Ohnefurcht.

Alle drei Baumkatzen drehten den Kopf in Richtung Tür, als die zwei Menschen eintraten. Die verletzte im unmittelbaren Vergleich zu den beiden gesunden 'Katzen zu sehen, ließ Anders erschrecken.

»Der arme Kerl!«, keuchte er.

Jessica nickte. »Tja, um die Wunden säubern und versorgen zu können, musste der Doc ziemlich viel Fell abrasieren.«

»Der ... arme Kerl ...«, wiederholte Anders. Da Baumkatzen Empathen waren, versuchte er echtes Mitgefühl zu vermitteln, nicht etwa Mitleid. Trotzdem hatte Kämpfer etwas zutiefst Mitleiderregendes. Rings um den Hals war das dicke Fell vollständig abrasiert. Auch auf dem Rücken war an einigen Stellen nackte Haut zu sehen; Gleiches galt für die eine Gesichtshälfte.

»Wer auch immer ihn angegriffen hat«, sagte Anders nachdenklich, »war darauf aus, ihn zu töten: Der Angriff ging gegen Kehle, Rückgrat, wahrscheinlich auch gegen das Auge.«

»Von hier aus kannst du den Bauchverband nicht sehen«, setzte Jessica hinzu, »aber er hat auch eine Wunde quer über den Bauch. Den Sternen sei Dank, dass Scott nicht erst raten musste, welche Medikamente bei Baumkatzen anschlagen. Deshalb ist der Heilungsprozess schon in vollem Gange.«

»Ich frage mich, wie lange es wohl dauert, bis Kämpfers Fell wieder nachwächst«, meinte Anders und dachte an das Gespräch mit Dr. Hidalgo. »Ich meine, der Herbst dauert noch mehrere Monate, aber die Nächte sind schon jetzt ganz schön kalt.«

»Gute Frage«, gab Jessica zurück. »Stephanie und Dr. Richard hätten zu diesem Thema bestimmt schon etwas zu sagen, schließlich war Löwenherz ja auch schwer verletzt. Vielleicht findet sich dazu ja etwas in Dr. Richards Notizen. Meinst du, wir bekommen Kämpfer dazu, einen Pullover überzuziehen?«

Ihr schiefes Grinsen zeigte deutlich, dass auch sie sich genau an Dr. Hidalgos Geringschätzung all jenen gegenüber erinnerte, die mit ihrem Verhalten urtümliche, unverdorbene Kulturen beeinflussten.

Hinter ihnen erklang eine Stimme. »Schöne Idee«, sagte Irina; sie stand am anderen Ende des Flurs, noch fast bei der Küche. »Scott macht sich gerade fertig. Dann möchte er mit euch reden. Habt ihr zwei schon gefrühstückt?«

»Haben wir«, antwortete Jessica für sie beide. »Die Schüsseln habe ich schon in die Spülmaschine geräumt.«

»Dann kommt«, entschied Irina. »Ich habe Wasser für Tee und Kaffee aufgesetzt. Die Konferenz findet in der Küche statt.«

Dort wartete Scott bereits auf sie. Er sah müde und abgespannt aus. Selbst das Rot seiner Haare erschien Anders heute sonderbar gedämpft. Irina setzte sich dicht neben ihn und legte ihm die Hand auf die Schulter. Beider Körperhaltung erinnerte Anders an Baumkatzen, die einander in einer emotional anstrengenden Situation stützten.

»Also, Doc«, fragte Anders, »haben Sie schon eine Vermutung, was für ein Tier Kämpfer und die anderen angegriffen hat?«

Kurz kaute der Arzt auf seiner Oberlippe herum, als wünschte er, er könnte die Antwort auf diese Frage schuldig bleiben, doch dann sprach er drei Worte aus: »Das waren Baumkatzen.«

»Baumkatzen?« Erstaunt riss Jessica die Augen auf. »Völlig unmöglich! Vielleicht gibt es eine Art ungefähr so groß wie eine Baumkatze, einen natürlichen Feind, von dem wir bislang nichts wissen! Eine Art, die die gleiche ökologische Nische besetzt wie sie.«

Traurig schüttelte Scott den Kopf. »Nein. Das waren Baumkatzen. Ich bin zwar kein Pathologe, aber in einer jungen Kolonie wie dieser sind Arbeitsplatzbeschreibungen sehr dehnbar. Zumindest in den Grundlagen kenne ich mich auch auf diesem Gebiet aus.« Er aktivierte den tragbaren Holo-Projektor. »Die Aufnahmen sind für euch sicher verstörend, aber ich habe den Ausschnitt so fokussiert, dass ihr euch ganz auf die Wunden selbst konzentrieren könnt.«

Sie sahen rote Striemen auf fleischfarben und grau Marmoriertem. Anders, der den frisch behandelten Kämpfer gesehen hatte, wusste sofort, dass das die rasierte Haut einer Baumkatze war. Dort, wo die Haut eher blassrosa wirkte, wuchs cremefarbenes Fell, und dort, wo sie grau aussah, waren die dunkleren, grauen Tigerstreifen der Baumkatze. Die roten Striemen waren unterschiedlich tiefe Kratzwunden, gut zu sehen, nachdem Scott das geronnene Blut entfernt hatte.

»Schaut euch diese erste Bilderreihe an«, sagte der Arzt. »Das ist eine Halswunde. Und hier habe ich das Abbild einer Baumkatzenechthand darübergelegt. Seht ihr, wie genau das passt? Das Nächste ist eine Totalaufnahme der gleichen Leiche. Hier und da ... da haben sich die Krallen von Handpfoten und Echtpfoten des Angreifers ins Fleisch gebohrt. Ich würde euch die Aufnahme vom Kopf des Baumkaters gern ersparen, sofern ihr das nicht unbedingt sehen wollt. Der Angreifer ist auf dem Rücken seines Opfers gelandet, hat sich festgekrallt und ist dann mit den Reißzähnen geradewegs auf das Gesicht losgegangen. Die Kopfverletzungen waren vermutlich die Todesursache, aber die Verletzungen am Rücken müssen das Opfer zuvor vollständig paralysiert haben.«

Jessica erschauerte. »Ich glaube, die Aufnahme vom Kopf können wir überspringen. Aber wenn Anders sie trotzdem sehen will, mach ich die Augen zu.«

Anders schüttelte den Kopf. »Ich glaube dem Doc einfach mal. Aber, Doc, das ist doch kein absoluter Beweis, oder? Ich meine, die meisten Tiere auf Sphinx sind Sechsbeiner. Könnte nicht doch ein Tier, das nur eine gewisse Ähnlichkeit mit Baumkatzen besitzt, dafür verantwortlich sein? Fastotter sind doch beinahe genauso groß, oder? Und sie sind Fleischfresser. Vielleicht zeigen sie sich nach den Waldbränden anpassungsfähiger und angriffslustiger, als wir bislang gedacht haben.«

»Ich möchte genauso wenig wie du glauben, dass Baumkatzen Baumkatzen töten, Anders.« Mit einem Mal schien der Arzt unendlich müde ... und erst jetzt begriff Anders, dass dies ein deutlicher Hinweis auf seinen Gemütszustand war: Er war tief erschüttert, schockiert. »Vergesst nicht, dass Fisher mir das Leben gerettet hat – ganz von sich aus, ohne irgendeinen anderen Grund, als dass er ein anderes Lebewesen in Gefahr gesehen hat. Wir vermuten, dass sich Löwenherz und Stephanie bereits aneinander gebunden hatten, als er sie vor dem Hexapuma gerettet hat. Jessica und Ohnefurcht haben in gewisser Weise einander wechselseitig gerettet, aber für Fisher war ich ein völlig Fremder, und trotzdem hat er sein Leben riskiert, um mich zu retten. Also habe ich guten Grund, Baumkatzen für die Guten zu halten.«

»Ich wollte Sie nicht so angehen, Doc, Entschuldigung«, bat Anders kleinlaut. »Aber ich ... ich kann das einfach nicht glauben!«

»Hier sind noch mehr Beweise«, fuhr Scott fort. »Wie schon gesagt, ich bin kein Forensiker, aber ich kenne mich gut genug aus, um von allein auf die Idee zu kommen, mir auch das anzuschauen, was sich unter den Fingernägeln befindet – oder in diesem Falle: was an den Krallen hängt. Diese Bilder hier sind vergrößert. Ich zeige sie euch jetzt einmal ohne, dann mit Aufbereitung. Seht ihr, was ich meine?«

»Das ist Blut, oder?«, fragte Jessica leise. »Blut und ...« Sie würgte, schluckte schwer, dann sprach sie weiter: »Blut und Fleisch – Ärzte reden dann wohl von Gewebe. Ja, das spricht sich auch leichter aus. Blut und Gewebe.«

»Ganz genau. Selbstverständlich habe ich das genau analysiert. Baumkatzenblut. Baumkatzengewebe. Spuren von Baumkatzenfell. Alle drei Leichen zeigen deutliche Anzeichen, dass sie gegen andere Baumkatzen gekämpft haben. Ich habe bislang nicht versucht, spezifische Individuen zu identifizieren, weiß aber auch noch nicht, ob das wirklich nötig sein wird.«

»Und Kämpfer?«, fragte Anders. »Hat er auch gekämpft?«

»Oh ja, kein Freifahrtschein für ihn! Kämpfer hat eindeutig gekämpft ... und verloren. Ich vermute, man hat ihn zurückgelassen, weil man ihn für tot gehalten hat. Nah genug dran war's ja auch.«

»Ohnefurcht muss ihn gehört haben«, sagte Jessica. »Deswegen ist er so davongestürmt. Kämpfer ist wieder zu Bewusstsein gekommen, und dann hat er nach Hilfe gerufen, aber niemand ist gekommen. Niemand.«

Ihre Stimme brach, und Anders wandte rasch den Kopf, damit sie nicht die heißen Tränen in seinen Augen sähe.

»Hör mal«, sagte er dann, »ich weiß, dass über die Intelligenz von Baumkatzen das letzte Wort noch nicht gesprochen ist. Aber ich glaube, wir alle hier sind uns einig, dass sie nicht nur Empathen sind, sondern sich untereinander durch Telepathie verständigen. Wir haben erlebt, wie Ohnefurcht und Fisher, die weder untereinander, noch mit Kämpfer verwandt sind, ihm nach Kräften geholfen haben. Ihr starker Wille wird ihm überhaupt erst seinen Lebenswillen wiedergegeben haben. Wie können derart mitfühlende Wesen gegeneinander kämpfen? Ist das nicht ein Ding der Unmöglichkeit?«

»Das habe ich auch geglaubt«, räumte Scott ein. »Irgendwie hatte ich mir eingebildet, mit den Baumkatzen wären wir endlich einer vernunftbegabten Spezies begegnet, die Kriege nicht nötig hat. Warum sollten sie auch gegeneinander kämpfen, wenn sie einander doch frei von Missverständnissen, wie Worte sie produzieren, verstehen?«

»Stimmt«, pflichtete Jessica dem Arzt bei. »Also muss da was ganz gewaltig schiefgelaufen sein. Wir haben die Leichen in der Nähe einer Region gefunden, in der die Waldbrände besonders schlimm gewütet haben. Ob das die fehlende Erklärung ist?«

Scott nickte. »Die Idee ist mir auch schon gekommen. Kämpfer und die beiden anderen waren abgemagert, so als hätten sie kaum genug zu Essen gefunden. Das andere Männchen war zwar nicht gerade gut im Fell, aber ein bisschen besser war sein Zustand schon.«

»Oh!«, entfuhr es Jessica, und dann nach einem Zögern: »Ich ... nun, ich wollte eigentlich einen günstigen Zeitpunkt dafür abwarten, aber jetzt ... Diese drei in Ihrem Untersuchungszimmer ... das waren nicht die ersten toten Baumkatzen, die wir gefunden haben. Vorher gab es schon eine. Und die war auch ziemlich mager.«

»Noch eine?«, wiederholte Irina erstaunt. »Wo? Was habt ihr mit der gemacht?«

»Wir haben Aufnahmen gemacht«, sprang Anders ein. »Und dann haben wir sie begraben.«

Rasch berichteten Anders und Jessica gemeinsam, wie sie die erste tote Baumkatze gefunden hatten.

»Wir haben bislang nichts davon gesagt«, leitete Anders den Abschluss ein, »weil nichts, was wir getan hätten, den toten 'Kater wieder lebendig gemacht hätte. Und wir wollten auf keinen Fall, dass jemand – einschließlich meinem Dad ...«

»... und vor allem nicht diese Schwarzloch-Xenos ...«, setzte Jessica hinzu.

»... die Leiche in ein Labor schleppt und aufschneidet«, endete Anders. »Ich meine, die Anthropologen mögen ja über den Status der Baumkatzen noch diskutieren, bis sie schwarz werden, aber so wie wir das sehen, ist eine Baumkatze eine eigenständige Persönlichkeit und verdient entsprechenden Respekt.«

»Können wir die Aufzeichnungen mal sehen?«, fragte Scott. Nachdem er sie durchgeschaut hatte, sagte er: »Anhand der Bilder ist das zwar nur schwer zu erkennen, aber die 'Katz sieht wirklich ziemlich ausgemergelt aus. Könnte ich eine Kopie davon haben?«

»Klar.«

»Was«, sprudelte Jessica heraus, »wenn die Feuer die Baumkatzen körperlich so sehr unter Stress gesetzt haben, dass sie anfällig für Krankheiten geworden sind? Krank zu sein könnte ihre Empathie dämpfen.«

»Oder sie einfach verrückt werden lassen«, setzte Anders hinzu. »Zu Dads Hobbys gehört auch, sich alte Legenden nach medizinischen Gesichtspunkten anzusehen. Auf Alterde gab es eine Krankheit, die Tollwut hieß. Wer die hatte, wurde extrem gewalttätig und bekam völlig irrationale Angst vor Wasser. Sie wurde von Tieren übertragen. Und es gibt Hinweise, dass Halluzinogene, produziert von Parasiten oder Pilzen auf Getreide, dazu beigetragen haben, dass die Menschen in einer bestimmten Region plötzlich glaubten, Hexen gesehen zu haben. So Zeug eben.«

»Also haben die Baumkatzen vielleicht was Falsches gegessen«, griff Jessica den Gedanken auf. »Vielleicht irgendwas, was sie normalerweise nicht essen, jetzt aber eben doch, weil sie in einem ausgedehnteren Territorium nach Nahrung suchen? Wir wissen, dass sie sich unter anderem von Pilzen ernähren. Ein paar von denen züchtet Ohnefurcht sogar ganz gezielt neben unserem Haus. Vielleicht haben sie Pilze gegessen, die sie nicht vertragen oder die, wie Anders sagt, ihren Gemütszustand beeinflussen.«

»Oder aber«, ergänzte Irina leise, »sie haben einfach um Territorium oder um Nahrung gekämpft. Wir sollten nicht zu rasch annehmen, Baumkatzen könnten unmöglich in menschliche Schwächen verfallen. So schwer uns es auch fallen mag, das zu akzeptieren: Wir sollten die Möglichkeit auf jeden Fall im Blick behalten.«

»Und was machen wir jetzt?«, fragte Anders. »Ich meine: Erzählen wir davon? Oder sollten wir in der Region Nahrungsmittel abwerfen?«

Angestrengt dachte Scott nach. »Wie sehr dürfen wir uns dort überhaupt einmischen? Derartige Kämpfe gehören ja vielleicht zum ganz gewöhnlichen Lebenszyklus.«

Jessica stieß ein Schnauben aus. »Ohnefurcht und Fisher schienen nicht der Ansicht zu sein, man sollte Kämpfer sterben lassen. Wir sollten nicht vergessen, dass uns Ohnefurcht überhaupt erst gezeigt hat, wo wir ihn finden können.«

»Aber wir müssen auf jeden Fall vorsichtig sein – ganz egal, was wir unternehmen«, mahnte Anders. »Ich bin überzeugt, dass die Xenos eigene Absichten verfolgen, die uns nicht passen werden. Nach der Sache mit DeWitt glaube ich, sie werden die 'Katzen in das schlechteste Licht rücken, das möglich ist.« Er schwieg einen Moment, dann zuckte er mit den Schultern. »Ich würde gern wissen, wie Stephanie darüber denkt.«

Jessica legte die Stirn in Falten. »Ich auch, aber steckt sie nicht im Augenblick mitten in der Prüfungsphase?«

»Stimmt, aber ich glaube, sie wäre fuchsteufelswild, wenn sie was über die Kultur der Baumkatzen wüsste, was uns jetzt weiterhelfen könnte, und wir sie einfach nicht danach fragen!«

»Das sehe ich auch so«, sagte Scott. »Wir alle engagieren uns ja wirklich nach Kräften für die Baumkatzen, aber ich glaube, Stephanie ... na ja, ich glaube, sie sieht sich selbst als einen Teil von Löwenherz' Familie.« Nachdenklich kaute er auf der Unterlippe herum; ganz offenkundig suchte er nach besseren Worten. »Natürlich bin ich mit Fishers Clan eng verbunden, aber als Fisher und ich einander getroffen haben, da war ich schon erwachsen. Ich war kein einsames Einzelkind.«

Jessica nickte. »Ich mag Ohnefurchts Familie auch sehr, aber ich habe das Gefühl, er ist für sie so eine Art kauziger Sonderling. Ich meine, er *gärtnert*, und die 'Katzen sind vor allem Jäger. Und ich habe reichlich Brüder und Schwestern. Ich bin dafür, dass wir Stephanie davon erzählen, so, wie Anders vorgeschlagen hat, und können dann nur hoffen, dass wir ihr damit nicht die Prüfungen versauen.«

Irina lächelte. »Keine Sorge, das passiert nicht. Vielleicht bekommt sie hier und da bloß eine Eins, keine Eins plus mit Sternchen! Aber so jung, wie sie ist, kann sie wohl den einen oder anderen Prozentpunkt entbehren.«

Normalerweise schickten Jessica und Anders ihre Nachrichten für Stephanie natürlich unabhängig voneinander, doch dieses Mal saßen sie nebeneinander, damit sie auch wirklich nichts Wichtiges vergäßen. Nachdem sie Stephanie die erforderlichen Hintergrundinformationen übermittelt hatten, teilten sie ihr ihre Sorgen mit, auch wenn das meiste davon auf reiner Spekulation beruhte.

»Da gibt's so Einiges, was uns Sorgen macht«, erklärte Anders. »Vor allem die Frage nach dem Auslöser dafür. Doc Scotts Ergebnisse lassen keinerlei Spielraum für die Hoffnung, dass letztendlich doch eine andere Spezies als die Baumkatzen dafür verantwortlich ist.«

Jessica übernahm. »Bisher haben wir folgende Arbeitshypothesen: Krankheit oder Wahnsinn, vielleicht ausgelöst durch unverträgliche Nahrung, zum Beispiel sonst nicht zum Speiseplan gehörende Pilze, oder aber Territorialkämpfe.«

»Wenn das stimmt, können diese Auseinandersetzungen sich zu einem echten Krieg auswachsen«, ergänzte Anders. »So widerwärtig diese Vorstellung auch ist.«

Jessica nickte. »Genau. Wir würden gern wissen, ob du noch weitere Ideen beitragen kannst, irgendeine Spur für uns hast, der wir dann folgen können.«

»Wir hängen gleich noch ein paar Bilder an«, übernahm nun wieder Anders. »Einige davon sind ziemlich grässlich, aber

Karl und du, ihr macht da doch auch Forensik, also haben wir uns gedacht, dass du damit bestimmt klarkommst. Am meisten beunruhigt uns das tote Weibchen. Nach allem, was du so angedeutet hast und was der Doc weiß ...«

»Und ich bei Ohnefurchts Clan auch gesehen habe«, fiel ihm Jessica ins Wort.

»... gehen Weibchen fast nie auf die Jagd. Ich weiß ja, dass du ziemlich angeschlagen warst, als dir Löwenherz' Clan zu Hilfe gekommen ist, aber hast du Weibchen unter deinen Helfern gesehen? Wir brauchen jede Information, die uns ein Muster zu erkennen hilft, aber aus offensichtlichen Gründen ...«

»Zum Beispiel den blöden Xenos«, warf Jessica ein.

»... und dem Expeditionsteam meines Dads«, ergänzte Anders mit einem schiefen, reumütigen Grinsen, »wollen wir damit nicht an die Öffentlichkeit gehen. Die Gefahr ist viel zu groß, dass der Falsche neugierig wird. Wir haben noch nicht einmal mit Frank und Ainsley gesprochen. Doc Scott war der Ansicht, sie einzuweihen wäre den beiden gegenüber nicht fair. Sie säßen dann zwischen den Stühlen.«

»Wir halten dich auf dem Laufenden«, versprach Jessica, »aber konzentrier dich trotzdem auf die Prüfungen, ja? Wir verlassen uns darauf, dass du uns nicht enttäuscht.«

Anders nickte. »Genau, Wonder Girl, mach uns stolz!«

Sie winkten in den Aufzeichner, dann schalteten sie ab und sandten die Nachricht ab.

»Ich hoffe, das war richtig«, meinte Jessica.

»Tja, richtig oder nicht«, sagte Anders, »getan ist getan.«

»Wir müssen unbedingt nach Hause!«, drängte Stephanie.

Karl und sie saßen auf ihrer Lieblingsbank unter der Blauspitze, doch dieses Mal stand keine heiße Sonne hoch am Himmel. Stattdessen sickerte matt das Licht von Thorson, Manticores Mond, durch Risse in der Wolkendecke. Auf dem gut beleuchteten, quadratischen Platz wurde das Mondlicht jedoch gar nicht benötigt, und er war gut besucht – wie sonst meist: Die Studierenden genossen noch ein wenig den vergleichsweise kühlen Abend, bevor sie auf ihre Zimmer gingen, um sich vor den anstehenden Prüfungen auszuschlafen. Doch Stephanie konnte im Augenblick nichts davon genießen.

»Das *können* wir einfach nicht, Steph.« Karl war sehr ernst.

»Wir müssen aber!« Stephanie blickte ihn an, als traue sie ihren Ohren nicht, und drückte Löwenherz fest an sich. »Wenn Scott recht hat – wenn da wirklich Baumkatzen einander umbringen! –, dann müssen wir nach Hause und Jessica und Anders dabei helfen, etwas dagegen zu tun!«

»Stephanie, wir sind ganz offiziell als Ranger hier. Wir können nicht einfach kehrtmachen und nach Hause fahren, bloß weil uns gerade der Sinn danach steht!« Stephanies Augen funkelten zornig, doch Karl begegnete ihrem Blick völlig ruhig. »Ich sage doch gar nicht, dass du nur aus Lust und Laune nach Hause willst, Steph! Aber wir haben hier Verpflichtungen, denen wir nachkommen müssen, und Chief Ranger Shelton hat sich echt weit aus dem Fenster gehängt, damit wir beide überhaupt hierher durften. Wir sind es ihm schuldig, nicht kurz vor den Prüfungen abzuhauen!« Stephanie setzte schon zu einer Entgegnung an, doch Karl ließ sie nicht zu Wort kommen. »Außerdem: Wie willst du das denn begründen? Ist das ein medizinischer Notfall? Eine Familienkrise – wo doch deine Eltern gerade hier auf Manticore sind? Oder möchtest du vielleicht dem Chief Ranger – oder Frank und Ainsley – eine Kopie von Jessicas Nachricht schicken?«

Stephanie schloss den Mund so rasch wieder, dass Karl glaubte, ihre Zähne klappen zu hören, und starrte ihn schweigend an. Mehrere Sekunden lang erwiderte er ihren Blick, dann legte er ihr sanft die Hand auf die Schulter.

»Ich verstehe ja, was du meinst, und ich wünschte auch, wir könnten einfach den nächstbesten Heimflug nehmen! Aber das geht nicht, und das gleich aus mehreren Gründen – es sei denn, wir wollen die Geschichte schon jetzt in aller Öffentlichkeit breittreten, obwohl wir noch nicht einmal wissen, was eigentlich vor sich geht. Ich mag mir die Reaktion von Leuten wie den Franchittis nicht vorstellen, wenn sie erfahren, dass 'Katzen fähig sind ... fähig sind, *Krieg* zu führen!«

Stephanie brannten, ungewohnt für sie, Tränen in den Augen, aber Karl hatte recht. Es empörte sie und machte sie wütend, aber Karl hatte recht.

»Ich weiß nicht, ob ich das kann«, gestand sie leise und drückte Löwenherz noch fester. »Ich weiß nicht, ob ich so tun kann, als wäre zu Hause alles in Ordnung!«

»Das *musst* du aber – zumindest allen anderen gegenüber.« Karl drückte ihr die Schulter. »Und mir wird's auch nicht leichtfallen. Aber wir können nicht unseren ganzen Zeitplan über den Haufen werfen, ohne dass alle möglichen Fragen gestellt werden.«

Klettert-flink widerstand dem Drang, sich aus Todesrachen-Verderbs Armen zu befreien, obwohl sich diese fester und fester um ihn schlossen. Das war unangenehm ... aber längst nicht so unangenehm wie der Stress und die Sorge, die ihn aus ihrem Geistesleuchten regelrecht überschwemmten. Er hatte keine Ahnung, was dieses Unbehagen hervorgerufen hatte, aber er wusste, dass es mit den bewegten Bildern von Windgetrieben und Gebleichtes-Fell angefangen hatte. Und was auch immer es sein mochte: Es ängstigte sie mehr als alles, was

Klettert-flink seit jenem Tag, da sie sich gemeinsam dem Todesrachen stellten, bei ihr geschmeckt hatte. Es war sogar schlimmer als ihre Angst um Windgetrieben, als der brennende Baum auf sie gestürzt war.

Mit der ihm noch verbliebenen Echthand tätschelte er ihr den Unterarm und summte leise vor sich hin. Es war ein vergeblicher Versuch, sie zu beruhigen. Was auch immer Todesrachen-Verderb so verängstigte, unterlief all sein Bemühen. Und irgendwie, das wusste Klettert-flink, hatte es auch etwas mit *ihm* zu tun. Mehr denn je frustrierte es ihn, dass sie nicht gezielter miteinander kommunizieren konnten. Doch er konnte nichts anderes tun, als sich noch enger an sie zu schmiegen und laut zu schnurren, ihr den Trost seiner körperlichen Gegenwart zu schenken ... und von ganzem Herzen zu hoffen, dass sie seine Geistesstimme ebenso deutlich hörte, wie er ihre Gefühle schmeckte.

Stephanie blickte auf Löwenherz hinab, als dieser beruhigend ihren Arm tätschelte. Er schnurrte so laut, dass sein ganzer Körper vibrierte. Gleichzeitig blickte er konzentriert zu ihr auf: Grüne Augen schimmerten im fahlen Licht, das durch die Zweige der Blauspitze fiel.

Erst jetzt ging ihr auf, dass sie Löwenherz beinahe zerdrückte, und lockerte die Arme, hob ihn sich auf die Schulter und fuhr ihm mit der Hand über den Rücken. Wenn sie ihm doch nur erklären könnte, was zu Hause vor sich ging! Noch besser: Wenn sie ihn fragen könnte, ob Scott und die anderen recht hätten! Wenn er es ihr doch nur erklären könnte!

Konnte er aber nicht. Und da sie die Lage nun einmal nicht mit ihm besprechen konnte, war sie es, die eine Entscheidung für sie beide treffen musste.

*Nur dass es hier gar nichts zu entscheiden gibt, oder? Karl hat ja recht!*

»Du hast recht«, sagte sie düster und streichelte weiterhin Löwenherz, als könnte das die Baumkatzen auf Sphinx, die einander zerfleischten, davon abhalten. »Du hast recht. Aber ich wünschte wirklich, es wäre anders! Ich glaube nicht, dass ich die Prüfungsphase sonderlich genießen werde.«

»Du bist echt komisch, Steph«, sagte Karl, um die Stimmung wenigstens ein bisschen zu heben. »Prüfungsphasen sind nicht dazu da, dass man sie genießt. Sie sind dazu da, dass man sie *übersteht!*«

Anders und Jessica passten gerade auf Tiddles und Nathan auf, die beiden Jüngsten von Jessicas Geschwistern, als Scott MacDallan anrief.

»Ich habe jetzt einen detaillierteren Autopsiebericht über die drei toten 'Katzen«, sagte er. »Ich habe den Mageninhalt genau untersucht und wirklich alles analysiert. Kurz gesagt: Halluzinogene als Grund für die Auseinandersetzungen können wir ausschließen.«

»Wäre ja auch zu einfach gewesen«, seufzte Jessica. »Aber da ist noch etwas, oder?«

Ein Grinsen zuckte über Scotts Gesicht. »Nichts, was sich so einfach quantifizieren oder auch nur kategorisieren ließe. Ich trage euch die Faktenlage zunächst einmal ganz ohne eigene Arbeitshypothese vor, einverstanden? Zwei der toten 'Katzen – eines der Männchen und das Weibchen – waren unterernährt genau wie Kämpfer auch. Sie standen noch nicht kurz vor dem Hungertod, aber ihre Fettreserven waren eindeutig geschmälert. Ich bezweifle, dass die den Winter überstanden hätten – und ihr Mageninhalt war ... bunt zusammengewürfelt, wenn ich das mal so ausdrücken darf. An sich ernähren sich die Baumkatzen vornehmlich von Fleisch. Was sie sonst noch essen ist sozusagen Garnierung. Bei den beiden jedoch bestand der Mageninhalt mindestens zur Hälfte aus Wurzeln, Knollen, Blättern, getrockneten Beeren, so was in der Art eben. Eiweißlieferant scheint mir vor allem Fisch gewesen zu sein.

Die dritte 'Katz hingegen – das andere Männchen – war deutlich besser ernährt. Wir reden hier jetzt nicht von dick und fett, aber bei dem waren die Fettreserven eindeutig noch vollständig vorhanden. Der hätte den Winter gut überstanden. Auch bei ihm war der Nicht-Fleisch-Anteil im Magen etwas höher als gewöhnlich, aber nur um etwa zwanzig Prozent. Und es sieht ganz danach aus, als hätte er noch kurz vor seinem Tod ein ordentlich großes Nagetier verspeist – ein Chipmunk, würde ich sagen.

Was sagt euch das?«

Sofort legte Anders los. »Ich glaube, die drei haben zwei verschiedenen Gruppen angehört. Moment, ich bin noch nicht fertig ... Also: 'Katz Nummer drei könnte natürlich auch einfach ein besserer Jäger gewesen sein, aber nach allem, was wir bislang von den Baumkatzen wissen, hätte kein Clan zugelassen, dass zwei aus den eigenen Reihen derart abmagern – immer vorausgesetzt, wir haben recht und 'Katzen sind Empathen. Denn dann würden alle in einer Familie den Hunger der beiden Abgemagerten ebenso spüren, als wäre es der eigene.«

»Und dann ...«, setzte Jessica hinzu und nickte zustimmend, »ist da noch die unterschiedliche Zusammensetzung des Mageninhalts – vor allem das Verhältnis von tierischer zu pflanzlicher Nahrung. Also, wenn es so etwas wie Vegetarier unter den Baumkatzen überhaupt gibt, dann lebe ich mit einem zusammen. Ohnefurcht probiert wirklich gern immer wieder neue Pflanzen, trotzdem ist er hauptsächlich Fleischesser. Diese beiden anderen 'Katzen hätten niemals so viele Knollen und Samen und Was-weiß-ich gegessen, wenn sie die Wahl gehabt hätten.«

»Und was bedeutet das?«, setzte Scott nach.

»Das bedeutet«, antwortete Jessica, »dass 'Katz Nummer eins und 'Katz Nummer zwei zu einem Clan gehören, der im Moment große Schwierigkeiten hat, genug Nahrung zu finden. Gefunden haben wir die Leichen ganz in der Nähe eines völlig niedergebrannten Gebiets. Der Clan wird den Großteil seines Reviers eingebüßt haben.«

Nun übernahm wieder Anders. »'Katz Nummer drei hingegen zeigt deutlich baumkatzentypischere Ernährungsweise. Deswegen wird er zu einem anderen Clan gehören. Der mag zwar auch einen Teil seines Reviers verloren haben, aber alles in allem kommt er noch prima durch.« Er grinste und piekste Jessica sanft in die Rippen. »Oder der ist einfach ein bisschen anders gestrickt, genau wie Ohnefurcht.«

»Stimmt in allen Punkten«, sagte Scott und stellte dann richtig: »Was die zwei verschiedenen Clans angeht, nicht im Hinblick darauf, ob Ohnefurcht anders gestrickt ist oder nicht. Und noch etwas: Auch der Fischanteil im Magen der beiden ersten 'Katzen ist ungewöhnlich. Mein Freund Fisher ist ja nun wirklich ein geradezu fanatischer Fischesser. Wenn sie die Wahl haben, würden sich die meisten 'Katzen deutlich ausgewogener ernähren – aber ein Fluss oder ein Bach bietet nach so einem Waldbrand einfach rascher wieder Nahrung als ein abgebranntes Waldstück. Das scheint mir ein weiterer Beleg dafür, dass das erste Männchen und das Weibchen aus einem Gebiet stammen, in dem die Waldbrände besonders heftig gewütet haben.«

»Was, alles in allem, bedeutet, dass die Baumkatzen tatsächlich um Territorien und Nahrung kämpfen«, seufzte Anders. »Warum *teilen* die denn nicht miteinander?«

»Warum würden denn wohl Menschen in einer ähnlichen Situation nicht miteinander teilen?«, versetzte Jessica scharf. Ihr Tonfall zeigte, dass ihr nur zu bewusst war, wie häufig das unter Menschen geschah.

»Ich weiß, ich weiß ...«, erwiderte Anders. »Ich habe nur irgendwie gehofft, Baumkatzen wären vielleicht ... besser als wir.«

»Und um ehrlich zu sein, scheint mir das meistens tatsächlich so«, warf Scott ein. »Aber die beiden Clans sind durch die Waldbrände offenkundig sehr unter Druck geraten. Wir dürfen nicht vergessen, dass die Flammenzeit im vergangenen Jahr ganz besonders schlimm ausgefallen ist. Da sollten wir nicht zu überrascht sein, wenn das außerordentlich schlimme Nebenwirkungen mit sich bringt.«

»Stimmt auch wieder«, räumte Anders ein. »Und bislang wissen wir nur, dass das Revier der einen Gruppe wohl besser dran ist als das der anderen. Wir wissen nicht, wie groß der Unterschied ist, wie groß die Gruppen sind oder überhaupt weitere Einzelheiten. Vielleicht teilen sie nicht miteinander, weil sie nicht genug für alle *haben.*« Traurig schüttelte er den Kopf. »Und wenn dem so ist, dann ist ein Krieg vielleicht wirklich die einzige Möglichkeit zu entscheiden, wer den Winter überleben darf und wer nicht.«

Einige Augenblicke herrschte Schweigen ... bis Jessica es schließlich brach.

»Also, was machen wir jetzt?«, fragte sie. »Irgendwelche Ideen?«

»Ich hätte da ein paar«, antwortete Anders. »Wir beide könnten versuchen, den Magerkatzenclan zu finden. Ein paar gute Hinweise haben wir ja schließlich. Sie befinden sich wahrscheinlich in der Nähe eines Flusses. Bis zu der Stelle, an der wir die Leichen gefunden haben, kann es nicht allzu weit sein ... aus dem Blickwinkel von Baumkatzen betrachtet, meine ich.«

»Sie bewegen sich ja über die Pfostenbäume, richtig!«, setzte Jessica hinzu. »Ja, das halte ich für eine gute Idee. Wir können in die richtige Richtung fliegen und den Rest dann zu Fuß gehen. Vielleicht kann uns Ohnefurcht ja auch bei der Suche helfen.«

»Ich weiß nicht so recht, was ich davon halten soll, dass ihr beide allein durch ein mutmaßliches Kriegsgebiet ziehen wollt«, gab Scott zu bedenken.

»Uns passiert schon nichts«, versuchte ihn Anders zu beruhigen. »Bislang gibt es keinen einzigen Bericht darüber, dass eine Baumkatze unprovoziert einen Menschen angegriffen hat. Ach, selbst *wenn* die provoziert wurden ...«

»Wie von diesem Schwarzloch Tennessee Bolgeo«, warf Jessica ein.

»... dann haben die sich immer sehr zurückgehalten. Und wir haben ja Ohnefurcht dabei.«

»Okay, aber ihr geht bewaffnet raus!«, entschied Scott, dann zögerte er. »Ihr könnt doch mit Waffen umgehen, oder?«, fragte er dann vorsichtig nach.

»Anders schon«, antwortete Jessica, »und ich habe meine Lähmpistole und mein Spray. Einen Hexapuma kann ich damit sicher nicht beeindrucken, aber Baumkatzen sind ja doch eine ganze Ecke kleiner.«

»Da ich euch sowieso von nichts abhalten kann«, sagte Scott, »wünsche ich euch viel Glück. Sagt mir Bescheid, wenn ihr aufbrecht! Dann weiß ich, wo ihr steckt, und ihr habt jemanden, bei dem ihr euch zurückmelden könnt.«

»Wir könnten versuchen, auch noch den anderen Clan zu

finden«, schlug Anders vor. »Aber wenn deren Territorium nicht so hart getroffen wurde, dürfte das deutlich schwieriger zu finden sein.«

»Fangt mit dem Magerkatzenclan an«, riet ihm Scott. »Einen Schritt nach dem anderen.«

»Morgen früh brechen wir auf«, bestimmte Anders.

»Wenn das Wetter mitspielt«, setzte Jessica sehr pragmatisch hinzu und blickte zu den Wolken hinauf, die sich am Herbsthimmel zusammenballten.

»Bliek!«, ergänzte Ohnefurcht. Ob die Bemerkung des Baumkaters nun Begeisterung oder Resignation bedeutete oder ob er vielleicht einfach nur Hunger hatte und etwas zu essen wollte, wusste Anders nicht zu sagen.

# 17

»Mann, bin ich froh, dass das vorbei ist!«, sagte Jeff Harrison und ließ sich im Gemeinschaftshaus der LUM in den Sessel fallen, der Karl, Stephanie und Löwenherz gegenüberstand. »Hi, Löwenherz!«, fuhr er fort und reichte dem Baumkater einen Stängel Sellerie, den er, als er auf dem Weg hierher an der Salatbar vorbeigekommen war, mitgenommen hatte.

»Wow, danke, Jeff!«, sagte Stephanie artig und schaute zu, wie der 'Kater sich auf den Leckerbissen stürzte, als habe ihm seit mindestens einem oder gar zwei Jahrzehnten niemand mehr Sellerie angeboten. Ihn ständig mit Leckereien zu verwöhnen, wie sie es die ganze vergangene Woche hindurch getan hatte, war eigentlich nicht gut, und ganz egal war's ihr auch nicht. »Das ist die neunte Selleriestange heute«, sagte sie und versuchte, dabei völlig normal zu klingen. »Aber, he, wer achtet denn auf solche Kleinigkeiten?«

»'tschuldige, Steph.« Harrison lächelte sie an und schien ehrlich zerknirscht. »Aber allzu viel Zeit bleibt mir ja nicht mehr, den kleinen Kerl nach Strich und Faden zu verwöhnen, bevor ihr drei wieder in die tiefste Provinz aufbrecht.«

»Vorsicht, Mann, wessen Heimatplaneten du da als tiefste Provinz bezeichnest!«, riet ihm Karl. Das war ein bisschen zu munter und aufgeräumt im Ton dahergesagt, um tatsächlich unaufgesetzt zu wirken, doch Harrisons Lächeln verwandelte sich in ein breites Grinsen.

»Wem der Schuh passt, Kumpel, wem der Schuh passt ...«, sagte er, dann blickte er wieder zu Stephanie hinüber. »Ich muss zugeben, bei dieser Prüfung bin ich ganz schön ins Schwitzen gekommen. Aber du bist da wahrscheinlich mit wehenden Fahnen durchgekommen, was?«

»Nö«, antwortete sie. »Ich hab mich leidlich geschlagen, und werd den Kurs auch mit 'ner Eins null abschließen, aber nur, weil Dr. Flouret uns die Sonderaufgabe gegeben hat. Nachdem ich die Prüfungen abgespeichert und eingereicht hatte, habe ich mal meine Notizen durchgeschaut: Die Frage über den Draper-Präzedenzfall habe ich völlig vergeigt.«

»*Du* hast eine Frage vergeigt?!« Theatralisch legte sich Harrison eine Hand aufs Herz und starrte Stephanie mit weit aufgerissenen Augen an.

»Kommt schon mal vor ... ab und zu«, gab sie zurück und ließ unerwähnt, dass sie bei drei von vier Prüfungen keine persönliche Bestleistung abgeliefert hatte. Schließlich handelte es sich um eine Ausnahmesituation, wo sie sich doch die ganze Zeit über schreckliche Sorgen darüber machte, was zu Hause auf Sphinx wohl vor sich ging.

»Du hast vor einem halben Jahrhundert diese Prüfung sicher mit Eins plus hingelegt, oder?«, fragte sie dann herausfordernd.

»Aber natürlich!« Er rümpfte die Nase und blickte Stephanie über die Nasenspitze hinweg ins Gesicht. »Zufälligerweise war der Draper-Präzedenzfall ausschlaggebend in einem Fall, den ich letztes Semester im Rahmen meiner Hausarbeit auseinandernehmen musste. Dabei hat sich mir praktischerweise die gesamte Urteilsbegründung Wort für Wort eingeprägt. Und das«, so räumte er mit einem Hauch Selbstgefälligkeit ein, »erwies sich dann in der Abschlussprüfung als sehr hilfreich.«

»Passt«, entfuhr es Karl ein wenig säuerlich.

»Dich hat's auch erwischt, ja?«, fragte Harrison und klang nun ernsthaft mitfühlend. »Der Fall ist, zugegeben, echt ein bisschen knifflig. Aber seit dem Jahr 1487 waren Nanotech-Rekonstruktionen bei mindestens einem Dutzend ganz schön medienwirksamer Fälle urteilsentscheidend. Wer zur Polizei will, muss genau wissen, wann diese Technik vor Gericht zugelassen wird ... und wann eben nicht. Ich war da im letzten Semester ein bisschen ... öhm, sagen wir: untermotiviert, deswegen hat mir Justizia ja auch genau dieses Thema für die Hausarbeit aufs Auge gedrückt. War nicht die reinste Freude, glaubt mir, aber letztendlich war es genau der Tritt in den Allerwertesten, den ich gebraucht hab.«

»Stimmt«, meinte Karl. »Andererseits werden wir das in der tiefsten Provinz wohl nicht häufig brauchen, oder?«

»Nein, wahrscheinlich nicht«, pflichtete ihm Harrison bei. »Dafür werde ich vermutlich in absehbarer Zeit nicht noch einmal darüber nachdenken müssen, wo beim Hexapuma die lebenswichtigen Organe sitzen. Und selbst wenn ...«

Ein Kellner stellte ihm einen großen Bierkrug hin, und Harrison nahm dankbar einen tiefen Zug. Dann blickte er wieder zu Stephanie hinüber. »Also seid ihr zwei jetzt fertig, ja?«

»Ja, sind wir.« Sie lehnte sich in ihrem Stuhl ein wenig weiter zurück und nahm Löwenherz, der sofort von ihrer Schulter hinabglitt, auf den Arm. »Die Noten sind natürlich noch nicht raus.« Sie verzog das Gesicht. »Dr. Flouret meint, seine kommen frühestens übermorgen, und Dr. Gleason wird wohl kaum schneller sein.«

»Warum die Eile?« Fragend hob Harrison beide Augenbrauen. »Wollt ihr so dringend weg hier? Ich dachte, ihr würdet sowieso noch eine Woche mit deinen Eltern in der Jasonbai verbringen, bevor's wieder ab nach Hause geht.«

»Klar, sicher!« Wieder brachte Stephanie ein Lächeln zustande – und hoffte, dass es natürlicher wirkte, als es sich für sie selbst anfühlte. »Aber Ms. Pheriss – die arbeitet ab und zu mit meiner Mom zusammen – hat gesagt, es gibt da ein Problem, das dringend gelöst werden muss. Also werden wir wahrscheinlich ein bisschen früher als ursprünglich geplant nach Hause fliegen. Ich hoffe, du verstehst das jetzt nicht falsch, aber auch wenn ich weiß, wie sehr du Manticore liebst: Ich habe echt Heimweh nach Sphinx.«

*Im Großen und Ganzen ist das nicht einmal gelogen*, sagte sie sich selbst. *Schließlich ist Jessica ja durchaus auch ›Ms. Pheriss‹ – und sie arbeitet auch hin und wieder mit Mom zusammen.*

»Das klingt aber nicht gut«, gab Harrison ernst zurück. »Ich werde euch beide vermissen – und Löwenherz auch. Lasst uns doch wenigstens versuchen, lose in Kontakt zu bleiben, ja?«

»Klar!«, sagte Karl.

»He!« Fragend neigte Harrison den Kopf zur Seite. »Heißt dass, ihr fahrt nach Hause, ohne dass du noch einmal einen Vortrag vor der Adair Foundation hältst?«

»Nein.« Stephanie schüttelte den Kopf. »Der steht morgen Abend an, und wir könnten sowieso nicht aufbrechen – das heißt: wir *wollen* nicht aufbrechen –«, korrigierte sie sich, und dieses Mal war es geschwindelt, »bis die Noten offiziell verkündet sind. Also haben wir noch reichlich Zeit, und der Earl von Adair Hollow hat auch meine Eltern eingeladen.« Dieses Mal fiel ihr das Grinsen deutlich leichter. »Ich freue mich schon richtig darauf – vor allem, weil sie es diesmal endlich hingekriegt haben, auch Löwenherz einzuladen!«

Als Windgetrieben am nächsten Morgen eine Vielzahl von Taschen und Beuteln in ihr Flugding warf und Grundwühler dann aufforderte hineinzuspringen, war er sich ihrer Aufregung nur zu bewusst. Einen der Gründe für ihre Gefühle – darunter auch Freude – hatte er bereits erkannt: Sie würden Gebleichtes-Fell abholen. Auch als Todesrachen-Verderb noch in der Nähe gewesen war, hatte Windgetrieben in Gebleichtes-

Fell offenkundig ein attraktives Männchen gesehen. Doch Grundwühler war nach und nach zu der Überzeugung gelangt, sie habe davon abgesehen, ihre eigenen Gefühle zu zeigen, weil sie der Ansicht war, Todesrachen-Verderb beanspruche ihn für sich.

Bei den Leuten wäre eine solche Verwirrung schlichtweg unmöglich gewesen. Schließlich konnten sie das Geistesleuchten ihres Gegenübers schmecken. Doch Grundwühler musste zugeben, dass es noch eine ganze Menge Dinge gab, die er, was die Zwei-Beine betraf, nicht verstand. Wonach etwa wählten sie ihren Lebensgefährten aus? Er hatte schon Paare gesehen, die sich in der Öffentlichkeit benahmen, als hätten sie sich aneinander gebunden, doch innerlich waren sie einander völlig egal. Es gab sogar Paare, wo einer den anderen verachtete. Das allein, das Problem im Widerstreit stehender Ansprüche, war schon verstörend genug. Die Ungewissheit, der Schmerz, der daraus oder aus Zurückweisung erwuchs, Gleichgültigkeit, die den anderen als Signal nicht erreichte: Das alles würde bei den Leuten niemals geschehen.

Nicht zum ersten Mal ertappte sich Grundwühler bei dem Wunsch, Windgetrieben und er könnten so offen miteinander reden, wie das unter Leuten nun einmal üblich war. Doch da das nicht ging, beschied er sich damit zuzuschauen, wie unter dem Flugding die Landschaft so rasch dahinzog, dass er sie nur verschwommen wahrnahm. Bislang war es dort unten noch weitgehend grün. Obwohl die durchsichtigen Wandteile geschlossen waren, wusste Grundwühler, dass sie sich über einem der Gebiete befanden, in denen die Feuer ganz besonders schlimm gewesen waren, denn hier waren die Grüntöne in verschiedene Schwarz- und Brauntöne übergegangen. Ihm kam der Gedanke, sie könnten der Stelle nahe sein, an der sie Scharfauge gefunden hatten, und das ließ seine Gedanken zu ihrem letzten Zusammentreffen vor seinem Aufbruch mit Windgetrieben zurückwandern.

Nach der Behandlung durch Feind-des-Dunkels war Scharfauge schließlich erwacht, doch er hatte nur wenige seiner Erinnerungen mit Grundwühler und Fängt-gewandt geteilt. Zum einen lag das gewiss daran, dass die Medizin, die ihm Feind-des-Dunkels verabreicht hatte, damit sich sein Patient etwas wohler fühlte, dessen Geist vernebelte – das kannte Grundwühler aus eigener Erfahrung ebenso gut wie Fängt-gewandt. Doch zum Teil lag es daran, dass sich Scharfauge zutiefst elend fühlte und kein Interesse daran hatte, seine persönlichsten Gedanken mit anderen zu teilen.

Grundwühler hatte fortgemusst, als Windgetrieben aufbrach, doch Fängt-gewandt hatte versprochen, beim Fremden zu bleiben und ihm Trost zu spenden. Und Grundwühler zweifelte nicht daran, dass Fängt-gewandt auch versuchen würde herauszufinden, was Scharfauge so bestürzt hatte. Doch über die gewaltige Entfernung hinweg, die sie jetzt voneinander trennte, könnte Fängt-gewandt ihm dieses Wissen auf keinen Fall zukommen lassen. Also würde Grundwühler erst mehr erfahren, wenn ihre Zwei-Beine sie wieder zueinander brächten. Doch er hatte bemerkt, wie oft in Windgetriebens Geistesleuchten jene Gefühle aufflammten, die sie mit Feind-des-Dunkels verband, seit sie Gebleichtes-Fell abgeholt hatte. Fast unablässig gaben die beiden seitdem Mund-Laute von sich. Grundwühler war sich recht sicher, dass es nicht mehr lange dauern würde, bis er Fängt-gewandt wiedersähe.

Auch Todesrachen-Verderb tauchte viel im Geistesleuchten der beiden jungen Zwei-Beine auf. Mit Interesse stellte Grundwühler fest, dass sich Gebleichtes-Fells Geistesleuchten immer dann, wenn das geschah, in ein unübersichtliches Gewirr widerstreitender Gefühle verwandelte. Grundwühler konnte das Geistesleuchten des jungen Männchens nicht so leicht schmecken wie das von Windgetrieben, doch er meinte zu erkennen, dass die starke Zuneigung, die Gebleichtes-Fell schon immer für Windgetrieben empfunden hatte, allmählich zu etwas Vielschichtigerem heranwuchs.

Diese armen Zwei-Beine, wie schwer musste es doch sein, Gefühle und Gedanken nicht schmecken zu können! Ihre Geistesblindheit führte gewiss immer wieder zu Missverständnissen.

Doch dann erinnerte er sich an Scharfauge und die drei toten Leute, und er begriff, dass sich auch *mit* Geistesstimmen und Geistesleuchten nicht alle Auseinandersetzungen ohne Missverständnisse lösen ließen.

»Was hältst du davon, wenn wir da drüben landen?«, fragte Jessica und deutete auf eine kleine Lichtung am Rand eines Pfostenbaumhains.

»Gute Idee«, erwiderte Anders. »Wasser und genügend Pfostenbäume, um geschützt zu sein, aber nah genug an der nächsten Brandzone, dass es hier vermutlich nicht allzu viel zu jagen gibt. Es erscheint mir durchaus logisch, das man hier 'Katzen finden kann, die überdurchschnittlich viel Fisch essen.«

Jessica ließ den Flugwagen aufsetzen, stieg aus, streifte sich den Rucksack über und schüttelte ihn auf dem Rücken zurecht. Anders, der es ihr gleichtat, kam zu dem Schluss, er müsste blind und geschlechtslos sein, um nicht zu bewundern, wie geschmeidig sie sich bewegte und wie wunderschön ihre Figur war.

Er zwang sich dazu, den Blick abzuwenden und sah, dass Ohnefurcht schon den Stamm eines der nächststehenden Pfostenbäume hinaufeilte. Anders selbst ging zum Fluss hinüber, um sich ein wenig Wasser in sein plötzlich ungewohnt heißes Gesicht zu spritzen.

»Ein paar kleine Fische sehe ich hier schon«, sagte er. »Also gibt es an diesem Fluss zumindest was zu fangen.«

Jessica hockte sich neben ihn. »Da drüben«, sagte sie und deutete in die entsprechende Richtung. »Siehst du diese Pflanze da drüben, die mit den herzförmigen Blättern?«

Anders nickte.

»Ich habe schon gesehen, dass Ohnefurcht davon gekostet hat. Normalerweise haben sie dichter stehendes Laub, weswegen ich mich frage, ob da erst kürzlich Blätter geerntet wurden. Mittlerweile sprechen eine ganze Menge Indizien dafür, dass die Baumkatzen bei der Nahrungsbeschaffung mitdenken und nie die ganze Pflanze ausreißen oder abernten – genau wie früher die Jäger und Sammler bei den Menschen. Die haben auch immer nur gerade so viel abgeschnitten und geerntet, dass die Pflanze gut nachwachsen konnte.«

»Anzeichen dafür haben wir auch entdeckt, als wir damals im Sumpf festgesessen haben«, bestätigte Anders. »Ohnefurchts Leute hatten ein wenig Fastlattich stehen lassen, den wir dann selbst geerntet haben. Weißt du, ich habe bislang nie darüber nachgedacht, aber wahrscheinlich war das sogar Ohnefurchts Beet!« Er blickte zum Baumkater hinauf und grinste breit. »Danke, Kumpel!«

Ohnefurcht antwortete mit einem höflichen »Bliek!«, aber seine Aufmerksamkeit war ganz flussaufwärts gerichtet, in Richtung der Berge.

»Scheint's, wir sollten dort entlanggehen«, sagte Jessica. »Und wir sollten nicht zu schnell marschieren.«

»Hat Ohnefurcht dir das gesagt?«

»Nein, richtig gesagt zwar nicht, aber irgendwie trotzdem. Wollen wir?«

Seite an Seite gingen sie los, bemerkenswerterweise sogar im Gleichschritt. Die Farbe des Pfostenbaumblätterdachs ging langsam in herbstliches Dunkelrot über. So bildete es einen hübschen Kontrast zum Dunkelgrau und Schwarz der rauen Borke.

*Wirklich ein hübscher Ort für einen Spaziergang mit einem hübschen Mädchen*, dachte Anders. *Ich wünschte nur, ich würde mich dabei nicht so komisch fühl…*

Ein scharfes, befehlsartiges Blieken von Ohnefurcht unterbrach Anders' Gedanken. Der Baumkater hatte sie bis hierher geführt, war von einem Ast zum nächsten gehuscht oder hatte immer dann, wenn er die Richtung ändern musste, einen anmutigen Sprung getan. Doch nun stand er auf einem Ast und hob in einer bemerkenswert menschlichen Geste eine Echthand, um auch Anders und Jessica zum Stehenbleiben zu bewegen.

Die Menschen kamen der Aufforderung nach. Anders versuchte, nicht einmal den Kopf zu bewegen, prüfend ließ er den Blick über die Umgebung schweifen. Dabei ließ er die Hand langsam zum Knauf der Waffe in ihrem Holster wandern.

»Er hat jemanden entdeckt«, erklärte Jessica sehr leise. »Eine Baumkatze, meine ich. Nein, mehr als nur *eine* Baumkatze.«

Anders lief ein Schauer über den Rücken. Er hatte das Gefühl, unmittelbar vor einer bedeutenden Entdeckung zu stehen, und er wusste, dass sein Dad alles dafür hergegeben hätte, jetzt hier zu sein.

Ohnefurcht bliekte und bedeutete ihnen, ihm zu folgen. Ohne Zögern setzte sich Jessica wieder in Bewegung, und Anders blieb zunächst einen Schritt hinter ihr. Rasch holte er sie ein, und dann gingen sie wieder Seite an Seite, sodass sich ihre Schultern fast berührten, geradewegs auf die wartenden Baumkatzen zu.

Als er die Leute vor ihnen im Netzholz spürte, machte Grundwühler keinerlei Anstalten, sein Geistesleuchten zu dämpfen oder die Schritte zu verlangsamen.

*Ich bin Grundwühler aus dem Clan vom Wassergrund,* erklärte er und übermittelte ihnen Bilder von seinem Heimatclan. *Mittlerweile jedoch lebe ich mit diesem Zwei-Bein hier zusammen. Sie wird Windgetrieben genannt und ist meine Gefährtin. Wir haben uns aneinander gebunden. Neben ihr steht das Zwei-Bein Gebleichtes-Fell. Vielleicht habt ihr schon Liedern über sie gelauscht?*

Doch die Leute hier schienen noch nichts von ihm oder Windgetrieben gehört zu haben – ein Indiz dafür, dass sie zu Scharfauges Clans gehörten.

*Ich bin Beißt-fest-zu, Jäger des Clans Ohne Revier,* erklärte das größere der beiden Männchen, die sich ihm entgegengestellten.

*Ich bin Weittragende-Stimme, Kundschafter des gleichen Clans. Einst nannten wir uns den Clan vom Wogenden Farn, denn unser Revier, hoch oben in den Bergen, war übervoll davon. Wir haben unsere Nester damit ausgekleidet und die Blätter dazu verwendet, Unterstände gegen den Schnee damit zu polstern. Selbst getrocknet dufteten sie herrlich süß.*

All das übertrug Weittragende-Stimme in Form einer raschen Abfolge von Bildern und Gefühlen: Düfte, Farben, Formen, die Schönheit des Waldes weit oben in den Bergen. Erinnerungen daran, hoch in die Bäume aufzusteigen, um sich von den Fingern des Windes streicheln zu lassen und das gleißende Weiß der Berggipfel in der Ferne zu bewundern. Eindeutig: Weittragende-Stimme hatte das Herz eines Kundschafters, denn er konnte sich kleinster Details erfreuen, und trotzdem blieb in seinem Geist noch Raum für Schönheit.

Beißt-fest-zu hingegen war deutlich nüchterner. Er erklärte Grundwühler, warum die Clanleute aus den Bergen nun hier im Tiefland lebten.

*Die Feuer waren unser Verderben. Sie begannen mooswärts, doch der Wind trieb die Flammen durch Täler und über Anhöhen. Wir dachten, wir seien in Sicherheit, denn es gibt in den Bergen viele tiefe Schluchten, durch die sich Flüsse ihren Weg bahnen. Wir hatten nicht daran gedacht, wie trocken das Land schon war. Hoch aufragende Goldblätter, die dem Brand eigentlich hätten widerstehen müssen, fielen doch dem Feuer zum Opfer – wie Borkenkauer liefen die Flammen an den Stämmen empor. Grauborken und Grünnadeln loderten auf wie Fackeln. Selbst das Netzholz hat uns hintergangen: Es bot den Flammen Brücken, obwohl wir sorgsam dafür gesorgt hatten, dass es überall die erforderlichen Lücken gab.*

Grundwühler wusste, dass gemeinsam ertragenes Leid ebenso eine robuste Brücke bot wie das Netzholz, und so gab er seine eigenen Erinnerungen preis. *Selbst im Tiefland, in dem mein Clan sein Hauptnest hat, waren wir nicht in Sicherheit. Eine Grünnadel brach in Flammen aus und verwandelte sich innerhalb eines Atemzugs von einem prächtigen Baum in eine Todesfalle. Ohne Windgetrieben wäre ich bei lebendigem Leib verbrannt. Als wir gemeinsam dem Leben entgegenkrochen, waren wir so fest aneinander gebunden, wie sich zwei Herzen nicht enger zu binden vermögen.*

Er teilte mit ihnen die unbändige Flut an Gefühlen, die ihn an jenem Tag überwältigt hatten und die jetzt noch genau so stark, so frisch, so unbändig waren wie damals. Dann wartete er geduldig, denn Erinnerungen konnten zwar innerhalb eines Augenblicks weitergegeben werden, doch das nachdenkliche Nachschmecken, das tieferes Verständnis brachte, brauchte seine Zeit. Schließlich schüttelte sich Beißt-fest-zu von der Nasen- bis zur Schweifspitze und stieß ein Brummen aus, das Erstaunen und unverkennbar Freude verriet.

*Und dieses Wesen mit dem hellen Fell neben Windgetrieben ist ihr Gefährte?*

Grundwühler seufzte. *Das sollte er zumindest sein, wenn die bei-*

*den auch nur so vernünftig wären wie Felsbrocken, doch Zwei-Beine sind geistesblind und müssen derlei Dinge daher auf ihre eigene Art und Weise herausfinden – und zu ihrer eigenen Zeit. Doch ob er nun der Gefährte meiner Windgetrieben ist oder nicht: Gebleichtes Fell ist mutig und entschlossen.*

Er sandte den anderen Leuten Erinnerungen daran, wie der Clan vom Wassergrund die gestrandeten Zwei-Beine vor einem Pfeifenden Schlucker gerettet hatte: Trotzig stand Gebleichtes-Fell zwischen dem Ungetüm und den Schwächsten seiner Gruppe – und das, obwohl er noch ein Junges war, das noch vor der Schwelle zum Erwachsenwerden stand, während jene, die er beschützte, sehr wohl erwachsen waren.

*Du wählst deine Freunde weise,* sagte Weittragende-Stimme. *Was bringt dich dazu, nach uns zu suchen? Ich sehe doch, dass dieses Zusammentreffen kein Zufall ist.*

*Ich bringe euch Neuigkeiten über Scharfauge, einen Kundschafter eures Clans,* antwortete Grundwühler. *Ich sehe, dass ihr ihn tot wähnt: Ihr glaubt ihn während des letzten Kampfes umgekommen, aber er lebt.*

Er teilte mit ihnen seine Erinnerungen daran, wie sie Scharfauge gefunden hatten und ihn Feind-des-Dunkels und dessen Gefährtin pflegten. Dabei zeigte er den beiden auch Bilder von Fängt-gewandt.

*Lange vor den Feuern haben unsere Sagen-Künderinnen das Lied über Fängt-gewandt vorgetragen,* sagte Weittragende-Stimme. *Wo ist Scharfauge jetzt?*

*Er ist immer noch bei Fängt-gewandt und Feind-des-Dunkels,* erwiderte Grundwühler. *Feind-des-Dunkels ist ein großartiger Heiler, aber selbst mit der Arznei der Zwei-Beine verheilen derlei Wunden nicht an einem Tag.*

Beißt-fest-zus Geistesstimme war rau vor Erleichterung; Erinnerungen an Scharfauge, den er offenkundig sehr mochte, irrlichterten darin und färbten alles, was er sagte. *Es ist ein kaum zu glaubendes Wunder, dass derlei Wunden auch nur innerhalb von sechs Tagen so gut verheilt sind! Wir schulden dir, dich herzlich willkommen zu heißen. Wirst du mit uns kommen, damit unser Clan deinen Bericht aus deinen eigenen Gedanken erfährt, nicht nur aus unseren Erinnerungen?*

*Gerne*, bestätigte Grundwühler. *Dürfen meine Zwei-Beine ebenfalls mitkommen?*

In Beißt-fest-zus Gedankenleuchten flackerte Zögern auf, als wollte er protestieren, doch Weittragende-Stimme schalt ihn: *Vergiss nicht, Beißt-fest-zu: Diese beiden haben Scharfauge ebenso gerettet wie Feind-des-Dunkels. Sie haben bewiesen, vertrauenswürdig zu sein.*

Das Zögern in Beißt-fest-zus Geistesleuchten wich Scham. *Ich bitte um Verzeihung. In jüngster Zeit ist es schwer, sich an Vertrauen zurückzuerinnern. Es gibt so viel Tod und so viel Unfreundlichkeit. Aber auch das sollte mich nicht vergessen lassen, wie die Leute sich verhalten sollten. Hätten die Flammen meine Mutter nicht verzehrt, hätte sie mich für mein Verhalten getadelt. Folgt uns! Wir kündigen euer Kommen an.*

Obwohl Beißt-fest-zu und Weittragende-Stimme sich Grundwühler gegenüber durchaus freundlich verhielten, hatten sie sich doch dagegen entschieden, ihm ihre ganze Geschichte mitzuteilen. Deswegen erwarteten ihn eine ganze Reihe Überraschungen, als sie schließlich an dem Ort eintrafen, den der Clan Ohne Revier zu seinem behelfsmäßigen Hauptnest erkoren hatte.

Die erste Überraschung war die Größe und die Zusammensetzung des Clans: Er hatte zwar noch genug Mitglieder, um weiterhin bestehen zu können, doch er glich einem Baum, der viel zu viele Äste verloren hatte. Schlimmer noch: Manche der Äste, die dem Baum noch verblieben waren, waren sehr alt, sehr jung oder auf die eine oder andere Weise verletzt oder verstümmelt – manche der Wunden waren frisch, andere schon seit vielen Spannen verheilt. Grundwühler spürte, dass diejenigen mit den schlimmsten Verletzungen bereits gestorben waren. Diese Leute hier hatten bislang überlebt, weil ihre Clangenossen sie so sorgsam gepflegt hatten.

Nach seinem Gespräch mit Scharfauge hatte sich Grundwühler durchaus darauf vorbereitet, einen Clan vorzufinden, der unterernährt und in innerem Aufruhr war – doch das Ausmaß ihrer Not drohte ihn nun doch zu überwältigen. Dem Clan fehlte es an allem, vom Allernotwendigsten einmal abgesehen ... und nirgends sah Grundwühler eingelagerte Nahrungsmittel.

*Ist ihnen bewusst, dass sie, wenn sich nicht Grundlegendes ändert, den Winter unmöglich überstehen können,* fragte er sich und hoffte dabei, dass diese schreckliche Erkenntnis im Entsetzen, das sein Geistesleuchten färbte, unterging. Kein Wunder, dass der Clan Ohne Revier mittlerweile sogar bereit war, gegen einen anderen Clan zu kämpfen: Sie mussten unbedingt einen besseren Ort finden als diesen hier.

Doch so entsetzlich diese Entdeckung auch war: Was nun kam, war noch schlimmer. Scharfauge hatte ihm gesagt, sein Clan habe keine Sagen-Künderinnen mehr. Doch als nun die Ältesten kamen, um ihn zu begrüßen, ertappte er sich selbst dabei, ganz unwillkürlich nach dem klaren Schimmer der Sagen-Künderinnen zu tasten. Sie nicht vorzufinden ... das war, als stellte man plötzlich fest, keinen einzigen Zahn mehr im Mund zu haben! In vielerlei Hinsicht nämlich machten in Wahrheit die Sagen-Künderinnen einen Clan aus, ja, waren der Clan, denn sie bewahrten alle gemeinsamen Erinnerungen auf. Breitohr und deren Gehilfinnen zu verlieren, hatte den Clan Ohne Revier nicht nur der wichtigsten Führungspersönlichkeiten beraubt, der Clan hatte seine Wurzeln, sein Selbstverständnis mit ihnen verloren.

In der zweiten Reihe der näher kommenden Leute schmeckte Grundwühler einen hell leuchtenden Geist, der ihn sehr aufmerksam beobachtete. Dieses Junge besaß die Fähigkeit zu wahrhaft Großem. Doch wer würde dieses Junge, nicht viel länger auf der Welt als ein Neugeborenes, all das lehren, was sie wissen musste? Gewiss, einen Teil der Geschichte dieses Clans kannten gewiss auch die Clans aus den benachbarten Revieren, aber ...

Die Erkenntnis, wie viel die Flammen dem Clan Ohne Revier genommen hatten, traf Grundwühler wie ein Schlag.

Ihm schwindelte immer noch, als ihm ein altersgebeugter Ältester namens Saurer-Magen seine Sicht aller Geschehnisse vortrug, seit die Flammen aus dem Clan vom Wogenden Farn den Clan Ohne Revier gemacht hatten. Welche Makel Saurer-Magen auch besitzen mochte – und Grundwühler schmeckte unter anderem Reizbarkeit und Übellaunigkeit –, die Detailtiefe seines Berichts veranlasste niemanden aus dem Clan, Widerspruch vorzutragen. Alles wurde Grundwühler gezeigt: die Flucht, der tägliche Kampf um das Überleben, unablässiges Weiterziehen, Tod um Tod, letztendlich dieses Hauptnest hier ... und dann das allmähliche Sterben der Hoffnung, als Kundschafter um Kundschafter (darunter auch Scharfauge) berichteten, alle Wege, diesen Ort zu verlassen, seien ihnen auf die eine oder andere Weise versperrt.

Dann kam das Verschwinden von Rote-Klippe ... und dessen Ermordung. Die Bilder ließen Grundwühler sofort die Leiche erkennen, die er und seine Zwei-Bein-Freunde begraben hatten. Er tastete nach Schöner-Geist unter den Verwundeten, und er wurde auch fündig: Sie klammerte sich an das eigene Leben, weil sie nicht zulassen wollte, dass das Opfer ihres Gefährten völlig vergebens gewesen sein sollte.

Schließich kamen die Geschehnisse, die letztendlich zur Schlacht geführt hatten: Scharfauges Plan. Der Plan ging auf. Geschickte-Finger. Aufsteigende Hoffnung, gefolgt von Verzweiflung und Verlust. Die Gräuel des Gefechts. Tote und Verwundete, die zum Nest zurückgebracht wurden. Warten ... warten ...

Für Saurer-Magen war klar, worauf sie alle hier warteten: auf den Tod. Sie alle wussten, dass der Clan der Baumhüter den einzigen Weg hinaus aus dieser Region versperrte ... und dieser Clan hatte keinen Funken Gnade im Herzen.

*Was ist mit Geschickte-Finger?*, fragte Grundwühler voller Verzweiflung. *Er schien kein so schlechter Kerl zu sein. Er würde euch doch gewiss helfen.*

*Geschickte-Finger möchte uns helfen, aber er wurde schwer verletzt, als er versucht hat, die Schlacht zu verhindern. Seine eigenen Clangefährten waren schon so sehr in Raserei verfallen, dass sie nicht bemerkten, wen sie gerade angriffen, nämlich den, den sie doch eigentlich hatten retten wollen. Er lebt, und er ist auch nicht mehr in Lebensgefahr, aber er ist zu schwach, um zu seinem Clan zurückzukehren. Und wir können ihm ganz gewiss nicht helfen.*

Sobald sie abgehoben hatten, meldete sich Anders bei Scott MacDallan.

»Die Lage ist verzweifelt, und keiner von uns kennt sich genug mit Baumkatzen aus, um ...«

»Wer tut das schon?«, fiel ihm Scott mit einem schiefen Grinsen ins Wort. »Selbst Stephanie würde einräumen, dass wir gerade erst den ersten Schritt getan haben, die Komplexität ihrer Lebenswirklichkeit zu begreifen. Aber bitte, red weiter!«

»Tja, der Clan ist wirklich klein. Sie sind nicht lange ruhig stehen geblieben, also konnten wir sie nicht richtig durchzählen, aber ich vermute, dass es alles in allem nicht mehr als fünfundsiebzig sind – reichlich Junge und ein paar offenkundig verkrüppelte Erwachsene eingeschlossen. Und die Verkrüppelungen scheinen nicht allesamt von dem Kampf zu stammen. Sie als Arzt würden wahrscheinlich sagen, dass auch einige chronische Erkrankungen im Spiel sind.«

»Vermutlich Rauchschäden an der Lunge«, warf Jessica ein. »Und wir haben auch viele Brandverletzungen gesehen. Mittlerweile alles vernarbt – aber sehr unschön.«

»Und viele der gesünderen Erwachsenen waren schon alt.«

»Woraus schließt ihr das?«

Jessica beantwortete diese Frage, nicht Anders: »Ohnefurcht hat mir dieses Gefühl vermittelt. Und dann ist da ja noch die Arbeitshypothese, dass die Männchen mit zunehmendem Alter immer mehr Ringe am Schweif entwickeln. Wenn das stimmt, dann ... na ja: Wir haben auf jeden Fall viele Schweife mit vielen Ringen gesehen.«

»Oh«, fiel Anders ein, »noch was: Das sind zwar auch nur Vermutungen, weil wir gar nicht erst versucht haben, näher an sie heranzukommen, aber trotz alldem Fell haben die alle ziemlich abgemagert gewirkt.«

»Also meint ihr, das ist Kämpfers Clan.«

»Ich will's hoffen!«, versetzte Jessica rau. »Ich könnte losheulen bei der Vorstellung, dass es noch eine Baumkatzengruppe gibt, der es dermaßen dreckig geht!« Sie schwieg einen Momente, fasst sich. »Verzeihung, Doc. Aber ich glaube ... ich glaube, Ohnefurcht ist ebenso aufgebracht wie ich. Im Augenblick tun wir beide einander wirklich nicht gut.«

»Schon verstanden, kein Entschuldigung nötig«, versicherte Scott ihr. »Was gibt's sonst noch?«

»Der Clan ist arm dran«, meinte Anders. »Mein Dad hat sich doch mit dem beschäftigt, was Baumkatzen zurücklassen, wenn sie ein neues Lager suchen, erinnern Sie sich? Ich weiß also, was an Alltagsgegenständen da sein müsste. Aber nichts davon war zu sehen: keine einzige Flasche und nur ganz wenig Körbe von schlechter Qualität. Ungeschickt gewebt – als würde ausreichen, dass sie irgendwie funktionieren. Netze habe ich ein paar gesehen, aber ... Ich habe ja schon zusammen mit Stephanie Löwenherz' Clan besucht, und dieser Clan lebt ganz anders. Sie haben hübsche Körbe, und sie haben sich in den Bäumen bequeme, gepolsterte Sitzplätze eingerichtet, da gibt es sogar richtige Kissen! Sie weben wasserfeste Nester, die so dick und so gut isoliert sind, dass sie sogar vor dem sphinxianischen Wetter schützen. Sie behalten die Felle ihrer Beutetiere und verarbeiten sie, und sie lagern Nahrungsmittel ein. Nichts von alledem hatte der Clan, auf den wir gestoßen sind.«

Jessica ergänzte: »Ich bin schon mit Ohnefurcht zu dessen Clan geflogen. Auch der ist relativ klein, aber der Unterschied ist nicht zu übersehen. Nicht nur der Dinge wegen, den die einen besitzen, der Clan, von dem wir glauben, dass es Kämpfers Clan ist, aber nicht. Sie bewegen sich anders. Diese 'Katzen hier waren allesamt auffallend träge, als wären sie unglaublich erschöpft.«

»Seid ihr sicher, dass der Clan nicht bloß auf der Hut war, weil mitten unter ihnen eine fremde Baumkatze und zwei Menschen waren?«

»Absolut sicher«, antwortete Jessica, ohne zu zögern. »Sogar die Jungen wirkten müde und erschöpft. Erzählen Sie mir jetzt nicht, dass es normal ist und ein Zeichen von guter Erziehung, wenn man ruhig bei den Erwachsenen sitzt und nur zuschaut!

Diese Baumkatzen leiden nicht nur körperlich; sie sind seelisch völlig ausgelaugt. Ich glaube, sie wissen, dass sie mit dem, was sie haben, unmöglich den Winter überstehen können, und haben aufgegeben.«

»Das ist aber eine ziemlich weitreichende Schlussfolgerung dafür, dass ihr nur ein einziges Mal Kontakt mit diesem Clan hattet«, gab Scott zu bedenken. »Das heißt aber nicht, dass ich euch nicht glaube. Und du sagst, Ohnefurcht ist niedergeschlagen?«

»Aber so was von! Am Anfang, als wir Kontakt mit den 'Katzen bekommen haben, war er zufrieden – vor allem, als er und der andere Baumkater sich Nase an Nase gegenüberstanden. Wahrscheinlich hatten sie sich reichlich zu erzählen, aber irgendwann wurde Ohnefurcht sehr traurig. Jetzt mag er nur auf meinem Schoß liegen. Das macht er sonst nie, wenn ich fliege.«

»Ich habe auf meinem UniLink ein paar Bilder«, übernahm nun wieder Anders, »Schnappschüsse halt. Aber wenn Sie wollen, schicke ich sie Ihnen. Dann können Sie sich das selbst ansehen. Die Emotionen der Baumkatzen bekommen Sie davon natürlich nicht mit, aber immerhin haben Sie dann schon einmal mehr als nur unseren Bericht.«

»Ja, dann schick das Material mal«, entschied Scott. »Ich muss jetzt erst mal wieder für ein paar Stunden zu meinen Patienten, aber ich schaue mir die Bilder an, sobald ich kann. Seid ihr beide jetzt auf dem Rückweg nach Twin Forks?«

»Genau. Jessica hat ihrer Mutter versprochen, sie würde rechtzeitig nach Hause kommen, um das Abendessen zu machen. Ms. Pheriss reißt sich gerade ein Bein aus, im Haus der Harringtons alles vorzubereiten, bevor die ganze Familie nächste Woche wieder nach Hause kommt.«

»Jetzt sind's nur noch vier Tage«, erinnerte ihn Scott.

»Richard hat mir die Reisedaten geschickt. Sobald die alle wieder zu Hause sind, halten wir auf dem Gut Harrington eine Konferenz ab.«

»Gut!«, erwiderte Anders. »Ich freu mich.«

Aber irgendwo tief in seinem Herzen fragte er sich, warum seine Freude nicht viel größer war.

Wieder und wieder suchten Grundwühler die Erinnerungen des Clans Ohne Revier heim. Eines war ihm nur allzu deutlich bewusst: Hätten nicht Todesrachen-Verderb, Windgetrieben und deren Freunde eingegriffen, befände sich sein eigener Clan jetzt womöglich in einer ganz ähnlichen oder sogar noch schlimmeren Lage. Ebenso wie der Clan Ohne Revier hätten auch sie große Schwierigkeiten gehabt, sich ein neues Revier zu suchen, ohne dafür Reviere und Revierumland zu durchqueren, das von anderen Clans beansprucht wurde, oder – schlimmer noch – von Zwei-Beinen.

*Anempfohlen allein der Gnade unbedachter Zwei-Bein-Jungen, haben wir mehr als nur das nackte Leben retten können*, dachte er. *Wo wir so glücklich davongekommen sind, muss sich doch ein Weg finden lassen, diese Gnade weiterzugeben. Aber welchen?*

Während des Fluges zum Nest von Windgetriebens Clan brütete er darüber. Selbst noch am späten Abend, als seine Person in einen unruhigen Schlaf verfiel, versuchte sich Grundwühler an Idee um Idee – genauso, wie er Pflanzen in verschiedenen Sorten Erdreich und unter verschiedenen Lichtbedingungen ausprobiert hätte. Und irgendwann, als die Nacht am tiefsten war, hatte er einen Plan ersonnen.

Der Clan Ohne Revier musste verpflanzt werden. Das stand fest. Doch der Weg zu neuen möglichen Revieren wurde ihnen durch den Clan der Baumhüter versperrt. Geschickte-Finger war bereit, als Botschafter zu fungieren und die Erfahrungen, die er selbst beim Clan Ohne Revier gemacht hatte, mit seinen Clangenossen zu teilen – aber er war zu schwer verletzt, um auf die Reise zu gehen.

Wenn Windgetrieben nun Geschickte-Finger behandelte und ihn dann vielleicht noch in die Nähe des Hauptnests des Clans der Baumhüter brächte ... Mittlerweile musste der Clan Ohne Revier doch genug Zeit gehabt haben zu begreifen, dass die Fremden ihnen helfen konnten! Grundwühler war sich sicher, er könnte den Not leidenden Clan davon überzeugen, was nun zu tun war.

Blieb nur ein Hindernis zu überwinden: Wie sollte er Windgetrieben sein Ansinnen erklären?

# 18

»Was ist denn los mit dir, Stephanie?«, erkundigte sich Marjorie Harrington. »Du zappelst auf deinem Stuhl herum wie ein durchgedrehter Stotterkäfer!«

Diese Beschreibung ließ Stephanie unwillkürlich kichern. Stotterkäfer gehörten zu den farbenfrohesten Insekten-Analoga auf Meyerdahl. Sie waren ungefähr so groß wie eine Kinderhand und kommunizierten untereinander, indem sie Luft über die beweglichen Teile ihres Chitinpanzers, über die Skleriten, leiteten und sie gegen die unbeweglichen, die Pleuren, vibrieren ließen, die bei ihnen grellbunt waren. Ein Stotterkäfer beim Balztanz besaß frappierende Ähnlichkeit mit einer grell orangefarbenen, fusseligen Handtasche, in der ein UniLink auf Vibrationsalarm steckte.

»'tschuldige, Mom!« Zerknirscht schüttelte Stephanie den Kopf. »Ich glaube, ich bin heute einfach nur nervöser als sonst.«

»Kein Wunder«, meinte Karl, um ihr, loyal wie immer, beizuspringen, »das ist das erste Mal, dass du Löwenherz außerhalb des Campus irgendwohin mitnehmen darfst, Steph!«

»Ja, das erklärt's dann wohl«, sagte Richard Harrington in einem Tonfall, der – zumindest dem geschulten Ohr seiner Tochter – deutlich machte, dass er sich dessen weniger sicher war, als seine Wortwahl vermuten ließ. Glücklicherweise jedoch hinterfragte er Karls Erklärung nicht, obwohl er Stephanie einen Blick zuwarf, der sie warnte, das letzte Wort zu diesem Thema wäre noch nicht gesprochen.

*Natürlich nicht! Wir hätten ihm eigentlich schon längst davon erzählen sollen, aber dann wären die beiden auf Teufel komm raus in den nächsten Manticore-Sphinx-Shuttle gesprungen. Und die gleichen*

*Leute, die sich gefragt hätten, warum Karl und ich es wohl so eilig haben, nach Hause zurückzukehren, hätten sich dann gefragt, warum meine Eltern nach Twin Forks zurückdüsen, während Karl und ich immer noch hier auf Manticore festsitzen – vor allem, nachdem wir uns drei Monate lang nicht gesehen haben!*

»Wirklich nett von der Foundation, der Restaurantleitung ein bisschen Druck zu machen«, meinte Richard, statt noch einmal auf die Gründe für die offenkundige Aufregung seiner Tochter einzugehen.

»Stimmt«, pflichtete ihm Stephanie nachdrücklich bei, als das Taxi vor dem Eingang zu den Parkanlagen des Charleston Arms aufsetzte. Der gleiche Livree-Träger, der Karl und ihr bei ihrem ersten Besuch das große Tor geöffnet hatte, öffnete auch diesmal, doch heute lächelte er sie freundlich an.

»Schön, Sie wieder hier zu haben«, sagte er. »Habe ich das richtig verstanden, dass Sie beide in ein paar Tagen nach Sphinx zurückkehren?«

»Ja, stimmt«, antwortete Stephanie und lächelte ihn herzlich an. Es hatte sich herausgestellt, dass er ein deutlich angenehmerer Zeitgenosse war, als sie beide an jenem ersten Abend angenommen hatten. »Steve, das sind meine Eltern. Mom, Dad, das ist Steve Cirillo.«

»Es freut mich, Sie kennenzulernen«, sagte Cirillo und schüttelte nacheinander Marjorie und Richard Harrington die Hand. »Wahrscheinlich können Sie es allmählich nicht mehr hören, aber Ihre Tochter ist wirklich außergewöhnlich.«

»Nun, als Eltern eines intelligenten Kindes wird man, ich muss es gestehen, kaum zugeben, dass man es nicht mehr hören mag«, erwiderte Marjorie, und Cirillo lachte leise.

»Und das hier ...«, Stephanie strich Löwenherz über die Ohren, »... ist Löwenherz.«

»Also haben die alten Kna... Käuze vom Empfang endlich

eingewilligt, dass Sie ihn mitbringen dürfen?« Aus dem Augenwinkel hatte Cirillo kurz zu Stephanies Eltern hinübergeschaut und dann rasch und fast unmerklich das Substantiv gewechselt. »Das ist aber schön für Sie!«

»Ich glaube, Ms. Adair war daran nicht ganz unbeteiligt – sie und ihr Cousin«, erklärte Stephanie.

»Der Earl pflegt zu bekommen, was er sich wünscht«, sagte Cirillo und bedeutete ihnen dann mit einer Handbewegung, durch das Ziergatter zu treten. Die Zeiten, da er ihnen einen Aufpasser an die Seite stellte, um zu verhindern, dass sie sich verliefen – oder Türknäufe stahlen – waren längst vorbei, und Stephanie lächelte ihm noch einmal zu, bevor sie, ihre Eltern und Karl durch das Tor traten und dann dem Kiesweg folgten, der durch den gepflegten Park des Restaurants führte.

An diesem Tag war im Park weniger los als sonst, obwohl die Spazierwege selten überfüllt waren. Erst nach mehreren Besuchen hatte Stephanie begriffen, dass das Charlestons Arms gar kein öffentliches Restaurant war: Bei der ganzen Anlage handelte es sich um einen privaten Club, der dem Earl von Adair Hollow gehörte. Das Restaurant war nur drei Tage in der Woche für die Öffentlichkeit zugänglich, nie aber an Freitagen – an dem Tag, an dem sich die Foundation hier einfand. Nachdem Stephanie erfahren hatte, wie die Dinge tatsächlich lagen, hatte sie sich gefragt, warum es so lange gedauert hatte, bis man ihr Löwenherz mitzubringen gestattete. Sie wusste natürlich, dass in Landing deutlich strengere Regeln als etwa in Twin Forks galten, was Tiere auf dem Gelände Lebensmittel verarbeitender Betriebe wie etwa Restaurants betraf, aber für Diensthunde und beowulfianische Fuchsbären wurden regelmäßig Ausnahmen gemacht. *Vermutlich einfach Trägheit der Bürokratie*, entschied sie. Dass der Earl erst diese Woche von einer ausgedehnten Geschäftsreise ins Sternenkönigreich zurückgekehrt war, erklärte vermutlich auch, warum diese Trägheit sich auf einmal so leicht hatte überwinden lassen.

Natürlich war der Earl ...

Löwenherz' schrilles Fauchen schnitt jeglichen weiteren Gedanken ab.

Klettert-flink spannte sprungbereit jeden Muskel an. Er legte die Ohren an, und seine nun gefletschten Reißzähne blitzten im Schein der hell beleuchteten Säulen hinter ihm und seinen Zwei-Beinen auf.

*Die hätte ich schon viel früher schmecken müssen,* ärgerte er sich über sich selbst. *Bin ich nun ein Kundschafter der Leute, oder bin ich nur ein frisch entwöhntes Junges, das man nicht einmal allein aus dem Nest lassen darf?!*

Er hatte das letzte Wort noch nicht zu Ende gedacht, als ihm schon klar war, dass er sich selbst gegenüber ungerecht war. Todesrachen-Verderbs Geistesleuchten war zwar klarer und heller gewesen, seit ihre Ahnen im Lernnest eingetroffen waren, und doch war es immer noch überschatteter, als es sein sollte. Klettert-flink war dem Grund dafür noch keinen Deut näher gekommen ... abgesehen davon, dass er sich immer sicherer wurde, es habe etwas mit den Leuten zu tun. Das Echo ihrer Anspannung war in sein eigenes Geistesleuchten gesickert und hatte seine Wahrnehmung getrübt – nun, immerhin so weit, dass er abgelenkt war, damit beschäftigt, herauszufinden, was seine Person so sehr beunruhigte. Er hatte sich daran abgearbeitet wie ein Todesspäher an einer seit zwei Tagen toten Hornklinge.

Das Geistesleuchten seines Zwei-Beins war immer stark, aber genau das war Teil des Problems. Klettert-flink hatte sich daran gewöhnt, sich gegen die immense Intensität abzuschirmen, so wie man die Augen vor zu grellem Sonnenlicht schützte. Zugleich hatte er sich erlaubt, das Geistesleuchten von Todesrachen-Verderbs Ahnen zu genießen und dessen tröstliche Wirkung auf sie, auch wenn sie noch nicht hatte preisgeben können, was sie so beunruhigte. Deswegen, weil er verständlicherweise abgelenkt gewesen war, hatte Klettert-flink das Geistesleuchten jener anderen Zwei-Beine erst bemerkt, als es beinahe schon zu spät war.

Stephanies Kopf zuckte nach links. Erst viel später begriff sie den wahren Grund, warum sie gerade in diese Richtung geschaut hatte: Weil Löwenherz es sie hatte spüren lassen, dass von dort Gefahr drohte. Alles, was sie sah, war eine undeutliche Bewegung, einen Schatten, der sich aus dem Unterholz stürzte ... geradewegs auf sie zu.

»Was zum ...«, setzte ihr Vater an.

*«Richard!«*

Das war die Stimme ihrer Mutter, und Adrenalin flutete Stephanie, als sie auch ihre Eltern in Gefahr sah.

»Steph ...!«

Karls Stimme, scharf, rau und fast gleichzeitig mit der Stimme ihrer Mutter, doch sie hörte Karls Warnung kaum, so laut war der Kampfschrei, den Löwenherz ausstieß.

*Es sind fünf*, meldete eine grotesk ruhige Stimme in Stephanies Hinterkopf. *Mindestens fünf. Wie ...?*

Aber es blieb keine Zeit mehr, darüber nachzudenken, wie sie wohl auf das Gelände des Charleston Arms gekommen waren. Löwenherz sprang, hechtete von ihrer Schulter, den Angreifern entgegen.

Klettert-flink sprang in die Zweige über seinem Kopf und fauchte eine Herausforderung. Es war nicht das erste Mal, dass seine Person in Gefahr geriet. Glutroter Zorn durchfuhr ihn. Die Leute wussten, wie man mit jenen umzugehen hatte, die diejenigen anzugreifen wagten, die ihnen am Herzen lagen. Er fuhr die Krallen aus.

Er fauchte erneut und schmeckte dabei Todesrachen-Verderbs Angst – nicht um sich selbst, sondern um ihre Ahnen – und dann Sorge, Sorge mit vertrautem Beigeschmack, wie ihn Klettert-flink nie zuvor so deutlich wahrgenommen hatte: Todesrachen-Verderb hatte Angst um *ihn* – und es war nicht nur die Angst, er könnte vielleicht erneut so schwer verletzt werden wie damals, als sie sich gemeinsam dem Todesrachen entgegengestellt hatten. In gewisser Weise war ihre Furcht hier und jetzt noch schärfer und klarer als damals, denn sie war gebündelter, konzentrierter. Was seine Person gerade fühlte, bedrängte sie nun schon seit geraumer Zeit, und wieder fauchte Klettert-flink, noch lauter dieses Mal, denn er begriff, was es war.

*Ich* will *das nicht begreifen!* Der Gedanke durchzuckte ihn. *Die wollen uns Übles – die wollen* ihr *Übles. Und Übeltäter bekommen, was sie verdienen!*

Doch noch während er sich gegen ihre Angst, gegen das Verbot darin, auflehnte, begriff er, dass sie recht hatte. Dies hier war kein Todesrachen, der ohne Sinn und Verstand angriff und nur seinen Instinkten folgte. Dies hier waren Zwei-Beine, und die durfte er nicht töten, wie er einen Todesrachen oder einen Schneejäger hätte töten können. Nicht, wenn es eine andere Wahl gab.

*Ja,* dachte er grimmig, *aber wenn sie mir keine andere Wahl* lassen …

Was dann geschah, die ganze Kette aus Ereignissen, blieb in

Stephanies Erinnerung auch später noch völlig verschwommen.

Sie sah Löwenherz von ihrer Schulter aus wie ein Blitz in die Zweige eines nahestehenden Baumes springen. Sie bemerkte, wie ihr Vater ihre Mutter hinter sich schob und die Hand nach ihr, seiner Tochter, ausstreckte. Doch sie duckte sich unter seiner Hand weg, denn einer der schattenhaften Angreifer, die gerade aus dem Gebüsch brachen, hielt in der rechten Hand eine Waffe ... und auf genau die sprang Stephanie zu.

Der Mann war zwei Köpfe größer als sie und sicher doppelt so schwer, doch darüber dachte sie in diesem Moment nicht nach. Mit beiden Händen packte sie sein Handgelenk, riss es mit aller Kraft nach oben und trat dem Angreifer dabei gleichzeitig, so fest sie konnte, gegen das rechte Knie.

Wirklich groß würde Stephanie Harrington niemals werden, aber sie war nun einmal eine Dschinn: Durch gezielte Veränderung ihres Erbguts war sie darauf optimiert, auf einer Welt zu leben, deren Schwerkraft um dreißig Prozent höher war als auf der Heimatwelt der Menschheit ... und sie hatte Todesangst. Die Kombination ihrer leistungsverstärkten Muskeln und der enorme Adrenalinstoß, Folge des unerwarteten Angriffs, hatte unerfreuliche Konsequenzen ... für den Angreifer: Er schrie vor Schmerz auf, als Stephanies Tritt ihm die Kniescheibe brach.

Fast gleichzeitig zischte etwas unmittelbar an Stephanies Ohr vorbei: ein Betäubungspfeil, der sich tief in die Rinde des Baumes hinter ihr bohrte. Schon blockierte sie, nach einer Drehung aus der Hüfte heraus, den Angreifer mit Schultern und Rücken, brachte ihn mit dem Stoß aus dem Gleichgewicht und riss erneut an seinem Arm. Der Verletzte ließ die Betäubungspistole fallen. Klappernd fiel sie zu Boden, und im selben Augenblick hörte Stephanie den zweiten Angreifer einen schrillen, falsettartigen Schrei ausstoßen.

Klettert-flink kannte das Geräusch. Er hatte es schon einmal gehört: als Spricht-unaufrichtig im Hauptnest des Clans vom Hellen Wasser gegen den jungen Todesrachen gekämpft hatte. Dieses Geräusch machte eine Waffe der Zwei-Beine – eine Waffe, die nicht sofort tötete. Da bemerkte Klettert-flink auch schon eine weitere jener Waffen in der Hand des zweiten Zwei-Beins, das es wagte, Todesrachen-Verderb anzugreifen.

Just als das Zwei-Bein, dem Todesrachen-Verderb einen Tritt verpasst hatte, zusammenbrach und vor Schmerzen jaulend ein Bein umklammerte, sprang Klettert-flink von dem Ast. Er flog über Todesrachen-Verderb hinweg und traf die Hand des zweiten Zwei-Beins mit beiden Handpfoten und der einen Echhand, die ihm noch verblieben war. Tief bohrten sich die Krallen ins Fleisch des Angreifers.

Auch sein Opfer heulte und jaulte jetzt, schüttelte hektisch den Arm, um den Dämon mit den Messerklauen abzuschütteln. Dieses Zwei-Bein hatte keine Ahnung, wie glücklich er sich schätzen konnte, dass sich Klettert-flink zurücknahm: Mühelos hätte er ihm den ganzen Unterarm zerfetzen können. Aber dieses Zwei-Bein glaubte anscheinend, genau das tue die Baumkatze gerade, und so ließ er die Betäubungspistole fallen und schlug mit der linken Hand nach dem Fellbiest, das an seinem Arm hing.

Mit den Krallen seiner Echtpfoten schlitzte Klettert-flink die andere Hand des Zwei-Beins auf, und als der Übeltäter in neuerlichem Schmerz aufschrie, fauchte Klettert-flink, diesmal aus purer Befriedigung. Gern hätte er den Angreifer gelehrt, was es hieß, seine Person anzugreifen, ja, das wäre wahrhaft angemessen gewesen, doch den beiden ersten Angreifern folgten weitere, und so ließ Klettert-flink von seinem ersten Opfer ab und sprang den nächsten an, bohrte ihm die Krallen in die Brust.

Stephanie ließ das Handgelenk des ersten Angreifers los und wollte Löwenherz hinterher. Das war ein Fehler.

Trotz der Schmerzen, die ihm die zertrümmerte Kniescheibe bereitete, gelang es dem Angreifer, Stephanies Knöchel zu packen, als sie an ihm vorbeistürmen wollte. Sie schlug lang hin; es gelang ihr gerade noch, sich mit beiden Händen abzustützen, sonst wäre sie aufs Gesicht gefallen.

*«Stephanie!«*

Noch nie hatte Karl so geklungen wie in diesem Moment, doch Stephanie blieb keine Zeit, darüber nachzudenken. Sie warf sich zur Seite, holte mit dem freien Fuß aus und trat dem Angreifer gegen das Kinn. Der Tritt war nicht sauber gezielt und auch nicht so kräftig wie der, der den Mann die Kniescheibe gekostet hatte, doch es reichte allemal aus, um ihn dazu zu bewegen, ihren Knöchel loszulassen.

Blitzschnell rollte sie sich von ihm fort und sprang auf die Füße ... Sie stand noch nicht ganz, als Karl an ihr vorbeihechtete. Stephanie hörte mehr, als sie sah, was dann passierte, und es passierte schnell: ein dumpfer Schlag, dann ein angestrengtes Grunzen, ein schmerzhaftes Aufkeuchen, und das alles wurde beinahe übertönt von einem schrillen: »Nimm das weg! *Nimm das weg!*«

Und dann, ganz plötzlich, war es vorbei.

Der Mann, dem Stephanie das Knie zertrümmert hatte, lag zusammengekrümmt auf dem Boden: Mit einer Hand umklammerte er sein Knie, mit der anderen den ebenfalls gebrochenen Kiefer. Der erste Angreifer, auf den sich Löwenherz gestürzt hatte, war auf den Knien: Er presste sich die blutenden Hände und blutenden Unterarme fest gegen die Brust. Der Mann, der unablässig ›Nimm das weg!‹ geschrien hatte, lehnte an einen Baumstamm: Jacke und Hemd waren in Fetzen gerissen, aus Krallenwunden, mindestens ein Dutzend, aus seiner

Brust quoll Blut, und Löwenherz hockte vor ihm, sprungbereit: Er fauchte und schlug ungeduldig mit dem Schweif. Allein schon der Gesichtsausdruck des Mannes zeigte deutlich, dass er nicht gewillt war, ein zweites Mal den Zorn des Baumkaters zu entfesseln.

Und dann war da Karl. Stephanie bekam große Augen, als sie einen Angreifer bewusstlos am Boden sah, den zweiten auf den Knien, den Oberkörper weit vorgebeugt, weil Karl ihm den Arm auf den Rücken gedreht hatte und ihn nun höher und höher zog. Der Mann wimmerte. Sein Handrücken war auch nicht mehr sehr weit von seinem Nacken entfernt.

»Ist mit dir alles in Ordnung, Steph?«, fragte Karl, und sie nickte stumm.

»J-Ja«, sagte sie dann und errötete, als sie hörte, wie heiser ihre Stimme klang. Im gleichen Moment wirbelte sie herum. »Mom! Dad!«

»Alles in Ordnung, Steph!« Auch Richard Harringtons Stimme klang ein wenig belegt, doch er brachte ein Lächeln zustande, während er dastand, seine Frau im Arm. »Alles in Ordnung – dank dir und Löwenherz ... und Karl natürlich.« Fragend hob er eine Augenbraue und blickte den jungen Mann an. »Das war sehr ... öhm, sagen wir: effizient, Karl«, sagte er.

»Mein Dad sagt immer, es sei wichtig, auf sich selbst aufpassen zu können, Dr. Richard«, erwiderte Karl, und ein Lächeln huschte über sein Gesicht. »Und er hat sich redlich bemüht, uns alles dafür Notwendige beizubringen.« Er zuckte mit den Schultern. »Den schwarzen Gürtel habe ich schon vor drei T-Jahren gemacht ... aber ich hatte nie geglaubt, dass ich meine Judokenntnisse tatsächlich einmal brauchen würde.«

Erneut lächelte er Richard zu, doch in Wahrheit schien seine Aufmerksamkeit ganz Stephanie zu gelten.

»Du blutest, Steph«, sagte er unerwartet scharf, und als Stephanie seinem Blick folgte, bemerkte sie, dass der zerfetzte Stoff über ihrem Knie blutdurchtränkt war. Das musste passiert sein, als der erste Angreifer sie zu Fall gebracht hatte.

»Bloß ein aufgeschlagenes Knie, Karl«, sagte sie rasch.

»Gut. Dann ...«

»Hier ist der Sicherheitdienst!«, bellte eine Stimme, und der Lichtkegel einer leistungsstarken Lampe erfasste die ganze Gruppe. »Keiner rührt sich, bis wir wissen, was vor sich geht!«

»Stephanie, es tut mir *so* leid, was da passiert ist!« Gwendolyn Adair schüttelte den Kopf, sie schien bestürzter, als Stephanie für möglich gehalten hatte. »Ich verstehe nicht, wie diese Männer es geschafft haben, auf das Gelände zu kommen!«

»Wer auch immer sie angeheuert hat, muss unsere Sicherheitsprotokolle gehackt haben, Ma'am«, erklärte der uniformierte Leiter des Sicherheitsdienstes bedrückt. »Die Polizei von Landing sagt zumindest, die UniLinks der Eindringlinge seien bis zum Anschlag mit den entsprechenden Daten vollgepackt gewesen.«

»Aber wozu das alles?«, fragte Marjorie Harrington. »Ich meine ... die Mitglieder des Privatclubs Ihres Herrn Cousins, Ms. Adair, sind wohl gewiss reich genug, dass sich ein Überfall lohnen würde. Aber warum sollte sich jemand die Mühe machen, die ganzen Sicherheitsvorkehrungen zu umgehen und sich dann ausgerechnet auf *uns* stürzen?«

»Die Frage kann ich wohl leider auch beantworten, Dr. Harrington«, erklärte der Sicherheitsdienstler mit schwerer Stimme. »Die Polizei hat im Gebüsch einen Tiertransportkäfig gefunden. Ich vermute, die Eindringlinge wollten Sie alle betäuben, einschließlich Löwenherz – und ihn dann in den Käfig stecken.«

»Die wollten Löwenherz *entführen?!*«, fragte Stephanie entsetzt nach.

»Das wissen wir noch nicht, Stephanie«, erwiderte Gwendolyn. »Das klingt zwar alles halbwegs plausibel, aber ich würde lieber keine voreiligen Schlüsse ziehen.«

Schweigend bedachte Stephanie sie mit einem skeptischen Blick. Sie hatte immer noch reichlich Adrenalin im Körper. *Lange dauert's nicht mehr, bis ich zittere wie Espenlaub – was immer das ist,* ging ihr durch den Kopf. Aber da war etwas an Gwendolyn, das ihr mehr Sorgen machte. Eine Spur Unbehagen, als sei irgendetwas nicht in Ordnung. Fast, als ob ...

*Natürlich ist was nicht in Ordnung, du Hohlfrucht,* fauchte sie sich innerlich an. *Jemand hat gerade versucht, uns alle auszurauben und Löwenherz zu entführen!*

Stephanie musste sich ernstlich zusammennehmen, um nicht laut zu schnauben. Sie war sich ziemlich sicher, Echos von Löwenherz' Emotionen zu spüren – was vermutlich zumindest einen Teil der Anspannung in ihr erklärte. Und was auch immer sonst zutreffen mochte: Gwendolyn Adair war kein Tennessee Bolgeo, nein, nicht im Mindesten, egal, wie überreizt Stephanies Nerven im Augenblick auch waren. Außerdem ...

»Ich gehe davon aus, dass die Eindringlinge der Ansicht waren, ihn *stehlen* zu wollen und nicht, ihn zu entführen, Ms. Harrington«, erklang eine andere Stimme. Als sich Stephanie umdrehte, sah sie einen Mann mit bemerkenswerter Ähnlichkeit zu Gwendolyn. Der Earl von Adair Hollow, aha. Nach diesem ersten Satz schüttelte er den Kopf, und im gleißenden Licht, in dem Sicherheitsdienst und Polizei den Tatort untersuchten, zeichneten sich auf seinem Gesicht überdeutlich sorgenvolle Falten ab.

»Ebenso wie Gwen bedauere auch ich sehr, dass Derartiges hier im Charleston Arms geschehen konnte«, sagte er ernst und streckte Stephanie die Hand entgegen. Wie betäubt griff Stephanie danach und schüttelte sie; anschließend begrüßte der Earl nacheinander auch ihre Eltern. »Ich versichere Ihnen, dass wir gemeinhin auf unsere Gäste besser aufpassen«, erklärte er dann.

»Unsere Gäste schienen allerdings bestens in der Lage, selbst auf sich aufzupassen«, gab Gwendolyn zu bedenken, und ein Lächeln huschte über das Gesicht des Earls.

»Allerdings«, bestätigte er und schüttelte nun auch Karl die Hand. »Beeindruckend, Mr. Zivonik! Genauer gesagt: Sie alle haben sich hier äußerst bemerkenswert verhalten ... du eingeschlossen, Löwenherz.«

Trotz seiner eleganten, offenkundig maßgeschneiderten Kleidung ging der Earl vor der blutverschmierten Baumkatze in die Knie und streckte ihr die Hand entgegen – und zeigte damit mehr Selbstsicherheit (und mehr Mut) als sämtliche Mitarbeiter von Sicherheitsdienst und Polizei. Fragend neigte Löwenherz den Kopf zur Seite, maß sein Gegenüber mit einem kurzen Blick, dann legte er seine dreifingrige Echthand vorsichtig auf die ihm entgegengestreckte Handfläche. Mehrere Sekunden lang blieb der Earl reglos in dieser Position, dann nickte er dem Baumkater höflich zu und erhob sich wieder.

»Mir ist durchaus bewusst, dass Sie sich, als Sie die Einladung erhielten, einen anderen Auftakt für den heutigen Abend vorgestellt haben«, wandte er sich an sämtliche seiner Gäste. »Allerdings hoffe ich, Sie werden uns trotzdem mit Ihrer Anwesenheit beehren. Zu meinem tiefen Bedauern bin ich erst am heutigen Abend wieder in das Sternenkönigreich zurückgekehrt. Daher wäre ich Ihnen sehr verbunden, wenn ich die Gelegenheit erhielte, mit Ihnen allen ein paar Worte zu wechseln – vor allem mit Ihnen und mit Löwenherz, Ms. Harrington.« Er lächelte Stephanie gewinnend an. »Im Namen der ganzen Foundation erlaube ich mir, es auszusprechen: Ich glaube, dies hier ist der Beginn einer langen und engen Zusammenarbeit.«

Klettert-flink ritt auf der Schulter seiner Person, als sie, Licht-im-Schatten und ihre Ahnen auf das gewaltige Wohnnest zuschritten. Das Echo des Kampfes hallte noch tief in ihm wider, und er zwang sich dazu, sich zu entspannen, um das emotionale Echo abklingen zu lassen.

Es fiel ihm schwer – und das lag nicht nur daran, dass er wieder einmal Übeltäter unter den Zwei-Beinen entdeckt hatte. Er wusste nicht genau, was diese Übeltäter im Sinn gehabt hatten – aber war das überhaupt von Bedeutung? Wie sollte er den Rest der Leute davon überzeugen, dass man den Zwei-Beinen trauen könnte, wenn so etwas wie heute geschah? Und wussten die Zwei-Beine rings um ihn wirklich, was hier vorging – und warum? Ihr Geistesleuchten war so hell, irrlichterte vor Reaktionen auf die jüngsten Geschehnisse, dass er nur wenig der tiefer liegenden Gefühle schmecken konnte, und so mahnte sich Klettert-flink selbst, nicht zu viel in diesen Strudel hineinzudeuten. Die meisten empfanden Entsetzen – und manche beinahe ebenso viel Zorn. Die Intensität dieser Emotionen bereitete Klettert-flink Kopfschmerzen.

Was ihm ganz besonders sonderbar schien: Am zornigsten schienen die beiden, die eindeutig das Sagen über alle anderen Zwei-Beine in diesem Wohnnest hatten. Vielleicht empfanden sie, als die Ältesten dieses Nestes, eine besondere Verantwortung für das, was hier beinahe geschehen wäre? Das würde zumindest Sinn ergeben.

»Na, das ist ja nicht gerade gut gelaufen, was?«, raunte Oswald Morrow Gwen zu, als sie und er hinter dem Earl und den Harringtons den Park durchquerten.

»Nein, wirklich nicht«, räumte sie mit einem eisigen Lächeln ein – einem Lächeln, das wenig Belustigtes hatte.

Wenigstens brauchte sie sich keine Gedanken darüber zu machen, es ließe sich eine Spur bis zu ihr zurückverfolgen. Sie hatte den Trupp Männer über einen anonymen, elektronischen Mittelsmann angeheuert. Die Männer hatten nur gewusst, dass jemand bereit war, ihnen mehr als eine Viertelmillion manticoranische Dollar zu zahlen, wenn sie ihm die Baumkatze brächten. Man hatte sie wissen lassen, man werde ihnen den Ort für die Übergabe mitteilen, sobald sie eindeutig beweisen könnten, dass sie die Baumkatze tatsächlich an sich gebracht hätten. Niemand hatte etwas darüber gesagt, wie mit den Menschen in der Nähe besagter Baumkatzen zu verfahren sei, auch wenn die Kerle, die Gwendolyn angeheuert hatte, einem Menschenschlag angehörten, der ein gewisses Maß an Gewalt (bis hin zu schwerer Körperverletzung) durchaus einzusetzen bereit war.

Natürlich hatte sie auch erwartet, dass die Männer und ihre Beute das Gelände des Charleston Arms nicht wieder verlassen würden. Der Zugangscode, den sie ihnen verschafft hatte, ermöglichte ihren Helfershelfern zwar, den Park unbemerkt zu *betreten*, aber dass zum Verlassen des Geländes ein ganz anderer Code erforderlich war, musste ihr geheimnisvoller Auftraggeber in der Aufregung zu erwähnen vergessen haben. Außerdem: Wenn alles nach Plan verlaufen wäre, dann wäre keiner der Männer noch in der Lage darüber nachzudenken, wohin das alles führen sollte.

Ein Geschöpf, das einen Hexapuma in Schach halten konnte, und sei es auch nur für kurze Zeit, hätte kurzen Prozess mit den Männern machen sollen – mit zerfetzten Kehlen, zerschlitzten Gesichtern und Blutvergießen, dass es nur so seine Art gehabt hätte! Genau das hatte Gwendolyn erwartet. Nein, genau darauf hatte Gwendolyn *vertraut*. Wer hätte gedacht, dass diese Baumkatze sich derart zurückhalten würde? Vor allem, wo doch Gwendolyn extra dafür gesorgt hatte, dass auch Stephanies Eltern an diesem Abend vor Ort sein würden. Das hätte doch ausreichen müssen, um Stephanie in völlige Panik verfallen zu lassen und Löwenherz zu einer ... extremen Reaktion zu verleiten! Aber hatte der blöde Baumkater mitgespielt? Nein, natürlich nicht!

»Die Gräfin von Frampton wird nicht gerade erbaut darüber sein«, flüsterte Morrow, als sie die kleine Treppe vor dem Haupteingang des Restaurants schon fast erreicht hatten. Gwendolyn warf ihrem Begleiter einen giftigen Blick zu, und er zuckte mit den Schultern. »Wenigstens werde ich ihr erklären können, dass es nicht *meine* Schuld war«, sagte er.

»Na, dann wird sie wohl damit leben müssen, nicht gerade erbaut zu sein, was?«, versetzte Gwendolyn scharf. »Es ist nicht ganz so gelaufen wie geplant, aber dass dieses kleine Monster niemand umgebracht hat, wird sich längst nicht so rasch herumsprechen, wie das der Fall gewesen wäre, hätte er es getan hätte.« In einem weiteren freudlosen Lächeln ließ sie die Zähne aufblitzen. »Wie ich schon gesagt habe: Es ist ja nun nicht gerade so, als hätten wir die Foundation umstimmen können, ganz egal, was geschehen wäre. Und ich sollte es zumindest schaffen, die Bedrohung durch Wilderer, die es auf exotische Tiere abgesehen haben, so weit in den Vordergrund zu stellen, dass die Vorstellung von Schutzreservaten vielen zusagen wird. Leicht wird das natürlich nicht, aber ich habe schon reichlich Übung darin, Cousin George und seine Bande lustiger Philanthropen in die richtige Richtung zu lotsen. Und die süße kleine Stephanie und ihr Karl werden nach Hause zurückkehren und mich für eine gute Freundin halten. Da bleiben doch gleich eine ganze Menge Möglichkeiten offen, findest du nicht?«

Morrow setzte schon zu einer Erwiderung an, doch sie hatten bereits die Treppenstufen erreicht, und so begnügte er sich mit einem kurzen Nicken, bevor sie Seite an Seite auf den Eingang zuschritten.

# 19

Am Morgen, nachdem sie Kämpfers Clan gefunden hatten, rief Anders bei Jessica an. Sie war gerade mit ihrem Teil der morgendlichen Hausarbeit fertig.

»Ich habe mir jede Menge Karten angeschaut, Jess«, setzte er aufregt an. »Viele der Gebiete östlich der Berge, die nicht von den Waldbränden in Mitleidenschaft gezogen wurden, werden schon von Menschen genutzt – ich hatte überhaupt nicht begriffen, in welchem Ausmaß! Ich könnte mir vorstellen, dass der Populationsdruck hier zum Problem der Baumkatzen zumindest beiträgt.«

»Interessant! Schick mir doch mal den Link zu den Karten.« Als Jessica das Kartenmaterial dann ebenfalls einsehen konnte, sagte sie: »Ich verstehe zwar, was du meinst, aber da ist doch immer noch reichlich Land, auf das bislang niemand Anspruch erhebt.«

»Soweit wir wissen«, setzte Anders hinzu. »Denk an die dritte Baumkatzenleiche! Nachdem Doc Scott die Autopsie durchgeführt hat, waren wir uns doch alle einig, dass es ganz danach aussieht, als wären zwei Clans im Spiel. Nach Streitigkeiten innerhalb desselben Clans sieht's ja nicht aus. Wenn wir diesen zweiten Clan auch noch finden, könnten wir deren Revier auf der Karte farblich markieren. Bislang weiß zwar noch niemand so genau, wie groß die Reviere von Baumkatzengruppen eigentlich sind, also wie viel Land sie wirklich brauchen, aber nach allem, was ich so von den Anthropologen aufgeschnappt habe, ist der Landbedarf von Jäger-und-Sammler-Kulturen, wie eben bei den Baumkatzen, ziemlich groß. Wir sollten vielleicht versuchen herauszufinden, wie viel Land von dem anderen beteiligten Clan beansprucht wird, wo sich dessen Revier relativ zum Standort unseres Magerkatzenclans befindet, und wie sehr das schon durch menschliche Aktivitäten dort beeinflusst wird.«

Jessica nickte. »Klingt gut. Und ich wollte dich sowieso anrufen. Ich habe ein bisschen was von dem Geld gespart, das ich mir mit Babysitten verdient habe. Deswegen habe ich mal bei dem Ausschusswarenladen angerufen. Die haben gerade eine ganze Kiste tiefgekühltes Geflügel mit leichtem Gefrierbrand da, die sie wirklich billig abgeben wollen. Das wollte ich in das Gebiet der Magerkatzen bringen.«

Zufrieden, dass sie seine Arbeitshypothesen gut gefunden hatte, wagte Anders, sie ein wenig aufzuziehen. »Was würde wohl Dr. Hidalgo dazu sagen? Beeinflussen wir hier nicht eine urtümliche, unverdorbene Kultur?«

»Aber so was von – und mit Begeisterung! Das tun *Sie* übrigens auch, Mister Populationsdruck! Du willst mir ja wohl nicht erzählen, dass du es dabei bewenden lassen willst, eine Karte bunt anzumalen.«

»Stimmt«, bestätigte Anders, nun wieder deutlich ernster. »Aber ich glaube, dafür werden wir ein bisschen Unterstützung brauchen. Ich hätte das beinahe schon mit Steph besprochen, aber dann ist mir wieder eingefallen, dass sie heute ja ihren großen Vortrag hält. Trotzdem: Wenn es überhaupt jemanden gibt, der den SFD dazu bewegen kann, Kämpfers Familie umzusiedeln, dann ist das wohl Steph. Wir sollten für sie alles an Argumenten zusammentragen, was wir kriegen können.«

»Gute Idee«, meinte Jessica. »Ich hole dich ab, dann kaufen wir die Kisten mit Hähnchen und fliegen rüber. Mom hat mir schon den Tag freigegeben – sie hat die ganze Familie rüber zum Gut Harrington verfrachtet, Beeren ernten. Zumindest die Größeren sollen helfen, und dann gibt's Beereneiscreme bis zum Abwinken. Ich soll dir ausdrücklich ausrichten, dass du herzlich eingeladen bist.«

»Oh, prima!«, bedankte sich Anders. »Aber wenn du mich schon zum Abendessen einlädst, lass mich was zum Baumkatzenmampf beisteuern, ja?«

Kurz zögerte Jessica, aber sie war entschieden zu pragmatisch, sich zu lange zu zieren. »Okay.«

Grundwühler erfreute sich an Windgetriebens Geistesleuchten. Gleich nach dem Aufwachen hatte sie sich dem Bildzeigeding zugewandt und die Bilder betrachtet, die Gebleichtes-Fell und sie vom Clan Ohne Revier angefertigt hatten. Ihr Bedauern über die Not, die Scharfauges Clan litt, erreichte über ihre Verbindung zueinander auch ihn – und damit auch ihre Entschlossenheit, etwas dagegen zu unternehmen.

Diese Entschlossenheit blieb unvermindert, loderte in den Tiefen ihres Geistesleuchtens, als sie geschäftig hin und her eilte und sich auf eine weitere längere Reise vorbereitete. Erleichtert, dass sie offenkundig genau dorthin aufbrechen wollte, wohin es auch ihn zog, konzentrierte sich Grundwühler darauf, sie dazu zu bewegen, weitere Heildinger einzupacken.

Er wusste, in welchen Kisten sie aufbewahrt wurden, sowohl in dem großen Steinnest, in dem ihr Clan lebte, als auch in dem Flugding. Das Problem lag nun darin, Windgetrieben aufzufordern, sie auch wirklich mitzunehmen. Grundwühler löste es, indem er die kleinere Kiste aus dem Flugding holte und sich damit auf die größere Kiste setzte. Als Windgetrieben ihn schließlich rief, bliekte er so lange, bis sie ihn gefunden hatte.

Er schmeckte in ihrem Geistesleuchten das Interesse und die Begeisterung, als sie herausfand, was er wollte. Der fast unablässige Strom Mund-Laute, den sie daraufhin ausstieß, war für ihn völlig bedeutungslos, doch die Effizienz, mit der sie eine beachtliche Auswahl verschiedenster Heilmittel aus der größeren Kiste holte und nicht nur in die kleinere Kiste packte, die Grundwühler hierhergebracht hatte, sondern auch noch in eine zweite, verriet ihm, dass sie bereit war, noch deutlich mehr von den Leuten zu helfen, nicht nur Geschickte-Finger.

Als sie dann in das Flugding stiegen, kuschelte er sich dicht an sie, tätschelte sie immer wieder und schnurrte. Sie lachte liebevoll und streichelte ihn. Eingehüllt in die herrliche Wärme wechselseitiger Liebe und gegenseitiger Zustimmung, brachen sie auf, um Gebleichtes-Fell abzuholen.

Ohnefurcht war der Erste, der aus dem Flugwagen sprang, als sie ein Stück weit entfernt von der Stelle aufsetzten, an der sie am Vortag den mageren 'Katzen begegnet waren. Er bliekte sie an und hob die Hand in der mittlerweile vertrauten Halt-Geste, dann flitzte er durch die Zweige davon.

»Ich hoffe, ihm passiert nichts«, meinte Jessica nervös. »Gestern *schien* ja alles ganz vernünftig zu laufen, aber wir wissen eben auch, dass dieser 'Katzenclan nicht jedem gegenüber freundlich gesinnt ist.«

Doch bevor Anders auch nur zu einer beruhigenden Entgegnung ansetzen konnte, kehrte Ohnefurcht zurück, begleitet von zwei weiteren Baumkatern. Anders war sich nicht ganz sicher, aber es waren wahrscheinlich die vom Vortag. Ohnefurcht sprang vom Ast hinab, um sich zu den Menschen zu gesellen – geradewegs auf die Klappe des Flugwagenkofferraums ... als wolle er sie darauf aufmerksam machen, dass sie jetzt ausladen könnten.

»Ich nehme den Mampf«, sagte Anders. »Selbst noch mit

dem Kontragrav ist die Kiste so groß, dass es echt schwierig werden könnte, die durch den Wald zu bugsieren.«

Nachdenklich neigte Jessica den Kopf zur Seite. »Stapeln wir alle drei Kisten aufeinander«, entschied sie schließlich. »Dann gehe ich nach vorn und steuere. Und du kannst dann deine Männlichkeit unter Beweis stellen und die Kisten schieben.«

»Aye, aye, Captain«, gab Anders zurück. Als die Frachtkisten aufeinandergestapelt waren, stellte er fest, dass er gerade so eben über den Rand hinüberschauen konnte. Ohnefurcht wies ihnen den Weg, und so erreichten sie rasch die Siedlung des Baumkatzenclans.

Jessica blickte Ohnefurcht an. »Erst das Essen?«, fragte sie und klopfte gegen die Kiste. »Oder erst Medizin?«

»Bliek!«, sagte Ohnefurcht und deutete auf die Kiste mit dem Geflügel. »Bliek! Bliek!«

Gefrierbrand hin oder her: Das Geflügel wurde begeistert aufgenommen. Schon bald saßen ringsum in den Zweigen Baumkatzen, die voller Elan futterten. Es hatte ganz den Anschein, als sei das ihre erste richtige Mahlzeit seit Wochen. Anders hatte besonders viel Freude dabei, einige Junge zu beobachten, die einen vollständigen Vogel ganz für sich allein in Anspruch nahmen. Eines der Kleinen kroch sogar ganz in die Brusthöhle des Tiers hinein ... und sah dabei aus wie eine bemerkenswert flauschige Füllung.

»Schau mal«, sagte Jessica leise. »Diese 'Katzen da drüben tragen etwas von dem Essen zu den anderen, obwohl sie selbst noch nichts gegessen haben. Ich wette, die kümmern sich um die Verletzten.«

Ihre Vermutung erwies sich als zutreffend. Einen Moment später war Ohnefurcht wieder da. Er griff nach dem kleineren Erste-Hilfe-Kasten und bedeutete ihnen, ihm mit der größeren Kiste zu folgen, in die Jessica Eiltherapeutika, Verbände, Tupfer und eine große Thermoskanne mit abgekochtem, heißen Wasser gepackt hatte. Von den anderen Medikamenten, die laut Dr. Richard ebenfalls für Baumkatzen geeignet waren, hatte Jessica kaum etwas im Haus gehabt, aber Anders hatte darauf bestanden, vor dem Aufbruch in der Apotheke ihre Bestände aufzufüllen.

»Ich bin doch keine Ärztin«, murmelte Jessica jetzt. »Und schon gar keine Tierärztin! Kämpfer war bewusstlos, und die meisten hier sind wach.«

»Ich bin auch kein Arzt«, gab Anders zurück. »Aber offenkundig ist Ohnefurcht davon überzeugt, dass du genau das tun kannst, was seines Erachtens hier getan werden muss. Wir haben die Richtlinien dabei, die dir Dr. Richard aufgeschrieben hat – was du machen sollst, wenn du ihn im Notfall versorgen musst. Wenn wir auf ein Problem stoßen, das wir nicht allein in den Griff kriegen, rufen wir Doc Scott an. Wir machen das hier gemeinsam, schon vergessen? Wenn du das Risiko eingehst, dich beißen oder kratzen zu lassen, dann ich auch.«

Tapfer lächelte Jessica ihn an. »Danke, Anders. Das heißt echt was!«

Ohnefurcht schien es sehr wichtig zu sein, dass sie als Erstes eines der jüngeren Männchen behandelten, obwohl andere deutlich schlimmere Verletzungen aufwiesen: Er hatte einige schlimme Schnittwunden und schien Schwierigkeiten zu haben, sich zu bewegen. Eines seiner Augen war zugeschwollen, und er hatte eine Ohrenspitze eingebüßt. Nachdem sie ihm erst ein Schmerzmittel verabreicht hatten, konzentrierten sich Jessica und Anders darauf, die böse aussehenden offenen Wunden zu reinigen und zu desinfizieren. Dann besprühten sie die Wunden mit dem Eiltherapeutikum und wuschen das verletzte Auge vorsichtig mit genau der sterilen Lösung aus, die auch Richard Harrington bei derlei Verletzungen einsetzte.

Danach kam ein von ihm für Baumkatzen freigegebenes Breitbandantibiotikum zum Einsatz. Obwohl keiner von ihnen je behaupten würde, es mit einem ausgebildeten Xenoveterinär aufnehmen zu können, konnten Jessica und Anders anschließend voller Befriedigung zuschauen, wie sich ihr Patient aufrichtete und sich mit wiedergewonnenem Appetit einem Hühnerschenkel widmete.

Sie ließen ihn essen und gingen zu ihrem nächsten Patienten hinüber. Zuerst nahmen sie sich all diejenigen mit Kampfverletzungen aus jüngster Zeit vor.

»Ehrlich gesagt«, gestand Anders und brachte erneut das Sprüh-Eiltherapeutikum zum Einsatz, »bei einem Schnitt oder einer Quetschung weiß ich, was zu tun ist, aber bei den älteren Verletzungen?«

»Stimmt schon«, erwiderte Jessica, »aber ansehen will ich mir die auch. Wir haben ein paar von den Inhalatoren dabei, mit denen Dr. Richard Ohnefurcht und die Baumkatzenzwillinge behandelt hat. Vielleicht ist ja es noch nicht zu spät für eine Atemwegsbehandlung.«

Ohnefurcht blieb in der Nähe, während sie arbeiteten, und schnurrte dabei die ganze Zeit über genau wie vor Kurzem, bei der Versorgung des verletzten Kämpfers. Mehrere weitere Baumkatzen, vor allem Weibchen, hatten sich zu ihm gesellt. Rasch bemerkte Anders, dass diese Weibchen sehr genau beobachteten, was Jessica und er taten – nicht, als seien sie misstrauisch, sondern …

»Jess, ich glaube, wir haben es hier mit den Ärzten des Clans zu tun«, sagte er, als eines der Weibchen eine Pfote seines aktuellen Patienten vorsichtig zur Seite schob und Anders so auf eine Schnittwunde aufmerksam machte, die er anderenfalls möglicherweise übersehen hätte. »Wenn es bei den Baumkatzen Heiler gibt, dann wäre es nur sinnvoll, vor allem Weibchen entsprechend auszubilden. Schließlich bleiben die ja mit den Jungen und den Verletzten im Lager. Ich wette, die haben auch Feldärzte ...«

»Du klingst schon wieder wie ein Anthropologe!«, warnte ihn Jessica nur halb im Scherz. »Aber du hast schon recht. Viele der Wunden, die ich mir bislang angesehen habe, wurden gereinigt und auch sauber gehalten, und das Fell ringsum war fein säuberlich gestutzt, damit es nicht in den Schorf hineinwächst, so etwas halt.«

Es dauerte, aber irgendwann waren alle Verletzten behandelt. Ohnefurcht war ihnen eine große Hilfe gewesen – vor allem, indem er den anderen Baumkatzen gezeigt hatte, wie man mit den Inhalatoren umging. Er schaffte es auch, sie davon zu überzeugen, es selbst auszuprobieren. Schließlich, gerade als Jessica und Anders ihre Ausrüstung zusammenpackten, erstarrte er, dann wandte er sich um und sprang in die Richtung des jungen Männchens, das er als ersten Patienten für Jessica und Anders auserkoren hatte.

»Was war das denn jetzt?«, fragte Anders.

Jessica grinste. Obwohl sie hundemüde war, strahlte sie vor Freude darüber, dass sie so viel hatten tun können. »Keinen blassen Schimmer. Der andere hat Ohnefurcht gerufen, so viel kann ich sagen, aber eines kann ich dir versprechen: Wenn Ohnefurcht der Ansicht ist, wir müssten etwas wissen, dann wird er sich auch etwas einfallen lassen, es uns zu erklären.«

*Grundwühler? Kannst du mich zu meinem Clan bringen?* Geschickte-Fingers Geistesleuchten glühte vor Dringlichkeit. *Was auch immer dein Zwei-Bein mit meinen Wunden gemacht hat: Ich fühlte mich fast schon wieder wie ich selbst. Gewiss, ich bin noch ein wenig wackelig auf den Beinen, aber wenn mich Windgetrieben trägt, dann komme ich bestimmt zurecht, da bin ich mir sicher.*

Besorgt schaute ihn Grundwühler an. *Bist du dir wirklich sicher? Die Medizin gegen Schmerzen könnte dir ein falsches Gefühl dafür geben, zu was du derzeit in der Lage bist.*

*Ich glaube, dahinter steckt mehr als nur das Dämpfen der Schmerzen. Ich habe wirklich das Gefühl, als habe Fleisch, das zerrissen war, nun wieder zusammengefunden und beginne zu heilen. Und aus welchem Grund auch immer: Mir scheint, wir haben keine Zeit zu verlieren. Ich habe gehört, wie mein Ahnenbruder nach mir gerufen hat. Er achtet sorgsam darauf, mit seinem Geistesleuchten außer Reichweite zu bleiben, aber obwohl ich ihm schon berichtet habe, dass es anders ist, glaubt er nach wie vor, ich würde hier gefangen gehalten. Die Spuren von Schmerz, die er in meiner Geistesstimme schmeckt, nimmt er als Bestätigung. Um der Sicherheit dieser armen Leute willen, die schon so viel haben erleiden müssen, muss ich fort von hier, bevor sein Verstand endgültig aus dem Gleichgewicht gerät. Zu viele würden verletzt, wenn er erneut kämpfen ließe, um mich zu erreichen. Falls du daran zweifelst, wie wild er sein kann, sage ich dir Folgendes: Es war Schwimmers-Schrecken, der Scharfauge beinahe getötet hat.*

*Dann muss er selbst entsetzliche Verletzungen davongetragen haben.*

*Nicht so schlimm, wie du vielleicht glaubst. Scharfauge hat ihm so fest in den Hals gebissen, dass Schwimmers-Schrecken das Bewusstsein verloren hat, aber so zornig Scharfauge auch gewesen sein mag: Im Grunde seines Herzens wollte er nicht töten. Er hat zwar zugebissen, aber ihn nicht hin und her geschüttelt und am Fleisch gerissen, so wie er das bei einem Borkenkauer oder Bodenhuscher getan hätte. Und die anderen Verletzungen, die sich Schwimmers-Schrecken zugezogen hat, waren kaum der Rede wert.*

Mit dem Schweif vollführte Grundwühler eine Geste des Verstehens. *Und wenn du von hier fortgehst, wird Schwimmers-Schrecken keinen Grund mehr haben, hierherzukommen. Ich verstehe. Es ist un-*

*wahrscheinlich, dass er eine Bedrohung für uns wird, obwohl wir auf Pfoten weiterreisen müssen. Schließlich wirst du uns nicht vom Flugding aus den Weg zum Hauptnest deines Clans weisen können.*

*Wohl nicht. Ich glaube kaum, dass ich die üblichen Orientierungspunkte wiedererkennen würde, wenn ich wie eine Todesschwinge durch die Lüfte flöge. Wärest du bereit, das zu versuchen? Wenn wir von hier aufbrechen, rufe ich meinem Ahnenbruder zu, dass ich auf dem Rückweg zu unserem Clan bin. Vielleicht verfolgt er unseren Weg nach, aber ich bezweifle, dass er verrückt genug ist, erneut anzugreifen.*

Grundwühler stimmte zu. Niemand von den Leuten, nicht einmal unter größter Belastung, würde die Leute aus einem anderen Clan angreifen – und schon gar nicht mehrere Zwei-Beine. Die Regel, sich auf keinen Fall mit den Zwei-Beinen einzulassen, hatte schon mehrere Spannenläufe Bestand gehabt, als Klettert-flink schließlich – völlig unbeabsichtigt – dagegen verstoßen hatte. Und obwohl diese Regel während der letzten Spannen hier und da behutsam gebeugt worden war, galt sie doch bei den meisten Clans nach wie vor uneingeschränkt.

*Also gut. Windgetrieben und Gebleichtes-Fell sind damit fertig, sich um die Kranken und Verletzten zu kümmern. Ich werde jetzt versuchen, ihnen zu erklären, was geschehen muss.*

Wie schon bei seinem letzten Versuch der gezielten Kommunikation wurde Grundwühler die Aufgabe auch dieses Mal erleichtert, weil seine Person bereits eine ganz ähnliche Idee gehabt hatte. Als er zu ihr und Gebleichtes-Fell kam, saßen sie vor dem Flugding, aßen etwas, das sie sich mitgebracht hatten, und beobachteten mit offenkundiger Befriedigung den nun gesättigten Clan Ohne Revier.

Grundwühler schmeckte die Freude darüber, dass sich in der großen Kiste noch einmal so viele tote Vögel befanden wie der Clan bereits vertilgt hatte, also würde es noch eine ganze Weile dauern, bis der Hunger wieder zurückkehrte.

*Und mit ein wenig Glück haben wir, bis sie wieder hungrig werden, Mittel und Wege gefunden, sie von diesem Ort zu verpflanzen.*

Diese Vorstellung empfand Grundwühler als zutiefst befriedigend. Er stellte sich vor Windgetrieben und hielt die Arme so, als trage er darauf etwas – exakt so, wie Windgetrieben das tat, wenn sie ihn auf den Arm nahm, um ihn zu drücken und zu knuddeln ... und dann deutete er auf Geschickte-Finger.

Anders und Jessica waren ein wenig erstaunt, als Ohnefurcht Jessica mit Gesten bedeutete, sie solle eine der anderen Baumkatzen auf den Arm nehmen und durch die Gegend tragen.

»Na, mach schon!«, drängte Anders sie. »Ich nehme dann eine Tasche mit allem Lebensnotwendigen mit. Allzu weit werden wir ja wohl nicht müssen.«

Jessica nickte und machte sich daran, ihren Passagier zu mustern. »Das ist der 'Kater, den Ohnefurcht uns als Ersten hat behandeln lassen«, stelle sie fest und schaute noch einmal nach den Verletzungen des Baumkaters, bevor sie ihm dabei half, die Echtpfoten auf das gepolsterte Tragegestell zu stützen, das in den Rücken ihrer Jacke eingearbeitet war. Anschließend sorgte sie vorsichtig dafür, dass er die Echthände auf ihren Schultern abstützte. »Eigentlich scheint mir sein Zustand leidlich stabil, aber ich will ihn trotzdem im Auge behalten.«

»Ich würde ihn ja gern noch zusätzlich sichern«, überlegte Anders laut. »Aber das würde er wahrscheinlich nicht verstehen, oder?«

»Keine Sorge«, erwiderte Jessica, »ich pass schon auf, dass er nicht runterfällt – und wenn er doch ins Rutschen gerät, kann ich ihn sicher abfangen. Aber mir ist etwas aufgefallen – schon als wir ihn behandelt haben, und jetzt, wo ich ihn auf der Schulter habe, ist es noch offensichtlicher: Der Bursche hier hat mehr auf den Rippen als Kämpfer. Meinst du, er könnte dem zweiten Clan angehören?«

Anders zuckte mit den Schultern. »Kann sein. Vielleicht wurde er gefangen? Oder er ist eine Geisel. Jemand, den sie aufgenommen haben, nachdem er verletzt wurde?«

»Vielleicht werden wir das nie erfahren«, gab Jessica zurück, »aber er wird uns wohl wie ein kleiner Pfadfinder den Weg weisen.«

Während sie tiefer und tiefer in den trotz Flammenzeit mehr oder weniger intakt gebliebenen Wald eindrangen, bemerkten sie, wie mit jedem zurückgelegten Meter der Wald mehr Leben beherbergte. Dort, wo die Magerkatzen lebten, gab es nur wenige Vogelähnliche und praktisch keine Kleintiere. Selbst der Pflanzenwuchs war dort spärlicher. Jetzt hingegen störten Jessica und Anders immer wieder Tiere auf, die sie zwar flüchten hörten, aber nicht zu sehen bekamen. Und auch das Laub über ihnen zeigte nur noch minimale Anzeichen, dass es jüngst in der Nähe gebrannt hatte.

»Aber einen gewissen Feuerschaden gibt es auch hier«, stellte Anders fest. »Und nachdem ringsum alles niedergebrannt ist, können sich die Lebensformen hier nicht darauf verlassen, dass über natürliche Migration wieder Futterquellen nachkommen. Die verbrannten Gebiete werden hier lange Zeit so etwas wie ein unüberwindlicher Burggraben bleiben – zumindest für alle Bodenbewohner.«

»Für Vogelähnliche auch«, ergänzte Jessica. »Nur Räuber schätzen derart offenes Gelände ... obwohl natürlich über kurz oder lang größere Schwärme oder Herden riskieren werden, diese Gebiete zu überfliegen oder zu durchqueren. Denn die Gefahr, angegriffen zu werden, ist ja dann über viele Individuen verteilt. Aber wo das Feuer gewütet hat, gibt es nichts, wovon man sich ernähren könnte.«

Größtenteils verbrachten sie den Marsch durch den Wald schweigend. Einmal meinte Jessica: »Ohnefurcht geht jetzt voraus. Trotzdem bin ich überzeugt davon, dass der Bursche auf meiner Schulter ihn wissen lässt, wo's langgeht.«

»Der Bursche auf deiner Schulter? Nennen wir ihn doch Pfadfinder, wie du eben«, schlug Anders vor. »Ist netter, griffiger, was meinst du?«

Jessica lachte. »Na gut, dann also Pfadfinder. Aber da ist noch etwas: Unsere beiden 'Kater sind ziemlich nervös, besser: gereizt. Ich weiß aber nicht, woran das liegt.«

Anders tätschelte den Knauf seiner Waffe. »Ich bin für alles bereit. Soll ich die Waffe schon mal ziehen ... wie der Held aus einem schlechten HoloDrama?«

Jessicas Antwort auf die Frage ging in einen schrillen Schrei über, als hinter ihnen etwas mit beängstigender Geschwindigkeit auf sie zuschoss und direkt auf Jessicas Kopf landete.

Erst später begriff Grundwühler, dass der Geschmack von Bösartigkeit, der in Schwimmers-Schreckens gedämpftem Geistesleuchten so unverkennbar war, sie schon seit einiger Zeit begleitet hatte, schon vor dem Angriff. Doch während sie durch den Wald gegangen waren, war Grundwühler in Gedanken mit ganz anderen Dingen beschäftigt gewesen: Mit Beklommenheit dachte er darüber nach, was wohl geschähe, wenn sie den Clan der Baumhüter erreichten. Zugleich musste er auf Geschickte-Fingers Richtungsangaben achten, als Kundschafter für ihre kleine Gruppe fungieren und die starken Gefühle herausfiltern, die ihn von Windgetrieben und Gebleichtes-Fell gleichermaßen zu überspülen drohten. Das alles zusammengenommen reichte aus, um sich des nahenden Feindes nicht in dem Maße bewusst zu sein, wie das eigentlich hätte der Fall sein müssen.

Andererseits hatte Grundwühler und Geschickte-Finger nicht für möglich gehalten, Schwimmers-Schrecken könnte angreifen, solange Zwei-Beine in der Nähe waren. Sie beide hatten sich also getäuscht – und zugleich doch recht gehabt.

Schwimmers-Schreckens Angriff, das stellte sich rasch heraus, galt gar nicht Windgetrieben, sondern Geschickte-Finger. Sein Kopf nämlich war, da seine Echthände auf den Schultern des Zwei-Beins ruhten, auf gleicher Höhe mit Windgetrieben. Nur half das Windgetrieben wenig, auch sie hatte unter dem Angriff des Verrückten aus dem Clan der Baumhüter zu leiden.

Geschickte-Finger hatte dichtes Fell und war ein Kämpfer. Windgetrieben hingegen hatte, trotz des dichten, langen Fells auf ihrem Kopf, ein nacktes, schutzloses Gesicht. Der Schwung von Schwimmers-Schreckens Sprung trug ihn so weit, dass er mit Reißzähnen, Echthänden und Handpfoten geradewegs Geschickte-Finger traf, doch mit den scharfen Krallen seiner linke Echtpfote riss er Windgetriebens Kopfhaut auf.

Grundwühler spürte die Angst, das Entsetzen und den Schmerz seiner Person so unmittelbar, als wäre er selbst getroffen ... doch das war er eben nicht: Er konnte zu ihrer Rettung ansetzen. Und er war nicht allein: So schwach Geschickte-Finger auch sein mochte, er stürzte sich ebenfalls in den Kampf, und das mindestens ebenso sehr um des Zwei-Beins willen wie für sich selbst. Voller Zorn schlug er nach seinem Ahnenbruder, obwohl die Verletzungen seinen Hieben viel an Kraft nahmen.

Letztendlich war es Gebleichtes-Fell, der obsiegte – wobei er sich selbst in beachtliche Gefahr brachte. Er war größer als Windgetrieben, und so konnte er beherzt mit beiden Händen nach Schwimmers-Schrecken greifen und ihn von Windgetrieben fortzerren. Das Entsetzen darüber, von fremdartigen Händen gepackt und von einem fremdartigen Geschöpf angebrüllt zu werden, unfassbar laut sogar, brachte Schwimmers-Schrecken dazu, einen kurzen Moment des Entsetzens lang loszulassen – und dieser kurze Moment reichte aus: In hohem Bogen flog er durch die Luft und prallte hart auf dem Boden auf, wo er betäubt liegen blieb.

Grundwühler wusste, dass Schwimmers-Schrecken nicht lange benommen bliebe. Seine Person blutend und ungetröstet zu lassen, war ein Schmerz, der ihm durch und durch ging, doch es galt Schwimmers-Schrecken aufzuhalten. Er war eine Gefahr für sich selbst und alle in seiner Umgebung. Könnte er fliehen, welchen Schaden mochte er dann noch anrichten?

Also stürzte sich Grundwühler auf Schwimmers-Schrecken, versuchte ihn festzuhalten, ohne ihn zu verletzen. Denn wer bei Verstand war, tötete keinen anderen von den Leuten. Und Grundwühler mochte zornig und verängstigt sein, aber er war bei Verstand. Die Jagd lag ihm im Blut, und sechs Pfoten mit scharfen Krallen warteten nur darauf, mit Schwimmers-Schrecken so zu verfahren, wie es Grundwühler sonst wohl mit einem besonders widerspenstigsten Dammbauer täte. Aber er hielt sich zurück.

Der verworrene Gedanken- und Gefühlsstrudel in Schwimmers-Schreckens Geistesleuchten war Grundwühler Mahnung genug: Nein, er hatte es hier nicht mit einem widerspenstigen Dammbauer zu tun. Das hier war einer von den Leuten, geistig so verwundet wie Scharfauge körperlich.

Doch konnte er ihn festhalten, ohne ihn zu verletzen – oder selbst verletzt zu werden? Grundwühler begann gerade daran zu zweifeln, als er Hilfe bekam.

Aus eigener Erfahrung wusste Anders, wie rasch sich ein schöner Tag zum Albtraum wandeln konnte, doch er genoss diesen Ausflug mit Jessica und zwei Baumkatzen – eine davon sogar eine ›Wild-Baumkatze‹ – so sehr, dass er trotz Jessicas Sorge nicht mit diesem unvermittelten Angriff gerechnet hatte.

Jessicas Schmerzensschrei ließ ihn zunächst erstarren – für einen Sekundenbruchteil. Dann handelte er. Die Waffe in seiner Hand war bei dieser kurzen Entfernung nutzlos. Er ließ sie fallen und griff zu, hoffend, damit nicht alles noch zu verschlimmern: Er packte den Angreifer um die Körpermitte und riss ihn von Jessica und Pfadfinder los. Doch die fremde Baumkatze wand sich in seinem Griff, und sofort war klar: Sie wollte die mörderisch scharfen Klauen gegen ihn einsetzen.

Den 'Kater festzuhalten, war keine Option mehr, also schleuderte er ihn von sich und seiner Jessica fort auf den Waldboden in einiger Entfernung – mit aller Kraft, die Anders aufzubringen vermochte. Er hatte gehofft, der Aufprall würde die fremde 'Katz betäuben oder gar verletzen – immerhin war die Schwerkraft auf Sphinx beachtlich hoch. Aber Baumkatzen waren unter diesen Schwerkraftbedingungen aufgewachsen und hatten als Akrobaten der Lüfte auch einen Sturz zu kompensieren gelernt. Fast augenblicklich hatte sich der Angreifer wieder aufgerappelt ... doch da stürzte sich Ohnefurcht auf ihn.

Anders meinte jetzt Blut spritzen zu sehen, doch dann ging ihm auf: Ohnefurcht wollte die andere 'Katz zwar offenkundig aufhalten, aber nicht mehr als unvermeidbar verletzen. Zeit, drüber nachzudenken, ob ihn diese Nachsicht wunderte, hatte Anders nicht. Denn Ohnefurcht würde mit dem wild gewordenen Angreifer so nicht fertig. Nur ein Gedanke, das wurde ihm später klar (und dass Ohnefurcht dasselbe dachte), beherrschte sein Handeln: Dass es galt einen Krieg zu verhindern, nicht ihn eskalieren zu lassen.

Er sprang vor, löste die Kontragrav-Einheit, die er immer an der Hüfte trug, und veränderte rasch die Einstellung, um dann das Kontragrav auf der fremden ’Katz zu platzieren.

Leichter gesagt, als getan, denn es war ein echter Kraftakt: Er musste nun gegen die deutlich stärker spürbare Schwerkraft ankämpfen. Aber es gelang: Er heftete das kleine Gerät an den Angreifer, schaltete es, während er mit der freien Hand Ohnefurcht von seinem Gegner schob, ein – in einer Einstellung, die die fremde ’Katz aufjaulen ließ. Schon eine Erhöhung der Schwerkraft um auch nur ein Drittel Gravo war eine enorme Belastung, wie Anders aus eigener Erfahrung wusste, und der Angreifer musste mit wesentlich mehr Gravos fertigwerden.

Anders streifte die Jacke ab und wickelte den Kopf der vom elend hohen Eigengewicht nun zu Boden gedrückten ’Katz darin ein. Ihm war klar, dass die Jacke damit hinüber war, endgültig, aber besser die todbringenden Klauen und Reißzähne zerfetzten Stoff als Haut.

Ohnefurcht half ihm, den Angreifer, der sich immer noch nicht geschlagen gab und um sich schlug, zu fesseln: zunächst die Echtpfoten, dann die Handpfoten, zuletzt die Echthände. In Ermanglung von Seilen nahmen sie alles, was sie für geeignet hielten, auch das Extrapaar Socken, das Anders immer im Rucksack hatte. Nachdem sie sicher waren, die Baumkatze gut verschnürt zu haben, holte sich Anders die Kontragrav-Einheit zurück. Kurz überprüfte er, ob die Jacke immer noch fest um den Kopf der ’Katz saß, dann rannte er zu Jessica hinüber.

Sie war ebenso blutverschmiert wie Pfadfinder. Quer über ihr hübsches Gesicht zogen sich lange Klauenspuren; eine davon hatte ihr linkes Auge nur knapp verfehlt. Unter der Wucht des Angriffs war sie gestrauchelt und zu Boden gegangen. Schmerz und Schock sorgten dafür, dass sie unkontrolliert zitterte und nicht recht auf die Beine kam. Trotzdem saß der

Schock nicht tief genug, um sie nicht doch den Verbandskasten hervorkramen zu lassen.

»Anders!«, rief sie und blickte ihn entsetzt an. »Du blutest ja!«

»Du auch«, gab er zurück, kniete sich neben sie und nahm ihr den Verbandskasten aus den bebenden Händen. »Und ich kann wahrheitsgemäß vermelden: ›Ist doch nur 'ne Fleischwunde!‹ Alles okay also, nur ein paar Kratzer. Lass mich nach dir schauen!«

»Erst Pfadfinder!«

»Erst du!«, beharrte Anders und duldete keinen Widerspruch. Er hatte Sorge, sie könnte schwerer verletzt sein, als es auf den ersten Blick schien. »Sogar Ohnefurcht sieht das so! Also, schön brav jetzt! Kannst du dich auf den Rücken drehen? Hier, den Kopf kannst du auf meinen Rucksack legen.«

Seit seinem Aufbruch nach Sphinx war sein Verbandskasten, für die Expedition aufpoliert, immer bestens bestückt, vor allem, weil er ja schon ein paarmal zum Einsatz gekommen war. Rasch untersuchte Anders die Wunden und konnte erleichtert feststellen, dass zwar reichlich Blut geflossen war, Jessica aber keine schweren Verletzungen davongetragen hatte. Die Krallenspuren beschränkten sich weitgehend auf Kopfhaut, Stirn und obere Gesichtshälfte. Jessicas Augen war nichts passiert, und auch ihre Nase hatte nur einen winzigen Kratzer abbekommen.

Zunächst verabreichte Anders Jessica ein Schmerzmittel, dann machte er sich daran, die Wunden zu säubern. Nachdem er sich schließlich recht sicher war, jegliche Infektionsgefahr beseitigt zu haben, schob er vorsichtig Hautfetzen in deren ursprünglichen Positionen zurück und sprühte das Eiltherapeutikum darauf.

Aus dem Augenwinkel sah er, dass sich Ohnefurcht um Pfadfinder kümmerte: Er leckte dessen Wunden sauber. Einmal legte er eine Pause ein, kam zu Anders herüber und nahm sich aus dem Verbandskasten einen dicken Tupfer. Anders nahm sich nicht die Zeit zu schauen, was der Baumkater damit wohl vorhatte.

Als alles getan war, was Anders möglich war, nahm er Jessicas Hand. »Jetzt ruh dich ein bisschen aus. Ich schaue mal, ob Pfadfinder noch Hilfe braucht.«

Ohnefurcht saß unmittelbar neben Pfadfinder; den Tupfer, der mittlerweile blutdurchtränkt war, drückte er fest gegen das Ohr des verletzten 'Katers. Nun bliekte er Anders an, deutete auf Pfadfinders mittlerweile gesäuberte Wunden und vollführte dann mit einer Echthand eine Geste, die bemerkenswert danach aussah, als betätige er eine Eiltherapeutikum-Sprühdose.

»Kapiert«, sagte Anders und folgte den Anweisungen von Jessicas Gefährten. Hier und da setzte er noch nach eigenem Ermessen ein Antiseptikum ein. Er vermutete zwar, dass auch Baumkatzenspeichel gute Arbeit leistete, aber warum ein Risiko eingehen? »So, dann lass mich doch mal dieses Ohr ansehen!«

Er deutete in die entsprechende Richtung, und Ohnefurcht verstand sofort. Vorsichtig nahm er den Tupfer von den Wunde und enthüllte so die zerfetzten Überreste dessen, was noch vor wenigen Minuten ein hübsches, aufrecht stehendes Baumkatzenohr gewesen war. Aus den Fetzen quoll immer noch Blut hervor, und sofort drückte Ohnefurcht den Tupfer darauf.

Kein schöner Anblick. Anders kämpfte den Würgereiz nieder, schluckte und kramte dann in seinem Verbandskasten herum. »Erst die Blutung stoppen. Wenn das nicht geht: herausbekommen, ob eine wichtige Blutbahn betroffen ist und die Wunde sofort verschließen ...«, murmelte er dabei vor sich hin.

Die ersten beiden Schritte schaffte er. Da keine der Magerclanbaumkatzen frische Verletzungen aufgewiesen hatte, waren die zur Akutversorgung nötigen Verbandsmittel unangetastet. Mit Ohnefurchts Hilfe, der Baumkater schnurrte wieder nach Leibeskräften, gelang es Anders, seinen Patienten zu versorgen. Er glaubte zwar nicht, dass sich das Ohr jetzt noch retten ließe, aber wenigstens wären vorerst Pfadfinders Schmerzen gestillt.

Anders brachte seine Arbeit gerade zum Abschluss, als Ohnefurcht ein drängendes »Bliek!« ausstieß. Die 'Katz hatte sich auf die Echtpfoten gestellt und wies nun in die Richtung, in der sie unterwegs gewesen waren. Anders blickte in die gewiesene Richtung.

Die Baumkatze, die sie angegriffen hatte, lag noch genau dort, wo sie sie zurückgelassen hatten. Ihr war allerdings gelungen, den Kopf aus den Überresten von Anders' Jacke zu befreien, und der fremde Baumkater durchbohrte sie mit finsteren Blicken.

Doch nicht das hatte Ohnefurchts Aufmerksamkeit auf sich gezogen. Er blickte hinter ihren Gefangenen und hinauf zum Blätterdach des Waldes. Anders sah ebenfalls hinauf ... und keuchte auf.

Überall im Geäst hockten Baumkatzen – Baumkatzen, die, so viel verstand Anders von ihrer Mimik allmählich, alles andere als freundlich dreinschauten.

# 20

Grundwühler überwältigten die Wogen aus Wut, die ihm aus dem Geistesleuchten einer solchen Vielzahl ihm gänzlich unbekannter Leute entgegenschlugen. Nicht aber ihre Zahl oder ihre Wut war der Grund dafür, sondern dass sie in einem Maße in innerem Aufruhr waren, das Grundwühler noch nie in seinem Leben geschmeckt hatte.

Herauszufinden, welche Gefühle den Aufruhr erzeugten und was diese Gefühle ausgelöst hatte, war bei all den dunklen, zusammenhanglosen Emotionen, die ihn vom gefesselten Schwimmers-Schrecken erreichten, ein äußerst schwieriges Unterfangen. Die Geistesstimme des Älteren schwieg, doch finsterster Zorn und höchste Anspannung gingen von ihm aus, so sehr, dass es Grundwühler tief beunruhigte und er sich ebenfalls verspannte. Es fiel ihm schwer, seine Gedanken zu ordnen, und er wünschte, er könnte Schwimmers-Schreckens Gefühle ausblenden.

Glücklicherweise war Geschickte-Finger ein zäher Bursche – oder er war deutlich mehr an Schwimmers-Schreckens Wahnsinn gewöhnt. So laut und fest er konnte, erklärte er: *Dies ist mein Freund Grundwühler aus dem Clan vom Wassergrund und dem Clan der Windgetriebenen. Ohne seine Hilfe und die seines Zwei-Bein-Freundes könnte ich jetzt nicht zu euch sprechen.*

Er fuhr fort, teilte mit allen Anwesenden Bilder davon, wie Schwimmers-Schrecken sie angegriffen, wie Gebleichtes-Fell dem Angriff ein Ende bereitet, wie er dann die Verletzten versorgt hatte. Ohne Spielraum für Bemerkungen oder Diskussionen zu lassen, ging Geschickte-Finger sofort zu den Bildern über, die den Anwesenden das zeigten, was er von Scharfauge über Rote-Klippes Tod erfahren hatte. Wie es bei den Leuten nun einmal üblich war, lief das Teilen dieser Erinnerungen noch schneller ab, als sich die Geschehnisse, von denen sie kündeten, seinerzeit ereignet hatten.

Als Geschickte-Finger seinen Bericht beendete, löste sich eine braune Gestalt mit weißen Flecken auf dem Fell aus der Menge. Höflich stellte sie sich Grundwühler vor: *Ich bin Herrlicher-Sang, die älteste Sagen-Künderin des Clans der Baumhüter.*

Sie musste nicht zum Ausdruck bringen, wie entsetzt und angewidert alle hier Versammelten über das waren, was sie gerade erfahren hatten, und sie musste auch nicht sagen, dass die Kunde auch an jene weitergegeben würde, die beim Hauptnest des Clans zurückgeblieben waren. All das schmeckte Grundwühler in ihren Gedanken.

Herrlicher-Sang fuhr fort: *Glaubst du uns, dass wir nichts davon wussten? Geschickte-Fingers Bericht gleicht der Brise, die den Nebel vertreibt. Ich erkenne jetzt, dass unser aller Geist wie umwölkt war seit den Tagen, da die Flammen uns bedroht und unser Revier angefressen haben. Unsere Verluste waren nicht so groß wie die des Clans Ohne Revier, doch sie waren groß genug, um auch uns in Aufruhr zu versetzen.*

Grundwühler verstand. Herrlicher-Sangs Worte wurden von Bildern begleitet, die ihn erschauern ließen. Meist kam es einem Clan zugute, dass sie ihr Geistesleuchten miteinander teilten. War ein Geist aber aus dem Gleichgewicht geraten – sei es durch Krankheit, sei es durch Verletzung –, gab es Geistesheilerinnen, die dieses Gleichgewicht wieder herstellten, gerade so wie ein gewöhnlicher Heiler körperliche Wunden säubern und behandeln konnte.

Doch die Geistesheilerinnen des Clans der Baumhüter waren von den Bedürfnissen ihrer Clangenossen völlig überwältigt worden. Dazu kam, dass Schwimmers-Schrecken in seinem Wahn noch Schläue besaß. Er hatte seine geistige Unausgeglichenheit unter dem Deckmantel der allgemeinen Unruhe verborgen – und als Kundschafter hatte er auch weidlich Gründe, sich vom Hauptnest des Clans fernzuhalten. Die Geistesheilerinnen, überlastet durch die Vielzahl an Notfällen, hatten schlichtweg nicht tief genug unter die Oberfläche der Gedanken eines wahrlich geachteten Ältesten geblickt. Und doch war der innere Aufruhr in Schwimmers-Schrecken nicht unbemerkt geblieben – und nicht folgenlos: Er war weiter und weiter in die allgemeine Stimmung eingesickert und hatte letztendlich den Ausschlag gegeben, dass die Clanmitglieder, die sich nach den Reviereinbußen am meisten durch die Anwesenheit des Clans Ohne Revier bedroht fühlten, angesichts von Geschickte-Fingers Verschwinden zu heftig und unangemessen reagiert hatten.

Danach hatte es noch mehr Verletzungen an Körper und Geist gegeben, die es zu versorgen galt, denn der Clan Ohne Revier hatte sich mit dem Mut und der Wildheit der Verzweiflung gewehrt. Am Ende war Schwimmers-Schrecken verloren gewesen – und erst jetzt begriff man, wie arm, wie gefährlich und wie gequält er doch war.

*Wenn ihr uns Schwimmers-Schrecken überlasst,* fuhr Herrlicher-Sang fort, *bringen wir ihn nach Hause und schauen, was unsere Geistesheilerinnen für ihn tun können. Auch Geschickte-Finger würden wir gern mitnehmen. Ich verspreche dir: Dem Clan Ohne Revier wird kein Leid geschehen. Ich werde eine unserer jüngeren Sagen-Künderinnen dorthin ausschicken, damit sie den Clan über unser Versprechen unterrichtet. Und ich werde ihnen alles an Nahrung bringen lassen, was wir entbehren können.*

Nachdenklich lauschte Grundwühler. Dann sagte er: *Aber ich sehe, dass du glaubst, euer Revier und dessen Umland würde nicht auch noch für den Clan Ohne Revier ausreichen, selbst wenn die Angehörigen beider Clans zusammenarbeiten.*

Betrübt zuckten Herrlicher-Sangs Ohren. *Leider nicht. Vielleicht, wenn wir uns gerade mitten in der Spanne des Wachsens befänden und Zeit bliebe, mehr Nahrung zusammenzutragen. Vielleicht, wenn die Flammen nicht so viele der großen Beutetiere vertrieben hätten … ja, dann vielleicht. Aber die Tage des tiefen Schnees rücken näher. Schon jetzt ziehen die wenigen Beutetiere, die uns noch geblieben sind, in tiefer gelegene Ebenen.*

Dem musste Grundwühler zustimmen. Wenn sie wirklich zusammenarbeiteten, mochten ihre beiden Clans den Winter überstehen, aber dabei gingen beide ein großes Risiko ein. Und in dem, was ihm Herrlicher-Sang in ihrem Geist über das Revier ihres Clans zeigte, sah Grundwühler auch, warum sie nicht glaubte, das Problem ließe sich dadurch lösen, dass man dem Clan Ohne Revier einfach gestattete, das Revier zu durchqueren. Wieder und wieder fanden sich Gründe dagegen, in dem einen oder anderen Gebiet jenseits der Grenze des Reviers vom Clan der Baumhüter ein neues Nest anzulegen. Manche dieser Gründe waren natürlichen Ursprungs, doch allzu viele hingen damit zusammen, dass die Zwei-Beine ebenjene Gebiete für sich beanspruchten.

*Dann mögen du und dein Clan uns nun helfen,* erwiderte er, *und ich werde schauen, was getan werden kann, damit diese Leuten ohne Revier bald ein neues Lager als ihr Zuhause bezeichnen können – eines, das ertragreich genug ist, um sie durch den Winter zu bringen.*

Herrlicher-Sang fragte nicht, wie das geschehen solle, denn er hatte sie seine Hoffnung fühlen lassen, die Zwei-Beine könnten dabei eine Rolle spielen. Grundwühler spürte, dass Windgetrieben und Gebleichtes-Fell ebenso entschlossen waren wie er, Mittel und Wege zu finden, den Clan Ohne Revier die kalte Spanne überstehen zu lassen. Er fühlte es: Sie waren weise genug zu begreifen, dass dies mehr erforderte als nur einige Kisten mit toten Vögeln.

Als die Konferenz beendet war, traten zwischen den Zweigen einige der kräftigsten Männchen des Clans hervor; sie brachten eine aus Netz gewirkte Trage mit und legten Geschickte-Finger vorsichtig darauf.

*Wir werden uns wiedersehen, Grundwühler,* versicherte ihm Geschickte-Finger. *Eine Freundschaft wie die unsere wird nicht mit der Entfernung oder der Zeit verblassen.*

Als Nächstes kamen einige Leute vom Clan der Baumhüter, um Schwimmers-Schrecken zu holen. Seine Fesseln blieben ungelöst, denn Herrlicher-Sang hatte beschlossen, solange er nicht deutlich ruhiger sei, stelle er für sich selbst und für alle anderen eine zu große Gefahr dar. Dann wurde auch er auf eine Trage gehoben und fortgebracht. Sobald Schwimmers-Schrecken außerhalb der unmittelbaren Reichweite war, spürte Grundwühler die vorherige Anspannung von sich abfallen.

Er erschauerte. Wer hätte gedacht, dass Schwimmers-Schrecken über eine Waffe verfügte, die noch gefährlicher war als scharfe Reißzähne oder drei Paar klauenbewehrter Gliedmaßen? Grundwühler hatte die Zwei-Beine bislang immer ihrer Geistesblindheit wegen bemitleidet. Nun verstand er, dass es durchaus auch seine Gefahren barg, den Geist mit anderen zu teilen.

Als der Letzte der Leute aus dem Clan der Baumhüter fort war, tippte Grundwühler seiner Person gegen die Schulter und deutete dann in die Richtung, in der sie das Flugding zurückgelassen hatten.

»Bliek!«, sagte er und wünschte sich dabei, er könnte Windgetrieben auf diesem Wege sämtliche Komplikationen erläutern. »Bliek! Bliek!«

»Sie reden miteinander«, sagte Jessica. »Ich weiß zwar nicht worüber, aber die reden miteinander – und das ist kein Streit.« Sie zitterte noch heftiger als zuvor. »Sterne noch mal, ist mir kalt!«

»Das ist der Schock«, sagte Anders und stellte sich dicht neben sie. »Komm, ich nehm dich in den Arm.«

Jessica schenkte ihm ein müdes Lächeln. »Körperwärme teilen? Okay, ich meine, dir muss ja ziemlich kalt sein, so ohne Jacke. Und selbst, wenn du sie jetzt irgendwie zurückbekämst, dürfte sie hin sein.«

Anders setzte sich zu Jessica auf den Boden und zog sie in die Arme. Sie schmiegte den Kopf an seine Brust, und es schien, als sei sie extra dafür gemacht, von ihm umarmt zu werden. Er legte das Kinn auf ihren Kopf, sorgsam darauf bedacht, keine der Striemen zu berühren, die die Baumkatzenkrallen gerissen hatten. Nach ein paar Minuten glaubte er, sie zitterte nicht mehr – aber sein eigenes Herz pochte so laut, dass er sich dessen nicht ganz sicher war.

»Geht's besser?«, fragte er.

»Hm-hmm.« Jessicas Stimme klang wie aus weiter Ferne, verträumt. »Ich habe beschlossen, Ärztin zu werden.«

»Was?«

»Ärztin. In letzter Zeit scheine ich ständig irgendwen zusammenzuflicken. Wenn das so weitergeht, sollte ich mich damit besser auskennen. Aber ich möchte Menschen behandeln, nicht Tierärztin werden. Vielleicht spezialisiere ich mich auch auf Baumkatzen. Sind ja schließlich auch Leute, oder nicht?«

Sie kicherte, und Anders hörte den schrillen Unterton, der ihm deutlicher als jedes Wort verriet, dass Jessica immer noch kurz vor einem hysterischen Ausbruch stand. Kein Wunder, sie hatte in letzter Zeit ja nun wirklich genug mitgemacht! Schon Anders selbst hatten die Baumkatzenleichen arg zu schaffen gemacht, aber für Jessica musste das noch schlimmer gewesen sein. Ständig musste sie neben den eigenen Gefühlen auch die von Grundwühler aushalten und filtern. Und dass ihre Mutter für Marjorie Harrington einsprang, hatte Jessica noch weitere Verpflichtungen aufgebürdet.

Und dann …

Die Erkenntnis traf Anders wie einen Schlag: Da gab es etwas, das eine weitaus größere Rolle spielte. Zumindest auf seinen eigenen, sich fast überschlagenden Puls wirkte sich dieser Faktor aus.

Rau sagte er: »Ich weiß nicht, was ich später einmal werden will. Aber ich weiß, was ich mir wünsche, tun zu dürfen. Jessica … ich … ich möchte dich beschützen.«

»Beschützen?«

Anders spürte, wie sie sich verspannte, und setzte rasch zu einer Erläuterung an: »Nicht, weil du schwach wärest, oder so, Jessica, sondern weil du einer der stärksten Menschen bist, die ich je kennengelernt habe. Du, Jessica Pheriss, bist immer für alle anderen da. Ich möchte dich spüren lassen, dass auch für dich immer jemand da ist.«

Ihre Anspannung legte sich nicht. »Ohnefurcht … ich habe doch Ohnefurcht!«

»He, ganz ruhig, natürlich hast du Ohnefurcht. Aber um Ohnefurcht musst du dich schließlich auch kümmern. Du musst ihn beschützen … vor Schwarzlöchern wie den Xenos zum Beispiel. Und ständig musst du Gehässigkeit und Neid ertragen. Außerdem: Heißt das, weil du jetzt Ohnefurcht hast, brauchst du sonst niemanden mehr?«

Jessica sagte nichts, doch ihr Schweigen zeigte, dass sie aufmerksam zuhörte.

Also sprach Anders weiter, obwohl ihm die Worte jetzt so schnell über die Lippen wollten, dass er sich zu verhaspeln drohte: »Jess, Süße, ich bin jetzt schon seit Wochen in dich verliebt, ohne es mir selbst eingestehen zu wollen! Als ich sah, wie du angegriffen wurdest, war da ein Gefühl, wie ich es vorher noch nie hatte. Ich *musste* dich einfach beschützen! Dass dir nichts passiert, war mir wichtiger als alles andere, mich selbst eingeschlossen. Deswegen habe ich den Mut aufgebracht, nach diesem Biest zu greifen, trotz des vielen Bluts überall, und ich wusste genau, dass er mich mühelos zerfetzen könnte. Ich musste das machen, weil du mir mehr bedeutest als jeder andere Mensch in meinem Leben.«

Zwei Worte, kaum mehr als ein Flüstern: »Und Stephanie?«

Anders schlang die Arme noch enger um Jessica. »Ja, ich weiß. Ich ... Stephanie ist toll, wirklich, aber das mit dem ›wir‹, das war ihre Idee, und ich ... ich habe mich mitreißen lassen. Ich meine, von den Baumkatzen einmal abgesehen, war das, was mich auf Sphinx am meisten interessierte, die Person, die sie entdeckt hat.«

»Das?« Wieder ein angespanntes Kichern.

»Jaaa ... Ich meine, ich wusste natürlich, dass Stephanie Harrington eine Sie ist, aber irgendwie war sie eben auch ein Es. Etwas Unpersönliches. Die Verkörperung der Wissenschaft. Der Faktor, der den Erstkontakt mit einer nichtmenschlichen, vernunftbegabten Lebensform hergestellt hat. So schlau, dass es an genial grenzt, höchst kreativ, und auch noch hübsch ... in einer niedlichen Art und Weise. Und sie hat mich gleich gemocht. So richtig, meine ich.« Er seufzte tief; sein Atem ließ Jessicas Locken tanzen. »Stephanie hat mir gesagt, gleich vom ersten Moment an, da sie mich gesehen hat, habe sie gewusst, dass ich etwas Besonderes sei.«

»Ja ... das hat sie mir auch erzählt. Es hat sie so richtig erwischt. Hals über Kopf verliebt.«

»Ach, Jess, verstehst du denn nicht, was das bedeutet? Die

Vorstellung von der Liebe auf den ersten Blick, die ist ganz wunderbar und herrlich romantisch – aber so etwas bedeutet eben auch, dass man sich in einen *Eindruck* verliebt, in eine Idee: eben nur auf den ersten Blick, als würde man den einfrieren und konservieren und zum Ideal machen.«

»Und dass es Schicksal ist, meinst du nicht?«

»Heißt das, du glaubst an so etwas wie Schicksal?«

»Ja, irgendwie schon.«

»Ich weiß nicht ... Ich meine, ich könnte jetzt sagen, es war auch Schicksal, dass ich dir begegnet bin. Schicksal, dass wir gemeinsam so etwas wie das hier durchstehen mussten. Nur so hast du für mich aus Stephanies Schatten treten können. Steph ... weißt du, irgendwie hat sie einfach Anspruch auf mich erhoben. Versteh mich nicht falsch, ich will damit nicht sagen, dass mir das nicht gefallen hätte, im Gegenteil: Ich fand es toll und finde es immer noch toll. Aber Steph ... ist nicht ... Steph ist nun mal nicht *du*, Jessica.«

Eine Weile saßen sie schweigend nebeneinander. Die Baumkatzen hatten sich mittlerweile in Bewegung gesetzt. Einige waren bereits im dichten grünen Blätterdach verschwunden. Ein paar kräftige Männchen brachten eine weitere Trage und luden Pfadfinder darauf.

Sehr leise sagte Jessica: »Ich habe Stephanie zwar nicht gerade beneidet, aber ich fand, sie hat richtig viel Glück. Ja, ich glaube, ich habe gedacht, sie hat mehr Glück gehabt, als sie weiß ... Als sie dann weg war, ist es passiert: Alle Gefühle kamen hoch. Ich habe versucht, mir nichts anmerken zu lassen.«

»Du meinst ... du magst mich auch?«

»Du Idiot, natürlich! Aber ich bin einfach nicht die Sorte Mensch, die seiner besten Freundin den Freund ausspannt. Und ich will Ärztin werden.«

Anders blinzelte erstaunt, doch dann glaubte er zu verstehen. Jessica hatte es erwähnt: Ihre Mutter war noch sehr jung, als sie sich, ganz traditionell, für Ehe und Kinder entschieden hatte … und seitdem ein Leben geführt hatte, das nichts Traditionelles hatte. Anders hoffte, dass Jessica ihn mit dem Hinweis auf den Berufswunsch nicht abweisen wollte, sondern nur Bedingungen für eine Beziehung stellte.

»Okay, du wirst also Ärztin«, sagte er. »Und ich lass mir was einfallen, was der feste Freund an der Seite einer Ärztin eben so macht. Ich kann gut mit Menschen umgehen. Vielleicht könnte ich als Rezeptionist bei dir anfangen?«

Wieder kicherte Jessica.

Anders entspannte sich ein wenig, doch er entließ sie nicht aus seiner Umarmung. »Wegen Ohnefurcht wirst du im Sternenkönigreich bleiben müssen, oder?«

Jessica zuckte mit den Schultern. »Regeln dafür sind doch noch nicht aufgestellt. Vergiss nicht: Löwenherz hat gerade als erste Baumkatze überhaupt seinen Heimatplaneten verlassen.«

»Trotzdem …« Anders' Gedanken überschlugen sich, so viele Komplikationen sah er, eine türmte sich geradewegs auf die nächste. »Ich muss mit Stephanie reden. Und den Feigling geb ich nicht und teile ihr das in einer Nachricht mit! Ich muss ihr dabei in die Augen sehen.«

Die Baumkatzen hatten nun Pfadfinder und auch den Angreifer fortgebracht. Ohnefurcht war in der Nähe geblieben; er stand Nase an Nase mit einem Weibchen, das beachtliche Autorität ausstrahlte. Nun wandte sie sich ab, und Ohnefurcht sprang zu ihnen hinüber.

»Bliek!«, sagte er, tippte ihnen beiden gegen die Schulter und deutete dann wieder zum Flugwagen hinüber. »Bliek! Bliek!«

Als sie Jessicas Flugwagen schließlich erreicht hatten, legte sie keinerlei Protest ein, als Anders entschied, das Steuer zu übernehmen.

Schweigend lehnte sie sich im Beifahrersitz zurück; auf ihrem Schoß lag Ohnefurcht und schnurrte nach Leibeskräften.

»Die Frage lautet also«, sagte Anders, »wohin bringen wir dich?«

»Zu Doc Scott, wohin sonst?«, entschied Jessica. »In der Klinik in Twin Forks müssten wir wohl irgendeine Erklärung abgeben. Oder ich lasse das mit dem Arzt ganz. Ich bin doch eigentlich ganz ordentlich versorgt.«

»Nichts da!«, widersprach Anders. »Kommt gar nicht infrage. Und was sollen wir deinen Eltern erzählen?«

»Mom hat mir den Tag freigegeben«, rief ihm Jessica ins Gedächtnis zurück. »Ich rufe sie an und sage ihr, dass wir beschlossen haben, nach Thunder River zu fliegen, um nach der frisch geretteten 'Katz zu sehen. Es ist noch gar nicht so spät, schau doch, das kommt uns nur so vor, weil heute eine ganze Menge passiert ist. Kann gut sein, dass wir bis zum Abendessen wieder zurück sind.«

»Okay«, nickte Anders, ließ den Flugwagen über die Baumwipfel hinaus aufsteigen und gab die Koordinaten ein. »Mein Dad wird mich nicht vermissen, wie immer. Trotzdem schicke ich ihm eine Nachricht, dass ich mich verspäten werde. Dass ich nicht zum Essen komme, hatte ich ihm schon gesagt.«

»Aber dieses Mal rufen wir zuerst Doc Scott an«, entschied Jessica. »Nur für den Fall, dass er gerade draußen bei einem Patienten ist, oder so.«

Doch Doc Scott sagte ihnen, er habe Zeit für sie, wenn sie bei ihm einträfen. Viele Fragen stellte er nicht, sondern bat Jessica nur, ihm über ihr UniLink die Wunden zu zeigen.

»Sieht aus, als wärest du vernünftig versorgt worden«, urteilte er dann. »Aber ich bin ganz Anders' Meinung: Ist schon besser, wenn ich mir die Verletzungen noch einmal ansehe. Kämpfer schlägt sich gut, aber er ist immer noch auffallend unruhig. Es wird ihm bestimmt guttun, sich noch einmal mit Ohnefurcht auszutauschen. Schaut doch mal, ob ihr nicht noch einmal über Nacht bleiben könnt – dann hätten die beiden auf jeden Fall genug Zeit für einen ausgedehnten Plausch.«

»Ich frag mal nach«, versprach Jessica.

Naomi Pheriss erlaubte es ihr mit Freuden. »Ich hebe dir auch was von dem Beereneis auf.«

»Danke, Mama.«

Als Jessica ihr UniLink abschaltete, blickte Anders zu ihr hinüber. »Ich hoffe, du nimmst es mir nicht übel, wenn ich das so sage, Jess, aber du siehst verdammt müde aus. Ich flieg den Wagen schon nicht zu Schrott, also kuschel du dich doch ein bisschen mit Ohnefurcht zusammen und schlaf 'ne Runde, okay?«

Sie warf ihm ein dankbares Lächeln zu. »Schöne Idee, danke, echt, das mach ich.«

Grundwühler war hochzufrieden, als er begriff, dass sie auf dem Weg zu Feind-des-Dunkels und Fängt-gewandt waren. Einen Großteil des Fluges hatte er damit verbracht, seine eigenen Gedanken zu sortieren und zugleich Windgetrieben zu beruhigen, damit der Schlaf ihr auch wirklich Erholung und Heilung schenkte. Hin und wieder streckte er eine Hand nach Gebleichtes-Fell aus und tätschelte ihn kurz. Das junge Zwei-Bein war tief in Gedanken versunken, doch trotz einer gewissen Anspannung schmeckte Grundwühler in seinem Geistesleuchten die Gelassenheit, die mit einer gefällten und für gut befundenen Entscheidung einherging.

Grundwühler blieb auch bei Windgetrieben, als Feind-des-Dunkels ihre Wunden begutachtete. Als sichergestellt war, dass sie wirklich keine schlimmeren Verletzungen davongetragen hatte als die, die sich leicht erkennen ließen, tippte er ihr gegen den Arm und deutete zu dem Raum hinüber, in dem Scharfauge und Fängt-gewandt warteten.

Windgetrieben gab ihm einen sanften Stoß, begleitet von einigen Mund-Lauten und einem zustimmenden Aufglühen in ihrem Geistesleuchten, das Grundwühler als Zeichen dafür nahm, sie habe verstanden. Die entspannten Untertöne in ihrem Geistesleuchten ließen ihn vermuten, dass sie die Nacht über in diesem Nest verbringen würden. Damit war er sehr zufrieden. Der Tag war ereignisreich gewesen, und er brauchte ein wenig Zeit, seine neuen Ideen wurzeln schlagen und anwachsen zu lassen.

Als er sich zu seinen Freunden gesellte, teilte er mit ihnen sämtliche Ereignisse des Tages. Scharfauges Geistesleuchten hellte sich deutlich auf; die Freude darüber, dass doch so viele seines Clans die Schlacht überlebt hatten, verlieh ihm Kraft. Natürlich hatte sein Geistesleuchten auch dunklere Untertöne, denn einige waren eben doch gestorben, und es gab viele Verletzte, aber alles in allem waren die Folgen der Auseinandersetzung längst nicht so schlimm wie befürchtet.

*Ich bin froh, dass Geschickte-Finger überlebt hat und entschlossen ist, die Wahrheit über die Lage meines Clans zu verkünden. Er ist sehr stark. Ich habe keinerlei Zweifel daran, dass er eines Tages ein hochgeschätzter Ältester seines Clans sein wird. Was Herrlicher-Sang gesagt hat, erklärt vieles, was mich bislang verwirrt hat.*

Fängt-gewandt reckte die Schnurrhaare vor. *Und was tun wir jetzt? Nach dem, was Herrlicher-Sang sagt, ist allzu deutlich, dass das*

*Revier des Clans der Baumhüter nicht beide Clans zu ernähren vermag. Also muss der Clan Ohne Revier ein anderes, gesundes Revier erhalten. Aber wie wollen wir das bewerkstelligen? Windgetrieben und Gebleichtes-Fell sind klug genug, dies selbst erkannt zu haben, dessen bin ich mir sicher – wenn nicht, warum hätten sie sonst die Kiste mit den Vögeln mitnehmen sollen? Offenkundig haben sie begriffen, dass der Clan Ohne Revier in arger Not ist. Und Feind-des-Dunkels ist ein Heiler, der die Spuren des Hungers an Scharfauge und den Leichen seiner Clangenossen erkannt hat. Deswegen halte ich es für möglich, dass die Zwei-Beine bereit wären, uns zu helfen – aber die Leute sind keine Steine oder Zweige, die man einfach so fortbringen kann. Scharfauge, meinst du, dein Clan würde mitmachen?*

Scharfauge rieb sich mit den Fingern über den Hals, an dem jetzt feiner Fellflaum nachwuchs ... und das juckte.

*Ich glaube, dass sie es* wollen, *aber zumindest in einer Hinsicht besitzt unser Clan bemerkenswerte Ähnlichkeit mit dem Clan der Baumhüter: Unsere Geistesheilerinnen sind sehr erschöpft. Schlimmer noch, wir haben keine Sagen-Künderin, die uns erklären könnte, wie derlei Geschehnisse in das größere Muster aller Ereignisse in der Geschichte unseres Clans passen. Viele Erwachsene haben wir verloren. Unsere Ältesten sind keine schlechte Leute, aber sie sind Veränderungen nicht gewohnt.*

Alle drei Leute blickten einander mit großen Augen an, dachten nach, schmeckten das Geistesleuchten des jeweils anderen und teilten ihre Erinnerungen miteinander. Was Scharfauge gesagt hatte, war zweifellos wahr. Bodenhuscher mochten stets nach Streifenblatt streben und ihm folgen, doch die Leute strebten nicht nach Veränderungen. Selbst unter idealen Bedingungen fielen ihnen Veränderungen nicht leicht – und weiter von idealen Bedingungen entfernt als jetzt war der Clan Ohne Revier vermutlich noch nie gewesen. Doch dann, nach einigen Augenblicken des Schweigens, gluckste Grundwühler kehlig.

*Ich habe eine Idee. Vor wenigen Spannen wurde mein Clan vor dem Feuer gerettet. Um zu entkommen, sind viele unserer Jungen und unserer Gebrechlichen in einem der Flugdinger der Zwei-Beine gereist. Ich könnte meine Erfahrungen mit deinen Ältesten teilen, aber weil ich mich an Windgetrieben gebunden habe, sind sie mir gegenüber womöglich misstrauisch. Vielleicht sollte sich eine unserer Sagen-Künderinnen an euren Clan wenden. Sie könnte nicht nur unsere Abenteuer mit euch teilen, sondern auch die ganze Geschichte unseres Clans.*

Scharfauge blinzelte erstaunt. *Sagen-Künderinnen werden bei den Leuten hochgeschätzt. Würde dein Clan denn das Leben einer eurer Sagen-Künderinnen riskieren?*

Grundwühler nickte. *Wo ihr keine einzige habt, wir aber mehrere? Davon bin ich überzeugt.*

Fängt-Gewandt warf ein: *Ich würde zu meinem Clan gehen, aber bis dorthin ist es weit, selbst mit einem Flugding der Zwei-Beine. Vielleicht könnte Klettert-flink, wenn er zurückgekehrt ist, den Clan vom Hellen Wasser um Hilfe ersuchen. Älteste Sagen-Künderin dort ist Singt-Wahrhaftig, seine Wurfschwester – und wir alle haben gehört, dass sie ein äußerst abenteuerlustiges Weibchen ist. Wo ich so darüber nachdenke, will es mir scheinen, wir werden eher Schwierigkeiten haben, sie von uns fernzuhalten, als sie dazu zu bewegen, uns zu helfen.*

Grundwühler spitzte die Ohren, als lausche er einem Klang in der Ferne. *Ich bin mir nicht sicher, aber ich glaube, Herrlicher-Sang könnte uns helfen. Sie hat es nicht ausdrücklich gesagt, aber als wir miteinander gesprochen haben, schien sie mir in Erwägung zu ziehen, eine ihrer Schülerinnen zu fragen, ob sie nicht bereit wäre, sich dem Clan Ohne Revier anzuschließen und Kleiner-Chor zu unterweisen. Die überlieferte Kunde ihres Clans deckt sich zwar nicht mit der eures Clans, aber es sind angrenzende Reviere, und so werden manche Geschehnisse gewiss beiden Clans bekannt sein.*

*Wenn dem so ist,* sagte Fängt-gewandt und sprang vor Begeisterung auf und ab, *dann werden wir mehrere Sagen-Künderinnen haben, die eure Ältesten überzeugen können!*

Scharfauge stimmte zu. *Weißt du, wie lange Feind-des-Dunkels mich wird hierbehalten wollen? Ich weiß, dass ich noch nicht lange hier bin, aber ich kann es kaum erwarten, zu meinem Clan zurückzukehren und zu helfen.*

*Ich weiß es nicht,* erwiderte Fängt-gewandt. *Aber ich glaube, er wird verstehen, wenn wir ihm deinen Wunsch zeigen. Er mag ja geistesblind sein, aber er verfügt über einen Verstand, der selbst die Stille zu überwinden vermag.*

Einen Großteil des Abends verbrachten die Menschen mit der Diskussion darüber, wohin man den Magerkatzenclan wohl umsiedeln könnte.

»Früher oder später werden wir den SFD hinzuziehen müssen«, beendete Scott seine Überlegungen zu diesem Thema. »Wenn Stephanie und Karl zurückkehren, könnte das doch ein idealer Vorwand für eine Besprechung im kleinen Kreis sein – ohne dass die Xenos mitbekommen, worum es eigentlich geht.«

»Ich gehe nicht davon aus, heute noch etwas von Steph zu hören«, sagte Anders. »In Landing ist es schon fast Abend, und heute hält sie ihre große Rede vor der Adair Foundation. Ich schicke ihr eine Nachricht und versehe sie mit einem Timecode, damit Stephanie sie erst bekommt, wenn sie da fertig ist. So wie ich Steph kenne, wird sie unbedingt mithelfen wollen.«

Das hoffte er zumindest ... vor allem weil er ihr noch etwas anderes so schnell wie möglich erklären wollte, das, was ihm auf der Seele brannte. Aber was, wenn sie stinksauer würde und nichts mehr mit ihnen zu tun haben wollte? Nein! Das glaubte er nicht. Stephanie hatte sich schon immer für die Belange der Baumkatzen eingesetzt. Wäre sie wütend, würde sie diese Energie vermutlich dazu nutzen, noch rascher eine Lösung für das Problem zu finden.

Hoffte er.

Am nächsten Morgen fand er eine Nachricht von Stephanie vor, die er sofort öffnete. Er erwartete, dass sie von ihrem Triumph berichtete ... und war völlig entsetzt. Sobald er sich die Details angehört hatte, rannte er zu Irina und Jessica hinunter, die gerade bei einer Tasse Tee zusammensaßen. Im gleichen Moment, da er unten eintraf, stieß auch Scott zu ihnen, der sich gerade noch einmal Kämpfers Wunden angeschaut hatte.

»Jemand hat versucht, Löwenherz zu entführen!«, platzte Anders heraus und berichtete dann rasch die Details.

»Wow!«, entfuhr es Jessica. »Wenn ich an Astrologie glauben würde, müsste ich jetzt wohl sagen, die Sterne stehen gerade ganz furchtbar ungünstig! Wir bekommen es mit einer Angreifer 'Katz zu tun, und Stephanie und die anderen mit 'Katz-Entführern!«

»Aber es geht allen gut, ja?«, fragte Scott nach. »Keine schwereren Verletzungen?«

»Nein, nein«, versicherte ihm Anders. »Stephanie hat dann sogar noch ihre Rede gehalten, ganz wie geplant. Sie sagt, der Earl mache einen netten Eindruck, sogar noch netter als seine Cousine – und schon von dieser Gwendolyn scheint Steph sehr angetan.«

»Richard und Marjorie sind bestimmt froh, dass sie den Rückreisetermin vorverlegt und alles dafür schon organisiert haben«, sagte Irina. »Wann kommen sie denn an?«

»In drei Tagen«, antwortete Anders.

Scott nickte. »Gut. Ich rede mal mit Frank, sobald ich ihn unter vier Augen erwische. Meines Erachtens wird unser

Gespräch mit Chief Ranger Shelton besser laufen, wenn ich ihm schon ein paar mögliche Territorien anbieten kann. Und ich glaube, ich könnte Frank ein paar Vorschläge aus dem Kreuz leiern, ohne dass sein Boss davon etwas mitbekommt.«

»Warten Sie!«, warf Anders ein. »Mein Dad und sein Team arbeiten an einem Programm, mit dem sich Gebiete ermitteln lassen, die für die Besiedlung durch Baumkatzen besonders geeignet sind. Über die grundlegenden Bedingungen dafür sind sie mittlerweile schon hinaus – also etwa, dass Pfostenbäume da sein müssen und Wasser und so. Jetzt achten sie auf alles an Pflanzen und Materialien, was in der Baumkatzenkultur anscheinend unverzichtbar ist wie bevorzugte Beutetiere. Das würde doch wohl die Identifizierung möglicher Umsiedlungsregionen vereinfachen, oder?«

»Würde dir dein Dad denn eine Kopie von dem Programm geben?«

»Klar. Ich hab sogar schon eine. Ich habe beim Eingeben der Daten geholfen. Deswegen bekomme ich automatisch alle Updates.«

Jessica grinste. »Wir können das mit den Karten der Krongüter abgleichen und dann markieren, wo wir bereits Baumkatzenansiedlungen kennen und welche Territorien sich in Privatbesitz befinden.«

»Das gefällt mir«, pflichtete Scott bei. »Seit dieser Sache mit Tennessee Bolgeo hat sich der SFD sehr damit zurückgehalten, Mutmaßungen darüber zu bestätigen, wo wohl derzeit Baumkatzen leben. Auf diese Weise können sich Steph und Karl in das Ganze einarbeiten und ein paar Vorschläge machen, und Shelton kann ihnen dann sagen, ob eine entsprechende Umsiedlung machbar ist oder nicht.«

»Und wenn er es ablehnt, sie umzusiedeln zu lassen?«, fragte Irina.

Jessicas Grinsen verschwand schlagartig. »Das macht er doch nicht, oder? Aber wenn es, aus welchem Grund auch immer, doch dazu käme, dann hätte ich hier in meinem Cache noch ein paar Bilder, die dann sofort genau dort landen würden, wo sie uns am meisten nutzen.« Ihre Miene hellte sich wieder auf. »Aber dazu wird's nicht kommen. Chief Ranger Shelton würde nicht einmal ein paar Chipmunks verhungern lassen, wenn er es irgendwie verhindern könnte. Ihm wird schon etwas einfallen, wie sich das bewerkstelligen lässt. Das *muss* es einfach!«

# 21

Stephanies Herz schlug wie wild, als der Shuttle aufsetzte. Während der letzten drei Monate hatte ein Ereignis das nächste gejagt, und noch war dieser Reigen nicht zu Ende. Was ihr die Schulungskurse abverlangt hatten, schien ihr ein Klacks gegen das, was an Herausforderungen noch vor ihr lag.

Als die Ausschiffung begann, bemerkte Stephanie sofort, wie sehr sich die Schwerkraft verändert hatte. Einen kurzen Moment lang spielte sie mit dem Gedanken, die Kontragrav-Einheit zu aktivieren, doch sie widerstand der Versuchung. Löwenherz in seinem Tragekorb bliekte aus tiefstem Herzen und winkte kurz mit der Echthand, um anzuzeigen, dass auch er den Unterschied bemerkt hatte.

Stephanies Eltern und Karl schwatzten unbeschwert miteinander, dann wurden die Gepäckstücke zusammengesucht, und schon schoben sich die Passagiere in Richtung Ausgang. Stephanie war nur teilweise bei der Sache, denn was sie wirklich beschäftigte, war, was in nur wenigen Augenblicken geschehen würde. Anders hatte versprochen, er würde sie abholen – und trotzdem war Stephanie mit einem Mal nervös. Was, wenn er nicht da wäre?

Aber Anders war da, hochgewachsen und schlank, das weizenblonde Haar wie üblich zu einem Pferdeschwanz zurückgebunden; ein aufmerksamer Blick aus tiefblauen Augen suchte die Menschenmenge ab. Als er Stephanie in der Warteschlange entdeckte, breitete sich ein Lächeln auf seinem Gesicht aus, und er rannte auf sie zu.

»Steph! Willkommen zu Hause!«

Anders umarmte sie kurz, ehe er ihre Eltern begrüßte. Karl war von seinen Eltern und diversen Geschwistern umlagert, und so beschränkten sich die beiden jungen Männer darauf, einander über eine Schar kleiner Köpfe hinweg die Hände zu schütteln.

»Dein Dad und ich kümmern uns noch um das Gepäck, Stephanie«, sagte Marjorie Harrington ganz entspannt. »Wenn Anders dich und Löwenherz schon nach Hause fahren will, dann macht euch ruhig gleich auf den Weg.«

Ohne Stephanies Antwort abzuwarten, nahm Anders Stephanies Vater das Bordcase aus der Hand und überließ ihr damit Löwenherz' Tragekorb. »Danke!«

Stephanie überlegte, ob sie Löwenherz gleich hier und jetzt freilassen sollte, doch ein frei herumlaufender Baumkater würde zweifellos Aufmerksamkeit erregen. Also doch lieber warten, bis sie aus der Halle wären.

Sie winkte Karl zu. »Bis später!«

Karl hatte mittlerweile eine selbst gemachte Papierkrone aufgesetzt bekommen. Ein wenig peinlich berührt lächelte er Stephanie an. »Bis später ...«

Die Luft vor der Ankunftshalle war frisch, beinahe schon schneidend – viel herbstlicher als bei Stephanies Aufbruch nach Manticore. Oder war das einfach nur der Unterschied zwischen den Planeten? Löwenherz spürte es bestimmt auch. Als sie ihn endlich aus seinem Tragekorb befreite, schlang er seinen Schweif um sich und sprang geradewegs in den Flugwagen.

»Er hat wirklich viel Fell verloren«, sagte sie nachdenklich. Aber sie redete nur, um die plötzliche Nervosität zu überspielen. Seinem Freund fast täglich eine Nachricht zu schicken, das war das eine ... aber plötzlich mit ihm ganz allein zu sein, war etwas völlig anderes. »Ob ich ihm einen Pullover besorgen sollte?«

Anders lachte. »Wenn du das machst, sieh bloß zu, dass Dr. Hidalgo das nicht mitkriegt!«

»Stimmt.« Stephanie fiel in sein Lachen mit ein. Jessica und er hatten in ihren Nachrichten ausgiebig darüber berichtet, wie wichtig es Dr. Hidalgo war, urtümliche Kulturen nicht zu beeinflussen. »Eigentlich bin ich ja auch dafür zu haben, dass Baumkatzen so leben, wie sie immer schon gelebt haben, aber alles hat seine Grenzen. Wenn Löwenherz durch die Kälte krank würde ... also, da hört's doch auf.« Sie ließ sich auf den Beifahrersitz sinken. »Wie ist es denn Kämpfer ergangen, als du ihn nach Hause gebracht hast? Er hat doch auch ordentlich Fell verloren, oder?«

»Scott und Irina haben so ziemlich das Gleiche zu diesem Thema gesagt wie du«, antwortete Anders. »Sie haben ihm eine Jacke mitgegeben, die sie irgendwie zusammenimprovisiert haben. Und sämtliche Verschlüsse lassen sich auch mit Baumkatzenfingern lösen, also kann er sie ganz nach Belieben an- oder ausziehen.«

»Das ist gut! Vielleicht sollte ich mir zeigen lassen, wie sie die Jacke zugeschnitten haben, und dann Löwenherz auch ein paar nähen.«

Anders nickte zustimmend, doch plötzlich beschlich Stephanie eine düstere Vorahnung. Etwas in seinem Blick ... Natürlich war ihr aufgefallen, dass seine Hand nicht sofort nach der ihren griff ... anders als früher. Das befeuerte noch das Gefühl, irgendetwas stimme nicht, ebenso, dass Löwenherz unvermittelt auf die Rückenlehne ihres Sitzes sprang und ihr den Schweif um den Nacken schlang, statt wie sonst mit lautstarkem Blieken zu verkünden, er wünsche, dass ein Fenster geöffnet werde.

»Steph«, setzte Anders schließlich an und biss sich auf die Unterlippe. »Es gibt wohl keine Möglichkeit, das irgendwie leichter für dich zu machen, also bin ich einfach ehrlich. Ich ... ich habe mich in eine andere verliebt.«

»Jessica.« Es war so offensichtlich, dass Stephanie nicht einmal zu raten brauchte. Ihr Magen krampfte sich zusammen, und wilde Wut stieg in ihr auf. Wie konnten die beiden sie so hintergehen? Sie liebte sie doch beide, wenn auch auf unterschiedliche Art! Sie hatte ihnen vertraut, und kaum dass sie ihnen den Rücken zudrehte, hatten sich die beiden gegen sie gestellt!

»Ich weiß nicht, ob Jessica mich auch liebt«, fuhr Anders fort. »Ich weiß, dass sie mich mag, aber ... Sie ist auf Abstand gegangen, seit ich ihr gesagt habe, was ich fühle – das war, nachdem sich die Angreifer-'Katz auf sie gestürzt hat.«

Der Autopilot des Flugwagens war eingeschaltet, doch Anders stierte auf das HUD, als steuere er den Wagen geradewegs durch ein furchtbares Gewitter. Jetzt ließ er den Kopf hängen. »Ich fühle mich wie das letzte Schwarzloch, dass ich dir das jetzt gleich erzähle, wo du dich noch nicht einmal daran gewöhnt hast, wieder festen Boden unter den Füßen zu haben. Aber ich dachte, jetzt damit noch zu warten und dabei so zu tun, als wäre nichts, wäre noch schlimmer.«

Zu Stephanies Überraschung streckte sich Löwenherz, um Anders zu tätscheln. Einen winzigen Moment lang spürte sie einen heftigen Stich Eifersucht. Dann verstand sie. Löwenherz fühlte Anders' Emotionen – und das bedeutete, dass der Schmerz auf seinem Gesicht echt war. Er spielte ihr nichts vor. Er fühlte sich wirklich jämmerlich.

»Ich ...«, brachte sie heraus, »ich weiß nicht, was ich sagen soll.«

»Ja«, gab er zurück und zuckte mit den Schultern: eine Geste des Verstehens. »Hör mal, wirf das bitte auf keinen Fall Jessica vor. Sie hat mich zu nichts ermuntert, oder so was, klar? Wir sind jetzt auch nicht irgendwie zusammen ausgegangen ... Ich habe meine Gefühle die ganze Zeit für mich behalten ... Und dann war sie da auf einmal völlig blutverschmiert, diese 'Katz hat ihr fast ein Auge ausgerissen ... Du hast mir mal erzählt, wie du dich gefühlt hast, als Löwenherz angegriffen wurde ... und ich ... ich konnte mir selbst nichts mehr vormachen. Und dich anlügen will ich nicht.«

Stephanie durchforstete ihre eigenen Gefühle und fragte sich, ob die Ruhe, die sie mit einem Mal spürte, vielleicht Löwenherz' Werk war ... aber eigentlich glaubte sie das nicht. Sie spürte seine Anwesenheit: wachsam, aufmerksam, jederzeit bereit zu helfen, sollte sie ihn brauchen ... Doch der Baumkater schien verstanden zu haben, dass es Dinge gab, die sie auch ohne den Trost bewältigen musste, den er ihr zu spenden in der Lage war.

»Ich ... ich bin völlig ... durcheinander. Bitte red einfach mit mir, Anders, bitte sag was!«

»Ich bin auch ganz durcheinander. Worüber wollen wir denn reden?«

»Stimmt mit mir was nicht? Sind wir immer noch Freunde, du und ich? Ich und Jessica? Ich ... ich komme mir vor, als wäre das ganze Universum in einem riesigen Mixer gelandet, und alles hätte plötzlich eine ganz andere Form als vorher. Trotzdem ich bin froh, dass du mir gegenüber so ehrlich bist. Doch, ich *weiß* sogar, dass ich froh darüber bin, aber ich kann nicht ...« Sie spürte, wie ihr dicke, heiße Tränen über die Wangen rannen. »Red einfach drauf los, erzähl es mir, ja? Erklär es mir!«

Das tat er. Zunächst zögerlich, dann mit mehr und mehr Einzelheiten. Irgendwann hatte sich auch Stephanie wieder gefangen, und dann redeten sie miteinander. Er fand sie immer noch toll. Jessica fand sie auch immer noch toll. Jessica und er, sie beide fühlten sich innerlich ganz zerrissen ...

Griff irgendwann Löwenherz ein und ließ Stephanie fühlen,

wie verwirrt Anders gerade war, wie verloren er sich fühlte? Stephanie wusste es nicht, doch das ganze lange Gespräch über blieb die 'Katz in ihrer Nähe und hielt sie mit ihrem flauschigen Schweif umschlungen.

Klettert-flink brauchte nicht die Mund-Laute der beiden Zwei-Beine zu verstehen, um die Gründe für den emotionalen Sturm zu begreifen, den er spürte. Am nächsten Tag, als Todesrachen-Verderb und er zum Versammlungsplatz der Zwei-Beine gingen und sich dort mit Windgetrieben und Grundwühler trafen, teilte sein Freund mit ihm all die Details, die er nicht aus Todesrachen-Verderbs Geistesleuchten hatte herauslesen können.

Nachdem ihm Grundwühler gezeigt hatte, wie Schwimmers-Schrecken Windgetrieben und Geschickte-Finger angriff, sagte er: *Mir war durchaus bewusst, dass Windgetrieben und Gebleichtes-Fell mehr füreinander empfanden, als sie dem jeweils anderen gegenüber einzugestehen bereit waren. Ich wusste nicht, wie sich dieses Problem lösen lassen sollte. Ich weiß, dass im Augenblick niemand von den dreien glücklich ist, und Zwei-Beine sind zweifellos ganz anders als die Leute, wenn es darum geht, sich auch nur der* eigenen *Gefühle bewusst zu werden, geschweige denn denen eines anderen Zwei-Beins! Trotzdem fühle ich, dass es letztendlich am besten so ist.*

Nachdenklich kaute Klettert-flink auf dem Knollenstängel herum, den man ihm serviert hatte. Vielleicht lag es ja nur daran, dass er wieder zu Hause war, aber hier schmeckte die Köstlichkeit noch viel besser als in den Heißen Landen.

*Wenigstens sind Windgetrieben und Todesrachen-Verderb nicht im Streit auseinandergegangen. Wenn sie diesen Sturm überstehen, wird das ihre Freundschaft, so denke ich, nur stärken. Aber nun berichte mir mehr darüber, was sich zwischen dem Clan der Baumhüter und dem Clan Ohne Revier ereignet hat! Selbst in den Heißen Landen wusste ich, dass Todesrachen-Verderb besorgt war, und die bewegten Bilder, die sie mir gezeigt hat, verrieten mir, dass es mit Ereignissen zu tun hatte, bei denen es um die Leute ging, aber mehr habe ich nicht erfahren.*

So methodisch und systematisch, wie er seine Gärten pflegte, gab Grundwühler Bericht. Er leitete ihn mit der Entdeckung der Leiche ein, von der er mittlerweile wusste, dass es sich um Rote-Klippe handelte; dabei erwähnte er auch, wie er zum ersten Mal Scharfauge gespürt hatte. Diese Schilderung verband er mit jenem, was er später von Scharfauge und Geschickte-Finger erfuhr, sodass Klettert-flink den Gang der Ereignisse besser verstehen konnte als all jene, die unmittelbarer darin eingebunden gewesen waren.

*Ich werde gewiss über all dies mit Singt-Wahrhaftig sprechen müssen,* entschied Klettert-flink. *Sie wird ebenso gewiss darauf bestehen zu helfen. Todesrachen-Verderb hat mich gestern Abend zu ihrem Flugding mitgenommen – auf diese Weise lässt sie mich wissen, wenn sie beschlossen hat, den Clan vom Hellen Wasser aufzusuchen. Ich glaube, sie wollte mir zu verstehen geben, dass wir morgen aufbrechen.*

*Ich habe schon mit Deutliche-Bilder gesprochen,* gab Grundwühler zurück. *Windgetrieben hat Wert darauf gelegt, Gebleichtes-Fell aus dem Weg zu gehen – mir scheint, sie möchte zunächst ihre eigenen Gefühle besser verstehen, bevor sie ihn wiedersieht. Also haben wir meinem Clan einen langen Besuch abgestattet, und ich habe die Gelegenheit dazu genutzt, Vorbereitungen zu treffen. Jetzt müssen wir sehen, ob die Zwei-Beine in der Art und Weise handeln, wie wir das erwarten.*

*Wenn sie das nicht tun,* sagte Klettert-flink selbstbewusst, *finde ich Mittel und Wege, sie zum Handeln zu bewegen. Aber ich glaube nicht, dass wir so weit werden gehen müssen. Ich vermag zwar mit Todesrachen-Verderb nicht so zu sprechen wie mit einem von den Leuten, aber ich schmecke, wenn sie etwas plant. Selbst in ihrer Trauer sind derlei Dinge unverkennbar.*

Er griff nach einem weiteren Stück Knollenstängel und

rechnete fest damit, Todesrachen-Verderb werde es ihm abnehmen, weil er schon mehr als eine Hand Stücke davon gegessen hatte, doch sein Zwei-Bein war weiterhin in den Austausch von Mund-Lauten mit Windgetrieben vertieft. Klettertflink konnte nur hoffen, dass es dabei auch um hungernde Leute ging, nicht ausschließlich um ein junges Zwei-Bein mit hellem Fell.

»Jessica hat mich angerufen«, sagte Karl, als er Stephanie abholte, um gemeinsam mit ihr zum Treffen mit Chief Ranger Shelton zu fliegen. »Ich bin also schon im Bilde, und du musst mir nichts sagen. Sie sagte, sie hätte auch schon mit dir gesprochen.«

»Hat sie«, bestätigte Stephanie. »Vor ein paar Tagen haben wir zusammen im Red Letter Café einen Milchshake getrunken und dabei beschlossen, nicht zuzulassen, dass wir uns wegen eines Kerls verkrachen. Ich meine, ich kann ihr ja schlecht vorwerfen, dass sich Anders' Gefühle geändert haben, stimmt's?«

Karl seufzte. »Steph, ich habe dir nie so richtig erzählt, wie das mit Sumiko war, oder?«

Stephanie blinzelte; der unvermittelte Themenwechsel überraschte sie. »Na ja, ein bisschen was weiß ich ja schon. Sie hat bei euch gewohnt, richtig? Irina hat da ein paar Andeutungen gemacht ... Sumiko war deine feste Freundin, nicht wahr? Und sie ... sie ist bei einem Unfall ums Leben gekommen.«

Karl nickte. »Ja, so ungefähr. Aber ich erzähle dir jetzt noch etwas ... etwas, das sonst niemand weiß. Wirklich niemand, auch nicht meine Eltern.«

Der feine Strom von Emotionen, der sie von Löwenherz aus erreichte, verriet Stephanie unmissverständlich, dass dies hier

Karl sehr wichtig war, also verkniff sie sich alle Sprüche, die sie sonst vielleicht losgelassen hätte: Kein ›Wenn du meinst ...‹, kein ›Ich will dich wirklich nicht aushorchen‹, nichts von all den Höflichkeiten, die man loslässt, wenn man eigentlich etwas ganz anderes sagen möchte, nämlich: ›Lass mich da raus, ich will mich mit deinem Schmerz nicht beschäftigen müssen.‹

»Schieß los«, sagte sie stattdessen.

»Sumiko ist bei uns eingezogen, nachdem ihre ganze Familie an der Seuche gestorben ist. Meine Eltern haben sie dann ganz offiziell adoptiert. Sumi und ich waren ungefähr gleich alt – also, genau genommen war ich ein paar Monate älter. Und da die Güter unserer Familien direkt aneinandergrenzten, kannten wir alle sie schon ihr ganzes Leben lang. Eine Zeit lang war es so, als hätte ich bloß eine weitere Schwester bekommen, aber als wir dann etwas älter wurden ...«

Er verfiel in Schweigen und nahm eine – gänzlich unnötige – Korrektur an einem der Instrumente des Flugwagens vor. Stephanie hielt die Luft an: Sie wollte ihn auf keinen Fall in dieser Stimmung stören, in der er seinen Erinnerungen nachhing.

»Ich weiß nicht genau, wer von uns zuerst die Idee hatte, später mal zu heiraten. Wahrscheinlich hat es mit einem Witz angefangen – passiert den Erwachsenen häufig: Sie witzeln herum und glauben, die Kinder wären noch viel zu klein, um sie ernst zu nehmen. Bloß: Wir *haben's* ernst genommen. Wenn wir allein waren, haben wir oft darüber gesprochen. Ob wir dann wohl im Haus ihrer Familie wohnen würden oder in unserem – all so was halt.« Karl schluckte schwer. »Mit fünfzehn nahm Sumi die Idee immer ernster. Vielleicht, weil Mädchen früher reif werden als Jungs. Ich weiß es einfach nicht. Auf jeden Fall wollte sie, dass wir uns verloben oder uns zumindest ein richtiges, feierliches Eheversprechen geben, mit Freundschaftsring und so. An sich hatte ich nichts dagegen. Weißt du, dass ich später einmal Sumiko heiraten würde, das stand für mich genauso fest, wie dass ich in Landing auf's College gehen würde. Aber auf's College gehen, das war das eigentlich Wichtige für mich, das kam zuerst. Heiraten und eine Familie gründen, das wollte ich erst, nachdem ich meine Ausbildung abgeschlossen hatte.«

»Oh ...«

Karl erzählte weiter: »An dem Tag, als Sumi und ich mit den Kindern Schlitten fahren waren, hatten wir uns vorher gestritten. Sie hatte angedeutet, sie gehe davon aus, dass sie zu ihrem Geburtstag von mir einen Ring bekäme. Ich habe ihr geradeheraus gesagt, dass das ganz bestimmt nicht passieren würde. Erst mit achtzehn würde ich das tun. Dann wären wir nämlich beide erwachsen, und dann käme niemand auf die Idee, das wäre bloß so eine kindisch-romantische Spielerei.

Sumiko war fuchsteufelswild. Was sie fühle, hat sie geschrien, habe nichts mit einer kindisch-romantischen Spielerei zu tun. Sie würde mich lieben, und wenn ich sie nicht genug lieben würde, um ihr wenigstens einen blöden Freundschaftsring zu schenken, dann ...« Karl ballte die Fäuste, doch die ganze Geschichte musste nun endlich heraus. »Normalerweise wären wir beide erst einmal wieder runterkommen – wir wären allein spazieren gegangen, oder so. Aber wir hatten den Kleinen den Ausflug mit dem Schlitten versprochen, und obwohl wir beide immer noch stinksauer aufeinander waren, sind wir eben aufgebrochen. Im Nachhinein betrachtet, wär's wohl besser gewesen, wir hätten es gelassen. Der Schnee lastete schwer auf den Ästen und Zweigen der Bäume, und wir waren alt genug, um zu begreifen, wie gefährlich das ist. Aber ... weißt du, nicht Schlitten fahren zu gehen, wäre gewesen, als hätte einer von uns dem anderen nachgegeben.

Ich war immer noch sauer. Wahrscheinlich deswegen fiel mir nicht auf, dass einer der Hauptäste der Kroneneiche, unter der meine Schwester Larissa auf dem Schlitten herumgerutscht ist, völlig morsch war. Aber Sumi hat's gesehen. Sie ist hin, hat ihr eine Warnung zugeschrien und sie aus der Gefahrenzone gestoßen ... der Ast brach, und Sumiko ist nicht mehr weggekommen. Aus mindestens hundert Metern Höhe ist der Ast runter, und hat sie unter sich begraben.«

Stephanie sah es vor ihrem inneren Auge: ein brechender Ast, und dann ein zierliches, schwarzhaariges Mädchen, völlig zerschmettert. Stephanie wusste nur zu genau, mit welcher Wucht Dinge bei erhöhter Schwerkraft zu Boden krachten.

Sachlich, fast wie eine Maschine, fuhr Karl fort: »Wie ein Verrückter habe ich um Hilfe geschrien und bin zu ihr rüber. Ich habe den Ast weggewuchtet, ganz allein, aber da war nichts mehr zu machen. Sumikos Brustkorb war eingedrückt und die Lunge punktiert. Sie hatte Blut an den Lippen. Sie hat dann noch gesagt, dass sie mindestens sechs Kinder mit mir hätte haben wollen und dass sie mich liebt, und dann ... dann ist sie gestorben.«

Jetzt weinte Karl, und sein sachlicher, ruhiger Tonfall bildete einen bizarren Kontrast zu den Tränen, die ihm über die Wangen liefen. »Sie war tot, und ich war schuld. Sie war tot, weil ich ihr nicht diesen blöden Ring gekauft habe, der sie glücklich gemacht hätte.«

»Aber, Karl ... das stimmt doch gar nicht! Das war nicht deine Schuld!«

Karl warf ihr ein verzerrtes Grinsen zu. »Ja, stimmt. Aber genauso hat es sich angefühlt. Es vergeht kein Tag, an dem ich nicht daran denke ... an dem ich mich nicht frage, wie es wohl weitergegangen wäre. An meinem achtzehnten Geburtstag konnte ich immer nur denken, dass ich ihr heute den Ring geschenkt hätte ... Aber dann ist mir klar geworden, dass es hätte ganz anders kommen können. Ich meine, die Menschen ändern sich – manchmal sogar sehr. Was kann nicht alles in drei Jahren passieren? Hätte eine Kinderfantasterei so lange gehalten? Ich weiß es einfach nicht.«

Auch Stephanie kämpfte nun mit den Tränen. »Eine Kinderfantasterei? Deswegen erzählst du mir das? Wegen Anders?«

»Kann sein.« Nun blickte Karl ihr fest in die Augen. »Aber vielleicht auch noch aus ganz anderem Grund. Vielleicht, weil ich mich allmählich bereit fühle, von diesem Gespenst Abschied zu nehmen. Ich wollte dir mit meiner Geschichte nicht sagen, dass das, was du für Anders fühlst, nicht echt ist. Aber es ist, wie es ist: Die wenigsten Leute verbringen den Rest ihres Lebens mit dem ersten Menschen, in den sie sich verlieben. Und selbst wenn sie es versuchen, gehen nicht alle diese Beziehungen gut. Ich bin endlich bereit zu akzeptieren, dass ... ach, auch wenn Sumi und ich wirklich geheiratet hätten, hätte das nicht unbedingt bedeutet, dass alles so perfekt geworden wäre, wie wir uns das erträumt haben.«

»Und vielleicht«, ergänzte Stephanie langsam und bedächtig, »wäre auch ohne dass sich Anders in Jessica verliebt hätte, jemand gekommen, der letztendlich dafür gesorgt hätte, dass Anders und ich uns getrennt hätten. Trotzdem finde ich, es muss bessere Wege geben, als dass sich dein Freund in deine beste Freundin verknallt!«

Mit dem ausgestreckten Zeigefinger piekste Karl ihr gegen die Schulter. »Dein Freund? Deine Freundin? Die *gehören* dir gar nicht, weißt du? Und du gehörst ihnen nicht. Aber egal, wie du's ausdrückst, Steph: Deine Freundschaft zu Jess und Anders ist nur ein Teil, ein ganz kleiner Teil ihres Lebens – und deines. Außerdem hättest du die beiden doch wohl nie so nah an dich herangelassen, wenn du nicht überzeugt wärest, dass die beiden wirklich prima sind, stimmt's? Stell dir doch mal vor, wie du dich fühlen würdest, wenn dich Anders für ... Trudy abgeschossen hätte!«

Unwillkürlich kicherte Stephanie. »Ja, okay, ich hab's kapiert!« Schlagartig wurde sie ernst. »Ach, Karl? Danke. Ich erzähl's nicht weiter.«

Anerkennend nickte Karl ihr zu. »Ich glaube, es wird Zeit, dass ich es meiner Familie erzähle. Vielleicht sollte ich mit Irina anfangen. Die hat für vieles Verständnis. Ich sollte mein Leben nicht weiter überschatten lassen von etwas, das sich nicht mehr ändern lässt. Sumiko hat mehr verdient, als dass ich mich nur an die letzten Stunden ihres Lebens, unseres gemeinsamen Lebens erinnere.«

Stephanie nickte. »Ja, ich verstehe. Und weißt du was? Ich glaube, das würde ihr gefallen.«

»Kurz gesagt«, fasste Chief Ranger Shelton zusammen, »Sie beide wollen eine ganze Baumkatzengruppe umsiedeln. Aber der SFD darf wenigstens aussuchen, wohin, richtig?«

Stephanie fühlte sich wie in einer Prüfung – einer Prüfung, in der es um weit mehr ging als nur um die Endnote.

»Na ja, Sir, tatsächlich ist die Lage ein bisschen komplizierter. Nicht zuletzt gibt es ja einen Präzedenzfall – der SFD hat seinerzeit die Überreste des Clans umgesiedelt, aus dem der Streuner stammt.«

»Ja, aber damals«, widersprach Shelton, »wurden die Baumkatzen durch menschliches Handeln gefährdet. Die Brände hier hingegen haben allesamt eine völlig natürliche Ursache.«

Karl deutete auf die Hologrammkarte, die sie zu der Besprechung mitgebracht hatten. »Sir, auch hier sind Menschen involviert. Nicht etwa, weil sie die Feuer gelegt hätten, aber viele mögliche neue Gebiete, in die die 'Katzen hätten umsiedeln können, werden von menschlichen Siedlern beansprucht.«

»Guter Punkt«, räumte Shelton ein. »Aber trotzdem: Warum sollte sich der SFD einmischen?«

Stephanie atmete tief durch. »Nun, Sir, wie ich schon sagte: Die Lage ist tatsächlich ein bisschen komplizierter. Die Gruppe, um die es hier geht, siedelt auf einem Gebiet, das zu den Krongütern gehört. Wenn man die Baumkatzen nun als Tiere einstuft, und wir würden sie ... na, sagen wir: auf das Gut Harrington bringen oder auf Land, das Karls Familie gehört, dann wäre das Diebstahl. Das wollen wir natürlich nicht.«

»Ich bin erleichtert, das zu hören. Weiter?«

»Wenn allerdings, wie eine ganze Reihe Leute ...«

»... darunter auch Mitglieder der Adair Foundation«, warf Karl hilfreich und mit einer Unschuldsmiene ein, die keinen der Anwesenden zu täuschen vermochte.

Stephanie blitzte ihn verärgert an. »Wenn also, wie eine ganze Reihe Leute denkt, Baumkatzen intelligent sind, dann sollten sie auch das Recht haben, zu ziehen, wohin es ihnen beliebt, solange sie damit nicht anderen ihre Ansprüche streitig machen. Und wenn 'Katzen als eigenständige Personen und nicht mehr juristisch als Sachen angesehen werden, kann man sie nicht stehlen. Wenn also beispielsweise Chet seinen Fluglaster irgendwo parkt und eine ganze Schar Baumkatzen würde einsteigen, und er brächte sie dann an irgendeinen anderen Ort, dann wäre das kein Diebstahl, oder?«

»Vielleicht war es gar keine so gute Idee, Sie zu diesen Jura-Kursen zu schicken, Ms. Harrington. In Ihnen scheint eine gerissene Winkeladvokatin zu schlummern.« Nachdenklich legte Chief Ranger Shelton die Fingerspitzen beider Hände aneinander und musterte seine beiden Ranger auf Probe eindringlich. »Aber der Gedanke hat durchaus etwas für sich. Ich habe mir Dr. Whittakers wie Dr. Radzinskys Zwischenberichte angeschaut. Derzeit sieht es schwer danach aus, als müsste man den Baumkatzen zumindest marginale Intelligenz zubilligen.«

Karl nickte. »Diese Berichte haben wir uns auch angesehen. Und, bei allem schuldigen Respekt, Sir, im Hinblick auf die Frage, ob Baumkatzen nun vernunftbegabt sind oder nicht, besteht ja wohl kein Zweifel mehr. Die Frage ist nur, wie hoch sie einzustufen ist. Dr. Whittaker hält eine recht hohe Stufe für angemessen, Dr. Radzinsky hingegen versteift sich darauf, es wäre eine ziemlich niedrige. Sie führt an, dass es bislang keinerlei Anzeichen gibt, dass Baumkatzen ein Schriftsystem kennen oder auch nur eine komplexere Sprache entwickelt haben.«

»Na, die Debatten darüber werden sich wohl noch in die Länge ziehen«, sagte Shelton. »Und wenn die Wissenschaftler schließlich ihre Fachartikel eingereicht und veröffentlicht haben, wird es noch einmal mindestens genauso lange dauern, bis endgültig die Frage geklärt wird, welcher rechtliche Status den Baumkatzen nun zuzubilligen ist.«

Daraufhin schwieg er so lange, dass nur Löwenherz' beruhigender Einfluss Stephanie davon abhielt, nervös auf dem Stuhl hin und her zu rutschen.

»Trotzdem wäre es wohl das Beste«, entschied der Chief Ranger schließlich, »in diesem Falle äußerste Vorsicht walten zu lassen. Wir wollen auf keinen Fall riskieren, dass spätere Generationen uns dafür verurteilen, durch unser Nichtstun zugelassen zu haben, dass eine ganze Gruppe von Individuen, so primitiv ihre Organisationsform auch immer sein mag, erfroren und verhungert ist.« Er seufzte. »Schließlich werfen wir für die Fasthirsche und die Zinkenböcke ja auch Heu ab. Der einzige Unterschied ist, dass wir hier möglicherweise eine ...«

»... bislang unberührte Kultur beeinflussen«, ergänzten Stephanie und Karl den Satz im Chor; die Erleichterung hatte sie beide ein wenig übermütig gemacht.

»Genau. Deswegen erscheint es mir sinnvoller, wenn der SFD zwar einen Vorschlag für ein zur Umsiedlung geeignetes Gebiet macht, sich aber ansonsten heraushält. Zumindest offiziell. Den Bildern nach zu urteilen, die Anders Whittaker und Jessica Pheriss geschickt haben, ist der ... der Magerkatzenclan ziemlich klein. Könnten Sie beide dafür sorgen, dass etwa Chets Laster und noch ein paar andere Fahrzeuge an einem bestimmten, noch festzulegenden Tag dort in der Nähe sind? Ich sorge dann dafür, dass keiner von Ihnen beiden an dem betreffenden Tag zum Dienst eingeteilt ist. Ja, es wäre vielleicht auch ganz gut, wenn man für diesen Tag für unsere Anthropologengäste eine Exkursion anbieten würde – am entgegengesetzten Ende dieser Welt sozusagen, in einer Ecke, mit der sie noch gar nicht vertraut sind ...«

»Jawohl, Sir!«

»Mr. Whittaker wird nichts davon Dr. Whittaker gegenüber erwähnen? Er ist immerhin sein Vater.«

»Hat er ja auch bisher nicht, Sir«, antwortete Stephanie. »Dabei wissen Jessica und er von uns allen über dieses Problem schon am längsten Bescheid. Übrigens haben die beiden, falls sie Ihnen nicht schon Bescheid gesagt haben, Kämpfer gestern wieder zu seinem Clan zurückgebracht.«

»Doch, davon bin ich unterrichtet. Also gut, dann bereiten Sie bitte alles vor. Das Kartenmaterial schränkt die Gebiete, in die man die Gruppe möglicherweise umsiedeln könnte, ziemlich ein, aber wir müssen uns noch einmal vergewissern, dass die Gebiete, die derzeit besonders vielversprechend wirken, auch wirklich nicht bereits besiedelt oder anderweitig erschlossen sind. Dafür sollten wir auf jeden Fall noch Jessica Pheriss und Scott MacDallan ins Boot holen: Zum Erkunden der betreffenden Gebiete werden wir Fisher und Ohnefurcht brauchen. Denn Baumkatzen sind zu gut darin, sich vor Menschen zu verstecken. Ich melde mich dann. Vorerst kann ich nur sagen: wegtreten.«

Stephanie sprang auf. Sie hatte die Tür des Arbeitszimmers schon fast erreicht, als sie sich doch noch einmal umdrehte. »Danke, Sir!«, platzte es impulsiv aus ihr heraus. »Ich hoffe, wir schaffen es irgendwann, als Ranger wenigstens halb so gut zu werden wie Sie.«

Chief Ranger Shelton lächelte. »Jetzt aber ab mit Ihnen! Wir haben noch zu arbeiten.«

Seit Scharfauge verletzt worden war, fühlte er sich sonderbar desorientiert: als habe sich die ganze Welt ein wenig verschoben. Er war davon ausgegangen, dieses Gefühl werde sich legen, wenn er erst wieder zu seinem Clan zurückgekehrt war. Doch er hatte sich geirrt. Selbst als er erfuhr, dass man ihn nicht im Stich gelassen hatte – dass die Hilferufe, die er mit seiner Geistesstimme unablässig abgegeben hatte, gehört worden waren und dass sich bereits Helfer auf dem Weg zu ihm befunden hatten, als das Flugding gelandet war –, fühlte er sich sonderbar von allen anderen abgeschnitten. Er hatte Zeit mit den Geistesheilerinnen verbracht, und das hatte geholfen. Ein wenig zumindest. Doch wenn er allein war, ertappte er sich dabei, dass sein Geist immer wieder zu der verschobenen Gedankenwelt von Schwimmers-Schrecken zurückkehrte, zu dem verzerrten Geisteswesen, in das sich jener Älteste des Clans der Baumhüter verwandelt hatte. Und zu der Gewalt, die diese Fühlungsnahme auch in Scharfauge selbst entfesselt hatte.

Er versuchte sich selbst einzureden, dass alles besser würde, wenn sie erst einmal ihr neues Revier bezogen hätten. Mittlerweile stand fest, dass die Zwei-Beine dem Clan tatsächlich helfen wollten. Während der letzten Tage hatte der Clan immer wieder Besuch von jenen Leuten erhalten, die sich an ein Zwei-Bein gebunden hatten ... natürlich immer in Begleitung ihrer Gefährten. Jeder jener Leute, die zu Besuch kamen, hatte Berichte des einen oder anderen Kundschafters mitgebracht. Darin wurden die verschiedenen Regionen beschrieben, von denen die Zwei-Beine hofften, sie würden den Bedürfnissen der Leute genügen. Selbst Saurer-Magens kompromisslose Haltung veränderte sich ein wenig, als er begriff, wie sehr sich die Zwei-Beine mühten, dafür zu sorgen, dass der Clan Ohne Revier nicht mehr lange ohne Revier bleiben müsste.

Zugleich hatten die Zwei-Beine dem Clan auch Bilder jener Orte gezeigt – Bilder, die sich bewegten und Geräusche machten. So wundersam diese auch waren, sie waren längst nicht so aussagekräftig wie die Geistesbilder der Leute, die ebenjene Orte selbst aufgesucht hatten. Doch Scharfauge und seine Clangenossen hatten begriffen, warum die Zwei-Beine ihnen diese bewegten Bilder zeigten: Sie hatten die Fragen und die Sehnsucht der Zwei-Beine in deren Geistesleuchten geschmeckt und wussten deshalb, dass die Zwei-Beine sie auf diese Weise auffordern wollten, sich von all diesen möglichen Revieren eines auszusuchen.

Letztendlich entschied sich der Clan für eine Gegend, in der im Schatten des Netzholzes hoch aufragender Farn wogte, weil sie das an ihre alte Heimat erinnerte. Wasser gab es dort reichlich, ebenso Feuerstein für die Werkzeuge und dazu roten Ton, der sich gut formen ließ. Dieses neue Land lag nicht ganz so hoch in den Bergen wie ihr bisheriges Revier, und die wütenden Feuer der letzten Flammenzeit hatten es verschont. Es wäre nicht unmöglich, dort noch Nahrung zusammenzutragen und so den Winter zu überstehen.

Scharfauge saß gerade hoch oben in einem Goldblatt, als er hörte, wie Geschickte-Finger nach ihm rief. *Ich würde euch gern besuchen und mich verabschieden. Außerdem hat mein Clan noch ein Geschenk für euch. Darf ich es zu eurem Hauptnest bringen?*

*Komm und sei herzlich willkommen.*

Als Geschickte-Finger eintraf, sah Scharfauge, dass er sich gut von seinen Verletzungen erholt hatte. Von einigen ungleichmäßigen Stellen im Fell und dem zerfetzten Ohr abgesehen, sah er genauso aus wie damals, als Scharfauge ihm zum ersten Mal begegnet war. Begleitet wurde Geschickte-Finger von einem Weibchen mit beachtlicher Ausstrahlung. Kurz dachte Scharfauge, Geschickte-Finger habe seine Gefährtin mitgebracht, aber das Geistesleuchten dieses Weibchens war so stark, dass ihm rasch aufging, womit er es hier in Wahrheit zu tun hatte.

*Das ist Vollkommene-Erinnerung*, stellte Geschickte-Finger sie vor. *Sie ist die erste Gehilfin unserer Ältesten Sagen-Künderin Herrlicher-Sang.*

Vollkommene-Erinnerung wandte sich an den ganzen Clan. *Ich würde euch sehr gern zu eurem neuen Revier, in eure neue Heimat begleiten. Da die Reviere unserer Clans früher eine gemeinsame Grenze hatten, bin ich mit einem Teil eurer überlieferten Kunde vertraut. Wenn ihr vielversprechende Junge habt, könnte ich sie ausbilden, damit euer Clan nicht auch in Zukunft ohne eigene Sagen-Künderinnen leben muss.*

Ihr Geistesleuchten war so lebhaft, ihr Bedürfnis zu helfen so unverkennbar, dass es keinen Grund für Widerspruch oder Zuspruch gab. Kleiner-Chor huschte auf Vollkommene-Erinnerung zu und umarmte sie, schlang voller Freude den eigenen Schweif um den der fremden Sagen-Künderin.

Das Geräusch eines herannahenden Flugdings der Zwei-Beine störte den Freudenaugenblick. Vollkommene-Erinnerung verkündete: *Ich schmecke Klettert-flink. Irgendetwas macht ihn lachen.*

*Er ist ein Possenreißer*, erklärte Saurer-Magen scharf. *Aber er hat nichts Boshaftes an sich*, ergänzte er unerwartet nachsichtig. *Es wird gut sein, zu erfahren, was ihn so erfreut.*

Als das Flugding wenige Momente später aufsetzte, entdeckten sie, dass sich nicht nur Klettert-flink darin befand, sondern noch zwei weitere Leute, die ihre Geistesstimmen nicht vorausgeschickt hatten wie Klettert-flink.

*Das ist Singt-Wahrhaftig, meine Schwester, die Älteste Sagen-Künderin des Clans vom Hellen Wasser. Begleitet wird sie von Sang-Weberin, die einst ihre Lehrerin war.*

Nun ergriff Sang-Weberin – ein würdevolles Weibchen, das ganz offensichtlich schon viele Spannenläufe erlebt hatte – selbst das Wort: *Da sich Singt-Wahrhaftig als die beste älteste Sagen-Künderin unseres Clans erwiesen hat, hatte ich gehofft, mich hier nützlich machen zu können. Darf ich mich eurem Clan auf der Reise anschließen? Ich weiß viel über die Zwei-Beine. Zudem werden die Lieder unseres Clans dem euren nicht allzu fremdartig erscheinen, schließlich sind wir Leute aus den Bergen. Es wäre mir eine Freude, sie euch zu lehren.*

Vollkommene-Erinnerung antwortete ihr, ehe sonst jemand sich von der freudigen Überraschung erholt hatte: *Nicht nur eine, sondern gleich zwei Sagen-Künderinnen aufzunehmen, wird eine gewaltige Veränderung sein. Wenn so viele neue Lieder zu euren werden, werdet ihr wie ein neuer Clan sein. Doch nach allem, was ihr durchgemacht hat, ist dies vielleicht genau das Richtige. Manchmal ist es notwendig, die Vergangenheit zu bewahren, manchmal hingegen muss man vorwärts schauen und Neues wagen.*

Eine Welle des Verstehens erfasste alle. Es bestand kein Zweifel daran, dass der ganze Clan vom Wogenden Farn ob dieses zweiten Glück verheißenden Omens hocherfreut war.

*Wir nehmen euch voller Dankbarkeit in unsere Reihen auf*, riefen sie mit vielen Stimmen.

Vollkommene-Erinnerung aber wandte sich an Sang-Weberin: *Es sei keine von uns die Ältere oder die Jüngere, denn was wir zu teilen haben, mag sich im Inhalt unterscheiden, nicht aber im Wert.*

In einer Geste zufriedener Zustimmung zuckte Sang-Weberins Schweif. *Ja. Lass uns Schwestern sein, verbunden durch den Wunsch, unseren neuen Clan stark zu machen.*

Freude wallte auf. Begeistert sprang Kleiner-Chor auf und ab, hell davon war ihr Geistesleuchten, und immer wieder, wie gleißende Blitze, erhellte es Erleichterung. Scharfauge wusste, dass das Junge sein Bestes getan hätte, die Rolle einer Sagen-Künderin auszufüllen, doch das war selbst für einen Erwachsenen eine große Verantwortung. Deswegen hatten die meisten Clans ja auch mehr als nur eine Sagen-Künderin. Nun konnte Kleiner-Chor so aufwachsen und lernen, wie sich das für ein Junges gehörte. Und Scharfauge zweifelte nicht daran, dass Kleiner-Chor heranreifen und eines Tages zu einer Legende unter den Leuten werden würde.

Während Scharfauge seinen jubelnden Clan beobachtete, bemerkte er, dass nahe dem Flugding Todesrachen-Verderb stand. Die Anspannung, die ihr Geistesleuchten verdunkelt hatte, verklang allmählich, je deutlicher wurde, dass die Leute aus dem Clan vom Wogenden Farn ihre neuen Clangenossen willkommen hießen. Hinter ihr stand Licht-im-Schatten. Das hochgewachsene, dunkle Männchen stand sonst immer im Schatten von Todesrachen-Verderbs kräftigem Geistesleuchten, doch heute …

Scharfauge schüttelte so kräftig den Kopf, dass seine Ohren flatterten. Geschickte-Finger sagte zwar etwas zu ihm, doch obwohl sie einander nahe genug waren, um sich fast zu berühren, hatte Scharfauge mit einem Mal das Gefühl, ein unerwartet helles Gleißen mache ihn blind für die Verbindung zu jedem anderen.

Er lief los, sprang von Ast zu Ast, bis er den Netzholzstamm erreicht hatte, der Licht-im-Schatten am nächsten war. Was er dort erlebte, fühlte, schmeckte, war ein Licht-im-Schatten, den er noch nie gesehen, gefühlt, geschmeckt hatte! Sein Geistesleuchten barg fein abgestufte Farben, die Scharfauge erreichten, berührten und durchdrangen, und sie passten zu den Farben seines eigenen Geistesleuchtens, so wie Scherben einer zerbrochenen Schale zusammenpassten.

Licht-im-Schatten wurde für Scharfauge ein Strudel aus Licht, als er den Grund für die neuen Gefühle erkannte, die ihn erfüllten. Ihn beeindruckte die Stärke dieses jungen Geistes. Todesrachen-Verderb war, wie die Lieder sie kannten, wie ein Lichtblitz auf dem Wasser, wie das Sonnenlicht am Himmel, unbestreitbar hell und klar, doch Licht-im-Schatten war die Kraft, die dafür sorgte, dass Bäume aufrecht standen und Fels das Gewicht des ganzen Landes trug.

Die Krallen eingezogen, sprang Scharfauge von dem Netzholzast herab, vertraute darauf, dass der andere ihn auffangen würde. Dann berührte er mit einer Echthand die Wange seines neuen Gefährten.

»Bliek!«, sagte er.

Und er fühlte Licht-im-Schattens Lachen, und der Schatten, der über dessen Herzen gelegen hatte, verschwand für immer.

# 22

Am Tag der Umsiedlung steuerte Anders den Fluglaster. Das gesamte Team seines Dads und dazu Dr. Radzinskys Xenos waren auf eine besondere Exkursion ausgezogen, die niemand anderer als Chief Ranger Shelton persönlich leitete, unterstützt von den Senior Rangers Jedrusinski und Lethbridge. Der SFD hatte ihnen sogar Fahrzeuge zur Verfügung gestellt – offiziell begründet wurde diese Großzügigkeit damit, dass auch recht unwegsames Gelände besucht werden sollte.

Der wahre Grund jedoch war natürlich ein anderer: Auf diese Weise bestand keine Gefahr, dass irgendein überneugieriger Xeno – etwa ein gewisser Duff DeWitt – sich davonstahl und dort auftauchte, wo er unerwünscht war.

Während der letzten Tage war viel geschehen. Die Nachricht, dass Anders und Stephanie nicht mehr zusammen waren, trat allgemein rasch in den Hintergrund, nachdem bekannt wurde, dass sich Kämpfer an Karl gebunden hatte.

Als Anders ihn anrief, um ihm zu gratulieren, hatte Karl voller Erstaunen den Kopf geschüttelt. »Ich habe das Gefühl, Kämpfer hat ein bisschen arg viel durchmachen müssen – und das Gefühl kenne ich, ehrlich gesagt, ziemlich gut. In gewisser Weise haben wir also beide etwas Einschneidendes überlebt. Wir haben nicht aufgegeben, sondern um unsere Zukunft gekämpft, statt uns an die Vergangenheit zu klammern.«

Der Magerkatzenclan nahm die regelrechte Invasion von Flugwagen mit bemerkenswerter Gelassenheit hin. Natürlich war auch Chet mit seinem Fluglaster dabei. Ausnahmsweise saß Christine nicht auf dem Beifahrersitz, sondern kam mit dem Tieflader der Familie. Karl war mit einem der schwereren Nutzfahrzeuge vom Hof seiner Eltern gekommen, und Toby hatte sich bei seiner Kirche einen Laster geliehen. Stephanies Mom hatte ihr das bullige Fahrzeug geliehen, in dem sonst schwere Pflanzen mit großen Wurzelballen befördert wurden. Jessica schließlich saß am Steuer der Familienlimousine, die genauso klapprig war, wie ihre eigene Kiste.

Danach warteten die Menschen eigentlich nur noch tatenlos und versuchten nach Kräften, den pelzigen Siedlern nicht im Weg zu stehen. Das Beladen der Fahrzeuge übernahmen die Baumkatzen selbst.

»Jetzt weiß ich, wie sich ein Chauffeur fühlt«, lachte Stephanie. »Und nicht vergessen, Leute: Wenn wir abheben, steigen wir nicht über die Baumwipfel hinaus auf!«

Chet lachte dröhnend. »Wir haben den Flugplan bereits abgezeichnet und eingegeben, Ma'am, und halten uns an unsere Anweisungen.« Leiser sagte er zu Anders: »Ist doch völlige Verschwendung, die Kleine zur Wildhüterin zu machen! Sie sollte Schlachtflotten befehligen.«

»Willst du ihr das klarmachen?«, grinste Anders.

»Oh nein, bloß nicht! Ich mag Steph wirklich gern, aber versuchen, ihr etwas klarzumachen, was sie nicht hören will? Nie und nimmer!« Mit einem gewissen Stolz blickte Chet zu Christine hinüber, die gerade einen ganzen Berg Baumkatzengepäck mit einem Netz sicherte. »Übrigens würde ich das auch nie bei Christine versuchen. Merk's dir: Das ist das Geheimnis einer glücklichen Beziehung – keiner ist der Boss, keiner hat das Sagen, keine Oben-Unten-Spielchen ...«

Er klopfte Anders auf die Schulter – wohl eine als besonders männlich empfundene Methode, dem anderen sein Mitgefühl auszudrücken. Dann machte er sich eilig zu einer ganz besonders naseweisen Schar Baumkatzen auf, die anscheinend der Ansicht waren, sie könnten seinen Laster allein fliegen.

Angesichts der genauen Planungen im Vorfeld war es nicht

überraschend, dass die ganze Umsiedlung reibungslos verlief. Zu guter Letzt lud Anders einen großen Stapel handgewirkter Seile ab, von denen sein Vater, das wusste er genau, nur zu gern eines in seine Sammlung von Baumkatzenartefakten aufgenommen hätte. Dabei fragte er sich, ob die Baumkatzen beim Fertigen der Seile wohl wie Menschen früherer Zeiten Seilerbahnen verwendeten.

Dann trat er einen Schritt zurück. »Das wär's dann wohl«, sagte er.

Karl nickte. »Ich muss zwar noch lernen, Kämpfer besser zu ... tja, wie soll ich das nennen? Zu lesen? Egal, auf jeden Fall kommt von seiner Familie so etwas an wie: ›Vielen Dank, Leute, aber jetzt kommen wir wieder allein klar.‹ Richtig einleben können sie sich erst, wenn wir uns nicht mehr in der Gegend herumdrücken.«

Jessica kam zu ihnen, Ohnefurcht auf der Schulter. »Genau so etwas fühle ich auch. Sollen wir abziehen?«

Stephanie nickte. »Ja, tun wir. Meine Eltern fänden es nett, wenn wir, sobald wir hier fertig sind, alle zu uns nach Hause kämen. Da gibt's ein Picknick, und wir können ein bisschen Drachensegeln.«

»Prima Idee, wird gemacht!«, bestätigte Christine. »Wir bringen nur rasch den Laster meiner Eltern zurück und holen unsere Ausrüstung.«

»Ich bin auch dabei«, entschied Toby. »Aber ich möchte den Kirchenwagen nicht so lange mit Beschlag belegen. Könnte mich dann nachher jemand mitnehmen?«

»Klar«, meldete sich Chet, »kein Problem.«

»Ich komm direkt mit zu euch, Steph«, sagte Jessica rasch. »Meine Ausrüstung habe ich schon im Kofferraum.«

Anders zögerte. In letzter Zeit wusste er nicht, wie willkommen er wirklich war. Jessica hielt immer noch Abstand zu ihm, und Stephanie ... Er wusste nicht, wie viel von dieser Einladung nur Höflichkeit gewesen war. Was er in ihren Gesichtern las, half ihm auch nicht weiter, doch da sprang ihm Karl bei.

Mit einem schiefen Grinsen sagte er: »Komm schon! Du weißt doch, wie toll Dr. Marjorie und Dr. Richard kochen können. Und ein Extradrache findet sich immer irgendwo.«

»Na, wenn du meinst ...«

Nur die Harringtons konnten derart untertreiben und ein ausgewachsenes Festmahl als Picknick bezeichnen. Anders war gerade unauffällig noch einmal zum Buffet zurückgekehrt, um sich eine zweite Portion Mandarapfeltorte zu holen, als ihm jemand auf die Schulter tippte.

Es war Stephanie.

»Hey, Anders ...«

Sie bedeutete ihm, ihr auf die Veranda hinter dem Haus zu folgen. Dort setzte sie sich auf eine der Schaukeln, die ihre Eltern immer noch nicht abgebaut hatten, obwohl Stephanie sie nun wirklich nicht mehr benutzte. Anders setzte sich neben sie und begriff mit einem gewissen Schrecken, dass er hier und jetzt seit jenem schicksalhaften Rückflug vom Raumhafen zum ersten Mal mit ihr allein war.

»Ich wollte dir nur sagen ...«, begann sie und holte dann tief Luft, ehe sie fortfuhr: »... dass ich okay bin. Ich habe ein bisschen Zeit zum Nachdenken gebraucht, aber das Herumfliegen und die Reviersuche für die Baumkatzen ... das hat mir genau diese Zeit verschafft.«

Anders nickte. »Okay also? Heißt das, du hasst mich nicht?«

»Ich hasse dich nicht.« Stephanie brachte ein Grinsen zustande. »Ich glaube, ich mag dich sogar immer noch. Also, ich will damit nicht sagen, dass ich jetzt schon bereit wäre, auf deiner Hochzeit zu tanzen ...«

Er zuckte mit den Schultern. »*Ich* bin noch nicht bereit, auf meiner Hochzeit zu tanzen! Und allmählich glaube ich, dass dieses Mädchen ... ach, ich weiß selbst nicht mehr, was ich glauben soll.«

»Also, *ich* glaube ...«, sagte Stephanie gedehnt, »... dass Jessica dich wirklich sehr mag. Aber sie hat ... weißt du, sie hat in letzter Zeit eine ganze Menge auf einmal stemmen müssen. Sie weiß, dass sie eine meiner ersten echten Freunde hier war. Deswegen will sie mich nicht verletzen. Und sie ist ein Mensch mit ziemlich dickem Panzer, wenn's darum geht, sich vor etwas zu schützen ... Ich meine das jetzt echt nicht böse, Anders, aber du scheinst dich ziemlich rasch zu ver- und entlieben.«

»Nein, eigentlich bin ich nicht so!«, protestierte er.

Stephanie legte ihm die Hand auf den Arm. »Glaub's oder glaub's nicht, aber ich weiß das. Das gehört zu den kleinen Nebenwirkungen meiner ... Verbindung zu Löwenherz. Meistens ist er respektvoll genug anderen gegenüber und teilt deren Gefühle nicht mit mir. Aber wenn er glaubt, ich müsste unbedingt etwas begreifen, dann wird er ziemlich skrupellos. Ich wollte echt sauer auf dich sein, verstehst du? Ich wollte so richtig wütend auf dich sein. Ich wollte, dass du der Prinz von einer fernen Welt für mich bist, lach nicht, aber das war die Rolle, die ich dir zugedacht habe.«

»Und Löwenherz ...?«

»Kann es nicht ausstehen, wenn ich in Selbstmitleid verfalle. Er hat dafür gesorgt, dass ich sehr genau weiß, wie du dich fühlst und wie traurig du bist. Da war dann nichts mehr mit Wut und Selbstmitleid, die Tour hat er mir gründlich vermasselt.«

»Kann ich mir vorstellen ...« Anders lachte. »Himmel, muss ich verkorkst sein, wenn ich auf Mädchen mit Baumkatzenpartner stehe! Nichts kann ich für mich behalten! Da könnte ich auch gleich selbst das Herz auf der Zunge tragen.«

»Ganz so ist es ja nun auch nicht«, widersprach Stephanie. »'Katzen bekommen zwar alles mit, aber lassen die Menschenpartnerin nur gezielt wissen, was sie sie wissen lassen wollen.« Sie beugte sich vor. »Ohnefurcht mag dich. Er kann Jessica nicht gezielt dazu bringen, dich auch zu mögen, aber du hast auf jeden Fall einen ... na ja, einen Fürsprecher.«

Anders ging das Herz auf. »Stephanie Harrington, du bist wirklich die Beste!«

»Freunde?«, schlug sie vor.

»Aber hallo!«

Die zwei jungen Zwei-Beine zogen über den klaren, blauen Himmel hinweg wie Vögel. Ausnahmsweise hatte sich Klettertflink dagegen entschieden, Todesrachen-Verderb zu begleiten. Er war am Boden geblieben, damit er sich in Ruhe mit seinen Freunden unterhalten konnte.

Er mochte Scharfauge – und das war auch gut so. Angesichts der engen Freundschaft und der Interessen, die Todesrachen-Verderb und der neu benannte Leuchtende-Sonne miteinander teilten, würden sie gewiss viel Zeit miteinander verbringen.

Grundwühler dachte über Pflanzen mit blauen Blättern nach. *Ob sie wohl hier wachsen würden, vielleicht in einem der Pflanzennester? Ich würde gern einmal selbst welche sehen. Ihr schaut euch Pflanzen nicht so aufmerksam an wie ich.*

*Nach allem, was du über die Veränderungen in Windgetriebens Geistesleuchten mit uns geteilt hast,* entgegnete Klettert-flink, *halte ich es für sehr wahrscheinlich, dass du diese Bäume bald mit eigenen Augen sehen wirst. Windgetrieben scheint mir sehr wissbegierig, und wenn ich das richtig verstanden habe, war der Hauptgrund für uns, die Heißen Lande aufzusuchen, dass sich dort das Hauptnest für dieje-*

*nigen unter den Zwei-Beinen befindet, die schon viel gelernt haben. Es sind zwar keine Sagen-Künderinnen im eigentlichen Sinne, aber mir scheint, sie erfüllen für die Zwei-Beine ziemlich genau diesen Zweck.*

Scharfauge lachte bliekend. Während der letzten Tage hatte sich seine Stimmung sehr verbessert. Die neu geknüpfte Verbindung zu seiner Person schien ihm genau das zu geben, was er brauchte, um seinen Geist die Schuld ertragen zu lassen, an jenen gewaltigen Grausamkeiten unter den Leuten beteiligt gewesen zu sein.

*Auch ich würde diese Orte gern sehen und diesen Hunger nach Wissen in Leuchtende-Sonne schmecken. Er wird wohl zu den Heißen Landen zurückkehren, und dann werde ich ihn begleiten.*

Klettert-flink pflichtete ihm bei. Mehr und mehr verflocht sich das Leben der Leute mit dem Leben der Zwei-Beine. Das bedeutete, dass Kundschafter wie Scharfauge und er selbst sorgsam auf alles achten mussten, was sie sahen, damit die Sagen-Künderinnen die Leute lehren konnten, wie sich ihre Welt veränderte.

Seine Schnurrhaare zuckten, so belustigt war er über das Bild, das in diesem Augenblick in seinem Geist aufblitzte. *Ja, Scharfauge, wer hätte gedacht, dass die Lichter an unserem Nachthimmel in Wahrheit andere Welten sind, ebenso gewaltig und so voller Wunder wie die unsrige? Aber genauso ist es, und die Zwei-Beine, die sich zwischen ihnen hin und her bewegen, haben noch viel Überraschendes für uns. Es wird wohl noch lange, noch* sehr *lange dauern, bis wir sie wirklich verstehen. Aber eines Tages* werden *wir sie verstehen, und es wird an Kundschaftern wir dir und mir sein, von einem Licht zum nächsten zu springen, hinweg über das ganze Netzholz der Zwei-Beine, um die neu gewonnenen Erkenntnisse zurück zu den Leuten zu tragen.*

# Glossar

**Alterde** – dritter Planet des Sol-Systems; Heimatwelt der Menschheit.
**Ante Diaspora** – die Zeit vor der Diaspora (*siehe dort*); abgekürzt A.D.; dabei wird in T-Jahren rückwärts gezählt, ausgehend vom Jahr 2103 christlicher Zeitrechnung, dem ersten Jahr der Diaspora. Damit ist das Jahr 2102 n. Chr. das T-Jahr 1 A. D.

**Bergadler** – sphinxianische Entsprechung zum terranischen Vogel in entsprechender ökologischer Nische mit zwei Flügelpaaren und einem kräftigen, klauenbewehrten Beinpaar. Ein ausgewachsener Bergadler erreicht eine Rumpflänge von mehr als einem Meter und ein Gewicht von vier bis fünf Kilogramm. Der Bergadler ist ein geschickter Jäger, hat sich jedoch auf kleinere Beutetiere spezialisiert und greift Baumkatzen nur äußerst selten an.
**Besitz Harrington** – Anwesen der Freisassenfamilie Harrington auf Sphinx.
**Bodenhuscher** – Baumkatzenbezeichnung für kleine Beutetiere, die nicht auf Bäumen leben.
**Borkenkauer** – Baumkatzenbezeichnung für die Waldratte.

**Chipmunk, sphinxianisches** – auf Sphinx heimisches, sechsbeiniges Beuteltier; lebt in Höhlen und ist im Durchschnitt etwa so groß wie ein Chihuahua von Alterde. Chipmunks können sich durch praktisch jedes beliebige Material graben.

**Dammbauer** – Baumkatzenbezeichnung für den Fastbiber.
**Diaspora** – im Jahr 2103 n. Chr. brach die Menschheit vom Sol-System aus zu den Sternen auf: Am 30. September dieses Jahres

startete das erste bemannte Interstellarschiff. Deswegen wird dieses Jahr als Jahr 1 Post Diaspora (P. D.) bezeichnet (zur Einordnung: Stephanie Harrington wurde im Jahr 1507 P. D. geboren.).
**Doppelsternsystem von Manticore** – Heimatsystem des Sternenkönigreichs von Manticore; besteht aus Manticore A (dem G0-Hauptstern des Systems) und Manticore B (dessen G2-Begleiter) sowie den Planeten Sphinx und Gryphon.
**Dschinn** – Verballhornung von engl. ›*gene*‹; Bezeichnung für genmanipulierte Menschen und deren Nachkommen.

**Eiltherapie**/Eiltherapeutikum (auch: **Schnellheilung**) – Sammelbegriff für verschiedene Behandlungsmethoden, die Heilungs- und Erholungsvorgänge vorantreiben. Generell lassen sich Genesungsprozesse damit auf das Vierfache beschleunigen; allerdings sind derartige Therapien bei Knochenbrüchen nur halb so effizient.
**Eiskartoffeln** – für Menschen essbares sphinxianisches Knollengewächs, etwa doppelt so groß wie die terranische Kartoffel. Die Sprossknollen dieser winterwachsenden Pflanzenart schmecken allerdings deutlich nussiger.

**Fastbiber** – sphinxianisches Säugetier mit einer Rumpflänge von etwa fünfzig Zentimetern. Die Kolonisten haben diese Spezies als Fast*biber* bezeichnet, doch in Wahrheit besitzt das Tier, obwohl mit sechs Gliedmaßen ausgestattet, deutlich mehr Ähnlichkeit mit einem Otter. Im Gegensatz zum terranischen Otter ist der Fastbiber allerdings ein eifriger Dammbauer. Verschiedene Unterarten dieser Spezies sind in praktisch sämtlichen Klimazonen von Sphinx heimisch, von den hocharktischen Regionen einmal abgesehen.
**Fastkiefer** – immergrüne Baumart mit harten und behaarten

Schoten, die Zapfen ähneln, und rauer, tief zerfurchter Borke. Der Samen ist etwa erdnussgroß; er besitzen ein stark nussiges Aroma. Durch Pressen lässt sich aus dem Samen Öl gewinnen. Ausgewachsene Fastkiefern werden durchschnittlich sechzig Meter hoch, das größte bislang bekannte Exemplar erreicht eine Höhe von sechsundsiebzig Metern. Nach den Kroneneichen sind die Fastkiefern die höchsten auf Sphinx heimischen Bäume. Bei ausgewachsenen Vertretern dieser Spezies ist das untere Drittel des Stammes astfrei.

**Fastlattich** – auf Sphinx heimische Pflanzenart, die terranischen Gartenlatticharten ähnelt, insbesondere dem Kopfsalat. Allerdings sind die Blattspreiten (Blattspreite = Teil des Oberblatts) vielfach durchbrochen und ähneln fein verwebten Streifen (*siehe* die Baumkatzenbezeichnung für diese Pflanze). Fastlattich ist für Menschen essbar und erfreut sich als Rohkost beachtlicher Beliebtheit; geschmacklich liegt er zwischen Kopfsalat und Frühlingszwiebeln.

**Fastotter** – sphinxianisches Säugetier, annähernd so groß wie eine Baumkatze. Auf den ersten Blick leicht mit dem sphinxianischen Fastbiber zu verwechseln, besitzen Fastotter Fleischfresserzähne ohne die charakteristischen Schneidezähne, die Fastbiber bei der Holzbearbeitung nutzen, was zur Namensgebung letztgenannter Tierart maßgeblich beigetragen hat. Fastotter bauen keine Dämme, sind aber schnelle und bemerkenswert kräftige Schwimmer und geschickte Jäger.

**Felsenfell** – Baumkatzenbezeichnung für auf Felsen wachsendes Moos.

**Felsenkrähe** – gehört zu den sphinxianischen Vogelähnlichen und baut ihr Nest bevorzugt in Klippen.

**Geweihfarn** – farnartige, auf Sphinx heimische Pflanzengattung mit bemerkenswerter Ähnlichkeit zur Alterdengattung gleichen Namens; fast ausschließlich im Hochland zu finden. Sphinxianischer Geweihfarn wird höher als sein Namensgeber von Alterde: Höhen von zwei Metern sind keine Seltenheit. Geweihfarne ziehen im Spätherbst oder Winter ein, sind aber deutlich kältebeständiger als ihre terranischen Gegenstücke. Geweihfarne benötigen Halbschatten oder Schatten und sind häufig zusammen mit Pfostenbäumen anzutreffen.

**Gipfelbär** – Allesfresser, vor allem in bergigen Regionen heimisch. Die Schulterhöhe beträgt gut einen Meter, die Körperlänge dieser Tiere mit drei Gliederpaaren kann zweieinhalb Meter überschreiten; ein Körpergewicht von fünfhundertfünfzig Kilogramm ist nicht ungewöhnlich. Gipfelbären zeigen kein ganz so ausgeprägtes Revierverhalten wie Hexapumas und sind auch nicht ausschließlich Fleischfresser, dennoch ist ihr Jagdtrieb beachtlich. Allgemein gelten Gipfelbären als die zweitgefährlichste Landtierart von Sphinx.

**Goldblatt** – Baumkatzenbezeichnung für die Kroneneiche.

**Goldohr** – Baumkatzenbezeichnung für die Weidengerste.

**Grauborke** – Baumkatzenbezeichnung für die Rotfichte.

**Grünnadel** – Baumkatzenbezeichnung für die Fastkiefer.

**Gryphon** – Manticore B-V, fünfter Planet des G2-Sterns Manticore B, der zweiten Komponente des Doppelsterns. Gryphon ist der einzige bewohnbare Planet von Manticore B. Der Bahnradius beträgt 11,37 Lichtminuten, die Schwerkraft beträgt das 1,19-fache des terranischen Standards.

**Hexapuma** – sechsbeiniges Raubtier, auf Sphinx heimisch. Hexapumas sind für ihre Körpermasse bemerkenswert schnell und zeigen ausgeprägtes Revierverhalten. Man unterscheidet verschiedene Unterarten dieser Spezies, die sich, abhängig von Jahreszeit und heimatlicher Klimazone, vor allem in der Fellzeichnung unterscheiden. Die größten Vertreter finden sich in den gemäßigten Zonen von Sphinx; ausgewachsene Exemplare können dort bis zu fünf Meter Gesamtlänge (einschließlich Schwanz) und ein Gewicht von annähernd achthundert Kilogramm erreichen – mehr als die meisten terranischen Pferde.

**Höhlenhuscher** – Baumkatzenbezeichnung für das sphinxianische Chipmunk.

**Hornklinge** – Baumkatzenbezeichnung für den sphinxianischen Zinkenbock.

**Knollenstängel** – Baumkatzenbezeichnung für den Sellerie.

**Kondoreule** – nachtaktives, flugfähiges Raubtier, auf dem Planeten Sphinx heimisch. Der Körper einer ausgewachsenen Kondoreule misst bei einem Gesamtgewicht von fünfeinhalb bis sechseinhalb Kilo im Durchschnitt anderthalb Meter, die Flügelspannweite kann drei Meter überschreiten. Trotz des Namens, den die Siedler auf Sphinx dieser Tierart gegeben haben, handelt es sich bei der Kondoreule um ein Säugetier, dessen Haut von einem feinen Flaum bedeckt ist, nicht von Federn. Kondoreulen haben ausgezeichnete Augen und können sogar ausgewachsene Baumkatzen schlagen (falls diese sich überraschen lassen). Es wurde schon von Kondoreulen berichtet, die sich auf noch größere Beutetiere spezialisiert haben. Aus diesem Grund werden diese Tiere sogar für den Menschen als Gefährdung angesehen. Im Gegensatz zu sphinxianischen Vögelähnlichen besitzt die Kondoreule nur ein einziges Paar Flügel, dafür aber zwei kräftige Beinpaare, die jeweils mit scharfen Krallen bewehrt sind.

**Kroneneiche** – Hartholzlaubbaum mit bemerkenswerter Ähnlichkeit zu riesenhaften Eichen, aber mit größeren, pfeilförmigen Blättern. Im Verlauf eines planetaren Jahres verlieren diese Bäume ihr Laub zweimal: kurz nach Frühlingsende und dann noch einmal zum Ende der Herbstzeit. Das Sommer-/ Herbstlaub verfärbt sich leuchtend rot-golden, ähnlich wie terranischer Ahorn, daher auch die entsprechende Baumkatzenbezeichnung für diese Spezies. Das Frühjahr-/Sommerlaub verfärbt sich vor dem Laubfall allerdings nicht. Ausgewachsene Kroneneichen werden im Durchschnitt achtzig Meter hoch, es wurden allerdings Exemplare von über hundert Metern Höhe gefunden.

**Leute, die** – Baumkatzenbezeichnung für die eigene Spezies, im weiteren Sinne auch aller anderen Lebewesen mit Geistesstimme.

**LUM** – Landing University of Manticore; Hochschule des Sternenkönigreichs von Manticore. Der größte Campus befindet sich in Landing, der Hauptstadt auf Manticore; die Hochschule unterhält allerdings noch viele weitere Institute.

**Mandarapfel** – auf Sphinx heimische Frucht von süßlich herbem Geschmack; der Name stammt daher, dass diese Frucht auf den ersten Blick einem hellgrünen, übergroßen terranischen Apfel gleicht, dessen dicke Schale sich ähnlich leicht abziehen lässt wie bei einer terranischen Mandarine.

**Manticore** – Manticore A-III, dritter Planet von Manticore A, dem G0-Hauptstern des Doppelsternsystems von Manticore. Der Planet Manticore ist der sternnähere Planet von Manticore A (der Bahnradius beträgt 11,4 Lichtminuten) und die Hauptwelt des Sternenkönigreichs von Manticore. Auf Manticore entspricht die Schwerkraft mit 1,01 Gravos fast genau der von Alterde.

**moosloswärts** – Baumkatzenbezeichnung für Süden oder eine südliche Richtung.

**mooswärts** – Baumkatzenbezeichnung für Norden oder eine nördliche Richtung.
**Mund-Laute** – Bezeichnung der Baumkatzen für verbale Sprache.

**Netzholz** – Baumkatzenbezeichnung für den Pfostenbaum.
**Nipperhopper** – auf Sphinx heimische Tierart.

**Pfeifender Schlucker** – Baumkatzenbezeichnung für die Sphinxianische Sumpfsirene.
**Pfostenbaum** – Laubbaumart, die sich über Sprossausläufer ihrer untersten Äste vermehrt. Jeder Ausläufer entwickelt sich zu einem eigenständigen Stamm, der seinerseits als Vermehrungsknoten fungiert. Auf diese Weise ergeben sich gewaltige Netzwerke über Zweige und Ausläufer miteinander verbundener Gewächse, die streng genommen alle eine einzige, gewaltig große Pflanze darstellen. Sämtliche Stämme wachsen bemerkenswert gerade, die dunkelgraue oder sogar schwarze Rinde der Pfostenbäume ist sehr rau. Die langen, vierfingrigen Blätter dieser Baumart verfärben sich vor dem Laubfall tiefrot. Im Durchschnitt erreichen Pfostenbäume eine Höhe von fünfunddreißig bis fünfundvierzig Metern.
**Post Diaspora** – Zählung der Jahre seit Beginn der Diaspora (abgekürzt P. D.). Jahr 2103 christlicher Zeitrechnung gilt als Jahr eins der Diaspora. Damit gilt: 2103 n. Chr. = 1 P. D.

**Rotfichte** – auf Sphinx heimische immergrüne Baumart mit bemerkenswert symmetrischer Pyramidenform und geschuppten Blättern von dunklem Blaugrün. Die Schoten der Rotfichte sind glatter als die der Fastkiefer, die Samen sind allerdings bitter (zumindest nach menschlichen Maßstäben, die meisten sphinxianischen Tierarten sehen das völlig anders). Die

Bezeichnung kommt von der rostroten Farbe des Holzes, das vor allem für Schnitzarbeiten geschätzt wird. Im Durchschnitt werden Rotfichten fünfzehn bis zwanzig Meter hoch.

**Sagen-Künderin** – stets weibliche sphinxianische Baumkatze mit von Natur aus extrem ausgeprägtem Geistesleuchten einer ebensolchen Geistesstimme. Sie bewahrt die Geschichte und das Wissen der 'Katzen. Eine Sagen-Künderin ist zugleich eine Clanälteste, unabhängig vom biologischen Alter. Sagen-Künderinnen können eine derart tiefe geistige Bindung mit jeder anderen 'Katz eingehen, dass sie Erfahrungen jener anderen Baumkatze praktisch selbst durchleben. Weiterhin können Sagen-Künderinnen ihr Wissen präzise und in allen Einzelheiten wiedergeben und es so mit anderen 'Katzen teilen – oder an andere Sagen-Künderinnen weiterreichen.

**Schneejäger** – Baumkatzenbezeichnung für den Gipfelbären.

**Schnellheilung** – *siehe* Eiltherapie.

**SFD** – *siehe* Sphinxianischer Forstdienst.

**sonnenaufgangs** – Baumkatzenbezeichnung für Osten oder eine östliche Richtung.

**sonnenuntergangs** – Baumkatzenbezeichnung für Westen oder eine westliche Richtung.

**Sphinx** – Manticore A-IV; der vierte Planet von Manticore A, dem G0-Hauptstern des Doppelsternsystems von Manticore. Der Planet Sphinx ist der sternfernere der beiden bewohnbaren Planeten von Manticore A (der Bahnradius beträgt 21,15 Lichtminuten); die Schwerkraft auf Sphinx beträgt das 1,35-fache des Alterde-Standards.

**Sphinxianischer Forstdienst (SFD)** – planetenweit tätiger Verband, dessen Aufgabe es ist, die Tier- und Pflanzenwelt ebenso zu beschützen wie die natürlichen Rohstoffe. Weiterhin erkundet der SFD bislang unerforschte Gebiete, sorgt für den

Umweltschutz und fungiert in Naturschutzgebieten als Gesetzeshüter. Dabei ist der SFD der planetaren Regierung unterstellt, nicht der Krone. Der Forstdienst besteht aus einem sehr kleinen Stamm hauptberuflicher Ranger, die durch eine deutlich größere Anzahl in Teilzeit tätiger Freiwilliger unterstützt werden.

**Stacheldorn** – Blütenstrauch mit dunkelgrünen, spatelförmigen Blättern; besetzt auf Sphinx in etwa die gleiche ökologische Nische wie auf Alterde die Azalee oder der Lorbeer; wird bis zu dreieinhalb Meter hoch. Die äußerst spitzen Dornen des Strauchs können bis zu zehn Zentimeter lang werden. Die Blüten, die fast jede nur erdenkliche Farbe annehmen können, erinnern in ihrer Form an terranische Tulpen; von Alterde importierte Honigbienen produzieren aus den Pollen dieser Pflanzen wohlschmeckenden Honig.

**Sternenkönigreich von Manticore** – Sternnation, die aus den drei bewohnbaren Planeten des Doppelsternsystems von Manticore besteht: In Umlaufbahnen um die Hauptkomponente des Doppelsternsystems befinden sich Manticore (die Hauptwelt) und Sphinx, dazu kommt die Welt Gryphon, die einzige bewohnbare Welt der zweite Komponente des Systems.

**Streifenblatt** – Baumkatzenbezeichnung für Fastlattich.

**Sumpfsirene, sphinxianische** – amphibisches Raubtier, von den Baumkatzen als Pfeifender Schlucker bezeichnet.

**T-Jahr** – terranisches Standardjahr; interstellar gültige Einheit der Zeitmessung. Ein T-Jahr entspricht exakt einem Jahr auf Alterde. Da das Sternenkönigreich von Manticore aus drei verschiedenen Planeten besteht, die jeweils ein eigenes lokales Jahr besitzen, nutzen die Manticoraner das T-Jahr als Grundlage jeglicher Datierung. Die Umlaufzeit des Planeten Manticore bestimmt das offizielle Jahr des Sternenkönigreichs, wird aber außerhalb rein offizieller Dokumente nur selten genutzt (außer von einer Hand voll echter Puristen).

**T-Monat** – terranischer Standardmonat, basiert auf dem T-Tag.

**T-Tag** – terranischer Standardtag; interstellar gültige Grundlage jeglicher Zeitmessung.

**T-Woche** – terranische Standardwoche, basiert auf dem T-Tag.

**Todesrachen** – Baumkatzenbezeichnung für den Hexapuma.

**Todesschwinge** – Baumkatzenbezeichnung für die Kondoreule.

**UniLink** – dient als Uhr, Kommunikator, GPS-Navigator, Browser für das planetare Datennetz, Speichermedium und Notsignalgeber. Üblicherweise wird das Mehrzweckgerät am Handgelenk getragen; es gibt aber auch etwas größere, leistungsstärkere Varianten, die man sich in die Tasche steckt.

**Waldratte** – auf Sphinx heimisches Beuteltier, etwa ein Drittel so groß wie Baumkatzen. Diese kleinen, extrem flinken Tiere leben in Bäumen und ernähren sich hauptsächlich von Rinde und Blättern der Kroneneichen, siedeln bei Bedarf aber auch auf andere Baumarten um. Besonderes Interesse haben Waldratten an allen Formen bearbeiteten Holzes, wie beispielsweise Gartenmöbel oder Wandvertäfelungen. In großer Zahl können Waldratten Bäume vollständig abtöten, aber derart übergroße Populationen sind selten.

**Weidekarnickel** – kleines, bodenlebendes Säugetier, auf Sphinx heimisch. Weidekarnickel sind etwas mehr als halb so groß wie Baumkatzen und bewegen sich in einer äußerst charakteristischen Art und Weise, die sehr an das terrestrische Kaninchen erinnert, obwohl die Tiere einander ansonsten kaum ähneln.

**Weidengerste** – auf Sphinx heimische Getreidesorte. Diese Unterart der Zittergräser mit langen Grannen an den Spelzen ist zwar für Menschen essbar, erfreut sich aber wegen des bitteren Geschmacks nicht gerade übermäßiger Beliebtheit. Das aus dem Korn gewonnene Mehl wird zum Backen verwendet oder dient als Grundlage für einen sättigenden Brei, der wie Haferbrei zubereitet wird.

**Wellentänzer** – braun-silberne Vogelähnliche, heimisch auf dem Planeten Manticore; das dortige Gegenstück zu den Seemöwen auf Alterde.

**Wogender Farn** – Baumkatzenbezeichnung für den Geweihfarn.

**Zinkenbock** – ein annähernd hirschartiger Pflanzenfresser mit einem langen, kräftigen Hals; auf der Stirnmitte trägt der Zinkenbock ein einzelnes Horn. Zinkenböcke werden zwischen zweieinhalb und dreieinhalb Metern lang und erreichen Schulterhöhen von neunzig und einhundertdreißig Zentimetern. Sie sind in fast allen Klimazonen von Sphinx zu finden, wobei die in den Bergen heimischen Unterarten gemeinhin kräftiger und größer sind als ihre Tieflandverwandten; zudem ernähren sie sich vornehmlich vom Blattwerk der Bäume, nicht von Gräsern. Das Horn des Zinkenbocks ist scharfkantig und bietet dem Tier einen guten Schutz vor Raubtieren – solange diese kleiner sind als Hexapumas oder Gipfelbären.

**Zwei-Beine** – Baumkatzenbezeichnung für Menschen.

## Personenverzeichnis

| | |
|---|---|
| **Adair Hollow, Earl von** | *siehe* Lebedyenko, George. |
| **Adair, Gwendolyn (›Gwen‹)** | eine Cousine des Earls von Adair Hollow; gehört dem Direktorat der Adair Foundation an. |
| **Alvarez, Mr.** | Sphinxianer, wohnhaft in der Region von Twin Forks; Patient von Scott MacDallan. |
| **Auge-der-Erinnerung** | *siehe* Emberly, Dacey. |
| **Baron von Crown Oak** | *siehe* Telford, Eduardo. |
| **Beißt-fest-zu** | sphinxianischer Baumkater; ein Jäger aus dem Clan vom Wogenden Farn. |
| **Bolgeo, Tennessee** | ein Tierfänger, der sich auf Sphinx als promovierter Xenoanthropologe der Liberty University im Chattanooga-System ausgab, um Baumkatzen zu fangen; sein Baumkatzenname lautet Spricht-unaufrichtig. |
| **Breitohr** | sphinxianische Baumkatze; Sagen-Künderin des Clans vom wogenden Farn; während der verheerenden Flammenzeit des Jahres 1521 P. D. ums Leben gekommen. |

| | |
|---|---|
| **Charterman, Ms.** | Studiendekanin der Landing University of Manticore. |
| **Cirillo, Steve** | Empfangschef des Restaurants Charleston Arms in Landing auf Manticore. |
| **Darrolyn, Dr. Russell** | Linguist; zur Untersuchung der Baumkatzenkultur nach Sphinx gereist. |
| **Deutliche-Bilder** | sphinxianische Baumkatze; Sagen-Künderin des Clans vom Wassergrund. |
| **DeWitt, Duff** | Anthropologe; einer von Dr. Radzinskys Assistenten. |
| **Donaldson, Gouverneurin** | Planetare Gouverneurin von Sphinx. |
| **Dr. Marjorie** | *siehe* Harrington, Marjorie. |
| **Dr. Richard** | *siehe* Harrington, Richard. |
| **Earl von Adair Hollow** | *siehe* Lebedyenko, George. |
| **Emberly, Dr. Calida** | Xenobiologin und -botanikerin; Mitglied der anthropologischen Sphinx-Expedition der Kronkommission; ihr Baumkatzenname lautet Pflanzenbeschauerin. |
| **Emberly, Dacey** | Malerin, Expeditionszeichnerin und als solche Mitglied der anthropologischen Sphinx- |

Expedition der Kronkommission; Dr. Calida Emberlys Mutter. Ihr Baumkatzenname lautet Auge-der-Erinnerung.

**Erfahrener-Entscheider** — *siehe* Shelton, Gary.

**Fängt-gewandt** — sphinxianischer Baumkater aus dem Clan vom Lachenden Fluss; Gefährte von Dr. Scott MacDallan.

**Feind-des-Dunkels** — *siehe* MacDallan, Dr. Scott.

**Fisher** — *siehe* Fängt-gewandt.

**Fleckchen** — *siehe* Schöner-Geist.

**Flouret, Dr. Mordecai** — Leiter des Kriminologischen Seminars der Landing University of Manticore.

**Frampton, Angelique;** GRÄFIN VON FRAMPTON — Angehörige des manticoranischen Hochadels; eine Cousine des Earls von Adair Hollow.

**Franchitti, Trudy** — Einwohnerin von Sphinx; wie Stephanie Harrington im Drachenfliegerclub von Twin Forks.

**Gebleichtes-Fell** — *siehe* Whittaker, Anders.

**Gebrochene-Pfote** — sphinxianischer Baumkater aus dem Clan vom Hellen Wasser; ein ehemaliger Kundschafter.

| | |
|---|---|
| **Gebrochener-Zahn** | sphinxianischer Baumkater, ein Ältester des Clans vom Hellen Wasser. |
| **Geschickte-Finger** | sphinxianischer Baumkater; ein Jäger aus dem Clan der Baumhüter; Neffe von Schwimmers-Schrecken. |
| **Gleason, Dr. Harvey** | Fachbereichsleiter der Forstwirtschaftlichen Fakultät der Landing University of Manticore. |
| **Gräfin von Frampton** | *siehe* Frampton, Angelique. |
| **Grendelson, Gretta** | Assistentin im Fachbereich Biologie einer nach Sphinx ausgesandten Forschungsgruppe. |
| **Grundwühler** | sphinxianischer Baumkater aus dem Clan vom Wassergrund. |
| **Guyen, Kesia** | Sprachwissenschaftlerin; Mitglied der anthropologischen Sphinx-Expedition der Kronkommission. |
| **Harper, Allen** | Doktorand an der Landing University of Manticore; einer der Assistent von Studiendekanin Charterman. |
| **Harrington, Dr. Marjorie** | Einwohnerin von Sphinx, von Meyerdahl dorthin eingewandert; Pflanzengenetikerin, Stephanie Harringtons Mutter; |

| | |
|---|---|
| | ihr Baumkatzenname lautet Pflanzenhüterin. |
| **Harrington, Dr. Richard** | Einwohner auf Sphinx, von Meyerdahl dorthin eingewandert; auf Xenomedizin spezialisierter Veterinär; Stephanie Harringtons Vater; sein Baumkatzenname lautet Heiler. |
| **Harrington, Stephanie (›Steph‹)** | geboren auf Meyerdahl als Tochter von Marjorie und Richard Harrington; Einwohnerin von Sphinx; ihr Baumkatzenname lautet Todesrachen-Verderb. |
| **Harrison, Jeff** | manticoranischer Jurastudent an der Landing University of Manticore. |
| **Harte-Klaue** | sphinxianischer Baumkater; ein Jäger aus dem Clan vom Wogenden Farn. |
| **Heiler** | *siehe* Harrington, Dr. Richard. |
| **Helton, Patricia** | Gouverneurin Donaldsons Stabschefin. |
| **Hidalgo, Dr. Gary** | Xenoanthropologe; zur Untersuchung der Baumkatzen nach Sphinx entsandt. |
| **Hobbard, Dr. Sanura** | Einwohnerin von Sphinx; Xenoanthropologin mit Spezialgebiet |

nichtmenschliche Gesellschaftsformen; Leiterin des Anthropologischen Instituts der Landing University of Manticore auf Sphinx.

**Iwamoto, Peony Rose** — Ehefrau von Virgil Iwamoto; als solche Mitglied der anthropologischen Sphinx-Expedition der Kronkommission.

**Iwamoto, Virgil** — auf Steinwerkzeuge spezialisierter Anthropologe der Urako University; Experte in Feldforschungsmethodik; Mitglied der anthropologischen Sphinx-Expedition der Kronkommission.

**Jedrusinski, Ainsley** — Einwohnerin von Sphinx; Ranger beim Sphinxianischen Forstdienst.

**Kisaevna, Irina (geborene Zivonik)** — Scott MacDallans Ehefrau; verwitwete Kisaevna.

**Kleiner-Chor** — Schülerin der Sagen-Künderinnen des Clans vom Wogenden Farn.

**Klettert-flink** — sphinxianischer Baumkater; Kundschafter des Clans vom Hellen Wasser; Bruder der Sagen-Künderin Singt-wahrhaftig; Gefährte von Stephanie Harrington.

| | |
|---|---|
| **Knotenbinderin** | sphinxianische Baumkatze aus dem Clan vom Wogenden Farn. |
| **Kronprinz Edward** | *siehe* Winton, Edward. |
| **Lebedyenko, George;** EARL VON ADAIR HOLLOW | Angehöriger des manticoranischen Hochadels; Vorsitzender der Adair Foundation. |
| **Lethbridge, Frank** | Einwohner von Sphinx; Ranger beim Sphinxianischen Forstdienst. |
| **Licht-im-Schatten** | *siehe* Zivonik, Karl. |
| **Linksgestreift** | sphinxianischer Baumkater aus dem Clan vom Wassergrund; Bruder von Rechtsgestreift. |
| **Löwenherz** | Baumkatzen-Gefährte von Stephanie Harrington; *siehe* Klettert-flink. |
| **MacDallan, Dr. Scott** | Gefährte des Baumkaters Fisher; sein Baumkatzenname lautet Feind-des-Dunkels; auf Sphinx als Arzt tätig; Irina Kisaevnas Ehemann und damit angeheirateter Onkel von Karl Zivonik. |
| **Meister-Pirscher** | sphinxianischer Baumkater; gestorben im Kampf gegen eine Biologin, die im Rahmen ihrer Forschungen beinahe |

| | |
|---|---|
| | eine ökologische Katastrophe ausgelöst hätte. |
| **Mendick, Toby** | Einwohner von Sphinx; Mitglied im Drachenfliegerclub von Twin Forks. |
| **Morgana** | *siehe* Singt-wahrhaftig. |
| **Morrow, Joan** | Ehefrau von Oswald Morrow. |
| **Morrow, Oswald (›Ozzie‹)** | einer von Gwendolyn Adairs Geschäftspartnern. |
| **Nez, Dr. Langston** | Kulturanthropologe von der Urako University; Dr. Bradford A. Whittakers langjähriger Forschungsassistent; Mitglied der anthropologischen Sphinx-Expedition der Kronkommission. |
| **Ohnefurcht** | *siehe* Grundwühler. |
| **Pflanzenhüterin** | *siehe* Harrington, Marjorie. |
| **Pflanzenbeschauerin** | *siehe* Emberly, Calida. |
| **Pheriss, Archie** | ein Sohn von Naomi und Buddy Pheriss; Zwillingsbruder von Melanie-Anne Pheriss. |
| **Pheriss, Billiam** | ein Sohn von Naomi und Buddy Pheriss. |

| | |
|---|---|
| **Pheriss, Buddy** | verheiratet mit Naomi Pheriss; Vater von Jessica Pheriss und deren Geschwistern. |
| **Pheriss, Jessica (›Jess‹)** | Einwohnerin von Sphinx, frisch eingewandert; eine Tochter von Naomi und Buddy Pheriss; Partnerin des Baumkaters Ohnefurcht. Ihr Baumkatzenname lautet Windgetrieben. |
| **Pheriss, Melanie-Anne** | eine Tochter von Naomi und Buddy Pheriss; Zwillingsschwester von Archie Pheriss. |
| **Pheriss, Naomi** | Ehefrau von Buddy Pheriss; Mutter von Jessica und deren Geschwistern. |
| **Pheriss, Nathan** | ein Sohn von Naomi und Buddy Pheriss. |
| **Pheriss, Tabitha (›Tiddles‹)** | jüngste Tochter von Naomi und Buddy Pheriss. |
| **Pontier, Chet** | Einwohner von Sphinx; Mitglied im Drachenfliegerclub von Twin Forks. |
| **Qin, John** | Ehemann von Kesia Guyen, eines der Mitglieder der Sphinx-Expedition der Kronkommission; erfolgreicher Geschäftsmann. |

| | |
|---|---|
| **Radzinsky, Dr. Cleonora** | Anthropologin; zur Untersuchung der Baumkatzen nach Sphinx entsandt. |
| **Rechtsgestreift** | sphinxianischer Baumkater aus dem Clan vom Wassergrund; Bruder von Linksgestreift. |
| **Rote-Klippe** | sphinxianischer Baumkater aus dem Clan vom Wogenden Farn; Gefährte von Schöner-Geist. |
| **Sang-Weberin** | sphinxianische Baumkatze; Älteste Sagen-Künderin des Clans vom Hellen Wasser. |
| **Sapristos, Mr.** | Bürgermeister von Twin Forks; leitet den Drachenfliegerclub. |
| **Saurer-Magen** | sphinxianischer Baumkater; ein Ältester Jäger des Clan vom Wogenden Farn; Gefährte von Wundersame-Berührung. |
| **Schalenformerin** | sphinxianische Baumkatze aus dem Clan vom Wogenden Farn. |
| **Scharfauge** | sphinxianischer Baumkater; ein Kundschafter des Clans vom Wogenden Farn. |
| **Schöner-Geist** | eine Baumkatze aus dem Clan vom Wogenden Farn; früher Fleckchen gerufen. |

| | |
|---|---|
| **Schwimmers-Schrecken** | sphinxianischer Baumkater; einer der ältesten Jäger aus dem Clan der Baumhüter; ein Ahnenbruder (Onkel) von Geschickte-Finger. |
| **Schroeder, Christine** | Einwohnerin von Sphinx; Mitglied im Drachenfliegerclub von Twin Forks. |
| **Shelton, Gary** | Einwohner von Sphinx; Chief Ranger beim Sphinxianischen Forstdienst; sein Baumkatzenname lautet Erfahrener-Entscheider. |
| **Singt-wahrhaftig** | sphinxianische Baumkatze; Sagen-Künderin des Clans vom Hellen Wasser; Klettert-flinks Schwester. |
| **Smythe, Dr. Saleem** | sphinxianischer Veterinär; Dr. Richard Harringtons Assistent. |
| **Spricht-unaufrichtig** | *siehe* Bolgeo, Dr. Tennessee. |
| **Streuner, der** | *siehe* Meister-Pirscher. |
| **Telford, Carmen** | Tochter des Barons von Crown Oak von Sphinx; studiert an der Landing University von Manticore im Fach Forstwirtschaft Waldbau. |

| | |
|---|---|
| **Telford, Eduardo;** BARON VON CROWN OAK | sphinxianischer Angehöriger des manticoranischen Hochadels; Carmen Telfords Vater. |
| **Tibbetts, Dr. Emily (›Justizia‹)** | manticoranische Juristin; Richterin der King's Bench und Dozentin an der Landing University of Manticore. |
| **Todesrachen-Verderb** | *siehe* Harrington, Stephanie. |
| **Uchida, Sumiko (›Sumi‹)** | Einwohnerin von Sphinx; Tochter der Nachbarsfamilie der Zivoniks; durch die Seuche zur Vollwaise geworden und von den Zivoniks adoptiert; bei einem Unfall ums Leben gekommen. |
| **Vázquez, Idoya** | Innenministerin des Sternenkönigreichs von Manticore. |
| **Vollkommene-Erinnerung** | sphinxianische Baumkatze; Sagen-Künderin des Clans der Baumhüter. |
| **Warwick** | Kanzler der Urako University im Kenichi-System. |
| **Whittaker, Anders** | Dr. Bradford A. Whittakers Sohn; sein Baumkatzenname lautet Gebleichtes-Fell. |
| **Whittaker, Dr. Bradford A.** | Xenoanthropologe und Fakultätsmitglied der Urako University im Kenichi-System. |

| | |
|---|---|
| **Whittaker, Ms.** | Anders' Mutter und Ministerin im Kabinett von Urako im Kenichi-System. |
| **Windgetrieben** | Baumkatzenname von Jessica Pheriss. |
| **Winton, Edward** | Kronprinz Edward, Sohn des Regenten von Manticore. |
| **Wundersame-Berührung** | sphinxianische Baumkatze; eine Heilerin des Clans vom Wogenden Farn; Gefährtin von Saurer-Magen. |
| **Zivonik, Karl** | Irina Kisaevnas Neffe; sein Baumkatzenname lautet Licht-im-Schatten. |
| **Zivonik, Larissa** | eine von Karl Zivoniks Schwestern. |

## *An den Grenzen der bekannten Galaxie geht's rau zu*

Wes Andrews
FRONTIERSMEN:
HÖLLENFLUG NACH
HEAVEN'S GATE
Roman
416 Seiten
ISBN 978-3-404-20797-8

Manche bezeichnen sie als Verbrecher, andere als Helden der Randplaneten. Sie selbst nennen sich Frontiersmen: furchtlose Männer und Frauen, die Fracht und Flüchtlinge dorthin schmuggeln, wo der Weltraum noch frei und wild ist. John Donovan ist einer von ihnen und chronisch knapp bei Kasse, sodass er auch riskante Jobs übernimmt. Etwa einen Passagiertransport zur rauen Koloniewelt Santa Fé. Der Weg dorthin führt mitten durch das Raumterritorium der Peko — eine Rasse, die jeden menschlichen Eindringling erbarmungslos zur Strecke bringt.

*Wie viele Leben darf man riskieren, um zwei zu retten?*

Jack Campbell
DIE VERSCHOLLENE
FLOTTE: STANDHAFT
Roman
Aus dem amerikanischen
Englisch von
Thomas Schichtel
528 Seiten
ISBN 978-3-404-20796-1

Admiral Geary und die Crew der *Dauntless* haben gerade eine Eskortmission zur Erde abgeschlossen, da verschwinden plötzlich zwei von Gearys Offizieren. Die Suche nach den vermissten Männern führt ihn an den schlimmstmöglichen Ort: einen Mond, der wegen eines tödlichen Virus unter strengster Quarantäne steht. Jedes Schiff, das trotzdem dort landet, muss für immer bleiben oder wird zerstört. Wie soll Geary seine Männer retten? Und darf er es überhaupt?

*„Eine der besten Science-Fiction-Serien auf dem Markt."*
MONSTERS AND CRITICS

Bastei Lübbe